Santa Montefiore
Der Geisterbaum

Santa Montefiore

Der Geisterbaum

Roman

Aus dem Englischen von
Rainer Schmidt

Schneekluth.

Die englische Originalausgabe erschien 2001 unter dem Titel
»Meet Me Under The Ombu Tree«
bei Hodder and Stoughton, London.

Besuchen Sie uns im Internet:
www.schneekluth.de

ISBN 3-7951-1763-1

Ein Unternehmen der Verlagsgruppe Droemer Weltbild
Gesetzt aus der Stempel Garamond Roman 10,5 / 13 Punkt
Druck und Bindung: Franz Spiegel Buch GmbH, Ulm
Printed in Germany 2001

Meinem geliebten Sebag

Stammbaum der Familie Solanas

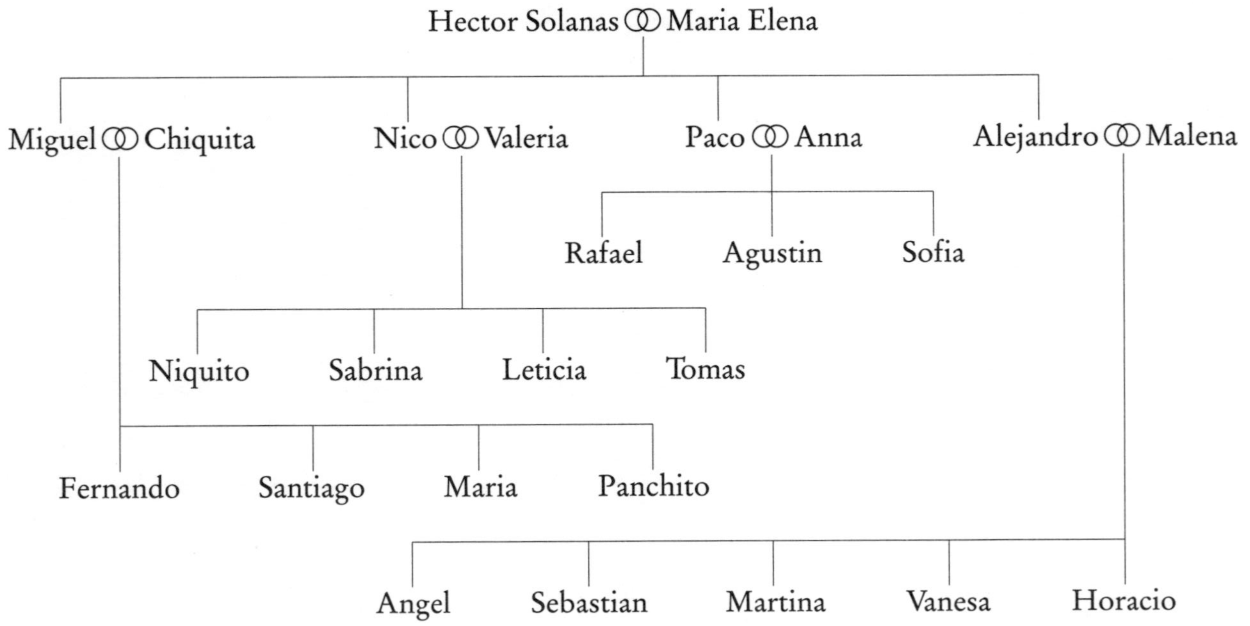

Eins

Wenn ich die Augen schließe, sehe ich die flachen, fruchtbaren Ebenen der argentinischen Pampa. Hier ist es wie nirgendwo sonst auf der Erde. Der weite Horizont dehnt sich Meilen über Meilen – wir saßen immer im Wipfel des Ombu-Baums und schauten zu, wie die Sonne dahinter verschwand und die Ebene mit Honig überflutete.

Als Kind spürte ich nichts von dem politischen Chaos, das mich umgab. Es war die Zeit, als General Perón im Exil war, die turbulenten Jahre von 1955 bis 1973, als die Militärs das Land wie unfähige Schulkinder regierten und mit der politischen Macht Bäumchenwechsle-dich spielten. Es waren die finsteren Tage des Guerillakriegs und des Terrorismus. Aber Santa Catalina, unsere Ranch, war eine kleine Oase des Friedens, weit entfernt von Aufruhr und Unterdrückung in der Hauptstadt. Aus dem Wipfel unseres Zauberbaums spähten wir liebevoll auf eine Welt altmodischer Werte hinunter, auf ein traditionelles Familienleben, aufgelockert durch Reiten, Polospielen und lange, geruhsame Barbecues im gleißenden Sommersonnenschein. Die Leibwächter waren der einzige Hinweis auf die Unruhen, die an unseren Grenzen brodelten.

Mein Großvater Dermot O'Dwyer glaubte nie an die Zauberkraft des Ombu-Baums. Das soll nicht heißen, dass er nicht abergläubisch war; er versteckte seinen Whiskey jeden Abend woanders, um die Leprechauns, die Kobolde seiner irischen Heimat, an der Nase herumzuführen. Er sah bloß nicht ein, wie ein Baum irgendeine Art von Macht besitzen sollte. »Ein Baum ist ein Baum«, sagte er in seinem irischen Genäsel, »und mehr steckt nicht dahinter.« Aber Großvater war auch nicht aus argentinischem Boden gewachsen; er wie seine Tochter, meine Mutter, waren Fremde und

konnten sich nie einpassen. Er wollte auch nicht in unserer Familiengruft bestattet werden. »Ich bin aus der Erde gekommen, und zur Erde will ich zurückkehren«, sagte er sehr gern. Also wurde er in der Erde begraben, zusammen mit seiner Flasche Whiskey – ich nehme an, er war immer noch erpicht darauf, die Leprechauns übers Ohr zu hauen.
Ich kann nicht an Argentinien denken, ohne dass das Bild des knorrigen Baums, weise und allwissend wie ein Orakel, an die Oberfläche meiner Gedanken steigt. Ich weiß heute, dass man die Vergangenheit nicht einfangen kann, aber dieser alte Baum birgt all meine Erinnerungen an gestern und die Hoffnungen auf morgen im Herzen seiner Äste. Wie ein Fels in der Mitte eines Flusses ist der Ombu der Gleiche geblieben, während sich um ihn herum alles verändert hat.

Ich habe Argentinien im Sommer 1974 verlassen, aber solange mein Herz schlägt, wird sein Widerhall über diese Grasebenen schwingen – trotz allem, was seitdem geschehen ist. Ich bin auf der Ranch der Familie aufgewachsen, auf dem *campo*, wie es auf Spanisch heißt. Santa Catalina lag mitten in jener Ebene, jene gewaltige Region im Osten, die man Pampa nennt. Das Land ist flach wie ein Teller, und man kann in alle Himmelsrichtungen meilenweit sehen. Lange, schnurgerade Straßen schneiden sich durch dieses Land, das im Sommer verdorrt und im Winter grün blühend ist, und zu meiner Zeit waren diese Straßen kaum mehr als Feldwege.
Das Tor zu unserer Farm erinnerte an die Einfahrt zu einer Stadt in einem Spaghettiwestern: Eine große Tafel schaukelte im Herbstwind, und darauf stand in dicken schwarzen Lettern *Santa Catalina*. Die Zufahrt war lang gezogen und staubig, und hohe Ahornbäume säumten sie, die mein Urgroßvater Hector Solanas gepflanzt hatte. Gegen Ende des neunzehnten Jahrhunderts hatte er dieses Haus gebaut, das Haus, in dem ich aufgewachsen bin. Es war im typischen Kolonialstil errichtet, um einen Hof herum, weiß angestrichen, mit einem flachen Dach. An den beiden vorderen Ecken erhoben sich zwei Türme; in dem einen befand sich das Schlafzim-

mer meiner Eltern, in dem andern das meines Bruders Rafael. Als Erstgeborener hatte er das schönste Zimmer.

Mein Großvater, der ebenfalls Hector hieß, nur um das Leben für alle komplizierter zu machen, hatte vier Kinder – Miguel, Nico, Paco (mein Vater) und Alejandro –, von denen jeder sein eigenes Haus baute, als er erwachsen wurde und sich verheiratete. Sie alle hatten mehrere Kinder, aber ich verbrachte den größten Teil meiner Zeit im Haus von zweien: Miguel und Chiquita. Sie mochte ich am liebsten. Nico und Valeria wie auch Alejandro und Malena hatten auch immer ein offenes Haus für uns, und bei ihnen verbrachten wir ebenso viel Zeit wie zu Hause.

Die Häuser von Santa Catalina waren mitten in die Ebene gebaut und nur durch große Bäume voneinander getrennt – hauptsächlich Kiefern, Eukalyptus, Pappeln und Platanen, die in gleichen Abständen voneinander gepflanzt waren, um einen parkähnlichen Eindruck zu schaffen. Vor jedem Haus befand sich eine breite Terrasse, und hier konnten wir sitzen und auf die Felder hinausschauen, die sich ohne Unterbrechung vor uns ausdehnten. Ich erinnere mich noch, wie entzückt ich von den Häusern auf dem Land in England war, als ich dort das erste Mal hinkam; die Gärten und Hecken waren so adrett und gepflegt. Meine Tante Chiquita liebte die englischen Gärten und versuchte sie nachzuahmen, aber auf Santa Catalina war das eigentlich nicht möglich; in der endlosen Weite der Landschaft wirkten Blumenbeete einfach fehl am Platze. Meine Mutter pflanzte lieber Bougainvilleen und Hortensien und hängte überall Geranientöpfe auf.

Santa Catalina war von Weiden voller Ponys umgeben; mein Onkel Alejandro züchtete sie und verkaufte sie in die ganze Welt. Auf einem künstlich aufgeschütteten Hügel, abgeschirmt durch Büsche und Bäume, gab es einen großen Swimmingpool und einen Tennisplatz, den wir uns alle teilten. José beaufsichtigte die Gauchos, die für die Ponys zuständig waren und in Häusern auf der Farm wohnten, die man *ranchos* nannte. Ihre Frauen und Töchter arbeiteten als Dienstmädchen in unseren Häusern, kochten, putzten und passten auf die Kinder auf. Ich sehnte mich immer nach den langen

Sommerferien von Mitte Dezember bis Mitte März. Während dieser Monate verließen wir Santa Catalina überhaupt nicht. Meine schönsten Erinnerungen stammen aus dieser Zeit.

Argentinien ist sehr katholisch. Aber niemand hing dem katholischen Glauben mit solcher Inbrunst an wie meine Mutter, Anna Melody O'Dwyer. Grandpa O'Dwyer war auf vernünftige Weise religiös – nicht wie meine Mutter, deren Leben von der Notwendigkeit, stets den Anschein zu wahren, eingeschränkt wurde. Sie manipulierte die Religion, wie es gerade ihren Bedürfnissen entsprach. Bei ihren Streitereien über das, was der Wille Gottes sei, konnten wir Kinder uns stundenlang amüsieren. Mama glaubte, dass alles der Wille Gottes sei; wenn sie niedergeschlagen war, bestrafte Gott sie für irgendetwas, und wenn sie fröhlich war, fasste sie es als Belohnung auf. Wenn ich sie ärgerte, was mir meistens gelang, dann bestrafte Gott sie dafür, dass sie mich nicht richtig erzogen hatte.

Grandpa O'Dwyer behauptete, sie drücke sich damit bloß vor der Verantwortung. »Dass du heute Morgen schlechte Laune hast, brauchst du noch lange nicht dem lieben Gott in die Schuhe zu schieben; es liegt an der Art, wie du die Welt siehst, Anna Melody, dass du sie verändern willst.«

Er pflegte zu sagen, die Gesundheit sei ein Geschenk Gottes, für unser Glück dagegen seien wir selbst zuständig. Für ihn kam es darauf an, wie man die Dinge sah: Ein Glas Wein konnte halb voll oder halb leer sein, je nachdem, wie man es sah. Eine positive Geisteshaltung sei das A und O. Mama hielt das für Blasphemie und wurde immer ganz rosig im Gesicht, wenn er davon anfing, was er oft tat, weil es ihm Spaß machte, sie zu peinigen.

»Ich lasse mich mit 'nem Bückling verprügeln, Anna Melody, aber je eher du aufhörst, Gott irgendwelche Worte in den Mund zu legen, und die Verantwortung für deine Launen selbst übernimmst, desto glücklicher wirst du sein.«

»Mögest du Vergebung finden, Dad«, stammelte sie dann, und ihre Wangen bildeten einen harten Kontrast zu ihrem Haar, das rot war wie ein Sonnenuntergang.

Mama hatte wunderschönes Haar. Lange rote Locken wie die Venus von Botticelli – nur, dass sie nie so heiter aussah wie die Venus, oder so poetisch. Sie war entweder zu bemüht oder zu unwirsch. Früher war sie nicht so gezwungen gewesen; Grandpa erzählte, sie sei barfuß in Glengariff herumgelaufen, ihrer Heimat in Südirland, wie ein wildes Tier mit dem Sturm in den Augen. Ihre Augen seien blau, sagte er, aber manchmal seien sie auch grau wie ein Tag voller Nieselregen in Irland, wenn die Sonne durch die Wolken bricht. Das klang in meinen Ohren sehr poetisch. Er erzählte mir, sie sei immer in die Berge hinauf und davongelaufen.

»In einem Dorf, so groß wie unserem, da konnte man nichts verlieren, schon gar nicht jemanden so Lebendiges wie Anna Melody O'Dwyer. Aber einmal war sie stundenlang weg. Wir suchten sie in den Bergen und riefen um Beistand aus dem Himmel. Schließlich fanden wir sie unter einem Baum an einem Bach, wo sie mit einem halben Dutzend Fuchswelpen spielte, die sie gefunden hatte. Sie wusste, dass wir sie suchten, aber sie hatte sich einfach nicht von diesen Welpen losreißen können. Sie hatten ihre Mutter verloren, und Anna Melody weinte.«

Als ich wissen wollte, warum sie sich verändert habe, sagte er, das Leben sei eine Enttäuschung gewesen. »Der Sturm ist noch da, aber ich sehe die Sonne nicht mehr durchkommen.« Und ich fragte mich, weshalb das Leben sie so sehr enttäuscht hatte.

Mein Vater dagegen war eine romantische Gestalt. Seine Augen waren blau wie Kornblumen, und seine Lippen kräuselten sich an den Mundwinkeln, auch wenn er nicht lächelte. Er war Señor Paco, und alle auf der Farm hatten Respekt vor ihm. Er war groß, schlank und behaart. Nicht so behaart wie sein Bruder Miguel; Miguel sah aus wie ein Bär und war so dunkel, dass man ihn *El Indio* nannte. Papa war heller, wie seine Mutter, und sah so gut aus, dass Soledad, unser Dienstmädchen, oft errötete, wenn sie am Tisch bediente. Sie gestand mir einmal, sie sei außer Stande, ihm in die Augen zu sehen. Papa fasste das als ein Zeichen der Demut auf. Ich konnte ihm nicht sagen, dass sie sich so benahm, weil sie in ihn verschossen war, denn das hätte sie mir niemals verziehen. Soledad hatte nicht viel mit meinem Vater zu tun, denn sie gehörte zu Mamas Abteilung, aber ihr entging trotzdem nichts.

Damit man Argentinien verstehen kann, muss ich ausholen und von der Zeit erzählen, als ich ein Kind war und auf dem Pferdewagen, dem *carro,* mitfuhr, während Grandpa O'Dwyer Dinge kommentierte, die für mich normal und alltäglich waren. Da wäre zunächst die Natur der Menschen. Argentinien wurde im sechzehnten Jahrhundert von den Spaniern erobert und von den Vizekönigen der spanischen Krone regiert. Die Unabhängigkeit von Spanien wurde an zwei Tagen errungen, am 25. Mai und am 9. Juli 1816. Grandpa sagte immer, es sei typisch für die Argentinier, dass sie zwei solche Feiertage hätten. »Sie müssen immer alles größer und besser als jeder andere machen«, murrte er. Vermutlich hatte er Recht; die Straße in Buenos Aires, die Avenida 9 de Julio heißt, ist die breiteste Straße der Welt. Als Kinder waren wir auf diese Tatsache immer sehr stolz.

Im späten neunzehnten Jahrhundert wanderten tausende von Europäern – hauptsächlich aus Italien und Spanien – nach Argentinien ein, um das reiche Land der Pampas zu nutzen. Zu jener Zeit kamen auch meine Vorfahren. Hector Solanas war das Oberhaupt der Familie und ein prachtvoller Kerl; wenn er nicht gewesen wäre, hätten wir vielleicht niemals den Ombu-Baum oder die tellerflache Ebene gesehen.

Wenn ich meine Gedanken diesen duftenden Ebenen zuwende, dann sind es die rauen braunen Gesichter der Gauchos, die mit all ihrer Verwegenheit aus dem Nebel meiner Erinnerung auftauchen und mich aus tiefem Herzen seufzen lassen, denn der Gaucho ist das romantische Symbol all dessen, was Argentinien ist. Historisch gesehen, waren sie wilde, unbezähmbare *mestizos*, Leute von indianisch-spanischer Herkunft, Gesetzlose, die von den großen Rinder- und Pferdeherden lebten, die die Pampas durchstreiften. Sie fingen die Pferde ein und trieben damit die Rinderherden zusammen. Sie verkauften Leder und Fett, was sehr einträglich war, und kauften dafür Mate und Tabak. Das alles geschah natürlich, bevor Rindfleisch zu einer Exportware wurde. Der Mate ist ein traditioneller Kräutertee; er macht ziemlich süchtig, und unsere Dienstmädchen glaubten, er sei auch gut, wenn man abnehmen wolle.

Das Leben eines Gaucho spielt sich zu Pferde ab – sein reiterisches Geschick findet vielleicht auf der ganzen Welt nicht seinesgleichen. In Santa Catalina waren die Gauchos ein farbenfroher Bestandteil der Szenerie. Die Kleidung des Gaucho ist ebenso prunkvoll wie praktisch. Sie tragen *bombachas*, weite Hosen, die an den Knöcheln zugeknöpft sind, damit sie in die Lederstiefel passen. Eine wollene Schärpe, die *faja,* binden sie sich um die Taille und bedecken sie dann mit der *rastra*, einem steifen Ledergürtel, der mit Silbermünzen geschmückt ist. Die *rastra* stützt ihnen während eines langen Tages im Sattel auch den Rücken. Traditionell tragen sie ein *facón*, ein Messer, das sie zum Kastrieren und Häuten wie auch zur Selbstverteidigung und zum Essen benutzen. Grandpa O'Dwyer bemerkte einmal im Scherz, dass José, unser Obergaucho, eigentlich in den Zirkus gehörte. Mein Vater war wütend und dankbar dafür, dass sein Schwiegervater nicht Spanisch sprach.

Die Gauchos sind ebenso stolz wie tüchtig; romantisch veranlagte Menschen sehen sie als Teil der argentinischen Nationalkultur, und es gibt viele Romane, Lieder und Gedichte über sie. Martin Fierros Gedicht »El Gaucho« ist das beste Beispiel dafür; das weiß ich, weil wir in der Schule große Teile davon auswendig lernen mussten. Gelegentlich, wenn meine Eltern auf Santa Catalina ausländische Gäste hatten, gaben die Gauchos fantastische Vorstellungen für sie. Dazu gehörte ein Rodeo und das Einreiten von wilden Pferden, und es wurde überhaupt viel und mit Schrecken erregender Geschwindigkeit herumgeritten, wobei ihre Lassos durch die Luft schnalzten wie dämonische Schlangen.

José brachte mir das Polospielen bei, was für ein Mädchen damals selten war. Den Jungen gefiel es nicht, wenn ich mitspielte, denn ich konnte es besser als manche von ihnen und ganz sicher besser, als es sich für ein Mädchen gehörte.

Mein Vater war immer sehr stolz auf die Tatsache, dass die Argentinier unbestreitbar die besten Polospieler der Welt sind, auch wenn das Spiel seinen Ursprung in Indien hatte und von den Briten nach Argentinien gebracht wurde. In den Sommermonaten Oktober und November fuhr meine Familie nach Buenos Aires und verfolgte die Spitzenturniere auf dem Pologelände von Palermo. Ich erinnere mich, dass meine Brüder und Cousins diese Turniere nutzten, um mit Mädchen anzubandeln – ganz wie in der Messe im Dorf, wo dem Priester auch niemand allzu viel Aufmerksamkeit schenkte, weil alle viel zu sehr damit beschäftigt waren, sich gegenseitig Augen zu machen. Aber auf Santa Catalina spielte man praktisch das ganze Jahr über Polo. Die *petiseros*, die Stallknechte, trainierten und versorgten die Ponys, und wir brauchten nur den *puesto* anzurufen, um sie wissen zu lassen, wann wir spielen wollten, und dann standen die Ponys gesattelt im Schatten der Eukalyptusbäume für uns bereit.

Damals, in den sechziger Jahren, wüteten in Argentinien Arbeitslosigkeit und Inflation, Kriminalität, soziale Unruhen und Unterdrückung, aber so war es nicht immer gewesen. In den ersten Jahrzehnten des zwanzigsten Jahrhunderts war Argentinien durch den Export von Fleisch und Weizen ein Land von gewaltigem Reichtum geworden, und damit hatte auch meine Familie ihr Vermögen gemacht. Argentinien war damals das reichste Land Südamerikas. Es war ein goldenes Zeitalter des Überflusses und der Eleganz. Mein Großvater Hector Solanas machte die skrupellose Diktatur des Präsidenten Juan Domingo Perón für den Niedergang verantwortlich, und diese endete 1955 mit dem Eingreifen des Militärs, worauf Perón ins Exil ging. Perón ist heute noch ein ebenso heißes Thema wie in seinen Jahren als Diktator. Die Menschen lieben ihn, oder sie hassen ihn, aber gleichgültig lässt er keinen.

Perón kam durch das Militär an die Macht und wurde 1946 Präsident, gut aussehend, charismatisch und gescheit. Zusammen mit seiner Frau, der schönen, wenn auch skrupellos ehrgeizigen Eva Duarte bildete er ein hinreißendes Gespann voller Charisma und widerlegte damit die Theorie, dass man aus einer »alten Familie« kommen musste, wenn man in Buenos Aires »etwas werden« wollte. Er stammte aus einer Kleinstadt, und sie war ein uneheliches

Kind, das in ländlicher Armut aufgewachsen war – ein modernes Aschenputtel.
Hector meinte, Peróns Macht wurzele in der loyalen Gefolgschaft der Arbeiterklasse, die er so sorgfältig herangezüchtet hatte. Er beschwerte sich darüber, dass Perón und seine Frau Evita die Arbeiter dazu ermuntert hätten, sich auf Almosen zu verlassen, statt zu arbeiten. Sie hätten den Reichen genommen und den Armen gegeben und das Land damit um seinen Wohlstand gebracht. Berühmt ist, wie Evita tausende Paar *alpargatas* bestellte (die traditionellen Schuhe der Arbeiterklasse), sie unter den Armen verteilte und sich dann weigerte, die Rechnung zu bezahlen: Stattdessen dankte sie dem unglückseligen Fabrikanten für sein großzügiges Geschenk an das Volk.
Für die Arbeiterklasse wurde Evita zur Ikone. Von den Armen und Unterdrückten wurde sie buchstäblich angebetet. Meine Großmutter, Maria Elena Solanas, erzählte uns eine packende Geschichte, wie sie einmal mit ihrer Cousine Susana ins Kino ging. Evitas Gesicht erschien auf der Leinwand, wie es vor dem Film immer geschah, und Susana flüsterte meiner Großmutter zu, dass Evita sich ja offensichtlich das Haar blond färbe. Als der Film zu Ende war, wurde Susana von einer Meute wütender Frauen auf die Damentoilette geschleift, wo man ihr brutal die Haare abschnitt. Solche Macht hatte Evita Perón; sie trieb die Menschen zur völligen Raserei.
Aber trotz ihrer Macht und ihres Ansehens war sie in den Augen der oberen Schichten kaum mehr als ein gewöhnliches Flittchen, das sich aus armen Verhältnissen emporgeschlafen hatte und zur reichsten, berühmtesten Frau der Welt geworden war. Aber die oberen Schichten waren eine Minderheit; als Evita 1952 mit dreiunddreißig Jahren starb, erschienen zwei Millionen Menschen bei ihrer Beerdigung, und ihre Arbeiter sandten eine Petition an den Papst und baten ihn, sie heilig zu sprechen. Ihr Leichnam wurde von einem spanischen Spezialisten namens Dr. Pedro Ara wie eine Wachsfigur einbalsamiert, und nachdem man sie aus Angst, es könnte sonst ein Kult entstehen, an verschiedenen geheimen Orten

überall auf der Welt beigesetzt hatte, wurde sie schließlich 1976 auf dem eleganten Friedhof von La Recoleta in Buenos Aires neben den »Oligarchen«, die sie gehasst hatte, zur letzten Ruhe gebettet. Nachdem Perón ins Exil geflohen war, wechselten die Regierungen in rascher Folge, weil die Militärs ständig in die Politik eingriffen. Arbeitete eine Regierung nicht zur Zufriedenheit, suchten die Militärs sich neue Marionetten. Mein Vater sagte, sie feuerten die Politiker, ehe sie ihnen eine Chance gegeben hätten. Tatsächlich war er mit dem Eingreifen der Militärs nur einmal zufrieden, nämlich 1976, als General Videla die inkompetente Isabelita, Peróns zweite Frau, aus dem Amt jagte, die die Präsidentschaft übernommen hatte, als ihr Mann nach einem kurzen Comeback im Jahr 1973 gestorben war.
Als ich meinen Vater fragte, warum das Militär solche Macht habe, erklärte er, das liege zum Teil daran, dass das spanische Militär Lateinamerika im sechzehnten Jahrhundert erobert habe. »Du musst dir das Militär wie einen bewaffneten Schuldirektor vorstellen«, sagte er einmal, und als Kind fand ich das einleuchtend – ich meine, mächtiger kann ja niemand sein, oder? Ich weiß nicht, wie sie es in den turbulenten und wechselhaften Zeiten geschafft haben, aber meine Familie war immer raffiniert genug, um auf der richtigen Seite zu stehen, ganz gleich, unter welcher Regierung.
In solchen gefährlichen Zeiten war Kidnapping eine echte Gefahr für Familien wie die meine. Auf Santa Catalina wimmelte es von Sicherheitsleuten. Aber für uns Kinder gehörten die Männer, die zu unserem Schutz engagiert worden waren, genauso zur Umgebung wie Pablo und José, und wir hinterfragten ihre Anwesenheit niemals. Sie wanderten auf der Farm umher, ihre dicken Bäuche quollen aus den Khakihosen, und ihre mächtigen Schnurrbärte zuckten in der Hitze. Santi imitierte die Art, wie sie umhergingen: Die eine Hand lag auf der Pistole, und mit der anderen kratzten sie sich im Schritt oder wischten sich mit einem schmutzigen Tuch über die schwitzende Stirn. Wenn sie nicht so fett gewesen wären, hätten sie vielleicht bedrohlich aussehen können, aber für uns waren sie dazu da, dass man sich über sie lustig machen konnte, oder sie

waren Teil unserer Spiele; es war immer eine Herausforderung, sie hereinzulegen.

Auch zur Schule wurden wir begleitet. Grandpa Solanas hatte einen Entführungsversuch überlebt, und deshalb sorgte mein Vater dafür, dass wir in der Stadt überall von Bodyguards begleitet wurden. Meine Mutter wäre entzückt gewesen, wenn sie Grandpa O'Dwyer an Stelle von *abuleo* Solanas entführt hätten. Ich bezweifle, dass sie für ihn Lösegeld gezahlt hätten. Wohlgemerkt, Gott hätte dem Kidnapper gnädig sein mögen, der dumm genug gewesen wäre, sich mit Grandpa O'Dwyer anzulegen!

In der Schule in der Stadt war es nichts Besonderes, wenn Kinder mit Leibwächtern kamen. In der Teepause flirtete ich oft mit ihnen. Sie lungerten in der Mittagshitze vor den Schultoren herum und lachten laut über Geschichten von Mädchen und Pistolen. Hätte es einen Entführungsversuch gegeben, wären diese Faultiere die Letzten gewesen, die etwas davon bemerkt hätten. Aber es machte ihnen Spaß, sich mit mir zu unterhalten. Maria, Santis Schwester, die stets Vorsichtige, winkte mich immer bang zum Rückzug auf den Schulhof. Je panischer sie wurde, desto unerhörter führte ich mich auf. Einmal kam meine Mutter, um mich abzuholen, weil Jacinto, der Chauffeur, krank geworden war, und sie wäre beinahe in Ohnmacht gefallen, weil mich alle mit Namen begrüßten. Als Carlito Blanco mir zuzwinkerte, glaubte ich, sie würde vor Wut platzen; ihr Gesicht war jedenfalls so rot wie eine von Antonios Tomaten. Danach war die Teepause nicht mehr so lustig. Mama hatte mit Miss Sarah gesprochen, und ich durfte mich nicht mehr am Schultor herumtreiben. Sie sagte, die Bodyguards seien »gewöhnliche Leute«, und ich dürfe nicht mit Leuten reden, die nicht unserer Schicht angehörten. Als ich alt genug war, um es zu verstehen, erzählte Grandpa O'Dwyer mir Geschichten, die mir zeigten, wie lächerlich es war, dass ausgerechnet sie so etwas sagte.

Ich verstand weder die Befürchtungen noch den »schmutzigen Krieg«, wie man es nannte, als die Militärs sich Mitte der siebziger Jahre, nach dem Tod Peróns, daranmachten, jeden zu vernichten, der sich ihrer Macht entgegenstellte. Ich erfuhr davon erst später, als ich nach vielen langen Jahren zurückkehrte und feststellte, dass Soldaten sich auch durch die Tore von Santa Catalina geschlichen hatten, um einen der Unseren zu holen. Ich war nicht da gewesen, als man die Menschen, die mir am nächsten standen, auseinander gerissen hatte und unser Heim von Fremden geschändet worden war.

Wie seltsam das Leben ist und wie unerwartet. Ich, Sofia Solanas Harrison, blicke zurück auf die vielfältigen Abenteuer, die ich erlebt habe, und denke daran, wie fern ich meiner Kindheit auf einer argentinischen Farm heute bin. An Stelle des flachen Landes der Pampa sind die rollenden Hügel des ländlichen England getreten, und trotz all ihrer Schönheit wünsche ich mir immer noch sehnsüchtig, diese Hügel mögen sich öffnen, und ich könnte sehen, wie diese endlose Ebene aus den Feldern emporsteigt und sich unter der argentinischen Sonne ausbreitet.

Zwei

Santa Catalina, Januar 1972

»Sofia, Sofia! *Por dios!* Wo steckt sie jetzt wieder?«
Anna Melody Solanas de O'Dwyer marschierte auf der Terrasse auf und ab und spähte müde und gereizt über die trockene Ebene hinaus. Eine elegante Frau in einem langen weißen Sonnenkleid, das feuerrote Haar zu einem unordentlichen Pferdeschwanz nach hinten gebunden, stand sie als kühle Silhouette vor dem argentinischen Sonnenuntergang. Die langen Sommerferien, die sich von Dezember bis März zogen, hatten ihre Geduld strapaziert. Sofia war wie ein wildes Tier; sie verschwand für Stunden und rebellierte gegen ihre Mutter mit einer Grobheit, auf die Anna nur schwer etwas erwidern konnte. Sie fühlte sich ausgelaugt, verbraucht. Sie sehnte sich danach, dass die heißen Tage endlich in den Herbst übergingen und die Schule wieder anfing. Zumindest in Buenos Aires wurden die Kinder von Sicherheitsleuten beschattet – und Gott sei gedankt für die Schule, dachte sie. Für die Disziplin waren dann die Lehrer verantwortlich.

»Jesus, Maria und Joseph, Frau, lass dem Kind doch ein bisschen die Zügel schießen. Wenn du sie zu hart an die Kandare nimmst, wird sie eines Tages die nächstbeste Gelegenheit nutzen und uns für immer verlassen«, knurrte Grandpa O'Dwyer und kam mit einer Baumschere auf die Terrasse geschlurft.

»Was hast du damit vor, Dad?«, fragte sie argwöhnisch; ihre wasserblauen Augen wurden schmal, als sie ihn über den Rasen schwanken sah.

»Na, den Kopf werde ich dir nicht abschneiden, falls du das

befürchtest, Anna Melody«, antwortete er glucksend und schnappte mit der Schere nach ihr.
»Du hast wieder getrunken, Dad.«
»Ein kleines Schnäpschen hat noch keinem geschadet.«
»Dad, Antonio macht den Garten. Da gibt es für dich nichts zu tun.« Verdrossen schüttelte sie den Kopf.
»Deine liebe Mutter hat ihren Garten geliebt. ›Der Rittersporn schreit danach, hochgebunden zu werden‹, sagte sie immer. Niemand liebte den Rittersporn so sehr wie deine Mutter.«
Dermot O'Dwyer war in Glengariff in Südirland geboren und aufgewachsen. Er heiratete seine Kindheitsgeliebte Emer Melody, als er gerade alt genug war, um seinen Lebensunterhalt zu verdienen. Dermot O'Dwyer wusste immer, was er wollte, und nichts und niemand konnte ihn je von seinen Absichten abbringen. Ein großer Teil der Brautwerbung hatte in der Ruine einer Abteikirche am Fuße der Hügel von Glengariff stattgefunden, und hier wurde das Paar auch getraut. Das Dach der Abteikirche war fast vollständig verschwunden, und Efeu drehte und wand seine gierigen Finger durch die klaffenden Löcher, entschlossen, sich noch zu holen, was nicht schon zerstört war.
Am Tag der Hochzeit regnete es so heftig, dass die junge Braut in Gummistiefeln zum Altar schritt und das weiße Kleid über die Knie hochraffte; ihre dicke Schwester Dorothy Melody folgte ihr mit einem weißen Schirm, den sie mit unsicherer Hand festhielt. Emer und Dorothy hatten noch acht Geschwister; es wären zehn gewesen, wenn die Zwillinge nicht vor ihrem ersten Geburtstag gestorben wären. Father O'Reilly schützte sich mit einem großen schwarzen Schirm vor dem Regen und sagte der großen Schar der versammelten Verwandten und Freunde, der Regen sei ein Glückszeichen, und Gott segne diese Verbindung mit Weihwasser vom Himmel.
Er hatte Recht. Dermot und Emer liebten einander bis zu dem Tag, da sie ihm genommen wurde, an einem trüben Morgen im Februar 1958. Er dachte nicht gern daran, wie sie bleich und kalt in der Küche auf dem Boden lag; also behielt er sie so in Erinnerung, wie

sie zweiunddreißig Jahre zuvor auf dem Weg zu ihrer Hochzeit ausgesehen hatte – mit Geißblatt im langen roten Haar, dem großzügigen, mutwilligen Mund und den kleinen, lächelnden Augen, die für ihn allein gefunkelt hatten. Nach ihrem Tod erinnerte ihn alles in Glengariff an sie. Also packte er seine paar Habseligkeiten – ein Fotoalbum, ihren Nähkorb, die Bibel seines Vaters und ein Bündel alte Briefe – und gab all sein Geld bis auf den letzten Penny für eine einfache Fahrkarte nach Argentinien aus. Anfangs glaubte seine Tochter ihm, als er sagte, er wolle nur ein paar Wochen bei ihr bleiben, aber als aus den Wochen Monate wurden, begriff sie, dass er für immer gekommen war.

Anna Melody war nach ihrer Mutter Emer Melody getauft worden. Dermot liebte ihren »klingenden« Namen so sehr, dass er das Baby einfach Melody O'Dwyer nennen wollte, aber Emer fand, Melody allein klinge zu sehr wie ein Name für eine Katze, und so hieß das Kind auch noch Anna nach ihrer Großmutter.

Als Anna Melody auf die Welt gekommen war, glaubte Emer, Gott habe entschieden, dass sie keine weiteren Kinder mehr brauchten. Sie erklärte, Anna Melody sei so schön, dass Gott ihnen nicht noch ein Kind geben wolle, das dann in Anna Melodys Schatten leben müsse. Emers Gott war gütig; er wusste, was für sie und ihre Familie am besten war, aber sie wünschte sich dennoch sehnlich noch mehr Kinder. Sie sah zu, wie ihre Geschwister genug Kinder in die Welt setzten, um eine ganze Stadt zu bevölkern, aber von ihrer Mutter hatte sie gelernt, dass sie Gott danken müsse für alles, was Er ihr nach Seinem Beschluss zu schenken bereit sei. Und es war Glück genug, dass sie wenigstens ein einziges Kind hatte, das sie lieben konnte. Also verschwendete sie die Liebe, die für zwölf gereicht hätte, an ihre zweiköpfige Familie und unterdrückte den nagenden Neid in ihrem Herzen, den sie jedes Mal verspürte, wenn sie mit Anna Melody ihre Vettern besuchte.

Anna Melody erfreute sich einer sorgenfreien Kindheit. Ihre Eltern verwöhnten sie, und nie musste sie ihr Spielzeug teilen oder warten, bis sie an der Reihe war, und wenn sie mit ihren Vettern zusammen war, brauchte sie nur zu wimmern, wenn sie ihren Willen nicht gleich bekam, und schon war ihre Mutter da, um zu tun, was nötig war, damit sie wieder lachte. Die anderen Kinder sahen das mit Argwohn. Sie behaupteten, Anna Melody sei eine Spielverderberin. Sie baten ihre Eltern, sie nicht mehr einzuladen. Wenn sie doch kam, beachteten sie sie nicht, oder sie sagten, sie solle nach Hause gehen, denn sie sei nicht erwünscht. Anna Melody war von ihren Vergnügungen ausgeschlossen. Nicht, dass es ihr etwas ausgemacht hätte. Sie konnte die anderen Kinder auch nicht leiden. Sie war ein sperriges Kind, das allein draußen in den Bergen glücklicher war als in der Enge einer Gruppe schäbiger Kinder, die wie streunende Katzen durch die Straßen von Glengariff rannten. Oben auf den Bergen konnte sie sein, was sie wollte, und sie träumte von einem feinen Leben, wie es die Filmstars führten, die sie im Kino sah, blank und glänzend, mit schönen Kleidern und langen, funkelnden Wimpern. Katherine Hepburn, Lauren Bacall, Deborah Kerr. Sie schaute auf die Stadt hinunter und sagte sich, eines Tages werde sie es besser haben als alle andern dort. Sie werde ihre grässlichen Cousinen verlassen und nie mehr zurückkommen.

Als Anna Melody dann Paco heiratete und Glengariff für immer verließ, verschwendete sie kaum einen Gedanken an ihre Eltern, die plötzlich allein zu Haus waren und sich mit ihrer Erinnerung trösten mussten. Das Haus wurde kalt und dunkel, als die geliebte Anna Melody es nicht mehr mit ihrem Lachen und ihrer Liebe wärmte. Emer war danach nicht mehr wie früher. Die zehn Jahre, die sie ohne ihre Tochter durchlitt, waren leer und voller Sehnsucht. Anna Melody schrieb viele Briefe und versprach immer wieder, sie zu besuchen, und diese Versprechungen hielten die Hoffnungen ihrer Eltern am Leben, bis sie im Innern begriffen hatten, dass es hohle Worte waren, niedergeschrieben ohne Gedanken und ohne ehrliche Absicht.

Als Emer 1958 starb, wusste Dermot, dass ihr Herz verdorrt und schließlich zerbrochen war. Aber er war stärker als sie und mutiger. Als er sich nach Buenos Aires aufmachte, fragte er sich, warum zum Teufel er das nicht schon Jahre zuvor getan hatte – hätte er es getan, so wäre seine geliebte Frau vielleicht heute noch bei ihm.

Anna (nur Dermot O'Dwyer nannte seine Tochter Anna Melody) beobachtete, wie ihr Vater in den Blumenbeeten wühlte, und sie wünschte, er wäre wie die Großväter anderer Kinder. Pacos Vater, der nach seinem eigenen Großvater Hector Solanas hieß, war immer schön gekleidet und glatt rasiert gewesen, selbst an den Wochenenden. Seine Sweater waren immer aus Cashmere gewesen, seine Hemden kamen alle aus der Savile Row in London, und er besaß eine ebenso große Würde wie König George von England. Für Anna war er praktisch ein König gewesen, und er war nie von seinem Sockel gestürzt. Noch im Tode ragte er über ihr auf, und noch immer sehnte sie sich nach seinem Beifall. Nach so vielen Jahren fehlte ihr noch immer das Gefühl, dazuzugehören; allen Bemühungen zum Trotz hatte es sich nie eingestellt. Manchmal war ihr, als beobachte sie die Welt hinter einer unsichtbaren Glasscheibe – als stehe sie an einem Ort, an dem niemand sie erreichen konnte.
»Señora Anna, Señora Chiquita ist am Telefon und möchte Sie sprechen.«
Anna fühlte sich jäh in die Gegenwart zurückgerissen, in der ihr Vater wie ein wahnsinniger Botaniker mit seiner Schere nach allem schnappte, was grün war.
»*Gracias*, Soledad. Wir werden nicht auf Señorita Sofia warten, sondern wie gewöhnlich um neun Uhr essen«, antwortete sie und ging ins Haus, um mit ihrer Schwägerin zu sprechen.
»*Como quiera,* Señora Anna«, antwortete Soledad demütig, und lächelnd tappte sie zurück in die heiße Küche. Von Señora Annas drei Kindern liebte sie Sofia am meisten.
Soledad war bei Señor Paco angestellt, seit sie siebzehn war. Sie war die frisch verheiratete Nichte von Chiquitas Hausmädchen Encarnación gewesen, und sie war zum Kochen und Putzen engagiert worden, während ihr Mann Antonio sich um das Anwesen zu kümmern hatte. Antonio und Soledad waren kinderlos; sie hatten versucht, Kinder zu bekommen, aber ohne Erfolg. Sie erinnerte sich an die Zeit, als Antonio überall und an jedem Ort in sie eingedrungen war, ob am Herd oder hinter einem Busch – wann immer sich die Gelegenheit dazu bot, hatte Antonio sie ergriffen. Welch

ein junges Liebespaar waren sie gewesen, dachte sie stolz. Aber zu beider großem Erstaunen war dabei kein Kind gezeugt worden. Soledad hatte sich damit getröstet, Sofia wie ihr eigenes zu behandeln. Während Señora Anna all ihre Zeit den Söhnen widmete, hatte man Soledad selten ohne die kleine Sofia gesehen, in ihre Schürze gehüllt oder an ihre mütterlichen Brüste geschmiegt. Sie gewöhnte sich sogar an, das Kind mit ins Bett zu nehmen; die Kleine schlief anscheinend so besser, umhüllt vom weiblichen Duft und dem weichen Fleisch ihres Hausmädchens. Voller Sorge, das Kind könnte von der Mutter nicht genug Liebe bekommen, übernahm Soledad das Kinderzimmer, um einen Ausgleich dafür zu schaffen. Señora Anna schien nichts dagegen zu haben, im Gegenteil, sie wirkte beinahe dankbar. Sie interessierte sich nie besonders für ihre Tochter. Aber Soledad war nicht dazu da, die Welt in Ordnung zu bringen. Das war nicht ihre Sache. Die Spannungen zwischen Señor Paco und Señora Anna gingen sie nichts an, und sie sprach mit den anderen Hausmädchen darüber nur, um zu rechtfertigen, weshalb sie so viel Zeit mit Sofia verbrachte. Aus keinem anderen Grund. Sie war kein Klatschmaul. Aber sie umhegte das Kind mit glühender Hingabe, als ob ihr der kleine Engel allein gehörte.

Jetzt schaute sie auf die Uhr. Es war spät. Sofia würde wieder einmal Ärger bekommen. Sie bekam immer Ärger. Anscheinend brauchte sie ihn zum Leben. Armes Lämmchen, dachte Soledad, während sie in der Thunfischsoße rührte und den Kalbsbraten begoss. Sie lechzt nach Aufmerksamkeit – das sieht jeder Dummkopf.

Anna marschierte ins Wohnzimmer, kopfschüttelnd vor Wut, und griff zum Telefonhörer.

»*Hola,* Chiquita«, sagte sie knapp und lehnte sich an die schwere Holztruhe.

»Anna, es tut mir so Leid, Sofia ist wieder mit Santiago und Maria losgezogen. Sie müssten jeden Augenblick wieder da sein …«

»Schon wieder!« Anna explodierte. Sie nahm eine Zeitschrift vom Tisch und fächelte sich damit in ihrer Erregung Kühlung zu. »Santiago sollte ein bisschen mehr Verantwortungsbewusstsein zeigen. Er wird im März achtzehn. Dann ist er ein Mann. Was er mit einem fünfzehnjährigen Kind herumzualbern hat, kann ich mir wirklich nicht erklären. Aber es ist ja nicht das erste Mal. Hast du ihm beim letzten Mal denn nichts gesagt?«

»Doch, natürlich«, antwortete die andere Frau geduldig. Sie konnte es nicht leiden, wenn ihre Schwägerin die Beherrschung verlor.

»*Por dios,* Chiquita, ist dir nicht klar, dass Kidnapper nur darauf warten, sich Kinder wie unsere zu schnappen?«

»Anna, beruhige dich doch ein wenig. Es ist hier ganz ungefährlich, und sie sind sicher auch nicht weit weg ...« Aber Anna hörte nicht zu.

»Santiago hat einen schlechten Einfluss auf Sofia«, geiferte sie. »Sie ist jung und leicht zu beeindrucken; also schaut sie zu ihm auf. Maria ist doch ein vernünftiges Mädchen; sie sollte es wirklich besser wissen.«

»Ich weiß. Ich werde es den beiden sagen«, versprach Chiquita müde.

»Gut.«

Nach kurzem, unbehaglichem Schweigen versuchte Chiquita, auf ein neues Thema zu kommen.

»Das Asado morgen, vor dem Match – kann ich irgendwie helfen?«, fragte sie leicht bemüht. »Irgendwie?«

»Nein, ich komme zurecht, danke.« Anna wurde ein wenig sanfter. »Ach, es tut mir Leid, Chiquita. Manchmal weiß ich nicht, was ich mit Sofia anfangen soll. Sie ist so dickköpfig und gedankenlos. Die Jungen machen mir überhaupt keine Schwierigkeiten. Ich weiß nicht, woher sie das hat.«

»Ich auch nicht«, antwortete Chiquita trocken.

»Heute ist der schönste Abend des Sommers«, seufzte Sofia auf einem der höchsten Äste des Ombu-Baums.

Es gibt keinen zweiten Baum auf der Welt wie den Ombu. Er ist riesig und hat tief sitzende, waagerechte Äste, und sein enormer Umfang zählt oft mehr als fünfzehn Meter. Die dicken Wurzeln erstrecken sich strahlenförmig in langen, buckligen Tentakeln um den Stamm, als habe der Baum angefangen zu schmelzen und zerfließe wie Wachs auf dem Boden. Der Ombu mit seiner eigentümlichen Gestalt ist der einzige Baum, der auf diesen trockenen Ebenen heimisch ist. Der einzige Baum, der wirklich hierher gehört. Die Indianer hatten ihre Götter in seinen Ästen gesehen, und es hieß, kein Gaucho schlafe bis heute darunter. Für die Kinder, die auf Santa Catalina aufwuchsen, war es ein Zauberbaum. Er erfüllte Wünsche, wenn er es für richtig hielt, und weil er so hoch war, gab er einen perfekten Aussichtsturm ab, von dem aus sie meilenweit sehen konnten. Vor allem aber übte der Ombu eine geheimnisvolle Verlockung aus, die man einfach nicht genau fassen konnte, eine Verlockung, die Generationen von Kindern dazu gebracht hatte, in seinen Ästen das Abenteuer zu suchen.

»Ich kann José und Pablo sehen. Beeilt euch, seid nicht so langweilig!«, rief sie ungeduldig hinunter.

»Ich komme ja, nur Geduld«, rief Santi seiner Cousine zu und versorgte geschäftig die Ponys.

»Santi, hilfst du mir hoch?«, bat Maria ihren Bruder mit ihrer leisen, heiseren Stimme und beobachtete dabei, wie Sofia immer höher in das Spaghettigewirr der dicken Äste kletterte.

Maria hatte Sofia schon immer bewundert. Sie war mutig, offen und selbstsicher. Sie waren ihr Leben lang die besten Freundinnen gewesen und hatten alles zusammen getan: Ränke geschmiedet und sich verschworen, gespielt und Geheimnisse miteinander geteilt. Marias Mutter Chiquita hatte sie *las dos sombras* genannt, die zwei Schatten, als sie kleiner waren, weil die eine immer wie ein Schatten an der anderen hing.

Die übrigen Mädchen auf der Farm waren entweder älter oder jünger, und deshalb waren Sofia und Maria, weil sie gleichaltrig waren, naturgemäß Verbündete in einer von Jungen beherrschten Familie. Sie hatten beide keine Schwestern, und deshalb hatten sie schon vor Jahren beschlossen, »Blutsschwestern« zu werden: Sie hatten sich mit einer Nadel in den Finger gestochen, und dann hatten sie die Finger zusammengedrückt, um ihr Blut zu »vereinen«. Von da an hatten sie ein besonderes Geheimnis gehabt, von dem niemand sonst wusste. Sie hatten dasselbe Blut, und damit waren sie Schwes-

tern. Dieses geheime Band zwischen ihnen betrachteten sie mit Stolz und Hochachtung.
Aus dem Wipfel des Baumes konnte Sofia die ganze Welt sehen – und wenn auch nicht die ganze Welt, dann doch wenigstens *ihre* Welt, die sich unter einem eindrucksvollen Himmel vor ihr ausbreitete. Der Horizont war ein Riesenkessel voller Farben, denn die Sonne war fast untergegangen und überflutete den Himmel jetzt mit rosa und goldenen Klecksen. Die Luft war klebrig, und Moskitos schwebten bedrohlich zwischen den Blättern.
»Ich bin schon wieder gestochen worden.« Maria kratzte sich das Bein.
»Hier«, sagte Santi, und er bückte sich und umfasste den Fuß seiner jüngeren Schwester. Mit einer schwungvollen Bewegung hob er sie so hoch, dass sie sich mit dem Bauch über den untersten Ast lehnen konnte. Von dort kam sie allein weiter.
Santi erkletterte den Baum mit einer Behändigkeit, die alle, die ihn gut kannten, mit Staunen sahen. Als Kind hatte er sich beim Polo verletzt; davon war ihm ein leichtes Hinken geblieben. Seine Eltern hatten befürchtet, dass diese Behinderung sich später im Leben nachteilig auswirken könnte; sie hatten ihn in die USA geflogen und zu jedem denkbaren Spezialisten gebracht. Aber die Mühe hätten sie sich sparen können. Santi hatte sich den Vorhersagen der Ärzte widersetzt und Wege gefunden, sie alle zu umgehen. Als kleiner Junge hatte er schneller laufen können als alle seine Cousins, schneller sogar als die, die ein paar Jahre älter waren als er – obwohl er auf eine etwas merkwürdige Art und Weise rannte und den einen Fuß immer nach innen drehte. Als junger Mann war er der beste Polospieler auf der Ranch. »Es gibt keinen Zweifel«, sagte sein Vater stolz, »der junge Santiago besitzt einen seltenen Mut, wie man ihn heutzutage nicht mehr oft findet. Er wird noch weit kommen. Und er wird sich jeden Schritt des Weges verdienen.«
»Fantastisch, nicht wahr?« Sofia strahlte triumphierend, als ihr Vetter zu ihr heraufkam. »Hast du dein Taschenmesser? Ich möchte mir was wünschen.«
»Was willst du dir diesmal wünschen? Es wird sowieso nicht

wahr«, sagte Santi. Er setzte sich auf einen Ast und ließ die Beine baumeln. »Ich weiß nicht, wieso du dir die Mühe machst.« Er rümpfte die Nase. Aber Sofias Hand strich schon über den Baumstamm und suchte in der Rinde nach Spuren ihrer Vergangenheit.
»O doch, das wird es. Vielleicht nicht dieses Jahr, aber eines Tages, wenn es wirklich wichtig ist. Der Baum weiß schon, welche Wünsche er gewähren muss und welche er lieber ignoriert.« Sie tätschelte den Baum zärtlich.
»Gleich wirst du mir noch erzählen, dass der verdammte Baum denken und fühlen kann.« Spöttisch strich Santi sich das dichte blonde Haar mit verschwitzter Hand aus der Stirn.
»Du bist ein ahnungsloser Dummkopf, Santi, aber eines Tages wirst du's schon lernen. Wart's nur ab. Eines Tages wirst du es nötig haben, dass ein Wunsch wahr wird, und wenn niemand hinschaut, schleichst du dich im Dunkeln hierher und schnitzt dein Zeichen in den Stamm.« Sie lachte.
»Lieber gehe ich zur alten Hexe ins Dorf. Sie hat eine bessere Chance, meine Zukunft zu lenken, als dieser blöde Baum.«
»Geh doch zu ihr, wenn du willst – vorausgesetzt, du kannst lange genug den Atem anhalten, damit du ihren Gestank nicht riechst. Hier ist einer!«, rief sie unvermittelt; sie hatte einen der letzten Wünsche gefunden, die sie hier ins Holz geschnitzt hatte. Wie eine alte Wunde hatte er eine glatte, weiße Narbe hinterlassen.
Maria kam zu ihnen, rot und erhitzt von der Anstrengung. Das lohbraune Haar fiel ihr in feinen Locken über die Schultern und klebte leicht an ihren schweißglänzenden runden Wangen.
»Schaut euch die Aussicht an. Wie prachtvoll.« Atemlos blickte sie in die Runde. Aber ihre Cousine hatte das Interesse an der Aussicht verloren und suchte geschäftig die Rinde nach ihren Kunstwerken ab.
»Ich glaube, das da war meins.« Sofia kletterte auf den Ast über Santi, um besser sehen zu können. »Ja, das ist entschieden meins – mein Symbol, siehst du?«
»Das war vielleicht vor sechs Monaten ein Symbol, aber jetzt ist es

ein Fleck«, sagte Santi. Er stemmte sich hoch und ließ sich auf einem anderen buckligen Ast nieder.

»Ich habe einen Stern gemacht. Sterne kann ich ziemlich gut«, erwiderte sie stolz. »Hey, Maria, wo ist deins?«

Maria schob sich zaghaft auf den Ast hinauf. Sie orientierte sich kurz, kletterte dann über Santis Ast hinweg und setzte sich auf einen, der weiter unten und dichter am Stamm lag. Dann hatte sie ihr Zeichen gefunden und betastete es nostalgisch.

»Mein Symbol war ein Vogel.« Sie lächelte bei der Erinnerung.

»Wofür war das?«, fragte Sofia und sprang furchtlos zu ihr hinunter.

»Ihr lacht, wenn ich es euch erzähle«, sagte Maria verschämt.

»Nein, tun wir nicht«, sagte Santi. »Ist es wahr geworden?«

»Natürlich nicht, und das wird es auch nicht. Aber es lohnt sich trotzdem, sich etwas zu wünschen.«

»Und?«, drängte Sofia. Je mehr ihre Cousine zögerte, es ihnen zu erzählen, desto neugieriger war sie.

»Okay. Ich habe mir eine schöne Stimme gewünscht, damit ich zu Mamas Gitarre singen kann.« Sie hob den Blick ihrer nussbraunen Augen und sah, dass beide lachten.

»Der Vogel ist also das Symbol für ›Gesang‹.« Santi grinste breit.

»Wahrscheinlich, aber deshalb habe ich es nicht unbedingt geschnitzt.«

»Warum dann, Dummerchen?«

»Weil ich Vögel gern mag, und weil einer auf dem Baum saß, als ich den Wunsch geschnitzt habe. Er war ganz nah. Allerliebst. Wisst ihr, Papa sagt immer, das Symbol braucht nichts mit dem Wunsch zu tun zu haben. Man muss nur sein Zeichen hinterlassen. Aber so komisch ist mein Vogel nun auch nicht – und es ist jetzt ein Jahr her. Da war ich erst vierzehn. Wenn mein Wunsch so komisch ist – was war denn deiner, Sofia?«

»Ich habe mir gewünscht, dass Papa mich bei der Copa Santa Catalina mitspielen lässt«, antwortete Sofia hochfahrend und wartete auf Santis Reaktion. Wie erwartet, brach er in übertriebenes Gelächter aus.

»Bei der Copa Santa Catalina? Das kann nicht dein Ernst sein!«, rief er erstaunt. Drängend machte er die hellgrünen Augen schmal und zog eine Grimasse, um seinen Unglauben zu zeigen.
»Es ist mein voller Ernst!«, antwortete sie herausfordernd.
»Und wieso ein Stern?« Maria wischte sich die Schulter sauber, denn ein Moosfleck hatte ihr Hemd beschmutzt.
»Weil ich ein Polo-Star sein möchte«, erzählte Sofia beiläufig, als gehe es darum, Krankenschwester zu werden.
»*Mentirosa!* Chofi, wahrscheinlich kannst du bloß nichts anderes zeichnen. Maria ist die einzige Künstlerin in dieser Familie.« Santi ließ sich glucksend auf seinem Ast zurücksinken. »Die Copa Santa Catalina. Du bist doch noch ein Kind.«
»Ein Kind, du hochnäsiger Esel?« Sie tat empört. »Ich werde im April sechzehn. Bis dahin sind's nur noch drei Monate, und dann bin ich eine Frau.«
»Chofi, du wirst niemals eine Frau, weil du nie ein Mädchen warst«, sagte er in Gedanken an ihre jungenhafte Art. »Mädchen sind wie Maria. Nein, Chofi, du bist überhaupt kein Mädchen.«
Sofia sah, wie er rücklings auf seinem Ast lag. Seine Jeans war weit und abgetragen und saß tief auf den Hüften. Sein T-Shirt war auf der Brust hochgerutscht und entblößte einen flachen braunen Bauch und spitze Hüftknochen, die hervorstachen, als ob er dringend etwas zu essen brauchte. Dabei aß niemand mehr als Santi. Er verschlang sein Essen mit der Dringlichkeit eines Menschen, der lange Zeit nichts bekommen hat. Sie wollte mit den Fingern über seine Haut streichen und ihn kitzeln. Jeder Vorwand wäre ihr recht, ihn zu berühren. Sie schubsten einander die meiste Zeit herum, und der Körperkontakt erregte sie. Aber seit ein oder zwei Stunden hatte sie ihn nicht mehr angefasst, und das Bedürfnis danach wurde unwiderstehlich.
»Wo ist denn deins?«, fragte sie und zog seine Aufmerksamkeit wieder auf sich.
»Ach, ich weiß nicht, und es ist mir auch egal. Ist sowieso Blödsinn.«
»Ist es nicht«, widersprachen die Mädchen wie aus einem Munde.

»Papa wollte jeden Sommer, dass wir unsere Wünsche hier hinein schnitzten, wisst ihr noch?«, sagte Sofia wehmütig.
»Sie haben es als Kinder ja auch getan. Bestimmt sind ihre Spuren noch hier, wenn wir danach suchen«, sagte Maria begeistert.
»Die werden längst weg sein, Maria. Sie verschwinden nach ein, zwei Jahren, glaube ich«, sagte Santi wissend. »Auf alle Fälle braucht man eine Menge Zauberei, um Paco dazu zu bringen, dass er Sofia erlaubt, bei der Copa Santa Catalina mitzuspielen.« Er fing wieder an zu lachen und hielt sich dabei mit beiden Händen den Bauch, um zu zeigen, wie drollig er ihre Ambitionen fand. Sofia sprang geschmeidig von ihrem Ast auf seinen und strich mit der Hand über seinen Bauch, bis die Mischung aus Lust und Pein ihn quieken ließ.
»Chofi, tu das nicht hier oben. Wir fallen beide runter und brechen uns das Genick«, keuchte er zwischen zwei Lachanfällen, als ihre Finger die Linie übersprangen, die seine Sonnenbräune von der geheimen weißen Haut trennte, die sich in seinen Shorts vor der Sonne verbarg. Er packte sie beim Handgelenk und drückte so hart zu, dass sie zusammenfuhr. Santi war siebzehn, zwei Jahre älter als die beiden Mädchen. Sofia fand es erregend, wenn er sie mit seiner überlegenen Kraft beherrschte, aber es gehörte zum Spiel, dass sie so tat, als gefalle es ihr nicht.
»Ich finde es gar nicht so abwegig«, behauptete sie und drückte ihr schmerzendes Handgelenk an die Brust.
»Es ist völlig abwegig, Chofi.« Er zwinkerte spöttisch.
»Warum denn?«
»Weil Mädchen keine Turniere spielen.«
»Na, irgendwann passiert alles zum ersten Mal«, erklärte sie trotzig. »Ich glaube, am Ende lässt Papa mich doch mitreiten.«
»Aber nicht bei der Copa Santa Catalina. Mit diesem Match verbindet sich eine Menge Stolz, Chofi – und überhaupt, Agustin ist der Vierte.«
»Du weißt, dass ich genauso gut spiele wie Agustin.«
»Nein, weiß ich nicht. Aber wenn du *doch* mitspielst, dann hat das nichts mit Zauberei zu tun. Mogeleien, Manipulation – das ist eher

dein Stil. Der arme Paco frisst dir aus der Hand, und er weiß es nicht mal.«

»Jeder frisst Sofia aus der Hand, Santi«, sagte Maria lachend und ohne eine Spur von Neid.

»Mama nicht«, sagte Sofia.

»Du verlierst dein Händchen, Chofi.«

»Für Anna hat Sofia noch nie ein Händchen gehabt.«

Die Copa Santa Catalina war das jährliche Polospiel gegen die benachbarte Estancia, La Paz. Die beiden Estancias konkurrierten seit vielen Jahren, ja seit Generationen, und im Jahr zuvor war Santa Catalina um ein einziges Tor unterlegen. Die Cousins auf Santa Catalina – und davon gab es viele – spielten in den Sommermonaten fast jeden Nachmittag Polo, ganz so, wie Annas Cousins zu Hause in Glengariff immer Hurling gespielt hatten. Sofias Vater Paco und sein Bruder Miguel interessierten sich am meisten dafür, und sie trieben die Jungen dazu, ihr Spiel zu verbessern. Santi spielte bereits mit einem Handicap von sechs Goals, was ausgezeichnet war, weil das beste Handicap zehn war, und weil man ein sehr guter Spieler sein musste, um sich überhaupt für ein Handicap zu qualifizieren. Miguel war rasend stolz auf seinen Sohn und bemühte sich kaum, seine Vorliebe zu verbergen.

Fernando, Santis älterer Bruder, spielte nur mit einem Vier-Goal-Handicap. Es ärgerte Fernando, dass sein jüngerer Bruder ihn in allem übertraf. Die Demütigung war desto größer, weil der Junge nicht bloß der bessere Sportler war, sondern der bessere Sportler *und* ein Krüppel. Außerdem war ihm nicht entgangen, dass Santi nicht bloß das Herzblättchen seiner Eltern war, sondern ein ganzer Blätterwald. Also wünschte er sich innig, sein Bruder möge scheitern; nachts knirschte er mit den Zähnen, weil er es sich so inbrünstig wünschte – aber Santi war anscheinend unbezwingbar. Und jetzt hatte der verdammte Zahnarzt Fernando eine hässliche Spange verpasst, die er nachts tragen musste, um seine Zähne zu retten: ein weiterer Nagel, den Santi vergnügt in seinen Sarg hämmerte.

Sofia hingegen hatte zwei ältere Brüder, Rafael und Agustin, und zusammen waren das die vier Spieler im Team. Rafael spielte ebenfalls mit Vier-Goal-Handicap, und Agustin hatte zwei. Sofia kam zu ihrem übergroßen Ärger überhaupt nicht in Betracht.

Sofia wünschte, sie wäre als Junge geboren. Sie hasste Mädchenspiele und war stets lieber den Jungen hinterhergelaufen, immer in der Hoffnung, dass sie sie mitmachen ließen. Und Santi ließ sie immer dabei sein. Er nahm sich oft Zeit, ihr beim Polo weiterzuhelfen, und bestand darauf, dass sie mit den Jungen trainieren durfte, obwohl er den wütenden Widerstand seiner Brüder und Cousins überwinden musste, denen es ein Gräuel war, mit einem Mädchen Polo zu spielen, zumal wenn dieses Mädchen besser spielte als einige von ihnen. Santi behauptete, er habe sie nur mitmachen lassen, damit Ruhe war. »Du konntest äußerst anstrengend sein, und da war es leichter, nachzugeben«, sagte er. Santi war ihr Lieblingscousin. Er war immer für sie eingestanden. Tatsächlich war er ein besserer Bruder, als Rafael und der unglückliche Agustin es je würden sein können.

Jetzt warf Santi ihr sein Taschenmesser zu. »Na los, wünsch dir was«, sagte er faul und zog eine Schachtel Zigaretten aus der Hemdtasche. »Willst du auch, Chofi?«

»Na klar, warum nicht?«

Er nahm eine Zigarette heraus, zündete sie an, tat einen tiefen Zug und reichte sie dann zu seiner Cousine herunter. Sofia schwang sich gewandt wie ein venezolanisches Äffchen auf einen höheren Ast und ließ sich dort mit gekreuzten Beinen nieder. Braune Knie schimmerten durch die zerfransten Risse in den Hosenbeinen ihrer Jeans.

»Tja, was wünsche ich mir diesmal?« Seufzend klappte sie das Messer auf.

»Sieh zu, dass es nicht unerfüllbar ist«, riet Santi und warf einen Blick hinüber zu seiner Schwester, die still dasaß und ihre Cousine mit unverhüllter Bewunderung beobachtete. Sofia paffte an der Zigarette und blies den Rauch dann voller Abscheu von sich.

»Hey, gib mir die Zigarette zurück, wenn du sie nicht richtig rauchst. Vergeude sie nicht«, sagte er gereizt. »Du hast keine Ahnung, wie schwierig es ist, die Dinger in die Finger zu kriegen.«

»Lüg nicht. Encarnación besorgt sie dir«, sagte Sofia gelassen und

fing an, in die Rinde zu schnitzen. Nach dem ersten Schnitt löste sich die weiche Rinde ganz leicht; wie Schokolade ließen sich die Späne abschneiden.
»Wer hat dir das erzählt?«, fragte er vorwurfsvoll.
»Maria.«
»Ich wollte nicht …«, begann Maria schuldbewusst.
»Hör mal, wen interessiert das, Santi? Das kümmert doch niemanden. Wir werden dein Geheimnis schon für uns behalten.« Sofia interessierte sich jetzt mehr für ihren Wunsch als für den Zank, den sie zwischen Bruder und Schwester entfacht hatte.
Santi inhalierte tief. Er hielt die Zigarette zwischen Daumen und Zeigefinger und sah zu, wie Sofia in die Rinde schnitzte. Er war mit ihr aufgewachsen und hatte in ihr immer nur eine weitere Schwester gesehen, eine Schwester neben Maria. Fernando würde da nicht zustimmen; er fand Sofia im günstigsten Fall anstrengend.
Ihr Gesicht zeigte jetzt intensive Konzentration. Sie hatte wunderschöne Haut, fand Santi. Sie war glatt und braun wie die Milchschokoladenmousse von Encarnación. Ihr Profil war von einer gewissen Arroganz; vielleicht lag es an der Art, wie ihre Nase an der Spitze aufwärts gerichtet war – oder war es das kraftvolle Kinn? Auch ihr Charakter gefiel ihm; sie war trotzig und schwierig. Der Ausdruck ihrer mandelförmigen braunen Augen konnte mit einem Wimpernschlag von Sanftmut zu Tyrannei wechseln, und wenn Sofia zornig war, verdunkelte sich die Farbe ihrer Augen von Kastanienbraun zu einem tiefen Rotbraun, wie er es noch in keinem anderen Auge gesehen hatte. Niemand konnte behaupten, dass man mit ihr immer ein leichtes Spiel hatte. Er bewunderte diese Eigenschaft; sie hatte eine Ausstrahlung, die Menschen anzog, auch wenn sie sich manchmal die Finger verbrannten, wenn sie ihr zu nah kamen. Er sah es gern, wenn sie sich verbrannten; er sah es aus der einzigartigen Position seines besonderen Status. Er war immer da, und zu ihm konnte sie zurückkommen, wenn eine ihrer Freundschaften einmal scheiterte.
Nach einer Weile lehnte Sofia sich zurück und betrachtete lächelnd ihr Kunstwerk.

»Na, was ist es denn?«, fragte Maria und lehnte sich hinaus, um besser zu sehen.
»Erkennst du es nicht?«, fragte Sofia entrüstet.
»Tut mir Leid, Sofia, nein.«
»Es ist ein Liebesherz.« Sie schaute Maria an, und die runzelte fragend die Stirn.
»Ach?«
»Ein bisschen abgedroschen, oder? Wer ist denn der Glückspilz?«, fragte Santi, der wieder rücklings auf seinem Ast lag und Arme und Beine lethargisch in der Luft baumeln ließ.
»Sag ich nicht. Ist ein Wunsch.« Keusch senkte sie den Blick. Sofia wurde selten rot, aber in den letzten Monaten entdeckte sie neue Gefühle für ihren Cousin. Wenn er ihr auf seine intensive Art in die Augen schaute, färbte sich ihr Gesicht, und ihr Herz fing ohne ersichtlichen Grund an zu hüpfen wie ein Kaninchen. Sie bewunderte ihn, schaute zu ihm auf, betete ihn an. Seltsamerweise hatte ihr Gesicht sich angewöhnt, zu erröten. Das hatte nichts mit ihr zu tun; man hatte sie nicht befragt, es war einfach so gekommen. Als sie sich bei Soledad darüber beschwerte, dass sie rot wurde, wenn sie mit Jungen redete, da lachte ihr Kindermädchen und meinte, das gehöre eben zum Erwachsenwerden. Sofia hoffte, dass sie daraus auch schnell wieder herauswachsen würde. Mit neugierigem Hochgefühl dachte sie über diese neuen Regungen nach, aber Santi war meilenweit weg und blies den Rauch von sich wie ein alter Indianer. Maria nahm das Messer und schnitzte eine kleine Sonne.
»Möge ich mit einem langen, glücklichen Leben gesegnet sein«, sagte sie.
»Das ist aber ein komischer Wunsch«, sagte Sofia und rümpfte geringschätzig die Nase.
»Man darf nie etwas als selbstverständlich hinnehmen, Sofia«, widersprach Maria ernsthaft.
»O mein Gott, du hast meiner rasenden Mutter zugehört. Wirst du jetzt dein Kruzifix küssen?« Maria lachte, als Sofia ihr Gesicht in fromme Falten legte und sich respektlos bekreuzigte.

»Willst du dir denn nichts wünschen, Santi? Komm schon, es ist Tradition!«, drängte sie.
»Nein, es ist Mädchenkram«, widersprach er.
»Wie du willst.« Sofia ließ sich gegen den Baumstamm fallen. »Mmmm. Riecht ihr den Eukalyptus?« Eine seidige Brise strich ihr sanft über die heißen Wangen und trug den unverwechselbaren Medizingeruch von Eukalyptus heran. »Wisst ihr, von allen Gerüchen auf dem *campo* mag ich diesen am liebsten. Wenn ich auf hoher See verschollen wäre und so etwas riechen würde, dann würde ich um die Heimat weinen.« Sie seufzte melodramatisch.
Santi inhalierte tief und blies ein paar Rauchringe. »Ja, das finde ich auch. Mich erinnert es immer an den Sommer.«
»Ich rieche keinen Eukalyptus. Das Einzige, was ich rieche, ist Santis Marlboro«, klagte Maria und wedelte mit der Hand vor ihrem Gesicht herum.
»*Bueno*, dann setz dich doch nicht genau in den Windzug«, gab er zurück.
»Nein, Santi, setz du dich doch auf die andere Seite!«
»*Mujeres!*«, seufzte er. Sein sandblondes Haar umgab seinen Kopf wie eine mysteriöse Aura von der Sorte, von der die alte Hexe im Dorf schwadronierte. Anscheinend besaß jeder eine, nur die ganz bösen Menschen nicht. Die drei lagerten wie Katzen auf den Ästen und suchten in der Dämmerung schweigend nach den ersten Sternen.
Die Ponys schnaubten und stampften müde unter dem Ombu, und hin und wieder verlagerten sie ihr Gewicht, um ihre Füße ausruhen zu lassen; sie schüttelten die Köpfe und wehrten geduldig die Wolken von Fliegen und Moskitos ab, die sie umschwärmten. Schließlich schlug Maria vor, sich auf den Heimweg zu machen.
»Bald ist es ganz dunkel«, sagte sie ängstlich und stieg auf ihr Pony.
»Mama wird mich umbringen.« Sofia seufzte; sie sah Annas Wut bereits vor sich.
»Und ich habe vermutlich wieder Schuld«, stöhnte Santi.
»Na ja, Santiago, du bist der Erwachsene – du sollst schließlich auf uns aufpassen.«

»Solange deine Mutter auf dem Kriegspfad ist, Chofi, möchte ich diese Verantwortung, glaube ich, lieber nicht übernehmen.« Anna war bekannt für ihre Wutanfälle.
Sofia sprang auf ihr Pony und führte es mit erfahrener Hand durch die Dunkelheit.
Auf der Ranch angekommen, gaben sie die Ponys dem alten José, dem obersten Gaucho, der am Zaun lehnte und mit der Geduld eines Menschen auf sie wartete, dem Zeit sehr wenig bedeutete. Sanft missbilligend schüttelte er den grauen Kopf.
»Señorita Sofia, deine Mutter ruft schon den ganzen Abend hier an«, sagte er tadelnd. »Die Zeiten sind gefährlich, *niña*. Du musst aufpassen.«
»Ach, lieber José, du solltest dir nicht so viele Sorgen machen. Du weißt doch, dass mir nichts passieren wird.« Und lachend lief sie hinter Maria und Santi her, die schon auf die Lichter zugegangen waren.
Wie vorausgesagt, war Anna außer sich. Wie ein Springteufel fuhr sie hoch, als sie ihre Tochter erblickte, und fuchtelte mit den Armen, als habe sie keine Kontrolle darüber.
»Wo um alles in der Welt bist du gewesen?«, rief sie, und ihr rotes Gesicht bildete einen schrecklichen Kontrast zu ihrem Haar.
»Wir sind ausgeritten und haben die Zeit vergessen. Es tut mir Leid.«
Agustin und Rafael, ihre beiden älteren Brüder, räkelten sich auf den Sofas und grinsten ironisch.
»Was haben die da zu grinsen? Agustin, hör auf zu lauschen. Das hier geht euch nichts an.«
»Sofia, du bist eine lügenhafte Kröte«, sagte Agustin auf dem Sofa.
»Rafael, Agustin, das ist kein Witz«, fauchte ihre Mutter entnervt.
»Ab in dein Zimmer, Señorita Sofia«, fügte Agustin leise hinzu.
Aber Anna war nicht in der Stimmung für seine Scherze. Unterstützung suchend schaute sie ihren Mann an, aber Paco wandte sich wieder seinen Söhnen und der Copa Santa Catalina zu. Grandpa O'Dwyer, der sowieso keine Hilfe gewesen wäre, schnarchte laut in seinem Sessel in der Ecke. Also war Anna wie immer allein übrig,

um die Tyrannin zu spielen. Sie wandte sich ihrer Tochter zu und schickte sie mit einem geübten Märtyrerseufzen ohne Abendbrot ins Bett.

Sofia verließ das Wohnzimmer und spazierte unbeirrt in die Küche. Wie sie gehofft hatte, war Soledad vorbereitet und erwartete sie mit *empanadas* und einem Teller dampfender *zapallo*-Suppe.

»Paco, warum unterstützt du mich nicht?«, fragte Anna ihren Mann müde. »Warum ergreifst du jedes Mal für sie Partei? Ich schaffe das nicht allein.«

»*Mi amor,* du bist müde. Warum gehst du nicht früh zu Bett?« Paco schaute in ihr grimmiges Gesicht und suchte nach den Zügen des sanften jungen Mädchens, das er geheiratet hatte; er fragte sich, warum sie nicht mehr wagte, herauszukommen und sich zu zeigen. Irgendwann hatte sie sich zurückgezogen, und er fragte sich, ob er sie je wieder zurückbekommen würde.

Das Abendessen verlief unbehaglich. Anna machte ein verkniffenes Gesicht und zeigte sich trotzig. Rafael und Agustin plauderten über das Polomatch, das am nächsten Tag stattfinden sollte, als wäre sie nicht anwesend. Dass Sofia nicht da war, hatten sie gleich vergessen. Ihr leerer Platz am Esstisch wurde zusehends zu einer regelmäßigen Erscheinung.

»Roberto und Francesco Lobito sind diejenigen, die wir im Auge behalten müssen«, meinte Rafael und redete mit vollem Mund. Anna beobachtete ihn wachsam, aber mit seinen dreiundzwanzig Jahren war er zu erwachsen, um noch zu tun, was seine Mutter sagte.

»Santi werden sie schwer decken«, sagte Paco und schaute unter ernsten Brauen hervor. »Er ist der beste Spieler in unserer Mannschaft. Das heißt, dass ihr Jungen desto mehr Verantwortung übernehmen müsst. Habt ihr verstanden? Agustin, du wirst dich konzentrieren müssen. Ich meine, *wirklich* konzentrieren.«

»Keine Sorge, Papa.« Agustin blickte mit seinen kleinen braunen Augen von seinem Vater zu seinem Bruder, um zu zeigen, wie aufrichtig er es meinte. »Ich werde euch nicht im Stich lassen.«

»Das rate ich dir, denn sonst spielt deine Schwester an deiner Stelle«, sagte Paco. Agustin betrachtete finster seinen Kalbsbraten. Anna schüttelte mit lautem Seufzen den Kopf, aber Paco nahm keine Notiz von ihr. Sie schürzte die Lippen und aß schweigend weiter. Sie hatte sich damit abgefunden, dass Sofia mit ihren Cousins Polo spielte, aber das war eine Privatsache, die innerhalb der Familie blieb. Nur über meine Leiche spielt sie auch vor der Familie Lobito von La Paz, dachte sie zornig.

Sofia lag unterdessen in einem warmen Bad voll glitzernder weißer Seifenblasen. Sie ließ den Kopf zurücksinken, und ihre Gedanken wanderten zu Santi. Sie wusste, dass sie auf diese Weise nicht an ihren Cousin denken durfte. Padre Julio würde ihr zwanzig Ave-Maria aufgeben, wenn er wüsste, welche lasziven Gedanken ihre Lenden mit Verlangen erfüllten. Ihre Mutter würde sich bekreuzigen und sagen, eine solche Verblendung sei widernatürlich. Aber für Sofia war es das Natürlichste auf der Welt.

Sie stellte sich vor, wie er sie küsste, und fragte sich, wie sich das wohl anfühlen würde. Sie hatte noch nie jemanden geküsst. Na schön, sie hatte Nacho Estrada auf dem Schulhof geküsst, weil sie eine Wette verloren hatte, aber das war kein richtiger Kuss gewesen. Nicht, wie sich zwei Verliebte küssten. Sie schloss die Augen und stellte sich sein heißes Honiggesicht dicht vor ihrem vor, und seine vollen, lächelnden Lippen öffneten sich leicht, bevor er sie küsste. Sie stellte sich vor, wie seine turmalingrünen Augen liebevoll in die ihren schauten. Aber weiter kam sie nicht, denn sie wusste nicht genau, was als Nächstes passieren musste; also spulte sie das Band zurück und fing wieder von vorn an, bis das Badewasser kalt war und ihre Fingerkuppen so runzlig aussahen wie ein alter Leguan.

Drei

Sofia erwachte, als der sanfte Schimmer der Morgendämmerung durch eine Lücke in den Vorhängen flackerte. Sie blieb noch eine Weile liegen und lauschte den ersten Geräuschen des Morgens. Der Gesang der *gorriones* und der *tordos* war ein fröhliches Präludium zum Tag; die Vögel hüpften auf den hohen Platanen und Pappeln von Ast zu Ast. Sie brauchte nicht auf die Uhr zu schauen, um zu wissen, dass es sechs war; im Sommer wachte sie immer um sechs auf. Ihre liebste Tageszeit war der frühe Morgen, wenn der Rest des Haushalts noch schlafend in den Betten lag. Sie zog Jeans und T-Shirt an, band eine rote Schleife um ihren langen, dunklen Zopf und schlüpfte in ihre *alpargatas*.

Draußen schien die Sonne mit dunstigem Schein und drang sanft durch den Morgennebel. Beschwingt rannte sie zwischen den Bäumen hindurch zum *puesto* und zum Polofeld. Ihre Füße berührten kaum den Boden. José war schon auf und erwartete sie. Vor dem Frühstück würde sie unter der erfahrenen Anleitung des alten Gaucho zusammen mit seinem Sohn Pablo ein, zwei Stunden üben, den Ball umherzuschlagen. Sofia war am glücklichsten, wenn sie auf einem Pony saß, denn sie fühlte sich so frei wie niemals sonst im Leben, wenn sie auf dem Feld auf und ab galoppierte, während der Rest ihrer Familie weit weg und ahnungslos war.

Um acht übergab sie José das Pferd und machte sich zwischen den Bäumen hindurch auf den Heimweg. Unterwegs warf sie einen Blick hinüber zu Santis Haus, das halb verborgen hinter einer Eiche stand. Rosa und Encarnación, die Hausmädchen dort in ihren jungfräulich weißen und hellblauen Uniformen, deckten leise den Frühstückstisch auf der Terrasse, aber Santi war nirgends zu sehen. Er schlief gern lange und stand selten vor elf auf. Chiquitas Haus sah anders aus als Annas; der rosa Anstrich war verwittert, es war nur eingeschossig und hatte staubfarbene Dachziegel. Am schönsten fand Sofia ihr eigenes Haus mit seinen hell ausgebleichten Mauern und den grünen Läden, halb verborgen hinter wildem Wein und großen runden Terrakottatöpfen mit Geranien und Bleiwurz.

Paco und Anna waren bereits auf und tranken im Schatten eines großen Sonnenschirms ihren Kaffee auf der Terrasse. Grandpa O'Dwyer übte Kartentricks; einer der dürren Hunde, den die Hoffnung auf einen Happen vom Tisch ungewöhnlich fügsam machte, verfolgte aufmerksam jede seiner Bewegungen. Paco trug ein rosa Polohemd und Jeans; er saß zurückgelehnt auf seinem Stuhl und las die Zeitung durch eine Brille, die auf der Spitze seiner Hakennase saß. Als Sofia herankam, ließ er die Zeitung sinken und goss sich noch Kaffee ein.

»Papa …«, begann sie.

»Nein.«

»Was denn? Ich habe dich doch noch gar nicht gefragt.« Lachend beugte sie sich über ihn, um ihm einen Kuss zu geben.

»Ich weiß, wonach du mich fragen wirst, Sofia, und die Antwort ist nein.«

Sie setzte sich und nahm einen Apfel. Als sie sah, dass sein Mund sich zu einem kleinen Lächeln krümmte, fixierte sie ihn mit ihren kastanienbraunen Augen und einem Lächeln, das nur ihm und Grandpa O'Dwyer vorbehalten blieb – kindlich und boshaft, aber überaus bezaubernd.

»*Dale*, Papa, ich kriege nie die Chance zum Spielen. Das ist so unfair! Schließlich hast du es mir doch überhaupt erst beigebracht, Papito.«

»Sofia, genug ist genug«, schimpfte ihre Mutter ungeduldig. Sie begriff nicht, weshalb ihr Mann jedes Mal wieder darauf hereinfiel. »Papa hat nein gesagt. Also lass ihn in Ruhe und iss dein Frühstück anständig – mit einem Messer.«

Verdrossen stach Sofia in ihren Apfel. Anna ignorierte sie und blätterte in einer Illustrierten. Sie fühlte, dass ihre Tochter sie aus den

Augenwinkeln beobachtete, und ihre Miene verhärtete sich entschlossen.
»Warum lässt du mich nicht Polo spielen, Mama?«, fragte sie auf Englisch.
»Es ist einfach nicht ladylike, Sofia. Du bist eine junge Frau, kein Junge«, antwortete sie unerbittlich.
»Bloß, weil du Pferde nicht leiden kannst …«, quengelte Sofia.
»Das hat nichts damit zu tun.«
»Doch, das hat es. Du willst, dass ich bin wie du, aber ich bin nicht wie du – ich bin wie Papa. *No es cierto,* Papa?«
»Worüber redet ihr?« Paco hatte den beiden nicht zugehört. Er verlor meist das Interesse, wenn sie englisch sprachen.
In diesem Augenblick taumelten Rafael und Agustin ins Licht wie zwei Vampire. Voller Unbehagen blinzelten sie ins Sonnenlicht. Sie hatten den größten Teil des frühen Morgens in dem kleinen Nachtklub im Dorf verbracht. Anna legte die Zeitschrift aus der Hand und schaute den beiden liebevoll entgegen.
»Ist entschieden zu hell hier«, stöhnte Agustin. »Und mein Kopf bringt mich um.«
»Wann seid ihr zwei denn letzte Nacht zurückgekommen?«, fragte Anna mitfühlend.
»Gegen fünf, Mama. Ich hätte den ganzen Vormittag schlafen können«, sagte Rafael und gab ihr einen unsicheren Kuss. »Was gibt's Neues, Sofia?«
»Gar nichts«, fauchte sie und machte schmale Augen. »Ich gehe schwimmen.« Und sie stolzierte davon. Als sie weg war, griff Anna wieder nach ihrer Zeitschrift und schenkte ihren Söhnen ein müdes Lächeln, das den beiden wohl vertraut war.
»Es wird ein schlechter Tag heute«, sagte sie seufzend. »Sofia ist aufgebracht, weil sie beim Match nicht mitspielen darf.«
»*Por dios,* Papa – es kommt nicht in Frage, dass sie mitspielt!«
»Papa, du denkst doch nicht ernsthaft darüber nach, oder?« Agustin erstickte fast.
Anna war entzückt darüber, dass es ihrer launenhaften Tochter ausnahmsweise einmal nicht gelungen war, ihren Vater um den

Finger zu wickeln. Dankbar lächelte sie ihn an und ließ ihre Hand kurz über seinen Unterarm hinweg spielen.
»Im Augenblick denke ich nur darüber nach, ob ich Butter auf meine *media luna* tun soll oder ob ich Toast mit *membrillo* esse oder ob ich nur Kaffee trinke. Das ist die einzige Entscheidung, zu der ich heute Morgen Lust habe«, antwortete er und verschwand wieder hinter seiner Zeitung.
»Worum ging's denn jetzt wieder, Anna Melody?«, fragte Grandpa O'Dwyer, der kein Wort Spanisch verstand. Er gehörte zu der Generation, die noch erwartete, dass alle Welt englisch sprach. Er lebte seit sechzehn Jahren in Argentinien und hatte noch nie auch nur den Versuch unternommen, die Sprache zu erlernen. Statt dass er sich die grundlegenden Floskeln aneignete, war das Personal auf Santa Catalina darauf angewiesen, aus seinen Gebärden oder seinen wenigen Worten Spanisch, die er sehr langsam und sehr laut auszusprechen pflegte, zu folgern, was er denn wollte. Wenn sie dann verzweifelt die Hände hoben und die Achseln zuckten, knurrte er verärgert: »Man sollte doch meinen, dass sie es inzwischen begriffen hätten!« – und dann schlurfte er davon, um jemanden zu suchen, der für ihn übersetzte.
»Sie will beim Polomatch mitspielen«, antwortete Anna, um ihn bei Laune zu halten.
»Verdammt gute Idee. Wird sie den Jungs ein, zwei Dinge beibringen können.«

Kalt berührte das Wasser ihre Haut, als Sofia eintauchte. Wütend pflügte sie sich auf und ab durch den Pool, bis sie spürte, dass jemand sie beobachtete. Als sie auftauchte, sah sie Maria.
»*Hola!*«, prustete sie und schnappte nach Luft.
»Was ist los mit dir?«
»Frag mich nicht. Ich bin komplett außer mir vor Wut!«
»Ist es das Match? Weil dein Vater dich nicht mitspielen lässt?« Maria stieg aus ihren weißen Shorts und streckte sich auf der Sonnenliege aus.
»Woher weißt du das?«

»Nenn es Intuition. Du bist leicht zu durchschauen, Sofia.«

»Manchmal, Maria, würde ich meine Mutter mit Vergnügen erwürgen.«

»Würden wir das nicht alle?« Maria fischte ihr Sonnenöl aus der geblümten Tasche.

»O nein. Du hast ja keine Ahnung – deine Mutter ist eine Heilige, eine Göttin vom Himmel. Chiquita ist der liebste Mensch auf Erden. Ich wünschte, sie wäre meine Mutter.«

»Ich weiß, ich habe großes Glück«, räumte Maria ein. Sie war die Erste, die das gute Verhältnis zwischen ihr und ihrer Mutter zu schätzen wusste.

»Ich wünschte bloß, Mama wollte mich in Ruhe lassen. Das kommt nur, weil ich die Jüngste bin und das einzige Mädchen«, beklagte Sofia sich. Sie kletterte die Stufen hinauf und ließ sich neben ihrer Cousine auf einer zweiten Sonnenliege nieder.

»Ich nehme an, bei uns erfordert Panchito einfach den größten Teil von Mamas Aufmerksamkeit.«

»Wenn ich doch bloß einen jüngeren Bruder hätte – statt dieser beiden Flegel. Agustin ist ein echter Albtraum; er geht mir auf die Nerven. Schon wie er mich anguckt mit seiner überlegenen Miene.«

»Aber Rafa ist nett zu dir.«

»Rafa ist okay. Nein, Agustin muss verschwinden. Ich wünschte, er würde weggehen und im Ausland studieren. Ich würde ihn zu gern von hinten sehen, wirklich!«

»Man weiß nie – vielleicht wird dir dein Wunsch ja erfüllt.«

»Wenn du den Baum meinst: Da habe ich wichtigere Dinge zu erbitten.« Sofia lächelte bei sich. Sie wollte ihre Wünsche nicht an Agustin verschwenden.

»Und was wirst du wegen des Matchs nun anfangen?«, fragte Maria und strich sich das Öl über die wohl gerundeten Schenkel. *»Quemada, no?«*

»Ja, du bist schwarz; du siehst aus wie ein Indianer! Hey, gib mir auch was. Gottlob habe ich Mamas rote Haare und ihre helle Haut nicht geerbt – der arme Rafa, der wird immer bloß rosa wie ein Affenhintern.«

»Also, sag schon, was fängst du jetzt an?«
Sofia seufzte tief. »Ich werde mich ergeben«, erklärte sie dramatisch und hob die Arme in die Höhe.
»Sofia, das passt aber nicht zu dir.« Maria war ein bisschen enttäuscht.
»Na ja, ich habe noch keinen Plan – und ich weiß auch nicht, ob ich mir wirklich die Mühe machen soll. Obwohl es sich ja lohnen würde, schon um Mamas und Agustins Gesichter zu sehen.«
In diesem Augenblick rissen sie zwei sehr starke Arme von der Sonnenliege, und ehe sie sich versah, flog sie mitsamt ihrer Sonnenbrille durch die Luft und ins Wasser. Zappelnd versuchte sie sich zu befreien.
»Santi!«, keuchte sie glücklich, als sie wieder Luft bekam. *»Boludo!«* Sie stürzte sich auf ihn und drückte den grinsenden Kopf unter Wasser.
Zu ihrem Entzücken umschlang er ihre Hüften wie ein Bär und zog sie mit sich nach unten, wo sie miteinander rangen, bis sie japsend an die Oberfläche heraufschießen mussten. Sofia hätte gern noch ein bisschen mehr mit ihm gekämpft, aber widerstrebend folgte sie ihm zum Rand.
»Herzlichen Dank. Ich fing gerade an zu braten«, sagte sie schließlich, als sie wieder Luft bekam.
»Du sahst auch viel zu heiß aus – wie eins von Josés Würstchen. Ich wollte dir einen Gefallen tun«, sagte er.
»Ein schöner Gefallen.«
»Und, Chofi, wirst du also heute Nachmittag nicht mitspielen?«, neckte er sie. »Du hast es jedenfalls geschafft, dass deine Brüder nervös wie zwei Rennmäuse sind.«
»Gut. Es wurde Zeit, dass man ihren Käfig mal ein bisschen durchschüttelt.«
»Du hast doch nicht wirklich geglaubt, dass Paco es dir erlaubt, oder?«
»Wenn du es genau wissen willst – jawohl, ich dachte, ich kann Papa umstimmen.«
Santi verzog amüsiert das Gesicht, und seine Augen- und Mund-

winkel legten sich auf typische Art in Fältchen. Er sieht so hübsch aus, wenn er lächelt, dachte Sofia bei sich.
»Wenn jemand den alten Paco umstimmen kann, dann du. Was ist denn schief gegangen?«
»Ich werd's dir buchstabieren: M-A-M-A.«
»Ach so, verstehe. Also keine Hoffnung?«
»Keine.«
Santi kletterte aus dem Pool und setzte sich auf die heißen Steinplatten. Seine Brust und seine Arme waren bereits von weichen, sandfarbenen Haaren bedeckt, die die junge Sofia seltsam faszinierend fand.
»Chofi, du musst deinem Vater beweisen, dass du genauso gut spielen kannst wie Agustin«, schlug er vor und strich sich die tropfnassen blonden Haare aus der Stirn.
»Du weißt, dass ich genauso gut spielen kann wie Agustin. José weiß, dass ich es kann – frag ihn ruhig.«
»Es kommt nicht darauf an, was ich weiß oder was José weiß. Der Einzige, den du beeindrucken musst, ist dein Vater – oder meiner.«
Sofia blinzelte nachdenklich einen Augenblick lang.
»Was planst du jetzt wieder?«, fragte er belustigt.
»Nichts«, antwortete sie sittsam.
»Ich kenne dich doch, Chofi ...«
»Ach, seht nur, eine Invasion«, rief Maria, als Chiquita mit ihrem jüngsten Sohn, dem dreijährigen Panchito, auf den Pool zukam, umringt von fünf oder sechs anderen Cousins.
»Los, Santi«, sagte Sofia und lief auf die Treppe zu, »lass uns hier verschwinden.« Erst dann fiel ihr ein, sich nach ihrer Cousine umzudrehen. »Maria, kommst du?« Aber Maria schüttelte den Kopf und winkte ihre Mutter heran.

Gegen zwölf wehte der schwere Holzkohleduft des Asado im Wind und legte sich über die Ranch. Die zahllosen knochigen Hunde der Farm lungerten hungrig um den Grill herum. Seit zehn Uhr kümmerte José sich um die Holzglut, damit das Fleisch zum Mittag auch gut gebraten war. Soledad, Rosa, Encarnación und die Mäd-

chen aus den anderen Häusern deckten die Tische für das traditionelle Samstagstreffen. Weiße Tischtücher und Kristall strahlten im Sonnenschein.
Gelegentlich legte Señora Anna ihre Zeitschrift beiseite und spazierte in Strohhut und langem weißem Kleid umher, um die Tische zu kontrollieren. Für die Dienstmädchen war sie eine Kuriosität mit ihrem flammend roten Haar und der weißen Haut – wie die strenge Jungfrau Maria in der kleinen Kirche von *Nuestra Señora de la Asunción* in der Stadt. Sie trat entschieden und direkt auf und zeigte wenig Geduld, wenn ihr etwas nicht passte. Ihr Spanisch war überraschend nachlässig für jemanden, der so viele Lebensjahre in Argentinien verbracht hatte, und die Dienstboten äfften sie in ihren Quartieren gnadenlos nach.
Señor Paco hingegen war bei allen auf Santa Catalina sehr beliebt. Hector Francisco Solanas, Pacos verstorbener Vater, war ein willensstarker, würdevoller Mann gewesen, in dessen Überzeugung die Familie an erster Stelle vor Geschäft und Politik stand. Für einen Mann wie ihn war nichts so wichtig gewesen wie sein Heim. Seine Frau, Maria Elena, war die Mutter seiner Kinder, und dafür hatte sie seine Hochachtung. Er respektierte und bewunderte sie, und auf seine eigene Art liebte er sie auch. Aber verliebt waren sie nie gewesen. Ihre Eltern, die gut miteinander befreundet waren, hatten sie füreinander ausgesucht, und zwar in der Überzeugung, dass diese Verbindung für beide Parteien segensreich sein werde. In gewisser Hinsicht war sie es auch gewesen. Maria Elena war so schön wie tüchtig, Hector dagegen dunkel und verwegen und mit einem scharfen Geschäftssinn ausgestattet. Buenos Aires feierte die beiden, und man suchte ihre Gesellschaft. Sie empfingen oft und großzügig Gäste, und alle Welt liebte sie. Es war wohl eine Frage der Chemie, dass sie einander nicht so liebten, wie es sich für ein Liebespaar gehörte. Aber in mitternächtlicher Dunkelheit hatten sie bisweilen mit einer Leidenschaft miteinander geschlafen, als hätten sie einander – oder sich selbst – vergessen, nur um dann mit der alten Förmlichkeit wieder aufzuwachen und festzustellen, dass die Intimität der Nacht mit der Morgendämmerung verflogen war.

Maria Elena wusste, dass Hector eine Geliebte in der Stadt hatte. Jeder wusste das. Es war auch nichts Besonderes, dass Ehemänner sich eine Geliebte hielten, und so hatte sie sich damit abgefunden und sprach nie mit jemandem darüber. Um die Leere in ihrem Leben zu füllen, hatte sie sich ganz ihren Kindern gewidmet, bis Alexei Shahovskoi gekommen war. Alexei Shahovskoi war 1905 vor der Revolution aus Russland geflohen. Prachtvoll und verträumt, war er als Klavierlehrer in ihr Leben getreten. Neben dem Klavierspiel hatte er ihr auch die Wertschätzung für Oper, Kunst und die Leidenschaft eines Mannes beigebracht, für den die Liebe im Einklang mit der Musik stand, die er unterrichtete. Wenn Maria Elena die Gefühle erwiderte, die in jeder Note, die er klingen ließ, mitschwangen und die sich im wortlosen Blick seiner samtenen Augen offenbarten, so verriet sie sich nie und betrog auch ihren Ehemann nicht. Sie genoss seine Gesellschaft und seinen Unterricht, aber seine Avancen wies sie mit der Würde einer ehrbaren Frau, die ihre Wahl im Leben getroffen hat, zurück. So stillte er ihr Bedürfnis nach Liebe nicht, aber er machte ihr das Geschenk der Musik. In jedem Notenblatt lag ein Land, nach dem man sich sehnen, ein Sonnenuntergang, um den man weinen, ein Horizont, zu dem man fliegen konnte ... Musik gab ihr die Möglichkeit, in ihrer Fantasie ein anderes Leben zu leben, und sie eröffnete ihr nicht nur einen Fluchtweg aus den bisweilen erstickenden Einschränkungen ihrer Welt, sondern brachte ihr auch großes Glück. Was Paco mehr als alles andere in Erinnerung behalten hatte, war ihre Liebe zur Musik und die Art, wie ihre schönen weißen Hände über die Tasten ihres Klaviers getanzt waren.

Um ein Uhr ertönte der Gong vom Turm und rief alle zum Lunch. Aus allen Ecken der Estancia kamen die Verwandten zu Pacos und Annas Haus, gelockt vom kräftigen Duft der gebratenen *lomos* und *chorizos*. Die Solanas waren eine große Familie. Nico und Valeria hatten vier Kinder: Niquito, Sabrina, Leticia und Tomas. Alejandro und Malena hatten fünf: Angel, Sebastian, Martina, Vanesa und Horacio. Der Lunch war meistens eine lärmende Veranstaltung, und das Essen war schwer und reichlich wie bei einem prachtvollen Bankett. Eine Person aber fehlte diesmal, und nachdem sich alle am Grill bedient und am Tisch niedergelassen hatten, wurde die Lücke bemerkt.

»Sofia! Wo steckt sie?«, erkundigte Anna sich flüsternd bei Soledad, als sie mit einer Salatschüssel vorbeikam.

»No sé, Señora Anna, no la ví.« Dann fiel ihr Blick auf das Polofeld, und sie rief: *»Qué horror! Ahí está.«*

Daraufhin drehte die ganze Familie sich um, und schockiertes Schweigen senkte sich herab. Selbstbewusst und schamlos kam Sofia mit erhobenem Stock auf sie alle zu galoppiert und trieb den Ball vor sich her. Ihr Gesicht war eine entschlossene Grimasse. Anna sprang auf, rot vor Zorn und Verzweiflung.

»Sofia, wie kannst du nur!«, rief sie entsetzt und schleuderte ihre Serviette auf den Tisch. »Möge der Herrgott dir verzeihen!«, fügte sie leise auf Englisch hinzu. Santi sank schuldbewusst auf seinen Stuhl zurück, und der Rest der Familie schaute staunend zu. Nur Paco und Grandpa O'Dwyer, der immer ans untere Ende des Tisches verbannt wurde und dort auf sein Essen blinzelte, weil niemand sich die Mühe machte, mit ihm zu sprechen – nur diese beiden grinsten vor sich hin, als Sofia mit großem Getöse auf sie zu galoppierte.

»Ich werde dir zeigen, dass ich besser Polo spielen kann als Agustin«, zischte Sofia zähneknirschend. »Schau's dir nur an, Papa. Stolz solltest du sein, denn du hast es mir gezeigt.« Während sie über das Gras donnerte, schwang sie geschickt den Stock; sie saß sicher im Sattel, beherrschte Ball und Pony und lächelte die ganze Zeit glücklich und ohne Verlegenheit. Sie spürte den Blick aus zwanzig Augenpaaren auf sich und genoss diese Aufmerksamkeit.

Sekunden, bevor sie in den Tisch gekracht wäre, zog sie die Zügel an, brachte ihr schnaubendes Pony in einer Staubwolke zum Halten und stand dann trotzig vor ihrem Vater.

»Siehst du, Papa?«, fragte sie triumphierend. Alle am Tisch richteten ihre Aufmerksamkeit jetzt auf Paco und warteten neugierig ab, was er nun tun würde. Zur Überraschung aller lehnte er sich friedfertig auf seinem Stuhl zurück, nahm sein Weinglas und hob es. »*Bien,* Sofia. Jetzt komm und setz dich zu uns; du versäumst das Essen«, sagte er ruhig, und ein amüsiertes Lächeln huschte über sein Gesicht. Entzückt sprang sie aus dem Sattel und führte ihr schwitzendes Pony am Tisch entlang.

»Entschuldige, dass ich zu spät zum Essen komme, Mama«, sagte sie, als sie an Anna vorbeikam, die sich wieder hingesetzt hatte, weil ihre Beine sie nicht mehr trugen.

»Ich habe im ganzen Leben noch nie einen so unverfrorenen Auftritt gesehen«, fauchte sie auf Englisch. Sie zitterte so heftig, dass sie die Worte kaum hervorbrachte. Sofia band die Zügel an einen Baum, klopfte sich die Jeans ab und schlenderte hinüber zum Büfett.

»Sofia, du wirst dir die Hände waschen und dich umziehen, bevor du an den Tisch kommst«, erklärte Anna erbost, und ihr Blick huschte beschämt über die Gesichter der schweigenden Verwandtschaft. Laut maulend zog Sofia sich ins Haus zurück, um zu tun, was ihre Mutter gesagt hatte.

Als sie verschwunden war, nahm die Lunchparty ihren Fortgang, nur dass jetzt alle über Sofia redeten. Anna saß schmallippig und stumm da und verbarg das Gesicht gedemütigt unter dem Rand ihres Strohhuts. Wieso musste Sofia sie immer vor der versammelten Familie blamieren? Im Stillen dankte sie Gott dafür, dass Hector das schamlose Benehmen seiner Enkelin nicht mehr erleben musste. Er wäre über ihre Hemmungslosigkeit entsetzt gewesen. Sie hob den Blick und schaute zu ihrem Vater hinüber, der sich murmelnd mit den Hunden unterhielt, die ihm hoffnungsvoll sabbernd zu Füßen saßen. Sie wusste, er bewunderte Sofia desto mehr, je schlimmer sie sich aufführte. Maria kicherte unterdessen hinter der vorgehaltenen Hand und registrierte die Reaktionen aller Anwesenden, damit sie Sofia später, wenn sie unter sich wären, in allen Einzelheiten darüber berichten könnte.

Agustin wandte sich jammernd an Rafael und Fernando. »Sie ist eine verdammte Angeberin«, flüsterte er so, dass sein Vater es

nicht hören konnte. »Schuld daran ist Papa. Er lässt ihr alles durchgehen.«
»Keine Sorge«, meinte Fernando selbstgefällig. »Sie wird trotzdem nicht mitspielen. Mein Vater wird es nie erlauben.«
»Sie ist eine richtige Exhibitionistin«, sagte Sabrina zu ihrer Cousine Martina. Beide waren ein bisschen älter als Sofia. »Ich würde so etwas niemals vor allen Leuten tun.«
»Ja, Sofia weiß einfach nicht, wann sie aufhören muss. All dies Getue, dass sie Polo spielen will – wieso findet sie sich nicht damit ab, dass sie ein Mädchen ist, und hört auf mit diesen Kindereien?«
»Sieh dir Anna an«, sagte Chiquita zu Malena. »Es ist ihr so peinlich. Sie ist wirklich zu bedauern.«
»Finde ich nicht«, antwortete Malena schroff. »Es ist ihre eigene Schuld. Sie ist immer viel zu sehr damit beschäftigt, ihre Söhne zu bewundern. Sie hätte sich mit Sofia mehr Mühe machen sollen, statt sie der jungen Soledad weiterzureichen. Wirklich – Soledad war doch selbst noch ein Kind, als Sofia zur Welt kam.«
»Ich weiß, aber sie gibt sich doch Mühe. Sofia ist kein einfaches Kind«, meinte Chiquita beharrlich und warf einen mitfühlenden Blick über den Tisch zu Anna, die versuchte, sich normal zu benehmen und mit Miguel und Alejandro zu plaudern. Ihre Gesichtszüge verrieten, wie angespannt sie war; vor allem ihr Hals war gestrafft, als habe sie Mühe, nicht zu weinen.
Als Sofia zum Tisch zurückgehüpft kam, trug sie eine andere, ebenso ausgefranste Jeans und ein sauberes weißes T-Shirt. Sie nahm sich etwas zu essen und setzte sich dann zwischen Santi und Sebastian.
»Was um alles in der Welt sollte denn das?«, flüsterte Santi ihr ins Ohr.
»Die Idee hast du mir eingegeben«, kicherte sie.
»Ich?«
»Du hast gesagt, ich müsste meinen oder euren Vater beeindrucken. Da habe ich sie beide beeindruckt«, erklärte sie triumphierend.
»Ich glaube nicht, dass mein Vater beeindruckt ist.« Santi schaute am Tisch entlang zu Miguel, der sich mit Anna und seinem Bruder

Alejandro unterhielt. Als Miguel merkte, dass sein Sohn zu ihm herüberschaute, schüttelte er den Kopf. Santi zuckte die Achseln, als wolle er sagen: »Meine Idee war es nicht.«

»Glaubst du denn, du wirst deshalb heute Nachmittag mitspielen?« Er wandte sich wieder seiner Cousine zu, die ihr Essen verschlang, um den Vorsprung der andern aufzuholen.

»Aber sicher.«

»Das würde mich sehr wundern.«

»Mich nicht. Ich hab's mir verdient.« Sie kratzte absichtlich mit dem Messer über ihren Teller, sodass alle ringsum zusammenfuhren.

Nach dem Essen verschwanden Maria und Sofia hinter dem Haus und kringelten sich vor Lachen. Sie versuchten zu sprechen, aber vom vielen Lachen tat ihnen der Bauch weh, und sie mussten eine Zeit lang die Hand darauf drücken und sich auf das Atmen konzentrieren. Sofia war sehr zufrieden mit sich.

»Glaubst du, es hat funktioniert?«, fragte sie Maria nach Luft schnappend. Aber sie wusste schon, dass es funktioniert hatte.

»O ja.« Maria nickte. »Onkel Paco war sehr beeindruckt.«

»Und Mama?«

»Wütend!«

»O Dios!«

»Tu nicht so, als ob dir das etwas ausmacht.«

»Ausmacht? Ich bin entzückt! Wir sollten nicht so viel Lärm machen, sonst findet sie mich noch. Pssst!« Sie hielt einen Finger an den Mund. »Keinen Laut, okay?«

»Keinen Laut«, flüsterte Maria gehorsam.

»Papa war also beeindruckt? Wirklich?« Sofias Augen strahlten fröhlich.

»Er wird dich spielen lassen. Es wäre so ungerecht, wenn er es nicht täte. Bloß weil du ein Mädchen bist.«

»Wir könnten Agustin vergiften.« Sofia kicherte boshaft.

»Womit denn?«

»Soledad kann einen Trank von der Hexe im Dorf holen. Oder wir brauen selbst einen.«

»Da brauchen wir kein Gift. Ein Zauberspruch reicht auch.«
»Also schön, vermutlich ist das die einzige Möglichkeit. Zum Ombu also«, verkündete Sofia entschlossen.
»Zum Ombu!«, wiederholte Maria und salutierte. Sofia erwiderte den Salut. Die beiden Mädchen rannten zusammen über die Wiesen, und ihre Stimmen hallten über die Ebene, als sie ihren Plan ausheckten.

Anna schämte sich zu Tode. Kaum war der Lunch vorbei, schützte sie Kopfschmerzen vor, eilte in ihr Zimmer und ließ sich auf das Bett fallen, wo sie sich mit einem Buch wütend Luft zufächelte. Dann nahm sie das strenge Holzkreuz vom Nachttisch, drückte es an die Lippen und murmelte ein kurzes Gebet, in dem sie Gott um Rat anrief. »Was habe ich getan, dass ich dieses schwierige Kind verdiene?«, fragte sie laut. »Warum lasse ich mich von ihr schikanieren? Das tut sie nur aus Bosheit gegen mich. Warum sind Paco und Dad blind für ihre Launenhaftigkeit? Haben sie keine Augen im Kopf? Können sie nichts sehen? Bin ich die Einzige, die sieht, was für ein Ungeheuer sie sein kann? Ich weiß, es ist die Strafe dafür, dass ich vor Jahren nicht Sean O'Mara geheiratet habe. Aber habe ich das nicht wieder gutgemacht, Herr? Habe ich dafür nicht genug gelitten? Gott, gib mir Kraft. Ich habe sie niemals nötiger gebraucht als jetzt. Und wenn du schon dabei bist: Lass sie nicht in diesem verflixten Match mitspielen. Sie hat es nicht verdient.«

Die Copa Santa Catalina begann pünktlich – was in Argentinien selten vorkommt – um fünf Uhr nachmittags. Es war immer noch heiß, als die Jungen in weißen Jeans und blanken braunen Stiefeln in fieberhafter Wettkampflaune auf dem Platz auf und ab galoppierten. Die vier strammen Jungen von La Paz trugen schwarze Hemden, Santa Catalina trug Rosa. Die besten Spieler der Vier von La Paz waren Roberto und Francisco Lobito; ihre beiden Cousins Marco und Davico waren ungefähr so gut wie Rafael und Agustin. Roberto Lobito war Fernandos bester Freund, aber in einem Match

wie diesem war kein Platz für Freundschaft: Solange das Spiel dauerte, würden sie erbitterte Feinde sein.
Fernando, Santi, Rafael und Agustin spielten seit der Kindheit zusammen. Heute waren sie alle gut in Form; nur Agustin hatte noch einen Kater von der vergangenen Nacht. Santi spielte schwungvoll und lehnte sich in lässiger Demonstration seiner Geschicklichkeit weit aus dem Sattel. Aber das Teamwork, für das Santa Catalina so berühmt war, wurde durch das vierte Glied in der Kette beeinträchtigt: Agustins Reaktionen waren ungewöhnlich langsam – als hänge er stets einen Herzschlag hinter den andern. Sie spielten sechs Chukkas – sechs Abschnitte von je sieben Minuten.
»Du hast noch fünf Chukkas, um dich zusammenzureißen, Agustin«, mahnte Paco ungehalten in der ersten Pause. »Wenn du nicht mitten auf dem Feld herumgetaumelt wärst, hätte Roberto Lobito keine Gelegenheit gehabt, einen Punkt zu machen – und schon gar nicht zweimal.« Er gab dem Wort *zweimal* eine Betonung, als wäre das alles nur Agustins Schuld gewesen. Während sie die erschöpften, schaumbedeckten Ponys gegen frische auswechselten, warf Agustin einen unbehaglichen Blick quer über das Spielfeld zu seiner Schwester. »Du hast allen Grund, dir Sorgen zu machen, mein Sohn. Wenn du dein Spiel nicht verbesserst, wird Sofia deinen Platz einnehmen«, fügte Paco hinzu, bevor er vom Platz marschierte. Diese Drohung genügte, um Agustin durch die zweite Chukka zu bringen, aber Santa Catalina lag weiterhin mit zwei Toren im Rückstand.
Ganz Santa Catalina und La Paz waren zum Zuschauen herausgekommen. Meistens saßen alle zusammen, aber heute war es anders; der Bedeutung des Spiels entsprechend saßen sie in zwei getrennten Gruppen, die einander argwöhnisch beäugten. Die Jungen drängten sich wie Wolfsrudel aneinander und scharrten mit den Füßen, ein Auge auf dem Spielfeld, das andere auf den Mädchen. Die Mädchen von La Paz in ihren kurzen Trägerkleidern und den Kopftüchern drapierten sich über die Motorhauben der Jeeps und plauderten über Jungen und Mode, und dunkle Sonnenbrillen verdeckten Augen, deren Blicke lüstern auf diesem oder jenem Jungen von

Santa Catalina ruhte. Unterdessen beobachteten die Mädchen von Santa Catalina – Sabrina, Martina, Pia, Leticia und Vanesa –, wie der gut aussehende Roberto Lobito sein Pony auf und ab über das Spielfeld ritt, als wäre er ein tollkühner Ritter auf seinem Schlachtross. Das hellblonde Haar fiel ihm in das hübsche Gesicht, wenn er sich aus dem Sattel beugte, um den Ball zu schlagen. Sofia und Maria hielten sich abseits; sie saßen lieber auf dem Zaun mit Chiquita und dem kleinen Panchito, der mit einem kurzen Stock und einem Ball am Spielfeldrand spielte. So konnten sie ihre Aufmerksamkeit ungestört auf ihre Brüder und Cousins richten.

»Sie dürfen nicht verlieren!«, protestierte Sofia leidenschaftlich, als sie sah, wie Santi auf das Tor zu galoppierte und den Ball dann Agustin zuspielte, der ihn gleich darauf verlor. »*Choto* Agustin!«, schrie sie enttäuscht. Maria nagte besorgt an der Unterlippe.

»Sofia, benutze dieses Wort nicht; es gehört sich nicht«, sagte Chiquita leise, ohne den Blick von ihrem Sohn zu wenden.

»Ich ertrag's nicht, meinem idiotischen Bruder zuzuschauen. Er ist einfach peinlich.«

»Chopo, chopo«, lachte Panchito und schlug den Ball gegen einen ahnungslosen Hund.

»Hör auf damit, Panchito«, rief Chiquita und lief zu ihm. »Das ist kein schönes Wort, selbst wenn du es noch nicht richtig sagen kannst.«

»Keine Sorge, Sofia. Ich spüre, dass der Wind sich dreht«, sagte Maria, als sie den Blick ihrer Cousine sah.

»Da hast du hoffentlich Recht. Wenn Agustin so weiterspielt, werden wir nämlich ganz sicher verlieren«, antwortete sie und zwinkerte Maria hinter Chiquitas Rücken zu.

In der vierten Chukka lag Santa Catalina immer noch um zwei Tore im Rückstand, obwohl Santi und Fernando je eines geschossen hatten. Das Team von La Paz war ganz zuversichtlich, dass es gewinnen würde; wohlgefällig saßen die Spieler im Sattel. Plötzlich erschien Agustin scheinbar aus dem Nichts, eroberte den Ball und donnerte ungehindert auf das Tor zu. Unter herzhaften Anfeuerungen vom Spielfeldrand schlug er ihn davon.

»O mein Gott!«, schrie Sofia und wurde munterer. »Agustin hat einen Punkt gemacht!« Die Anhängerschaft von Santa Catalina brach in Jubel aus und wäre vor Erleichterung fast von den Motorhauben gekippt. Aber Agustins Pony hielt nicht an, sondern galoppierte siegestrunken noch ein Stück weiter, bevor es jäh anhielt und den überglücklichen Agustin durch die Luft fliegen ließ. Er landete aufstöhnend und blieb dann reglos im Gras liegen. Miguel und Paco rannten zu ihm. Innerhalb weniger Sekunden war er von Leuten umringt. Ein paar schreckliche Augenblicke vergingen, die der entsetzten Anna eine Ewigkeit zu dauern schienen. Dann verkündete Paco, der Junge habe nur eine Beule am Kopf und einen mächtigen Kater. Zu jedermanns Überraschung rief er dann nach Sofia.

»Du spielst.«

Wie vom Donner gerührt starrte sie ihn an. Anna wollte Einspruch erheben, aber der stöhnende Agustin lenkte sie ab.

»Cómo?«

»Du spielst. Beweg dich.« Und ernst fügte er hinzu: »Und seht zu, dass ihr gewinnt.«

»Maria, Maria!«, rief Sofia ungläubig. »Es hat geklappt!«

Maria schüttelte fassungslos und ehrfürchtig den Kopf. Dieser Baum war wirklich ein Zauberbaum.

Sofia konnte ihr Glück nicht fassen. Sie zerrte sich ein rosa Hemd über den Kopf und stieg auf ihr Pony. Sie sah, dass die Jungen von La Paz ungläubig lachten, als sie auf den Platz geritten kam. Roberto Lobito rief seinem Bruder Francisco etwas zu, und beide lachten verachtungsvoll. Aber sie würde es ihnen schon zeigen, nahm sie sich vor. Sie würde ihnen allen zeigen, wozu sie fähig war. Sie hatte keine Zeit mehr, mit Santi und den anderen zu sprechen. Ehe sie sich versah, hatte das Spiel wieder begonnen. Sekunden später wurde ihr der Ball zugespielt, aber Marco kam ihr in die Quere; er drängte sein Pony gegen ihres und brachte sie von der Bahn ab, sodass sie nur hilflos zuschauen konnte, wie der Ball zwischen den Beinen ihres Ponys hindurch und zur anderen Seite davonsauste. Wütend warf sie sich erst gegen Marco und dann der Vollständigkeit halber auch gegen Francisco, ehe sie davongaloppierte. Sie merkte, dass Rafael und Fernando zögerten, ihr zuzuspielen; nur Santi spielte sie an, wenn er konnte, aber Santi wurde von dem höhnisch grinsenden Roberto Lobito wachsam gedeckt. Tatsächlich sah es so aus, als trügen Santi und Roberto eine Art privaten Kampf aus, als wären sie allein auf dem Spielfeld: Sie rempelten einander an, verhakten die Stöcke ineinander und brüllten sich gegenseitig obszöne Beschimpfungen zu.

»Fercho, links von dir!«, schrie Sofia Fernando zu, als sich die Gelegenheit bot. Er warf einen Blick herüber zu ihr, zögerte und spielte stattdessen an Rafael, der sofort von Marco und Davico in die Zange genommen wurde. »Beim nächsten Mal gibst du an mich ab, Fercho! Ich hatte freie Bahn bis zum Tor!«, schrie sie und funkelte ihn wütend an.

»Ja klar, hattest du!«, antwortete er gehässig und trabte davon. Sie sah, wie Roberto Lobito gegen die unausgesprochene Übereinkunft verstieß und Fernando mit einem mitfühlenden Kopfschütteln bedachte.

Sabrina und Martina waren entsetzt, als sie sahen, dass Sofia mitspielen durfte.

»Sie wird's ihnen ganz verpatzen«, sagte Sabrina gereizt.

»Sie ist erst fünfzehn, meine Güte«, stellte Martina naserümpfend fest. »Man sollte ihr wirklich noch nicht erlauben, mit den großen Jungs zu spielen.«

»Das ist Santis Schuld«, meinte Pia gehässig. »Er ermutigt sie.«

»Er hat eine Schwäche für sie – der Himmel weiß, warum. Sie ist schrecklich verwöhnt. Seht doch, sie hängt da herum und tut nichts. Keiner spielt sie an. Sie könnte ebenso gut aufhören«, klagte Sabrina, als sie sah, wie ihre jüngere Cousine hilflos im Mittelfeld umherirrte.

Am Ende der fünften Chukka waren sie immer noch ein Tor im Rückstand.

»Ihr müsst Sofia anspielen, Herrgott noch mal!«, explodierte Santi und stieg ab. »Wir sind ein Team, und nur mit Teamwork werden wir gewinnen.«

»Wenn wir sie anspielen, verlieren wir ganz sicher«, erwiderte Fer-

nando. Er nahm seinen Helm ab und schüttelte das schwarze, verschwitzte Haar.
»Jetzt komm, Fercho, sei nicht kindisch«, sagte Rafael. »Sie spielt nun mal mit, daran kannst du nichts mehr ändern. Die werden nicht damit rechnen, dass wir sie anspielen. Also machen wir das Beste draus.«
»Als Dreiecksmannschaft werden wir jedenfalls nicht gewinnen«, brüllte Santi entnervt. »Also lasst sie mitmachen, verflucht!« Fernando funkelte seinen Bruder erbost an.
»Ich werde euch Chauvinisten schon zeigen, dass ich besser spielen kann als der Idiot Agustin. Vergesst euren Stolz und spielt *mit* mir – nicht *gegen* mich. Der Gegner heißt La Paz, habt ihr das vergessen?« Und Sofia trabte zuversichtlich zurück auf das Spielfeld. Fernando kochte vor sich hin, Rafael wandte den Blick zum Himmel, und Santi kicherte voller Bewunderung.
Die Spannung war beinahe mit Händen zu greifen, als sie zur letzten Chukka auf den Platz ritten. Das Spiel begann, und tiefe Stille senkte sich über die Zuschauer. Während der letzten Chukka versuchten beide Teams auf eine betont aggressive Weise, sich gegenseitig zu übertrumpfen; jede Seite bemühte sich verzweifelt, die andere in den Schatten zu stellen. Santi, zweifellos der beste Spieler seiner Mannschaft, wurde schwer gedeckt, Sofia dagegen, mit der keiner rechnete, überhaupt nicht. Die Zeit wurde knapp. Trotz der Diskussion in der Pause ging kaum einmal ein Pass an Sofia, und sie verbrachte die meiste Zeit damit, den andern wütend den Rücken freizuhalten. Endlich gelang Santi der Ausgleich.
Jetzt sprangen die Zuschauer auf; es hielt sie nicht mehr auf ihren Sitzen. Die letzten Minuten des Spiels hatten begonnen, und die Schlacht wurde immer hitziger. Alle wussten, wenn sie nicht rechtzeitig eine Entscheidung herbeiführten, hieße das »Sudden Death«! Wütende Schreie und ungeduldige Kommandos hallten über das Spielfeld, während Roberto versuchte, seine Mannschaft zu lenken, und Santi sich bemühte, seinen Bruder zum Spiel mit Sofia zu überreden. Maria sprang aufgeregt hin und her und konnte nicht mehr stillhalten; sie betete, dass Sofia einen Punkt machen möge. Miguel

und Paco liefen ungeduldig am Spielfeldrand auf und ab und wandten den Blick nicht vom Match. Paco schaute auf die Uhr: noch eine Minute. Vielleicht war es doch ein Fehler gewesen, Sofia mitspielen zu lassen, dachte er verzweifelt.
Plötzlich nahm Rafael den Ball in Besitz, schlug einen Pass zu Fernando und bekam den Ball von Fernando zurück. Santi gelang es, Roberto und Marco zu entwischen, und die beiden stürmten ihm nach. Fieberhaftes Geschrei brach los. Rafael gelang es, den Ball an Santi zu geben, und der stürmte ungehindert über das Feld. Nur Sofia und ihr Gegenspieler Francisco standen zwischen ihm und dem gegnerischen Tor. Er hatte jetzt die Wahl: Er konnte riskieren, an Francisco vorbeizureiten und selbst auf das Tor zu schlagen, oder er konnte den Ball zu Sofia weitergeben. Francisco war sicher, dass Santi nicht an Sofia abgeben würde; er verließ sie und ritt Santi entgegen, um den Ball abzufangen. Santi richtete den Blick seiner grünen Augen auf seine Cousine, die ihn sofort verstand und sich in Position brachte. Kurz bevor Francisco gegen ihn prallte, schlug er den Ball zu Sofia. »Aufs Tor, Chofi!«, schrie er.
Eine solche Gelegenheit würde sie sich nicht entgehen lassen. Sie biss entschlossen die Zähne zusammen und stürmte dem Ball nach. Sie schlug ihn einmal, zweimal weiter und schwenkte dann ihren *taco* mit geübtem Arm durch die Luft. Sie dachte an José, an ihren Vater und dann an Santi und schlug den Ball mitten zwischen den Pfosten hindurch. Sekunden später ertönte der Schlusspfiff. Sie hatten das Match gewonnen.
»Das glaube ich nicht!« Sabrina schnappte nach Luft.
»Mein Gott, sie hat es geschafft. Sofia hat ein Tor geschossen.« Martina hüpfte auf und ab und klatschte in die Hände. »Gut gemacht, Sofia«, schrie sie. *»Idola!«*
»Um Haaresbreite!« Miguel schlug Paco strahlend auf den Rücken. »Dein Glück – sonst wärest du vielleicht mit dem *lomo* gegrillt worden.«
»Sie hat gut gespielt. Die eigene Mannschaft hat sie im Stich gelassen. An ihren Fähigkeiten besteht kein Zweifel«, sagte Paco stolz.
Rafael kam zu Sofia getrabt und klopfte ihr auf die Schulter. *»Bien*

hecho, gorda!«, lachte er. »Du bist ein Star!« Fernando nickte ihr zu, ohne zu lächeln. Es freute ihn, dass sie gewonnen hatten, aber er brachte es doch nicht über sich, Sofia zu gratulieren. Santi dagegen hätte sie fast von ihrem Pony gerissen; er packte sie im Nacken und zog sie zu sich herüber, um ihr einen Kuss auf die staubige Wange zu drücken.

»Ich wusste, du schaffst es, Chofi. Du hast mich nicht enttäuscht.« Lachend nahm er den Helm ab und kratzte sich den verschwitzten Schopf.

Roberto Lobito kam heran, als sie abstieg. »Für ein Mädchen spielst du gut«, sagte er und lächelte auf sie herab.

»Für einen Jungen spielst du auch nicht schlecht«, antwortete sie hochnäsig.

Roberto lachte. »Und – werde ich dich jetzt öfter auf dem Platz sehen?« Seine braunen Augen musterten sie interessiert.

»Vielleicht.«

»Na, ich freue mich drauf.« Er zwinkerte ihr zu. Sofia rümpfte die Nase. Dann winkte sie lachend ab und rannte zu ihrer eigenen Mannschaft hinüber.

Als an diesem Abend die ersten Sterne die Dämmerung mit Silber sprenkelten, saßen Santi und Sofia unter den sehnigen Ästen des knorrigen Ombu und schauten zum Horizont.

»Du hast heute gut gespielt, Chofi.«

»Das verdanke ich dir, Santi. Du hast an mich geglaubt. Ich habe zuletzt gelacht, nicht wahr?« Und sie gluckste, als sie daran dachte, wie Agustin vom Pony gefallen war. »Meine Brüder da…«

»Kümmere dich nicht um sie. Sie ziehen dich auf, weil du vorankommst.«

»Ich kann nicht anders. Sie sind so verwöhnt – vor allem Agustin.«

»So sind Mütter bei ihren Söhnen. Wart's nur ab.«

»Bis dahin habe ich hoffentlich noch lange, lange Zeit.«

»Vielleicht viel weniger, als du denkst. Im Leben kommt es nie so, wie man's erwartet.«

»In meinem doch, das wirst du schon sehen. Aber wie dem auch

sei – danke, dass du mir heute vertraut und zu mir gestanden hast. Ich hab's ihnen wirklich gezeigt, nicht wahr?«, sagte sie stolz.
Er betrachtete ihr ernstes Gesicht in der Dämmerung und legte ihr liebevoll die Hand in den Nacken. »Ich wusste, dass du es schaffst. Niemand hat deine Entschlossenheit. Niemand.« Er schwieg gedankenverloren.
»Woran denkst du?«, fragte sie schließlich.
»Du bist einfach nicht wie andere Mädchen, Chofi.«
»Nicht?« Sie war erfreut.
»Nein. Es macht alles mehr Spaß mit dir, und du bist ... wie soll ich es sagen? Du bist eine *personaje*.«
»Na, wenn ich eine ›Persönlichkeit‹ bin, Santi, dann bist du ein *idola*. Weißt du das?«
»Stell mich ja nicht auf einen Sockel. Ich könnte runterfallen.« Er lachte.
»Ich kann von Glück sagen, dass ich einen Freund wie dich habe«, sagte sie verschämt, und sie spürte, wie ihr Herz schneller schlug. »Du bist entschieden mein liebster Cousin.«
»Cousin.« Er seufzte tief und ein bisschen betrübt. »Du bist auch meine liebste Cousine.«

Vier

Mädchen können genauso gut spielen wie Jungen«, verkündete Sofia und blätterte achtlos in einer von Chiquitas Illustrierten.

»Quatsch!«, antwortete Agustin. Er vergaß seine Diskussion mit Rafael und Fernando und schnappte nach dem Köder wie eine hungrige Forelle.

»Kümmere dich doch nicht um sie«, sagte Fernando gereizt. »*Callate*, Sofia, warum gehst du nicht Maria suchen. Spiel mit ihr und lass uns in Ruhe.« Sofia war viereinhalb Jahre jünger als er, und er hatte wenig Geduld mit Kindern.

»Ich habe Langeweile«, maulte sie und wackelte mit den braunen Zehen. Es regnete. Dicke Sommertropfen prasselten an die Fensterscheiben. Es regnete schon den ganzen Tag, fest, gleichmäßig, unerbittlich. Santi war mit seinen Cousins Sebastian, Angel und Niquito in die Stadt gefahren. Maria war mit Chiquita, Panchito und ihrer Tante Valeria mit ihrem kleinen Sohn Horacio bei Anna. Sofia spielte nicht so gern wie Maria mit kleinen Kindern, und deshalb war sie nicht dabei. Sie räkelte sich träge. Es gab nichts zu tun, und niemand war da, mit dem sie hätte spielen können. Seufzend schaute sie sich im Zimmer um. Die Jungen waren wieder in ihr Gespräch vertieft.

»Ich kann genauso gut Polo spielen wie Agustin, und Papa weiß das.« Beharrlich wartete sie auf die Reaktion ihres Bruders. »Schließlich hat er mich auch bei der Copa Santa Catalina mitspielen lassen.«

»Halt den Mund, Sofia«, sagte Fernando.

»Sofia, du bist äußerst langweilig«, sagte Rafael.

»Ich sage nur die Wahrheit. Da sitzt ihr alle und redet über Sport, als wäre das etwas, das nur Männer gut können. Aber Mädchen wären genauso gut wie Jungen, wenn sie Gelegenheit dazu hätten. Ich bin der lebende Beweis dafür.«

»Ich werde gar nicht darauf eingehen, Sofia«, sagte Agustin und ging darauf ein, »aber ich will doch sagen, dass ich mehr Kraft habe, als du je aufbringen kannst. Fang also gar nicht erst an, uns zu vergleichen.«

»Ich rede nicht von Kraft. Ich rede von Verstand und Geschicklichkeit. Natürlich weiß ich, dass Männer stärker sind als Frauen – darum geht's überhaupt nicht. Typisch für dich, Agustin, dass du nicht kapierst, worum es geht.« Sie lachte verächtlich und freute sich, dass sie eine Reaktion provoziert hatte.

»Sofia, wenn du jetzt nicht die Klappe hältst, werfe ich dich persönlich in den Regen hinaus, und dann werden wir sehen, wer hier wie ein Mädchen heult«, knurrte Fernando entnervt.

In diesem Augenblick kam Santi hereingestürmt wie ein nasser Hund, dicht gefolgt von Sebastian, Angel und Niquito. Alle beschwerten sich bitter über das Wetter und wischten sich den Regen aus den Gesichtern.

»Wir sind mit dem Wagen kaum die Piste heraufgekommen«, erzählte Santi atemlos. »Der Schlamm ist unglaublich.«

»Ein Wunder, dass wir nicht stecken geblieben sind«, bestätigte Sebastian und schüttelte sein dunkles Haar, dass die Tropfen auf den Fliesenboden sprühten.

»Was macht denn dein Großvater da draußen bei dem Wetter?«, fragte Santi, an Sofia gewandt.

»Keine Ahnung. Was macht er denn?«

»Er spaziert herum, als ob die Sonne schiene.«

»Das passt zu ihm.« Sofia gluckste. »Hey, Santi, sind Mädchen im Sport genauso gut wie Jungen?«

»Sie nervt schon den ganzen Morgen, Santi«, sagte Rafael. »Tu uns den Gefallen und bring sie weg.«

»Ich ergreife hier nicht Partei, wenn du es darauf abgesehen hast, Chofi.«

»Ich rede nicht über Körperkraft oder so was. Geschicklichkeit, Gerissenheit ...«

»Gerissener als die meisten Jungen bist du wirklich«, stimmte er zu und schob ihre Beine zur Seite, damit er sich zu ihr auf das Sofa setzen konnte.
»Ich habe nur gesagt, ich bin genauso fähig wie Agustin«, erläuterte sie und beobachtete, wie Agustin gereizt die Schultern hochzog. Murmelnd sagte er irgendetwas zu Fernando und Rafael.
»Na, das musst du beweisen.« Santi zuckte die Achseln. »Du kannst stundenlang darüber reden. Offenbar bist du lästig.«
»Okay. Agustin, möchtest du im Backgammon besiegt werden?«, rief sie herausfordernd.
»Spiel mit Santi. Ich hab keine Lust«, knurrte er.
»Ich will aber nicht mit Santi spielen.«
»Weil du weißt, dass du dann verlierst«, behauptete Santi selbstgefällig.
»Darum geht es nicht. Ich behaupte nicht, dass ich besser bin als Santi, Rafa oder Fercho. Ich behaupte, dass ich besser bin als Agustin.«
Ihr Bruder sprang auf und funkelte sie an. »Okay, Sofia, du möchtest also verlieren? Hol das Brett, und wir werden sehen, wer besser spielt.«
»Lass es sein, Agustin.« Rafael hatte die ständige Zankerei zwischen seinem Bruder und seiner Schwester satt. Auch Fernando schüttelte missbilligend den Kopf. Sofia war meistens eine Plage, aber wenn sie Langeweile hatte, war sie vollends unerträglich.
»Nein, ich spiele mit ihr, aber unter einer Bedingung«, sagte Agustin.
»Und die wäre?« Sie nahm das Brett aus der Schublade.
»Wenn ich gewinne, gibst du zu, dass ich in allem besser bin als du.«
»Gut.«
»Stell das Brett auf und sag mir Bescheid, wenn du fertig bist. Ich hole mir etwas zu trinken.« Er ging aus dem Zimmer.
»Du bist wirklich bereit, das zuzugeben?«, fragte Santi, während sie das Spielbrett bereitmachte.
»Ich werde nicht verlieren.«

»Sei nicht so sicher. Da ist auch eine Menge Glück im Spiel, weißt du. Du könntest einfach Pech haben.«
»Ich werde gewinnen, Glück oder Pech«, antwortete sie großspurig.
Als Agustin und Sofia würfelten, um das Spiel zu eröffnen, versammelten sich die andern wie Krähen, um den beiden über die Schulter zu sehen, nur Fernando nicht. Er setzte sich an den Kartentisch seines Vaters, zündete sich eine Zigarette an und machte sich an das halb fertige Puzzle, dessen Steine hier verstreut lagen.
»Santi, du darfst Sofia nicht helfen. Sie muss es allein schaffen«, sagte Rafael ernst. Santi zwinkerte, als Sofia eine zweifache Sechs würfelte.
»Das fasse ich nicht, du glückliche Kuh«, giftete Agustin streitbar, als er sah, wie seine Schwester eine dicke Mauer aus Steinen aufbaute und zwei der seinen blockierte. Sofia fühlte sich ebenso streitlustig wie ihr Bruder, aber sie gab sich Mühe, es nicht zu zeigen. Stattdessen würfelte sie lässig, machte scherzhafte Bemerkungen und verzog die Miene zu spöttischer Arroganz, weil sie wusste, dass ihn das ärgern würde.
Sofia gewann das erste Spiel – aber das reichte nicht. Es war klar, dass jedes Spiel, ob Tennis oder Flohhüpfen, erst nach drei Runden entschieden war. Nachdem sie die erste Runde gewonnen hatte, konnte sie sich das Angeben nicht verkneifen.
»Siehst du? Armer alter Agustin! Was ist es für ein Gefühl, gegen ein Mädchen zu verlieren?«, krähte sie. »Und ich bin auch noch jünger als du!«
»Wir spielen drei Spiele. Ich habe noch reichlich Zeit zum Gewinnen«, sagte er mit gezwungener Ruhe.
Sofia schaute Santi an und zwinkerte. Tadelnd schüttelte er langsam den Kopf. Er wusste, dass all diese Angeberei den Sturz am Ende nur schmerzhafter machen würde.
Das zweite Spiel begann. Sofias Kommentare versiegten, als sie merkte, dass sie anscheinend nur noch niedrige Zahlen würfeln konnte, während Agustin Fünfen und Sechsen warf. Das Lächeln schmolz von ihrem Gesicht und hinterließ ein ziemlich unattrakti-

ves Stirnrunzeln. Santi beobachtete sie amüsiert. Ein- oder zweimal sah er, dass sie einen ungünstigen Zug machte, und versuchte ihren Blick auf sich zu lenken, aber sie schaute nicht mehr vom Brett auf. Sie spürte, dass ihr das Spiel entglitt. Ihre Wangen glühten rot, als Agustin einen ihrer Steine festsetzte und dann wieder würfelte, weil es für sie keinen Zug gab. Sie merkte, wie sein selbstzufriedenes Grinsen ihr unter die Haut kroch, dass sie sich am liebsten gewunden hätte.

»Beeil dich«, befahl sie quengelnd. »Du trödelst nur, um mich zu ärgern.«

»Hör nur, wie der Ton sich ändert«, spottete er. »Jetzt grinsen wir nicht mehr, was? So, jetzt kommt das dritte Spiel«, verkündete er triumphierend. »Bereit für die Entscheidung, liebste Schwester?«

Fernando hatte nicht zugehört. Tatsächlich hatte er sich sogar große Mühe gegeben, nicht zuzuhören. Das Puzzle hatte ihn ein paar Minuten lang interessiert, und die Zigarette hatte gut geschmeckt. Er nahm die Packung und zündete sich noch eine an. Als er Sofia am anderen Ende des Zimmers meckern hörte, wurde die Sache interessanter. Er warf das Streichholz in den leeren Kamin und schlenderte hinüber, um zu sehen, was da vor sich ging.

»Aha, Sofia wird also von einem Jungen besiegt?« Er lachte, als er den Stand des Spiels sah. Seine Cousine antwortete nicht; sie ließ den Kopf hängen. Er beugte sich über sie wie eine große Fledermaus und warf seinen Schatten über das Spielbrett. Niquito und Angel rissen jedes Mal Witze, wenn Sofia würfelte, und Agustin, der jetzt gewann, lachte herzlich darüber. Rafael, der sich anfangs gewünscht hatte, dass sein Bruder gewinnen möge, wechselte jetzt, wie es seine Art war, auf die Seite der Unterlegenen. Er ließ sich immer erweichen, wenn Sofia aus der Fassung geriet. Santi wünschte sich natürlich, dass Sofia gewann. Er fühlte sich immer wie ein beschützender älterer Bruder, wenn es um sie ging. Er sah ihr an, dass ihr elend zu Mute war, weil sie verlor, und dass sie sich vermutlich jetzt wünschte, sie wäre nicht so übermäßig selbstbewusst gewesen. Schließlich konnte er ihren Blick auf sich lenken, und sie schaute ihn betreten an. Wahrscheinlich hatte sie Agustin nur provoziert,

um Aufmerksamkeit auf sich zu ziehen und weil es regnete: Da hatte sie nichts Besseres zu tun, als alle zu ärgern. Er kannte Sofia. Er kannte sie besser als sonst jemand.
»Ich habe gewonnen!«, verkündete Agustin stolz und legte seine letzten Steine in die lederne Mulde am Rand des Spielbretts.
»Du hast gemogelt«, sagte Sofia erbost. Santi verdrehte lachend die Augen.
»Sei still«, sagte Agustin. »Ich habe fair gewonnen, und dafür habe ich fünf Zeugen.«
»Du hast trotzdem gemogelt«, beharrte sie übellaunig.
»Chofi, gib deine Niederlage mit Anstand zu«, mahnte Santi ernst und ging aus dem Zimmer.
»Nein. Nicht gegen Agustin. Gegen Agustin niemals!«, krähte sie und stolzierte hinterdrein.
»Gut gemacht, Agustin«, sagte Fernando beifällig und klopfte ihm rau auf den Rücken. »Das hat sie zum Schweigen gebracht. Jetzt haben wir einen friedlichen Nachmittag.«
»Du hast jetzt einen friedlichen Nachmittag«, seufzte Rafael. »Wir werden dafür einen schrecklichen Abend erleben. Sie wird tagelang schmollen.«
»Und niemand schmollt wie Sofia«, pflichtete Agustin bei. »Aber das ist jeden Wutanfall wert. Es hat mir Spaß gemacht. Hat sonst noch jemand Lust auf ein Spielchen?«

Sofia folgte Santi durch die Diele. »Wo gehst du hin?«, fragte sie und strich mit der Hand an der Wand entlang.
»Du solltest eine bessere Verliererin sein.«
»Ist mir egal.«
»Das sollte es nicht – eine schlechte Verliererin ist sehr unattraktiv.« Er wusste, dass sie darauf reagieren würde. Sofia war sehr eitel.
»Ich bin ja keine. Nur bei Agustin. Du weißt, wie sehr er mir auf die Nerven geht.«
»Wenn ich die Sache richtig mitbekommen habe, hast du ihn aber zuerst provoziert.«
In diesem Augenblick flog die Tür auf, und Chiquita, Maria und

Panchito kamen mit einem großen schwarzen Regenschirm hereingestolpert.
»Es ist scheußlich draußen«, keuchte Chiquita. »Ah, Santiago, sei so lieb und hilf Panchito beim Ausziehen; er ist ganz durchnässt. Encarnación!«, rief sie dann.
»Was macht Dermot denn draußen im Regen?«, fragte Maria und wrang sich mit beiden Händen das nasse Haar aus.
»Ich werd ihn fragen«, sagte Sofia und stürmte an ihnen vorbei. »Wir sehen uns später.«
»Dieser Regen passt überhaupt nicht zum Sommer. Es hat den ganzen Tag noch nicht aufgehört«, meinte Chiquita kopfschüttelnd.
Sofia lief zwischen den Bäumen hindurch und rief nach ihrem Großvater. Es regnete tatsächlich heftig, und sie konnte sich nicht vorstellen, was ihn veranlasst haben könnte, sich in einer solchen Sintflut hinauszuwagen. Zu ihrer Erheiterung sah sie ihn auf der Ebene, wo er Crocketkugeln durch die Tore schlug, kläglich beobachtet von zwei triefnassen Hunden mit kraftlos herabhängenden Schwänzen.
»Grandpa, was um alles in der Welt tust du hier?«, fragte sie, als sie herankam.
»Die Sonne wird gleich herauskommen, Sofia Melody«, antwortete er. »Ah, ein guter Schuss, Dermot! Ich hab euch doch gesagt, ich schaffe es«, fügte er, an die Hunde gewandt, hinzu, während der blaue Ball leichthin durch das Tor rollte.
»Aber du bist tropfnass.«
»Du auch.«
»Du warst den ganzen Nachmittag hier draußen. Alle reden sie darüber.«
»Ich bin bald wieder trocken. Die Sonne wird gleich herauskommen. Ich spüre sie schon auf dem Rücken.« Sofia spürte nur, wie ihr kalte Tropfen über den Rücken rannen, und es fröstelte sie. Sie spähte zum Himmel und erwartete dort nichts als grauen Dunst. Aber zu ihrer Überraschung sah sie, dass ein strahlender Lichtschimmer durch die Wolken brach. Sie blinzelte, um die Augen vor

den fallenden Tropfen zu schützen, aber sie fühlte die erste Wärme im Gesicht.
»Du hast Recht, Grandpa. Die Sonne kommt tatsächlich durch.«
»Natürlich habe ich Recht, Kind. Jetzt nimm dir einen Schläger. Wollen doch sehen, ob du den Gelben durch das Tor da drüben bringst.«
»Ich habe keine Lust zum Spielen. Agustin hat mich gerade im Backgammon besiegt.«
»Ach du meine Güte. Du warst wohl keine gute Verliererin; darauf wette ich.« Er gluckste.
»So schlimm war ich nun auch wieder nicht.«
»Wie ich dich kenne, Sofia Melody, bist du hinausstolziert wie eine verwöhnte Prinzessin.«
»Na ja, besonders glücklich war ich nicht«, gestand sie wahrheitsgemäß ein und wischte sich mit dem Handrücken einen Regentropfen von der Nasenspitze.
»Charme ist nur die halbe Miete«, sagte er weise und wandte sich zum Haus.
»Wo willst du hin? Die Sonne kommt heraus.«
»Zeit für einen Drink.«
»Grandpa, es ist vier Uhr.«
»Genau.« Er drehte sich um und zwinkerte ihr zu. »Erzähl nichts deiner Mutter. Komm mit.«
Dermot nahm seine Enkelin bei der Hand und führte sie durch die Küchentür ins Haus, um Anna nicht über den Weg zu laufen. Mit quietschenden Schuhen schlichen sie sich durch den gefliesten Korridor und hinterließen eine glitzernde Spur. Er spähte nach links und rechts und öffnete dann behutsam den Wäscheschrank.
»Hier verwahrst du ihn also, Grandpa«, tuschelte Sofia, als seine Hand zwischen den Handtüchern verschwand und dann mit einer Flasche Whiskey wieder zum Vorschein kam. »Hast du keine Angst, dass Soledad ihn finden könnte?«
»Soledad ist meine Komplizin. Eine prächtige Frau, wenn es um Geheimnisse geht.« Er leckte sich die Lippen. »Komm mit, wenn du auch meine Komplizin werden willst.« Sofia folgte ihm zurück

durch den Korridor, durch die Küche hinaus und über den Hof zu den Bäumen.
»Wo gehen wir jetzt hin?«
»An meinen geheimen Ort.«
»An *deinen* geheimen Ort?« Sofia liebte Intrigen. »Ich habe auch einen.« Aber ihr Großvater hörte nicht zu. Er drückte die Whiskeyflasche an die Brust wie eine fürsorgliche Mutter ihr neugeborenes Baby. »Das ist der Ombu-Baum«, sagte sie.
»Das glaube ich, ja, das glaube ich.« Murmelnd eilte er vor ihr her, und vor lauter Ungeduld wäre er fast in Laufschritt verfallen. Endlich kamen sie zu einem kleinen Holzschuppen. Sofia musste schon hunderte von Malen daran vorbeigelaufen sein, ohne je Notiz davon zu nehmen.
Dermot öffnete die Tür und ließ sie eintreten. Drinnen war es dunkel und muffig. Das Fenster, das den Regen abhielt, war klein, und die Scheibe war moosbedeckt und ließ kaum Licht durch. Das Dach glich einem riesigen Sieb; überall klatschten schwere Tropfen auf Boden und Einrichtung. Nicht, dass die Einrichtung einer besonders pfleglichen Behandlung bedurft hätte; der Tisch war sichtbar morsch, und ein Regal war bereits zerbrochen und hing schief an der Wand.
»Das war früher Antonios Schuppen«, sagte Dermot und setzte sich auf die Bank. »Sei nicht so feierlich, Sofia Melody. Setz dich.« Sofia nahm fröstelnd Platz. »Das ist Doktor Dermots Erkältungsmedizin«, erklärte er und reichte ihr die Flasche, nachdem er einen großen Schluck daraus genommen hatte. »Ah, das tut wirklich gut.« Er gurgelte vergnügt. Sofia hielt die Flasche an die Nase und schnupperte. »Nicht riechen, Mädchen, trinken.«
»Ein starker Stoff, Grandpa«, sagte sie, bevor sie den Kopf in den Nacken legte und einen kräftigen Schluck nahm. Ein Feuerball schoss durch ihren Schlund, ihr Körper verkrampfte sich, und ihr Mund klappte auf wie der Rachen eines Drachens und stieß ein lang gezogenes, qualvolles Keuchen hervor.
»Braves Kind.« Er nickte beifällig und klopfte ihr auf den Rücken. Einen Moment lang bekam sie keine Luft. Dann drang das Feuer in

ihre Adern und raste durch ihren ganzen Körper, und dabei verwandelte der Schmerz sich in ein köstliches Behagen. Sie atmete überschwänglich ein. Mit glühenden Wangen wandte sie sich an ihren Großvater und lächelte ihn ein wenig unbestimmt an, bevor sie wieder nach der Flasche griff und noch einen Schluck nahm.
»Das ist ja vielleicht ein Geheimnis, das du hier hast, Grandpa. Ein tolles Geheimnis.« Kichernd setzte sie die Flasche noch einmal an. Nach ein paar Schlucken fühlte sie sich nicht mehr nass und war auch nicht mehr wütend auf Agustin. Im Gegenteil, dachte sie, ich liebe Agustin und Rafa und Mama. Ich liebe sie alle. Ihr war schwindlig, und sie war glücklich, ja überglücklich, als sei nichts auf der Welt mehr wichtig, aber alles komisch. Sie lachte ohne Grund. Plötzlich war alles zum Lachen. Dermot fing an, ihr zusammenhanglose Geschichten aus »seinem« Irland zu erzählen, und Sofia hörte mit halbem Ohr zu, während ein Grinsen lose auf ihrem glühenden Gesicht bebte. Wenig später unternahm er es, ihr ein paar irische Lieder beizubringen.
»I met her in the garden where the praties grow …«, begann er. In Sofias betrunkenem Zustand hatte er die schönste Stimme, die sie je gehört hatte.
»Du bist ein Engel, Grandpa. Ein *Engel*«, sagte sie mit schwerer Zunge, und ihr Blick vernebelte sich.
Keiner von beiden wusste, wie lange sie im Schuppen gesessen hatten, und es interessierte sie auch nicht. Als Dermot den letzten Tropfen aus der Flasche getrunken hatte, fanden sie, es sei Zeit, ins Haus zurückzukehren.
»Pssst!«, machte Sofia und wollte den Finger an die Lippen legen; sie fand sie nicht, aber dafür ihre Nase. »Oh«, sagte sie verdutzt und nahm den Finger unsicher wieder weg.
»Kein Geräusch machen«, sagte Dermot dröhnend. »Nicht das leiseste Geräusch.« Dann lachte er laut aus dem Bauch. »Gütiger Gott, Mädchen, du hast doch bloß ein paar Schlückchen getrunken – und jetzt sieh dich an!«
»Ssss«, zischte sie und griff Halt suchend nach seinem Arm. »Du hast die ganze Flasche ausgetrunken. Die ganze Flasche. Ich kann

nicht fassen, dass du noch stehen kannst«, rief sie, während sie sich halsbrecherisch schwankend durch die Dämmerung schlängelten.

»I met her in the garden where the praties grow …« Er begann von neuem, und Sofia stimmte tonlos ein und folgte seinem Gesang um jeweils ein Wort versetzt.

Als sie am Türknauf herumfummelten, öffnete sich die Tür wie von selbst.

»Sesam öffne dich!«, lallte Dermot und breitete die Arme aus.

»*Por Dios*, Señor O'Dwyer!« Soledad schnappte nach Luft. »Señorita Sofia!« Sie fuhr zurück, als sie Sofia erblickte, die mit roten Wangen und blödem Grinsen vor ihr stand. Sie zog die beiden herein und schob Sofia hastig den Korridor hinunter zu ihrem Zimmer. Dermot torkelte in die andere Richtung davon. Als er ins Wohnzimmer kam, hörte Soledad die Entsetzensschreie von Señora Anna.

»Gütiger Jesus, Dad!«, krächzte Anna. Dann hörte man ein Krachen, höchstwahrscheinlich von der leeren Flasche, die auf dem Fliesenboden zerbrach. Soledad wartete nicht ab, wie es weiterginge, sondern schloss leise die Tür zu ihrem Quartier hinter sich.

»Liebes Kind, was hast du getan?«, jammerte sie, als sie wohlbehalten in ihrem aufgeräumten Zimmer waren. Sofia grinste wie eine Schwachsinnige.

»I met her in the garden where the praties grow …«, leierte sie.

Soledad half ihr beim Ausziehen und ließ ein heißes Bad ein. Dann zwang sie sie, ein Glas Wasser mit einer großen Portion Salz zu trinken. Sofort hängte Sofia den Kopf über die Toilettenschüssel und begann das Feuer zu erbrechen, das ihr jenes Gefühl eingegeben hatte, nichts sei mehr wichtig. Es war reine Seligkeit gewesen, aber jetzt empfand sie Übelkeit und Selbstmitleid. Nach einem heißen Bad und einer Tasse warmer Milch brachte Soledad sie ins Bett.

»Was hast du dir nur dabei gedacht?«, fragte sie, und ihre glatte braune Stirn legte sich in Kummerfalten.

»Weiß ich nicht. Ist einfach passiert.« Sofia stöhnte.

»Dein Glück, dass du schon nach ein paar Schluck betrunken warst. Der arme Señor O'Dwyer, der wird die ganze Nacht brauchen, um wieder nüchtern zu werden«, sagte Soledad mitfühlend. »Ich gehe jetzt zu Señora Anna und sage ihr, dass dir nicht gut ist. Soll ich?«

»Meinst du, sie glaubt es?«

»Warum nicht? Du riechst nicht mehr nach Alkohol. Du bist noch mal glücklich davongekommen. Kannst du dir vorstellen, wie viel Ärger du bekommen hättest, wenn sie dich gesehen hätte?«

»Danke, Soledad«, sagte Sofia leise.

»Ich bin es ja gewöhnt, deinen Großvater zu decken. Aber dass ich dich mal decken muss, habe ich nicht erwartet.« Soledad kicherte, und ihre schweren Brüste wogten unter der Dienstmädchenbluse.

Sofia war fast eingeschlafen, als die Tür aufging und Anna hereinkam.

»Sofia«, sagte sie leise, »was ist mit dir?« Sie kam ans Bett und befühlte die Stirn ihres Kindes. »Hm, ein leichtes Fieber. Du Ärmste.«

»Morgen geht's wieder besser«, murmelte Sofia und blinzelte schuldbewusst unter der Decke hervor.

»Im Gegensatz zu deinem Großvater, dem es morgen hundeelend sein wird«, sagte Anna knapp.

»Ist er auch krank?«

»Krank? Er wünscht sicher, er wäre krank. Nein«, sagte sie und stemmte müde seufzend die Hände in die Hüften. »Er hat wieder getrunken.«

»Oh.«

»Ich weiß nicht, wo er diese verdammten Flaschen versteckt. Wenn ich eine finde, hat er eine neue. Er wird sich eines Tages zu Tode trinken.«

»Wo ist er jetzt?«

»Hängt in seinem Sessel und schnarcht wie ein Schwein.«

»Mama!« Sofia war fassungslos. Wenn er doch nur von Soledad gepflegt und wieder nüchtern gemacht worden wäre wie sie selbst.

»Na, es ist seine eigene Schuld, der Dummkopf. Wie oft soll ich es ihm denn sagen? Er hört nicht zu, also predige ich nicht.«

»Willst du ihn einfach so liegen lassen?«

»Jawohl, ich will ihn einfach so liegen lassen«, antwortete Anna brüsk. »Wieso, was soll ich denn deiner Meinung nach tun?«

»Ich weiß nicht. Ihn ins Bett bringen und ihm eine Tasse heiße Milch geben«, sagte Sofia hoffnungsvoll, aber ihre Mutter lachte nur.

»Er kann von Glück sagen, wenn er überhaupt noch etwas bekommt. So«, sagte sie, und ihr Ton veränderte sich. Sofia zog unter der Bettdecke den Kopf ein. »Agustin sagt, du warst heute nicht sehr höflich.«

»Höflich? Wir haben Backgammon gespielt, und er hat gewonnen. Er soll sich freuen, dass er gewonnen hat.«

»Das hat nichts damit zu tun, und das weißt du auch«, sagte Anna kurz. »Nichts ist so würdelos wie ein schlechter Verlierer, Sofia. Er sagt, du bist einfach hinausmarschiert und hast eine schlechte Stimmung hinterlassen. Ich will so etwas nicht noch einmal hören. Hast du mich verstanden?«

»Agustin übertreibt. Was hat Rafa denn gesagt?«

»Ich möchte die Sache nicht weiter ausführen, Sofia. Sieh nur zu, dass es nicht noch einmal vorkommt. Die Leute sollen doch nicht glauben, ich hätte dich nicht gut erzogen, oder?«

»Nein«, antwortete Sofia automatisch. Agustin ist ein Petzer *und* ein Mogler, dachte sie wütend bei sich. Aber sie war zu schläfrig zum Diskutieren. Als ihre Mutter hinausging, seufzte sie erleichtert, weil sie nicht erwischt worden war. Sie dachte an ihren Großvater, der jetzt in seinem Sessel schlief, nass und betrunken und unbequem, und am liebsten wäre sie aufgestanden, um nach ihm zu sehen. Aber dazu war ihr noch zu übel. Und später, als Soledad leise hereinkam, um nach ihr zu sehen, war sie weit fort und ritt mit Santi durch die Wolken.

Fünf

London, 1947

Es war ein kalter, wolkenverhangener Morgen, und trotzdem wirkte ganz London bezaubernd auf die junge Anna Melody O'Dwyer. Sie öffnete die großen Balkontüren ihres Hotelzimmers in South Kensington und trat hinaus auf den kleinen Balkon. Sie zog den Morgenmantel fester um sich und stellte sich vor, das Hotel sei ihr Schloss und sie eine englische Prinzessin. Sie schaute hinunter in die neblige Straße und auf die kahlen Bäume, die sie säumten, knorrig verwachsen in der Kälte, und sie wünschte, sie könnte Glengariff verlassen und gegen das romantische London eintauschen. Der Asphalt glänzte wie Lakritz im gelben Licht der Straßenlaternen, und ein paar Autos schnurrten vorbei und verschwanden wie graue Gespenster im Smog. Es war noch früh am Morgen, aber Anna war so aufgeregt, dass sie nicht mehr schlafen konnte. Auf Zehenspitzen kehrte sie ins Zimmer zurück und schloss leise die Türen wieder, um ihre schlafende Mutter nicht zu wecken und auch nicht die dicke Tante Dorothy, die im Zimmer nebenan zuckte wie ein gestrandetes Walross.

Sie spazierte hinüber zu dem marmornen Tisch und nahm einen Apfel aus der Obstschale. Noch nie im Leben hatte sie solchen Luxus gesehen, auch wenn sie schon oft davon geträumt hatte. Dies war ein Hotel von der Sorte, in der die Filmstars aus Hollywood wohnten. Ihre Mutter hatte um eine Suite gebeten. Ein Wohnzimmer, ein Schlafzimmer und ein angrenzendes Badezimmer. Das Schlafzimmer war eigentlich nur für zwei Personen, aber als der Concierge erfuhr, dass es sich um ein ganz besonderes Wochenende handelte, hatte er ihnen noch ein Feldbett hineinstellen lassen, sodass sie alle drei zusammen schlafen konnten. Ihre Mutter hatte den Leuten erzählen wollen, dass sie sich keine größere Suite leisten könnten und dass die ganze Familie zusammengeworfen habe, um ihrer Tochter dieses großartige Wochenende zu ermöglichen, aber Anna hatte sie daran gehindert. Dies war das einzige Wochenende in ihrem Leben, an dem sie das Dasein einer Prinzessin genießen konnte, und das würde sie sich nicht dadurch verderben lassen, dass ein hochnäsiger Concierge auf sie herabschaute.

Anna Melody O'Dwyer würde heiraten. Sie kannte Sean O'Mara schon ihr ganzes Leben lang, und so schien es nur natürlich zu sein. Ihre Eltern freuten sich. Aber sie liebte ihn nicht. Zumindest liebte sie ihn nicht so, wie man ihrer Vorstellung nach seinen Verlobten lieben sollte. Er war kein Mr Darcy. Ihr Herz pochte nicht, wenn sie ihn sah. Sie sehnte sich nicht nach ihrer Hochzeitsnacht – im Gegenteil, sie ahnte, dass es ungefähr so prickelnd sein würde wie ein nasser Knallfrosch, und bei dem Gedanken wurde ihr ganz mulmig. Sie würde ihn vertrösten, solange sie könnte. Aber es war der Wunsch ihrer Eltern – also tanzte sie nach ihrer Pfeife, auch wenn sie die Musik nicht besonders gut leiden konnte. Es gab sonst niemanden in Glengariff, den sie hätte heiraten können; also musste sie sich mit Sean O'Mara begnügen. Sean und Anna waren einander von Geburt an versprochen. Da gab es anscheinend kein Entrinnen, ebenso wenig wie aus Glengariff. Sie würden bei ihren Eltern und Tante Dorothy wohnen, bis Sean genug verdient hätte, um ihnen ein eigenes Haus zu kaufen. Das aber würde hoffentlich ein Weilchen dauern. Ihre Mutter hatte ein so behagliches Zuhause geschaffen, dass sie es mit dem Auszug überhaupt nicht eilig hatte. Die Vorstellung, jeden Abend für einen Ehemann zu kochen, trieb ihr die Tränen in die Augen. Das Leben musste doch ein bisschen mehr zu bieten haben als nur das.

Nun, jetzt war sie im De Vere Hotel, umgeben von so viel Schönheit und Eleganz, dass sie sich unwillkürlich fragte, wie ihr Leben wohl sein würde, wenn sie einen Grafen oder Prinzen heiraten könnte. Sie ließ das Bad ein und goss die halbe Flasche Floris-

Badeöl ein, die das Hotel bereitgestellt hatte, sodass der Raum sich mit schwerem Rosenduft füllte, und dann lag sie im heißen Wasser, bis der Spiegel wolkig wie der Smog draußen aussah und sie vor lauter Dampf kaum noch atmen konnte. Umgeben von Marmor und Gold und großen Glasflaschen mit Badesalz und Parfüm, hing sie ihren Lieblingsfantasien nach. Als sie aus der Wanne gestiegen war, bedeckte sie ihren ganzen Körper mit der Lotion, die zu dem Badeöl gehörte, und fuhr sich mit einem Kamm durch das lange, kastanienbraune Haar, bevor sie es im Nacken zu einem Knoten zusammensteckte. Sie fühlte sich schön und kultiviert. Noch nie im Leben hatte sie den eigenen Anblick als so reizvoll empfunden, und ihr Herz vollführte einen richtigen kleinen Tanz. Als ihre Mutter und ihre Tante aufwachten, trug Anna ihr bestes Sonntagskleid und hatte sich die Fingernägel rot lackiert.

Emer hatte nichts übrig für angemalte Nägel und Gesichter, und als sie ihre Tochter wie ein Filmstar geschminkt sah, wollte sie ihr gleich befehlen, das alles wieder abzuwischen. Aber dies war Anna Melodys besonderes Wochenende, und sie wollte es ihr nicht verderben; also sagte sie nichts. Später, als Anna bei Marshall & Snelgrove, dem großen Kaufhaus in der berühmten Oxford Street, in der Umkleidekabine war, versicherte sie ihrer Schwester mit leiser Stimme, dass sich alles wieder normalisieren würde, wenn sie erst wieder in Glengariff wären. »Seien wir ehrlich, Dorothy«, sagte sie. »Das Leben wird noch schwer genug werden für sie, wenn sie erst verheiratet ist und Kinder hat. Dass wir sie ein bisschen verwöhnen, solange wir können, ist doch das Mindeste, was wir tun können.«

»Sie *verwöhnen,* Emer Melody?«, keuchte Tante Dorothy entsetzt. »Du und Dermot, ihr habt diesem Wort eine ganz neue Bedeutung gegeben.«

Emer und Tante Dorothy hatten sich für die Reise fein gemacht. Auf soliden Absätzen, in dicken Kostümen und Nappahandschuhen marschierten die beiden durch die nassen Straßen. Dorothy hatte ihre Ausstattung mit einem etwas räudigen Fuchspelz samt Kopf und Pfoten ausgeschmückt, den sie in einem Secondhandladen in Dublin aufgetrieben hatte. Er war über ihre breiten Schultern drapiert, und die Schnauze ruhte auf der Wölbung ihres Busens, der von ihrer Kostümjacke in wunderbarer Weise im Zaum gehalten wurde, dass sich die Knopflöcher spannten. Beide hatten mit einer großen Zahl von Nadeln einen kleinen Hut auf dem Kopf befestigt und sich den Schleier vor die Augen gezogen. »Wir dürfen Anna Melody nicht enttäuschen«, hatte Emer gesagt, als sie sich am Morgen angekleidet hatten. Tante Dorothy hatte sich die Lippen blutrot geschminkt und sich dabei gefragt, wie oft sie diesen Satz von ihrer Schwester schon gehört hatte. Aber sie widersprach nicht. Schließlich war dies Anna Melodys besonderes Wochenende und somit nicht die passende Gelegenheit, ihre Meinung zu sagen. Aber eines Tages würde sie es tun. Bei Gott, eines Tages würde sie ihre Meinung sagen.

Müde vom Einkaufen, aber immer noch entflammt von der Aufregung ihres ersten Besuchs in London, wartete Anna im Foyer von Brown's Hotel, bis ihre Mutter und ihre Tante »sich die Nase gepudert« hatten, um dann im berühmten Tea Room den Tee zu nehmen. Und dort begegnete sie Paco Solanas. Sie saß inmitten von Einkaufstüten und wartete, als er hereinkam. Seine außergewöhnliche Erscheinung zog alle Blicke im Foyer auf sich. Sein sandblondes Haar war sehr kurz geschnitten, und seine Augen waren von einem so lebhaften Blau, dass Anna das Gefühl hatte, sie würden mitten durch sie hindurchschneiden, wenn er sie damit ansähe. Was er natürlich tat.

Nachdem er das Foyer abgesucht hatte, verharrte sein Blick schließlich auf der hinreißend schönen jungen Frau, die dort in der Ecke saß und in einer Illustrierten blätterte. Er musterte sie einen Moment lang. Sie spürte seinen Blick auf sich, und ihre Wangen glühten. Das Erröten zeigte Anna nicht von ihrer schönsten Seite; trotz des sorgfältig aufgetragenen Make-ups liefen Gesicht und Hals dann rotfleckig an. Dennoch fand er sie seltsam faszinierend. Sie sah aus wie ein kleines Mädchen, das die Dame spielte. Ihr Make-up passte nicht hierher, ihr Kleid auch nicht. Trotzdem wirkte sie so blasiert wie eine englische Aristokratin.

Er ging zu ihr hinüber und ließ sich neben ihr in einen ledernen Sessel sinken. Sie spürte seine Nähe, und ihre Hände begannen zu zittern. Seine Präsenz war überwältigend, und der würzige Duft seines Rasierwassers bereitete ihr Schwindelgefühle. Er sah, dass ihre Zeitschrift zitterte, und merkte, wie er sich in diese blasse junge Frau verliebte, die ihm doch völlig fremd war. Er sagte etwas in einer fremden Sprache, und seine Stimme klang dunkel und befehlsgewohnt. Sie hielt den Atem an und ließ die Illustrierte sinken. Redete er mit ihr? Als sie ihn anschaute, sah er, dass sie blaugraue Augen hatte; in ihrem Ausdruck lag etwas Wildes, und er verspürte das plötzliche Bedürfnis, mit ihr zu ringen und sie zu zähmen wie eines seiner Ponys zu Hause auf Santa Catalina. In banger Erwartung klimperte sie mit den Lidern.

»Sie sind zu schön, um allein hier zu sitzen«, sagte er mit starkem Akzent. »Ich bin hier mit jemandem verabredet, aber er hat sich verspätet. Ich bin froh, dass er sich verspätet hat. Ich hoffe, er kommt überhaupt nicht mehr. Warten Sie auch auf jemanden?« Sie sah sein hoffnungsvolles Gesicht und antwortete, dass sie auf ihre Mutter und ihre Tante warte, die gleich zum Tee herunterkommen würden. Er machte ein erleichtertes Gesicht.

»Dann warten Sie also nicht auf Ihren Ehemann?« Anna sah das boshafte Funkeln in seinem Blick. Er schaute auf ihre linke Hand und fügte hinzu: »Nein, Sie sind nicht verheiratet. Ich bin sehr froh.«

Sie lachte und schlug die Augen nieder. Sie wusste, dass sie sich mit einem Fremden nicht unterhalten sollte, aber in seinem Blick lag solche Ehrlichkeit – zumindest glaubte sie Ehrlichkeit zu sehen, und überhaupt, sie war hier in London, einer Stadt voller Romantik. Hoffentlich würden ihre Mutter und ihre Tante sich Zeit lassen und ihr noch ein paar Minuten geben. In ihrem ganzen Leben hatte sie noch keinen so gut aussehenden Mann gesehen.

»Wohnen Sie hier?«, fragte er.

»Nein. Ich bin nur fürs Wochenende hier, zum Einkaufen und …« Sie fragte sich, wozu reiche Mädchen wohl nach London kommen mochten, und fuhr fort: »Und um die Museen und Kirchen anzuschauen.« Das schien ihn zu beeindrucken.

»Woher kommen Sie?«
»Aus Irland. Ich bin aus Irland.«
»Ich bin auch weit weg von zu Hause.«
»Woher kommen Sie denn?«, fragte sie, und sein Gesicht leuchtete, als er ihr antwortete.
»Ich komme aus Gottes eigenem Land. Aus Argentinien. Wo die Sonne so groß ist wie eine riesige Orange und der Himmel so gewaltig, als wäre er ein Spiegelbild des Himmelreichs.« Sie lächelte über seine poetische Beschreibung. Er blickte ihr so tief in die Augen, dass sie sich außer Stande fühlte, ihren Blick abzuwenden. Plötzlich ergriff sie panische Angst, er könnte gleich fortgehen und sie würde ihn nie wiedersehen.
»Was tun Sie denn hier?«, fragte sie, und ihre Kehle schnürte sich vor Aufregung zu. Bitte, lieber Gott, lass ihn noch nicht weggehen, betete sie. Gib uns mehr Zeit.
»Ich studiere. Ich bin seit zwei Jahren hier und war in dieser Zeit nicht zu Hause. *Imagínate!* Aber ich liebe London«, sagte er und brach dann ab. Sein Blick hielt sie fest, ehe er impulsiv fortfuhr: »Ich möchte Ihnen meine Heimat zeigen.« Sie kicherte nervös und schaute weg, aber als sie sich wieder umdrehte, sah sie, dass er sie nicht aus den Augen ließ.
Ihre Mutter und ihre Tante kamen ins Foyer und schauten sich nach Anna Melody um. Tante Dorothy entdeckte sie in der Ecke, ins Gespräch mit einem fremden jungen Mann vertieft.
»Jesus, Maria und Joseph, Emer, was treibt sie jetzt wieder? Was würde der arme Sean O'Mara sagen, wenn er sähe, dass sie sich mit einem fremden Mann unterhält? Und schau dir ihr Gesicht an. Wir hätten sie nicht allein lassen dürfen.«
»Gütiger Jesus, Dorothy!«, rief Emer aufgebracht. »Geh und hol sie, bevor sie sich kompromittiert!«
Anna sah ihre Tante wie ein Panzer durch das Foyer kommen und wandte sich verzweifelt an ihren neuen Freund. Er griff nach ihrer Hand und drückte sie.
»Wir treffen uns heute um Mitternacht wieder hier«, sagte er, und bei seinem eindringlichen Tonfall geriet Annas Magen in Aufruhr.

Sie nickte eifrig, und er stand auf, nickte Tante Dorothy höflich zu und zog sich hastig zurück.

»In Gottes Namen, Anna Melody O'Dwyer, was denkst du dir dabei, dich hier mit einem Fremden zu unterhalten, auch wenn er sehr hübsch ist?«, keuchte Tante Dorothy und schaute ihm nach, als er durch die Drehtür verschwand. Anna fühlte sich erhitzt und geschwächt und sehr aufgeregt.

»Keine Sorge, Tante Dorothy, wir sind doch in London. Es gibt hier kein Gesetz, das es verbietet, einem Mädchen Gesellschaft zu leisten, wenn es allein irgendwo sitzt«, antwortete sie zuversichtlich, aber innerlich vibrierten ihre Nerven, als ständen sie unter Strom.

Verträumt saß Anna beim Tee und ließ abwesend den Silberlöffel in der Teetasse kreisen. Tante Dorothy bestrich ihr drittes Scone mit Butter. »Das ist gutes Gebäck. Sehr gutes Gebäck. Anna Melody, musst du diesen Krach machen? Er dringt mir auf sehr unangenehme Weise durchs Trommelfell.« Seufzend lehnte Anna sich zurück.

»Was ist denn los mit dir? Zu viel eingekauft?«

»Ich bin nur müde, weiter nichts.« Sie starrte aus dem Fenster und hoffte, er werde vielleicht draußen vorbeigehen. Nur vielleicht. Sie rief sich sein Gesicht vor Augen und versuchte, es festzuhalten; sie befürchtete, wenn sie es wieder in den Hinterkopf zurückweichen ließe, würde es dort versinken und für immer verloren sein.

»Aber, aber, mein Liebes. Nach dem Tee gehen wir gleich ins Hotel zurück. Warum versuchst du nicht eins von den warmen Scones mit Butter? Sie sind ganz köstlich«, schlug ihre Mutter sanft vor.

»Ich will heute Abend nicht ins Theater«, quengelte Anna und starrte missmutig in ihre Teetasse. »Ich bin zu müde.«

»Du willst *Oklahoma* nicht sehen? Du lieber Gott, Anna, die meisten Mädchen in deinem Alter kommen nie nach London, geschweige denn ins Theater!«, fuhr Tante Dorothy sie an und rückte ihren Fuchs zurecht, der sich an ihrem Busen festzukrallen schien. »Die Karten waren teuer.«

»Dorothy, wenn Anna Melody nicht ins Theater gehen möchte,

dann braucht sie auch nicht zu gehen. Es ist ihr Wochenende, vergiss das nicht.« Emer legte ihrer Tochter eine Hand auf den Arm. Tante Dorothy schürzte die Lippen und schnaubte durch die Nase wie ein wütender Stier. »Ach ja, und vermutlich willst du dann bei ihr bleiben«, sagte sie erbost.

»Ich kann sie doch in einer fremden Stadt nicht allein lassen. Das wäre nicht schön.«

»Nicht schön! Emer, wir haben für diese Karten gutes Geld ausgegeben. Ich freue mich seit einer Ewigkeit auf *Oklahoma!*«

»Na, lass uns ins Hotel zurückgehen und ein Weilchen die Füße hochlegen. Vielleicht fühlst du dich dann schon wieder besser.« Emer nickte ihrer Tochter zu.

»Tut mir Leid, Emer. Ich akzeptiere eine Menge, aber wenn es um Geld geht, werde ich nicht zulassen, dass Anna Melody es wegwirft, weil ihr alles zu viel ist. Das ist reine Launenhaftigkeit, Emer, und du und Dermot habt ihr so etwas ihr Leben lang durchgehen lassen. Das wird ihr nicht gut tun. Ich warne dich.«

Anna nahm nicht die geringste Notiz vom Zorn ihrer Tante; sie verschränkte die Arme und schaute wieder aus dem Fenster. Wenn nur schon Mitternacht wäre. Sie wollte nicht ins Theater. Sie wollte nirgendwohin. Sie wollte im Foyer sitzen und auf ihn warten.

Anna Melody ging doch ins Theater. Sie musste. Tante Dorothy hatte angedroht, sie schnurstracks nach Glengariff zurückzuschicken, wenn sie nicht ginge. Die Hälfte bezahlte schließlich sie. Also saß Anna das Musical ab und ignorierte die eingängigen Melodien, die ihre Mutter und ihre Tante in den nächsten zwei Tagen fröhlich trällern würden, und überlegte sich im Stillen, wie sie mitten in der Nacht von South Kensington zum Brown's Hotel kommen sollte, wo sie doch kein eigenes Geld hatte. Er hatte offensichtlich angenommen, sie wohnte im Brown's. Sie musste hin.

Als sie wieder im Hotel waren, dauerte es nicht lange, und ihre Mutter und Tante Dorothy schliefen tief und fest in ihren Betten. Tante Dorothy lag auf dem Rücken und schnarchte laut durch die

Nase. Ein- oder zweimal ließ ein besonders machtvoller Schnaufer sie beinahe erwachen; eine Sekunde lang verharrte sie zwischen Bewusstsein und Schlummer, ehe sie wieder in der geheimen Welt ihrer Träume versank. Emer, zierlicher als ihre Schwester sowohl an Körperfülle als auch an Stimmkraft, schlief still zusammengerollt.
Anna zog sich lautlos wieder an, stopfte Kissen unter ihre Bettdecke, damit es so aussähe, als wäre sie da, falls einer dieser Schnarchlaute ihre Tante oder ihre Mutter aufwecken sollte, und dann wühlte sie in Tante Dorothys Handtasche nach etwas Geld. Der Concierge war überaus hilfreich; zu höflich, um auch nur eine Braue hochzuziehen, tat er, worum sie ihn bat, und rief ein Taxi. Sie dankte ihm für die Mühe, als sei an ihrem mitternächtlichen Ausflug nichts Besonderes, und dann saß sie wie ein Flüchtling hinten auf dem Rücksitz und schaute zu, wie die hellen Lichter der Großstadt draußen vorüberglitten.
Um viertel vor zwölf saß Anna wieder in dem Sessel in der Ecke des Foyers. Unter dem Mantel trug sie das neue Kleid, das ihre Mutter ihr bei Harrod's gekauft hatte, und ihr Haar war immer noch im Nacken hochgesteckt. Obwohl es so spät war, herrschte im Hotel immer noch Betrieb. Eine Gruppe von schicken jungen Leuten kam mit lautem Gelächter herein. Offenbar hatten sie einen Zug durch die Stadt gemacht, dachte sie neidvoll. Niemand schien zu merken, dass sie da war. Sie legte die Hand auf den Sessel neben ihrem und strich mit den Fingern über das Leder; sie stellte sich vor, es sei noch warm, nachdem er hier bei ihr gesessen hatte. Er war so kultiviert gewesen, ein echter Gentleman. Er hatte nach teurem Rasierwasser geduftet und kam aus einem exotischen Land in weiter Ferne. Er war vornehm, gebildet, gut aussehend und offenbar auch reich. Er war der Prinz, von dem sie geträumt hatte. Sie wusste, das Leben hatte mehr zu bieten als Sean O'Mara und sein ödes Glengariff.
Nervös beobachtete sie die Tür. Sollte sie sich erwartungsvoll oder lieber nonchalant geben? Sie kam zu dem Schluss, dass es lächerlich wirken würde, wenn sie versuchte, gelassen auszusehen – denn was hätte sie dann um Mitternacht in einem Hotelfoyer verloren? Sie

fragte sich, was sie tun sollte, wenn er nicht käme? Vielleicht hatte er einen Scherz mit ihr gemacht. Vielleicht hatte er überhaupt nicht die Absicht, sich hier mit ihr zu treffen. Wahrscheinlich war er mit seinen Freunden unterwegs und lachte über sie. Lachte, wie ihre Cousinen zu Hause in Glengariff über sie lachten.

Die Uhr schlug zwölf, und Paco Solanas trat durch die schwere Hoteltür. Er sah Anna sofort, und sein Gesicht erstrahlte in einem breiten Lächeln. In seinem marineblauen Cashmeremantel kam er zu ihr herüber und nahm sie bei der Hand.

»Ich bin froh, dass Sie gekommen sind«, sagte er, und seine Augen funkelten unter der Krempe seines Hutes.

»Ich auch«, antwortete sie und spürte, wie ihre Hand in seiner zitterte.

»Kommen Sie mit«, sagte er und zögerte dann. »*Por Dios!* Ich weiß Ihren Namen gar nicht.«

»Anna Melody O'Dwyer. Anna.« Sie lächelte. Er fand ihr Lächeln absolut bezaubernd. Es wärmte ihn innerlich.

»Ana Melodía – *qué lindo*. Der Name ist schön, genau wie Sie.«

»Danke. Und wie heißen Sie?«

»Paco Solanas.«

»Paco. Erfreut, Sie kennen zu lernen, wirklich«, sagte sie schüchtern, und er führte sie an der Hand in die Nacht hinaus.

Gegen Ende des Tages hatte das Wetter aufgeklart, und sie spazierten unter einem hellen Sternenhimmel durch die Straßen. Es war sehr kalt; sie konnten ihren Atem in der frostigen Luft sehen, aber sie spürten es nicht. Sie wanderten durch leere Seitenstraßen in Richtung Soho und lachten und plauderten wie zwei alte Freunde, und dann spazierten sie auf dem funkelnden Pflaster, das vom Nieselregen noch feucht war, zum Leicester Square hinunter.

Paco hielt die ganze Zeit ihre Hand, und nach einer Weile kam es ihr nicht mehr seltsam vor, sondern viel natürlicher als jemals mit Sean O'Mara. Er erzählte ihr von Argentinien, und mit dem Enthusiasmus und der Schnörkellosigkeit eines echten Geschichtenerzählers malte er ein farbenprächtiges Bild in ihrer Fantasie. Sie selbst erzählte ihm nur wenig von Irland. Sie nahm an, wenn er wüsste, dass sie nicht reich war wie er, würde er vielleicht das Interesse an ihr verlieren, und das konnte sie sich nicht leisten. Also musste sie so tun, als käme sie aus einer privilegierten Familie. Aber Paco liebte die Art, wie sie sich von all den Mädchen unterschied, die er zu Hause kannte, von den weltgewandten jungen Damen, die er auf seinen Reisen in den Großstädten kennen gelernt hatte. Sie war natürlich und sorgenfrei, und als er sie küsste, tat er es mit der Absicht, ihren abscheulichen Lippenstift zu entfernen.

Anna war noch nie so geküsst worden. Seine Lippen waren warm und feucht, und sein Gesicht war kalt von der Nachtluft. Er hielt sie umschlungen und presste den Mund auf ihre Lippen mit einer Leidenschaft, wie sie sie nur aus dem Kino kannte. Als er sich von ihr löste und in ihr Gesicht schaute, sah er, dass er ihr das Make-up weggeküsst hatte. So gefiel sie ihm besser.

Sie setzten sich auf den Rand eines der Springbrunnen am Trafalgar Square, und er küsste sie noch einmal. Er zog die Nadeln aus ihrem Haar, knetete es mit beiden Händen und ließ es dann in wild rollenden Locken über ihre Schultern und ihren Rücken fallen.

»Warum steckst du dein Haar hoch?«, fragte er, aber bevor sie antworten konnte, waren seine Lippen wieder auf ihren, und sanft erkundete seine Zunge ihren Mund mit einer fließenden Sinnlichkeit, die ihren Magen flattern ließ, als schlage dort ein Kolibri mit den Flügeln. »Bitte verzeih mir mein Englisch«, sagte er nach einer Weile; die eine Hand legte er an ihr Gesicht, und mit der anderen strich er über das Haar an ihrer Schläfe. »Wenn ich das auf *Castellano* sagen könnte, klänge es *poético.*«

»Dein Englisch ist sehr gut, Paco«, sagte sie und errötete dann beim Klang seines Namens.

»Ich kenne dich nicht, aber ich weiß, dass ich dich liebe. *Sí, te quiero.*« Er strich mit den Fingerspitzen über ihre kalte Wange und schaute sie mit ungläubigen Augen an, als wolle er ergründen, was es für ein Zauberbann war, der ihn da gefangen genommen hatte.

»Wann kehrst du nach Irland zurück?« Anna wollte nicht darüber nachdenken. Sie wollte nicht in Betracht ziehen, dass sie ihn vielleicht nie wiedersehen könnte.

»Übermorgen. Montag«, antwortete sie betrübt, und sie schmiegte das Gesicht in seine Hand und lächelte bedauernd zu ihm auf.
»So bald schon!«, rief er entsetzt. »Werde ich dich je wiedersehen?«
»Ich weiß es nicht.« Hoffentlich würde ihm jetzt etwas einfallen.
»Kommst du denn oft nach London?«
»Nein.« Sie schüttelte den Kopf. Paco ließ sie los, stützte die Ellenbogen auf die Knie und rieb sich sorgenvoll mit beiden Händen das Gesicht. Sofort befürchtete Anna, er werde ihr gleich sagen, dass ihre Romanze dann eben keinen Sinn habe. Sie sah, wie ein tiefer Seufzer seinen Körper unter dem Mantel dehnte. Im gelben Schein der Großstadtlichter sah sein Gesicht melancholisch und niedergeschlagen aus. Gern hätte sie ihn in die Arme genommen. Aber sie fürchtete, er könne sie zurückweisen; also blieb sie, wo sie war, und wagte nicht, sich zu rühren.
»Dann heirate mich«, sagte er plötzlich. »Ich ertrage das Leben ohne dich nicht.«
Anna war überwältigt und fassungslos. Sie hatten doch nur ein paar Stunden miteinander verbracht. »Dich heiraten?«, stammelte sie.
»Ja. Heirate mich, Anna«, sagte er ernst. Er nahm ihre Hand und drückte sie inbrünstig.
»Aber du weißt doch gar nichts über mich«, protestierte sie.
»Ich wusste, dass ich dich heiraten will, als ich dich im Hotel das erste Mal sah. Noch nie habe ich so etwas bei jemandem empfunden. Ich bin mit Mädchen ausgegangen, mit hunderten sogar. Aber du bist nicht wie andere. Du bist anders. Ich kann es nicht erklären. Wie kann ich erklären, was in meinem Herzen ist?« In seinen Augen glitzerte es. »Ich will dich nicht verlieren.«
»Hörst du die Musik?« Anna stand auf und unterdrückte den Gedanken an Sean O'Mara und das Versprechen, das sie einander geben sollten. Beide lauschten sie auf die leise Musik, die aus irgendeinem Klub über den Platz wehte.
»Ti voglio bene«, murmelte er und wiederholte den Text des Liedes.
»Was heißt das?«, fragte sie, als er sie in die Arme nahm und mit ihr um den Springbrunnen herumtanzte.

»Es heißt, ich liebe dich. Es heißt, ich liebe dich, Ana Melodía, und ich will, dass du meine Frau wirst.« Schweigend tanzten sie weiter und hörten der schläfrigen Musik zu. Anna konnte nicht mehr klar denken. In ihrem Kopf war alles durcheinander, verwirrt wie die Strickwolle ihrer Tante Mary. Hatte er ihr wirklich einen Heiratsantrag gemacht? »Ich nehme dich mit nach Santa Catalina«, sagte er leise. »Du wirst in einem wunderschönen weißen Haus mit grünen Fensterläden wohnen und den Tag im Sonnenschein verbringen und auf die Pampas hinausschauen. Und alle werden dich lieben, wie ich es tue.«

»Aber Paco, ich kenne dich doch gar nicht. Meine Eltern werden es niemals erlauben.« Mit einem flauen Gefühl im Magen stellte sie sich Tante Dorothys Reaktion vor.

»Ich werde mit ihnen sprechen. Ich werde ihnen sagen, was ich empfinde.« Er schaute in ihre angstvollen Augen und fragte: »Liegt dir denn nichts an mir? Nicht einmal *un poquito*?«

Sie zögerte. Nicht, weil sie ihn nicht liebte – sie betete ihn an, und er überwältigte sie mit einer Erregung, die alle ihre Sinne hellwach werden ließ. Aber ihre Mutter hatte ihr immer gesagt, dass Liebe etwas sei, das wachse. Die drängende »Liebe« zweier Menschen, die sich zueinander hingezogen fühlten, sei etwas ganz anderes.

»Doch, ich liebe dich«, sagte sie, und das Beben in ihrer Stimme überraschte sie.

Noch nie hatte sie diese Worte zu jemandem gesagt, auch nicht zu Sean O'Mara. »Mir ist, als hätte ich dich schon immer gekannt«, fügte sie hinzu, als müsse sie vor sich selbst rechtfertigen, dass ihre Liebe zu ihm nicht die drängende, irrationale »Liebe« zweier Menschen war, die sich zueinander hingezogen fühlten, sondern etwas sehr viel Tieferes und Realeres.

»Und was ist das Problem? Du kannst in London bleiben, und wir können uns besser kennen lernen, wenn du das willst.«

»So einfach ist es nicht«, wandte sie ein und wünschte, es wäre es doch.

»Die Dinge sind nur dann kompliziert, wenn man es zulässt. Ich werde an meine Eltern schreiben und ihnen sagen, dass ich ein

schönes, unschuldiges Mädchen kennen gelernt habe, mit dem ich den Rest meines Lebens verbringen möchte.«
»Und das werden sie verstehen?«, fragte sie bang.
»Ja, wenn sie dich sehen«, antwortete er zuversichtlich und küsste sie wieder. »Ich glaube, du hast es noch nicht verstanden, Ana Melodía . Ich liebe dich. Ich liebe dein Lächeln, die Art, wie du nervös mit deinem Haar spielst, den ängstlichen Blick in deinen Augen, wenn ich dir sage, was ich empfinde. Die selbstbewusste, mutige Art, wie du dich heute Abend mit mir im Hotel getroffen hast. Noch nie habe ich jemanden wie dich kennen gelernt. Ich gebe zu, ich kenne dich nicht. Ich weiß nicht, was du am liebsten isst, was du am liebsten liest. Ich kenne deine Lieblingsfarbe nicht und weiß nicht, wie du als Kind warst. Ich weiß nicht, wie viele Geschwister du hast. Es interessiert mich nicht einmal. Ich weiß nur, dass hier« – er legte ihre Hand auf seinen Mantel – »mein Herz schlägt und dass es mir mit jedem Schlag sagt, was ich für dich empfinde. Fühlst du es auch?« Sie lachte und versuchte, durch den Mantel seinen Herzschlag zu spüren, aber sie spürte nur den schnellen Puls in ihrem eigenen Daumen.
»Ich werde dich heiraten, Ana Melodía. Ich werde dich heiraten, denn wenn ich dich gehen lasse, werde ich das für den Rest meines Lebens bereuen.«
Als Paco sie küsste, wünschte sie sich mehr als alles andere ein Happy End wie im Kino. Als er die Arme um sie legte und sie an sich drückte, war sie sicher, dass er sie vor allem Schlimmen in der Welt würde beschützen können. Wenn sie Paco heiratete, würde sie Glengariff für immer verlassen können. Sie wäre bei dem Mann, den sie liebte. Sie wäre Mrs. Paco Solanas. Ihre Kinder würden so schön sein wie er, und sie würden glücklicher sein, als Anna Melody es je für möglich gehalten hatte. Als er sie küsste, erinnerte sie sich an Sean O'Maras kraftlosen Kuss, an ihre Angst vor der Hochzeitsnacht, an die triste Zukunft, die sich vor ihr gedehnt hatte wie eine monotone graue Straße, die zu Strapazen und Unveränderlichkeit führte, aber vor allem in eine Zukunft ohne wahre Liebe. Mit Paco war es anders. Sie wünschte sich nichts so sehr, wie zu ihm zu

gehören, sich ihm zu schenken, ihm zu erlauben, ihren Körper in Besitz zu nehmen, damit er sie ganz und gar lieben könnte.

»Ja, Paco, ich will dich heiraten«, flüsterte sie, von ihren Gefühlen überwältigt. Paco schlang die Arme so fest um sie, dass sie unwillkürlich an seinem Hals lachte. Auch er lachte erleichtert.

»Ich bin so glücklich, dass ich singen möchte«, rief er und hob sie hoch, dass ihre Füße in der Luft baumelten.

»Paco, lass mich runter«, kicherte sie, aber er tanzte weiter mit ihr um den Springbrunnen herum.

»Ich werde dich so glücklich machen, Ana Melodía, dass du deine Entscheidung nicht bereuen wirst.« Er stellte sie wieder auf das nasse Pflaster. »Ich möchte morgen deine Eltern besuchen. Ich will deinen Vater um deine Hand bitten.«

»Ich habe Angst, dass sie uns nicht heiraten lassen«, sagte sie bekümmert.

»Überlass das alles mir, *mi amor*. Überlass alles mir.« Er streichelte ihr sorgenvolles Gesicht. »Treffen wir uns in Gunther's Tea Shop.«

»Gunther's Tea Shop?«, wiederholte Anna und schaute ihn verständnislos an.

»Gunther's Tea Shop in der Park Lane. Um fünf.« Er küsste sie noch einmal.

Anna blieb mit Paco auf, bis die Sonne den Himmel mit goldenen Streifen überzog. Sie sprachen über ihre gemeinsame Zukunft, schmiedeten Pläne und flochten ihre Träume in das Gewebe ihres Schicksals. Sie hatte nur ein einziges Problem: Wie würde sie es ihrer Mutter und Tante Dorothy erklären?

»Jesus, Maria und Joseph, Anna Melody, hast du den Verstand verloren?«, fragte ihre Tante, als sie die Neuigkeit hörte. Emer holte tief Luft und nippte mit zitternder Hand an ihrem Tee.

»Erzähl uns von ihm, Anna Melody«, bat sie leise. Und Anna erzählte ihnen, wie sie die Nacht hindurch in den Straßen von London umherspaziert waren. Von den Küssen erzählte sie nichts; sie fand, es wäre unfair gegen Tante Dorothy, die nie geheiratet hatte.

»Du hast die Nacht allein mit ihm auf der Straße verbracht?«, stammelte Tante Dorothy. »Gütiger Gott, Mädchen, was sollen denn die Leute denken? Der arme Sean O'Mara. Sich einfach mitten in der Nacht aus dem Schlafzimmer zu schleichen wie eine Schlampe von der Straße. Oh, Anna!« Sie betupfte ihre schwitzende Stirn mit einem Spitzentaschentuch. »Du kennst ihn doch erst seit ein paar Stunden. Du weißt nichts über ihn. Wie kannst du ihm vertrauen?«

»Tante Dorothy hat Recht, mein Liebes. Du kennst diesen Mann nicht. Ich bin ja nur dankbar, dass er dir nichts getan hat«, sagte Emer unter Tränen. Tante Dorothy schniefte beifällig; endlich kam ihre Schwester zur Vernunft und stimmte ihr zu.

»Mir nichts getan?«, rief Anna verzweifelt. »Was sollte er mir denn tun? Wir sind um den Springbrunnen getanzt. Wir haben uns bei der Hand gehalten. Er hat mir gesagt, ich sei schön. Er hat mir gesagt, dass er mich liebt, seit er mich in der Hotelhalle hat sitzen sehen. Mir etwas tun? Er hat mein Herz gestohlen, das ist alles.« Sie tat einen melodramatischen Seufzer.

»Was wird dein Vater sagen?« Emer schüttelte den Kopf. »Glaube ja nicht, dass er dasitzen und zusehen wird, wie du in ein fremdes Land verschwindest. Dein Vater und ich wollen dich bei uns in Irland haben. Du bist unser einziges Kind, Anna Melody, und wir lieben dich.«

»Warum willst du ihn nicht wenigstens kennen lernen, Mam?«, schlug Anna hoffnungsvoll vor.

»Ihn kennen lernen? Wann denn?«

»Heute in Gunther's Tea Shop in der Park Lane«, sagte sie obenhin.

»Du liebe Güte, du hast dir ja alles fein zurechtgelegt, nicht wahr, junge Dame?«, tadelte Tante Dorothy eingeschnappt und goss sich noch Kaffee ein. »Ich frage mich nur, was seine Eltern sagen werden.«

»Er hat gesagt, sie werden sich für ihn freuen.«

»Darauf wette ich.« Sie legte ihr Doppelkinn in Falten und nickte weise. »Die werden bestimmt ganz aus dem Häuschen sein, dass ihr

Sohn sich in ein fremdes Mädchen aus Irland verliebt hat, das nicht einen Penny mit in die Ehe bringt. Ein Mädchen, das er erst einmal gesehen hat.«

»Zweimal«, korrigierte Anna erbost.

»Zweimal, wenn du die kurze Begegnung im Hotel mitzählen willst. Er sollte sich schämen und lieber einer nachlaufen, die seiner eigenen Klasse und Kultur angehört.«

»Vielleicht sollten wir ihn wenigstens einmal kennen lernen, Dorothy«, schlug Emer vor und lächelte ihre Tochter gütig an, während diese wütend die Lippen zusammenpresste und ihre Tante giftig anfunkelte.

»Ja, das ist wieder typisch. Anna Melody braucht nur einmal zu schniefen, und du gibst ihr alles, was sie will, wie du es immer getan hast«, sagte Tante Dorothy und wandte sich Anna zu. »Vermutlich bildest du dir ein, sie werden dich mit offenen Armen in ihrer Familie willkommen heißen, wie? Ich wette, das tust du. Aber so einfach ist es im Leben nie. Seine Eltern hoffen wahrscheinlich, dass er jemanden aus Argentinien heiraten wird, jemanden mit Klasse, mit Verbindungen. Sie werden dir Misstrauen entgegenbringen, denn sie wissen nichts über dich. Und deine Cousinen werden dir hässliche Namen geben – wie findest du Erbschleicherin? Hmm? O ja, du kannst jetzt sagen, ich bin hart und unfair, aber ich will dir nur jetzt schon beibringen, was das Leben dich später lehren wird. Überlege es dir gründlich, Anna Melody, und denke daran, dass die Kirschen in Nachbars Garten noch immer süßer sind.«

Anna verschränkte die Arme und schaute ihre Mutter beschwörend an. Tante Dorothy saß steif auf ihrem Stuhl und schlürfte ihren Kaffee, aber ohne den üblichen Genuss. Emer starrte in ihre Teetasse und wusste nicht, was sie tun sollte.

»Und wenn du in London bleiben könntest – dir vielleicht eine Stellung suchen … ich weiß es nicht. Vielleicht gibt es eine Möglichkeit für dich, ihn anständig kennen zu lernen. Vielleicht kann er nach Irland kommen und mit Dermot sprechen?« Emer suchte nach einem Mittelweg.

»Nein!«, sagte Anna sofort. »Er kann nicht nach Glengariff kom-

men. Das geht nicht. Dad kann herkommen und sich mit ihm in London treffen.«
»Hast du Angst, dass er dich nicht mehr haben will, wenn er sieht, wo du herkommst?«, fauchte Tante Dorothy. »Wenn er dich wirklich liebt, ist es ihm gleichgültig, woher du kommst.«
»Ach, ich weiß es auch nicht, Anna Melody. Ich weiß nicht, was wir tun sollen.« Emer seufzte traurig.
»Bitte komm mit und sieh ihn dir an. Dann wirst du schon verstehen, warum ich ihn so sehr liebe.« Anna richtete ihre Worte an ihre Mutter und ignorierte Tante Dorothy absichtlich.
Emer wusste, dass weder sie noch sonst jemand viel tun konnte, um Anna umzustimmen, wenn sie sich etwas in den Kopf gesetzt hatte. Diese störrische Ader hatte sie von ihrem Vater.
»Also gut.« Müde willigte sie ein. »Wir werden uns mit ihm treffen.«

Emer und Tante Dorothy saßen mit steifem Rücken an einem Tisch in der Ecke des Tea Room. Tante Dorothy hatte es aus Gründen der Diskretion für geboten gehalten, möglichst weit entfernt von den anderen Gästen zu sitzen. »Man weiß nie, wer alles zuhört«, hatte sie gemeint. Anna war nervös. Sie spielte mit dem Besteck und ging innerhalb von zehn Minuten zweimal auf die Toilette. Als sie das zweite Mal zurückkam, verkündete sie, sie werde draußen auf ihn warten. »Du wirst nichts dergleichen tun!«, schniefte Tante Dorothy. Aber Emer ließ sie gehen. »Wenn dir dabei wohler ist, Liebes«, sagte sie.
Also stand Anna draußen in der Kälte und spähte bang die Straße entlang, um zu sehen, ob sie Paco zwischen den unbekannten Gesichtern, die ihr da entgegenkamen, nicht entdecken könnte. Als sie ihn schließlich sah, groß und gut aussehend unter dem eleganten Hut, dachte sie: »Das ist der Mann, den ich heiraten werde«, und sie grinste vor Stolz. Sein Gang war selbstbewusst, und er betrachtete die Leute um sich herum, als seien sie dazu da, ihm das Leben angenehm zu machen. Er hatte die lässige Sorglosigkeit eines kühnen spanischen Vizekönigs, der davon überzeugt war, dass seine Vor-

rangstellung niemals untergraben werden könne. Geld sorgte dafür, dass ihm die Welt zu Füßen lag. Das Leben war großzügig mit ihm umgegangen. Er erwartete auch nichts anderes.
Paco lächelte Anna an, nahm sie bei den Händen und gab ihr einen Kuss auf die Wange. Sie dürfe in einem so dünnen Kleid nicht draußen in der Kälte warten, sagte er, und zusammen betraten sie das warme Teehaus. Sie erklärte ihm kurz, dass ihr Vater nicht da sein könne, weil er geschäftlich in Irland sei. Paco war enttäuscht. Er hatte gehofft, sofort um Annas Hand anhalten zu können. Er war ebenso ungeduldig wie heißblütig.
Emer und Tante Dorothy schauten ihnen entgegen, als sie auf den Tisch zukamen; sie schlängelten sich zwischen den kleinen runden Tischen hindurch, die dicht gedrängt wie Seerosen in dem kleinen Raum standen, beladen mit Silberkannen und Porzellantassen und Pyramiden von Teekuchen und Scones. Rimgsum saßen vornehme und elegante Leute und plauderten leise miteinander. Was Emer sofort auffiel, war Pacos überlegene Haltung und sein souveräner Blick. Er war eine Erscheinung von privilegierter Lässigkeit und unbeschwertem Charme, die vermutlich zu der Zauberwelt gehörte, aus der er kam. In diesem Augenblick befürchtete sie, dass ihre Tochter weit hinaus in tiefes Wasser geschwommen sein könnte und Mühe haben würde, gegen die starken Strömungen anzukommen, denen sie dort begegnen würde. Tante Dorothy fand, er sei der schönste Mann, den sie je gesehen hatte, und sie empfand leisen, aber bitteren Groll bei dem Gedanken, dass ihre Nichte bei aller Launenhaftigkeit das Herz eines solchen Gentleman erobert haben sollte, während das Schicksal ihrer eigenen Vergangenheit – und ohne Zweifel auch ihrer Zukunft – jede derartige Möglichkeit versagt hatte.
Nach der einleitenden Plauderei über das scheußliche Wetter und das Musical, das sie am Abend zuvor gesehen hatten, begann Paco ihnen ein wenig über seine Familie zu erzählen. »Mir ist klar, dass es für Sie ein wenig überstürzt kommt, aber ich versichere Ihnen, ich bin kein vernarrter Cowboy. Ich komme aus einer anständigen Familie, und meine Absichten sind ebenso anständig.« Er sei in

Argentinien aufgewachsen, sagte er. Seine Eltern seien von spanischer Herkunft, aber die Großmutter mütterlicherseits sei Österreicherin gewesen. Das sei die Erklärung für sein blondes Haar und die blauen Augen, meinte er lachend.

»Mein Vater ist so dunkel, dass Sie keine Verwandtschaft zwischen uns vermuten würden.« Er war bemüht, die lastende Atmosphäre aufzulockern. Emer lächelte ermutigend, Tante Dorothy saß unerbittlich und mit schmalen Lippen da, und Anna lauschte jedem seiner Worte mit größerer Ehrfurcht, als sie dem Papst entgegengebracht hätte. Sein unaufgeregtes Selbstbewusstsein überzeugte sie davon, dass er gut für sie sorgen würde, wenn sie verheiratet wären. In ihm sah sie die mannhafte Selbstgewissheit, die sie bei Cary Grant immer bewunderte.

Seine Schulbildung, berichtete er dann, habe er in Argentinien auf dem englischen Internat St. George erhalten. Er spreche englisch und französisch und ebenso fließend italienisch wie seine spanische Muttersprache. Seine Familie gehöre zu den reichsten und angesehensten Familien in Argentinien. Die Familie bewohne die Estancia Santa Catalina und den größten Teil eines Apartmentgebäudes im Zentrum von Buenos Aires. Wenn sie verheiratet wären, würden sie ein Apartment in diesem Gebäude beziehen und die Wochenenden im Hause seiner Eltern auf Santa Catalina verbringen. Sein Vater habe ein kleines Flugzeug.

»Ich kann Ihnen versichern, Señora, Ihre Tochter wird gut versorgt und glücklich sein. Ich liebe Ana Melodía. Ich kann nicht beschreiben, wie ich sie liebe, denn ich bin selbst davon überrascht. Aber ich liebe sie, und ich glaube, sie liebt mich auch. Manchmal hat man das Glück, vom Blitz getroffen zu werden. Manche Leute brauchen länger, um die Liebe zu finden, und mit dem Blitzschlag können sie nichts anfangen. Ich war auch einer von ihnen, aber jetzt weiß ich, wovon die Dichter so oft geschrieben haben. Es ist mir passiert, und ich bin der glücklichste Mann auf der Welt.« Emer verstand nur zu gut, wie er ihre Tochter liebte. Er blickte Anna genauso an, wie Dermot sie angesehen hatte, als sie vor Jahren geheiratet hatten. Sie wünschte, er wäre jetzt dabei, aber sie fürchtete auch seine Reaktion. Niemals würde er seiner kostbaren Tochter erlauben, dass sie einen Ausländer heiratete.

»Mir liegt nicht viel an Reichtümern, Mr. Solanas, und meinem Mann auch nicht«, sagte sie mit ihrer sanften Stimme. Sie saß aufrecht da und schaute Paco unbeirrt in die ehrlichen blauen Augen. »Uns geht es nur um das Glück und die Gesundheit unserer Tochter. Sie ist unser einziges Kind, müssen Sie wissen, und ich spreche auch für meinen Mann, wenn ich sage, dass der Gedanke, sie könnte heiraten und weit weg nach Übersee gehen, für uns sehr schmerzhaft ist. Aber wir haben Anna Melody immer eine gewisse Freiheit gelassen. Wenn es das ist, was sie wirklich will, dann können wir ihr nicht im Weg stehen. Obgleich uns wohler wäre, wenn Sie beide ein bisschen mehr Zeit miteinander verbringen könnten, ehe Sie heiraten. Lernen Sie einander kennen. Das ist alles. Und selbstverständlich werden Sie meinen Mann besuchen müssen, um ihn um ihre Hand zu bitten.«

»Aber Mam ...«, protestierte Anna. Sie wusste, dass ihre Eltern sich nicht leisten konnten, sie in einem Hotel unterzubringen, und sie kannten niemanden in London, bei dem sie hätte wohnen können. Paco verstand ihr Dilemma, ohne es zu erwähnen.

»Darf ich vorschlagen, dass Ihre Tochter bei meinem Cousin Antoine La Rivière und seiner Frau Dominique wohnt? Sie sind jung verheiratet und leben zurzeit in London. Wenn wir nach sechs Monaten immer noch heiraten wollen, haben wir dann Ihren Segen?«

»Ich werde darüber mit meinem Mann sprechen müssen«, sagte Emer vorsichtig. »Anna Melody muss morgen mit uns nach Irland zurück.« Anna schaute sie entsetzt an. »Mein Liebes, lass uns nichts überstürzen. Dein Vater wird mit dir darüber sprechen wollen.« Emer tätschelte ihrer Tochter die Hand und lächelte Paco verständnisvoll zu.

»Dürfen wir denn wenigstens den Abend zusammen verbringen, wenn ich morgen nach Irland soll?«, fragte Anna. »Du willst doch, dass wir uns kennen lernen, oder?« Paco ergriff ihre Hand, hob sie an die Lippen und küsste sie; wortlos forderte er sie auf, diese Diskussion ihm zu überlassen.

»Es wäre mir eine Ehre, wenn Sie mir erlauben würden, Sie alle drei heute Abend zum Essen einzuladen«, sagte er höflich. Emer ignorierte ihre Schwester, die ihr unter dem Tisch ans Schienbein trat. Anna klappte den Mund auf und wollte Einwände erheben.

»Das ist sehr freundlich von Ihnen, Mr. Solanas«, sagte Emer und zog die Beine unter den Stuhl. »Aber wollen Sie nicht lieber mit Anna Melody allein ausgehen? Schließlich müssen Sie sich kennen lernen, wenn Sie heiraten wollen. Sie können sie um halb acht am Hotel abholen.«

»Und vor Mitternacht zurückbringen«, fügte Tante Dorothy schnippisch hinzu.

Nach dem Tee verabschiedeten Paco und Anna sich im Eingang voneinander, während ihre Mutter und die Tante auf ihre Mäntel warteten.

»Gütiger Jesus, Emer, glaubst du, wir haben es richtig gemacht?«

»Ich kann nur sagen, Dorothy, dass unsere Anna Melody weiß, was sie will. Sie wird mit diesem jungen Mann ein sehr viel besseres Leben haben, als sie es mit Sean O'Mara je haben kann – das zumindest kann ich dir schriftlich geben. Ich kann den Gedanken nicht ertragen, sie auf die andere Seite der Welt gehen zu lassen. Aber wie kann ich ihr ein solches Leben verwehren? Wenn sie es doch will? Bei Gott, da draußen gibt es mehr für sie als in Glengariff.«

»Ich hoffe, dass Paco Solanas weiß, was für eine lebhafte und fantasievolle junge Frau Anna Melody ist. Wenn sie so gerissen ist, wie ich annehme, wird sie das Spiel mitspielen, bis der Ring auf ihrem Finger steckt«, bemerkte Tante Dorothy trocken.

»Dorothy, manchmal bist du so gemein.«

»Nicht gemein, Emer – wahrheitsliebend. Ich bin hier anscheinend die Einzige, die das Ganze so sieht, wie es ist«, erklärte sie grimmig und trat auf die Straße hinaus.

Sechs

Die letzte Nacht in London war beunruhigend gewesen. Emer und Tante Dorothy hatten im Nachthemd auf ihren Betten gesessen und gewartet, bis Anna wohlbehalten um Mitternacht zu ihnen zurückgekommen war. In die Lüge bezüglich ihrer Unterkunft verstrickt, hatte Anna sich genötigt gesehen, noch einmal mit dem Taxi zu Brown's Hotel zu fahren, damit Paco sie dort, wie vereinbart, abholen konnte. Er hatte sie zum Essen in ein kleines Restaurant mit Blick auf die Themse geführt, und später waren sie dort unter den glitzernden Sternen spazieren gegangen.

Paco war unglücklich darüber, dass sie nach Irland zurückkehren musste, und verstand nicht, warum. Er hatte gehofft, sie werde in London bleiben. Da er fürchtete, sie könnte im keltischen Nebel auf Nimmerwiedersehen verschwinden, hatte er sich mit großer Sorgfalt ihre Adresse und Telefonnummer notiert und versprochen, sie jeden Tag anzurufen, bis sie wieder da wäre. Er hatte sie dann zu Brown's Hotel zurückbegleiten wollen, aber sie hatte darauf bestanden, dass er ihr ein Taxi rief, weil es im Hotelfoyer nicht romantisch sei.

»Ich möchte, dass du mich im Nieselregen unter einer Straßenlaterne küsst. Ich will dich in meiner Erinnerung nicht in einer Hotelhalle sehen«, hatte sie gesagt, und er hatte ihr geglaubt. Sein Kuss war lang und seelenvoll gewesen. Als sie nach South Kensington und zum De Vere zurückgekehrt war, hatte ihr Herz inbrünstig unter der Haut gebrannt, und ihr Mund hatte von seinem Kuss noch immer gebebt. Zum Schlafen war sie zu aufgeregt, und so hatte sie ins dunkle Zimmer gestarrt und im Geiste seine Küsse wieder und wieder erlebt, bis ihre Gedanken sich in Träume verwandelten und sie in einen sinnlichen Schlaf versank.

Wie eine Aufziehpuppe wirbelte Anna in manischer Aufregung durch die Hotelsuite. Sean O'Mara bereitete ihr anscheinend nicht viel Kopfzerbrechen; alle ihre Gedanken galten allein dem gut aussehenden Paco Solanas, und so sehr Tante Dorothy sich bemühte, ihr den Ernst der Situation bewusst zu machen, sie schien einfach nichts davon hören zu wollen.

»Jetzt setz dich doch eine Weile hin, Anna Melody, mir wird ja ganz schwindlig«, ächzte Tante Dorothy und wurde blass.

»Aber ich bin so glücklich, dass ich tanzen möchte«, sagte Anna und tanzte einen imaginären Walzer. »Er ist so romantisch – wie ein Filmstar aus Hollywood.« Seufzend hüpfte sie auf dem Teppich herum.

»Du musst dir diese Sache wirklich sehr gründlich überlegen. Zu einer Ehe gehört mehr als Leidenschaft«, sagte ihre Mutter behutsam. »Dieser junge Mann lebt in einem fernen Land. Vielleicht wirst du Irland nie wiedersehen.«

»Glengariff ist mir egal. Die Welt steht mir offen, Mam. Was gibt es denn in Glengariff für mich?« Ihre Mutter machte ein gekränktes Gesicht und unterdrückte ein Schluchzen. Ihre eigenen Gefühle durften ihre Tochter bei dieser Entscheidung nicht beeinflussen, auch wenn sie das überwältigende Bedürfnis verspürte, vor ihrer Tochter auf die Knie zu fallen und sie anzuflehen, doch zu bleiben. Sie wusste nicht, wie sie ohne sie leben sollte.

»Immerhin lebt deine Familie in Glengariff«, warf Tante Dorothy schroff ein. »Eine Familie, die dich über alle Maßen liebt. Das darfst du nicht so einfach abtun, mein Fräulein. Es gibt im Leben mehr als nur Reichtum. Es mag dir zwar schwer fallen, aber du wirst lernen müssen, das zu begreifen.«

»Beruhige dich, Tante Dorothy. Ich liebe ihn. Mir ist es egal, wie reich er ist. Ich würde ihn auch lieben, wenn er arm wäre«, erklärte Anna hochfahrend.

»Liebe ist etwas, das wachsen muss, Kind. Überstürze nichts«, sagte ihre Mutter nachsichtig. »Wir sprechen nicht über London oder Paris. Wir sprechen über ein Land, das auf der anderen Seite der Welt liegt. Dort spricht man eine andere Sprache. Man hat eine an-

dere Kultur. Du wirst deine Heimat vermissen.« Ihr stieg ein Kloß in die Kehle, aber sie riss sich zusammen.
»Spanisch kann ich lernen. Hör doch, ich kann schon *te amo* sagen – ich liebe dich.« Anna kicherte. *»Te amo, te amo.«*
»Es ist deine Entscheidung, Liebes, aber du wirst deinen Vater überzeugen müssen«, sagte Emer traurig.
»Danke, Mam. Tante Dorothy ist eine alte Zynikerin«, antwortete Anna scherzhaft.
»Ach, und an den jungen Sean denkst du wohl überhaupt nicht? Vermutlich bildest du dir ein, du kannst mit ihm da weitermachen, wo du aufgehört hast, wenn das alles erst schief gegangen ist?«
»Tante Dorothy, nein!«, Anna schnappte nach Luft. »Außerdem wird es nicht schief gehen«, fügte sie entschieden hinzu.
»Er ist zu gut für dich.«
»Dorothy, wirklich«, schimpfte Emer nervös. »Anna muss wissen, was sie will, und sie weiß auch, was das Beste für sie ist.«
»Ich weiß nicht, Emer. Ihr habt keinen einzigen Gedanken für diesen armen jungen Mann übrig, der doch immer nur gut zu euch gewesen ist. Interessiert es euch denn gar nicht, was aus ihm wird? Er freut sich auf eine Zukunft mit der Frau, die er liebt, und ihr tretet ihn gefühllos mit Füßen. Ich sage dir, Emer, du und Dermot, ihr habt dieses Kind so sehr verwöhnt, dass es nur noch an sich selbst denken kann. Sie hat nie gelernt, auch mal an andere zu denken.«
»Bitte, Dorothy. Dies ist ein glücklicher Augenblick für Anna.«
»Und ein elendiger für Sean O'Mara«, schimpfte Tante Dorothy und verschränkte halsstarrig die Arme.
»Ich kann doch nichts dazu, dass ich mich in Paco verliebt habe. Was erwartest du denn von mir, Tante Dorothy – dass ich mein eigenes Herz ignoriere und zu einem Mann zurückkehre, den ich nicht mehr liebe?« Melodramatisch ließ Anna sich in einen Sessel sinken.
»Aber, aber, Anna Melody, es ist ja gut. Deine Tante und ich, wir wollen doch nur dein Bestes. Das alles ist ein Schock für uns. Es ist besser, du machst sofort Schluss mit Sean, als dass du es später

bereust. Wenn du einmal verheiratet bist, bist du es für dein ganzes Leben.« Emer strich ihrer Tochter sanft über das lange rote Haar.
Tante Dorothy seufzte tief. Sie konnte nichts tun. Wie viele solche Szenen hatte sie schon miterlebt? Unzählige. Es hatte keinen Sinn zu versuchen, die Welt zu verbessern. Das wird das Schicksal für mich übernehmen, dachte sie.
»Ich bin ja nur realistisch«, räumte sie ein, milder jetzt. »Ich bin älter als du und weiser, Anna. Wie dein Vater immer sagt: ›Wissen kann man erlernen, Weisheit kommt mit der Erfahrung.‹ Da hat er natürlich Recht. Ich überlasse es dem Leben, dir das beizubringen.«
»Wir lieben dich, Anna Melody. Wir wollen nicht zusehen, wie du einen Fehler begehst. Oh, ich wünschte, dein Vater wäre hier gewesen. Was wird er sagen?«, fragte ihre Mutter bang.

Dermot O'Dwyer wurde immer röter im Gesicht, und seine großen grauen Augen sahen aus, als wollten sie ihm bald aus dem Gesicht springen. Erregt stapfte er im Zimmer auf und ab und wusste nicht, was er sagen sollte. Er würde seiner einzigen Tochter jedenfalls nicht erlauben, in irgendein gottverlassenes Land auf der anderen Seite der Erde zu verschwinden und einen Mann zu heiraten, den sie erst seit vierundzwanzig Stunden kannte.
»Jesus, Maria und Joseph, Kind. Was um alles in der Welt ist da in dich gefahren? Das London-Fieber, das ist es. Du wirst den jungen Sean heiraten, und wenn ich dich selbst zum Altar schleifen muss«, erklärte er wütend.
»Ich werde Sean nicht heiraten, und wenn du mir die Pistole auf die Brust setzt, Dad«, weinte Anna trotzig, und ihr gerötetes Gesicht war tränennass. Emer versuchte einzugreifen.
»Er war ein prächtiger junger Mann, Dermot. Sehr gut aussehend und reif. Du wärest beeindruckt gewesen.«
»Von mir aus kann er der verdammte König von Argentinien sein. Ich lasse nicht zu, dass meine Tochter einen Ausländer heiratet. Du bist in Irland aufgewachsen, und du wirst in Irland bleiben«, brüllte

er, goss sich einen großen Whiskey ein und stürzte ihn herunter. Emer sah, dass seine Hände zitterten, und sein Leiden zerriss ihr das Herz. Wie ein verwundetes Tier fletschte er die Zähne gegen jeden, der sich ihm näherte.

»Ich gehe nach Argentinien, und wenn ich hinschwimmen muss. Ich weiß, dass er der richtige Mann für mich ist, Dad. Ich liebe Sean nicht. Ich habe ihn nie geliebt. Ich habe mich euch zu Gefallen gefügt, weil es keinen andern gab. Aber jetzt bin ich dem Mann begegnet, der meine Bestimmung ist. Siehst du nicht, dass Gott diese Begegnung wollte? Es ist uns so bestimmt.« Annas Blick flehte um Verständnis und Nachsicht.

»Wessen Idee war es überhaupt, mit dir nach London zu fahren?« Vorwurfsvoll sah er seine Frau an. Tante Dorothy war schon gegangen. »Ich habe meine Meinung gesagt«, hatte sie erklärt, bevor sie die Tür hinter sich geschlossen hatte. Emer schaute sich hilflos um und schüttelte den Kopf.

»Wir konnten doch nicht wissen, dass so etwas passieren würde. Es hätte auch in Dublin passieren können.« Ihre Lippen zitterten, denn sie kannte ihren Mann gut genug, um zu wissen, dass er ihre Tochter am Ende doch gehen lassen würde. Am Ende bekam Anna Melody von ihm immer, was sie wollte.

»Dublin ist eine ganz andere Sache. Ich erlaube nicht, dass du nach Argentinien verschwindest, wo du diesen Mann erst seit fünf Minuten kennst.« Er hob die Whiskeyflasche an den Mund und nahm einen Schluck. »In Dublin könnten wir zumindest ein Auge auf dich haben.«

»Warum kann ich nicht nach London gehen und dort arbeiten? Mein Cousin Peter arbeitet auch in London«, schlug Anna hoffnungsvoll vor.

»Und bei wem solltest du dort wohnen? Beantworte mir das. Ich kenne niemanden in London, und ein Hotel können wir uns nun wirklich nicht leisten.«

»Paco hat einen Cousin, der verheiratet ist und in London lebt. Bei ihm könnte ich unterkommen, hat er gesagt. Ich könnte mir einen Job suchen, Dad. Kannst du mir nicht wenigstens sechs Monate

Zeit geben? Bitte gib mir die Chance, ihn kennen zu lernen. Wenn ich ihn nach sechs Monaten immer noch liebe, wirst du ihm dann erlauben, dich um meine Hand zu bitten?«

Dermot ließ sich in einen Sessel fallen und schien sich geschlagen zu geben.

Anna kniete vor ihm auf dem Boden und schmiegte die nasse Wange an seine Hand. »Bitte, Dad. Bitte lass mich herausfinden, ob er der Richtige für mich ist. Wenn ich es nicht tue, werde ich es den Rest meines Lebens bereuen. Bitte zwinge mich nicht, einen Mann zu heiraten, den ich nicht liebe. Einen Mann, dessen Zärtlichkeiten mir nicht willkommen sein werden. Bitte zwinge mich nicht, das zu ertragen.« Sie legte eine besondere Betonung auf das Wort »das«, denn sie wusste, dass die Vorstellung, sie müsse sich den sexuellen Annäherungen eines ungeliebten Mannes unterwerfen, genügen würde, um seine Entschlossenheit zu brechen.

»Geh deine Cousinen besuchen, Anna Melody. Ich will mit deiner Mutter sprechen«, sagte er leise und zog seine Hand weg.

»Liebster, ich will auch nicht, dass sie fortgeht. Aber dieser junge Mann ist reich, kultiviert, intelligent – von seinem guten Aussehen gar nicht zu reden. Er wird ihr ein besseres Leben ermöglichen, als Sean das könnte.« Emer ließ ihren Tränen freien Lauf, als ihre Tochter hinausgegangen war.

»Weißt du noch, wie wir um ein Kind gebetet haben?« Seine Mundwinkel hingen herab, als hätten sie weder die Kraft noch den Willen, sich in seinem Gesicht zu halten. Emer nahm den Platz ihrer Tochter am Boden ein und küsste seine Hand, die schlaff auf der Armlehne ruhte.

»Sie hat uns so viel Freude geschenkt«, schluchzte sie. »Aber eines Tages werden wir nicht mehr da sein, und sie wird ihr eigenes Leben führen. Wir dürfen sie nicht nur um unseretwillen hier festhalten.«

»Das Haus wird nicht mehr so sein wie früher«, stammelte er. Der Whiskey löste seine Zunge und seine Gefühle.

»Nein, ganz sicher nicht. Aber denke an ihre Zukunft. Und in sechs Monaten wird sie ja vielleicht auch zu dem Schluss kommen, dass er

doch nicht der Richtige für sie ist. Dann kommt sie vielleicht zurück.«
»Vielleicht.« Aber er glaubte nicht daran.
»Dorothy meint, wir hätten sie zu diesem Eigensinn erzogen. Wenn sie Recht hat, ist es unsere eigene Schuld. Wir haben ihre Erwartungen zu hoch geschraubt. Glengariff ist ihr jedenfalls nicht mehr gut genug.«
»Mag sein«, sagte er niedergeschlagen. »Ich weiß es nicht.« Der Gedanke an ihr Haus ohne das fröhliche Chaos künftiger Enkelkinder ging ihnen nicht aus dem Sinn, und ihre Herzen stemmten sich gegen die Last, die sie niederdrückte. »Ich gebe ihr die sechs Monate. Und ich will ihn erst nach diesen sechs Monaten sehen«, räumte er schließlich ein. »Und wenn sie ihn heiratet, war's das. Goodbye. Es kommt nicht in Frage, dass ich die weite Reise nach Argentinien unternehme, um sie zu besuchen.« Seine Augen füllten sich mit Tränen. »Niemals.«

Anna wanderte auf dem Höhenkamm entlang; der Nebel umwallte sie wie dünner Rauch aus himmlischen Schloten. Sie wollte ihre Cousinen nicht besuchen. Sie konnte sie nicht ausstehen. Nie hatten sie ihr das Gefühl gegeben, willkommen zu sein. Aber jetzt verließ sie sie. Vielleicht würde sie niemals zurückkommen. Zu gern würde sie ihre Gesichter sehen, wenn sie von ihrer strahlenden Zukunft erfuhren. Ein Schauer der Erregung durchströmte sie; sie zog ihren Mantel fester um sich und lächelte. Paco würde sie in die Sonne bringen. »Anna Solanas«, sagte sie. »Anna Solanas«, rief sie laut, bis es über die Höhen hallte. Ein neuer Name: Signal zu einem neuen Leben. Die warme Vertrautheit ihres Heims und die zärtlichen Liebkosungen ihrer Mutter würde sie vermissen. Aber Paco würde sie glücklich machen. Paco würde ihr Heimweh mit seinen Küssen vertreiben.
Als Anna von der Höhe herunterkam, hatte ihre Mutter die Tür zu Dermots Zimmer geschlossen, um ihn mit seinem Schmerz allein zu lassen und ihre Tochter nicht zu verstören. Sie berichtete Anna, dass er ihr erlaubt hatte, nach London zu gehen; sie müsse aber auf

der Stelle anrufen, wenn sie angekommen wäre, um ihnen mitzuteilen, dass sie wohlbehalten in der Wohnung der La Rivières angekommen sei.

Anna umarmte ihre Mutter. »Danke, Mam. Ich weiß, dass du ihn überredet hast. Ich wusste, dass du es tun würdest.« Glücklich küsste sie die weiche Haut, die nach Seife und Puder duftete.

»Wenn Paco anruft, kannst du ihm sagen, dein Vater ist damit einverstanden, dass du für sechs Monate nach London gehst. Und sag ihm, wenn sich eure Gefühle nach diesen sechs Monaten nicht geändert haben, dann wird dein Vater nach London kommen, um ihn kennen zu lernen. Ist das in Ordnung, Liebes?« Emer strich ihrer Tochter mit blasser Hand über das lange rote Haar. »Wir haben dich sehr lieb, Anna Melody. Wir werden nicht glücklich sein, wenn du fortgehst. Aber Gott wird bei dir sein, und Er weiß, was gut für dich ist.« Wieder begann ihre Stimme zu zittern. »Verzeih mir meine Aufregung. Du warst der Sonnenschein in unserem Leben …«

Anna umarmte ihre Mutter noch einmal, und auch ihr stieg ein Kloß in die Kehle – nicht weil sie fortging, sondern weil ihr Glück für die Eltern solches Unglück bedeutete.

Dermot brütete bis zum Sonnenuntergang vor sich hin. Er schaute zu, wie die Schatten durch das Fenster hereinkrochen, bis sie den Küchenfußboden beherrschten und die letzten Lichtstrahlen gefressen hatten. Er sah seine kleine Tochter, wie sie im Sonntagskleid durch das Zimmer tanzte. Aber nach einer Weile zerfloss ihr Glück in Tränen, und sie sank weinend zu Boden. Er wollte zu ihr laufen, aber als er sich aufrappelte, fiel ihm die leere Whiskeyflasche klirrend aus der Hand, und sie erschrak und lief davon. Als Emer kam, um ihn zu Bett zu holen, schnarchte er laut in seinem Sessel, ein trauriger und gebrochener Mann.

Anna hatte eine letzte Pflicht zu erfüllen, bevor sie nach London reiste. Sie ging zu Sean O'Mara, um ihm zu sagen, dass sie ihn nicht heiraten konnte. Als sie vor seiner Haustür stand, sprang seine Mutter, eine fröhliche Frau mit der gedrungenen Gestalt einer

Kröte, zurück in die Diele und rief ihrem Sohn zu, seine Verlobte habe sie alle überrascht und sei wie durch Zauberei erschienen.
»Wie war die Reise, Schätzchen? Ich wette, es war eine feine Sache, eine feine Sache.« Sie lachte leise und wischte sich die mehlbedeckten Hände an der Schürze ab.
»Es war sehr nett, Moira.« Anna lächelte unbehaglich und warf einen Blick über die Schulter der Frau hinweg zu ihrem Sohn, der die Treppe heruntergesprungen kam.
»Na, ich bin froh, dass du wieder da bist, das kann ich dir sagen.« Sie gluckste. »Unser Sean hat das ganze Wochenende Trübsal geblasen. Es ist schön, ihn wieder lächeln zu sehen. Stimmt's nicht, Sean?« Sie wich ins Haus zurück und fügte fröhlich hinzu: »Ich lasse euch zwei Turteltauben dann mal allein.«
Sean küsste Anna unbeholfen auf die Wange, bevor er sie bei der Hand nahm und die Straße hinaufführte.
»Und – wie war's in London?«, fragte er.
»Prima«, antwortete sie und grüßte Paddy Nyhan, der auf seinem Fahrrad vorbeifuhr. Sie lächelte und nickte noch anderen Dorfbewohnern zu, aber dann konnte sie die Anspannung nicht einen Moment länger ertragen.
»Sean, ich muss mit dir sprechen – irgendwo, wo wir allein sind«, sagte sie mit kummervoll gerunzelter Stirn.
»Mach doch kein so besorgtes Gesicht, Anna. So schlimm kann es doch nicht sein.« Er lachte, während sie durch die Nebenstraßen auf die Hügel zugingen. Schweigend stiegen sie bergauf. Sean versuchte eine Unterhaltung anzufangen, indem er sie über London befragte, aber sie antwortete so einsilbig, dass er nach einer Weile aufgab. Schließlich setzten sie sich fern von neugierigen Augen und Ohren auf eine feuchte Bank mit Blick ins Tal.
»Und – was hast du auf dem Herzen?«, fragte Sean. Anna schaute in das blasse, eckige Gesicht mit den naiven grünen Augen und fürchtete, sie würde nicht den Mut haben, es ihm zu sagen. Sie konnte es ihm nicht beibringen, ohne ihn zu verletzen.
»Ich kann dich nicht heiraten, Sean«, sagte sie schließlich und sah, wie sein Gesicht allen Ausdruck verlor.

»Du kannst mich nicht heiraten?«, wiederholte er ungläubig. »Was soll das heißen, du kannst mich nicht heiraten?«
»Ich kann es einfach nicht, das ist alles.« Sie wandte den Blick ab. Sein Gesicht lief puterrot an, besonders um die Augen, die vor Erregung zu schwimmen begannen.
»Ich verstehe das nicht. Wie kommt denn das?«, stammelte er. »Du bist nervös, das ist alles. Das bin ich auch. Aber deshalb brauchst du doch nicht abzusagen. Es wird schon alles gut gehen, wenn wir erst verheiratet sind«, beruhigte er sie hartnäckig.
»Ich kann dich nicht heiraten, weil ich einen anderen liebe«, sagte sie und brach in Schluchzen aus. Sean sprang auf, stemmte die Hände in die Hüften und schnaubte wutentbrannt.
»Wer ist dieser andere? Ich bringe ihn um!«, spie er wütend hervor. »Na komm schon – wer ist es?« Anna schaute zu ihm auf und sah den Schmerz hinter seiner Wut, und darüber musste sie noch mehr weinen.
»Es tut mir Leid, Sean. Ich wollte dir nicht wehtun«, schniefte sie.
»Wer ist es, Anna? Ich habe ein Recht, es zu erfahren«, schrie er, und er setzte sich wieder auf die Bank und zog sie zu sich herum.
»Er heißt Paco Solanas«, sagte sie und entwand sich seinem Griff.
»Was ist denn das für ein Name?« Er lachte verachtungsvoll.
»Es ist Spanisch. Er ist aus Argentinien. Ich habe ihn in London kennen gelernt.«
»In London. Mein Gott, Anna, dann kennst du ihn also ganze zwei Tage. Das ist ein Witz.«
»Es ist kein Witz. Ich fahre am Wochenende nach London.« Sie wischte sich mit dem Ärmel die Tränen vom Gesicht.
»Das wird nicht lange anhalten.«
»Ach, Sean. Es tut mir Leid. Es soll einfach nicht sein«, sagte sie sanft und legte ihm eine Hand auf den Arm.
»Ich dachte, du liebst mich.« Er packte ihre Hand und starrte ihr in die Augen, um in ihren endlosen Tiefen die Anna zu finden, die er liebte.
»Ich liebe dich ja, aber wie eine Schwester.«
»Wie eine Schwester.«

»Ja. Ich liebe dich nicht wie eine Ehefrau.« Sie war bemüht, es ihm liebevoll zu erklären.
»Und das ist das Ende?« Er schluckte. »Mehr nicht? Lebe wohl?«
Anna nickte.
»Du bist bereit, mit einem Mann wegzulaufen, den du seit zwei Tagen kennst, statt mich zu heiraten, der dir ein Leben lang vertraut ist? Ich verstehe dich nicht, Anna.«
»Es tut mir Leid.«
»Sag mir nicht immer, dass es dir Leid tut. Es tut dir nicht Leid, denn sonst würdest du mir nicht den Laufpass geben.« Er stand abrupt auf. Anna sah, wie ein Muskel in seiner Wange zuckte, als müsse er sich anstrengen, nicht weinend zusammenzubrechen. Aber er bewahrte die Fassung. »Das war's also. Lebe wohl. Ich hoffe, du hast ein glückliches Leben, denn meins hast du soeben ruiniert.« Er schaute ihr in die wasserblauen Augen, die schon wieder in Tränen schwammen.
»Geh nicht so weg«, rief sie und lief ihm nach. Aber er eilte mit großen Schritten die Wiese hinunter und verschwand im Dorf.
Anna kehrte zu der Bank zurück und weinte, weil sie ihm diesen Schmerz zugefügt hatte. Aber man konnte so etwas nicht auf sanfte Art tun. Sie liebte Paco. Daran konnte sie nichts ändern. Sie tröstete sich damit, dass Sean irgendwann eine andere finden würde. Jeden Tag wurde irgendwo ein Herz gebrochen, und jeden Tag heilte auch eins wieder. Er würde darüber hinwegkommen. Die nächsten paar Tage verkroch sie sich zu Hause; sie telefonierte mit Paco und ging ihren Verwandten und den Dorfbewohnern aus dem Weg, denn nachdem die Neuigkeit sich herumgesprochen hatte, warfen alle ihr vor, sie habe Sean O'Maras Zukunft zerstört. Sie wagte sich nicht mehr hinaus. Und als sie Glengariff verließ, sah sie sich nicht um. Hätte sie es getan, so hätte sie Sean O'Maras fahles Gesicht gesehen, das ihr aus seinem Schlafzimmerfenster traurig nachschaute.

Anna blieb sechs Monate in London. Sie wohnte bei Antoine und Dominique La Rivière in ihrem geräumigen Apartment in Kensington. Dominique war eine aufstrebende Schriftstellerin, und

Antoine war bereits recht erfolgreich im Finanzgeschäft tätig. Paco war entsetzt gewesen, als er hörte, dass seine Verlobte in London arbeiten wollte, und hatte darauf bestanden, dass sie stattdessen Kurse besuchte, unter anderem, um Spanisch zu lernen. Anna hatte sich geniert, ihren Eltern davon zu erzählen, weil sie befürchtete, ihren Stolz zu verletzen; lieber erzählte sie ihnen, sie arbeite in einer Bibliothek.

Paco schrieb seinen Eltern und berichtete ihnen von seinen Plänen. Sein Vater brachte seine Besorgnis in einer ungewöhnlich langen Epistel zum Ausdruck. Er riet seinem Sohn, wenn seine Gefühle am Ende seines Studiums immer noch unverändert seien, solle er seine Freundin mit nach Hause bringen, um zu sehen, wie sie sich einfügte. *Du* wirst sehr schnell erkennen können, ob es funktioniert, schrieb er. Seine Mutter, Maria Elena, schrieb, dass sie auf sein Urteil vertraue. Sie habe keinen Zweifel, dass Anna sich auf Santa Catalina zurechtfinden und dass jeder sie lieben werde, wie er es tue.

Nach sechs Monaten sagte Anna ihrem Vater, dass sie und Paco einander immer noch liebten und entschlossen seien, zu heiraten. Dermot schlug vor, Paco solle nach Irland kommen, aber sie bestand darauf, dass Dermot nach London reiste. Ihrem Vater war klar, dass sie sich für ihr Elternhaus schämte, und besorgt fragte er sich, wie die Zukunft des jungen Paars aussehen mochte, wenn sie schon in der Gegenwart nicht ehrlich miteinander umgingen. Aber er willigte ein und kam nach London.

Er schickte Frau und Tochter auf einen Spaziergang in den Hyde Park, während er sich im Dorchester Hotel mit Paco Solanas traf. Emer sah, dass ihre Tochter in den sechs Monaten in London erwachsen geworden war. Das neue, unabhängige Leben hatte ihr gut getan. Sie sah blendend aus, und an der Art, wie die beiden einander bei der Hand hielten und anlächelten, sah man, dass sie wirklich glücklich waren.

Dermot stellte Paco die üblichen Fragen und erklärte dann, er hoffe darauf, dass Paco ein ehrlicher junger Mann sei, und er sei sicher, dass seine Tochter gut versorgt sein werde.

»Sie wissen hoffentlich, worauf Sie sich einlassen, junger Mann«, sagte er schweren Herzens. »Sie ist mutwillig und verwöhnt. Wenn es sein kann, dass Eltern ihr Kind allzu sehr lieben, dann haben wir uns dessen schuldig gemacht. Sie ist nicht einfach, aber dafür wird das Leben mit ihr auch nicht langweilig. Ich weiß, dass sie bei Ihnen ein besseres Leben finden wird als in Irland. Aber es wird nicht so leicht für sie werden, wie sie glaubt. Ich bitte Sie nur, geben Sie Acht auf sie. Sie ist unser wertvollster Besitz.«
Paco sah, dass der ältere Mann feuchte Augen bekam. Er schüttelte Dermot die Hand und antwortete, Mr. O'Dwyer werde selbst sehen können, wie glücklich sie sei, wenn er zur Hochzeit nach Santa Catalina komme.
»Nein, wir werden nicht dabei sein«, sagte Dermot entschieden.
Paco war verblüfft. »Sie kommen nicht zur Hochzeit Ihrer Tochter?«, fragte er entsetzt.
»Schreiben Sie, und erzählen Sie uns davon«, sagte Dermot stur. Wie konnte er einen weltgewandten Mann wie Paco Solanas erklären, dass er Angst hatte, so weit zu reisen, Angst, sich in einem fremden Land mit fremden Menschen und einer fremden Sprache wiederzufinden? Das konnte er nicht erklären. Dazu war er zu stolz.
Anna umarmte ihre Eltern liebevoll. Als sie ihre Mutter umschloss, war sie sicher, dass sie sich kleiner und magerer anfühlte als bei der letzten Begegnung sechs Monate zuvor in Irland. Emer lächelte trotz der Trauer, die an ihrer Seele fraß. Als sie ihrer Tochter sagte, dass sie sie liebe, war ihre Stimme spröde und rau, und ihre Kehle war so zugeschnürt, dass die Worte kaum hervorkamen. Tränen rannen ihr über die gepuderten Wangen und tropften von Nase und Kinn. Sie hatte ruhig bleiben wollen, aber als sie ihre Tochter jetzt für lange Zeit zum letzten Mal in den Armen hielt, konnte sie ihre Gefühle plötzlich doch nicht mehr im Zaum halten. Sie betupfte sich das glühende Gesicht mit einem Spitzentaschentuch, das in ihrer zitternden Hand flatterte wie eine weiße Taube, die davonfliegen wollte.
Dermot beobachtete seine Frau neidvoll. Die eigenen Tränen

zurückzuhalten und seinen Schmerz herunterzuschlucken, war fast zu viel der Qualen. Er klopfte Paco ein bisschen zu kräftig auf den Rücken, drückte ihm die Hand ein wenig zu fest. Als er Anna in die Arme schloss, tat er es mit solcher Inbrunst, dass sie vor Unbehagen aufschrie und er sie viel zu schnell wieder loslassen musste.
Auch Anna weinte. Sie weinte, weil ihre Eltern so unglücklich waren, sie zu verlieren. Am liebsten hätte sie sich in zwei Hälften zerschnitten, damit die eine bei ihnen bleiben könnte. Sie wirkten zerbrechlich und verletzlich neben der hoch gewachsenen und imposanten Erscheinung Pacos. Sie war traurig, weil die beiden nicht zu ihrer Hochzeit kommen wollten, aber zugleich froh darüber, dass ihre neue Familie sie auch nicht kennen lernen würde. Es war besser, wenn niemand ihre Herkunft kannte: So konnte auch niemand auf den Gedanken kommen, sie sei nicht gut genug. Es bereitete ihr ein schlechtes Gewissen, dass sie solche selbstsüchtigen Gedanken aufkommen ließ, während sie sich von ihren Eltern verabschiedete. Wie hätte es sie gekränkt, wenn sie davon gewusst hätten.
Mit einem letzten Winken verabschiedete Anna sich von ihrer Vergangenheit und begrüßte eine ungewisse Zukunft mit einer Zuversicht, die besser auf die Seiten eines Märchenbuchs gepasst hätte.

Sieben

Als Anna ihren ersten Blick auf Santa Catalina warf, konnte sie in den hohen Bäumen mit ihren weit ausladenden Kronen, dem Haus, das im Kolonialstil errichtet war, und der endlos flachen Ebene ihre Zukunft erkennen, und sie wusste, dass sie glücklich sein würde. Glengariff schien in einer anderen Welt zu liegen, und sie war so aufgeregt, dass sie keine Zeit hatte, ihre Eltern zu vermissen oder an den armen Sean O'Mara zu denken.

Sie hatte London im goldenen Glanz des Herbstes verlassen und war in Buenos Aires angekommen, als der Frühling Einzug hielt. Die Luft im Flughafen war feucht und roch nach Schweiß. Ein stämmiger, braungesichtiger Mann mit kleinen, glänzenden braunen Augen und einem halben Lächeln erwartete Anna und Paco. Er kümmerte sich um ihr Gepäck und führte sie durch eine Seitentür hinaus in die heiße Novembersonne. Paco ließ ihre Hand nicht einen Augenblick lang los, sondern hielt sie Besitz ergreifend fest, während sie auf den Wagen warteten, der vom Parkplatz herumgefahren wurde.

»Esteban, das ist meine Verlobte, Señorita O'Dwyer«, sagte er, als der kleine braune Mann ihre Koffer verstaute.

Anna, die in London ein wenig Spanisch gelernt hatte, lächelte schüchtern und streckte die Hand aus. Esteban schüttelte sie kräftig, und dabei musterte er ihr Gesicht mit seinen neugierigen Rosinenaugen. Als sie Paco fragte, warum alle Welt sie anstarrte und warum Esteban sie so neugierig gemustert habe, sagte er, das liege an ihrem roten Haar. Nur wenige Menschen in Argentinien hätten rote Haare und so blasse Haut. Als sie nach Buenos Aires hineinfuhren, hielt Anna den Kopf ans offene Fenster, damit der Wind ihr durch das Haar wehte und das heiße Gesicht kühlte.

Für Anna besaß Buenos Aires den trägen Charme einer altmodischen Großstadt. Auf den ersten Blick glich es den europäischen Städten, die sie von Bildern kannte. Die prunkvollen Steingebäude hätten in Paris oder Madrid stehen können. Die Plätze waren von hohen Ahornbäumen und Palmen gesäumt, und in den Parks loderten Blumen und Büsche. Es sah aus, als erblühe selbst der Asphalt in Tausenden von violetten Blüten, die von den üppigen Jacaranda-Bäumen herabgefallen waren. Eine sinnliche Atmosphäre erfüllte die Luft. In den zahllosen kleinen Straßencafés saßen die Menschen in stickiger Schwüle und tranken Tee oder spielten Karten.

Anna atmete den Schwindel erregenden Duft von Eukalyptus und Jasmin, den die belaubten Plazas verströmten, und beobachtete den Strom des Alltagsgetriebes: elegante Frauen mit glatten, braunen Gesichtern und langen, glänzenden Haaren, unverschämt begafft von dunkelhäutigen Männern mit schwarzen Augen und einem lethargischen Gang. Sie sah die verliebten Paare, die Hände haltend an den kleinen Tischen der Cafés oder auf Parkbänken im Sonnenschein saßen und sich küssten. Noch nie hatte sie in einer Stadt so viele Küsse gesehen. Alle Welt küsste sich hier.

Das Auto rollte hinab in eine Tiefgarage an der Avenida Libertador, und ein lächelndes Dienstmädchen mit einer Haut wie Milchschokolade und eifrigen braunen Augen erwartete sie, um mit dem Gepäck zu helfen. Als sie Paco erblickte, stiegen ihr die Tränen in die großen Augen, und sie umarmte ihn zärtlich, obgleich sie ihm kaum bis an die Brust reichte. Lachend schlang er die Arme um ihre rundliche Gestalt und drückte sie an sich.

»Señor Paco, Sie sehen so gut aus!«, flüsterte sie und musterte ihn staunend von Kopf bis Fuß. »Europa hat Ihnen mächtig gut getan – man muss Sie nur ansehen. Ah!«, rief sie und wandte sich Anna zu. »Das muss Ihre Verlobte sein. Alle sind schon ganz aufgeregt. Sie können es nicht erwarten, sie kennen zu lernen.« Sie streckte ihre pummelige Hand aus, und Anna schüttelte sie ratlos; sie hatte kein Wort verstanden, weil die Frau so schnell gesprochen hatte.

»*Amor*, das ist unser liebes Hausmädchen Esmeralda. Ist sie nicht entzückend?« Paco zwinkerte ihr zu. Anna lächelte und folgte ihm zum Lift. »Ich war vierundzwanzig, als ich fortgegangen bin, und sie hat mich zwei Jahre nicht gesehen. Wie du dir vorstellen kannst, ist sie ein bisschen überwältigt.«

»Deine Familie wird nicht hier sein?«, fragte Anna bang.

»Natürlich nicht. Heute ist Samstag – wir verbringen das Wochenende niemals in der Stadt«, antwortete er, als sei das eine völlig abwegige Frage. »Wir nehmen das, was wir brauchen, mit aufs Land. Den Rest überlassen wir Esmeralda.«

Das Apartment war groß und luftig. Blitzende Fenster eröffneten den Blick auf Parks mit belaubten Bäumen, wo träumende Verliebte einander in die Augen schauten und im frischen Wind des Frühlingsmorgens miteinander lachten und scherzten. Lärmende Vogel- und Kinderstimmen hallten unten durch die schattige Straße, und ein Hund bellte irgendwo nicht allzu weit entfernt; sein Bellen klang laut, anhaltend und unerbittlich. Paco führte Anna in ein kleines, in Hellblau gehaltenes Zimmer, das in einem sehr englischen Stil eingerichtet war. Geblümte Vorhänge passten zur Bettdecke und zum Polster des Stuhls vor der Frisierkommode. Wenn sie aus dem Fenster schaute, konnte sie über die Dächer der Stadt hinweg bis zu einem funkelnden, blauen Fluss schauen.

»Das ist der Rio de la Plata«, erklärte Paco. Er umschlang sie von hinten mit den Armen und schaute über ihre Schulter. »Auf der anderen Seite liegt Uruguay. Es ist der breiteste Fluss der Welt. Die Gegend dort drüben« – er deutete über die Dächer hinweg – »ist La Boca, das alte Hafengebiet, wo die Italiener wohnen. Da werde ich mit dir hingehen, denn die italienischen Restaurants sind fantastisch, und ich glaube, du wirst die Häuser ziemlich amüsant finden, denn sie sind in bunten, festlichen Farben angemalt. Und dann zeige ich dir San Telmo, den alten Teil der Stadt, wo die Straßen Kopfsteinpflaster haben und die Häuser romantisch und verfallen sind, und dort werde ich mit dir Tango tanzen.« Anna lächelte entzückt, als sie über die Stadt hinweg schaute, die ihre neue Heimat sein sollte, und ein Gefühl der Erregung durchströmte sie. »Wir werden am

Flussufer spazieren gehen, und wir werden uns bei den Händen halten und küssen, und dann …«
»Und dann?« Sie lachte kokett.
»Und dann werde ich dich nach Hause bringen und in unserem Ehebett lieben, langsam und sinnlich«, antwortete er.
Anna kicherte heiser; sie erinnerte sich an die langen Nächte voller Küsse, als sie ihrem eigenen Verlangen widerstanden hatte, das sie zu überwältigen drohte, wenn seine Lippen ihre Haut berührten und seine Hände über die kühne Schwellung ihrer Brust unter der Bluse strichen. Sie war zurückgewichen, errötend in einer Mischung aus Lust und Scham, denn ihre Mutter hatte ihr eindringlich geraten, bis zur Hochzeitsnacht zu warten. Kein anständiges Mädchen lässt seinen guten Ruf durch einen Mann in Gefahr bringen, hatte sie gesagt.
Paco war altmodisch und ritterlich; auch wenn das Begehren, weiter zu gehen, als der Anstand erlaubte, seine Lenden schmerzen ließ, respektierte er Annas Zurückhaltung. »Wir werden alle Zeit der Welt haben, einander zu entdecken, wenn wir erst verheiratet sind«, hatte er gesagt.
Anna nahm ihre Sommerkleider aus dem Koffer und überließ es Esmeralda, den Rest auszupacken, wie Paco es gesagt hatte. Sie duschte in einem Marmorbad und schlüpfte dann in ein langes, geblümtes Kleid. Paco war in seinem Zimmer beschäftigt, und sie nutzte die Gelegenheit, um durch das Apartment zu wandern, das zwei Stockwerke umfasste, und die Schwarzweißfotos seiner Familie zu betrachten. Eines zeigte Pacos Eltern, Hector und Maria Elena. Hector war ein großer, dunkler Mann, dessen schwarze Augen abwesend blickten; seine scharfen Gesichtszüge verliehen ihm die königliche Anmut eines Falken. Maria Elena war klein und hell; sie hatte melancholische, blasse Augen und einen warmherzigen, großzügigen Mund. Beide sahen elegant und stolz aus. Anna hoffte, dass sie ihnen gefallen würde. Sie dachte an Tante Dorothys Warnung, dass sie wahrscheinlich den Wunsch haben dürften, er möge eine Frau heiraten, die seiner eigenen »Klasse und Kultur« angehörte. In London war sie so zuversichtlich gewesen, aber jetzt

machte der Gedanke daran, in diese neue, glanzvolle Welt einzutreten, ihr Angst. Allen Attitüden und Allüren zum Trotz hatte Tante Dorothy Recht: Sie war ein irisches Kleinstadtmädchen mit einem kindischen Größenwahn.

Sie hörte, wie Paco auf dem Treppenabsatz mit Esmeralda sprach. Dann kam er mit seinem Koffer die Treppe herunter. »Ist das alles, was du mitnimmst?«, fragte er, als er Anna im Flur mit einer kleinen braunen Tasche stehen sah. Sie nickte. Sie hatte nicht viele Sommerkleider. Er zuckte die Achseln. »Also gut, dann lass uns gehen.«

Anna lächelte Esmeralda an, als diese ihr einen Korb mit Proviant für die Fahrt zur Farm mitgab, und brachte ein gemurmeltes »*Adios*« hervor, wie sie es in ihrem Kurs in London gelernt hatte. Paco drehte sich um und zog eine Braue hoch, als er hörte, wie sie es sagte. »Wie eine Einheimische«, scherzte er und stellte ihr Gepäck in den Aufzug. »Gut!«

Paco hatte einen blitzenden Mercedes, ein hellblaues Cabrio, dessen Motorgeräusch von den Wänden der Tiefgarage widerhallte, als er den Wagen anließ. Anna sah zu, wie Buenos Aires an ihr vorbeirauschte. Sie kam sich vor wie in einem Schnellboot, das sich durch den Ozean pflügte. Wenn ihre grässlichen Cousinen sie doch jetzt sehen könnten! Sie würden vor Neid verrückt werden, dachte sie glücklich. Ihren Eltern würde die Brust schwellen – und zum ersten Mal, seit sie sie verlassen hatte, stieg die Erinnerung an ihre tränennassen Gesichter in ihr auf. Ihr Herz zog sich vor Heimweh für einen Augenblick zusammen. Bald hatten sie die Stadt hinter sich gelassen, und vor ihnen zog sich die Straße wie ein Band durch die offene Landschaft. Der Wind griff ihr ins Haar, die Sonne schien ihr ins Gesicht, die Erinnerungen ebbten ab, und die Gesichter verschwanden schließlich ganz.

Paco hatte ihr erzählt, dass er drei Brüder hatte. Er war der Drittälteste. Der Älteste, Miguel, war wie sein Vater dunkelhaarig mit sattbrauner Haut und braunen Augen. Er war mit Chiquita verheiratet, und die, hatte Paco gesagt, würde sie bestimmt gut leiden können. Dann war da Nico, ebenfalls dunkel wie der Vater, aber blauäugig wie die Mutter. Er war mit Valeria verheiratet, die härter und nicht so sanftmütig wie Chiquita war – aber auch mit ihr würde Anna sich gewiss anfreunden, wenn sie einander erst kennen gelernt hätten. Nach Paco kam noch Alejandro, der Jüngste – unverheiratet, aber offenbar mit ernsthaften Absichten hinter einem Mädchen namens Malena her, nach Miguels Briefen eines der schönsten Mädchen von Buenos Aires. »Aber keine Sorge«, riet Paco ihr freundlich, »sei einfach du selbst, und sie werden dich alle lieben, wie ich es tue.«

Überwältigt von den neuen Eindrücken, war Anna sprachlos vor Staunen. Weit entfernt von den feuchten grünen Hügeln Irlands schaute sie hier auf das trockene Flachland der Pampas. Endlose Rinderherden weideten auf dieser Ebene, die sich wie ein lohbraunes Meer bis zum Horizont unter einem strahlend blauen Himmel erstreckte.

Wie eine Oase mit saftigen Bäumen und schimmernd grünem Gras empfing Santa Catalina die Reisenden am Ende der langen, staubigen Piste. Als das vertraute Schnurren von Pacos Wagen an ihr Ohr gedrungen war, hatte seine Mutter den kühlen Schatten des Hauses verlassen, um ihn zu begrüßen. Sie trug eine weiße, gebügelte Hose mit Knöpfen an den Aufschlägen; die Ärmel des offenen weißen Hemdes waren aufgekrempelt. Um die Taille trug sie einen dicken Ledergürtel, geschmückt mit Silbermünzen, die im Licht funkelten. Das Haar war im Nacken zu einem Knoten zusammengebunden, aus ihrem sanften Gesicht leuchteten hellblaue Augen.

Maria Elena umarmte ihren Sohn mit ungezügelter Zärtlichkeit. Sie legte die schmalen, eleganten Hände an sein Gesicht, schaute ihm in die Augen und sagte etwas auf Spanisch, das Anna nicht verstand – aber dass es Freudenrufe waren, bekam sie mit. Dann wandte sie sich Anna zu, und etwas reservierter gab sie ihr einen Kuss auf die hellhäutige Wange und sagte in gebrochenem Englisch, es sei eine Freude, sie kennen zu lernen. Anna folgte den beiden ins Haus, wo der Rest der Familie auf die beiden Neuankömmlinge wartete.

Als Anna das kühle Wohnzimmer voll fremder Menschen sah, war sie plötzlich schwach vor Angst. Sie sah, wie aller Augen sie kritisch musterten, um zu sehen, ob sie gut genug für Paco sei. Paco ließ ihre Hand los und wurde sofort von den Armen seiner Familie verschlungen, die ihn zwei Jahre nicht gesehen hatte. Einen kurzen Augenblick lang, der der erschrockenen Anna wie eine Ewigkeit vorkam, fühlte sie sich allein wie ein kleines Boot, das auf dem Meer trieb. Mit verschleiertem Blick schaute sie sich hilflos und verlegen um; wie angewurzelt stand sie da. Gerade als sie dachte, sie könne es nicht länger ertragen, kam Miguel auf sie zu und übernahm es, sie der Familie vorzustellen. Miguel war freundlich und lächelte sie mitfühlend an.

»Das muss ein Alptraum für Sie sein. Atmen Sie tief durch, und Sie werden es überstehen.« Er sprach mit dem gleichen charmanten Akzent wie sein Bruder und legte ihr dabei beruhigend seine raue Hand auf den Arm. Nico und Alejandro lächelten sie höflich an, aber als sie ihnen den Rücken zuwandte, fühlte sie ihre Blicke immer noch auf sich und hörte, wie sie auf Spanisch über sie sprachen, auch wenn sie die Worte trotz aller Kurse immer noch nicht verstehen konnte. Sie sprachen zu schnell. Angesichts von Valeria mit ihrer gebieterischen Schönheit zog sie den Kopf ein; Valeria küsste sie, ohne zu lächeln, und schaute sie mit festem, selbstsicherem Blick an. Anna war erleichtert, als Chiquita sie liebevoll umarmte und in der Familie willkommen hieß.

»Paco hat in seinen Briefen so viel von dir geschrieben. Ich bin froh, dass du da bist«, sagte sie in stockendem Englisch und wurde dann rot. Anna war so dankbar, dass sie am liebsten geweint hätte.

Als Hectors einschüchternde Gestalt auf sie zukam, spürte sie, wie der Schweiß ihr durch die Kniekehlen rann, und ihr Magen geriet ins Schwimmen. Er war groß und herrisch, und unter der drückenden Last seiner stattlichen Erscheinung schrumpfte sie zusammen. Er beugte sich zu ihr herunter und gab ihr einen Kuss auf die Wange; er roch nach einem würzigen Rasierwasser, das noch eine Weile auf ihrer Haut verweilte. Paco hatte große Ähnlichkeit mit seinem Vater; er hatte die gleichen adlerhaften Züge, die gleiche Hakennase – nur dass Paco auch den sanften Ausdruck seiner Mutter geerbt hatte.

»Ich möchte Sie auf Santa Catalina begrüßen. In Argentinien. Ich nehme an, Sie sind zum ersten Mal hier?«, fragte er in tadellosem Englisch. Anna hielt den Atem an und nickte lahm. »Ich möchte gern mit meinem Sohn unter vier Augen sprechen. Macht es Ihnen etwas aus, bei meiner Frau zu bleiben?« Anna schüttelte den Kopf.

»Natürlich nicht«, antwortete sie heiser, und dabei wünschte sie, Paco könnte sie nach Buenos Aires zurückbringen, wo sie mit ihm allein sein könnte. Aber Paco verschwand vergnügt mit seinem Vater, und Anna wusste, dass er von ihr erwartete, mit der Situation allein zurechtzukommen.

»Komm, lass uns nach draußen gehen«, sagte Maria Elena freundlich, und mit einem sorgenvollen Blick, der ihre hellen Augen verdunkelte, schaute sie ihrem Mann und ihrem Sohn nach, wie sie im Flur verschwanden. Anna blieb nichts anderes übrig, als sich von Maria Elena und ihrer Familie auf die Terrasse bugsieren zu lassen, hinaus in den Sonnenschein, wo man sie besser sehen könnte.

»*Por Dios,* Paco«, begann sein Vater mit tiefer, fester Stimme und schüttelte ungehalten den Kopf. »Sie ist schön, daran besteht kein Zweifel. Aber sieh sie dir an – sie benimmt sich wie ein erschrecktes Kaninchen. Ist es anständig, sie hierher zu bringen?«

Paco lief dunkelrot an, und seine blauen Augen blitzten violett. Diese Konfrontation hatte er erwartet. Von Anfang an hatte er damit gerechnet, dass sein Vater nicht einverstanden sein würde.

»Papa, wundert es dich, dass sie Angst hat? Sie spricht die Sprache nicht, und sie wird von jedem Familienmitglied begutachtet. Aber ich weiß, was gut für mich ist, und ich werde mich von niemandem davon abbringen lassen, sie zu heiraten.« Trotzig schaute er seinem Vater ins Gesicht.

»Mein Junge, ich weiß, dass du verliebt bist. Das ist schön und gut. Aber in der Ehe geht es nicht unbedingt um Liebe.«

»Sprich nicht so über meine Mutter«, fuhr Paco ihn an. »Ich werde Anna heiraten«, wiederholte er leise, aber bestimmt.

»Paco, sie hat Irland nie verlassen, hat nie etwas anderes gesehen. Ist es fair, sie mitten in unsere Welt zu verpflanzen? Wie, glaubst du, wird sie hier zurechtkommen?«

»Sie wird zurechtkommen, weil ich ihr dabei helfen werde. Weil *du* ihr helfen wirst«, erwiderte Paco hitzig. »Weil du dem Rest der Familie befehlen wirst, dafür zu sorgen, dass sie sich hier willkommen fühlt.«

»Aber das genügt nicht. Wir leben in einer starren Gesellschaft. Alle werden sie beäugen. Bei all den schönen Mädchen hier in Argentinien – weshalb konntest du dir nicht eine von denen aussuchen?« Hector hob erbost die Hände. »Deine Brüder haben es doch auch geschafft, in diesem Lande passende Frauen zu finden. Warum konntest du es nicht?«

»Ich liebe Anna, weil sie anders ist als alle. Gut, sie ist nicht weltgewandt, sie ist provinziell, sie entstammt nicht unserer Klasse. Na und? Ich liebe sie, wie sie ist, und das wirst du auch tun, wenn du sie erst kennen gelernt hast. Gib ihr Zeit, sich zu entspannen. Wenn sie ihre Angst vergessen hat, wirst du verstehen, weshalb ich sie liebe.«

Paco starrte seinen Vater an, aber sein harter Blick wurde sanfter, wenn er von Anna sprach. Hector mahlte mit den Zähnen, und sein Kinn war störrisch vorgeschoben. Langsam schüttelte er den Kopf und atmete mit geweiteten Nasenflügeln ein, ohne den Blick von seinem Sohn zu wenden.

»Also gut«, räumte er ein. »Ich kann dich nicht daran hindern, sie zu heiraten. Aber ich hoffe, du weißt, was du tust, denn ich weiß es nicht, verdammt.«

»Gib ihr Zeit, Papa.« Paco war dankbar, dass sein Vater eingelenkt hatte. Er konnte sich nicht erinnern, dass sein Vater sich jemals geschlagen gegeben hätte.

»Du bist jetzt ein Mann und alt genug, um deine Entscheidungen selbst zu treffen«, sagte Hector brüsk. »Es ist dein Leben. Ich hoffe nur, dass ich nicht Recht behalte.«

»Das wirst du nicht. Ich weiß, was ich will«, sagte Paco. Hector nickte, und dann umarmte er seinen Sohn fest und gab ihm einen Kuss auf die Wange, wie es bei ihnen Brauch war, wenn ein Streit zu Ende war.

»Lass uns wieder zu den andern gehen«, sagte Hector, und beide wandten sich zur Tür.

Anna freundete sich sofort mit Chiquita und Miguel an; beide hatten sie mit bedingungsloser Zuneigung in die Familie aufgenommen.

»Mach dir keine Sorgen wegen Valeria«, sagte Chiquita, als sie Anna auf der Estancia herumführte. »Sie wird dich mögen, wenn sie dich erst kennt. Alle haben ja gehofft, dass Paco eine Argentinierin heiraten würde. Es ist ein Schock, verstehst du. Paco gibt bekannt, dass er heiraten will, und niemand hat dich gesehen. Aber du wirst hier glücklich sein, wenn du dich erst eingerichtet hast.«

Chiquita zeigte Anna die *ranchos* – die dicht beieinander stehenden, gedrungenen weißen Häuser, in denen die Gauchos wohnten – und das Polofeld, das in den Sommermonaten zum Mittelpunkt der Estancia wurde, wenn die Jungen mit nichts anderem beschäftigt waren. Sie führte sie zum Tennisplatz, der sich zwischen die wuchtigen, feuchten Platanen und Eukalyptusbäume schmiegte, und zum Swimmingpool, der auf einem künstlichen Hügel lag.

Bald fing Anna an, mit Chiquita Spanisch zu üben. Chiquita erklärte ihr die Unterschiede zwischen dem spanischen Spanisch, das Anna in London gelernt hatte, und dem Spanisch, das in Argentinien gesprochen wurde, und geduldig hörte sie zu, wenn Anna nervös durch ihre Sätze stolperte.

Unter der Woche wohnten Anna und Paco bei seinen Eltern in Buenos Aires. Anfangs verliefen die Mahlzeiten etwas einsilbig und kalt, aber als ihr Spanisch Fortschritte machte, entspannte sich ihr Verhältnis zu Hector und Maria Elena.

Anna sprach während ihrer Verlobungszeit nur selten von ihren Ängsten; Paco wollte, dass sie die Situation meisterte und sich einfügte, das spürte sie. Er fing an, im Geschäft seines Vaters zu arbeiten, und Anna konnte ihre Zeit mit Spanischunterricht und einem Kurs in Kunstgeschichte verbringen. Ihr graute vor den Wochenenden, wenn die ganze Familie sich auf der Farm versammelte, vor allem wegen der Feindseligkeit, die sie bei Valeria verspürte.

Valeria gab ihr das Gefühl, unwürdig zu sein. Wenn sie Valeria in ihren makellosen Sommerkleidern, mit ihrem langen dunklen Haar und den aristokratischen Zügen nur sah, drehte sich Anna vor lauter Unzulänglichkeit der Magen um. Sie und ihre Freundinnen saßen am Pool und steckten tuschelnd die Köpfe zusammen, und Anna wusste, dass sie über sie redeten. Sie rauchten ihre Zigaretten und beobachteten sie wie eine Meute hungriger Geparden. Anna erinnerte sich mit Bitterkeit an ihre Cousinen zu Hause in Irland und fragte sich, wer schlimmer gewesen war. In Glengariff hatte sie wenigstens in die Berge entkommen können; hier aber konnte sie sich nirgendwo verstecken. Paco konnte sie sich nicht anvertrauen; er sollte das Gefühl haben, sie finde sich hier zurecht. Und bei Chiquita, die eine echte Freundin und Verbündete geworden war, wollte sie sich nicht ausweinen. Es war immer ihre Gewohnheit gewesen, ihre Gefühle zu verbergen, und ihr Vater hatte ihr auch geraten, ihre Schwächen vor allen Leuten zu verbergen, die einen Nutzen daraus schlagen konnten. In diesem Fall hatte er sicher Recht; sie wollte keiner von ihnen die Genugtuung geben, sie scheitern zu sehen.

»Sie ist nicht besser als Eva Perón!«, erklärte Valeria erbost, als Nico sie wegen ihrer Unfreundlichkeit zur Rede stellte. »Sie ist ein Emporkömmling. Sie will den gesellschaftlichen Aufstieg, indem sie in unsere Familie einheiratet. Siehst du das nicht?«

»Sie liebt Paco, das sehe ich.« Barsch verteidigte er die Entscheidung seines Bruders.

»Männer sind so vernagelt, wenn es darum geht, Frauen zu durchschauen. Hector und Maria Elena sehen es, das kann ich erkennen.« Sie ließ sich nicht umstimmen.

Zu jener Zeit stand Perón auf dem Höhepunkt seiner Macht. Die Bevölkerung hatte sich ihm vollständig unterworfen. Mit der Unterstützung des Militärs beherrschte er Presse, Rundfunk und Universitäten. Niemand wagte von der Parteilinie abzuweichen. Obwohl er populär genug gewesen wäre, um eine Demokratie zu errichten, zog er es vor, mit militärischer Präzision und totaler Kontrolle zu herrschen. Zugegeben, es gab keine Konzentrationslager für Dissidenten, und ausländische Journalisten konnten sich ungehindert im Land bewegen, aber unter der Oberfläche des peronistischen Argentinien wehte ein Hauch von Angst. Eva, die von ihren Millionen Anhängern Evita genannt wurde, nutzte ihren Status und ihre Macht, um sich aufzuführen wie ein moderner Robin Hood. Im Vorzimmer ihres Büros drängten sich endlos Menschen, die sie um Gefälligkeiten bitten wollten – ein neues Haus, eine Rente, einen Job –, und Eva beantwortete alles mit einem Schwenken ihres Zauberstabs. Sie empfand es als ihre persönliche Mission, das Leiden der Armen zu lindern, das sie aus eigener Erfahrung kannte, und es machte ihr großes Vergnügen, einfach den Reichen zu nehmen und es ihren *descamisados*, den »Hemdlosen«, zu geben – diesen Begriff hatte Perón selbst geprägt. Viele Reiche, die befürchteten, dass Peróns Herrschaft zum Kommunismus führen könnte, verließen zu jener Zeit endgültig das Land.

»Ja«, sagte Valeria gehässig, »Anna ist genau wie Eva Perón. Sie hat gesellschaftliche Ambitionen, und du und deine Familie, ihr lasst sie gewähren.« Nico kratzte sich am Kopf und fand ihre Argumente so lächerlich, dass er sie keiner Diskussion würdigte.

»Gebt dem Mädchen eine Chance«, sagte er nur. »Versetze dich in ihre Lage, und dann wirst du sie, glaube ich, mit freundlicheren Augen sehen.«

Valeria biss sich auf die Unterlippe und fragte sich, warum Männer so hoffnungslose Fälle waren, wenn es darum ging, hinter die Fassade einer schönen Frau zu sehen. Genau wie Juan Perón.

Der entscheidende Augenblick kam eines Nachmittags, als die ganze Familie sich auf den heißen Steinplatten am Swimmingpool niedergelassen hatte und literweise Obstsaft trank, der von hellblau uniformierten Dienstmädchen aus Hectors Haus heraufgebracht wurde. Anna saß mit Chiquita und Maria Elena im Schatten, als einer von Miguels Freunden, Diego Braun, betört von der keltischen Schönheit Annas, es sich nicht versagen konnte, mit ihr vor allen Leuten zu flirten.

»Anna, *por qué no te bañas?*«, rief er aus dem Pool und hoffte, sie werde ihm Gesellschaft leisten. Anna hatte die Frage gut verstanden: »Warum kommst du nicht schwimmen?« Aber nervös spürte sie, dass alle die Ohren spitzten, wie sie antworten würde, und so geriet sie durcheinander und übersetzte wörtlich aus dem Englischen.

»*Porque estoy caliente*«, rief sie und wollte sagen, ihr sei angenehm warm, und sie wolle deshalb nicht im kalten Wasser schwimmen. Zu ihrer Überraschung brachen alle in lautes Lachen aus, bis sie sich vor Schmerz die Bäuche hielten. Anna schaute hilflos zu Chiquita hinüber, und zwischen ansteckenden Kicheranfällen erklärte diese ihr, was sie gesagt hatte.

»›Ich bin lüstern‹ ist die richtige Übersetzung, glaube ich.« Und Chiquita stimmte wieder in das Lachen ihrer Verwandten und Freunde ein.

Anna überlegte, was sie da gesagt hatte, und plötzlich entfachte Chiquitas Lachen auch in ihrem Bauch ein Kribbeln, und sie stimmte lauthals ein. Alle lachten zusammen, und zum ersten Mal fühlte Anna sich eins mit der Sippe. Sie stand auf und erklärte mit ihrem starken irischen Akzent, und ohne sich um richtige oder falsche Grammatik zu kümmern, sie gehe jetzt vielleicht doch lieber schwimmen, um sich abzukühlen.

Von diesem Augenblick an lernte sie, über sich selbst zu lachen, und sie erkannte, dass Humor das Einzige war, womit sie die andern für sich gewinnen konnte. Die Männer hörten auf, sie still und aus der Ferne zu bewundern und zogen sie wegen ihres schlechten Spanisch auf, und die Mädchen begannen ihr zu helfen, nicht nur mit den Widrigkeiten der spanischen Sprache, sondern auch mit den Männern fertig zu werden. Sie brachten ihr bei, dass die lateinamerikanischen Männer im Umgang mit Frauen selbstbewusst und schamlos waren, und das bedeutete, dass sie sich vorsehen musste; selbst als verheiratete Frau wäre sie nicht sicher, denn versuchen würden sie es trotzdem. Als Europäerin und als schöne Frau hatte sie zweifachen Grund zur Vorsicht. Europäische Frauen wirkten hier wie rote Tücher auf einen Stier, sagten sie, weil sie in dem Ruf ständen, »leicht zu haben« zu sein. Aber Anna hatte niemals

Schwierigkeiten gehabt, Nein zu sagen, und je mehr sie an Selbstsicherheit gewann, desto mehr traten ihre Charakterstärke und die vertraute Launenhaftigkeit wieder in den Vordergrund.
Als Annas Charakter aus dem Nebeldunst ihrer Angst hervorkam, erkannte Valeria, dass Anna nicht so schwach und hilflos war, wie sie zunächst vermutet hatte. Im Gegenteil, sie besaß einen festen Charakter und die Zunge einer Viper, selbst in ihrem holprigen Spanisch. Sie begann freche Antworten zu geben, und einmal beim Mittagessen widersprach sie Hector offen vor der ganzen Familie und gewann die Diskussion, während Paco triumphierend zuschaute. Als die Hochzeit herankam, hatte Anna vielleicht nicht die Zuneigung aller Familienmitglieder gewonnen, aber zumindest doch ihren Respekt.

Die Hochzeit fand unter einem tiefblauen Himmel im sommerlichen Garten von Santa Catalina statt. Umgeben von dreihundert Menschen, die sie nicht kannte, leuchtete Anna Melody O'Dwyer unter einem nebelzarten Schleier, der mit kleinen Blüten und Pailletten besetzt war. Als sie am Arm des distinguierten Hector Solanas den Gang hinunterschritt, war ihr zumute, als sei sie nun wirklich in die Seiten des Märchenbuches geraten, das sie als Kind zerfleddert hatte. Alle schauten sie an, nickten einander zu und stellten fest, was für ein erlesenes Geschöpf sie doch war. Sie fühlte sich bewundert und verehrt. Die Haut des verängstigten Mädchens, das drei Monate zuvor in Argentinien angekommen war, hatte sie abgestreift und war als Schmetterling hervorgekommen, wie sie es immer vorhergesehen hatte. Als sie ihrem Prinzen das Eheversprechen gab, glaubte sie wirklich, dass solche Geschichten ein Happy End hatten. Sie würden dem Sonnenuntergang entgegengehen und glücklich sein bis ans Ende ihrer Tage.
Am Hochzeitsmorgen hatte sie ein Telegramm von ihren Eltern bekommen. Darin stand: UNSERER LIEBSTEN ANNA MELODY STOP UNSERE BESTEN WÜNSCHE FÜR DEIN KÜNFTIGES GLÜCK STOP IN LIEBE DEINE ELTERN UND TANTE DOROTHY STOP DU FEHLST UNS ALLEN STOP. Anna las es, während Encarnación ihr Jasmin ins Haar

flocht, und dann faltete sie es zusammen und legte es zum Rest ihres alten Lebens.
Ihre Hochzeitsnacht war so zärtlich und erregend, wie sie es erhofft hatte. Als sie endlich im Schutze der Dunkelheit miteinander allein waren, erlaubte sie ihrem Ehemann, sie zu entdecken. Bebend ließ sie sich von ihm entkleiden, und er küsste jeden Teil ihres Körpers, der sich ihm offenbarte. Er freute sich an der hellen Unschuld ihrer Haut, die in den schimmernden Strahlen des dunstigen Mondlichts, das durch die Vorhänge ins Zimmer fiel, sanft schimmerte. Er freute sich an ihrer Neugier und an ihrem Entzücken, als sie sich ihm hingab und ihm erlaubte, auch die Orte zu erkunden, die bis dahin verboten gewesen waren. Mit jeder Liebkosung, jeder Berührung fühlte Anna wahrhaftig, wie ihre Seelen sich miteinander vereinten, und sie wusste, dass ihre Gefühle für Paco in eine andere Welt gehörten, in eine Welt, die jenseits des Körperlichen lag. Sie fühlte sich gesegnet von Gott.
Anfangs vermisste sie ihre Familie oder ihr Heimatland überhaupt nicht. Im Gegenteil, ihr Leben war plötzlich um so viel aufregender. Als Paco Solanas' Ehefrau konnte sie haben, was sie wollte, und der Name verschaffte ihr Respekt. Ihr neuer Status überstrahlte die Spuren ihrer bescheidenen Vergangenheit. Sie genoss es, in ihrem neuen Apartment in Buenos Aires die Gastgeberin zu spielen und durch die großen, vorzüglich eingerichteten Räume zu schweben, stets im Mittelpunkt der Aufmerksamkeit. Sie bezauberte alle mit ihren kläglichen Versuchen, Spanisch zu sprechen, und mit ihrer weltfremden Art; wenn die Familie Solanas sie akzeptiert hatte, dann würden es auch die Porteños tun – die Menschen von Buenos Aires. Als Ausländerin war sie eine Kuriosität und konnte sich fast alles erlauben. Paco war sehr stolz auf seine Frau. Sie war anders als alle andern in dieser Stadt mit ihren strengen gesellschaftlichen Regeln.
Dennoch machte sie zu Anfang ihrer Ehe Fehler. Sie war nicht an Dienstboten gewöhnt, und deshalb neigte sie dazu, sie unhöflich zu behandeln, weil sie glaubte, dies sei die Art, wie die Oberschicht mit ihren Angestellten umging. Die Leute sollten glauben, dass sie

mit Dienstmädchen im Haus aufgewachsen war, aber das taten sie nicht, und ihre Haltung erregte Anstoß bei ihrer neuen Familie. In den ersten paar Monaten hatte Paco so getan, als merkte er nichts; er hatte gehofft, sie werde von ihren Schwägerinnen lernen. Aber schließlich sah er sich gezwungen, sie beiseite zu nehmen und behutsam zu bitten, das Personal mit mehr Respekt zu behandeln. Er konnte ihr nicht erzählen, wie Angelina, die Köchin, händeringend in der Tür seines Arbeitszimmers gestanden und erklärt hatte, kein Mitglied der Familie Solanas habe je so mit ihr gesprochen, wie Señora Anna es tue. Anna schämte sich zu Tode und schmollte ein paar Tage lang. Paco versuchte sie aus ihrer schlechten Laune hervorzulocken. Solche Launen passten nicht zu der »Ana Melodía«, in die er sich in London verliebt hatte.

Anna stellte plötzlich fest, dass sie mehr Geld hatte als der Graf von Monte Christo. Um zu zeigen, dass sie kein Kleinstadtmädchen aus Südirland war, und um ihre Stimmung zu bessern, spazierte sie die Avenida Florida hinunter und suchte nach einem besonderen Kleid, das sie beim Geburtstagsdinner ihres Schwiegervaters tragen könnte. Sie fand ein äußerst glamouröses Stück in einer kleinen Boutique an der Ecke, wo die Avenida Sante Fé die Avenida Florida kreuzt. Die Verkäuferin war sehr hilfsbereit und schenkte ihr als Zugabe noch ein Fläschchen Parfüm. Anna war entzückt und fühlte allmählich wieder jene innere Beschwingtheit, die sie bei ihrer Ankunft in Buenos Aires verspürt hatte.

Aber kaum betrat sie an diesem Abend das Zimmer in Hectors und Maria Elenas Apartment und sah, was all die anderen Frauen trugen, da erkannte sie zu ihrer Verlegenheit, dass sie eine schlechte Wahl getroffen hatte. Alle schauten sie an, und mit ihrem Lächeln verbargen sie ihre Missbilligung, die sie aus Gründen der Höflichkeit nicht zeigen konnten. Anna hatte ein Kleid gewählt, das viel zu tief ausgeschnitten und gewagt für diesen ruhig-eleganten Anlass war. Es verstärkte ihre Scham, als Hector auf sie zukam. Mit seinem schwarzen, nur an den Schläfen leicht ergrauenden Haar und seiner hoch gewachsenen Gestalt war er eine Furcht erregende Erscheinung. Sein beängstigender Schatten fiel auf sie, als er ihr ein Schultertuch reichte. »Ich möchte nicht, dass du frierst«, sagte er freundlich. »Maria Elena heizt nicht gern; sie bekommt davon Kopfschmerzen.« Sie bedankte sich mit unterdrücktem Schluchzen, und dann stürzte sie ein Glas Wein herunter, so schnell es der Anstand erlaubte. Paco sagte später, auch wenn sie unpassend angezogen gewesen sei, so sei sie doch die schönste Frau auf dem Fest gewesen.

Als Rafael Francisco Solanas (genannt Rafa) im Winter 1951 zur Welt kam, hatte Anna allmählich das Gefühl, dass sie sich einfügte. Chiquita, die jetzt ihre Schwägerin war, hatte sie zum Einkaufen mitgenommen, und sie zeigte sich immer öfter in den elegantesten Kleidern, importiert aus Paris; außerdem war alle Welt voller Bewunderung, weil sie einen Jungen hervorgebracht hatte. Er war blond und so blass, dass er aussah wie ein fettes Albino-Äffchen. Aber für Anna war er das kostbarste Geschöpf, das sie je gesehen hatte.

Paco saß an ihrem Wöchnerinnenbett und sagte ihr, wie glücklich sie ihn gemacht habe. Er hielt ihre schlanke Hand und küsste sie mit großer Zärtlichkeit, bevor er ihr einen Treuering mit Diamanten und Rubinen auf den Finger schob.

»Du hast mir einen Sohn geschenkt, Ana Melodía. Ich bin so stolz auf meine schöne Frau.« Er hoffte, dass das Kind ihr helfen würde, sich einzufinden, und dass sie jetzt neben dem Einkaufen noch etwas anderes hatte, um ihren Tag auszufüllen.

Maria Elena schenkte ihr ein smaragdbesetztes goldenes Medaillon, das ihrer Mutter gehört hatte. Hector warf einen Blick auf das Kind und sagte, es sehe aus wie seine Mutter, schreie aber mit der Kraft eines echten Solanas.

Als Anna ihre Mutter in Irland anrief, weinte Emer fast die ganze Zeit. Mehr als alles andere hätte sie sich gewünscht, in dieser Zeit bei ihrer Tochter sein zu dürfen, und es zerriss ihr das Herz, dass sie ihren Enkel vielleicht niemals zu Gesicht bekommen würde. Tante Dorothy nahm ihr schließlich den Hörer ab; sie sagte, was ihre Schwester nicht zu sagen vermochte, und wiederholte das, was ihre Nichte berichtete, für alle, die in dem kleinen Wohnzimmer versammelt saßen.

Dermot wollte wissen, ob sie glücklich und gut versorgt sei. Er sprach kurz mit Paco, der ihm sagte, dass Anna in der ganzen Familie sehr beliebt sei. Als Dermot auflegte, war er mehr als zufrieden, aber Tante Dorothy war nicht überzeugt. »Sie klang nicht wie sie selbst, wenn ihr mich fragt«, sagte sie düster und ließ ihr Strickzeug sinken.
»Was meinst du damit?«, fragte Emer immer noch tränenerstickt.
»Für mich hörte sie sich glücklich genug an«, sagte Dermot bärbeißig.
»O ja, sie hörte sich glücklich genug an, wenn auch ein bisschen ernüchtert«, meinte Tante Dorothy nachdenklich. »Das ist das richtige Wort: ernüchtert. Argentinien tut unserer Anna Melody offensichtlich sehr, sehr gut.«

Anna hatte alles, was sie sich im Leben nur wünschen konnte – nur eines nicht, und das nagte beständig an ihrem Stolz. So angestrengt sie ihre Umgebung auch beobachtete und imitierte, sie wurde das Gefühl ihrer gesellschaftlichen Unzulänglichkeit niemals los. Und gegen Ende September, als der Frühling die Pampas mit hohem, fettem Gras und Blumen bedeckte, entdeckte Anna noch ein weiteres Hindernis, das sich wie ein Keil zwischen sie und ihre Familie schob: Pferde.
Anna hatte Pferde nie leiden können; genau gesagt, sie verabscheute sie. Die meisten anderen Tiere liebte sie: die mutwilligen *vizcachas*, große, hasenähnliche Nagetiere, die *gato montés*, die Wildkatzen, die sie oft geschmeidig durch das Gebüsch schnüren sah, und das Gürteltier, das sie wegen seiner absurden Gestalt faszinierte. Hector hatte den Panzer eines Gürteltiers auf dem Schreibtisch in seinem Arbeitszimmer, was sie sehr bestürzend fand. Aber bald wurde ihr klar, dass das Leben auf Santa Catalina sich um Polo drehte. Jeder ritt hier; Autos waren überflüssig in einer Gegend, wo die Straße von einer Estancia zur anderen oft nicht mehr als eine unbefestigte Piste oder nur ein durch das hohe Gras gewalzter Pfad war.
Das Leben auf Santa Catalina war sehr gesellig; ständig trank man

Tee oder genoss die Asados auf den Nachbarfarmen. Anna stellte fest, dass sie mit einem Lastwagen auf Umwegen hinfahren musste, während alle andern auf ein Pferd sprangen und im Handumdrehen hingaloppiert waren. Das beherrschende Gesprächsthema war Polo: die Spiele gegen andere Estancias, die Handicaps, die Ponys, die Ausrüstung. Die Männer schienen fast jeden Abend zu spielen. Es war unterhaltsam. Die Frauen saßen mit den Kindern im Gras und schauten zu, wie ihre Männer und Söhne auf dem Feld auf und ab galoppierten – aber wozu? Um einen Ball zwischen zwei Pfosten hindurchzuschlagen. Das war kaum der Mühe wert, dachte Anna säuerlich. Und wenn sie sah, wie kleine Kinder, die kaum laufen konnten, am Rand des Spielfelds mit ihren kleinen Stöcken spielten, verdrehte sie verzweifelt die Augen. Aber es gab kein Entrinnen.

Agustin Paco Solanas wurde im Herbst 1953 geboren. Im Gegensatz zu seinem Bruder war er dunkel und stark behaart. Paco fand, er sehe aus wie Großvater Solanas. Diesmal schenkte er seiner Frau einen Treuering mit Diamanten und Saphiren. Aber es war eine Kühle in ihre Beziehung gedrungen, die früher nicht spürbar gewesen war.

Anna ging ganz und gar in ihrer Mutterrolle auf. Sie hatte zwar Encarnacións junge Nichte Soledad, die auf ihre beiden Söhne Acht geben konnte, aber Anna zog es vor, ihre Jungen meist selbst zu versorgen. Sie brauchten ihre Mutter und waren auf sie angewiesen. Für die beiden war sie das Ein und Alles, und dafür liebten sie sie bedingungslos. Diese Liebe beantwortete Anna mit blinder Hingabe. Je vernarrter sie in ihre Söhne wurde, desto größer wurde der Abstand zu ihrem Mann, bis Paco nur noch eine schattenhafte Gestalt im Hintergrund ihres Kinderzimmerdaseins geworden war. Er schien mehr und mehr Zeit anderswo zu verbringen; abends kam er meistens erst sehr spät von der Arbeit, und ehe sie morgens aufstand, war er schon wieder weg. An den Wochenenden auf Santa Catalina begegneten sie einander mit jener kühlen Höflichkeit, die sich auf leisen Sohlen wie ein Präriepuma in ihre Beziehung geschlichen hatte. Anna fragte sich, wo all die Freude und das Lachen

geblieben sein mochte. Was war aus ihren Spielen geworden? Jetzt war es, als sprächen sie nur noch über ihre Kinder.
Paco wagte nicht, vor irgendjemandem zuzugeben, dass er sich vielleicht geirrt hatte. Dass er vielleicht zu viel verlangt hatte, wenn er von Anna erwartete, dass sie sich an diese fremdartige Kultur anpasste. Er hatte mit angesehen, wie die Ana Melodía, in die er sich verliebt hatte, nach und nach hinter der unnahbaren Fassade einer Frau verschwunden war, die etwas zu sein versuchte, was sie nicht war. Hilflos hatte er zugesehen, wie ihre unbändige Natur und ihre trotzige Unabhängigkeit sich in nörgelnde Verdrossenheit verwandelt hatten. Sie sah sich ständig in der Defensive. Sie schien verzweifelt auf der Suche nach sich selbst zu sein, was aber nur dazu führte, dass sie bemüht war, die Menschen in ihrer Umgebung nachzuahmen. Sie opferte jene einzigartigen Eigenschaften, die Paco so liebenswert gefunden hatte, für eine Blasiertheit, die an ihr wirkte wie ein schlecht sitzendes Kleid. Er wusste, dass sie zu großer Leidenschaft fähig war, aber so sehr er sich bemühte, ihre Zurückhaltung mit Zärtlichkeit zu überwinden, ihre nächtlichen Begegnungen waren bald nur noch das: Begegnungen. Gern hätte er seine Sorgen mit seiner Mutter erörtert, aber er war zu stolz, um zuzugeben, dass er Anna Melody O'Dwyer vielleicht doch besser in den Straßen Londons zurückgelassen hätte, um ihnen beiden dieses Unglück zu ersparen.
Als Sofia Emer Solanas sich im Herbst 1956 krähend ihren Weg in die Welt bahnte, war aus der Kühle Frost geworden. Paco und Anna sprachen kaum noch miteinander. Maria Elena fragte sich, ob Annas Trennung von ihrer Familie nicht allmählich ihren Tribut forderte, und sie schlug Paco vor, ihre Eltern nach Santa Catalina fliegen zu lassen, um sie zu überraschen. Anfangs wehrte Paco sich; er wusste nicht, ob es Anna gefallen würde, wenn er so etwas hinter ihrem Rücken in die Wege leitete. Aber Maria Elena ließ sich nicht davon abbringen. »Wenn du deine Ehe retten willst, sollest du weniger denken und mehr handeln«, sagte sie streng. Paco fügte sich und rief Dermot in Irland an, um ihm von seinem Plan zu berichten. Dabei wählte er seine Worte sorgfältig, um den Stolz des alten

Mannes nicht zu verletzen. Dermot und Emer akzeptierten das Geschenk dankbar. Tante Dorothy war gekränkt, weil sie nicht dabei sein sollte. »Du darfst nicht die kleinste Einzelheit vergessen, Emer Melody, sonst werde ich nie wieder ein Wort mit dir sprechen«, warnte sie gutmütig und verbarg ihre Enttäuschung.

Dermot war noch nie über Brighton hinausgekommen, und Emer hatte Angst vor dem Fliegen, obgleich man ihr versicherte, dass Swissair eine sehr respektable Fluggesellschaft sei. Aber der Gedanke daran, ihre geliebte Anna Melody wiederzusehen und ihre Enkelkinder zum ersten Mal zu Gesicht zu bekommen, genügte, um diese Angst zu vertreiben. Die Flugtickets kamen wie versprochen, und sie traten die beschwerliche, achtundvierzig Stunden dauernde Reise von London nach Buenos Aires an, mit Zwischenlandungen in Genf, Dakar, Recife, Rio und Montevideo. Sie überlebten den Flug, auch wenn sie sich auf dem Genfer Flughafen verirrten und beinahe den Anschlussflug verpasst hätten.

Als Anna, die zwei Wochen alte Sofia fest in einen elfenbeinfarbenen Spitzenschal gewickelt, nach Santa Catalina zurückkam, erwarteten ihre Eltern sie erschöpft und tränenüberströmt auf der Terrasse. Sie reichte das Kind der aufgeregten Soledad und umarmte beide Eltern auf einmal. Sie hatten Geschenke für den fünfjährigen Rafael und für den kleinen Agustin mitgebracht, und Anna bekam Emers altes Fotoalbum. Paco und seine Familie überließen die drei taktvoll für ein oder zwei Stunden sich selbst, und in dieser Zeit redeten sie, ohne Luft zu holen, weinten, ohne sich zu schämen, und lachten, wie es nur die Iren können.

Dermot stellte fest, dass Anna hier ein »feines Leben« gefunden habe, und Emer schaute mit echter Bewunderung in Schränke und Zimmer ihres Hauses. »Wenn Tante Dorothy dich jetzt sehen könnte, mein Liebes – sie wäre so stolz auf dich. Du bist wirklich auf die Füße gefallen.«

Es ermutigte Emer, dass ihre Tochter sich behutsam nach Sean O'Mara erkundigte. Sie würde Tante Dorothy berichten, dass das Kind doch nicht so selbstsüchtig sei, wie sie es angenommen hatte – oder so herzlos. Er habe geheiratet, erzählte sie ihrer Tochter, und sei dann nach Dublin gezogen. Nach allem, was seine Eltern erzählten, ging es ihm gut. Sie war nicht sicher, aber sie meinte sich zu erinnern, dass jemand ihr erzählt hatte, er habe eine Tochter – oder vielleicht einen Sohn, sie sei da nicht sicher, aber jedenfalls ein Kind. Anna lächelte wehmütig und sagte, sie freue sich für ihn.

Emer und Dermot waren vernarrt in die Kinder, und diese schlossen ihre Großeltern sofort ins Herz. Aber als die anfängliche Aufregung über ihren Besuch verflogen war, wünschte Anna sich bald, sie wären etwas weltgewandter. Beide trugen ihre besten Sonntagskleider, ein schüchternes Paar in einer fremden Umgebung. Maria Elena trank mit Emer und Anna in ihrem Haus Tee; sie hatten ein tosendes Feuer angezündet, denn es wurde schon recht kühl, wenn die Sonne unterging. Hector zeigte Dermot unterdessen die Farm. Zum Abendessen kam die ganze Familie zusammen, und als Dermot zwei Gläschen guten irischen Whiskey getrunken hatte, fing er an, wüst übertriebene Geschichten vom Leben in Irland und peinliche Anekdoten aus Annas Kindheit zum Besten zu geben. Sein Haar, das bei der Ankunft säuberlich gekämmt gewesen war, sträubte sich jetzt zu grauen Locken, und seine Wangen glühten vor Vergnügen. Als er nach dem Essen, von Maria Elena am Klavier begleitet, »Danny Boy« sang, wünschte Anna, sie wären nie gekommen.

Vier Wochen später umarmte sie ihre Mutter zum Abschied. Dass sie das sanfte Gesicht nie wiedersehen würde, konnte sie nicht wissen. Emer wusste es. Manchmal spürt man so etwas, und Emer Melody hatte von ihrer Großmutter diese Gabe der Intuition geerbt. Sie starb zwei Jahre später.

Anna war traurig, als sie abreisten, aber sie bedauerte es nicht. Die Jahre hatten das Band zwischen ihnen zermürbt; sie selbst hatte das Gefühl, in der Welt vorangekommen zu sein, während die beiden sich überhaupt nicht bewegt hatten. Sie hatte sich gefreut, sie wiederzusehen, aber sie fühlte sich auch verraten. Nachdem sie sich als Lady eingeführt hatte, würde die Familie ihres Mannes sie jetzt ganz sicher als das sehen, was sie wirklich war. Dabei hatten Paco und seine Eltern Emer mit ihrer sanften irischen Natur und dem bezaubernden Lächeln wirklich lieb gewonnen, und alle hatten ihren exzentrischen Vater angebetet. Nur in Annas Einbildung lag ein düsterer Schatten über allem und drohte alles zu zerstören.

Als Anna zwei Jahre später eine Hotelrechnung in Pacos Jackentasche entdeckte, wurde ihr plötzlich klar, wohin er mit seiner Liebe gegangen war. Seinem Betrug gab sie die Schuld daran, dass sie sich ausgeschlossen und unzulänglich vorkam. Sie kam nicht auf den Gedanken, sich zu fragen, wer ihn dazu getrieben hatte.

Acht

Santa Catalina, Februar 1972

Maria, findest du es nicht grässlich, wenn man dir sagt, dass du jemanden mögen musst?«, maulte Sofia. Sie streifte die Tennisschuhe ab und setzte sich neben ihre Cousine ins Gras.

»Was meinst du damit?«, fragte Maria.

»Na, diese Eva. Mama sagt, ich muss mich um sie kümmern und nett zu ihr sein. Ich hasse diese Verantwortung.«

»Sie bleibt doch nur zehn Tage.«

»Zehn Tage zu lange.«

»Wie ich höre, ist sie sehr hübsch.«

»Hm.« Bei dem bloßen Gedanken an eine Rivalin sträubten sich Sofia schon die Nackenhaare. In den letzten paar Monaten hörte sie nur noch, wie schön Eva sein sollte. Hoffentlich übertrieben ihre Eltern aus Freundlichkeit. »Trotzdem weiß ich nicht, wieso Mama sie einladen muss.«

»Wieso hat sie sie denn eingeladen?«

»Sie ist die Tochter von Freunden aus Chile.«

»Kommen die auch?«

»Nein, das ist ja das Pech; damit ist die Verantwortung nur noch größer.«

»Ich helfe dir. Vielleicht ist sie ja nett, und wir werden Freundinnen. Sei nicht so pessimistisch.« Maria lachte. Was hatte Sofia eigentlich für Probleme? »Wie alt ist sie?«

»In unserem Alter. Fünfzehn oder sechzehn, ich weiß es nicht mehr.«

»Und wann kommt sie?«

»Morgen.«
»Wir können sie zusammen abholen. Sorgen müssen wir uns doch erst machen, wenn sie langweilig ist.«
Hoffentlich war Eva langweilig, dachte Sofia – langweilig und reizlos. Vielleicht konnte sie sie Maria überlassen, und die beiden würden sich anfreunden. Maria war so entgegenkommend; es gab keinen Grund zu der Annahme, dass sie Sofia diese Aufgabe nicht abnehmen und Eva für sie unterhalten würde. So ist Maria eben, dachte Sofia fröhlich – immer darauf aus, gefällig zu sein. Plötzlich kam ihr die kommende Woche nicht mehr so trostlos vor. Sie würde ihre ganze Zeit mit Santi verbringen können, und Maria und Eva könnten sich allein amüsieren.
Am nächsten Vormittag lagen Sofia und die andern schwatzend im Schatten einer großen Platane, durch die offenen Wohnzimmerfenster wehte die Stimme Neil Diamonds in den Garten. Da hielt ein glänzender Wagen vor dem Haus. Alle verstummten und richteten ihre Aufmerksamkeit auf Jacinto, den Fahrer, der jetzt ausstieg, zur hinteren Tür ging und sie öffnete. Sein Gesicht war rot, und er lächelte. Als die schöne Eva ausstieg, wunderte sich niemand mehr über sein breites Grinsen und die roten Wangen. Ein Schauer des Ehrgeizes rieselte Sofia durch den Bauch. Sie warf einen Blick auf ihre Cousins, die sich plötzlich wie eine Rotte Präriehunde in die Hocke erhoben hatten.
»Puta madre!«, rief Agustin.
»*Dios*, seht euch bloß die Haare an!«, ächzte Fernando.
»Ein Fohlen mit besseren Beinen hab ich noch nicht gesehen«, murmelte Santi.
»Herrgott im Himmel, Jungs, jetzt klappt die Mäuler wieder zu. Die Haare sind blond. Viele Mädchen haben blonde Haare«, fauchte Sofia erbost und stand auf. »Wisch dir den Mund ab, Agustin, du sabberst«, sagte sie, bevor sie auf das Auto zumarschierte.
Anna, die mit Chiquita und Valeria auf der Terrasse gesessen hatte, kam quer über den Rasen auf ihren Feriengast zu. Eva blieb schüchtern neben dem erstarrten Jacinto stehen.
»Eva«, rief Anna schon von weitem. »Wie geht es dir?«

Eva schwebte ihr entgegen. Sie ging nicht, sie schritt nicht – sie schwebte. Ihr langes blondes Haar umfloss lose das gut geschnittene Gesicht und umrahmte große, aquamarinblaue Augen, die nervös unter dichten, dunklen Wimpern hervorblickten.

Sofia bemühte sich verzweifelt, irgendeinen Makel zu finden an diesem Geschöpf, das hier vor ihr erschienen war wie ein verkleideter Dämon, um Santi zu stehlen – aber Eva war vollkommen. Sofia glaubte nicht, dass ihr jemals ein so schönes Mädchen unter die Augen gekommen war. Sie sah, wie ihre Mutter das Mädchen herzlich umarmte, sich nach den Eltern erkundigte und Jacinto befahl, den Koffer in das Gästezimmer zu bringen.

»Eva, das ist Sofia.« Anna schob ihre Tochter nach vorn. Sofia küsste sie und roch den frischen Zitronenduft ihres Eau de Cologne.

Eva war größer als Sofia und sehr schlank. Sie sah viel älter aus als fünfzehn. Als sie lächelte – ein schüchternes Lächeln –, erröteten die Wölbungen ihrer Wangen ein wenig, bevor die Farbe wieder zurückging und sich über das ganze Gesicht ausbreitete. Wenn Eva errötete, war sie noch hübscher; ihre Augen sahen dann noch blauer aus, noch eindringlicher.

Sofia murmelte ein mattes *»Hola«*, bevor ihre Mutter den Gast auf die Terrasse führte. Sie folgte den beiden lahm und warf dabei einen Blick hinüber zu den Jungen, die von ihrem Lagerplatz aus immer noch zuschauten. Aber sie schauten nicht ihr zu, sie schauten Eva zu. Und sie stellten sich alle vor, wie es sein würde, sie zu besitzen.

Auch Eva bemerkte die stumme Musterung; sie spürte die Blicke, die ihr über die Terrasse folgten. Hinüberzuschauen wagte sie nicht; sie setzte sich und schlug die Beine übereinander, und dabei fühlte sie den Schweiß an Kniekehlen und Schenkeln.

Sofia setzte sich stumm zu ihrer Mutter, zu Chiquita und Valeria, die wie drei bewundernde Schulmädchen um Evas Aufmerksamkeit wetteiferten. Sie fragte sich, ob sie es merken würden, wenn sie sich einfach verdrückte. Niemanden kümmerte es, ob sie etwas sagte oder nicht; sie schauten sie nicht einmal an. Ebenso gut hätte sie ein Schatten sein können.

Soledad kam mit einem Tablett heraus und begann, Gläser mit eisgekühlter Zitronenlimonade herumzureichen. Als sie bei Sofia angekommen war, zog sie fragend die Brauen hoch. Sofia antwortete mit einem schmalen Lächeln, das Soledad sofort erkannte und verstand. Sie lächelte zurück, als wollte sie sagen: »Du bist viel zu verwöhnt, Señorita Sofia.« Sofia stürzte die Limonade herunter und behielt einen Eiswürfel im Mund, um ihn missmutig aus einer Wange in die andere wandern zu lassen. Eva schaute ihr in die Augen, und es war, als liege ein Lächeln in ihrem Blick. Sofia lächelte scheu zurück, aber sie war entschlossen, das Mädchen nicht leiden zu können. Sie schaute hinüber zu den Jungen, die unruhig unter ihrem Baum hin und her rutschten und schlecht verhüllte Versuche unternahmen, so viel wie möglich von Eva zu sehen. Dann stand Santi auf, machte eine Gebärde zu den anderen, die aussah wie die Reaktion auf eine Herausforderung, und kam selbstbewussten Schritts zu den Frauen auf die Terrasse.

Chiquita winkte ihn heran. »Eva, das ist mein Sohn Santiago«, sagte sie stolz und sah zu, wie ihr gut aussehender Sohn sich zu der außergewöhnlichen Besucherin beugte, um ihr einen Kuss auf die Wange zu geben, bevor er sich einen Stuhl heranzog. Chiquita lächelte, als sie ein wohlgefälliges Schimmern in Evas hellblauen Augen leuchten sah, ehe sie schüchtern den Blick senkte.

»Du bist aus Chile?«, fragte er und grinste breit, damit Eva in den vollen Genuss seines großzügigen Mundes und der großen, weißen Zähne kam. Sofia verdrehte die Augen. Er ist auch schon ganz hingerissen, der Trottel, dachte sie verärgert.

»Ja, aus Chile«, antwortete Eva in ihrem seidigen chilenischen Akzent.

»Santiago?«

»Ja.«

»Na, willkommen auf Santa Catalina. Reitest du?«

»Ja. Ich liebe Pferde«, erzählte sie beglückt.

»Dann kann ich mit dir über die Farm reiten und dir alles zeigen, wenn du möchtest«, bot er an. Sofia war kurz davor, in ihrem Jammer zu ertrinken, als Santi nach ihrem Limonadenglas griff, es zum Mund führte und einen Schluck nahm. Die Tatsache, dass er aus

ihrem Glas trank, als sei das ganz natürlich, würde Eva zeigen, dass er ihr gehörte. Hoffentlich hatte Eva das auch kapiert.
Santi lehnte sich zurück, legte den Fußknöchel quer über das Knie, lehnte das Glas an den Oberschenkel und rollte es müßig hin und her. Sie plauderten weiter über Pferde, über das Strandhaus ihrer Eltern in Cachagua und über den hartnäckigen Sommernebel, der manchmal bis mittags über der Küste hing. Während sie plauderten, beugte Sofia sich vor, um ihr Glas zurückzuholen. Dabei berührte sie Santis Hand, ehe sie austrank, was von der Limonade übrig war. Aber Santi nahm kaum Notiz von ihr. Anscheinend konnte er den Blick nicht von Eva wenden, die ihn immerfort anlächelte.
Als die anderen Jungen gesehen hatten, wie mühelos Santi sich in der Gruppe der Frauen niedergelassen hatte, rappelten sie sich wie elektrisiert auf und kamen ebenfalls herüber. Eva sah, wie die Meute der sonnengebräunten, hungrigen Raubtiere aus dem Schatten in die Sonne trat, und ihre blassen Lippen bebten unbehaglich. Aber dann lächelte Santi ihr mitfühlend zu, als die andern sich der Terrasse näherten, um am Honigtopf zu schnuppern, und sie lächelte dankbar zurück.
Maria kam mit Panchito und dem kleinen Horacio unter den Bäumen hervor, und Paco kam mit Miguel, Nico und Alejandro um die Ecke geschlendert, dicht gefolgt von Malena mit zweien ihrer Töchter, Martina und Vanessa. Bald war Eva fast jedem auf der Estancia vorgestellt worden; selbst die Hunde schienen das Bedürfnis zu verspüren, sich in ihrer Aura zu sonnen, und versammelten sich unterwürfig um ihren Sessel. Die Jungen wollten mit ihr schlafen, die Mädchen wollten an ihrer Stelle sein, und alle stellten ihr gleichzeitig Fragen und bemühten sich um ihre Sympathie. Sofia unterdrückte ein Gähnen und wollte sich eben verdrücken, als Grandpa O'Dwyer auf wackligen Beinen aus dem Wohnzimmer geschlurft kam.
»Wer ist denn dieses hübsche junge Ding, das da unter uns erschienen ist?«, fragte er, als sein Blick die liebreizende Eva erfasst hatte.
»Das ist Eva Alarcon, Dad. Sie ist für eine Woche aus Chile he-

rübergekommen«, sagte Anna auf Englisch, und dabei musterte sie ihn prüfend, um festzustellen, ob er getrunken hatte.
»Na, Eva, sprichst du denn englisch?«, brummte er und verharrte über ihr wie ein großer Falter, der sich von einer schönen Blüte angelockt sieht.
»Ein bisschen«, antwortete sie mit starkem Akzent.
»Mach dir keine Sorgen seinetwegen«, sagte Anna auf Spanisch, »er lebt erst seit dreizehn Jahren hier.«
»Spricht kein Wort spanisch«, sagte Agustin, darauf erpicht, dass sie Notiz von ihm nahm. »Beachte ihn einfach nicht; wir tun es alle nicht.« Er lachte und sah zufrieden, wie sie über seinen Humor lächelte.
»Ihr vielleicht nicht«, sagte Sofia verdrossen. »Ich beachte ihn immer.« Santi sah sie an und runzelte die Stirn, als wolle er fragen, weshalb sie so mürrisch sei, aber sie kümmerte sich nicht um ihn, sondern lächelte ihren Großvater an.
»Aus Chile, hm?« Dermot nahm Soledad, die seine Absichten vorausgeahnt hatte, einen Stuhl ab und winkte die anderen beiseite, damit er sich neben Eva setzen konnte. Alle mussten Platz machen, und ein großes Stühlerücken auf den Fliesen begann, ehe Dermot sich in die kleine Lücke zwängen konnte, die man für ihn gemacht hatte. Anna schüttelte müde den Kopf. Sofia lächelte amüsiert. Mal sehen, wie sie mit Grandpa zurechtkommt, dachte sie schadenfroh.
»Und was machst du in Chile?«, fragte er und murmelte dann, an Soledad gewandt: »Braves Mädchen«, als sie ihm ein hohes Glas mit eiskalter Limonade brachte. »Da ist vermutlich keine Überraschung für mich drin, wie?«, fügte er hinzu und schnupperte an seinem Glas. Soledad, die sein Englisch nicht verstand, verschwand wieder im Haus.
»Nun, wir reiten am Strand«, antwortete Eva ernsthaft.
»Auf Pferden, he?« Dermot nickte beifällig. »In Irland reiten wir auch. Was tut man in Chile, was man nicht auch in Irland tun kann?«
»Wildwasser fahren«, schlug sie vor und lächelte höflich.
»Wildhasen fangen?«

»Ja, wir haben die schnellsten der Welt«, antwortete sie stolz.
»Mein Gott, das müssen aber schnelle Hasen sein, wenn es auf der ganzen Welt keine schnelleren gibt.« Er gluckste.
»Nicht nur schnell, sondern auch sehr gefährlich.«
»Gefährlich auch noch. Beißen sie?«
»Wie bitte?« Hilflos schaute sie zu Sofia herüber, aber die zog es vor, ihr nicht wie diese Speichellecker zu Hilfe zu eilen. Sie zuckte nur die Achseln.
»Und noch niemand ist damit fertig geworden?«, fragte er.
»O doch, dauernd.«
»Müssen ja tolle Schützen sein, da in Chile, wenn dieser verdammte Hase rennen kann wie der Blitz.« Dermot lachte laut. »Ein Hase, der rennt wie der Blitz, ja, da soll mich doch der Teufel holen.«
»Wie bitte?«
»Also, in Irland sind die Hasen fett und langsam. Zu viele Möhren, leichte Beute. Ich würde gern mal versuchen, auf eure schnellen Hasen zu schießen.«
An dieser Stelle konnte Sofia das Lachen nicht mehr unterdrücken. Sie platzte los und lachte, bis ihr die Tränen kamen.
»Grandpa, sie spricht von Wildwassern – weißt du, diese schnell fließenden Flüsse, auf denen die Leute in Gummibooten herunterschießen. Nicht Wildhasen!«, japste sie, und alle andern fingen ebenfalls an zu lachen, als sie den Witz verstanden hatten. Eva errötete kichernd. Als sie einen scheuen Blick auf Santi warf, sah sie, dass er sie anschaute.
Nach dem Essen schlug Anna vor, dass Sofia und Maria mit Eva zum Pool gingen, um sich in die Sonne zu legen. Aber zuerst begleiteten die beiden sie auf ihr Zimmer, um ihr beim Auspacken zu helfen. Sie war mit dem Zimmer sehr zufrieden. Es war hell und geräumig; zwei große, offene Fenster boten einen Blick auf den Obstgarten mit Apfel- und Pflaumenbäumen. Der Duft von Jasmin und Gardenien wehte in der Hitze herauf und erfüllte die Luft mit einem berauschenden Wohlgeruch. Das Doppelbett mit den blau-weiß geblümten Bezügen duftete nach Lavendel, und es gab eine zierliche Holzkommode, auf der sie Haarbürsten und Flakons

ablegen konnte. Im benachbarten Badezimmer stand eine tiefe, emaillierte Badewanne. Die verchromten Armaturen stammten aus Paris.

»Das ist ein hübsches Zimmer«, seufzte Eva und klappte ihren Koffer auf.

»Dein Akzent gefällt mir«, sagte Maria begeistert. »Ich finde es toll, wie die Chilenen spanisch sprechen. Es klingt sehr zart, findest du nicht auch, Sofia?« Ihre Cousine nickte unbeeindruckt.

»Danke, Maria«, sagte Eva. »Wisst ihr, ich bin zum ersten Mal in den Pampas. In Buenos Aires war ich schon oft, aber noch nie auf einer Estancia. Es ist wirklich schön hier.«

»Wie gefallen dir unsere Cousins?«, fragte Sofia. Sie ließ sich rücklings auf eins der beiden Betten fallen und legte die braunen Beine übereinander.

»Sie sind alle bezaubernd«, antwortete Eva unschuldsvoll.

»Nein, ich meine, wie *gefallen* sie dir. Sie haben alle ein Auge auf dich geworfen – du kannst dir einen aussuchen.«

»Sofia, du bist zu nett. Ich glaube nicht, dass sie ein Auge auf mich geworfen haben; ich bin bloß neu für sie, weiter nichts. Und was mich selbst angeht, ich hatte ja kaum Zeit, sie mir anzusehen.«

»Na, aber *dich* anzusehen, dazu hatten sie Zeit.« Sofia ließ Eva nicht aus den Augen.

»Sofia, lass sie doch in Ruhe, das arme Mädchen – sie ist doch gerade erst angekommen«, unterbrach Maria. »Jetzt beeil dich und zieh deinen Badeanzug an. Ich gehe ein vor Hitze hier drin.«

Oben am Swimmingpool lagerten die Jungen bereits in der Sonne wie ein Rudel Löwen und warteten darauf, dass Eva im Badeanzug erschien. Das helle Sonnenlicht ließ sie blinzeln, während sie hechelnd und erhitzt die Bäume beobachteten. Lange brauchten sie nicht zu warten. Sie flüsterten ein paar unanständige Kommentare, als die Mädchen herankamen, und taten dann desinteressiert und unterhielten sich über Polo. Eva streifte befangen ihre Shorts ab und wand sich aus dem T-Shirt. Sie hatte die Figur einer Frau: große runde Brüste und kräftige Hüften. Sie spürte, wie die gaffenden Blicke sie ihrer Sittsamkeit entkleideten, und betastete mit zitternden Fingern ihren Badeanzug, um sich zu vergewissern, dass alles noch an seinem Platz war. Sofia warf ihre Sachen auf den Boden und ging in ihrem Entengang hinüber zu einer der Sonnenliegen: den Hintern herausgestreckt, den Bauch eingezogen, die Füße nach außen gerichtet. Santi lag auf der benachbarten Liege und beobachtete Eva mit der geduldigen Arroganz eines Mannes, der weiß, dass die Frau seiner Wünsche am Ende doch zu ihm kommen wird. Sofia sah seine Miene und schob voller Groll die Unterlippe vor.

»Brauchst du jemanden, der dir den Rücken einreibt?«, rief Agustin aus dem Wasser.

»Nicht mit deinen kalten, nassen Händen.« Eva lachte. Sie war selbstbewusster geworden, nachdem sie sich mit den Mädchen angefreundet hatte.

»Du darfst Agustin nicht vertrauen«, sagte Fernando. »Wenn du jemanden suchst, der dir den Rücken einreibt, bin ich der Zuverlässigste.« Alle lachten.

»Es geht schon, vielen Dank.«

»Hier, nimm meine Liege, Eva«, sagte Santi und stand auf. Sofia sah, dass Maria die dritte genommen hatte.

»Nein, wirklich ...«, begann Eva.

»Mir ist es hier zu heiß«, beharrte er. »Und hier sind nur drei. Ich bringe nachher noch ein paar herauf.«

»Na, wenn du sicher bist ...« Sie breitete ihr Handtuch säuberlich über die Liege und legte sich hin. Santi setzte sich neben ihr auf die Steinplatten und plauderte los, als wären sie gute alte Bekannte. Er hatte eine gelassene Art im Umgang mit Frauen. Er zog sie in sein Vertrauen, und anders als die andern Jungs gewann er damit ihres. Sofia fühlte, dass Eifersucht wie Galle aus ihrem Magen emporstieg. Sie schob sich die Sonnenbrille über die Augen, ließ sich zurücksinken und versuchte sie alle zu ignorieren.

Fernando sah zu, wie sein Bruder versuchte, diese neue Blondine anzugraben, und hoffte, dass sie nicht darauf eingehen würde. Was hatte Santi bloß an sich, dass alle Mädchen auf ihn hereinfielen? Hoffentlich würde sie merken, dass er hinkte. Wenn ich ein Mädchen wäre, würde mich das abschrecken, dachte er säuerlich bei

sich. Er beschloss, im Wasser zu warten. Irgendwann muss ihr heiß werden, und dann geht sie schwimmen, dachte er. Und dann erwarte ich sie.
Rafael hatte unterdessen das Interesse verloren; er war im Schatten eingeschlafen. Eine Illustrierte bedeckte sein sonnenverbranntes Gesicht. Agustin war ein paarmal ins Wasser gesprungen; er war ein guter Sportler und hatte den einen oder anderen Salto vorgeführt. Sie hatte ihm zugelächelt. Er hatte sie beeindruckt, kein Zweifel. Aber jetzt hatte Santi sie in Beschlag genommen und war auch scharf auf sie. Agustin sah ein, dass er wie Fernando auf den richtigen Augenblick warten und wie ein Hai hin und her schwimmen musste, bis sie ins Wasser käme. Angel, Niquito und Sebastian hatten die Konkurrenz betrachtet und erkannt, dass es keinen Sinn hatte, auch noch in die Arena zu steigen; sie hatten keine Chance. Sie verzogen sich auf den Tennisplatz, auf dem die Hitze flimmerte, und schlugen den Ball hin und her.
Als es zu heiß wurde, wandte Eva sich an Sofia und Maria und ermunterte die beiden, mit ihr schwimmen zu gehen; die Haifische wirkten allzu bedrohlich, als dass sie sich allein ins Wasser gewagt hätte. Als sie sich von ihrer Liege erhob, war es, als sei ein eisiger Wind durch die träge Versammlung am Beckenrand geweht, der sie alle aus der Siesta riss. Plötzlich machte Agustin wieder seine Kopfsprünge, Fernando pflügte sich kraulend auf und ab durch das Becken. Sebastian, Niquito und Angel kamen vom Tennisplatz, um sich abzukühlen, und Santi setzte sich an den Beckenrand und ließ die Füße ins Wasser baumeln. Nur Rafael schnarchte weiter im Schatten, und die Seiten der Zeitschrift flatterten von seinen Atemzügen. Sofia blieb schmollend in der Ecke, während Maria und Eva versuchten, im kabbeligen Wasser ein paar Runden zu schwimmen.
»Was ist los mit dir?«, fragte Santi. Er ließ sich ins Wasser fallen und schwamm zu Sofia, die kläglich in der Ecke hing.
»Gar nichts«, antwortete sie abwehrend.
»Ich kenne dich doch«, sagte er lächelnd.
»Nein, tust du nicht.«
»Oh, ich glaube doch. Du bist eifersüchtig, weil du keine Aufmerk-

samkeit bekommst.« Seine grünen Augen funkelten amüsiert. »Ich beobachte dich schon den ganzen Tag.«
»Sei nicht albern. Ich fühle mich nicht wohl.«
»Chofi. Du bist eine Lügnerin und eine verwöhnte Göre, aber du wirst immer meine Lieblingscousine sein.«
»Danke.« Schon fühlte sie sich ein bisschen wohler.
»Aber du kannst nicht immer im Mittelpunkt der Aufmerksamkeit stehen. Du musst auch einmal jemand anderem eine Chance geben.«
»Hör mal, das ist es nicht. Ich fühle mich einfach nicht wohl. Das macht die Hitze. Vielleicht lege ich mich ein Weilchen in den Schatten«, sagte sie halbherzig und hoffte, er werde mitkommen.
»Wie du willst.« Er wandte sich ab und sah zu, wie Eva anmutig wie ein Schwan durch eine Schar munter spielender Enten schwamm.

An diesem Abend beschlossen die drei Mädchen, im selben Zimmer zu schlafen. Soledad stellte noch ein Feldbett in Evas Zimmer und meinte, weil Sofia die Gastgeberin sei, müsse sie darauf schlafen. Typisch, dachte Sofia verärgert, und dabei war es nicht mal meine Idee. Aber als sie dann im fahlblauen Mondlicht plauderten, das durch die großen, offenen Fenster hereinschien, begleitet vom süßen, erdigen Duft der taufeuchten Pampa, da besserte sich ihre Laune, und wider Willen fing sie an, Eva doch zu mögen.
»Als ich zum Haus zurückging, ist Agustin hinter einem Baum hervorgesprungen und hat mich dagegen gedrückt«, erzählte Eva kichernd. »Es war so peinlich.«
»Ich kann es nicht glauben!«, rief Sofia, fassungslos über die Schamlosigkeit ihres Bruders. »Und was hat er getan?«
»Er hat mich gegen die Rinde gedrückt und mir gesagt, er sei in mich verliebt.«
»Das sind sie doch alle!« Maria lachte. »Pass bloß auf – bald ist auf ganz Santa Catalina kein Baum mehr sicher.«
»Und hat er dich geküsst?«, fragte Sofia hoffnungsvoll, aber sie wusste, dass Eva an dem exotischen Agustin nichts finden würde.
»Er hat es versucht.«

»O Gott, wie peinlich.« Sofia seufzte.
»Und als wir Tennis gespielt haben, wollte er mir nur zuspielen, nachdem er den Ball vorher geküsst hatte.«
»Ach, du meine Güte!«
»Sofia, ich sollte dir das gar nicht erzählen. Er ist dein Bruder.«
»Leider. Marias Brüder sind besser als meine.«
»Ja, Santi ist sehr attraktiv«, sagte Eva, und ihre klaren Augen glänzten von einem Fieber, das ihren jungen Körper ergriffen hatte.
»Santi?« Sofia wollte das Herz stehen bleiben.
»Ja, Santi.«
»Der Hinkende – groß und blond?«
»Ja, er hinkt ein bisschen. Er sieht gut aus und ist lieb, und sein Hinken macht ihn nur noch anziehender.«
Am liebsten hätte Sofia geheult. Du darfst Santi nicht anrühren, nicht meinen Santi, schrie sie innerlich. Und sie fasste einen Entschluss: Sie musste sich einen Plan überlegen, eine Möglichkeit, diese Romanze zu verhindern, die sonst ganz sicher aufflammen würde – sofort, gleich in diesem frühen Stadium. Sie musste verhindern, dass diese schöne Verführerin ihre langen, rosaroten Fingernägel in ihren Santi grub. Schade, ich fing gerade an, sie zu mögen, dachte sie wegwerfend.

Neun

Die nächsten drei Tage verwandte Sofia darauf, Evas beste Freundin und Vertraute zu werden. Ihre Mutter hatte sie schon gelobt, weil sie eine so gute Gastgeberin war und sich so wacker darum bemühte, dass der junge Gast sich willkommen fühlen konnte. Sie gingen überall zusammen hin, und Sofia brauchte Eva nicht zu bespitzeln, wenn sie einmal mit Santi zusammen war, denn nachdem sie ihr Vertrauen gewonnen hatte, erzählte Eva ihr bereitwillig alles.

Plötzlich bemühten sich die Jungen auch um Sofia, denn jetzt betrachteten sie sie als Eintrittskarte zu Eva. Sofia genoss diese Aufmerksamkeit. Jetzt, da sie nicht länger im Schatten stand, spielte sie ihre Rolle mit Bravour.

Aber Eva interessierte sich nicht für Agustin, Fernando oder einen der andern; sie fühlte sich ausschließlich zu Santi hingezogen. Sie berichtete Sofia von jedem seiner Schritte. Er war mit ihr über die Ebene geritten. Sofia hatte nicht mitkommen wollen; sie hatte eine müde Ausrede vorgeschützt und behauptet, sie müsse ihrem Großvater helfen, sein Zimmer umzuräumen. Dann hatte Santi sie gebeten, mit ihm Tennis zu spielen. Sie hatte gestanden, dass sie schwach wurde, wenn sie ihn nur sah, aber Santi hatte bisher nichts gesagt, was vermuten ließe, dass er mehr als Freundschaft für sie empfand.

»Keine Sorge«, sagte Sofia. »Santi ist mein Cousin, und ich stehe ihm näher als sonst jemand. Er erzählt mir alles – Dinge, die er selbst Maria nicht erzählt. Ich werde es für dich in Erfahrung bringen, behutsam natürlich, und dann sage ich es dir. Aber wenn du möchtest, dass ich es tue, darfst du Maria nichts davon sagen, denn sie kann kein Geheimnis bewahren«, log sie.

»Gut, aber sei vorsichtig. Ich möchte mich nicht lächerlich machen.«
»Du wirst dich schon nicht lächerlich machen«, versicherte Sofia fröhlich.
Später sorgte sie dafür, dass sie mit Santi allein war. Er war zu Hause und übte auf dem Gelände vor dem Haus den richtigen Schwung mit seinem Golfschläger. Sofia ließ Maria und Eva mit Tanten und Mutter plaudernd auf der Terrasse sitzen und schlenderte zu ihm hinüber, um ihre Mission zu erfüllen.
»Guter Schwung, Santi«, sagte sie, als er den Ball hoch in die Luft fliegen ließ.
»Danke, Chofi.«
»Du warst sehr nett zu Eva. Gehst mit ihr reiten, zeigst ihr die Farm.«
»Sie ist ein süßes Mädchen.« Er platzierte einen neuen Ball im Gras.
»Sie ist mehr als das. Sie ist anbetungswürdig und schön. Ja, ich glaube, ich habe noch nie ein Mädchen gesehen, das schöner war als sie.«
»Allerdings, sie ist schön«, murmelte er abwesend. Er konzentrierte sich mehr auf seine Schlagtechnik als auf das Gespräch mit seiner doppelzüngigen Cousine.
»Weißt du, wen sie richtig toll findet?«, sagte sie leise und wählte ihre Worte mit der Sorgfalt einer Schlange, die auf der Jagd nach Beute durch das hohe Gras gleitet.
»Wen denn?« Er ließ den Schläger sinken und schaute sie an.
»Agustin.«
»Agustin?«, höhnte er.
»Ja.«
»Das soll ein Witz sein, oder?«
»Wieso? Er ist sehr attraktiv – und ein stilles Wasser.«
»Sofia, ich glaube dir kein Wort.« Er verzog spöttisch das Gesicht und schüttelte ungeduldig den Kopf.
»Na, neulich abends hat er sie aber geküsst. Sie will natürlich nicht, dass das jemand erfährt.«
»Er hat sie geküsst. Na klar!«

»Ich schwör's dir! Sag's bloß nicht weiter, sonst bringt sie mich um. Wir sind jetzt so gute Freundinnen, und das möchte ich nicht verderben. Aber du kennst mich ja: Vor dir kann ich nichts verbergen.«

»Dafür bin ich dir dankbar, Chofi«, sagte er sarkastisch. Er hob das Eisen hinter die Schulter, ließ es wütend heruntersausen und verfehlte den Ball. »*Mierda!*«

»Santi, du hast ja nicht getroffen! Das passt aber nicht zu dir. Was ist denn los? Du hast es doch nicht etwa auch auf sie abgesehen?« Sie verbarg ihr Grinsen, indem sie eine Haarsträhne über ihren Mund zog und damit spielte.

»Selbstverständlich nicht. Aber jetzt geh weg, du lenkst mich ab.«

»Okay. Dann bis später.« Sie ging in ihrem arroganten Entengang davon und lächelte schadenfroh bei sich.

Santi konnte nicht fassen, dass die schöne Eva etwas an Agustin finden sollte. Er war fassungslos und wütend. Agustin! Das war einfach unmöglich. Blinzelnd spähte er hinüber zur Terrasse, wo Sofia jetzt im Schneidersitz mit Maria und Eva auf dem Rasen saß. Die drei steckten die Köpfe zusammen wie ein Hexentrio. Was hat sie bloß vor?, dachte er; er kannte sie zu gut, um ihr blind zu vertrauen.

»Leider hat er sich nichts anmerken lassen. Er lässt sich nicht in die Karten sehen«, sagte Sofia später, als sie und Eva sich am Büfett bedienten. »Ich an deiner Stelle würde einfach abwarten, bis er etwas unternimmt. Was anderes kann ich dir nicht empfehlen. Er würde es sicher nicht leiden können, wenn eine Frau den ersten Schritt täte. Du kennst ja die Männer.«

»Na, zumindest hat er nicht gesagt, dass er mich nicht leiden kann«, sagte Eva hoffnungsvoll.

»Nein, dass er dich nicht leiden kann, hat er nicht gesagt«, antwortete Sofia wahrheitsgemäß.

»Danke, Sofia, du bist eine wahre Freundin.« Eva gab ihr einen Kuss auf die Wange. Sofia verspürte kurze Gewissensbisse, aber das Gefühl ging rasch vorbei, und hungrig machte sie sich über ihr saftiges *lomo* her.

In den folgenden Tagen sah Sofia, wie Eva auf Santa Catalina umherschwebte wie Schneewittchen, auf Schritt und Tritt verfolgt von sabbernden Zwergen in Gestalt von Fernando, Agustin, Sebastian, Niquito und Angel. Zu ihrer Erleichterung stellte sie fest, dass Santi seit ihrer Unterhaltung offenbar das Interesse verloren hatte. Er ignorierte Eva geradezu. Und auch Eva hatte aufgehört, von ihm zu reden, als habe sie begriffen, dass sie die Schlacht verloren hatte. Sofia sonnte sich in ihrem Sieg.

Evas Ferien verrannen, und Sofia sah immer weniger von ihr. Sie ritt aus und blieb stundenlang verschwunden, oder sie fuhr mit Chiquita in die Stadt. Sie kannte sich inzwischen aus und konnte sich allein beschäftigen. Sofia war entzückt. Ihr Plan war aufgegangen. Sie hatte sie nicht nur davon abgebracht, Santi nachzustellen, sondern es irgendwie auch vermeiden können, sie die ganze Woche über unterhalten zu müssen. Noch größer wäre ihr Entzücken gewesen, wenn Santi nicht ebenfalls fast unsichtbar geworden wäre. Aber er behauptete, er sei auf der benachbarten Estancia und spiele dort Polo. Vermutlich war er wütend, weil sie ihm die schlechte Nachricht über Evas heimliche Romanze mit Agustin beigebracht hatte. Er wird schon darüber hinwegkommen, dachte sie geringschätzig.

Ihren letzten Tag verbrachte Eva am Pool und auf dem Tennisplatz. Sie verabschiedete sich von allen, bevor sie ins Haus ging, um sich umzuziehen und zu packen. Als sie weg war, setzte Santi sich neben Sofia und gab ihr einen verschlossenen, weißen Briefumschlag. »Chofi, gib das bitte Eva, bevor sie fährt«, bat er.

»Was ist es denn?« Neugierig drehte sie den Brief in der Hand.

»Eine letzte Chance. Aber sorg dafür, dass Agustin es nicht sieht, ja? Er bringt mich um, wenn er etwas merkt.«

Sofia zuckte die Achseln. »Na schön, wenn du willst, aber es wird dir nichts nützen.« Mitfühlend lächelte sie ihn an.

»Vielleicht doch«, antwortete er hoffnungsvoll.

Sofia lief zum Haus. Sie hatte gerade genug Zeit, um den Umschlag über Wasserdampf zu öffnen, bevor Eva zum Flughafen fuhr. Sie rannte in die Küche und setzte den Kessel auf. Armer Santi, dachte sie, er hat keine Ahnung. Sie konnte sich nicht vorstellen, dass irgendjemand Agustin Santi vorziehen würde. Es war einfach unvorstellbar. Trotzdem hatte sie es ihm eingeredet. Sie kicherte, als der Dampf gegen den Umschlag wölkte, bis sie die Lasche abziehen konnte. Sie lehnte sich an die Küchentheke, öffnete den säuberlich zusammengefalteten Bogen und las die kurze handschriftliche Mitteilung: *Beim nächsten Mal kümmere dich um deinen eigenen Kram, Chofi.* Sie war wie vom Donner gerührt. Das Blut strömte ihr ins Gesicht, dass es vor Verlegenheit pochte. Langsam las sie den Satz noch einmal, wieder und wieder, voller Unglauben. Dann riss sie den Brief in winzige Fetzen und warf sie in den Mülleimer. Voller Panik lief sie in der Küche auf und ab; sie wusste nicht, was sie tun sollte, denn sie wollte weder Santi noch Eva unter die Augen kommen.

Schließlich wurde ihr klar, dass ihr nichts anderes übrig blieb, als erhobenen Hauptes hinauszugehen und so zu tun, als sei nichts passiert. Eva verabschiedete sich soeben von Maria, die ihre neue Freundin unter Tränen umarmte, und dann tauschten sie Telefonnummern und Adressen aus. Sofia sah sich nach Santi um, aber zu ihrer Erleichterung war er nicht da. Sie lächelte wie eine gute Schauspielerin und umarmte Eva. Noch einmal atmete sie den frischen Zitronenduft ihres Eau de Cologne. Sie versprach, die nächsten Sommerferien in Cachagua zu verbringen und bis dahin oft zu schreiben.

Plötzlich kam Santi mit zielstrebigen Schritten unter den Bäumen hervor. Er ging an Sofia vorbei, zog die zarte Eva in seine Arme und küsste sie so inbrünstig auf die hübschen, rosaroten Lippen, dass die anderen Mädchen sich verlegen abwenden mussten. Die beiden hielten einander so innig umschlungen wie zwei Liebende, die sich nicht trennen wollen. Sie küssten einander mit der Intimität zweier Menschen, die miteinander körperlich vertraut sind. Sofia spürte, wie ihr das Blut aus dem Kopf in die Füße stürzte und die Welt sich um sie drehte. Als die zwei sich wieder entflochten hatten, stieg Eva ins Auto, und der Wagen verschwand auf der langen Allee. Santi

winkte, bis er nur noch ein blitzender Punkt am Horizont war, und kam dann zu Sofia.
»Lüg mich nie wieder an«, sagte er mit fester Stimme. »Hast du verstanden?« Sofia öffnete den Mund, um zu antworten, aber sie brachte keinen Ton heraus. Sie reckte den Hals, um zu verhindern, dass ihr die Tränen aus den Augen tropften, und wagte auch nicht mit der Wimper zu zucken, damit sich nicht doch ein Tropfen löste und ihre Beschämung offenbarte. Da lächelte Santi und schüttelte den Kopf. »Du bist sehr ungezogen, Chofi.« Seufzend schlang er ihr den Arm um den Nacken und schüttelte sie liebevoll. »Was fange ich bloß mit dir an?«

Zehn

Als Santi am Ende der Sommerferien die Neuigkeit verkündete, dass er für zwei Jahre in die USA gehen und dort studieren werde, rannte Sofia weinend aus dem Zimmer. Santi lief ihr nach, aber sie schrie ihn an, er solle sie in Ruhe lassen. Zum Glück war er klug genug, nicht zu tun, was sie sagte. Er folgte ihr hinaus auf die Terrasse.

»Du willst in einem Monat fahren? Wieso hast du mir das nicht schon früher gesagt?« Wütend fuhr sie zu ihm herum.

»Weil ich zunächst vorhatte, erst im September zu fahren, wenn das Semester anfängt. Aber ich möchte vorher sechs Monate auf Reisen gehen und danach auch noch mal ein paar Monate. Und ich wusste, dass du dich aufregen wirst.«

»Aber jetzt erfahre ich es als Letzte. Stimmt doch, oder?«, schluchzte sie empört.

»Ja. Ich nehme es an. Ich weiß nicht. Niemand sonst interessiert sich besonders dafür.« Er zuckte die Achseln.

»Zwei Jahre?« Sie wischte die Tränen ab, die glitzernde Spuren auf ihren staubigen Wangen hinterlassen hatten.

»Na ja, fast zwei Jahre.«

»Wie viele Monate genau?« Sie schniefte.

»Ich weiß es noch nicht.«

»Na, wann kommst du denn zurück?«

»Im übernächsten Sommer – ich bin noch nicht sicher.«

»Weshalb kannst du nicht hier studieren wie alle andern auch?«

»Weil Papa meint, dass es unerlässlich ist, eine Zeit lang im Ausland zu leben. Ich werde mein Englisch verbessern und eine gute Qualifikation erwerben.«

»Ich helfe dir, dein Englisch zu verbessern«, sagte sie kläglich und

lächelte betrübt durch die Tränen, durch die er aussah wie ein verschwommener Schatten.
Santi lachte. »Das dürfte interessant werden.«
»Kommst du denn in den Ferien nach Hause?«, fragte sie hoffnungsvoll.
»Ich weiß es nicht.« Wieder zuckte er die Achseln. »Ich möchte reisen und die Welt sehen. Wahrscheinlich werde ich das auch in den Ferien tun.«
»Du meinst, nicht mal zu Weihnachten kommst du?« Sie schnappte nach Luft, und die Aussicht, ihn zwei Jahre lang nicht zu sehen, löste das Gefühl großer Leere aus.
»Ich weiß es nicht. Wahrscheinlich nicht. Mama und Papa werden mich in Amerika besuchen.« Seine Cousine ließ sich zu Boden sinken, und ihre Tränen bildeten fast eine Pfütze auf den Steinplatten.
»Chofi, ich komme doch wieder. Zwei Jahre sind keine so lange Zeit«, sagte er leise, überrascht von dieser heftigen Reaktion.
»Doch. Es ist eine Ewigkeit«, stammelte sie. »Und wenn du dich in eine Amerikanerin verliebst und sie heiratest? Dann sehe ich dich vielleicht nie mehr wieder.«
Santi legte lachend den Arm um sie und zog sie an sich. Sofia schloss die Augen und wünschte, er würde sie lieben, wie sie ihn liebte, denn dann würde er nicht fortgehen und sie allein lassen.
»Ich werde ja wohl kaum mit achtzehn schon heiraten, oder? Das ist doch lächerlich. Außerdem werde ich eine Argentinierin heiraten. Du glaubst doch nicht, ich würde Argentinien für immer verlassen, oder?«
Sofia schüttelte den Kopf. »Ich weiß es nicht. Ich will dich nicht verlieren. Ich sitze hier mit Agustin und Fercho und habe keinen, der mich verteidigt. Wahrscheinlich werden sie jetzt endgültig verhindern, dass ich weiter Polo spiele.« Schniefend vergrub sie das Gesicht an seinem Hals. Er roch wie ein staubiger, verschwitzter Gaucho, und am liebsten hätte sie die Zunge herausgestreckt und seine Haut abgeleckt.
»Ich schreibe dir«, versprach er.
»Versprochen?«

»Versprochen. Lange, lange Briefe. Ich erzähle dir alles. Und du musst mir auch schreiben und mir alles erzählen.«
»Ich schreibe jede Woche«, antwortete sie entschlossen.
Als sie so dasaß und sich in seine Umarmung schmiegte, wurde ihr klar, dass ihre Gefühle über die Zuneigung hinausgingen, die man einem Bruder, selbst einem besonderen Bruder, entgegenbrachte, und in tiefere, verbotene Bezirke hineinreichte. Sie liebte ihn. Eigentlich hatte sie darüber noch nie richtig nachgedacht, aber jetzt, da sein Duft in ihre Nase drang, da sie seine Haut an ihrer fühlte und seinen Atem auf ihrer Stirn, da erkannte sie den Grund für ihren Besitzerdrang: Sie liebte ihn. Sie fand ihn nicht einfach nur nett – sie liebte ihn. Ja, sie liebte ihn von ganzem Herzen und aus tiefster Seele. Jetzt hatte sie es begriffen.
Einen erschreckenden Augenblick lang hätte sie sich fast vergessen und es ihm gesagt. Aber sie wusste, dass das nicht ging. Sie wusste auch, dass er sie liebte wie eine Schwester. Deshalb hatte es keinen Sinn, ihm ihr dunkles Verlangen zu offenbaren, denn es würde ihn nur verwirren oder ihn im schlimmsten Fall die Flucht ergreifen lassen. Also drängte sie sich stumm an ihn, und er ahnte weiterhin nichts von der Macht, die ihr Herz an die Rippen hämmern ließ, wie ein kleiner Vogel sich an das Käfiggitter wirft, voller Sehnsucht danach, hinauszufliegen und zu singen.
Blass und verwirrt ging Santi nach Hause und erzählte Maria, wie aufgebracht Sofia reagiert hatte. »Sie war in Tränen aufgelöst. Ich konnte es nicht glauben. Sie war niedergeschmettert.« Er war ratlos. »Ich wusste, dass sie sich aufregen würde, aber ich hatte keine Ahnung, dass es so schlimm sein könnte. Als ich ging, ist sie einfach weggerannt.«
Maria lief auf der Stelle hinüber, um ihre Cousine zu suchen. Sie stieß auf Dermot, der mit dem Hausmeister Antonio, Soledads Mann, Crocket spielte. Als sie ihm erzählte, warum seine Enkelin die Flucht ergriffen hatte, legte er den Schläger aus der Hand und zündete sich seine Pfeife an. Dermot liebte seine Enkelin mit der gleichen Inbrunst wie früher seine Tochter. Für ihn strahlte sie heller als die Sonne. Als er nach dem Tod seiner Frau nach Argentinien

gekommen war, war es die kleine Sofia gewesen, die ihm das Verlangen genommen hatte, ihr nachzufolgen. »Sie ist ein verkleideter Engel«, sagte er immer. »Einer von Gottes kleinen Engeln.«
Er ließ sich von Antonio zum Ombu fahren. Bei Antonio und José fühlte er sich wohler als bei der angeheirateten Familie seiner Tochter, auch wenn er sich nur durch Zeichen mit ihnen verständigen konnte. Sofia saß im Wipfel des Baumes und hatte den Kopf in die Hände gestützt. Als sie ihren Großvater auf wackligen Beinen vom Wagen steigen sah, schlug sie die Hände vors Gesicht und weinte noch lauter, damit er es auch hörte. Er blieb unten am Baum stehen und rief ihr zu, sie solle herunterkommen.
»Vom Weinen wird nichts besser, Sofia Melody«, sagte er und paffte an seiner Pfeife. Darüber dachte sie ein Weilchen nach, und dann kam sie langsam herunter. Als sie unten war, setzten sie sich beide im milden Schein der Morgensonne ins Gras. »Der junge Santiago will also in die USA.«
»Er will mich verlassen«, jammerte sie. »Und ich habe es als Letzte erfahren.«
»Er kommt doch zurück«, sagte Grandpa O'Dwyer gütig.
»Aber erst geht er für zwei Jahre weg. Zwei Jahre! Wie soll ich ohne ihn leben?«
»Das wirst du schon tun«, sagte er traurig und dachte an seine geliebte Frau. »Weil du es nämlich musst.«
»Oh, Grandpa, ohne Santi werde ich sterben.«
Grandpa O'Dwyer paffte langsam an seiner Pfeife und schaute dem Rauch nach, der in die Höhe stieg und in der Luft verwehte. »Ich hoffe nur, dass deine Mutter nichts davon weiß«, sagte er ernst.
»Natürlich nicht.«
»Ich glaube nicht, dass sie erfreut wäre. Du würdest dir eine Menge Ärger auf die jungen Schultern laden, wenn sie es herausfände.«
»Was ist denn Unrecht daran, jemanden zu lieben?«, fragte sie trotzig.
Grandpa O'Dwyers Mundwinkel kräuselten sich. »Santiago ist nicht ›jemand‹, Sofia Melody – er ist dein Cousin ersten Grades.«
»Was macht das?«

»Das macht eine Menge«, antwortete er schlicht.
»Na, dann ist es jetzt unser Geheimnis.«
»Wie mein Whiskey«, gluckste er und leckte sich die blassen Lippen.
»Genau«, stimmte Sofia zu. »Ach, Grandpa, ich möchte sterben.«
»Als ich in deinem Alter war, habe ich ein schönes Mädchen geliebt, eins wie dich. Sie hat mir alles bedeutet, aber sie verschwand für drei Jahre nach London. Santiago geht nur für zwei. Aber ich wusste: Wenn ich warte, kommt sie eines Tages zu mir zurück. Denn weißt du was, Sofia Melody?«
»Was denn?«, fragte sie mürrisch.
»Alles kommt zu denen, die warten.«
»Gar nicht.«
»Hast du es schon versucht?«
»Brauchte ich noch nicht.«
»Na, ich schon. Ich habe gewartet. Und weißt du, was passiert ist?«
»Sie kam zurück, hat sich in dich verliebt und dich geheiratet. Richtig?«
»Falsch.« Sofia hob neugierig den Kopf. »Sie kam zurück, und ich merkte plötzlich, dass ich sie nicht mehr wollte.«
»Grandpa!« Sie lachte. »Was kommt denn zu denen, die warten?«
»Weisheit. Die Zeit gibt dir Gelegenheit, einen Schritt zurückzutreten und objektiv zu sein. Weisheit bringt dir nicht immer, was du erwartet hast; sonst würde sich ja auch das Warten nicht lohnen, oder? Wenn du schon wüsstest, was sie dir zu sagen hat? Die Jahre des Wartens haben mir Weisheit gebracht. Als sie zurückkam, entschied ich, dass ich sie nicht wollte. Ich hatte erkannt, dass sie nicht das richtige Mädchen für mich war. Dein Glück, dass ich sie nicht geheiratet habe, denn dann hätte ich ja nie deine Großmutter geheiratet.«
»Meine Großmutter hätte ich gern gekannt«, sagte Sofia sehnsüchtig.
Grandpa O'Dwyer seufzte tief. Kein Tag verging, an dem nicht

eine einfache Blume oder der Gesang eines Vogels ihn an seine Emer Melody erinnerte. Sie war überall, wohin er auch blickte, und die Erinnerung an ihr gutes, großzügiges Gesicht half ihm stets, einen weiteren Tag ohne sie zu überstehen.

»Ich wäre auch froh, wenn du sie gekannt hättest.« Er schluckte, und seine Augen verschleierten sich. »Sie hätte dich geliebt, Sofia Melody.«

»Habe ich Ähnlichkeit mit ihr?«

»Du siehst nicht aus wie sie. Sie glich eher deiner Mutter. Aber du hast ihre Ausstrahlung und ihren Charme.«

»Du vermisst sie, nicht wahr, Grandpa?«

»Ja. Es vergeht kein Augenblick, ohne dass ich an sie denke. Sie hat mir alles bedeutet.«

»Mir bedeutet Santi alles.« Sie brachte ihn wieder auf ihr aktuelles Problem. »Er bedeutet mir alles, und das habe ich gerade erst gemerkt. Ich liebe ihn, Grandpa.«

»Jetzt bedeutet er dir alles, aber du bist noch jung.«

»Aber Grandpa, ich will keinen außer Santi. Weder jetzt noch in Zukunft.«

»Da wirst du herauswachsen, Sofia. Wart's nur ab. Ein gut aussehender Argentinier wird kommen und dich umwerfen, genau wie dein Vater die junge Anna Melody vor vielen Jahren umgeworfen hat.«

»Nein, wird er nicht. Ich liebe Santi«, widersprach sie nachdrücklich.

Dermot O'Dwyer gluckste aus dem Mundwinkel und paffte gleichzeitig an seiner Pfeife. Er schaute ihr in das weinerliche Gesicht und nickte.

»Wie du meinst, Sofia Melody. Dann warte auf ihn. Er wird zurückkommen. Er geht ja nicht für immer weg, oder?« Wie immer konnte Grandpa O'Dwyer nicht anders, er musste sie aufmuntern. Es gab nichts auf der Welt, was er ihr verwehrt hätte. Nicht einmal Santiago Solanas.

»Nein.«

»Dann hab Geduld. Mit Geduld fängt die Katze das Mäuschen.«

»Nein, tut sie nicht. Mit Schnelligkeit fängt die Katze das Mäuschen.« Ihr Gesicht erhellte sich in einem kleinen Lächeln.
»Wenn du meinst, mein Schatz …«

Anfang März, als die Blätter begannen, sich an den Rändern zu kräuseln, und die drei Monate langen Sommerferien wie in einer Sanduhr verronnen waren, stand Sofia vor Chiquitas und Miguels Haus, um sich von Santi zu verabschieden. Inmitten der langen Schatten dieses schwülen Sommerabends erinnerte sie sich an das, was Grandpa O'Dwyer ihr gesagt hatte. Wie eine geduldige Katze würde sie auf ihn warten. Sie würde keinen anderen Jungen anschauen. Sie würde ihm ewig treu bleiben.
Die letzten Ferienwochen waren schwer für sie gewesen. Sie hatte heucheln müssen, wenn sie in Santis Gegenwart errötet war und feuchte Hände bekommen hatte. Sie hatte die Zähne zusammenbeißen müssen, wenn sie merkte, dass die Worte »Ich liebe dich« gefährlich weit vorn auf der Zungenspitze tanzten, um in einem Augenblick der Gedankenlosigkeit hervorzuspringen. Sie hatte ihre Gefühle vor dem Rest der Familie verbergen müssen, wenn sie angesichts der Leere, die sein Fortgehen hinterlassen würde, am liebsten laut losgeheult hätte.
Santi bemühte sich, nicht auf sein geplantes Abenteuer zu sprechen zu kommen, wenn er mit ihr zusammen war; er wollte nicht, dass sie noch einmal in Tränen ausbrach. Die ungezügelte Demonstration ihrer Zuneigung hatte ihn gerührt. Er war stolz wie ein Kriegsheld, der in eine neue Schlacht hinauszog, während das Weibervolk seinetwegen heulte und sich die Haare raufte. Er wusste, dass sie ihm nicht fehlen würde. Natürlich würde er ihr schreiben, denn sie war wie eine anbetungsvolle kleine Schwester, und er würde auch seiner Mutter und Maria schreiben. Aber Amerika erwartete ihn mit der Verheißung großer Abenteuer und langbeiniger Frauen von geringer Tugend. Er konnte es nicht erwarten, davon zu kosten. Und Sofia würde ja noch da sein, wenn er zurückkäme.
Schließlich ging Santi aus dem Haus, und Antonio folgte ihm mit dem Gepäck. Draußen umarmte er die tränenüberströmte Maria

und schüttelte Fernando die Hand. Fernando betrachtete die Abreise seines Bruders mit heimlichem Frohlocken. Alle liebten Santi. Er war gut in allem, bezauberte jeden, brachte alle zum Lachen – er segelte durch das Leben mit der Leichtigkeit und Anmut eines schlanken Klippers, während Fernando sich mehr wie ein Schleppkahn vorkam. Er musste hart arbeiten und brachte es trotz aller Mühen selten zu etwas. Deshalb bemühte er sich immer weniger, je älter er wurde. Nein, er bedauerte es nicht, seinen Bruder gehen zu sehen. Im Gegenteil, er war entzückt. Wenn er nicht dauernd von Santi in den Schatten gestellt wurde, würde er zur Abwechslung vielleicht auch einmal die Sonne in seinem Gesicht spüren. Panchito saß auf dem Arm der alten Encarnación; er war zu klein, um davon etwas zu verstehen oder sich dafür zu interessieren. Santi nahm Sofia in die Arme und versprach ihr noch einmal, regelmäßig zu schreiben.

»Du bist mir doch nicht immer noch böse, oder?« Er lächelte sie liebevoll an.

»Doch. Aber ich verzeihe dir, wenn du wiederkommst.« Sie schluckte die Tränen herunter. Er ahnte ja nicht, wie sehr er ihre Gedanken beherrschte. Er wusste nicht, wie ihr Magen sich zusammenzog, wenn er sie berührte, wie ihr Herz hüpfte, wenn er sie anlächelte, wie ihr das Blut in die Wangen strömte, wenn er sie küsste. Für Santi war Sofia eine kleine Schwester. Für Sofia war Santi alles, und jetzt, da er fortging, hatte es kaum noch einen Sinn, zu atmen. Sie atmete nur, weil ihr nichts anderes übrig blieb. Wie Grandpa O'Dwyer gesagt hatte: Sie würde weiterleben, weil sie es musste.

Miguel und Chiquita stiegen ins Auto und riefen Santi zu, er solle sich beeilen. Die Zeit wurde knapp. Er winkte allen vom Rücksitz aus zu. Fernando verschwand wieder im Haus. Maria und Sofia blieben stehen und schauten dem Auto nach, bis es längst verschwunden war.

Die nächsten Tage vergingen sehr langsam. Sofia drückte sich missmutig herum, und nicht einmal Grandpa O'Dwyers trockener Humor konnte sie aufmuntern. Maria folgte ihr wie ein glückliches Hündchen, aber ihr fröhliches Lächeln und ihre munteren Scherze

waren nichts als eine Plage für das einsame Herz ihrer Cousine, die lieber allein trauern wollte. Schließlich hatte Maria genug von ihrer Verdrossenheit.
»Herrgott, Sofia, jetzt hör schon auf damit«, rief sie, als Sofia sich geweigert hatte, mit ihr Tennis zu spielen.
»Womit soll ich aufhören, Maria?«
»Hier Trübsal zu blasen, als ob jemand gestorben wäre.«
»Ich bin traurig, das ist alles. Darf man nicht mehr traurig sein?«, fragte Sofia sarkastisch.
»Er ist doch nur dein Cousin. Du benimmst dich, als ob er dein Geliebter wäre.«
»Ich liebe ihn auch«, antwortete Sofia schamlos. »Und von mir aus kann es jeder wissen.«
Maria war schockiert. »Er ist dein Cousin ersten Grades, Sofia. Einen Cousin ersten Grades darf man nicht lieben.«
»Na, ich tu's aber. Was dagegen?«, fragte sie herausfordernd.
Maria schwieg einen Augenblick. Von einer Eifersucht überwältigt, die sie sich nicht erklären konnte, sprang sie auf und schrie Sofia an: »Du solltest mal erwachsen werden! Du bist zu alt für kindliche Schwärmereien! Und Santi ist ja auch gar nicht in dich verliebt. Wenn er es wäre, hätte er doch nie ein Auge auf Eva geworfen, oder? Siehst du denn nicht, dass du dich lächerlich machst? Es ist skandalös, ein Mitglied der eigenen Familie zu lieben. Das ist Inzest. So nennt man das: Inzest«, erklärte sie zornig.
»Inzest ist es zwischen Bruder und Schwester. Er ist aber mein Cousin«, gab Sofia erbost zurück. »Na ja, offensichtlich willst du nicht mehr meine Freundin sein.«
Maria schaute hilflos zu, als ihre Cousine hinausstürmte und die Tür so laut hinter sich zuschlug, dass ein Bild von der Wand fiel und die Glasscheibe in tausend Stücke zersprang.
Maria brach in Zornestränen aus. Wie konnte Sofia denn Santi lieben? Das durfte nicht sein. Er war doch ihr Cousin. Sie saß da und dachte darüber nach und bemühte sich, ihre eigenen Gefühle zu begreifen – sie war eifersüchtig, und außerdem war sie nun allein. Sie waren immer zu dritt gewesen, und jetzt plötzlich genügte ein

Wort, und es waren nur noch zwei, und für Maria war kein Platz mehr.

Als sie zum Schulanfang wieder in Buenos Aires waren, sprach Sofia noch immer nicht mit Maria. In eisigem Schweigen saßen sie im Auto, als Jacinto sie zur Schule brachte, und im Unterricht achtete Sofia darauf, dass sie ihre Cousine nicht einmal anschaute. Maria hatte schon öfter einmal mit Sofia Streit gehabt, und sie hatte immer verloren. Irgendwie schaffte Sofia es immer, eine Fehde länger aufrechtzuerhalten, als es zwischen zwei so eng befreundeten Mädchen normalerweise möglich war. Sie hatte das Talent, ihre Gefühle abschalten zu können, wenn es ihr passte, und anscheinend genoss sie dieses Drama. In den Pausen ging sie Maria absichtlich aus dem Weg; sie lachte laut mit ihren anderen Freundinnen und bedachte ihre Cousine nur mit niederträchtigen Blicken.

Maria war entschlossen, nicht nachzugeben. Sie hatte den Streit schließlich nicht angefangen. Sofia hatte sie gereizt. Aber damit würde sie nicht durchkommen. In den ersten paar Tagen bemühte Maria sich, sie einfach zu ignorieren. Nachts weinte sie sich leise in den Schlaf, und sie konnte nicht recht begreifen, warum sie so sehr litt. Tagsüber ging sie schweigend ihrer Arbeit nach, während Sofia es schaffte, auch die anderen Mädchen dazu zu bringen, dass sie ihr aus dem Weg gingen. Sie hatte nicht dieses gewinnende Wesen, das andere anzog. Kaum hatten ihre Klassenkameradinnen von dem Streit erfahren, huschten sie alle wie verängstigte Kaninchen auf Sofias Seite des Zimmers.

Nach einer Woche konnte Maria ihre Enttäuschung nicht länger ertragen. Sie fühlte sich elend und einsam. Sie begrub ihren Stolz und schrieb einen Brief: »Sofia, bitte lass uns wieder Freundinnen sein.«

Sofia fand einen perversen Genuss darin, ihre Cousine leiden zu lassen. Und dass sie litt, stand fest. Als keine Antwort kam, schrieb Maria noch einen Brief: »Sofia, es tut mir Leid. Ich hätte niemals sagen dürfen, was ich gesagt habe. Ich hatte Unrecht, und ich entschuldige mich dafür. Bitte lass uns Freundinnen sein.«

Sofia, die diese Aufmerksamkeit genoss, drehte den Brief hin und her und fragte sich, was sie nun anfangen sollte. Als Maria schließlich in der Geschichtsstunde in Tränen ausbrach, erkannte sie, dass sie zu weit gegangen war. In der Pause fand sie die Weinende auf der Treppe und setzte sich zu ihr. »Ich liebe Santi nicht mehr«, sagte sie. Sie wollte nicht, dass Maria sie bei irgendjemandem verpetzte. Mit tränenüberströmtem Gesicht lächelte Maria sie dankbar an und sagte, selbst wenn sie es täte, mache das nichts.

Elf

Buenos Aires, 1958

Soledad hörte Sofia weinen und lief in ihr Zimmer. Sie nahm das zweijährige Kind auf den Arm, schmiegte den schluchzenden Körper an ihren Busen und redete beruhigend auf die Kleine ein. »War doch nur ein böser Traum, meine Süße«, sagte sie, und Sofia klammerte sich mit heißen Ärmchen und Beinchen an sie. Soledad betrachtete die olivfarbene Haut und die nussbraunen Augen des rundlichen Kindes und sah auch, wie dicht die dunklen Wimpern waren, an denen die Tränen glitzerten. »Du bist eine richtige Schönheit, was? Auch wenn du weinst.« Sie küsste die nasse Wange.

Anna schien sich für ihre Tochter nur zu interessieren, wenn sie schlief. Das klagende Schreien des Babys hatte sie nicht ertragen können, und sie hatte es immer gleich zu Soledad bringen lassen, wenn das Kind auch nur zu wimmern anfing. Paco, der sich für seine Söhne, als sie klein waren, nie sonderlich interessiert hatte, konnte hingegen kaum den Blick von seiner Tochter wenden. Wenn er von der Arbeit kam, stürmte er immer gleich die Treppe hinauf, um ihr eine gute Nacht zu wünschen oder noch eine Geschichte vorzulesen. Sofia setzte sich auf seinen Schoß, kuschelte sich an ihn, legte den Kopf an seine Brust und steckte den Daumen in den Mund. Soledad staunte. Señor Paco erschien ihr gar nicht wie ein Mann, der nett zu kleinen Kindern ist. Aber Sofia war eben nicht irgendein Kind. Sie war seine kleine Tochter, und mit zwei Jahren hatte sie ihn mit ihrem Charme bereits eingewickelt.

Soledad genoss die Wochen in Buenos Aires. Sie war auf dem Land aufgewachsen, und so war die Stadt für sie neu und aufregend.

Nicht, dass sie viel ausgegangen wäre. Sie war zu sehr damit beschäftigt, auf Sofia aufzupassen. Aber manchmal ging sie doch einkaufen, und dann ließ sie Loreto, das Dienstmädchen, das im Apartment wohnte, bei dem Kind zurück. Paco hatte Soledad gebeten, ein Weilchen zu Sofia in die Stadt zu ziehen, denn die Kleine hatte angefangen, mitten in der Nacht nach ihr zu jammern. »Sie braucht dich, Soledad«, hatte er gesagt. »Und wir auch. Es beunruhigt uns, sie so traurig zu sehen.« Natürlich hatte Soledad sofort eingewilligt, auch wenn das bedeutete, dass sie Antonio manchmal für eine ganze Woche allein lassen musste. An den Wochenenden kam sie ja immer mit der Familie zurück aufs Land, um wie gewohnt ihre Arbeit zu verrichten. »Möchtest du in meinem Bett schlafen?«, fragte sie das schlaftrunkene Kind. Sofia nickte, legte den Kopf an Soledads großen Busen und schloss die Augen.
Soledad stieg mit dem schlafenden Kind auf dem Arm behutsam die Treppe hinunter. Señor Paco ist sehr spät nach Hause gekommen, stellte sie fest, als sie seinen Aktenkoffer und den Cashmeremantel im Flur auf der Stuhllehne sah. Er hatte Sofia nicht mehr gute Nacht sagen können. Als sie im Flur war, hörte sie Stimmen hinter der geschlossenen Wohnzimmertür, und obwohl ihr Instinkt ihr vom Schnüffeln abriet, blieb sie stehen und lauschte. Sie sprachen spanisch miteinander.
»… na, woher kommt sie dann?«, fauchte Anna wütend.
»Es war geschäftlich – nicht das, was du denkst«, antwortete Paco kühl.
»Geschäftlich? Wozu um alles in der Welt brauchst du hier in der Stadt ein Hotel, wenn du eine tadellose Wohnung hast? Himmel, Paco, ich bin doch nicht dumm!«
Lastendes Schweigen setzte ein. Soledad rührte sich nicht; sie stand still wie ein Möbelstück im Flur und atmete kaum. Aber ihr Herz schlug, ja, es pochte wild. Sie wusste, dass sie ein privates Gespräch belauschte. Sie wusste, dass sie sich abwenden und weitergehen, dass sie Sofia in ihr Zimmer bringen und so tun sollte, als hätte sie nichts gehört. Aber sie konnte es nicht. Sie war zu neugierig; sie musste wissen, wovon die beiden redeten. Sie hörte Schritte; an-

scheinend ging Señor Paco im Zimmer auf und ab. Sie hörte den kalten Klang seiner Schuhe auf dem Parkettboden und dann den weichen auf dem Teppich, hin und her. Gelegentlich ertönte ein Schniefen von Señora Anna. Endlich sprach Paco wieder.

»Okay, du hast Recht«, sagte er traurig.

»Wer ist es?«, schluchzte Anna.

»Niemand, den du kennst, das kann ich dir versichern.«

»Und warum?« Soledad hörte, wie Anna aufsprang, und es erklang das harte Klappern ihrer Absätze. Offenbar war sie zum Fenster gegangen. Wieder folgte ein Augenblick angespannter Stille.

»Ein Mann braucht Liebe, Anna.« Er seufzte müde.

»Aber wir haben uns doch geliebt, oder? Am Anfang?«

»Ja. Ich weiß nicht, was schief gegangen ist. Du hast dich verändert.«

»*Ich* habe mich verändert?«, erwiderte sie streng. »*Ich* habe mich verändert? Dann ist das alles wohl vermutlich *meine* Schuld? Ich habe dich in ihre Arme getrieben, ja?«

»Das habe ich nicht gesagt.«

»Was hast du dann gesagt? Du hast dich doch auch verändert, glaub mir!«

»Anna, ich sage ja nicht, dass es deine Schuld ist. Wir haben es beide zu verantworten. Ich will mich nicht entschuldigen. Aber du wolltest es wissen.«

»Ich will wissen, warum.«

»Aber ich weiß nicht, warum. Ich habe mich in sie verliebt. Sie liebt mich auch. Du reagierst seit Jahren nicht mehr auf mich. Was erwartest du denn?«

»Vermutlich wirst du mir gleich noch erzählen, dass dies irgendeine krankhafte argentinische Sitte ist: Männer nehmen sich eine Geliebte, wenn die Ehefrau ihnen langweilig wird.«

»Anna.«

»Na, dann gibt es das wohl ausschließlich in deiner Familie, ja? Es liegt im Blut«, zischte sie verachtungsvoll.

»Wovon redest du da?«, antwortete er langsam. Soledad hörte, dass sein Tonfall sich änderte; er wurde um eine Note dunkler.

»Von deinem Vater und seiner … Mätresse.« *Hure* hatte sie sagen wollen, aber ihr Instinkt verhinderte, dass sie zu weit ging.
»Lass meinen Vater aus dem Spiel. Hier geht es um dich und mich, und das hat mit Vater nichts zu tun.« Paco war verblüfft. Er hatte keine Ahnung, wie viel sie wusste.
»Ich hoffe nur, du bringst Rafael und Agustin nicht bei, sich genauso zu verhalten. Ich will nicht, dass sie später Herzen brechen, wie du es tust.«
»Ich kann mit dir nicht reden, wenn du dich so aufführst«, sagte er entnervt. Soledad hörte, wie er auf die Tür zukam, und hastig wandte sie sich ab und huschte den Flur hinunter. Aber er war draußen und schlug die Tür hinter sich zu, bevor sie ganz verschwinden konnte.
»Soledad«, sagte er streng. Sie wurde rot, ließ den Kopf hängen und drehte sich um. Das ist das Ende, dachte sie. Warum bin ich so dumm gewesen? Jetzt würde sie packen und gehen müssen. Sie schniefte kläglich. »Bring mir Sofia«, befahl er. Soledad kam herangeschlurft, ohne ihm in die Augen zu sehen.
»Meine liebe Sofia«, sagte er mit sanfter Honigstimme und küsste seine Tochter auf die warme Stirn. Selbst im Schlaf schien sie auf seine Berührung zu reagieren. »Du liebst mich, nicht wahr? Und ich liebe dich auch – du ahnst nicht, wie sehr«, flüsterte er.
Soledad sah, dass sein Gesicht einen zärtlichen Ausdruck angenommen hatte, und sie sah auch, dass seine Augen glitzerten. Sie blieb stehen, während er seiner Tochter das Gesicht streichelte, und verlegen wartete sie auf seinen Tadel. Aber es kam keiner. Er liebkoste die Wange des Kindes, und dann griff er nach seinem Mantel und ging zur Tür.
»Gehen Sie weg?«, hörte Soledad sich fragen. Sie bereute es gleich; es ging sie nichts an.
Paco drehte sich um und nickte ernst. »Ich bin zum Abendessen nicht zurück, und – Soledad?«
»*Sí,* Señor Paco?«
»Was du heute Abend gehört hast, darfst du niemandem erzählen. Hast du verstanden?«

»*Sí,* Señor Paco«, antwortete sie mit Nachdruck und errötete schuldbewusst.
»Gut«, sagte er und schloss leise die Tür hinter sich.
Soledad warf einen Blick auf die Wohnzimmertür, bevor sie sich durch die Küche in ihr Zimmer zurückzog. Sie wusste, dass sie nicht hätte lauschen dürfen, aber nachdem sie sich von ihrem Schock erholt hatte, begann sie doch, die Bruchstücke der Unterredung zusammenzufügen. Señor Paco hat also eine Affäre, dachte sie. Es überraschte sie nicht. Die meisten Männer nahmen sich hin und wieder eine Geliebte, und warum auch nicht? Aber hier ging es anscheinend nicht um sexuelle Befriedigung, sondern um Liebe. Wenn Señor Paco aufgehört hatte, Señora Anna zu lieben, war die Sache ernst. Sie hatte verzweifeltes Mitleid mit ihrer Arbeitgeberin. Und sie empfand Trauer für die beiden.
Anna blieb im Wohnzimmer. Sie saß zusammengesunken in einem Sessel, zu müde und zu elend, um sich zu bewegen. Was sollte sie jetzt tun? Paco hatte zugegeben, dass er ein Verhältnis hatte, und er hatte nicht angeboten, das Verhältnis zu dieser anderen Frau zu beenden. Sie hatte gehört, wie er gegangen war. Schnurstracks zurück zu *ihr*, wer immer diese Frau war. Aber Anna wollte es gar nicht wissen. Sie konnte sich selbst nicht vertrauen – sie wäre durchaus imstande, sie in einem Anfall von Wut und Verzweiflung zu erstechen. Sie musste an Tante Dorothy denken. Wahrscheinlich war dies die Buße dafür, dass sie Sean O'Mara den Laufpass gegeben hatte. Vielleicht hatte die Tante von vornherein Recht gehabt: Vielleicht wäre sie glücklicher geworden, wenn sie Sean geheiratet und Glengariff niemals verlassen hätte.

Die nächsten Wochen waren trostlos und unglücklich. Paco und Anna sprachen nicht wieder über die Angelegenheit. Nichts schien sich zu ändern, aber das Wasser gefror, und sie sprachen kaum noch miteinander. Anna beobachtete Pacos Beziehung zu Sofia mit Bitterkeit. Jede seiner Liebkosungen verwundete sie; ebenso gut hätte die Tochter jene andere Frau in seinem Leben sein können. Mit ihr verbrachte er mehr Zeit als mit seiner Frau, und er umgab sie mit

einer Liebe, die einst Anna gehört hatte, während Anna gänzlich davon ausgeschlossen war. Anna verbrachte ihre Zeit mit ihren Söhnen und sog ihre Zuneigung auf wie eine Pflanze das Wasser in der Wüste. Es fiel ihr schwer, Sofia zu lieben, denn das Kind war auf irgendeine Weise mit Paco und ihrem eigenen Elend verbunden. Es gewöhnte sich sogar an, zu weinen, wenn die Mutter es auf den Arm nahm, als ob es ihre Feindseligkeit spürte; in den Armen des Vaters dagegen taute es gleich auf und lachte schamlos, als wollte es sagen: »Ich liebe ihn und nicht dich.« Anna konnte es kaum mit ansehen, ohne zu leiden.
Ihr war, als sei sie niemals so unglücklich gewesen. Zu Beginn des Jahres hatte ihr Vater ein Telegramm geschickt und ihr mitgeteilt, dass ihre Mutter gestorben war. Als er dann vor der Tür gestanden war, hatte sie versucht, die Liebe ihrer Mutter in der Umarmung ihres Vaters zu finden, aber auch er hatte sich von dieser kleinen Hexe bestricken lassen, zu der Sofia sich entwickelt hatte. Sie waren Fremde geworden, Anna und ihr Vater. Das Band, das einmal die Liebe zwischen ihnen besiegelt hatte, war mit den Jahren der Entfremdung zerschlissen.
Sie vermisste ihre Mutter mehr als ihren Vater, den sie auf der Farm umherstreifen sah wie einen verirrten Hund. Sie erinnerte sich an Emers mildes Lachen und an das Licht in ihren sanften Augen. Sie erinnerte sich an den Duft von Seife und Lavendel, der sie umgeben hatte wie eine ätherische Wolke, und in ihrer Vorstellung erhob sie ihre Mutter auf einen unerreichbar hohen Sockel. Es war nicht die Frau, deren trauriges altes Gesicht an jenem Herbstabend, als sie einander zum letzten Mal umarmt hatten, in Tränen zerflossen war. Die Mutter, die sie jetzt brauchte, war die Frau, die ihr die Tränen getrocknet hatte, wenn die Cousinen in Glengariff sich über sie lustig gemacht hatten, die Mutter, die die Welt angehalten hätte, wenn sie damit ein Lächeln auf das Gesicht ihrer Tochter gezaubert hätte. Sie vermisste die bedingungslose Liebe ihrer Mutter. Wenn man erwachsen war, wurde es sehr schwer, Liebe zu bewahren.
Anna ließ Soledad mehr und mehr freie Hand bei Sofia im Kinderzimmer. Die Jungen waren jetzt fünf und sieben und gingen zur

Schule, und sie hatte jetzt mehr Zeit für sich. Die brauchte sie auch. Und Sofia, dachte sie, ist ja auch glücklich bei Soledad. Anna begann zu malen; sie richtete sich in einem freien Zimmer im Apartment in Buenos Aires ein kleines Atelier ein. Es war keine große Kunst, was sie auf die Leinwand brachte, das sah sie schon. Aber es war eine Ablenkung vom häuslichen Leben und gab ihr die Möglichkeit, allein zu sein, ohne dass jemand Fragen stellte. Paco betrat ihr Atelier niemals. Es war ihr Zufluchtsort, ein Raum, der nur ihr gehörte, ein Raum, in den sie sich verkriechen konnte.

Paco war tief gekränkt, dass seine Frau es für notwendig gehalten hatte, die Affäre seines Vaters mit Clara Mendoza zu erwähnen. Dass sie darüber informiert war, überraschte ihn nicht so sehr, denn seinerzeit hatten viele Leute davon gewusst. Aber es wunderte ihn, dass sie so tief sinken konnte, dieses Wissen als Waffe gegen ihn zu benutzen. Er betrachtete sie aufmerksam und fragte sich, ob diese Romanze in London vor all den Jahren wirklich passiert war. Er hatte sich in eine entzückende junge Frau verliebt und irrtümlich ein verbittertes Geschöpf mit nach Argentinien gebracht. Er sah die Ana Melodía seiner Erinnerung vor sich, wie sie verloren neben dem Springbrunnen am Trafalgar Square saß, und er fragte sich, ob sie wohl noch vorhanden war. Sein Herz sehnte sich schmerzlich nach ihr, denn er liebte sie noch immer.

Eines Tages im Frühling ging Anna mit Agustin in der Ebene spazieren. Es war sehr warm, und die Blumen erblühten und überzogen die Pampa mit ihren bunten Farben. Zu ihrer Freude sahen sie zwei junge *vizcachas*, die einander in der Sonne beschnupperten. Ihre pelzigen braunen Rücken glänzten im Licht. Anna setzte sich in das hohe Gras und zog den Fünfjährigen auf ihren Schoß.

»Dort drüben, Darling«, sagte sie auf Englisch. »Siehst du die Kaninchen?«

»Die küssen sich«, sagte er.

»Wir müssen still und leise sein, sonst verscheuchen wir sie.« Sie blieben sitzen und schauten zu, wie die Tiere herumtollten und sich ab und zu umschauten, als ob sie spürten, dass sie beobachtet wurden.

»Du küsst Papa gar nicht mehr«, sagte Agustin plötzlich. »Hast du ihn denn nicht mehr lieb?«

Anna war wie vom Donner gerührt, und der bange Ton seiner Frage beunruhigte sie.

»Aber natürlich habe ich ihn lieb«, antwortete sie mit Nachdruck.

»Aber ihr streitet und schreit immer. Das habe ich nicht gern.« Er fing an zu weinen.

»Da, jetzt hast du die Kaninchen verjagt«, sagte sie, um ihn abzulenken.

»Ist mir egal. Ich will die Kaninchen nicht mehr sehen«, weinte er. Anna drückte ihn an sich und versuchte ihn zu beruhigen.

»Papa und ich zanken uns manchmal – genau wie du und Rafael oder Sebastian. Weißt du noch, wie du dich mit Sebastian gestritten hast?« Das Kind nickte langsam.

»Siehst du. Es ist nur ein kleiner Streit.«

»Aber Sebastian und ich sind jetzt wieder Freunde. Du und Papa, ihr streitet euch immer noch.«

»Wir vertragen uns wieder, das wirst du schon sehen. Ich versprech's dir. Wir vertragen uns wieder. Und jetzt trockne dir die Tränen ab. Wir wollen doch sehen, ob wir ein Gürteltier finden, damit wir Grandpa davon erzählen können.« Sanft wischte sie ihm mit dem Ärmel ihrer Bluse übers Gesicht.

Als sie zum Haus zurückspazierten, kam sie zu dem Schluss, dass sie so nicht weiterleben konnte. Es war unerträglich für sie, und es war unerträglich für die Familie. Es war nicht gut, wenn ihr Leiden auf die Kinder durchschlug. Sie schaute Agustin ins Gesicht; er lächelte wieder, und sie wusste, dass sie ihn nicht enttäuschen konnte.

Als sie sich dem Haus näherten, kam Soledad herausgerannt. Ihr Gesicht war nass von Tränen. O Gott, dachte Anna voller Panik und umklammerte Agustins kleine Hand. Nicht Rafael, bitte nicht Rafael.

»Was ist?«, rief sie heiser, als das Dienstmädchen ihr mit bleichem Gesicht entgegenkam.

»Señora Maria Elena!«, keuchte Soledad.

Anna brach in Tränen der Erleichterung aus. »Was ist passiert?«

»Sie ist tot. Señora Maria Elena ist tot.«
»Tot? Gütiger Gott! Wo ist mein Mann? Wo ist Paco?«
»Bei Señor Miguel, Señora.«
Anna überließ ihr Agustin und lief zwischen den Bäumen hindurch zu Miguels und Chiquitas Haus. Die ganze Familie war dort im Wohnzimmer versammelt. Sie suchte nach Paco, aber unter all den Anwesenden konnte sie ihn nicht entdecken. Chiquita sah sie und kam eilig zu ihr. Ihr Gesicht war vom Weinen verquollen.
»Wo ist Paco?«, krächzte Anna.
»Auf der Terrasse bei Miguel.« Chiquita deutete auf die Glastür. Anna drängte sich durch die Verwandten, deren jammervolle Gesichter vor ihr verschwammen, zur Terrassentür. Sie spähte durch die Scheibe und sah Paco im Gespräch mit Miguel. Er hatte ihr den Rücken zugewandt und sah sie nicht kommen. Miguel begrüßte sie traurig und zog sich dann taktvoll ins Haus zurück. Paco drehte sich um und sah das blasse Gesicht seiner Frau, die ihn klagend anschaute.
»Oh, Paco, es tut mir so Leid.« Die Tränen liefen ihr über die Wangen. Er sah sie kühl an. »Wie ist es passiert?«
»Ein Autounfall. Sie war auf dem Weg hierher. Ein Zusammenstoß mit einem Lastwagen«, antwortete er tonlos.
»Das ertrage ich nicht. Der arme Hector, wo ist er?«
»Im Krankenhaus.«
»Er muss am Boden zerstört sein.«
»Ja. Das sind wir alle.« Er wandte den Blick ab.
»Paco, bitte.«
»Was willst du?«, fragte er ungerührt.
Anna schluckte ein Schluchzen herunter. »Lass mich an dich heran«, sagte sie.
»Wozu?«
»Ich will dich trösten.«
»Du willst mich trösten«, wiederholte er, als ob er ihr nicht glaube.
»Ja. Ich weiß, wie du dich fühlen musst.«
»Du weißt nicht, wie ich mich fühle«, erwiderte er verächtlich.
»Du bist derjenige von uns, der ein Verhältnis hat. Aber ich bin

bereit, darüber hinwegzusehen. Es zu vergessen. Einen neuen Anfang zu machen.«

Paco sah sie stirnrunzelnd an. »Weil meine Mutter gestorben ist?«

»Nein. Weil mir immer noch etwas an dir liegt«, sagte sie bang und blinzelte ihn zaghaft an.

»Nun, ich bin nicht bereit zu vergessen, was du über meinen Vater gesagt hast«, gab er wütend zurück.

Verblüfft schaute sie zu ihm auf. »Über deinen Vater? Was habe ich über Hector gesagt? Ich liebe Hector.«

»Wie konntest du so tief sinken, mir seine Affäre zum Vorwurf zu machen, als wäre sie eine Art Familientradition?«, fragte er bitter.

»Ach, Paco. Das habe ich nur getan, um dich zu verletzen.«

»Nun, das ist dir gelungen. Bist du jetzt glücklich?«

»Agustin hat mich gefragt, warum ich dich nicht mehr lieb habe«, sagte sie leise. »Sein kleines Gesicht war ganz blass vor Angst. Ich wusste nicht, was ich sagen sollte. Dann dachte ich darüber nach. Ich habe dich lieb. Ich habe nur vergessen, wie ich dich lieben soll.«

Paco schaute in die wasserblauen Augen, in denen das Selbstmitleid schimmerte, und sein Herz wurde weich. »Ich habe auch vergessen, wie ich dich lieben soll«, sagte er. »Ich bin nicht stolz auf mich.«

»Können wir nicht versuchen, den Schaden zu reparieren? Es ist doch noch nicht alles verloren, oder? Können wir nicht noch einmal durch die Straßen von London spazieren und den Zauber wieder einfangen? Können wir uns nicht daran erinnern?« Ihre blassen Lippen bebten.

»Es tut mir Leid, Anna«, sagte er kopfschüttelnd. »Es tut mir Leid, dass ich dich verletzt habe.«

»Und mir tut es Leid, dass ich dich verletzt habe«, sagte sie und lächelte matt. Fürsorglich schaute sie ihn an.

»Komm her, Ana Melodía. Du hast Recht, ich brauche deinen Trost.« Langsam nahm er sie in die Arme.

»Ist es vorüber?«, fragte sie nach einer Weile. »Können wir es noch einmal versuchen?«

»Es ist tot«, sagte er und küsste ihre Stirn mit einer Zärtlichkeit, von der sie schon geglaubt hatte, dass sie sie nie mehr erleben würde.

»Ich habe nie aufgehört, dich zu lieben, Ana Melodía. Ich hatte dich nur verloren, das ist alles.«

Maria Elena wurde nach einem traurigen und bewegenden Gottesdienst in der Kirche von *Nuestra Señora de la Asunción* in der Familiengruft in der Stadt beigesetzt. Alle hatten sie geliebt. Die Kirche hatte nicht genug Sitzplätze für all die Menschen geboten, die gekommen waren, um ihr die letzte Ehre zu erweisen, sodass sie sich auch auf dem Vorplatz hatten drängen müssen. Zum Glück war es warm, und die Sonne schien strahlend, als habe ihr niemand gesagt, dass Maria Elena gestorben war.
Anna sah, wie Pacos Hände zitterten, als er die Lesung vortrug, und unversehens fing sie wieder an zu weinen. Sie dankte Gott dafür, dass Er es ihnen ermöglicht hatte, einander noch einmal zu lieben. Ihr Blick wanderte über die Ikonen neben dem Altar, und sie fand Trost in ihnen. Wenn ich zutiefst unglücklich wäre, dachte sie, dann würde ich in diese Kirche kommen und den lieben Gott um Trost bitten. Als Miguel mit dem Lesen an der Reihe war, sah sie, dass Chiquita hinwelkte wie eine Blüte. Es war ein schrecklicher Schock für alle gewesen, aber niemand litt so sehr wie Hector. Er schien innerhalb weniger Stunden zu altern, buchstäblich vor ihren Augen dahinzuschmelzen. Er war untröstlich. Alle Kraft war ihm genommen. Die Trauer zerfraß sein Leben, ein Wasserfall des Leidens prasselte auf seine Nerven nieder und wütete durch den Canyon seines gebrochenen Herzens. Er starb ein Jahr später.

In den folgenden Jahren normalisierte sich Pacos und Annas Leben wieder. Sie sahen zu, wie ihre Kinder heranwuchsen, und freuten sich an ihnen, wie es Eltern zukommt. Sie sprachen wieder miteinander, aber in dem Argentinien, dass sie zusammen errichteten, fanden sie London dennoch nicht wieder. Paco hatte seine Geliebte aufgegeben, Anna bemühte sich sehr darum, ihm eine gute Frau zu sein, aber auch wenn der Baum jetzt kräftiger aussah, lauerte das Problem weiter an seinen Wurzeln.

Zwölf

Santa Catalina, 1973

Es war schon spät, als Sofia sich in das Zimmer ihres Großvaters schlich. Das winterliche Mondlicht überstäubte die Dunkelheit mit fahlblauem Licht, als sie am Fußende seines Bettes stehen blieb und auf ihn herabschaute. Er schnarchte laut, aber für Sofia lag etwas Tröstliches in diesem Geräusch. Es erinnerte sie an ihre Kindheit, und sie fühlte sich geliebt und sicher. Sie roch den süßlichen Hauch seiner Pfeife, der sich in den Möbeln und Vorhängen festgesetzt hatte. Das Fenster stand offen und klapperte leise im Wind, passend zum Rhythmus seines Atems.

Sofia wollte ihn nicht wecken, aber sie wollte, dass er aufwachte. Sie wusste, dass sie mitten in der Nacht in seinem Zimmer nichts verloren hatte; ihre Mutter würde es missbilligen, wenn sie wüsste, dass sie hier war. Anna war heute scheußlich zu ihr gewesen. Es passte ihr nicht, dass ihr Vater ihrer Tochter jeden Wunsch erfüllte. Sie beschuldigte Dermot, das Mädchen zu verwöhnen, und tat ihr Bestes, um zunichte zu machen, was er tat. Aber Grandpa O'Dwyer hatte Sofia einen Ledergürtel mit einer silbernen Schnalle versprochen, und in die Schnalle sollten ihre Initialen eingraviert werden. Anna meinte, er verschwende sein Geld, und Sofia würde so etwas nicht zu schätzen wissen. Sofia sei sehr nachlässig mit ihren Sachen. Werfe alles auf den Boden und erwarte dann von Soledad, dass sie es aufhob und wegräumte. Wenn er ihr überhaupt etwas kaufen müsse, dann solle es etwas Vernünftiges sein – Literatur oder Klaviernoten. Paco hatte den Flügel seiner Mutter geerbt, aber Sofia spielte selten darauf. Es wurde Zeit, dass das Mädchen sich einmal etwas vornahm und es auch zu Ende führte. Sie war unfähig, sich zu konzentrieren; sie fing etwas an und beendete es nie. Jawohl, entschied Anna, Klavierunterricht wäre besser für sie, als den ganzen Tag über auf diesem lächerlichen Baum zu hocken. Alle jungen Damen der Oberschicht sollten malen und musizieren, gute englische Literatur lesen und wissen, wie man einen Haushalt führte. Und Mädchen sollten nicht den ganzen Tag auf Ponys durch die Gegend reiten und auf Bäume klettern.

»Ermuntere sie, etwas Vernünftiges zu tun«, forderte sie Dermot auf. Aber Grandpa O'Dwyer wollte Sofia einen Gürtel kaufen, wie er es ihr versprochen hatte.

Deshalb war Sofia jetzt in seinem Zimmer. Sie wollte ihm sagen, dass sie seinen Gürtel gern haben würde. Sie würde darauf Acht geben, weil sie ihn liebte und weil der Gürtel sie immer an ihn erinnern würde. Ihre Mutter hatte für diese Liebe zu ihrem Großvater nie Verständnis gehabt, aber Sofia und Dermot verband eine tiefe Zuneigung wie ein unsichtbares Band.

Sie scharrte verlegen mit den Füßen. Hustete. Scharrte wieder. Endlich wälzte Dermot O'Dwyer seine kräftige Gestalt auf den Rücken. Er sah sie mit schmalen Augen an und hielt sie für einen Leprechaun oder einen Dämon. Erschrocken hob er die Hand.

»Ich bin's, Grandpa – Sofia«, flüsterte sie.

»Jesus, Maria und Joseph, Kind. Was stehst du denn da an meinem Fußende herum? Bist du mein Schutzengel, der mich bewacht, wenn ich schlafe?«

»Ich glaube, deinen Schutzengel hast du mit deinem Geschnarche verjagt.« Sie lachte leise.

»Was willst du denn, Sofia Melody?«

»Ich will mit dir sprechen«, sagte sie und scharrte wieder mit den Füßen.

»Na, dann steh nicht da rum, Kind. Du weißt, der Boden hier ist voller Krokodile, die nur darauf warten, dir ins Bein zu beißen. Komm ins Bett.«

Also stieg Sofia zu ihrem Großvater ins Bett – auch etwas, das ihre Mutter nachdrücklich missbilligt hätte. Mit siebzehn sollte sie nicht zu einem alten Mann ins Bett steigen. Sie lagen nebeneinander »wie zwei Statuen an einem Grabmal«. Sie spürte seinen Körper neben sich, und die Zuneigung zu ihm überwältigte sie plötzlich.

»Worüber willst du sprechen, Sofia Melody?«

»Warum nennst du mich immer so?«

»Tja, deine Großmutter hieß Emer Melody. Als deine Mutter zur Welt kam, wollte ich sie Melody taufen, aber deine Großmutter wollte nichts davon hören. Sie konnte ziemlich stur sein, wenn sie wollte. Also nannten wir sie Anna Melody O'Dwyer. Melody als Mittelname.«

»Wie bei Maria Elena Solanas.«

»Genau wie bei Maria Elena Solanas, Gott schenke ihr die ewige Ruhe.«

»Aber mein mittlerer Name ist Emer, nicht Melody.«

»Für mich wirst du trotzdem immer Sofia Melody bleiben.«

»Das gefällt mir.«

»Es muss dir auch gefallen. Es bleibt dir nämlich nichts anderes übrig.«

»Grandpa?«

»Ja?«

»Weißt du ... der Gürtel ...?«

»Ja.«

»Na ja, Mama sagt, ich werde nicht darauf Acht geben. Aber das werde ich doch. Ich versprech's dir.«

»Deine Mutter hat nicht immer in allem Recht. Ich weiß, dass du darauf Acht geben wirst.«

»Also kann ich ihn haben?«

Er drückte ihr die Hand und lachte keuchend. »Du kannst ihn haben, Sofia Melody.«

Sie starrten zu den Schatten hinauf, die an der Decke tanzten, wenn der kalte Winterwind durch die Vorhänge hereinwehte und eisig über ihre Gesichter strich.

»Grandpa?«

»Was ist jetzt noch?«

»Ich möchte den Gürtel aus sentimentalen Gründen«, sagte sie schüchtern.
»Aus sentimentalen Gründen, hm?«
»Weil ich dich liebe, Grandpa.« Das hatte sie noch nie zu jemandem gesagt. Einen Moment lang lag er da und schwieg gerührt. Sie blinzelte in die Dunkelheit und fragte sich, wie er auf diesen plötzlichen Ausbruch reagieren würde.
»Ich liebe dich auch, Sofia Melody. Mit Haut und Haaren. Und jetzt gehst du mal besser schlafen«, sagte er leise, und mitten im Satz stockte seine Stimme. Sofia war der einzige Mensch, der noch die Macht hatte, sein altes Herz zu erschüttern.
»Kann ich nicht hier bleiben?«
»Wenn bloß deine Mutter dich nicht findet«, flüsterte er.
»Oh, ich stehe lange vor ihr auf.«

Sofia erwachte, weil sie fror. Ein Frösteln durchrieselte sie vom Kopf bis zur großen Zehe. Wärme suchend kuschelte sie sich dichter an ihren Großvater. Es dauerte einen Augenblick, bis ihr klar wurde, dass er es war, der sie frieren ließ. Er war kalt und steif wie ein toter Fisch. Sie setzte sich auf und schaute in sein Stoppelgesicht hinunter. Sein Ausdruck war glücklich. Wenn er nicht so kalt und steif gewesen wäre, hätte man meinen können, er werde gleich in sein keuchendes Glucksen ausbrechen. Aber sein Gesicht war eine Maske. Dahinter war nichts mehr. Seine Augen waren offen und starrten leer ins Nichts hinauf.
Sie drückte ihr heißes Gesicht an seines und zog ihn an sich. Dicke Tränen rollten ihr über die Wangen und tropften von ihrer Nase auf seine, und ein heftiges Schluchzen schüttelte ihren ganzen Körper. Noch nie hatte sie sich so elend gefühlt. Er war fort. Aber wo? Gab es einen Himmel? War er jetzt bei Emer Melody an irgendeinem schönen Ort? Warum war er gestorben? Er war doch gesund und voller Leben gewesen. Niemand war lebendiger gewesen als ihr Großvater. Sie wiegte sich vor und zurück, hielt seine große Gestalt in ihren Armen und weinte, bis ihr der Kiefer schmerzte und der Magen wehtat. Panik ergriff sie, als sie versuchte, sich an seine

letzten Worte zu erinnern. Der Gürtel, sie hatten über den Gürtel gesprochen. Und dann hatte sie ihm gesagt, dass sie ihn liebte. Bei dem Gedanken an diesen zärtlichen Augenblick heulte sie laut auf. Und dann konnte sie nicht mehr aufhören, bis ihr Heulen das ganze Haus geweckt hatte. Zuerst dachte Paco, irgendein Tier werde vor seinem Fenster von einem bösartigen Präriehund getötet. Aber dann erkannte er die Stimme seiner eigenen Tochter, die erstickt Luft holte, um einen neuerlichen Schrei auszustoßen.

Als ihre Brüder Rafael und Agustin und ihre Eltern ihr zu Hilfe kamen, erinnerte sie sich an seine letzten Worte: »Wenn bloß deine Mutter dich nicht findet.« Er war immer ihr Verbündeter gewesen. Sie mussten sie gewaltsam von ihm lösen. Danach klammerte sie sich an ihren Vater. Der Schock, ihren Großvater tot zu finden, traf sie jäh wie der Faustschlag einer kalten Hand. Auch Anna ließ ihren Tränen freien Lauf. Sie sank auf die Bettkante und strich ihm mit der schmalen Hand über die Stirn. Dann nahm sie das goldene Kreuz ab, das sie am Hals trug, und drückte es an die Lippen.

»Gott segne und beschütze dich, Vater. Möge Er dich aufnehmen in sein himmlisches Königreich.« Dann sah sie ihre Familie an und bat sie, für kurze Zeit mit ihrem Vater allein sein zu dürfen. Rafael und Agustin gingen hinaus. Paco gab seiner Tochter einen Kuss auf die Stirn und führte dann auch sie sanft hinaus.

Anna Melody O'Dwyer zog die leblose Hand ihres Vaters an ihr Gesicht und küsste sie betrübt. Sie drückte die Lippen in seine gummizähe Handfläche, und sie weinte nicht um den Leichnam, der leblos vor ihr lag, sondern um den Vater, den sie gekannt hatte, als sie in Glengariff aufgewachsen war. Es hatte eine Zeit gegeben, da hatte sie zusammen mit ihrer Mutter in seinem Herzen gewohnt, bis Sofia sich wie ein Kuckuck hineingedrängt und sie daraus vertrieben hatte. Wahrscheinlich hatte er ihr nie verziehen, dass sie vor all den Jahren Irland verlassen und Paco geheiratet hatte, und dass sie nie zurückgekommen war – nicht ein einziges Mal.

Nachdem er sie verloren hatte, hatte er seine Zuneigung auf seine Enkelin gerichtet, die all das, was er an Anna geliebt hatte, in sich vereinte. Das hatte sie zweimal erlebt – erst bei Paco, dann bei

ihrem Vater. Sofia hatte ihr beide gestohlen. Aber sie fragte sich nicht, warum, denn sie fürchtete sich vor der Antwort. Sie hatte Angst zuzugeben, dass Paco vielleicht Recht gehabt hatte. Vielleicht hatte sie sich wirklich verändert. Wie sonst hätte sie es schaffen sollen, sich die beiden Männer zu entfremden, die sie mehr als sonst jemanden auf der ganzen Welt liebte?
Aber statt über sich selbst nachzusinnen, starrte Anna auf das, was von dem streitsüchtigen Alten übrig war, und suchte in seinen Zügen nach dem Vater, den sie irgendwann im Laufe der Jahre verloren hatte. Jetzt war es zu spät, ihn zurückzuerobern. Zu spät. Sie erinnerte sich, wie ihre Mutter einmal gesagt hatte, die beiden traurigsten Wörter im ganzen Lexikon seien »zu spät«. Jetzt verstand Anna, was sie gemeint hatte. Wenn er nur wieder atmen wollte – sie würde ihm schon zeigen, wie sehr sie ihn liebte. Trotz all der Jahre, die das Band zwischen ihnen zerfressen hatten, und trotz des Keils, den das Leben auf irgendeine Weise zwischen sie getrieben hatte, hatte sie ihn wirklich von ganzem Herzen geliebt – aber sie hatte es ihm nie gesagt. Eher war er ihr zur Last gefallen – wie ein ungezogener, räudiger Hund, für den sie sich ständig hatte entschuldigen müssen, wie sie geglaubt hatte. Dabei war er eine gepeinigte Seele gewesen, die sich lieber in die Verrücktheit versenkt hatte, als der Realität eines Lebens ohne die warmherzige Liebe seiner Frau ins Auge zu blicken. Seine Verrücktheit war ein Betäubungsmittel gewesen, das ihn vor der wachsenden Verzweiflung beschützt hatte. Hätte sie sich doch nur Zeit genommen, ihn zu verstehen. Seinen Schmerz zu verstehen. »O Gott«, betete sie, und als sie die Augen zupresste, quoll eine funkelnde Träne hervor und blieb an ihren langen, hellen Wimpern hängen. »Erlaube mir nur, ihm zu sagen, dass ich ihn geliebt habe.«

Um zu zeigen, wie sehr sie ihn geliebt hatte, sorgte Anna dafür, dass er in der Ebene begraben wurde, zwischen Ponys und Vögeln im hohen, wilden Gras unter einem krummen Eukalyptusbaum. Antonio und die Stalljungen hoben das Grab aus, und Padre Julio stotterte ein paar Gebete und hielt eine qualvolle Predigt unter dem

trostlosen Winterhimmel. Aber Grandpa O'Dwyer hatte sein Gestotter immer erheiternd gefunden, und so war es in gewisser Weise ganz passend.
Die ganze Familie war erschienen, um ihm die letzte Ehre zu erweisen. Mit gesenkten Köpfen murmelten sie die Gebete, und dann schauten sie zu, wie der Sarg schaukelnd in das Grab hinuntergelassen wurde. Als die letzte Erde festgestampft wurde, rissen plötzlich die Wolken auf, und ein heller Sonnenstrahl brach hervor und überflutete die frühwinterliche Ebene mit seltsamer Wärme. Alle blickten überrascht und erfreut auf. Anna bekreuzigte sich und dankte Gott dafür, dass Er ihren Vater in den Himmel aufgenommen hatte. Sofia sah das Licht mit schwerem Herzen und dachte, wie dunkel die Welt plötzlich geworden war. Ohne Grandpa O'Dwyer war sogar der Sonnenschein matt.

Dreizehn

Brown University, 1973

Santi strich mit der Hand unter Georgias Kleid herauf und stellte fest, dass sie Strümpfe trug. Er fühlte das raue Spitzengewebe unter seinen Fingern und dann die glatte, seidige Haut ihres Schenkels. Sein Herz schlug erwartungsvoll schneller. Er drückte den Mund auf ihren und schmeckte das süße Pfefferminz des Kaugummis, das sie sich geteilt hatten, nachdem sie die Party zusammen verlassen hatten. Ihre Geradlinigkeit hatte ihn beeindruckt. Ihr fehlten die Hemmungen der wohlerzogenen argentinischen Mädchen, und sie hatte eine Derbheit an sich, die er ansprechend fand. Ihr Kuss war eifrig. Anscheinend genoss sie seinen kräftigen jungen Körper; lange rote Fingernägel krallten sich in seine Haut, und sie leckte das Salz, das sich in den Duft seiner Haut mischte. Sie roch nach einem teuren Parfüm, und er schmeckte das Puder auf ihrer Haut, als er mit der Zunge an ihrem Körper herunterstrich. Ihr Bauch war rund und wohlgeformt. Als er an ihrem Strumpfbandgürtel herumnestelte, schob sie seine Hand kühl beiseite und sagte mit ihrer dunklen Schokoladenstimme, dass sie die Strümpfe bei der Liebe gern anbehielt. Dann streifte sie den schwarzen Slip herunter.

Er drückte ihr die Beine auseinander, und sie spreizte sie bereitwillig noch weiter. Er kniete dazwischen nieder und strich mit beiden Händen über ihre Hüften und Schenkel. Sie war blond – naturblond, wie er feststellte, als er ihre Scham sah, die ihm ihren ganzen Zauber enthüllte. Sie beobachtete ihn mit schamlosem Blick, und es gefiel ihr, wie er sie bewunderte. In den nächsten zwei Stunden zeigte sie ihm, wie man eine Frau liebkoste, langsam und sinnlich, und sie schenkte ihm größere Genüsse, als er es für möglich gehalten hatte. Um zwei Uhr morgens war er oft genug gekommen, um zu beweisen, dass Georgia tatsächlich eine Fantasie des Schlafzimmers war, und sie selbst hatte ihre Höhepunkte mit der Leichtigkeit einer Frau erreicht, die sich in ihrem eigenen Körper wohl fühlte.

»Georgia«, sagte er, »du bist nicht Wirklichkeit. Ich möchte dich die ganze Nacht festhalten, um sicher zu sein, dass du morgen früh noch da bist.« Sie lachte, zündete sich eine Zigarette an und versprach, dass sie das ganze Wochenende nichts anderes tun würden, als einander zu lieben. »Langsam, lange und leidenschaftlich, hier in der Hope Street«, sagte sie und erzählte ihm dann, wie gut ihr sein Akzent gefalle; sie ließ ihn spanisch mit ihr sprechen. »Sag mir, dass du mich willst, dass du mich liebst«, sagte sie. Also gehorchte er: *»Te quiero, te necessito, te adoro.«*

Als sie sich verausgabt hatten und ihre Körper von all der Lust schmerzten, schliefen sie. Die Lichter gelegentlich vorüberfahrender Autos badeten sie für einen Augenblick in Gold und beschienen nackte Gliedmaßen, die träge ineinander verschlungen waren. Santi träumte. Er war bei Professor Schwartzbach im Seminar für Alte Geschichte, und da war Sofia. Sie saß da, das lange dunkle Haar wie üblich zu einem Zopf geflochten und mit einer roten Seidenschleife zusammengebunden. Sie trug Jeans und ein fliederfarbenes Hemd, das ihre leuchtende Sonnenbräune betonte. Schön sah sie aus, geschmeidig, dunkel und glatt. Sie schaute ihn an und zwinkerte, und ihre mahagonibraunen Augen lächelten kapriziös. Und plötzlich verwandelte sie sich in Georgia, die nackt dasaß und ihn angrinste. Es war ihm peinlich, dass sie vor dem ganzen Seminar nackt war, aber ihr schien es nichts auszumachen. Er wünschte sich, Sofia käme zurück, aber sie war fort. Als er aufwachte, war Georgia zwischen seinen Beinen. Er schaute hinunter, um sich zu vergewissern, dass es Georgia und nicht Sofia war. Sein Körper entspannte sich, als er ihre blauen Augen sah, die wollüstig zu ihm aufschauten. »Honey, du siehst aus, als ob du ein Gespenst gesehen hättest«, lachte sie.

»Das habe ich auch«, antwortete er und ließ sich von sinnlichen Empfindungen treiben, als ihre Zunge erneut auf Entdeckungsreise ging.

In den ersten sechs Monaten seines zweijährigen Auslandsaufenthalts hatte Santi mit seinem Freund Joaquin Barnaba ausgedehnte Reisen unternommen. Sie waren in Thailand gewesen und hatten auf der Suche nach Unterhaltung und Huren die Rotlichtbezirke durchstreift. Santi hatte fasziniert und zugleich angewidert gesehen, was Frauen mit ihren Körpern anstellen konnten – Dinge, die er sich in seinen wüstesten Träumen nicht ausgedacht hätte. Sie hatten im Cameron-Hochland von Malaysia Haschisch geraucht und einen Sonnenuntergang gesehen, der die Berge in goldenes Licht tauchte. Sie waren in China gewesen und auf der Großen Mauer entlangspaziert, und sie hatten die Halle der Höchsten Harmonie in der Verbotenen Stadt bestaunt und zu ihrem Abscheu entdeckt, dass die Chinesen tatsächlich Hunde aßen. Mit dem Rucksack waren sie durch Indien gefahren, und vor dem Tadsch Mahal hatte Joaquin sich übergeben, bevor er drei Tage mit Durchfall im Bett verbrachte. In Indien ritten sie auf Elefanten, in Afrika auf Kamelen und in Spanien auf wunderschönen weißen Pferden.
Aus jedem Land, das er besuchte, schickte Santi Postkarten an seine Familie. Chiquita erfüllte es mit Verzweiflung, dass sie keine Verbindung zu ihm aufnehmen konnte. Volle sechs Monate hielt er sich an Orten auf, wo sie ihn nicht erreichen konnte, und alle paar Tage zog er weiter, ohne zu wissen, wohin. Alle waren erleichtert, als am Ende des Winters die Nachricht kam, er sei nun in Rhode Island, suche sich eine Wohnung und belege die ersten Seminare, unter anderem in Betriebswirtschaft und Alter Geschichte.
In den ersten Tagen an der Brown University wohnte Santi im Hotel. Aber in seiner ersten Vorlesung auf dem Campus lernte er zwei liebenswürdige Kommilitonen aus Boston kennen, die auf der Suche nach jemandem waren, der ein Haus in der Bowen Street mit ihnen teilte. Als die Vorlesung zu Ende war – der Professor war ein uralter Mann mit dünnen Lippen, die hinter einem dichten weißen

Bart verborgen waren, und einer noch dünneren Stimme –, hatten sie fast alles übereinander in Erfahrung gebracht, was es zu wissen gab, und waren die besten Freunde geworden.

Frank war klein, aber stämmig; er hatte breite Schultern und gut konturierte Muskeln – ein junger Mann, der seine mangelnde Körpergröße dadurch ausglich, dass er in einem Fitness-Studio trainierte, um eine möglichst gute Figur zu erzielen, und endlos Tennis, Golf und Polo spielte, damit die Mädchen über seine Statur hinwegsahen und ihn wegen seiner Leistungen bewunderten. Santi hatte ihn sofort beeindruckt, nicht nur, weil er aus Argentinien kam, was an sich schon äußerst glanzvoll wirkte, sondern auch, weil er Polo spielte – und niemand spielte besser Polo als die Argentinier.

Frank und sein Freund Stanley Norman, der lieber in einer Ecke saß, Marihuana rauchte und Gitarre spielte, statt mit Tennisrackets oder Poloschlägern herumzufuchteln, luden Santi ein, mit in die Bowen Street zu kommen, damit sie ihm ihr Haus zeigen könnten. Es war ein Haus, wie es für die Ostküste typisch war, mit hohen Schiebefenstern und einer eindrucksvollen Veranda in einer Straße, die von majestätischen Bäumen und eleganten Autos gesäumt war. Das Innere war makellos: frisch gestrichene Wände, Kiefernholzmöbel und blauweiß gestreifte und karierte Polster.

»Meine Mom hat darauf bestanden, es für mich einzurichten«, sagte Frank beiläufig. »Sie ist von der Sorte, die ihren Söhnen nichts Derartiges zutraut. Nicht, dass ich was dagegen hätte. Ich meine, sieh dir die Bude an – sie sieht aus wie aus einer Zeitschrift. Ich wette, es ist das tollste Haus in der ganzen Straße.«

»Und eine Hausordnung haben wir keine, nicht, Frank?«, sagte Stanley in seinem bedächtig näselnden Bostoner Tonfall. »Gegen Mädels haben wir nichts.«

»Yeah, so ist es. Gegen Mädels haben wir nichts – wir verlangen bloß, dass sie ihre Schwestern mitbringen, wenn sie niedlich sind. Verstehst du, was ich meine?« Frank zwinkerte Stanley zu und kicherte.

»Ich könnte mir vorstellen, dass sie hier niedlich sind«, sagte Santi.

»Mit deinem Akzent, mein Junge, wirst du keine Probleme haben. Sie werden dir zu Füßen liegen«, versicherte Stanley ihm.
Und er irrte sich nicht. Die hübschesten Mädchen auf dem Campus stellten Santi nach, und er brauchte nicht lange, um herauszufinden, dass sie ihn nicht heiraten wollten; sie wollten nur mit ihm schlafen. Das war in Argentinien anders. Da konnte man nicht von einem Bett ins andere springen; die Frauen verlangten mehr Respekt. Sie wollten, dass man ihnen den Hof machte, und dann wollten sie geheiratet werden. An der Brown University aber bewegte Santi sich unter ihnen wie ein Erdbeerpflücker. Manche legte er für später in einen Korb, und andere verspeiste er sofort.
Im September und Oktober verbrachte er die Wochenenden bei Frank und seiner Familie in Newport, wo sie Tennis und Polo spielten. Santi wurde zum Helden für Franks kleinere Brüder, die noch nie einen echten argentinischen Polospieler gesehen hatten. Josephine Stanford, Franks Mutter, die zwar schon viele argentinische Polospieler gesehen hatte, aber noch keinen so hübschen, betete ihn an.
»Santi – das ist die Abkürzung für Santiago, nicht wahr?«, sagte Josephine. Sie reichte ihm ein Glas Coke und wischte sich mit einem weißen Tuch übers Gesicht. Sie hatten eben den dritten Satz im Tennis gegen Frank und seine kleinere Schwester Maddy beendet.
Santi nickte. »Frank sagt, Sie haben hier nur einen einjährigen Kurs belegt. Stimmt das?«
»Ja. Im Mai bin ich fertig.« Er setzte sich auf einen Gartenstuhl und streckte die langen braunen Beine aus. Die weißen Shorts betonten den satten Honigton seiner Haut, und Josephine bemühte sich, ihre Blicke nicht allzu lange darauf verweilen zu lassen.
»Und danach gehen Sie zurück nach Argentinien?« Sie bemühte sich, Fragen nach der Art von Müttern zu stellen. Sie setzte sich Santi gegenüber und strich sich den kurzen weißen Tennisrock mit eleganten Fingern über den Beinen glatt.
»Nein. Ich werde noch ein bisschen auf Reisen gehen. Ende des Jahres fahre ich dann wieder nach Hause.«
»Oh, das wird sicher nett werden. Und dann fangen Sie in Buenos

Aires noch einmal von vorn an.« Sie seufzte. »Ich verstehe nicht, weshalb Sie Ihr Studium nicht einfach hier erledigen?«
»Weil ich nicht zu lange aus Argentinien wegbleiben will«, sagte er ernsthaft. »Ich hätte Heimweh.«
»Das ist schön.« Sie lächelte entzückend. »Haben Sie eine Freundin zu Hause? Bestimmt.« Sie lachte und zwinkerte ihm flirtend zu.
»Nein.« Er setzte das Glas an und trank durstig.
»Na, das wundert mich aber, Santi. Ein so gut aussehender Junge. Aber umso besser für meine amerikanischen Schwestern, nehme ich an.«
»Santi ist fast ein Held auf dem Campus, Mom. Ich weiß nicht, was diese Art von Jungs an sich hat, aber die Mädchen sind verrückt nach ihnen«, sagte Frank scherzhaft. »Ich kriege immer die zweite Wahl – die Brosamen vom Tisch des Reichen.«
»Blödsinn, Frank. Glauben Sie ihm kein Wort, Mrs. Stanford«, sagte Santi verlegen.
»Bitte nennen Sie mich Josephine. Sonst komme ich mir vor wie deine Lehrerin. Du liebe Güte, nein.« Sie betupfte sich ihr errötendes Gesicht mit dem Handtuch. »Wo ist Maddy? Maddy?«
»Hier, Mom – ich hole mir nur was zu trinken. Möchtest du auch etwas, Santi?«
»Noch ein Glas Coca-Cola wäre nett. Danke.«
Maddy war dunkelhaarig und ziemlich reizlos; sie hatte das etwas unglückliche Aussehen ihres Vaters geerbt, nicht das dichte, kastanienbraune Haar ihrer Mutter, ihre goldene Haut und das bestrickende Fuchsgesicht. Maddy hatte eine große Nase, kleine, verquollene Augen, die aussahen, als sei sie eben erst aufgewacht, und sie hatte die teigige, picklige Haut eines Teenagers, der von Softdrinks und Fastfood lebte. Josephine hätte Santi gern dazu ermuntert, mit ihrer Tochter auszugehen, aber sie war klug genug, um zu wissen, dass Maddy für ihn weder hübsch noch interessant genug war. Oh, wenn ich nur zwanzig Jahre jünger wäre, dachte sie, dann würde ich selbst mit ihm nach oben gehen und ihm all diese überschüssige Energie abnehmen. Santi musterte Josephine verstohlen

mit schmalen Augen und wünschte, sie wäre nicht die Mutter seines besten Freundes. Ihm war es gleich, wie alt sie war. Er wusste, im Bett würde sie fantastisch sein.

»Nun, Santi, wie wär's, wenn Sie meinen Frank mit einem netten argentinischen Mädchen bekannt machten? Sie haben doch Schwestern, oder?« Josephine schlug die langen weißen Beine übereinander. »Eine, aber sie wäre eher nicht Franks Typ. Sie ist nicht clever genug für ihn.«

»Dann eben Cousinen. Ich bin entschlossen, Sie irgendwie in unsere Familie zu locken, Santi.« Sie lachte leise.

»Ich habe eine Cousine namens Sofia. Die wäre schon besser geeignet.«

»Wie ist sie denn?«

»Temperamentvoll, schwierig, verwöhnt, und sie spielt besser Polo als er.«

»Das ist eine, die ich gern kennen lernen würde«, sagte Frank. »Wie groß ist sie?«

»Oh, ungefähr so groß wie du. Nicht besonders groß, aber sie hat Charme, und sie kriegt immer, was sie will. Du hättest alle Hände voll mit ihr zu tun, das steht fest«, sagte er stolz. Er sah Sofias trotziges Gesicht vor sich und dachte zärtlich an sie.

»Was für ein Hammer! Wann kann ich sie kennen lernen?«

»Dazu müsstest du nach Argentinien kommen. Sie geht noch zur Schule.«

»Hast du ein Bild von ihr?«

»Zu Hause in der Bowen Street, ja.«

»Tja, ich schätze, es wäre die Reise wert, sie mal zu sehen. Gefällt mir, wie das klingt ... wie heißt sie, sagtest du?«

»Sofia.«

»Sofia. Gefällt mir, Sofia.« Er überlegte. »Ist sie locker?«

»Locker?«

»Würde sie mit mir schlafen?«

»Frank, Darling, doch nicht vor deiner Mutter«, schimpfte Josephine und wedelte mit der Hand vor ihrem Gesicht, als wolle sie die Luft von seinen unflätigen Worten reinigen.

»Na, würde sie?« Er blieb hartnäckig und ignorierte seine Mutter, die sich doch nur vor seinem neuen Freund aufspielen wollte.
»Nein, würde sie nicht.« Santi war es unwohl dabei, so über Sofia zu reden.
»Ich wette, sie braucht bloß ein bisschen Überredung. Ihr Latinos habt vielleicht Charme, aber wir haben Ausdauer.« Er kicherte. Santi gefiel der rivalisierende Ausdruck in seinem Blick nicht, und er bereute, dass er Sofia erwähnt hatte.
»Tatsächlich kenne ich ein Mädchen, das sehr viel besser für dich geeignet wäre«, sagte er und ruderte hektisch zurück.
»O nein. Ich finde, Sofia hört sich sehr gut an«, beharrte Frank.
Maddy kam mit einem Glas Coke zurück, und Santi nippte ohne Begeisterung daran. Er hatte plötzlich das starke Gefühl, seine Cousine beschützen zu müssen, und er fragte sich, wie er Frank daran hindern sollte, nach Argentinien zu fliegen, um sie kennen zu lernen. So etwas zu tun, wäre typisch für Frank. Er war reich genug, um überall hinzufliegen, und waghalsig genug, um alles auszuprobieren.
Als sie wieder an der Universität waren, fand er einen Brief von Sofia vor. Sie schrieb ihm jede Woche, wie sie es versprochen hatte.
»Von wem ist denn der?«, fragte Stanley neugierig. »Du kriegst ja mehr Briefe als die Post selber.« Er spielte die Akkorde eines Bob-Dylan-Songs auf seiner Gitarre.
»Von meiner Cousine.«
»Doch nicht von Sofia, oder?« Frank kam mit ein paar Bagels und Räucherlachs aus der Küche.
»Ich wusste nicht, dass du schon wieder da bist«, sagte Santi.
»Bin ich aber. Willst du auch einen? Die sind gut«, sagte er und kaute auf einem Bagel.
»Nein, danke. Ich werde das hier oben lesen. Mams Briefe sind meistens lang.«
»Ich dachte, er ist von deiner Cousine?«, sagte Frank.
»Habe ich das gesagt? Ich meinte, von meiner Mutter.« Santi fragte sich, weshalb er wegen einer solchen Kleinigkeit log. Frank würde Sofia über all den Mädchen an der Universität bald vergessen.

»Hey, Jonathan Sackville schmeißt heute Abend eine Party. Geht ihr mit?«, fragte Frank.
»Klar«, sagte Stanley.
»Klar«, sagte Santi und ging aus dem Zimmer.
Oben in der Ungestörtheit seines Zimmers las er den Brief von Sofia.

Liebster Lieblingscousin Santi,
danke für deinen letzten Brief – auch wenn es mir nicht entgangen ist, dass deine Briefe immer kürzer werden. So geht's aber nicht. Ich habe mehr verdient. Schließlich schreibe ich selbst lange Seiten voll, und ich habe mehr zu tun als du. Vergiss nicht, du hast keine Mutter wie ich, die dich dauernd zum Lernen zwingt. Mir geht's gut, schätze ich. Gestern hatte Papa Geburtstag, und wir haben alle drüben bei Miguel zu Abend gegessen. Es ist so heiß, du kannst es dir nicht vorstellen. Agustin hat mich letzte Woche tatsächlich geschlagen. Wir hatten einen Streit – wegen irgendeiner Kleinigkeit. Natürlich hat er angefangen, aber wer, glaubst du, hat die Schuld gekriegt? Da habe ich seine ganzen Kleider in den Pool geschmissen, auch seine geliebten Lederstiefel und seinen Polostock. Du hättest gelacht, wenn du sein Gesicht gesehen hättest. Ich musste mich bei Maria verstecken, denn ich dachte, er bringt mich wirklich um. Würdest du mich dann vermissen, Santi? Oje, ich muss aufhören; Mama kommt die Treppe herauf und sieht sehr wütend aus. Was habe ich wohl jetzt wieder angestellt? Ich lasse dich raten und erzähle es dir in meinem nächsten Brief. Und wenn du nicht bald schreibst, erzähle ich es dir nicht, aber ich weiß, du willst es unbedingt erfahren.
Mit einem dicken Kuss –

Sofia.

Santi lachte leise, als er den Brief gelesen hatte. Während er ihn zusammenfaltete und zu ihren anderen Briefen und denen von seinen

Eltern und von Maria in die Schublade legte, verspürte er leises Heimweh. Aber es dauerte nur eine Sekunde; dann wurde es vom Gedanken an Jonathan Sackvilles Party verdrängt.
Jonathan Sackville wohnte ein paar Straßen weiter in der Hope Street, und er war auf dem ganzen Campus dafür bekannt, dass er die besten Partys mit den hübschesten Mädchen gab. Eigentlich hatte Santi keine Lust, hinzugehen; er war ungewöhnlich niedergeschlagen, aber er wusste, es war besser, als hier herumzuhocken und über Briefen von zu Hause zu brüten. Also duschte er und zog sich um.
Als Santi, Frank und Stanley ankamen, stand Jonathan in der Haustür mit zwei hinreißenden Rothaarigen im Arm und einer Flasche Wodka in der Hand.
»Willkommen, meine Freunde. Die Party fängt gerade erst an«, rief er mit schwerer Zunge. »Nur rein mit euch.«
Das riesige Haus zitterte buchstäblich unter dem Stampfen von lauter Musik und ungefähr hundertfünfzig Leuten. Sie mussten sich durch den Hausflur zwängen, um an die Getränke zu kommen. Es ging zu wie in einem Bienenkorb. Nur schreiend übertönte man die Musik.
»Hey, Joey!«, rief Frank. »Santi, du kennst Joey!«
»Hallo, Joey«, sagte Santi ausdruckslos.
»Hey, Joey! Was läuft!? Wo ist die schöne Caroline?«, schrie Frank und spähte über Joeys Schulter nach seiner Schwester.
»Wirf dich ins Getümmel, Frank, wenn du dich traust. Sie ist irgendwo da drin.«
»Ich bin drin, Jungs. Wartet nicht auf mich!«
Santi sah, wie Frank in der wogenden Masse schwitzender Körper verschwand.
»Ich krieg hier Kopfschmerzen. Ich gehe nach Hause zu Dylan und Bowie.« Stanley klang immer zugedröhnt, auch wenn er es nicht war. »Das Leben soll doch keine Achterbahn sein. Hier ist es viel zu laut – viel, viel zu laut. Kommst du mit, abhängen?«
»Yeah. Gehen wir.« Santi wünschte, er wäre gar nicht gekommen. Es war reine Zeitverschwendung gewesen.

Draußen in der kühlen Oktoberluft konnte er wieder atmen. Die Nacht war sternenklar, und er musste an die schwülen Sommerabende denken, an denen er unter dem Ombu gesessen und in den Himmel geschaut hatte. Er hatte sein Zuhause bis jetzt nie vermisst – warum also hatte er jetzt plötzlich Heimweh?

»Ihr geht auch?«, fragte eine gedämpfte Stimme hinter ihnen. Sie drehten sich um.

»Ja, wir gehen. Gehst du mit?« Stanley musterte sie, und was er sah, gefiel ihm.

»Nein«, antwortete sie und lächelte dann Santi an.

»Kenne ich dich?«, fragte er und betrachtete das helle Gesicht im Licht der Straßenbeleuchtung.

»Nein, aber ich kenne dich. Das heißt, ich habe dich schon gesehen. Du bist neu.«

»Ja.« Er fragte sich, was sie wollte. Sie trug einen kurzen roten Mantel, und ihre schlanken Beine waren halb verhüllt von glänzenden Lederstiefeln, die ihr bis ans Knie reichten. Fröstelnd stampfte sie mit den Füßen.

»Auf der Party ist es mir zu laut. Ich würde gern irgendwo hingehen, wo es ruhig und warm ist.«

»Und wo wäre das?«

»Na ja, eigentlich wollte ich nach Hause, aber ich möchte nicht allein sein. Kommst du mit und leistest mir Gesellschaft?« Sie lächelte entwaffnend.

»Ich nehme an, ich bin nicht eingeladen«, sagte Stanley resigniert. »Wir sehen uns dann irgendwann, Santi.« Er schlenderte die Straße hinauf davon.

»Wie heißt du?«, fragte Santi.

»Georgia Miller. Ich studiere im zweiten Jahr. Ich habe dich auf dem Campus gesehen. Du bist aus Argentinien, stimmt's?«

»Stimmt.«

»Heimweh?«

»Ein bisschen«, antwortete er wahrheitsgemäß.

»Dachte ich mir. Du hast ein bisschen verloren ausgesehen da drin.«

Sie schob eine Hand unter seinen Ellenbogen. »Komm mit zu mir. Ich helfe dir, dein Heimweh zu vergessen.«
»Gute Idee. Vielen Dank.«
»Bedanke dich nicht, Santi. Du tust mir auch einen Gefallen. Ich wollte gleich mit dir ins Bett gehen, als ich dich das erste Mal gesehen habe.«
Im warmen Licht von Georgias Haus konnte Santi sie zum ersten Mal deutlich sehen. Sie war nicht schön; ihr Gesicht war zu lang, und ihre scharfen blauen Augen standen zu weit auseinander – und doch war sie sehr sexy. Ihre Lippen waren asymmetrisch, aber sinnlich, und wenn sie lächelte, tat sie es nur mit der einen Hälfte des Mundes. Sie war gesegnet mit Unmengen von dichten blonden Locken, die wie bei einer Cheerleader-Queen wippten, wenn sie ging. Als sie den Mantel auszog, spürte Santi eine gewisse Regung beim Anblick ihrer schwellenden Brüste, der schmalen Taille und der langen, wohlgeformten Beine. Sie hatte eine Figur wie ein Pornostar, und sie wusste es.
»Diese Figur bringt mich oft in Schwierigkeiten«, sagte sie seufzend; sie spürte, dass er sie beobachtete. »Was möchtest du trinken?«
»Einen Whiskey.«
»So schlimm ist es?«
»Was?«
»Dein Heimweh.«
»Ach nein, eigentlich nicht. Ich komme damit zurecht.«
»Aber manchmal erwischt es dich, wenn du am wenigsten damit rechnest, nicht wahr?«
»Ja.«
»Ein Brief, und manchmal auch nur ein Geruch oder ein Stück Musik«, sagte sie wehmütig.
»Woher weißt du das?«
»Oh, Santi, ich bin aus dem Süden. Hörst du das nicht?«
»Aus dem Süden?«, wiederholte er verständnislos.
»Aus Georgia.«
»Ach so. Dein Akzent klingt für mich leider wie alle andern.«

»Das macht nichts, mein Hübscher. Dein Akzent klingt nicht wie alle andern. Und tatsächlich ist es der netteste Akzent, den ich je gehört habe. Du kannst also reden, so lange du willst, und ich werde einfach zuhören und hinschmelzen.« Sie lachte kehlig. »Du sollst nur wissen, dass ich das Gefühl kenne; du brauchst dich vor mir nicht zu verstellen. Ich bin auf deiner Seite. So – hier ist dein Whiskey. Lass uns das Feuer anzünden und ein bisschen Musik auflegen, und dann werden wir unser Heimweh beide vergessen. Abgemacht?«
»Abgemacht«, sagte Santi und sah zu, wie sie sich bückte, um das Kaminholz aufzuschichten.
»Vergiss das Feuer, Georgia aus Georgia. Lass uns nach oben gehen«, sagte er plötzlich, als unter dem Minirock der Spitzenrand ihrer Strümpfe und ein schwarzer Slip aufblitzten. »Es gibt nur eine Möglichkeit, sein Zuhause zu vergessen: Man muss sich ineinander verlieren«, sagte er rau und leerte sein Whiskeyglas.
»Na dann komm. Ich brenne darauf, mich in dir zu verlieren«, sagte sie, und dann nahm sie ihn bei der Hand und führte ihn die Treppe hinauf zu ihrem Schlafzimmer.

Vierzehn

Santa Catalina, Dezember 1973

Chiquita hatte kaum geschlafen. Die Nacht war schwül gewesen. Unruhig hatte sie sich in ihrem stickigen Zimmer hin und her gewälzt und auf das regelmäßige Schnarchen ihres Mannes Miguel gelauscht, der groß und behaart neben ihr lag. Es lag allerdings nicht an der Schwüle, dass der Schlaf sich in dieser Nacht zu einem unerreichbaren Luxus entwickelte, und auch nicht an dem Alptraum, der den kleinen Panchito weckte und ihn weinend zu ihr ins Bett kommen ließ. Es lag daran, dass ihr Sohn Santi, der in den USA studiert hatte, nach zwei Jahren wieder heimkehrte.

Geschrieben hatte er oft. Aufgeregt hatte sie seine allwöchentlichen Briefe erwartet, und sie hatte sie mit einer Mischung aus Freude und Trauer gelesen, denn sie vermisste ihn schrecklich. Nur einmal hatte sie ihn besucht, im März in den Frühjahrsferien. Stolz hatte er seinen Eltern den Campus und das Haus in der Bowen Street gezeigt, in dem er mit zwei Freunden wohnte, und dann waren sie für ein paar Tage an die Küste gefahren, nach Newport, wo sie bei seinem Freund Frank Stanford und seiner bezaubernden Familie gewohnt hatten. Miguel war entzückt gewesen, dass sein Sohn dort sogar Polo spielen konnte. Der Junge war jetzt neunzehn, fast zwanzig, und er war ihr mehr als Mann denn als Junge erschienen, als sie ihm an jenem schwülen Abend im März zum Abschied zugewinkt hatte.

Chiquita und Anna saßen so manchen langen Abend zusammen draußen auf der Terrasse, wo sie in die Ferne schauten und in allen Einzelheiten über ihre Kinder sprachen. Anna litt sehr unter dem unerhörten Benehmen ihrer Tochter. Sie hatte immer gehofft, dass Sofia mit der Zeit ruhiger werden würde, aber tatsächlich hatte sie das Gefühl, dass es immer nur noch schlimmer wurde. Sofia war unverschämt und rebellisch, sie gab Widerworte, und in gelegentlichen Anfällen von Jähzorn, die aus heiterem Himmel zu kommen schienen, beschimpfte sie ihre Mutter sogar.

Mit siebzehn zeigte sie sich unabhängiger und abscheulicher denn je. In der Schule war sie schlecht; sie fiel überall durch und war die Schlechteste in ihrer Klasse; nur im Aufsatzschreiben tat sie sich hervor, denn dort konnte sie sich der Fantasiewelt ihrer Träume überlassen. Ihre Lehrer klagten über ihre mangelhafte Konzentration und ihre absichtlichen Versuche, alle andern zu stören. Auch sie wussten sich mit ihr nicht zu helfen. An den Wochenenden auf Santa Catalina nahm sie sich ein Pferd und verschwand für Stunden. Sie dachte nicht daran, ihrer Mutter zu sagen, wohin sie wollte. Oft kehrte sie erst nach Einbruch der Dunkelheit zurück und versäumte absichtlich das Abendessen.

Das Fass war vollends übergelaufen, als Anna erfahren hatte, dass Sofia den Chauffeur bestochen hatte, damit er sie statt zur Schule nach San Telmo fuhr, in den ältesten Teil von Buenos Aires, wo sie fast die ganze Woche damit zubrachte, bei einem alten spanischen Seemann namens Jesus Tangostunden zu nehmen. Sie hätte es gar nicht gemerkt, wenn die Lehrerin nicht angerufen hätte, um Sofia baldige Genesung vom Drüsenfieber zu wünschen.

Als sie Sofia zur Rede gestellt hatte, hatte das Kind einfach erwidert, es sei aus der Schule herausgewachsen und wolle Tänzerin werden. Paco hatte gelacht und sie für ihre Eigeninitiative gelobt. Anna hatte getobt. Aber Sofia hatte sich an den Zorn ihrer Mutter so sehr gewöhnt, dass er sie längst nicht mehr berührte. Anna musste ihre Tochter auf andere Weise zügeln. Dass sie schön und bezaubernd war, half dabei nicht, denn gerade wegen dieser Eigenschaften ließ man ihr alles durchgehen. Chiquita versuchte ihrer Schwägerin behutsam zu erklären, dass Sofia große Ähnlichkeit mit ihrer Mutter habe. Aber Anna schüttelte verzweifelt den rothaarigen Kopf und wollte davon nichts hören.

»Sie hat mehr Charme, als ihr gut tut. Sie wickelt ja jeden um den Finger – vor allem ihren eigenen Vater. Er tut nichts, um mich zu unterstützen. Ich komme mir vor wie ein Ungeheuer. Ich bin die Einzige, die ihr Vorhaltungen macht. Am Ende wird sie mich noch hassen, wenn ich nicht vorsichtig bin.« Sie seufzte tief.

»Wenn du sie etwas weniger hart an die Kandare nehmen und ihr die Zügel ein bisschen mehr schießen lassen könntest«, schlug Chiquita vor, »dann würde sie der Hafer vielleicht nicht mehr so sehr stechen.«

»Ach, Chiquita, du klingst wie mein Vater.«

»Er war ein weiser Mann.«

»Manchmal. Die meiste Zeit hat er mich geärgert.«

»Er fehlt dir, nicht wahr?«, vermutete Chiquita. Eigentlich hatte sie mit ihrer Schwägerin noch nie über ihre Eltern gesprochen. Es bereitete Anna Unbehagen, über Irland zu reden.

»In gewisser Weise, ja. Aber was mir fehlt, ist nicht der Vater, der nach Argentinien gekommen ist, sondern der Vater in Glengariff, bei dem ich aufgewachsen bin. Irgendwie hat sich unser Verhältnis geändert. Oder ich habe mich geändert – ich weiß es nicht.« Sie senkte den Blick. Chiquita betrachtete ihr Gesicht im warmen Abendlicht. Wie unglaublich schön sie war, und wie verbittert war sie geworden!

»Ich vermisse ihn auch«, sagte sie.

»Teilweise habe ich es ihm zu verdanken, dass Sofia so verwöhnt ist. *Ich* habe sie nie verwöhnt. Aber weder Paco noch mein Vater haben ihren Charme je durchschaut.«

»Den Charme der Solanas!«

»Den verfluchten Charme der Solanas!«, wiederholte Anna und lachte dann. »Meine Mutter war auch charmant. Alle haben sie geliebt. Die arme alte Tante Dorothy war dick und hässlich – jeder schaute nur meine Mutter an. Tante Dorothy hat nie geheiratet.«

»Was ist aus ihr geworden?«, fragte Chiquita.

»Ich weiß es nicht. Es ist wohl meine Schuld, dass wir keinen Kontakt mehr haben.«

»Oh.«

»Ich weiß, es war abscheulich von mir, aber sie war so weit weg …« Sie sprach nicht weiter. Das Gewissen plagte sie. Sie wusste nicht einmal, ob ihre Tante noch lebte oder schon gestorben war. Sie hätte versuchen müssen, mit ihr Verbindung aufzunehmen, als Grandpa O'Dwyer gestorben war, aber sie hatte es nicht über sich gebracht. Es war besser, wenn die Tante es gar nicht erfuhr. Was sie nicht weiß, macht sie nicht heiß, hatte sie gedacht und die Sache ad acta gelegt.

Chiquita hätte sie gern nach anderen Onkeln und Tanten gefragt; aus Grandpa O'Dwyers Erzählungen wusste sie, dass Anna aus einer großen Familie stammte, aber sie wagte es nicht. Lieber brachte sie das Gespräch wieder auf Sofia.

»Sofia wird aus diesem Benehmen bestimmt herauswachsen. Das ist nur eine Entwicklungsphase.«

»Da bin ich nicht so sicher.« Anna konnte es nicht zugeben, aber sie erkannte in ihrer Tochter mehr von sich selbst wieder, als sie sich eingestehen wollte. »Weißt du, Chiquita, was mir am meisten Sorgen macht, ist die Möglichkeit, dass sie völlig verwildert, wenn ich ihr die Zügel schießen lasse, wie du vorschlägst. Ich möchte ja nicht, dass der Rest der Familie sagt, ich hätte eine Wilde in die Welt gesetzt.«

Chiquita lachte mitfühlend; sie war außer Stande, über irgendjemanden schlecht zu denken.

»*Querida,* alle lieben Sofia; sie ist ein unabhängiger Geist. Mein Santi und Maria beten sie an, und jeder verzeiht ihr, was immer sie tut. Nur dir genügt sie nicht. Überhaupt, was kümmern dich andere Leute?«

»Du weißt doch, wie die Menschen sind. Sie tun nichts lieber, als sich das Maul zu zerreißen.«

»Manche Menschen, ja, aber auf die kommt es doch nicht an.« Chiquita beobachtete ihre Schwägerin. Nach so vielen Jahren hatte Anna noch immer das Gefühl, nicht zur Familie zu gehören. Noch immer fühlte sie sich unterlegen, und nur deshalb machte sie sich so große Sorgen um das, was andere Leute über ihre Kinder denken mochten. Sie wollte so verzweifelt gern stolz auf sie sein. Ihre Erfolge strahlten auf sie zurück, aber ihr Scheitern auch. Sie fühlte sich zwanghaft getrieben, andauernd ihren Wert zu beweisen. Nie konnte sie sich entspannen.

Chiquita hätte ihr gern gesagt, dass es darauf einfach nicht ankam. Ihre Herkunft war ohne Bedeutung. Alle hatten Anna gern; sie gehörte zur Familie. Sie liebten sie so, wie sie war; ihre Unsicherheit war ein Teil von ihr und einer der Gründe, weshalb alle sie liebten. Gern hätte Chiquita sie auch darauf hingewiesen, dass Sofia so rebellisch war, weil Anna so vernarrt in ihre Söhne war. Es war so offensichtlich, dass sie nur für Rafael und Agustin lebte. Wenn die Jungen sich so unerhört benommen hätten wie Sofia, dann wäre Anna stolz auf ihren draufgängerischen Charakter gewesen, statt zu versuchen, sie durch Disziplin zu unterwerfen. Mit Freude hätte sie das Spiegelbild ihres eigenen Trotzes in ihnen gesehen und sie mit ihrer Liebe ermutigt. Aber stattdessen war sie eifersüchtig auf den Platz, den ihre Tochter in der Familie einnahm. Eifersüchtig, weil Sofia so viel Aufmerksamkeit beanspruchte. Niemand konnte behaupten, es sei ihm gleichgültig, ob er gehasst oder geliebt werde. Aber Chiquita hatte es schon öfter versucht, und ihre Bemerkungen hatten immer nur dazu gedient, die Aufmerksamkeit auf Annas Gefühl von Unzulänglichkeit zu richten. Sie hatte gelernt, nicht mehr davon zu sprechen.

»Wie dem auch sei«, seufzte Anna zu Chiquitas Erleichterung, »genug von Sofia. Ihr müssen ja schon die Ohren klingen, und das wäre auch nicht gut. Rafael und Agustin sind zwei völlig andere Menschen. Ich glaube, Rafael trifft sich im Stillen mit Jasmina Peña – du weißt schon, Ignacio Peñas Tochter. Das wäre eine gute Verbindung.« Anna atmete gewichtig durch die Nase ein. »Er glaubt, ich weiß es nicht, aber ich höre ihn oft am Telefon. Ich werde ihm gegenüber natürlich nicht davon anfangen; er wird es mir schon erzählen, wenn er den Zeitpunkt für richtig hält. Er erzählt mir nämlich alles, nicht wie seine Schwester, die sich wie ein Dieb in der Nacht ...« Sie brach ab, um das Gespräch nicht noch einmal auf Sofia zu bringen. »Es muss ja eine ziemliche Aufregung für euch sein, dass Santiago jetzt wieder nach Hause kommt.« Sie unterdrückte das Bedürfnis, sich weiter über Sofia zu beklagen. »Ich kann mir nicht vorstellen, wie ihr Weihnachten ohne ihn überstanden habt.«

Chiquita schüttelte unglücklich den Kopf. »Es war schrecklich. Natürlich habe ich mich um der andern willen bemüht, mir nichts anmerken zu lassen, aber du hast es wahrscheinlich doch gemerkt. Es war einfach nicht wie sonst. Ich habe es gern, wenn wir alle zusammen sind. Aber er wollte nach Thailand. Überall ist er gewesen. Es war eine wunderbare Erfahrung. Ich glaube, er hat sich sehr verändert. Er ist jetzt ein Mann«, sagte sie stolz und erinnerte sich an die Frühlingsferien, als ihr klar geworden war, dass das Kind, das er einmal gewesen war, für immer verschwunden war. Seine Stimme war tief und rau, sein Kinn dunkel von Bartstoppeln, sein Blick durch die Erfahrung tiefgründiger und seine Gestalt kräftig und muskulös wie die seines Vaters. Auch sein Hinken, hatte sie bemerkt, war kaum noch zu sehen. »Ich kann es gar nicht glauben, dass er wieder nach Hause kommt.« Sie seufzte glücklich.

Santi sollte Mitte Dezember kommen, rechtzeitig zum Beginn der langen Sommerferien; danach würde er dann sein Studium an der Universität von Buenos Aires beginnen. Ein Weihnachtsfest hatte er versäumt. Chiquita war entschlossen, es kein zweites Mal zuzulassen. Im Stillen hatte sie die Tage gezählt; sie hatte für diesen einen Tag gelebt.

Am Morgen des 12. Dezember, einem Samstagmorgen, stand sie mit freudigem Herzen auf, nachdem sie die ganze Nacht nicht geschlafen hatte. Als sie die Vorhänge aufzog, schien die Sonne irgendwie strahlender als sonst, und die Blumen waren zarter. Geschäftig warf sie noch einmal einen Blick in Santis Zimmer und stellte eine Vase mit frischen Rosen auf seinen Nachttisch. Im Haus herrschte große Aufregung. Panchito rannte hektisch mit seinen kleinen Cousins und den Kindern der Gauchos und Dienstmädchen auf der Farm herum. Fernando verschwand zu Pferde; er erwartete die Heimkehr seines jüngeren Bruders mit gemischten Gefühlen, und die alten Regungen von Eifersucht und Ressentiment

erwachten aus ihrem langen Schlaf. Miguel war schon früh mit dem Jeep zum Flughafen gefahren und hatte seine Frau in verzweifelter Ungeduld zurückgelassen, damit sie den Lunch vorbereitete. Maria, die ihrer Mutter nicht im Weg sein wollte, war zu Sofia hinübergelaufen, sowie sie ihr Frühstück beendet hatte.
Sie fand Sofia mit ihrer Familie auf der Terrasse.
»Hola, Maria, *qué hacés?«*, schrie Sofia, als sie ihre Cousine kommen sah.
»Buen día, Anna, Paco ...« Fröhlich beugte Maria sich zu jedem herunter und verteilte Küsschen.
»Deine Mutter ist sicher ganz aus dem Häuschen«, meinte Anna. Sie wusste genau, wie ihr zumute wäre, wenn es Agustin oder Rafael wäre, der da nach Hause kam.
»Ach, ihr könnt es euch nicht vorstellen, sie hat letzte Nacht kein Auge zugetan. Und jetzt war sie schon ein Dutzend Mal in seinem Zimmer, um sicher zu sein, dass auch alles tipptopp ist.«
»Santi wird's gar nicht merken«, sagte Agustin, strich sich Butter auf ein Hörnchen und tunkte es in seinen Tee.
»Natürlich wird er das, er wird alles bemerken«, sagte Anna begeistert. Maria zog sich einen Stuhl heran, und Soledad kam mit einer Tasse für sie aus der Küche.
»Und Miguel?«, fragte Paco, ohne von seiner Zeitung aufzublicken.
»Ist in aller Frühe zum Flughafen gefahren, um Santi abzuholen.«
»Bueno«, sagte er, und dann stand er auf und erklärte murmelnd, er gehe auf einen Cocktail zu Alejandro und Malena hinüber.
»Bisschen früh für einen Drink, eh, Papa?«
»Bei Alejandro und Malena ist es nie zu früh für einen Drink, Sofia.« Er schlenderte davon, und sein graues Haar glänzte im Sonnenschein.
»Sofia, ich wette, du kannst es nicht erwarten, Santi wiederzusehen«, meinte Maria begeistert und goss sich eine Tasse Tee ein. »Wie er wohl jetzt aussieht? Glaubst du, er wird sehr verändert sein?«
»Wenn er sich einen Bart hat wachsen lassen oder sonst eine Al-

bernheit gemacht hat, bringe ich ihn um«, erklärte Sofia glücklich, und ihre Augen funkelten vor Aufregung.

»Panchito wird er gar nicht wiedererkennen; der ist so groß geworden – bald spielt er schon mit den großen Jungs Polo.«

»Und Mädchen«, ergänzte Sofia und warf einen Seitenblick zu ihrer Mutter. Sofia wusste, dass es Anna missfiel, wie ihre Tochter mit den Männern auf dem Spielfeld auf und ab galoppierte, und es machte ihr Spaß, sie zu ärgern. Maria war doch so würdevoll und weiblich, dachte Anna – warum war Sofia ein solcher Junge? Anna konnte es einfach nicht begreifen. »Hey, Rafa, als Erstes wird Santi wahrscheinlich eine Partie spielen wollen«, sagte Sofia boshaft. »Sollen wir eine für ihn auf die Beine stellen?«

»Du ärgerst Mama, Sofia. Lass sie doch einmal in Ruhe«, antwortete Rafael abwesend; er interessierte sich mehr für die Samstagszeitung als für das mädchenhafte Geschnatter seiner Schwester und seiner Cousine. Anna seufzte, wie sie es nur Sofias wegen tat, lang und leidend und mit einem Kopfschütteln.

»Sofia, warum wartest du nicht ab, wie es sich entwickelt? Er wird uns allen so viel zu erzählen haben«, schlug sie angespannt vor. Dann dachte sie an Chiquitas Rat und beschloss, es einmal damit zu versuchen. Matt fügte sie hinzu: »Und warum sollte Santi nicht auch Lust auf ein Spiel mit euch haben, Sofia? Er will bestimmt nicht den ganzen Nachmittag dasitzen und sich mit uns unterhalten.«

»Meinst du wirklich?«, fragte Sofia langsam. Sie sah ihre Mutter forschend an, aber die lächelte nur und frühstückte weiter. Nach einer Weile standen die beiden Mädchen auf und liefen ins Haus.

In Sofias rosa geblümtem Zimmer warfen sie sich auf das Bett und zerwühlten die frisch gebügelte Leinendecke.

»Ist das zu glauben?«, krähte Sofia.

»Was?«

»Mama – sie hat gesagt, sie hat nichts dagegen, wenn ich Polo spiele!« Sie zuckte die Achseln.

»Zum ersten Mal.«

»Ja. Weshalb wohl?«

»Frag nicht, Sofia, freu dich einfach.«
»Mach ich ja. Aber es wird nicht von Dauer sein.« Sie seufzte. »Warte, bis ich das Santi erzähle.«
»Wie lange haben wir noch? Stunden!«, maulte Maria und schaute auf die Uhr.
»Ich bin so aufgeregt, ich kann kaum noch an mich halten«, erklärte Sofia und errötete unter der Sonnenbräune. »Was soll ich anziehen?«
»Na, was hast du denn?«
»Ach, nicht so viel. Alle meine schicken Sachen sind in Buenos Aires.« Sie riss den Kleiderschrank auf. »Sieh selbst!« Man sah wenig mehr als einige säuberlich gefaltete T-Shirts und Pullis und ein paar Jeans.
»Na, dann wollen wir mal wühlen«, sagte Maria hilfsbereit und tauchte im Schrank unter. »Was soll's denn sein?«
»So was wie deins«, sagte Sofia nach kurzem Nachdenken. Maria trug ein hübsches Kleid, das bis auf die Knöchel reichte; es war mit Spitze und Bändern besetzt, die zu ihrem Haarband passten.
»So was wie *meins*?«, wiederholte Maria verblüfft und zog die Nase kraus. »Aber ich hab dich noch nie in so einem Kleid gesehen.«
»Na, es gibt für alles ein erstes Mal. Hör zu, Santi kommt nach zwei Jahren wieder zurück, und da will ich ihn umhauen.«
»Spar dir das Umhauen für Roberto«, antwortete Maria lächelnd. Roberto Lobito war groß, blond und hatte genug Charme, um mit jedem Mädchen auszugehen, das er wollte. Er war ein guter Freund von Fernando und wohnte auf der benachbarten Estancia. Er spielte nicht nur mit einem Sechs-Goal-Handicap Polo, sondern war auch ein Zuschauermagnet. Wenn Roberto Lobito spielte, kamen die Mädchen auf der Farm und wahrscheinlich auch auf den benachbarten Farmen hinter ihren Liebesromanen hervor, um ihm zuzuschauen.
Sofia hatte sich nie dafür interessiert. Selbst als er sie einmal nach der Copa Santa Catalina angesprochen hatte, oder als er herübergetrabt war und ihr mit seinem Poloschläger einen Klaps auf den Hintern gegeben hatte – selbst da war es ihr einfach egal gewesen. Für

Roberto hatte sie sich dadurch von allen anderen Mädchen unterschieden, die erröteten und anfingen zu stottern, wenn er mit ihnen sprach. So etwas bot ihm keine Herausforderung. Sofia redete mit ihm, machte Scherze mit ihm, aber er merkte, dass er sie nicht interessierte, und das machte die ganze Sache umso aufregender.

Nach ihrem Streit mit Maria hatte Sofia es für eine gute Idee gehalten, mit einem anderen Jungen auszugehen, um ihre Cousine von ihrer Fährte abzubringen. Niemand außer Maria ahnte etwas von ihren geheimen Gefühlen für Santi, und sie wäre nur auf eine Weise davon zu überzeugen, dass Sofia aus ihrer kindischen Schwärmerei herausgewachsen war: Sie musste sich leidenschaftlich in jemand anderen verlieben. Da sie sich für niemanden sonst wirklich interessierte, war es im Grunde egal gewesen, für wen sie sich entschied. Aber ihr Stolz diktierte, dass der Betreffende immerhin weit und breit am besten aussehen müsse, und so hatte sie sich Roberto Lobito auserkoren.

Es war leicht gewesen. Statt »Nein« zu sagen und seine Avancen lachend zurückzuweisen, hatte sie sich von ihm küssen lassen. Es war eine Enttäuschung gewesen. Sie hatte zwar nicht damit gerechnet, dass die Pampa beben würde, aber ein leises Vibrieren wäre doch ganz nett gewesen. Als er seinen nassen Mund an ihrem gerieben und seine Zunge um ihre – weniger enthusiastische – geschlungen hatte, war sie angeekelt zurückgewichen. Das würde sie einfach nicht allzu lange durchhalten können. Aber dann hatte sie eine Idee gehabt. Sie hatte die Augen geschlossen und sich noch einmal küssen lassen. Und diesmal hatte sie sich vorgestellt, es wären Santis Lippen, die ihren Mund berührten, seine Hände, die ihre Taille umfassten, sein Kinn, das an ihrem scheuerte. Und es hatte funktioniert. Plötzlich hatte ihr Herz schneller geschlagen, ihr Gesicht hatte sich gerötet, und die Pampa hatte gebebt – fast jedenfalls. Auf alle Fälle war es besser gewesen, als Roberto Lobitos eifriges Gesicht zwei Fingerbreit vor ihrem zu sehen.

Nicht eine Minute dieser zwanzig Monate war vergangen, in der sie nicht an Santi gedacht und den Tag seiner Rückkehr herbeigesehnt hätte. Als er fortgegangen war, hatte sie das Gefühl, als breche die ganze Welt um sie herum zusammen. Ohne ihn war Santa Catalina einfach nicht mehr wie früher. Und während sie vor den Augen der Welt Roberto Lobitos Freundin wurde, war sie im Grunde ihres Herzens Santis heimliche Geliebte – obwohl da ein großer Unterschied blieb: Sie schlief nicht mit Roberto. Als sie vom Kind zur Frau wurde, erkannte sie, dass auch ihre Gefühle sich zu etwas anderem ausgewachsen hatten, zu etwas sehr viel Gefährlicherem. Heiße Nächte verbrachte sie damit, sich in ihrem großen Bett hin und her zu wälzen und über die sinnlichen Gedanken zu erröten, die ihr in den Kopf kamen. Oft wachte sie frühmorgens auf, weil alle ihre Glieder vom Verlangen nach ihm schmerzten. Frustriert lag sie unter der Bettdecke und wusste nicht, wie sie sich von dieser lastenden Glut befreien sollte. Sie wusste, dass alle diese Gedanken sündhaft waren, aber nach einer Weile hatte sie sich so sehr daran gewöhnt, dass sie ihr keine Angst mehr machten, sondern ihr Trost spendeten. Also gab sie sich ihnen hin.

Anfangs hatte sie Gewissensbisse, und es war nicht leicht, Padre Julios gütiges, aber missbilligendes Gesicht zu vergessen. Aber nach einiger Zeit fand Padre Julio eine bessere Beschäftigung, als sich um Sofias nächtliche Abenteuer zu kümmern, und er verschwand aus ihren Gedanken. Sie erzählte niemandem von ihren Sehnsüchten, sondern hütete sie streng, und dieses Geheimnis beschäftigte sie und lenkte sie davon ab, dass sie ihn so sehr vermisste. Im Herzen fühlte sie sich in seiner Nähe, auch wenn er meilenweit entfernt war. Und seine Briefe, voll von Erinnerungen an die Heimat und Einzelheiten aus seiner neuen Welt, hielten sie tagelang aufrecht.

Sofia nahm ein weißes Sommerkleid heraus und hielt es sich an.

»Wie wär's damit?«, fragte sie. »Mama hat es mir gekauft, um mich vom Polofeld und von meinen Jeans abzubringen. Aber ich hab's noch nie angehabt.«

»Na, zieh es an, dann sehen wir's. Komisch, ich kann mir gar nicht vorstellen, wie du im Kleid aussiehst.« Maria runzelte erwartungsvoll die Stirn.

Sofia zog sich das weiße Baumwollkleid über den Kopf und zerrte es mühsam über Brust und Hintern. Es wurde von zwei dünnen Trägern gehalten und lag an den Hüften an, ehe es dann in großzügigem Fall fast bis zu den Knöcheln reichte. An den Hüften war es zwar ein bisschen zu eng, aber ihre schmale Taille und die breiten, sportlichen Schultern betonte es auf höchst auffällige Weise. Ihre Brüste spannten das Mieder geradezu unanständig und drohten bei der kleinsten Bewegung den Stoff zu zerreißen und hervorzubrechen. Sie zog den langen glänzenden Zopf auf dem Rücken unter dem Kleid hervor und stellte sich dann erwartungsvoll vor den Spiegel.

»Oh, Sofia, du siehst wunderbar aus.« Maria seufzte in ehrlicher Bewunderung.

»Findest du?«, antwortete Sofia zaghaft. Und tatsächlich, es sah reizend aus, wenn auch vielleicht ein bisschen unbequem; weil sie es nicht gewohnt war, Kleider zu tragen, fühlte sie sich verwundbar und seltsam gesittet. Merkwürdig, wie ein verändertes Aussehen auch einen Wandel in der Persönlichkeit herbeiführen konnte, dachte sie amüsiert. Aber sie war zufrieden.

»So kann ich mein Haar nicht tragen; ich hab's ja immer so. Kannst du es mir hochstecken?« Sie war plötzlich erfasst vom Reiz des Neuen, und sie wollte, dass die Veränderung total und dramatisch war. Maria, immer noch verblüfft über diese Verwandlung, ließ Sofia an der Frisierkommode Platz nehmen und machte sich daran, die langen, dunklen Locken hochzustecken.

»Santi wird dich nicht wiedererkennen.« Sie lachte mit Haarnadeln zwischen den Lippen.

»Auch sonst niemand«, stellte Sofia fest. In ihrem Mieder konnte sie kaum atmen. Ungeduldig spielte sie mit der Schachtel voll Haarnadeln und Bändern, und sie lachten beide, als sie sich vorstellten, wie die andern reagieren würden. Aber die einzige Reaktion, für die Sofia sich wirklich interessierte, war die ihres Lieblingscousins, den sie zwei lange, schmerzliche Jahre lang nicht gesehen hatte.

Endlich war der Tag seiner Heimkehr gekommen, und das sehnsuchtsvolle Warten würde bald ein Ende haben. Als Maria ihr das Haar festgesteckt hatte, warf Sofia einen letzten Blick in den Spiegel

und machte sich dann auf den Weg hinüber zu Chiquita, um dort die Ankunft des jungen Helden zu erwarten.
»Was machen wir denn jetzt bis zum Mittag?«, fragte Maria unterwegs.
»Weiß der Himmel.« Sofia zuckte die Achseln. »Vielleicht können wir deiner Mutter helfen.«
»Mama helfen? Ich kann mir nicht vorstellen, dass es noch irgendetwas zu tun gibt.«
Chiquita wanderte zwischen den Beeten umher und goss die Blumen, um ihre Ungeduld im Zaum zu halten. Rosa, Encarnación und Soledad hatten den Mittagstisch gedeckt, und im Schatten standen die Eiskübel mit den Getränken. Als die beiden Mädchen herankamen, hob Chiquita den Kopf und lächelte breit. Sie war eine schlanke, elegante Frau mit Stil und einem guten Geschmack, der alles durchdrang, was sie tat. Die neue Sofia erkannte sie sofort. Sie stellte ihre Gießkanne ab und ging ihr erfreut entgegen.
»Sofia, *mi amor!* Ich kann nicht glauben, dass du es wirklich bist. Anna muss entzückt sein, dass du das Kleid trägst, das sie dir gekauft hat. Weißt du, wir haben es in Paris zusammen ausgesucht.«
»Wirklich? Ach, darum ist es so hübsch.« Sofia fühlte sich schon viel sicherer, nachdem ihre geliebte Tante ihr Aussehen gebilligt hatte.
Zu dritt setzten sie sich auf der Terrasse in den Schatten zweier Sonnenschirme, plauderten über alles Mögliche und warfen hin und wieder einen Blick auf die Uhr, um zu sehen, wie lange sie das Warten noch ertragen mussten. Nach einer Weile erschien Anna. In ihrem blassblauen Kleid mit Sonnenhut wirkte sie geisterhaft, aber auch auf eine unnahbare Weise schön. Als Nächstes kam Paco mit Malena und Alejandro und ihren Kinder, dicht gefolgt von Fernando, Rafael, Agustin und Miguel. Als Sofias Brüder sie erblickten, konnten sie sich nicht verkneifen, sie gnadenlos aufzuziehen.
»Sofia ist ja ein Mädchen!«, stellte Agustin fest und betrachtete sie amüsiert von oben bis unten.
»Nein, wirklich? Woran siehst du das denn, *boludo?«*, gab sie sarkastisch zurück, bevor ihre Mutter sie voller Entzücken darüber,

dass ihre Tochter endlich einmal hübsch und anständig aussah, in scharfem Ton beide zum Schweigen brachte. Der Rest der Familie erschien in kleinen Gruppen, und dann warteten alle zusammen und tranken Wein, während der Rauch vom Asado sie umwehte. Wie immer umschnüffelte die Meute der mageren Hunde gierig den Boden rings um den Grill. Panchito und seine kleinen Cousins liefen ihnen nach und quiekten jedes Mal, wenn es ihnen gelungen war, an einem Schwanz zu ziehen oder einen struppigen Kopf zu streicheln, ohne dass ihre Mütter es bemerkten und sie zum Händewaschen ins Haus schickten.

Endlich bemerkte Sofia eine kleine Staubwolke in der flirrenden Ferne, die langsam näher kam.

»Hey, Leute, sie kommen!«, rief sie. »Da sind sie!« Erwartungsvolle Stille trat ein, als aller Augen sich auf die Staubwolke richteten. Chiquita hielt den Atem an; sie wollte kein Unheil heraufbeschwören, indem sie zu viel erwartete, und so rechnete sie jeden Augenblick damit, dass das Auto zu ihrer Enttäuschung abbiegen und woanders hinfahren würde. Niemand bemerkte, wie einer der Hunde eine Wurst vom Grill stahl. Panchito, inzwischen sechs Jahre alt, vergaß die Ankunft seines Bruders, an den er sich sowieso kaum erinnern konnte, und rannte dem Hund hinterher. Sofias Herz hämmerte gegen die Rippen, als wolle es sich aus seinem Käfig befreien und zusammen mit ihren eingezwängten Brüsten hervorbrechen. Sie spürte, wie ihre Handflächen vor Aufregung feucht wurden, und plötzlich wünschte sie, sie hätte Jeans und Hemd angezogen – so, wie er sie in Erinnerung haben würde.

Die Staubwolke wurde immer größer, bis der blanke Chromstahl des Jeep hervorblitzte, und dann bog der Wagen um die Ecke und kam die Allee herunter auf die Ranch zu. Als er im Schatten der Eukalyptusbäume hielt, sprang ein größerer, breiterer, eleganterer Santi heraus. Er trug elfenbeinfarbene Chinos, ein himmelblaues, offenes Hemd und braune Lederslipper. Der junge Amerikaner war wieder zu Hause.

Fünfzehn

Santiago Solanas sah sich von einer Willkommensparty empfangen, wie er sie noch nie erlebt hatte. Er war plötzlich umringt von Cousins und Cousinen, Brüdern, Tanten und Onkeln, die ihn alle gleichzeitig umarmen und küssen und ihn mit Fragen nach seinen Abenteuern im Ausland überschütten wollten. Seine Mutter lächelte unter Tränen der Freude und Erleichterung, als sie ihren Sohn wieder wohlbehalten am Busen der Familie sah.

Sofia beobachtete, wie er vom Jeep kletterte und in seinem unverwechselbaren Gang herangeschlendert kam, selbstbewusst, ein bisschen o-beinig vom vielen Reiten, mit leichtem, aber doch sichtbarem Hinken. Er umarmte seine Mutter mit ehrlicher Zärtlichkeit, und sie schien in seinen Armen zu zerfließen. Er war breiter und kräftiger als in dem Sommer vor seiner Abreise in die USA. Als Kind war er verschwunden und als Mann zurückgekehrt, fand Sofia und nagte nervös an der Unterlippe. Noch nie war sie in seiner Gegenwart nervös gewesen, aber jetzt überkam sie eine Schüchternheit, die ihr ganz neu war. In ihren Träumen hatte sie, ohne es zu merken, eine sinnliche, intime Beziehung zu ihm entwickelt, die für sie zu einer Realität geworden war, der sie jetzt nicht mehr entfliehen konnte. Sie konnte ihn nicht anschauen, ohne zu erröten. Er ahnte davon natürlich nichts, und als er sie sah, umarmte er sie mit der gleichen brüderlichen Liebe wie immer.

»Chofi – wie sehr habe ich meine Lieblingscousine vermisst!«, flüsterte er an ihrem zart parfümierten Hals. »Du hast dich verändert; ich habe dich kaum erkannt!« Sie senkte bang den Blick. Er sah ihre Verlegenheit und runzelte verwirrt die Stirn. »Ich glaube, meine Chofi ist zur Frau erblüht, während ich weg war«, stellte er fest und drückte sie spielerisch. Bevor sie etwas sagen konnte, schoben

Rafael und Agustin sie zur Seite und klopften ihrem Cousin mit rauer Zuneigung auf den Rücken.
»*Ché,* gut, dass du wieder da bist!«, riefen sie fröhlich.
»Es ist wirklich gut, wieder da zu sein, das kann ich euch sagen.« Seine großen, grünen Augen suchten in der Menge nach Panchito. Chiquita merkte es und stöberte eilig auf Terrasse und Rasen nach ihrem Jüngsten: Für ihren Santi sollte jetzt alles vollkommen sein. Endlich kam Miguel um die Ecke, und ein quiekender, zappelnder Panchito hing vergnügt über seiner breiten Schulter.
»Ah, da bist du ja, du ungezogener Racker«, sagte seine Mutter fröhlich. »Komm und sag deinem Bruder guten Tag!« Daraufhin verstummte der Kleine, steckte einen rundlichen Finger in den Mund und ließ sich von seiner Mutter bei der Hand nehmen und zu Santi führen, der ihn schon erwartete.
»Panchito!« Santi bückte sich und nahm den schüchternen Jungen in seine starken Arme. »Hast du mich vermisst?«, fragte er und zerzauste dem Kleinen das sandblonde Haar. Panchito, der große Ähnlichkeit mit seinem Bruder hatte, riss die grünen Augen auf, so weit er konnte, und betrachtete Santis Gesicht fasziniert.
»Was hast du denn, Panchito?«, fragte Santi und küsste das glatte, sonnengebräunte Gesicht. Der kleine Junge lachte boshaft und ließ sich noch eine Weile locken, ehe er schließlich das Gesicht an Santis Hals vergrub und etwas flüsterte. »Ah!«, lachte sein Bruder. »Du findest, ich bin so haarig wie Papa, wie?« Panchito strich mit der Hand über Santis Stoppelkinn.
»Hey, Panchito, darf ich Santi vielleicht auch mal in den Arm nehmen?« Maria umarmte sie alle beide. Fernando brauchte ein bisschen länger, um heranzukommen; Widerwille spannte sich um seine Brust, aber er tat sein Bestes, um sich die Verlegenheit nicht anmerken zu lassen. Er hatte zugesehen, wie man seinem Bruder einen Heldenempfang bereitete, und jede Sekunde davon war ihm ein Gräuel gewesen. Ihm wurde übel davon. Er hatte nichts weiter getan, als in einem anderen Land zu studieren – was war daran so toll? Er strich sich das rabenschwarze Haar aus den Augen, schaute Santi unter dichten Brauen an und brachte ein schmales Lächeln

zustande. Santi zog ihn in die Arme und klopfte ihm auf den Rücken wie einem alten Freund. Einem alten Freund? Sie waren nie Freunde gewesen.

»Wie habe ich den Asado vermisst!« Seufzend machte Santi sich über das Essen her. »Niemand kann Fleisch so zubereiten wie die Argentinier.« Chiquita glühte vor Stolz, nachdem sie sich so viel Mühe gemacht hatte, alles so vorzubereiten, wie er es gern hatte.
»Zeig mal allen, dass du englisch sprechen kannst wie ein Amerikaner«, forderte Miguel ihn stolz auf. Beeindruckt hatte er gehört, wie sein Sohn im Frühling mit der Familie Stanford gesprochen hatte. Soweit er es erkennen konnte, klang der Junge nicht anders als alle andern dort.
»Ja, ich habe auch die ganze Zeit englisch gesprochen«, erklärte Santi.
»Na, wirst du uns dein Englisch jetzt vorführen oder nicht?«, fragte sein Vater und goss sich Wein aus einer Kristallkaraffe ein.
»Was soll ich sagen? *I'm glad to be home with my folks and I missed you all*«, sagte er in perfektem Englisch.
»Oh, *por dios*, gesprochen wie ein echter Amerikaner!«, erklärte seine Mutter und klatschte stolz in die kleinen Hände. Fernando erstickte fast an seinem *chorizo*.
»Anna, du musst doch erleichtert sein, dass du jetzt noch jemanden hast, mit dem du dich in deiner eigenen Sprache unterhalten kannst.« Beifällig hob Paco das Glas und trank seinem Neffen zu.
»Wenn du das meine eigene Sprache nennen willst«, antwortete sie mit gespielter Geringschätzung.
»Mama spricht Irisch. Das ist ja wohl auch kaum reines Englisch«, konnte Sofia sich nicht verkneifen zu sagen.
»Sofia, wenn du nicht weißt, was du sagen sollst, ist es manchmal besser, überhaupt nichts zu sagen«, erwiderte ihre Mutter kühl und fächelte sich Luft unter ihren Hut.
»Was hast du denn sonst noch vermisst, als du in Amerika warst?«, wollte Maria wissen.
Santi überlegte eine Weile, bevor er antwortete. Er schaute auf das

Land hinaus und dachte an die langen Nächte, in denen er von der argentinischen Pampa geträumt hatte, vom Duft des Eukalyptus und vom endlos blauen Horizont, so weit und so fern, dass man kaum sagen konnte, wo die Erde endete und der Himmel begann.

»Ich werde dir genau sagen, was ich vermisst habe. Ich habe Santa Catalina vermisst, und alles, was dazugehört.« Die Augen seiner Mutter bekamen einen feuchten Schleier, und sie lächelte ihren Mann an, der das Lächeln mit gleicher Zärtlichkeit erwiderte.

»Bravo, Santi«, sagte Miguel. »Darauf wollen wir die Gläser erheben.« Und alle tranken auf Santa Catalina; nur Fernando brütete stumm.

»Möge es sich niemals, niemals ändern«, sagte Santi wehmütig und warf einen kurzen Blick auf die fremde, aber schöne junge Frau in dem weißen Kleid, die ihn mit klaren braunen Augen anschaute. Er fragte sich, warum ihm in ihrer Gegenwart so unbehaglich wurde. Mit lateinamerikanischer Sentimentalität wurde der Lunch immer wieder von gefühlsschweren Reden unterbrochen. Die Jungen fanden diese Demonstration familiärer Zuneigung bald ein wenig übertrieben und hatten Mühe, ihr Lachen zu unterdrücken. Sie wollten nur wissen, von welchem Kaliber die Mädchen in den Staaten waren und mit wie vielen Santi geschlafen hatte; aber taktvoll hoben sie sich diese Fragen für später auf, wenn sie mit ihm allein auf dem Polofeld wären.

Verzweifelt stürmte Sofia in ihr Zimmer und warf die Tür hinter sich zu. Vor lauter Enttäuschung hätte sie sich das weiße Kleid fast vom Leib gerissen. Santi konnte diese Art Kleidung nicht leiden, und wenn sie es sich genauer überlegte, konnte sie sie auch nicht ausstehen. Er hatte sie völlig ignoriert. Wer versuchte sie denn hier zu sein? Sie schämte sich so sehr. Sie hatte sich vor allen Leuten lächerlich gemacht.

Sie knüllte das Kleid zusammen und stopfte es in ihren Schrank, hinter die Pullover, und sie schwor sich, es nie wieder anzuziehen. Hastig streifte sie Jeans und Polohemd über, und dann zog sie sich die Nadeln aus dem Haar und schleuderte sie auf den Boden, als wären sie der Grund für seine Gleichgültigkeit gewesen. Sie setzte sich vor den Spiegel und bürstete sich mit wütenden Strichen das Haar. Dann flocht sie ihren Zopf und band ihn wie immer mit einem roten Band zusammen. Jetzt fühle ich mich wieder wie Sofia, dachte sie und wischte sich mit dem Handrücken über das tränennasse Gesicht. Entschlossen marschierte sie hinaus in den Sonnenschein und lief hinüber zu den Ponys. Nie wieder würde sie versuchen, etwas zu sein, was sie nicht war.

Als Santi sie kommen sah, stellte er erleichtert fest, dass es wieder die vertraute, jungenhafte Sofia war, die ihm da in ihrem unverwechselbaren Entengang entgegenkam. Dieser hochmütige Gang erheiterte ihn, und er lächelte über den plötzlichen Anfall von Nostalgie, bei dem sich sein Magen leicht zusammenzog. Er hatte leises Unbehagen empfunden, als er sie in ihrem weißen Kleid mit der Erwachsenenfrisur gesehen hatte, aber er hatte nicht ganz genau verstanden, warum. Sie hatte ausgesehen wie ein reifer Pfirsich, berstend vor Sinnlichkeit, aber zugleich hatte sie etwas an sich gehabt, was sie für ihn unerreichbar gemacht hatte. Sie war nicht mehr seine alte Freundin, sie war ein anderer Mensch geworden. Auch ihre neue Weiblichkeit unter diesem Kleid, das durchsichtig wurde, wenn die Sonne es beschien, hatte er nicht übersehen können, die braun schimmernden Brüste, die verrieten, dass sie herangewachsen, ihm entwachsen war. Sie war nicht mehr die Sofia seiner Erinnerungen.

Bevor er weiter darüber nachdenken konnte, kam sie herangehüpft. Noch immer beunruhigte es ihn, dass sie zu einer Frau erblüht war, und irgendwie sehnte er sich nach dem Kind, dass sie bei seiner Abreise gewesen war. Aber als sie zu plaudern angefangen hatten, kehrte das vertraute, boshafte Funkeln in ihren Augen wieder zurück, und erleichtert stellte er fest, dass die Person in diesem neuen, üppigen Körper immer noch seine geliebte Cousine war.

»Papa lässt mich dauernd spielen«, erzählte sie fröhlich, während sie zu den Ponys hinübergingen.

»Und *Tía* Anna? Wie hast du sie denn umstimmen können?«

»Ja, du wirst es nicht glauben, aber heute Morgen hat sie tatsächlich vorgeschlagen, ich soll mit dir Polo spielen.«

»Ist sie krank?«
»Vermutlich. Auf jeden Fall nicht ganz *compos mentis*.« Sie lachte.
»Deine Briefe haben mir gefallen«, sagte er lächelnd, als er an die Hunderte von langen Briefen in ihrer unordentlichen, sorglosen Krakelschrift auf hellblauem Luftpostpapier dachte.
»Mir deine auch. Hörte sich an, als hättest du wirklich einen Riesenspaß. Ehrlich gesagt, ich war ziemlich neidisch. Ich würde auch gern wegfahren.«
»Das wirst du eines Tages.«
»Hattest du viele Freundinnen in Amerika?«, fragte sie masochistisch.
»Mehr als genug«, antwortete er beiläufig und griff ihr liebevoll in den Nacken, um ihn ein bisschen zu begeistert zu drücken. »Chofi, ich bin so froh, dass ich wieder da bin, ich kann es dir gar nicht sagen. Wenn ich jetzt hören würde, dass ich Santa Catalina nie wieder verlassen kann, dann wäre ich der glücklichste Mann auf Erden.«
»Aber hat es dir denn in Amerika nicht gefallen?« Der Tonfall seiner Briefe hatte doch vermuten lassen, dass er sein Herz an dieses Land verloren hatte.
»Doch, es war eine wunderbare Zeit, aber wie sehr du etwas liebst, merkst du erst, wenn du es für eine Weile verlässt. Wenn du dann zurückkommst, siehst du es in einem ganz anderen Licht, denn du konntest einen Schritt zurücktreten und es so sehen, wie es ist. Alles, was du bis dahin als selbstverständlich empfunden hast, liebst du plötzlich viel intensiver, weil du weißt, wie es ist, wenn du es entbehren musst. Verstehst du, was ich sagen will?«
»Ja«, sagte sie, obwohl sie nicht sicher war, dass sie es verstanden hatte. Er schaute sie mit schrägem Lächeln an, und die Krähenfüße an seinen Augenwinkeln vertieften sich dabei.
»Ich habe eine wertvolle Lektion gelernt. Mein Freund Stanley Norman hat sie mir erteilt.«
»Stanley Norman?«
»*Sí*. Aber ich muss es dir auf Englisch erzählen; auf Spanisch funktioniert es nicht.«
»Okay.«

»Es ist die wahre Geschichte von einem kleinen Jungen, der bei seinen Großeltern lebte. Sein Großvater war ein heiterer, geistreicher Mann, der ihm wunderbare Geschichten erzählte. Eine Geschichte, die er seinem Enkel erzählte, handelte von *Precious Present*, dem kostbaren Geschenk.« Sofia musste an Grandpa O'Dwyer denken und war plötzlich traurig. »Das Kind war sehr aufgeregt und fragte seinen Großvater immer wieder, was für ein Geschenk das denn sei. Der alte Mann sagte, das werde er schon beizeiten herausfinden, aber es sei immerhin etwas, das ihm dauerhaftes Glück bescheren werde, wie er es nie zuvor erlebt habe. Nun, der Junge hielt die Augen offen, und als er zum Geburtstag ein Fahrrad bekam, das ihn sehr glücklich machte, nahm er an, dass es sich wohl um das *Precious Present* handeln müsse, von dem sein Grandpa ihm erzählt hatte. Aber mit der Zeit langweilte ihn das neue Spielzeug, und er begriff, dass es wohl nicht das ›kostbare Geschenk‹ sein konnte, denn sein Grandpa hatte ihm ja gesagt, es werde ihm dauerhaftes Glück bringen.

Nun, der kleine Junge wuchs zu einem jungen Mann heran und lernte eine reizende junge Frau kennen, in die er sich bald verliebte. Endlich, dachte er: Das ist das *Precious Present*, das mir dauerhaftes Glück bringen wird. Aber die beiden bekamen Streit, wurden rastlos und trennten sich schließlich wieder. Der junge Mann ging auf Reisen und schaute sich die Welt an, und an jedem neuen Ort glaubte er, jetzt habe er endlich das wahre Glück gefunden, aber immer schaute er schon zum nächsten Land, zum nächsten schönen Ort, und dabei stellte er fest, dass sein Glück nie von Dauer war. Es war, als suche er etwas Unerreichbares, aber er suchte trotzdem weiter. Es machte ihn sehr traurig. Irgendwann heiratete er, wurde Vater und stellte fest, dass er das *Precious Present*, von dem sein Grandpa ihm erzählt hatte, immer noch nicht gefunden hatte, und er war sehr enttäuscht.

Eines Tages starb sein Grandpa, und mit ihm starb das Geheimnis des ›kostbaren Geschenks‹ – das glaubte der junge Mann wenigstens. Betrübt setzte er sich hin und dachte an all die glücklichen Augenblicke, die er zusammen mit seinem weisen alten Grandpa erlebt hatte. Und da ging ihm nach all den Jahren des Suchens ein Licht auf. Was hatte sein Grandpa denn an sich gehabt, was ihn so glücklich, zufrieden und heiter gemacht hatte? Was hatte er an sich gehabt, dass man sich fühlte wie der wichtigste Mensch der Welt, wenn man mit ihm sprach? Wie hatte er sich mit einer so friedvollen Atmosphäre umgeben können, an der jeder teilgehabt hatte, der ihm begegnete? Das *Precious Present* war überhaupt kein Geschenk im materiellen Sinn des Wortes gewesen. Tatsächlich war *Present* die Gegenwart: *el momento – ahora*, jetzt. Sein Großvater hatte im Augenblick gelebt, er hatte jede Sekunde ausgekostet. Nicht im Morgen oder im Übermorgen hatte er gelebt, denn warum sollte man seine Energie an etwas verschwenden, das vielleicht niemals eintreffen würde? Und mit dem Gestern hatte er sich auch nicht aufgehalten, denn das Gestern ist vergangen. Die Gegenwart ist die einzige Wirklichkeit, und um dauerhaftes Glück zu erreichen, muss man lernen, im Hier und Jetzt zu leben, sich keine Sorgen zu machen und seine Zeit nicht mit anderen Gedanken zu verschwenden.«

»Hey, *vamos chicos!*«, rief Agustin aufgeregt; er galoppierte bereits auf dem Feld hin und her und trieb den Ball vor sich her.

»Was für eine herrliche Geschichte«, sagte Sofia, und sie stellte sich vor, wie gut sie Grandpa O'Dwyer gefallen hätte. Sie hätte gut zu seiner Philosophie gepasst.

»Na komm, Chofi, wir spielen wieder zusammen. Wir sind gut als Team, nicht wahr?« Santi wandte sich ab und stieg auf sein Pony. Sofia schaute ihm nach, als er auf den Platz hinaustrabte. Seine Geschichte hatte sie sehr beeindruckt.

Santi war begeistert, wieder mit seinem Bruder und seinen Verwandten Polo zu spielen, auf der Farm, die er so sehr liebte. Er war zum Bersten erfüllt von Energie und Lebensfreude, und in diesem Augenblick war er davon überzeugt, dass er alles und jeden bezwingen konnte. Er ritt auf dem Platz umher und nahm jeden Geruch, jede Farbe wahr, alles, was zu Santa Catalina gehörte, und er sog es in langen, tiefen Zügen in sich auf. Er liebte das alles, wie man einen Menschen liebt. Als das Spiel begann, lebte er nur für diesen

Augenblick, ohne auf ein Morgen zu warten oder an das Gestern zu denken.
Sofia spielte in einer Mannschaft mit Santi, Agustin und Sebastian. Das gegnerische Team bestand aus Fernando, Rafael, Niquito und Angel. Es war ein freundschaftliches Spiel ohne die üblichen Rivalitäten, die aufkamen, wenn die ganze Familie zusammen spielte. Ihre Rufe hallten über das Feld, während sie donnernd auf und ab galoppierten, schwitzend vor Anstrengung in der schwülen, schweren Luft.
Paco sah seiner Tochter gern beim Spielen zu. In ihr spiegelte sich seine eigene aggressive Liebe zu diesem Spiel, und darauf war er stolz. Er kannte kein Mädchen außer ihr, die auf einem so hohen Niveau spielte. Sofia verkörperte all die Qualitäten, die er in Anna gesehen hatte, als er sie kennen gelernt hatte – auch wenn Anna ihm da von ganzem Herzen widersprach. Wenn man ihr glauben konnte, hatte sie sich nie so waghalsig oder unerhört benommen wie ihre Tochter; das waren Eigenschaften, die sie nur von ihm geerbt haben konnte.
Die Cousins hatten sich mittlerweile an Sofias Anwesenheit auf dem Spielfeld gewöhnt, und niemand hatte mehr etwas dagegen. Ihre Teilnahme am Spiel gegen La Paz hatten sie damals toleriert, weil sie gewonnen hatten, aber bei einem Wettkampf hatten sie sie trotzdem nicht wieder mitmachen lassen. Sie selbst wussten, dass sie mit ihr umgehen konnten wie mit einem Mann, aber andere Spieler, die es nicht gewohnt waren, mit einer Frau zu spielen, brachten es einfach nicht über sich, in ihrer Gegenwart natürlich zu bleiben. Auch Paco war daher der Meinung gewesen, dass es nicht richtig sei, die Tonlage des Matchs zu verändern, und Sofia durfte nur mit ihren Brüdern und Cousins spielen. Sofia war das egal, solange sie überhaupt spielen durfte. Für sie war Polo mehr als ein Spiel; es war die Befreiung von allen Einschränkungen, die ihre Mutter ihr auferlegte. Auf dem Platz behandelte man sie wie jeden andern auch. Hier konnte sie tun, was sie wollte, konnte brüllen und schreien, ihrer ganzen Wut Luft machen – und was noch wertvoller war: Ihr Vater applaudierte ihr dabei.

Die Spätnachmittagssonne warf lange, große Schatten, die ein Eigenleben zu führen schienen und wie mittelalterliche Lanzenritter im Gras miteinander kämpften. Ein- oder zweimal hätte Fernando seinen Bruder beinahe aus dem Sattel gestoßen, aber Santi grinste ihm bloß fröhlich zu und galoppierte davon. Dieses Grinsen reizte Fernando noch mehr. War ihm nicht klar, dass seine Aggressionen nichts mit dem Spiel zu tun hatten? Beim nächsten Mal würde er ihn noch härter rempeln. Am Ende des Spiels überließen sie ihre Ponys den Stallknechten, die am Spielfeldrand gewartet hatten.

»Ich gehe eine Runde schwimmen«, gab Sofia bekannt. Sie rieb sich die Stirn, die vom Helm feucht war und juckte.

»Gute Idee. Ich komme mit«, sagte Santi und kam herübergelaufen. »Du hast dein Spiel verbessert, seit wir uns das letzte Mal gesehen haben. Kein Wunder, dass Paco dich immer spielen lässt.«

»Nur innerhalb der Familie.«

»Da hat er auch wieder Recht«, meinte Santi zustimmend.

Rafael und Agustin kamen dazu, schlugen Santi fest auf den Rücken, und alle drei schubsten sich hin und her, wie sie es früher getan hatten. Alle hatten schon vergessen, dass er fort gewesen war, und das Leben ging weiter wie immer.

»Wir sehen uns am Pool!«, rief Fernando den anderen zu und schaute seinem Bruder nach, wie er mit ihnen davonging; er wünschte, Santi würde wieder nach Amerika verschwinden. Ohne ihn war alles wunderbar gewesen, aber jetzt beteten ihn alle wieder an. Fernando schluckte seine Minderwertigkeitsgefühle herunter und kletterte auf den Fahrersitz. Sebastian, Niquito und Angel zogen in die entgegengesetzte Richtung ab; sie wohnten auf der anderen Seite des Parks, aber auch sie signalisierten, dass sie nachher zum Pool kommen würden.

Sofia zog sich in der kühlen Dunkelheit ihres Zimmers aus, wickelte sich in ein Badetuch und ging zwischen den Bäumen hindurch zum Pool. In den kleinen Hügel eingelassen, umgeben von den hohen Platanen und Pappeln, funkelte das Wasserbecken verführerisch im sanften Abendlicht. Der Duft von Eukalyptus und gemähtem Gras hing in der stillen, feuchten Luft, und eingedenk dessen, was Santi ihr erzählt hatte, betrachtete Sofia die Schönheit ringsum voller Genuss. Sie ließ das Badetuch fallen und sprang kopfüber durch die spiegelglatte Wasserfläche, die glänzend vor ihr lag, ein wunderbarer Spielplatz für Fliegen und Moskitos, die darüber umherschwirrten. Nach einer Weile hörte sie die tiefen, rauen Stimmen ihrer Cousins und Brüder, die näher kamen, und dann auch das laute Knattern von Sebastians Moped. Die Ruhe, die sie genossen hatte, war dahin.

»Hey, Sofia ist ja nackt!«, verkündete Fernando, als er den schimmernden Körper seiner Cousine im Wasser sah.

Rafael warf ihr einen missbilligenden Blick zu. »Sofia, du bist zu alt, um nackt zu baden«, beschwerte er sich und warf sein Handtuch zu Boden.

»Ach, sei doch kein Spielverderber!«, rief sie ungerührt zurück. »Es macht Spaß. Ich weiß, du möchtest es auch gern.« Und sie lachte ungezogen.

»Wir sind doch alle verwandt – was soll's also?« Agustin streifte seine Shorts ab und sprang nackt ins Wasser. »Sie hat sowieso nichts, was sich zu sehen lohnt.« Prustend kam er wieder hoch.

»Ich denke nur an die Würde meiner Schwester«, beharrte Rafael besorgt.

»Die hat sie schon vor langer Zeit verloren. Mit Roberto Lobito. Ha!« Fernando tanzte lachend am Rand herum, und sein weißer Hintern bildete einen scharfen Kontrast zu seinen braunen Beinen. Dann sprang auch er ins Wasser.

»Na schön, aber gib mir nicht die Schuld, wenn Mama dich nachher zur Schnecke macht wie noch nie in deinem Leben.«

»Wer soll's ihr denn erzählen?«, lachte sie und planschte mit den Jungen herum. Santi stieg aus seinen Shorts und blieb nackt am Beckenrand stehen. Sofia ließ den Blick unwillkürlich prüfend über seinen Körper wandern, während er ohne Scham dastand, die Hände in die Hüften gestemmt. Ohne dass sie es verhindern konnte, verharrte ihr Blick auf jenem Teil von ihm, der stets vorhanden, aber nie enthüllt gewesen war. Einen Moment lang war sie wie gebannt. Sie hatte ihren Vater, ihre Brüder und ihre Cousins schon nackt gesehen, aber an Santi war etwas, das ihre Bewunderung erregte. Dort hing es stolz und majestätisch vor ihr, irgendwie größer, als sie erwartet hatte. Irgendetwas lenkte ihren Blick wieder in sein Gesicht, und sie sah, dass er sie beobachtete. Seine Miene war von Ärger umwölkt. Stirnrunzelnd schaute sie ihn an und versuchte seine Gedanken zu ergründen. Da sprang er ins Wasser, und mit lautem Platschen versuchte er das Bild seiner Cousine mit Roberto Lobito zu vertreiben, wie sie sich vor seinem geistigen Auge nackt miteinander wälzten.

In dem Bewusstsein, dass er dicht bei ihr war, schwamm Sofia umher und tat, als bemerke sie ihn nicht. Halbherzig planschte sie mit den anderen herum und fragte sich, wieso er plötzlich wütend auf sie sein konnte. Was hatte sie denn getan? Bange Sorge vertrieb ihre Begeisterung, und sie war bedrückt.

Plötzlich alarmierte Rafael sie. Anna war unterwegs; mit verärgertem Blick marschierte sie zielstrebig auf den Pool zu.

»Tauch lieber unter, Sofia!«, zischelte er nachdrücklich. »Ich werde sie so schnell wie möglich abwimmeln.«

»Ich kann's nicht fassen!«, keuchte sie. »Diese Frau ist eine Plage.« Sie presste sich an die Wand, und ihr Bruder drückte ihren Kopf unter Wasser.

»*Hola,* Jungs, habt ihr Sofia gesehen?«, fragte Anna, und ihr Blick huschte von einem zum andern.

»Sie hat mit uns Polo gespielt und ist dann nach Hause gegangen. Seitdem haben wir sie nicht gesehen«, antwortete Agustin ernsthaft.

»Hier ist sie nicht«, sagte Sebastian. Jetzt erst bemerkte Anna, dass sie alle nackt waren, und leichte Röte brannte auf ihren blassen Wangen.

»Das will ich auch nicht hoffen«, entgegnete sie scharf. Überrascht hätte es sie nicht. Unter ihrem Sonnenhut hervor lächelte sie allen zu und bat sie, ihre Tochter nach Hause zu schicken, wenn sie sie sähen. Als sie weg war, tauchte Sofia japsend und prustend wieder auf und bekam dann einen Lach- und Hustenanfall.

»Das war knapp, *boluda!*«, schimpfte Rafael erbost. »Du weißt wirklich nicht, wann du aufhören musst!«
Santi beobachtete sie vom anderen Ende des Beckens und empfand stechende Eifersucht, die er sich nicht erklären konnte. Es passte ihm plötzlich nicht, dass sie mit den anderen Jungen nackt schwamm. Und für ihre Treffen mit Roberto Lobito hätte er sie am liebsten geohrfeigt. Wieso nahm sie sich unter all den Männern, die sie hätte haben können, ausgerechnet den?

Sechzehn

Als Santi am nächsten Tag aufwachte, kam er sich albern vor. Er hatte seine Gefühle über die Stränge schlagen lassen. Was kümmerte es ihn, mit wem Sofia ging?, fragte er sich. Dann versuchte er seinen Zorn damit zu erklären, dass er sich einredete, er habe sie nur beschützen wollen, wie ein Bruder es tun würde – oder, in ihrem Fall, tun sollte. Aber dann stellte er sich vor, wie sie sich nackt in Roberto Lobitos Armen wand, und daraufhin wurde ihm so übel, dass er sich hinsetzen musste. Verdammt! Mit jedem konnte sie gehen, aber nicht mit Roberto Lobito.

Roberto war zwei Jahre älter als Santi und hielt sich für den besten Fang seit Rhett Butler. Er stolzierte auf der Farm umher, als ob sie ihm gehörte, und zu allem Überfluss fuhr er ein blitzendes deutsches Importauto. Der Einfuhrzoll dafür war so hoch, dass es praktisch unmöglich war, solch einen Wagen einzuführen, aber Robertos Vater hatte es trotzdem getan. Santi hasste Roberto Lobito. Wieso musste er seine Sofia anbaggern?

Es war schon heiß und stickig, als er schließlich aufstand. Die Aufregung über seine Heimkehr nach Santa Catalina war verflogen, und übrig blieb nichts als ein bitterer Geschmack nach der Offenbarung des vergangenen Abends. Er schleppte sich hinaus auf die Terrasse, wo Maria in der Sonne frühstückte. Beiläufig fragte er, wie lange Sofia denn schon mit Roberto gehe, und er tat, als halte er es für eine ausgezeichnete Verbindung.

»Sie sind ein sehr ansehnliches Paar. Ich bezweifle, dass es viele Männer gibt, die mit so etwas prahlen können.« Heimliche Wut schnürte ihm die Kehle zu.

Maria, die von den wahren Gefühlen ihres Bruders nichts ahnte, erzählte ihm, dass die beiden ganz versessen aufeinander seien. In den letzten acht Monaten hätten sie fast jedes Wochenende zusammen auf Santa Catalina verbracht. Santi wechselte das Thema; er konnte es nicht ertragen, ihr weiter zuzuhören. Es löste einen Brechreiz in ihm aus. Verdarb ihm das Frühstück.

Er beschloss, zu José hinüberzugehen und sich mit ihm zu unterhalten, um zu hören, wie es den Ponys ging. Alles wäre besser, als Sofia und Roberto zusammen zu sehen. Er sah es geradezu vor sich, wie sie lachten und – Gott behüte – sich küssten. Er war so niedergeschlagen wie noch nie. Am liebsten wäre er nach Amerika zurückgekehrt, weggelaufen vor dieser Eifersucht, die er nicht erklären konnte.

Die Plauderei mit José lenkte ihn für einige Minuten ab, aber als er auf einem Pony saß und hinter dem weißen Ball über das Feld galoppierte, kehrten Santis Gedanken wieder zu Sofia zurück. Er schlug mit großer Wucht gegen den Ball und stellte sich jedes Mal vor, es wäre Roberto Lobitos Kopf. Aber so hart er auch zuschlug, er wollte nicht zerbrechen.

Nach einer Weile merkte er, dass er beobachtet wurde. Sofia saß auf dem Zaun und schaute ihm still zu. Er versuchte sie zu ignorieren, und eine Zeit lang gelang es ihm auch. Aber schließlich ritt er doch zu ihr hinüber, und sein Herz hämmerte vor Aufregung. Jetzt würde er ihr genau sagen, was er von Roberto Lobito hielt.

Sie lächelte, als er herankam. Es war ein nervöses Lächeln. Sie wusste, dass er wütend war, und hatte sich die ganze Nacht in der stickigen Schwüle den Kopf darüber zerbrochen, was der Grund dafür sein könnte. Sie schluckte nervös, als er kam, und versuchte das wogende Gefühl in ihrem Magen zu unterdrücken.

»*Hola*«, sagte sie und wartete dann, dass er antwortete.

»Was machst du hier?«, fragte er kühl, ohne abzusteigen. Sein Pony schnaubte in der Hitze und schüttelte den Kopf.

»Ich schaue dir zu.«

»Warum?«

Sie seufzte und machte ein gekränktes Gesicht. »Was ist denn los?«, fragte sie kläglich.

»Gar nichts. Wieso? Sollte etwas los sein?« Sein Pony stampfte mit dem Vorderhuf und schnaubte dann ungeduldig. Er lehnte sich zurück.

»Du kannst dich nicht verstellen, Santi. Dazu kennen wir uns doch zu gut.«

»Wer verstellt sich denn hier? Ich bin bloß sauer, das ist alles.«

»Was habe ich denn getan?«, fragte sie. Er schnalzte, als wolle er sagen: Komm, du weißt genau, was ich meine. »Du bist wütend, weil ich mich mit Roberto Lobito treffe«, vermutete sie.

»Warum sollte mir das etwas ausmachen?« Sein Blick verhärtete sich bei der Erwähnung von Roberto Lobitos Namen.

»Weil es dir etwas ausmacht.«

»Was geht es mich an, mit welchen Männern du ausgehst?«

»Na, anscheinend geht es dich eine Menge an.« Entnervt hüpfte sie von ihrem Zaun herunter. »Aber du hast Recht. Es geht dich nichts an.« Sie zuckte die Achseln, als interessiere es sie nicht mehr.

Unvermittelt sprang Santi aus dem Sattel und packte sie beim Arm, als sie weggehen wollte. Er ließ die Zügel seines Ponys fahren, drängte sie gegen den Baum, fasste mit einer Hand ihren Nacken und presste seine heißen Lippen auf ihren Mund. Das alles ging sehr schnell; als er zurückwich und eine Entschuldigung murmelte, fragte sie sich, ob es überhaupt geschehen war. Sie wollte ihm sagen, es sei okay. Sie wollte mehr als alles andere, dass er sie noch einmal küsste.

Als er wieder auf sein Pony stieg, hielt sie die Zügel einen Moment lang fest, damit er nicht gleich davongaloppierte, und sagte leise: »Immer wenn Roberto mich küsst, stelle ich mir vor, dass du es wärst.« Er schaute auf sie herab, und sein Blick war nicht mehr zornig, sondern nur noch bang. Er schüttelte den Kopf und wünschte, er hätte nichts gehört.

»*Dios,* ich weiß auch nicht, warum ich das getan habe!«, rief er und ritt davon.

Sofia blieb wie ein betäubtes Kaninchen am Zaun zurück. Wie angewurzelt stand sie da und schaute ihm nach, wie er in die Mitte des Feldes hinaus galoppierte, ohne sich umzusehen. Sie war noch immer nicht überzeugt, dass er sie wirklich geküsst hatte, und mit zitterndem Finger strich sie sich über die Lippen. Sie waren noch feucht und bebten. Es flatterte in ihrem Bauch, und ihre Beine waren so leicht, dass es sich anfühlte, als gehörten sie jemand anderem. Sie wollte ihm gern nachlaufen, aber das wagte sie nicht. Santi hatte sie geküsst. Von diesem Augenblick hatte sie geträumt, aber in ihren Träumen hatte es sehr viel länger gedauert. Aber es war etwas. Es war ein Anfang. Als sie schließlich wieder gehen konnte, hüpfte sie unsicher zwischen den Bäumen hindurch, und ihr Herz schäumte über von Hoffnung. Santi war eifersüchtig auf Roberto Lobito. Sie lachte glücklich und konnte nicht glauben, dass es Wirklichkeit war und kein Traum. War es denn möglich, dass Santi sie auch liebte? Sie wusste es nicht mit Sicherheit, aber eines wusste sie doch: Sie musste so schnell wie möglich mit Roberto Schluss machen.

Als sie Roberto Lobito auf der Estancia La Paz anrief und ihm mitteilte, dass sie nicht länger seine Freundin sein könne, trat ein lastendes Schweigen ein, während er ihre Worte verdaute. Noch nie in seinem ganzen Leben hatte man ihn abserviert. Er fragte, ob mit ihr alles in Ordnung sei; sie könne unmöglich ganz gesund sein. Frostig antwortete sie, es gehe ihr gut. Es sei eben aus.

»Du machst einen großen Fehler«, sagte er. »Merk dir, was ich sage. Wenn du zur Besinnung kommst und mich wieder zurückhaben willst, werde ich dich nicht mehr nehmen. Hast du das verstanden? Ich nehme dich nicht zurück.«

»Gut«, antwortete sie und legte auf.

Sie hatte angenommen, dass sie Santi glücklich machen werde, wenn sie mit Roberto Schluss machte. Aber er war nicht glücklich. Er ignorierte sie, und es hatte den Anschein, als sei ihre Freundschaft für immer dahin. Aber was war mit diesem Kuss? Hatte er den vergessen? Sie nicht. Wenn sie die Augen schloss, spürte sie seine Lippen auf ihrem Mund. Maria konnte sie sich nicht anvertrauen, konnte ihr nicht sagen, was sie empfand. Also beklagte sie sich bei Soledad. Soledad war immer für sie da. Nicht, dass sie einen brauchbaren Rat zu geben hatte, aber sie schenkte ihr stets ihre volle Aufmerksamkeit und hörte mit einem Ausdruck von Mitgefühl und Anbetung zu. Sofia erzählte ihr, dass Santi sie ignorierte. Dass er sie nicht einbezog wie früher. Sie schluchzte am weichen Busen ihrer Zofe, sie habe ihren besten Freund auf der ganzen Welt verloren. Soledad wiegte sie sanft in den Armen und meinte, Jungen in Santis Alter wollten mit anderen Jungen zusammen sein – oder mit Mädchen, in die sie verliebt seien. Da Sofia zu keiner dieser beiden Kategorien gehöre, müsse sie Geduld haben. »Er wird zurückkommen, wenn er ein bisschen erwachsen geworden ist«, versprach sie. »Mach dir keine Sorgen, *gorda,* du wirst einen anderen Freund finden, und dann ist dir Señor Santiago ganz egal.«

Fernando war wütend über die neueste Wendung der Ereignisse. Wie konnte Sofia mit Roberto Lobito Schluss machen? Roberto war sein bester Freund. Wenn sie die Freundschaft mit ihm zerstört hätte, würde er ihr das nie verzeihen. War ihr nicht klar, dass jede Frau, die ihm begegnete, ihn haben wollte? War ihr klar, was sie da aufgab? Selbstsüchtiges Biest. Sie dachte immer nur an sich selbst. Fernando war von nun an darauf bedacht, Roberto Lobito bei jeder möglichen Gelegenheit einzuladen, und zwar aus zwei Gründen. Zum einen befürchtete er, Sofia könnte ihn davon abschrecken, überhaupt noch herzukommen, oder – schlimmer noch – sie könnte ihn von seiner Freundschaft mit Fernando abbringen. Und zum anderen sah er es gern, wie Sofia sich unbehaglich wand, wenn sie ihn auf dem Anwesen sah. Man konnte sagen, er rächte sich für seinen alten Freund. Boshaft ließ er Roberto auf dem *campo* paradieren, um Sofia zu zeigen, was sie versäumte. Sie hatte Roberto gekränkt, und damit hatte sie indirekt auch ihn gekränkt. Roberto ließ es geschehen und nutzte Fernandos Loyalität sogar dazu, vor Sofias Augen heftig mit anderen zu flirten, um ihr zu zeigen, dass ihm an ihr nichts mehr lag. Aber das stimmte nicht.

Sofia fand seine Mätzchen ermüdend und zog sich in ihre eigene Welt zurück; sie ritt aus oder machte lange, einsame Spaziergänge über die Pampa. Maria folgte ihrer Freundin auf dem Fuße, wenn diese es erlaubte; sie wusste, dass es etwas gab, das Sofia ihr nicht erzählte. Das betrübte Maria, und sie versuchte verzweifelt, sich bei ihrer Cousine beliebt zu machen, und lächelte strahlend, während sie sich innerlich bedrückt und zurückgewiesen fühlte. Sofia hatte auch schon früher geschmollt, aber niemals lange. Und Maria war immer ihre Komplizin gewesen, ihre Verbündete gegen den ganzen Rest der Welt. Aber jetzt wollte Sofia anscheinend allein sein.

Santi fand es anfangs einfacher, nicht in Sofias Nähe zu sein. Es war ihm peinlich, dass er sich von seinen Regungen hatte übermannen lassen, und er war zu dem Schluss gekommen, dass es besser sei, sie nicht wiederzusehen, bis er sich selbst davon überzeugt hätte, dass er vielleicht krank sei. Alles war besser, als sich in Sofia zu verlieben. Er durfte Sofia nicht lieben. Ebenso gut hätte er Maria lieben können. Sofia ist eine verbotene Frucht – dessen war er sich sicher. Wenn er an den Kuss dachte, verkrampfte er sich innerlich, und sein Magen zog sich zu einem harten Knoten zusammen. »Habe ich sie wirklich geküsst?«, fragte er sich in den qualvollen Nächten danach. »Gott, was habe ich mir dabei gedacht? Und was muss sie von mir denken?«

Er stöhnte. Wenn er die Situation ignorierte, würde sie hoffentlich vorübergehen. Er redete sich ein, sie sei noch zu jung, um zu wissen, was sie wollte. Er musste umso verantwortungsbewusster sein. Schließlich schaute sie zu ihm auf und bewunderte ihn. Das wusste er. Er war älter als sie und wusste um die Konsequenzen einer solchen Verbindung. Und immer wieder ermahnte er sich, erwachsen zu werden und darüber hinwegzukommen.

Er trieb sich mit den Jungen herum, und sie streiften wie eine Hundemeute auf der Farm umher und suchten nach neuen Erlebnissen. Aber die ganze Zeit wartete er darauf, Sofia am Pool oder auf dem Tennisplatz zu sehen, nur um dann seine Enttäuschung niederzukämpfen. Es war leichter, wenn sie in der Nähe war. Zumindest wusste er dann, wo sie war. Dass sie kein Liebespaar werden konnten, war ihm klar. Das würden die Familien niemals erlauben. Er hörte schon den Vortrag, den sein Vater ihm halten würde. »Du hast eine glänzende Zukunft vor dir …«, lautete der Anfang. Und vor seinem geistigen Auge sah er das entsetzte Gesicht seiner Mutter. Aber sein Körper sehnte sich all seinen vernünftigen Überlegungen zum Trotz schmerzlich nach Sofia, und das zermürbte ihn nach und nach. Schließlich konnte er nicht länger dagegen ankämpfen. Er musste mit ihr sprechen. Er musste sich erklären. Er musste ihr sagen, dass sein Kuss einem Augenblick des Wahnsinns entsprungen war. Er würde ihr sagen, er habe sie vorübergehend für eine andere gehalten – alles lieber als die Wahrheit: dass ihn nämlich seine wachsende Liebe zu ihr quälte, und dass er sich nicht vorstellen konnte, wie sie wieder vergehen sollte.

Maria spielte auf der Terrasse mit Panchito und einem seiner kleinen Freunde von der Farm. Santi fragte, ob sie Sofia gesehen habe. Sie habe keine Ahnung, wo Sofia sei, brummte sie, und überhaupt benehme Sofia sich seit ein paar Tagen wie eine Fremde. Chiquita kam mit einem Korb voll Spielzeug aus dem Haus und sagte zu Santi, er solle zu Sofia gehen und sich wieder mit ihr vertragen.

»Aber wir haben uns nicht gestritten«, protestierte er. Seine Mutter sah ihn an, als wollte sie sagen: »Hältst du mich für dumm?«

»Du ignorierst sie, seit du wieder da bist, und sie hat sich so sehr auf das Wiedersehen mit dir gefreut. Vielleicht ist sie wegen Roberto Lobito verstört. Geh und kläre das, Santi.« Maria nahm ihrer Mutter den Korb ab und schüttete das Spielzeug auf die Fliesen. Panchito quiekte entzückt.

Santi fand Sofia in ein Buch vertieft unter dem Ombu. Ihr Pony stand dämmernd im Schatten. Es war sehr schwül. Als er zum Himmel schaute, sah er schwarze Wolken über dem Horizont heraufziehen. Als sie ihn kommen hörte, ließ sie das Buch sinken und schaute zu ihm auf.

»Ich dachte mir, dass ich dich hier finde«, sagte er.

»Was willst du?«, fragte sie aggressiv und bereute dann gleich, dass sie so zornig geklungen hatte.

»Mit dir sprechen.«

»Worüber?«

»Na, so kann es doch nicht weitergehen, oder?« Er setzte sich neben sie.

»Wohl nicht.«

Eine Zeit lang saßen sie schweigend da. Sofia dachte an seinen Kuss und wünschte, er würde sie noch einmal küssen.

»Vorgestern …«, fing sie an.
»Ich weiß«, unterbrach er sie und suchte nach den Worten, die er sich zurechtgelegt hatte und die ihm jetzt nicht einfallen wollten.
»Ich wollte, dass du das tust.«
»Hast du gesagt«, antwortete er und spürte, wie ihm fiebrige Schweißtropfen auf die Stirn traten.
»Und warum bist du dann so weggeritten?«
»Weil es niemals sein darf, Chofi. Wir sind verwandt. Du bist meine Cousine. Das ist eine enge Verwandtschaft. Was würden unsere Eltern sagen?« Er ließ den Kopf in die Hände sinken und verachtete sich selbst wegen seiner Schwäche. Warum konnte er ihr nicht einfach mit Entschiedenheit sagen, dass er nicht mehr als brüderliche Zuneigung für sie empfand und dass sein Benehmen ein großer Fehler gewesen war?
»Wen interessiert das, was sie sagen? Mich hat es noch nie gekümmert. Und wer sollte es ihnen erzählen?«, sagte sie strahlend. Das Unmögliche erschien plötzlich möglich. Er hatte gesagt, dass sie es nicht durften – nicht, dass er es nicht wollte. Sie schlang einen Arm um ihn und legte den Kopf auf seine Schulter. »Santi, ich liebe dich schon so lange.« Sie seufzte glücklich. Die Worte, die sie so oft lautlos in ihrem Kopf gesagt hatte, kamen jetzt aus ihrer tiefsten Seele. Er hob den Kopf von seinen Händen, nahm sie in beide Arme und schmiegte das Gesicht an ihr Haar. So saßen sie einige Zeit da, eng aneinander gepresst, und jeder lauschte auf den Atem des andern und fragte sich, wie es jetzt weitergehen sollte.
»Ich habe versucht, mir einzureden, dass mir an dir nichts liegt«, sagte er schließlich und fühlte sich leichter, nachdem diese Last von seinem Gewissen genommen war.
»Aber das stimmt nicht«, sagte sie beglückt.
»Leider stimmt es nicht, Chofi«, sagte er und spielte mit ihrem Zopf. »Ich habe so viel an dich gedacht, während ich weg war.«
»Wirklich?« Ihr war schwindlig vor Freude.
»Ja. Ich habe überhaupt nicht damit gerechnet, dass ich dich vermissen würde, und deshalb war ich überrascht. Schon da hast du mir etwas bedeutet, aber erst jetzt habe ich meine Gefühle verstanden.«

»Wann hast du denn gemerkt, dass du mich liebst?«, fragte sie schüchtern.
»Erst, als ich dich geküsst habe. Ich habe nicht begriffen, weshalb es mich so sehr gestört hat, dass du mit Roberto Lobito gehst. Wahrscheinlich wollte ich bloß nicht zu sehr darüber nachdenken. Ich hatte Angst vor der Antwort.«
»Ich war überrascht, als du mich geküsst hast.«
»Niemand war so überrascht wie ich selbst, das kann ich dir versichern.«
»Hast du dich geschämt?«
»Sehr.«
»Wenn du mich noch einmal küsst, schämst du dich dann wieder?« Sie strahlte ihn an und forderte ihn heraus, es doch einmal zu versuchen.
»Ich weiß nicht, Chofi. Es ist ... na ja, sehr kompliziert.«
»Ich kann's auch nicht leiden, wenn immer alles glatt geht.«
»Das weiß ich. Aber ich glaube nicht, dass du verstehst, was ein Kuss zwischen uns bedeuten könnte.«
»Doch.«
»Du bist die Tochter meines Onkels«, sagte er kläglich.
»Na und?«, sagte sie leichten Herzens. »Wen kümmert das? Wichtig ist, dass wir uns gern haben, dass wir einander glücklich machen, und dass wir lernen, in der Gegenwart zu leben. Könnte es eine bessere Prüfung geben?«
»Du hast Recht, Chofi«, räumte er ein, und sie sah, dass er plötzlich wieder ernst geworden war. Sie löste sich aus seiner Umarmung und schaute ihn an, suchte in seinem Gesicht nach einem Ausdruck. Er hob eine raue Hand und strich damit langsam über ihre Wange, fuhr mit dem Daumen über ihre zitternden Lippen. Eine ganze Weile schaute er suchend in ihre tiefen braunen Augen, als bemühe er sich, ein letztes Mal gegen seine Impulse anzukämpfen. Dann kapitulierte er vor einem Verlangen, das sehr viel größer war als seine Vernunft, und mit ganz ungewohnter Gewalt zog er sie an sich und drückte seinen weichen, feuchten Mund auf ihren. Sie schnappte nach Luft, als sei sie plötzlich unter Wasser getaucht worden. So oft

hatte sie sich diese Szene ausgemalt, und doch hatte sie sich das schwerelose Gefühl, das ihren Magen in Schaum verwandelte, und das Kribbeln in ihren Gliedern nicht vorstellen können. Dies war gewiss nicht der Kuss von Roberto Lobito, dessen Versuche im Vergleich zu dem, was Santi tat, sehr bemüht erschienen. Sie rang nach Atem und wich zurück; der fieberhafte Ansturm ihrer Empfindungen verwirrte sie plötzlich. Dann erkannte sie die Sehnsucht in seinem Blick und im Pochen ihres Herzens, und sie bot ihm ihre Lippen von neuem dar. In diesem Augenblick wusste sie, wovon Santis Geschichte gehandelt hatte, und ihr war bewusst, dass sie wahrhaft diesen einen Augenblick genoss. Mit einer Zärtlichkeit, die ihren Magen erzittern ließ, küsste er ihre Schläfen, ihre Augen und ihre Stirn, und er hielt ihr kleines Gesicht in beiden Händen und liebkoste ihre Haut mit liebevollen Fingerspitzen. Sie fühlte sich verzehrt von ihm, umhüllt von seinen Armen, verloren im berauschenden Duft seiner Haut. Keiner von ihnen bemerkte die unheilvollen Wolken, die sich über ihnen zusammenbrauten. Ganz und gar ineinander versunken, spürten sie die ersten Regentropfen gar nicht, die sich bald in einen schweren Wolkenbruch verwandelten und auf sie herniederprasselten, dass sie sich Schutz suchend an den Stamm des Baumes schmiegten.

Siebzehn

Die nächsten Tage vergingen in einem seligen Nebel von unerlaubten, gestohlenen Augenblicken. Das Leben auf der Farm ging weiter wie gewohnt, aber für Santi und Sofia war jede Minute heilig. Jeder Augenblick, den sie allein verbrachten, war hastigen Küssen geweiht, hinter geschlossenen Türen, hinter Bäumen und Büschen oder im Swimmingpool, wo sie sicher waren, dass niemand sie beobachtete. Für beide hatte Santa Catalina nie zuvor von so intensiv strahlender Schönheit vibriert.

Die beiden verschwanden zu Pferde auf der staubigen Piste, und dann lagen sie im Schatten des Ombu und feierten die Morgenröte ihrer Liebe mit zärtlichen Küssen und behutsamen Liebkosungen. Santi zog sein Taschenmesser hervor, und sie unterhielten sich stundenlang damit, dass sie ihre Namen und geheime Zeichen in die weiche grüne Rinde schnitten. So hoch hinauf, wie sie es nur wagten, kletterten sie in das verzauberte Königreich des Baums und betrachteten die schnaubenden Ponys, die friedlich auf den trockenen Weiden unter ihnen grasten. Meilenweit im Umkreis konnten sie das Kommen und Gehen der berittenen Gauchos verfolgen, die gemächlich in der Ferne vorüberzogen. Abends, zu ihrer liebsten Stunde, saßen sie im duftenden Gras, schauten hinaus zum weiten Horizont und schwelgten in der Melancholie des Sonnenuntergangs.

Alles erfüllte Sofia mit Freude. Selbst die kleinste und geringfügigste Aufgabe – zum Beispiel wenn sie Soledads Brotkrumen für die Vögel im Gras verstreute – machte ihr Freude, und sie strahlte, weil Santi sie liebte. Ihr war, als müsse ihr Herz explodieren von der berauschenden, überwältigenden Liebe zu ihm. Sie befürchtete, dass die Leute etwas bemerken könnten, denn sie ging nicht mehr, sondern sie hüpfte, sie sprach nicht mehr, sondern sie sang, sie lief nicht mehr, sondern sie tanzte. Ihr ganzer Körper vibrierte vor Liebe. Sie verstand jetzt, warum die Menschen aus Liebe alles taten, sogar dafür mordeten.

Vor allem aber besserte sich ihr Verhältnis zu ihrer Mutter. Sofia wurde ein neuer Mensch, hilfreich, aufmerksam und selbstlos.

»Wenn ich es nicht besser wüsste, würde ich sagen, Sofia ist verliebt«, sagte ihre Mutter eines Morgens nach dem Frühstück, als Sofia außergewöhnlich liebenswürdig bereit gewesen war, Panchito ein paar Extrastunden Englischunterricht zu geben.

»Sie ist verliebt, Mama«, sagte Agustin beiläufig und rührte in seinem Kaffee.

»Wirklich?«, rief Anna erfreut. »In wen denn, um alles in der Welt?«

»In sich selber«, sagte Rafael hastig.

»Sei nicht so garstig, Rafael. Sie ist im Augenblick sehr umgänglich. Verdirb nicht wieder alles, indem du sie vor den Kopf stößt.«

Was Anna aber sehr viel mehr interessierte als Sofia, war die schöne Jasmina, Rafaels Freundin, deren Vater Ignacio Peña der erfolgreichste Anwalt von Buenos Aires war. Mit einer so vornehmen Familie würde sie eine gute Ehefrau für Rafael abgeben, und sie wäre ein Zugewinn, auf den Anna stolz sein könnte. Tatsächlich kannte sie auch die Mutter des Mädchens seit kurzem; Señora Peña war eine fromme Katholikin, und sie trafen sich gelegentlich in der Kirche, wenn sie ein Wochenende in der Stadt verbrachten. Anna hatte sich schon vorgenommen, öfter zur Messe zu gehen. Wenn sie sich mit Señora Peña anfreundete, würde sie sicher leichter Einfluss auf die Zukunft ihres Sohnes nehmen können.

»Um Himmels willen, Agustin! Was denkst du dir dabei, Mama zu erzählen, dass Sofia verliebt ist? Hast du den Verstand verloren?«, schimpfte Rafael, als ihre Mutter den Frühstückstisch verlassen hatte.

»Reg dich ab, Rafa. Ich habe ihr nur die Wahrheit gesagt.«

»Aber manchmal ist es besser, wenn man lügt.«

»Ich bitte dich, es ist doch nur eine Schwärmerei.«

»Aber du kennst Mama. Weißt du noch, wie sie reagiert hat, als Joaco Santa Cruz seine Cousine ersten Grades geheiratet hat?«

»Sofia wird Santi ja wohl kaum heiraten. Das arme Kind. Er ist einfach nett zu ihr, wie man zu einem kleinen Hündchen nett ist.«

»Wie auch immer. Trotzdem solltest du ein bisschen nachdenken, bevor du nächstes Mal große Sprüche klopfst.«

Die Liebesaffäre zwischen Sofia und Santi blieb auf der Farm nahezu unbemerkt. Wer überhaupt etwas ahnte – wie Rafael und Agustin –, schrieb es einer jugendlichen Schwärmerei zu und fand es ganz reizend. Es war ja nichts Besonderes, dass sie so viel Zeit miteinander verbrachten, und sie taten nichts Ungewöhnliches. Aber zwischen ihnen gingen Blicke und Gesten hin und her, deren geheime Bedeutung sich nur ihnen erschloss. Sie lebten in einer Traumwelt, die parallel zur Welt der anderen existierte, aber von anderen Schwingungen erfüllt war. Es war, als lebten sie in einer anderen Welt, wo nichts sie erreichen oder gar ihre Liebe beschädigen konnte. Ihr Dasein war die kostbare Gegenwart, und alles andere war nicht wichtig.

Sie spielten weiterhin Polo, aber Sofia kümmerte es nicht mehr, ob sie mitspielte oder nicht. Es wurde Februar, und die Vormittage, die sie mit José verbrachte, wurden immer weniger, und sie verbrachte mehr Zeit mit Soledad in der Küche und buk kleine Kuchen, die sie dann stolz zum Tee zu Chiquita hinübertrug. Sie stritt nicht mehr mit ihrer Mutter, sondern fragte sie um Rat bei Makeup und Kleidern. Anna machte das glücklich, und sie freute sich an der sicheren Überzeugung, dass ihre Tochter jetzt endlich erwachsen wurde. Das Nacktschwimmen hatte ein Ende, und ebenso die zügellose Launenhaftigkeit, und sogar Paco, der dies sowieso nie zu bemerken schien, musste zugeben, dass seine Tochter sich zum Besseren veränderte.

»Sofia!«, rief Anna aus dem Schlafzimmer. Draußen regnete es, fest, gleichmäßig und unerbittlich. Sie schloss das Fenster mit einer Grimasse und seufzte gereizt, als sie eine große Pfütze auf dem Teppich sah. »Soledad!«, rief sie. Sofia und Soledad kamen zusammen in ihr Schlafzimmer.

»Soledad, bitte wisch diese grässliche Pfütze auf. Du musst alle Fenster im Haus schließen, wenn es so regnet. Meine Güte, man könnte meinen, das Ende der Welt ist gekommen, wenn man da hinausschaut«, klagte sie. Soledad begab sich gemächlich in die Küche, um einen Eimer und einen Schwamm zu holen. Sofia ließ sich mit einem Fläschchen rosa Nagellack auf das Bett ihrer Mutter fallen.

»Gefällt dir diese Farbe?«, fragte sie auf Englisch. Ihre Mutter setzte sich auf das Bett und schaute genau hin.

»Meine Mutter konnte es nicht ausstehen, wenn ich Nagellack getragen habe. Sie fand, es sah billig aus«, erinnerte sie sich mit wehmütigem Lächeln.

»Tut's ja auch. Darum ist es sexy.« Sofia lachte. Sie schraubte das Fläschchen auf und fing an, sich die Nägel zu lackieren.

»Du lieber Gott, Kind, es wird scheußlich aussehen, wenn du es so hastig machst. Hier, lass mich das machen. Siehst du? Nichts geht über eine ruhige Hand.« Sofia sah zu, wie ihre Mutter ihre Hand nahm und sorgfältig den Nagellack auftrug. Sie konnte sich nicht erinnern, wann ihre Mutter ihr das letzte Mal so viel Aufmerksamkeit gewidmet hatte. »Ich muss dich um einen Gefallen bitten, Sofia.«

»Was gibt's denn?«, fragte Sofia zögernd, und sie hoffte, dass es sie nicht von Santi fern halten würde.

»Antonio kommt heute mit dem Vier-Uhr-Bus aus Buenos Aires im Dorf an. Könntest du Santi fragen, ob er so gut ist, ihn mit dem Laster abzuholen? Ich weiß, das ist ein langweiliger Auftrag, aber Rafa und Agustin können heute nicht fahren.«

»Oh, das ist in Ordnung. Er wird nichts dagegen haben. Wir können ja zusammen fahren. Was hat Antonio denn in Buenos Aires gemacht?«, fragte Sofia beiläufig und bemühte sich, ihre Aufregung zu verbergen. Jetzt könnten sie den ganzen Nachmittag zusammen am See verbringen, nur sie beide. Hoffentlich würde Maria nicht mitkommen wollen.

»Der Ärmste, er musste in die Klinik. Es ist wieder seine Hüfte.«
»Ach so«, sagte Sofia abwesend. Sie war schon mit Santi am See.
»Danke, Sofia, das ist sehr lieb von dir. Ich ertrag's einfach nicht, in diesem Regen hinauszufahren.«
»Ich liebe den Regen«, lachte Sofia.
»Weil du nicht damit aufgewachsen bist wie ich.«
»Hast du Heimweh nach Irland?«
»Nein. Ich war damals begeistert, als ich es verlassen konnte, und jetzt – na, jetzt lebe ich schon so lange hier, dass ich nicht mehr dort hingehören würde. Es wäre ein fremdes Land für mich.«
»Ich würde Argentinien vermissen«, sagte Sofia, hielt eine Hand hoch und betrachtete bewundernd ihre Fingernägel.
»Natürlich. Santa Catalina ist ein ganz besonderer Ort, und du gehörst hierher. Es ist deine Heimat«, sagte ihre Mutter zu ihrer eigenen Überraschung. Es hatte sie immer gestört, dass ihre Tochter so gut hierher passte, während sie selbst so große Mühe gehabt hatte, sich in ihrer neuen Heimat akzeptiert zu fühlen. Sie sah Sofias strahlendes Gesicht und verspürte eine neue Empfindung: Stolz.
»Ich weiß. Ich liebe es auch. Ich wünschte, ich müsste gar nicht zurück nach Buenos Aires.« Sie seufzte.
»Wir müssen alle manchmal etwas tun, was wir nicht wollen. Aber meistens ist es zu unserem eigenen Besten. Das wirst du lernen, wenn du älter wirst.« Anna lächelte sanft und schraubte das Nagellackfläschchen zu. »So. Jetzt siehst du aus wie eine erstklassige Bardame«, scherzte sie.
»Danke, Mama!«, jubelte Sofia entzückt.
»Jetzt verschmier sie nicht.«
»Ich muss gehen und Santi Bescheid sagen«, erklärte Sofia und sprang vom Bett. Sie lief den Korridor hinunter, vorbei an Soledad, die schwer atmete, weil sie Eimer und Putzschwamm die Treppe heraufgeschleppt hatte, um die Pfütze zu beseitigen.
Santi war begeistert über die Gelegenheit, den Nachmittag mit Sofia zu verbringen. Und so beschlossen sie, Maria einfach nichts zu sagen und sie im Wohnzimmer sitzen zu lassen, wo sie mit Panchito spielte, während ihre Mutter mit einer Freundin plauderte. Sie

rannten durch den Regen, und atemlos vor Aufregung und nass bis auf die Haut erreichten sie den Truck. Sie verließen die Farm um halb drei, um ein bisschen Zeit für sich zu haben, ehe Antonio seine große Gestalt um vier Uhr zwischen sie zwängte. Seite an Seite rumpelten sie die Zufahrt hinunter, und der Schlamm spritzte nach beiden Seiten, als sie die Farm verließen. Santi schaltete das Radio ein, und beide summten einen John-Denver-Song mit. Sofia legte die Hand auf sein feuchtes Knie, während er fuhr. Zu reden brauchten sie nicht; sie genossen ihre Gesellschaft stumm.

Das Pueblo lag verlassen da. Ein verrostetes Auto tuckerte aufreizend langsam vor ihnen über den Platz. Die wenigen Geschäfte – der Haushaltswarenladen, das Lebensmittelgeschäft – waren zur nachmittäglichen Siesta geschlossen. Ein alter Mann saß auf einer Bank mitten auf der Plaza unter einem zerdrückten braunen Hut, als habe er gar nicht gemerkt, dass es regnete. Selbst die Hunde hatten sich irgendwo verkrochen. Als sie an der Kirche von *Nuestra Señora de la Asunción* vorbeikamen, hielten sie Ausschau nach den tratschenden alten Frauen in Schwarz, den »Krähen«, wie Grandpa O'Dwyer sie immer genannt hatte, aber auch sie hatten sich vor dem Dauerregen in ihre Häuser geflüchtet.

Langsam fuhren sie durch das Dorf. Als sie den Platz hinter sich gelassen hatten, dauerte es nicht mehr lange, und sie waren auf der Landstraße, die am See entlangführte. An einer abgeschiedenen Stelle unter ein paar Bäumen hielt Santi an.

»Lass uns im Regen spazieren gehen«, schlug Sofia vor und stieg aus. Sie nahmen sich bei den Händen und liefen lachend unter dem Schutz des Baumes hervor in den Regen hinaus, bis sie das Geprassel nicht länger ertrugen und unter einem anderen Baum Schutz suchten. Santi vergewisserte sich, dass sie wirklich allein waren – in einem Dorf dieser Größe war es nicht leicht, unbemerkt davonzukommen, vor allem nicht für die Solanas, denn die Familie war den meisten Bewohnern hier gut bekannt –, und dann lehnte er Sofia an einen Baum und küsste ihren Hals. Er richtete sich auf und schaute auf sie herunter. Ihr Haar war tropfnass. Er strich es ihr aus dem Gesicht und enthüllte die rosig leuchtenden Wangen und ihr herzliches Lächeln. Ihr Mund war breit und großzügig. Er liebte ihren Mund und die Art, wie sich sein Ausdruck binnen eines Lidschlags vom Schmollen zum Lächeln wandeln konnte. Einladend wirkte er immer, auch wenn er vor Zorn zitterte. Der Regen drang in dicken, schweren Tropfen durch das Blätterdach, aber die Luft war lastend schwül, und so war es ihnen willkommen. Er legte seine Hände um ihre Taille und zog sie an sich. Sie fühlte seine Erregung durch die Jeans.

»Ich möchte mit dir schlafen, Chofi«, sagte er und schaute ihr fest in die Augen.

»Das können wir nicht.« Sie lachte kehlig. »Nicht hier, nicht jetzt.« Sie lachte, um die Angst zu verbergen, die ihre Lippen zittern und erbleichen ließ. Seit sie vor zwei Jahren erkannt hatte, dass sie ihn liebte, wollte sie, dass Santi mit ihr schlief. Aber jetzt, wo es wirklich geschehen sollte, hatte sie Angst.

»Nein, nicht hier. Ich kenne eine Stelle.« Er nahm sie bei der Hand und drückte seine nassen Lippen in ihre Handfläche, ohne ihren bangen Blick loszulassen. »Ich werde sanft sein, Chofi. Ich liebe dich.« Er lächelte sie an.

»Okay«, flüsterte sie und senkte den Blick im nervösen Gedanken an das, was jetzt kommen würde.

Santi nahm sie bei der Hand und führte sie in das muffige Innere eines alten Bootshauses. Dort ließen sie sich, lachend über ihre eigene Kühnheit, auf einen Stapel leerer Säcke aus verrottender Jute fallen. Durch Ritzen und scharf gezackte Löcher im Holz fiel Licht herein; schimmernde Strahlen fielen auf ein staubiges Boot, das vergessen auf der Seite lag wie ein gestrandeter Wal, den man aus dem Wasser gezogen hatte. Sie lauschten dem Trommeln des Regens auf dem Blechdach und atmeten die stickige Luft, die nach Öl und süßlich verfaulendem Gras roch. Sofia kuschelte sich an Santi, nicht weil sie fror, sondern weil sie vor Nervosität fröstelte.

»Ich werde dich jetzt ganz, ganz langsam lieben, Chofi.« Santi küsste ihre Schläfe und schmeckte Salz.

»Ich weiß nicht, was ich tun muss«, bekannte sie leise. Santi fand ihre Angst rührend. Hier lag das Mädchen, das er mehr als irgendjemanden sonst liebte, ganz entblößt von aller Streitsucht und Arroganz, entkleidet bis auf ihren bezaubernden Kern, die Sofia, die niemand kannte außer ihm.

»Du brauchst nicht zu wissen, was du tun musst, meine Liebste. Ich werde dich lieben, das ist alles«, antwortete er mit tiefer, beruhigender Stimme und lächelte zärtlich. Um ihre Angst zu vermindern, strich er, auf den Ellenbogen gestützt, mit einer Hand über ihr Gesicht und fuhr mit der Fingerspitze an ihren bebenden Lippen entlang. Sie lächelte nervös, verlegen wegen der stummen Intimität seiner Bewegungen und der Kraft seines Blicks, der durch ihre Augen bis tief in ihre Seele drang. Sie sprach nicht. Sie wusste nicht, was sie hätte sagen sollen. Sie verneigte sich in stummer Ehrfurcht vor der Größe des Augenblicks.

Er senkte seinen Mund auf sie herab und küsste sie zart auf die Augen, die Nase, die Schläfe und schließlich auf die Lippen. Er fuhr mit der Zunge über die Innenseite ihrer Lippen und ertastete Zähne und Zahnfleisch, bis sein Mund fest auf ihren gepresst war und sie ganz zu verzehren schien. Zitternd atmete sie ein, als seine Hand unter ihr nasses T-Shirt fuhr und ihren sanft bebenden Bauch und die weiche Wölbung ihrer Brüste berührte. Er zog ihr das Hemd über den Kopf, und ihr Oberkörper lag nackt und bebend im dunstigen Licht, das zwischen verrottenden Bohlen hereinfiel. Er küsste ihren Hals und ihre Schultern, und seine Finger wanderten über den feinen Flaum auf ihrem Bauch, über die steife Härte ihrer Brustwarzen und um die Taille herum zum Rücken, der sich auf seine Berührung hin heraufbog. Er spielte mit der Zunge über ihre Brust, bis die Lust sich fast in Schmerz verwandelte, der an einem anderen Ort zu pochen begann, weit entfernt von seiner Zunge, zwischen ihren Beinen. Aber sie wollte nicht, dass er aufhörte, denn dieser Schmerz war zugleich eine unerträgliche Marter und eine wunderbare Lust.

Er suchte die Knöpfe ihrer Jeans und öffnete sie einen nach dem andern, und sie wand sich heraus und auch aus dem weißen Slip und lag dann wieder vor ihm, zitternd in ihrer Nacktheit. Er beobachtete ihren Gesichtsausdruck, als er sie liebkoste. Ihre Wangen glänzten rot, und die Lider wurden ihr schwer vom Erwachen ihrer Sinne. Sie befand sich an der zarten Grenze zwischen Kind und Frau, und diese zerbrechliche Balance verlieh ihr eine seltene Schönheit, die durch ihre Haut leuchtete wie das goldene Licht des Herbstes. Und dann stieg seine Hand hinab in den geheimen Ort, den nur sie bisher entdeckt hatte in den schwülen Nächten, als die Sehnsucht nach ihm ihr keine Wahl gelassen hatte, als ihren Körper selbst zu erkunden, allein in der Dunkelheit. Dabei hatte sie sich immer vorgestellt, ihre Finger seien seine. Aber ihre Finger waren nur ein kläglicher Ersatz gewesen in diesen langen Monaten des Wartens. Jetzt hatte er sie gefunden, und sie tat einen tiefen Seufzer. Eine Zeit lang verlor sie sich in dieser Lust. Santi sah, wie sich in dem Tal zwischen ihren Brüsten feine Schweißperlen sammelten. Er konnte der Anspannung seines eigenen Verlangens jetzt auch nicht länger widerstehen; er richtete sich auf, zog sich das Hemd über den Kopf und streifte die Jeans herunter. Sofia kehrte von jenem fernen Ort zurück und riss die Augen weit auf, als sie seine Männlichkeit erblickte, ganz anders als neulich am Pool, weil sie jetzt wach war und ungeduldig. Santi legte ihre Hand darauf. Sie widerstrebte nicht, sondern betrachtete das Glied mit der Neugier einer Wissenschaftlerin, fuhr mit der Hand daran auf und ab und wendete es hin und her.

»Das also ist es, was euch Männer antreibt, ja?«, sagte sie. Santi gluckste. Kopfschüttelnd nahm er ihre Hand und zeigte ihr, wie sie es richtig streichelte. Dann wühlte er in der Tasche seiner Jeans und zog ein viereckiges, flaches Päckchen hervor. Es sei wichtig, Vorsichtsmaßnahmen zu ergreifen, sagte er. Er wollte ja nicht, dass sie schwanger werde. Sie lachte, als sie ihm half, das Kondom überzustreifen.

»Der Ärmste, wenn er nun Angst hat im Dunkeln?« Mit ihrer Unerfahrenheit behinderte sie das Unternehmen eher, als dass sie half.

»Du bist eine hoffnungslose Schülerin«, beschwerte er sich lachend; er schob ihre Hände weg und tat es selbst.

Sofia schloss die Augen und erwartete, dass ein scharfer Schmerz durch ihren Körper zuckte, als er in sie eindrang, aber sie spürte ihn nicht. Stattdessen durchströmte Wärme ihren Körper, und jeder Rest von Zurückhaltung versiegte. Sie umklammerte Santi und gab ihre Unschuld mit der Begeisterung einer Frischbekehrten hin. Santi hatte in Amerika mit zahllosen Mädchen geschlafen. Sofia war die Erste, die er liebte.

Als sie wieder ins Licht hinaustraten, hatte es aufgehört zu regnen, und die Sonne, die durch die Wolken brach, ließ den See funkeln wie blank poliertes Silber.

»Antonio!« Plötzlich besann Sofia sich auf den Grund für ihren Ausflug. »Wir dürfen nicht vergessen, ihn abzuholen.«

Santi schaute auf die Uhr. Sie hatten noch eine Viertelstunde Zeit. »Ich möchte jede Minute damit zubringen, dich zu küssen«, sagte Santi und zog sie wieder in seine Arme.

Nachdem Sofia einmal von der verbotenen Frucht gekostet hatte, wollte sie mehr davon. Es war nicht leicht, auf der Farm Orte zu finden, die abgeschieden genug waren, um nicht von den Gauchos und den Verwandten und Freunden beobachtet zu werden, aber wie Grandpa O'Dwyer immer gesagt hatte: »Wo ein Wille ist, da ist auch ein Weg«, und Santi und Sofia mit ihrem unbezwingbaren Willen hätten sogar Wasser in der Wüste gefunden.

Es war Februar, der letzte Monat der langen Sommerferien, und so waren sie dauernd auf der Farm. Sie fanden bald heraus, dass es ihnen tagsüber fast unmöglich war, sich zu lieben, ohne dass ihnen die Angst vor der Entdeckung die Freude daran verdarb. Während der Siesta, wenn die Erwachsenen in der Kühle ihrer Zimmer verschwanden, um die reichlichen Mengen von Essen und Wein, die sie zum Lunch zu sich genommen hatten, schlafend zu verdauen, konnten sie sich gelegentlich in das leere Zimmer auf dem Dachboden von Sofias Haus schleichen, das vom Schlafzimmer ihrer Eltern weit entfernt war und selten benutzt wurde. Dort liebten sie sich in der trägen Hitze des Nachmittags, umgeben vom Duft von Jasmin und gemähtem Gras und dem Gesang der vielen verschiedenen Vögel, die sich draußen in den Bäumen versammelten, angelockt von der Hoffnung auf Soledads Brotkrumen. Oder sie flohen nachts, wenn der Rest der Farm schlief, aus ihren Zimmern und liebten sich unter dem Sternenhimmel im Licht des Mondes, der alles sieht. Sie sprachen über die Zukunft – ihre Zukunft. Von einer Zukunft, die so unerreichbar war wie die Wolken über ihnen. Es kümmerte sie beide nicht, dass ihre Träume Trugbilder waren, geschaffen von der rosigen Zuversicht ihrer Liebe. Dass ein Leben als Mann und Frau auf Santa Catalina ein unerfüllbarer Wunsch war. Sie trieben auf den Wolken dahin und wussten, dass eines ganz sicher war: Sie würden einander immer lieben.

Achtzehn

Eines Morgens gegen Ende Februar war ihr übel, als sie erwachte. Hatte sie am Abend zuvor etwas Verdorbenes gegessen? Am Nachmittag war es vergangen, und sie vergaß die Sache bis zum nächsten Morgen, als sie sich heftig übergeben musste.

»Ich weiß nicht, was mit mir los ist, Maria«, klagte sie über einer Schüssel mit Butter und Mehl für Panchitos Geburtstagskuchen. »Jetzt geht's mir prima, aber heute Morgen war mir zum Sterben.«

»Morgendliches Erbrechen«, juxte Maria und zwinkerte ihr zu, ohne zu merken, wie blass Sofia plötzlich wurde.

»Ein zweiter Fall von Unbefleckter Empfängnis«, sagte Sofia mit unsicherem Lächeln. »Aber ich glaube, dazu bin ich nicht fromm genug.«

»Na, was hast du denn gestern Abend gegessen?«

»Und am Abend davor?« Sofia versuchte zu lachen, aber bei dem Gedanken, sie könnte schwanger sein, war ihr eher nach Weinen zumute. Ihre Beziehung war gerade achteinhalb Wochen alt, und Santi hatte immer darauf geachtet, sich zu schützen. Das wusste Sofia, denn sie verstand es inzwischen ziemlich geschickt, ihm die Kondome überzustreifen. Sie schob den Gedanken beiseite; ganz sicher war das eine Überreaktion. »Wahrscheinlich liegt es an Soledads Reispudding«, sagte sie, wieder sie selbst.

»Du kriegst Reispudding?«, rief Maria neidisch und fettete die Kuchenform. »Encarnación!«, schrie sie dann. Das alte Hausmädchen kam mit einem Korb voll Wäsche in die Küche geschlurft.

»*Sí,* Señorita Maria?«

»Wie lange lassen wir ihn drin?«

»Ich dachte, Señorita Sofia ist inzwischen eine professionelle Kuchenbäckerin? Lasst ihn zwanzig Minuten backen, und dann schaut nach. Wenn er nicht fertig ist, gebt ihr noch einmal zehn Minuten dazu. Nein, nein, Panchito!«, rief sie, als der kleine Junge in die Küche gehüpft kam. »Komm mit – hier, gib mir die Hand.« Sie führte ihn hinaus in den Sonnenschein.

»Was sind denn Drachen?«, fragte Sofia.

»Eidechsen. Panchito glaubt, es sind Drachen.«

»Na ja, sind's wohl auch. Kleine Drachen.«

Maria sah zu, wie Sofia die Schüssel ausschleckte. Sie bemerkte, wie strahlend ihre Cousine aussah. Sie hatte sich das Haar oben auf dem Kopf zusammengezwirbelt, und ein paar Strähnen hatten sich gelöst und standen um Gesicht und Hals ab und klebten an ihrer verschwitzten Haut. Selbst in einer schmutzigen Küchenschürze sah sie schön aus.

»Was guckst du so, *gorda?*« Sofia lächelte ihre Cousine liebevoll an.

Maria erwiderte das Lächeln. »Du bist im Moment sehr glücklich, nicht wahr?«

»Ja. Ich bin glücklich hier bei dir, beim Backen in eurer Küche.«

»Du kommst auch mit deiner Mutter sehr viel besser aus.«

»Sie ist ja nicht ganz übel, die alte Heuschrecke.«

»Sofia! Sie ist schön!«

»Aber zu dünn«, antwortete Sofia trocken und bot Maria die Teigschüssel an.

»Ich wünschte, ich wäre auch zu dünn«, klagte Maria und entschied sich plötzlich, ihrer Cousine lieber nicht beim Ausschlecken der Schüssel zu helfen.

»Maria, du bist perfekt. Du willst doch nicht zu dünn sein. Du siehst weiblich aus, strahlend, gesund, kurvenreich und schön. Du bist eine richtige Frau, mein Mädchen!« Sie lachten beide.

»Du bist albern, Sofia.«

»Nein, ich bin ehrlich. Ich werde dir immer die Wahrheit sagen. Du bist hübsch, so wie du bist.«

Maria lächelte dankbar. »Du bist etwas Besonderes für mich, Sofia«, sagte sie aufrichtig.

»Du bist meine beste Freundin, Maria. Du bist auch etwas Besonderes für mich.« Die beiden Mädchen umarmten einander amüsiert

und gleichzeitig gerührt ob dieses plötzlichen Ausbruchs von Zärtlichkeit.
»Wollen wir den Kuchen reinschieben?«, fragte Sofia und ließ sie wieder los. Sie nahm die Kuchenform, randvoll mit dickem braunem Teig, und schnupperte hungrig daran. »Hmmm, das duftet himmlisch!«
»*Dios!* Schnell hinein damit, sonst wird er nicht mehr rechtzeitig fertig!«
Chiquita hatte Panchitos kleine Freunde von den Nachbarfarmen zu einer Geburtstagsüberraschungsparty eingeladen. Die Nachmittagssonne übergoss die Terrasse mit ihrem warmen Glanz, und die Kinder liefen mit schokoladenverschmierten Gesichtern und klebrigen Händen herum, verfolgt von den Hunden, die ihnen Kuchenstücke stibitzten, wenn sie nicht aufpassten.
Fernando, Rafael, Agustin, Sebastian, Niquito und Angel kamen vorbei, um sich Kuchen und Kekse zu holen, bevor sie sich in den Park trollten und ein bisschen Fußball spielten. Santi blieb länger. Er schaute Sofia zu, wie sie im Schatten einer Akazie mit ihrer Mutter und ihren Tanten plauderte. Er liebte ihre Gewohnheit, dramatisch zu gestikulieren, wenn sie sprach, und unter dichten braunen Wimpern aufzublicken, als habe sie etwas Schockierendes zu offenbaren, warte aber noch auf den richtigen Augenblick, um dann die optimale Reaktion zu erzielen. Er sah ihr an, dass sie merkte, wie er sie beobachtete, denn ihre Mundwinkel verzogen sich zu einem befangenen Lächeln. Endlich warf sie einen Blick zu ihm herüber. Er zwinkerte zweimal, ohne eine Miene zu verziehen. Sofia erwiderte die Botschaft und grinste dabei so breit, dass er ihr einen mahnenden Blick zuwerfen musste. Sie schaute ihn weiter an und liebkoste sein Gesicht und seine Lippen mit ihren Augen. Er wandte sich ab, denn er befürchtete, jemand könnte etwas merken. Hoffentlich hatte sie genug Verstand, um ebenfalls wieder wegzuschauen. Aber als er sich wieder umdrehte, schaute sie ihn immer noch an, den Kopf leicht schräg gelegt, und lächelte wehmütig. Maria war dabei, unter den Kindern Sandwiches und Süßigkeiten zu verteilen, den Kuchen aufzuschneiden, verschütteten Orangensaft aufzu-

wischen und die Hunde zu verjagen, wenn sie dem Essen allzu nah kamen. Sie war viel zu beschäftigt, um die zärtlichen Blicke zu bemerken, die zwischen ihrem Bruder und ihrer Cousine hin und her gingen.

Am Abend saßen Sofia und Santi auf einer Bank auf der Veranda bei ihm zu Hause. Im Dunkeln hielten sie sich heimlich bei den Händen. Als er ihre Hand zweimal drückte, war es die gleiche Botschaft wie das Zwinkern: Es bedeutete »Ich liebe dich«. Sie drückte zurück, bis daraus ein Spiel wurde, bei dem es darum ging, wer am längsten drücken konnte. Seine Familie war im Bett, das Haus war still, die Luft kühler als zuvor. Der Herbst rückte heran und vertrieb die schwülen Nächte mit seinem frischen, aber auch melancholischen Wind.

»Ich kann den Herbst riechen«, sagte Sofia und kuschelte sich an Santi.

»Ich kann es nicht leiden, wenn der Sommer zu Ende geht.«

»Oh, ich habe nichts dagegen. Mir gefallen die dunklen Abende vor dem Kamin«, sagte sie fröstelnd.

Er zog sie an sich und gab ihr einen zarten Kuss auf die Stirn. »Stell dir bloß vor, was wir vor Mamas Kamin alles anstellen könnten«, sagte er leise.

»Ja! Siehst du, der Winter ist gar nicht so schlecht.«

»Mit dir nicht. Mit dir ist nichts schlecht, Chofi.«

»Ich kann es nicht erwarten, einen Winter mit dir zu verbringen, und einen Frühling und noch einen Sommer … Ich möchte alt werden mit dir«, sagte sie verträumt.

»Ich mit dir auch«, sagte er.

»Selbst wenn ich so verrückt werde wie Grandpa?«

»Na ja …« Er zögerte und wiegte scherzhaft den Kopf hin und her.

»Ich habe eine Menge irisches Blut in mir«, warnte sie.

»Ich weiß. Das macht mir ja Sorgen.«

»Du liebst mich, weil ich anders bin als alle. Das hast du mir selbst gesagt!« Lachend drängte sie die Nase unter sein Kinn. Er hob ihr Gesicht sanft zu sich und streichelte ihr die Wange.

»Wer könnte dich nicht lieben?« Er seufzte und senkte den Mund

auf ihre Lippen. Sie schloss die Augen und genoss das warme, vertraute Gefühl seines Mundes.
»Lass uns zum Ombu gehen«, schlug sie vor, und er lächelte sie wissend an.
»Wenn man sich vorstellt, dass du noch vor zwei Monaten ein unschuldiges Kind gewesen bist«, sinnierte er und küsste sie auf die Nasenspitze.
»Und du ein hinterhältiger Verführer«, antwortete sie.
»Warum nur, Chofi, ist immer alles meine Schuld?«, sagte er scherzhaft.
»Weil du ein Mann bist, und weil es ritterlich ist, wenn du die Schuld für mein schlechtes Benehmen auf dich nimmst. Du musst meine Ehre beschützen.«
»Deine Ehre, wahrhaftig. Was ist denn davon noch übrig?« Er zwinkerte.
»Ich habe noch jede Menge Ehre übrig«, protestierte sie mit breitem Grinsen.
»Wie konnte ich so nachlässig sein? Lass uns zum Ombu gehen, damit ich das ein für alle Mal erledige.« Er nahm sie bei der Hand, und sie verschwanden in der Dunkelheit.

Als Sofia am nächsten Morgen erwachte, plagte sie die gleiche nagende Übelkeit wie schon an den vergangenen beiden Tagen. Sie stürzte ins Bad, hängte sich über die Toilette und erbrach Encarnacións Abendessen. Nachdem sie sich die Zähne geputzt hatte, rannte sie zu ihrer Mutter ins Zimmer. »Ich bin krank, Mama, ich habe mich übergeben!«, sagte sie und ließ sich dramatisch auf das große weiße Bett ihrer Mutter fallen.
Anna legte ihrer Tochter eine Hand auf die Stirn und schüttelte dann den Kopf. »Ich glaube nicht, dass du Temperatur hast, aber ich will trotzdem Dr. Higgins anrufen. Wahrscheinlich nur ein Infekt.« Sie lief hinaus zum Telefon.
Sofia blieb auf dem Bett liegen, und jähes Entsetzen packte ihr Herz. Wenn sie nun schwanger war? Aber das war unmöglich, dachte sie und schob den Gedanken beiseite. Sie hatten nie ohne

Kondom miteinander geschlafen. Und es war wissenschaftlich erwiesen, dass Kondome zu neunundneunzig Prozent sicher waren. Nein, sie konnte einfach nicht schwanger sein. Aber die Angst warf ihren dunklen Schatten auf ihre Seele, und so sehr sie sich auch bemühte, den Gedanken zu verdrängen, so sehr zitterte sie doch bei der Vorstellung, sie könnte zu dem unglückseligen einen Prozent gehören.

Dr. Ignacio Higgins war seit vielen Jahren der Hausarzt der Familie Solanas und hatte von Rafaels Blinddarmentzündung bis zu Panchitos Windpocken schon alles behandelt. Er lächelte Sofia beruhigend an, und nachdem er kurz mit ihr über die Ferien geplaudert hatte, fing er an, sie zu untersuchen. Er stellte ihr ein paar Fragen und nickte wissend bei jeder ihrer Antworten. Als ein ernstes Stirnrunzeln auf sein altes, faltiges Gesicht trat und das Lächeln von tiefer Besorgnis verdrängt wurde, spürte sie, wie ihr Herz schneller schlug, und sie war den Tränen nahe.

»Oh, Dr. Higgins, bitte sagen Sie mir nicht, dass es etwas Ernstes ist«, flehte sie, und ihre großen, nussbraunen Augen füllten sich mit Tränen, denn sie kannte die Antwort längst. Warum sonst hätte er sie nach ihrer Regel fragen sollen?

Dr. Higgins nahm ihre Hand in seine und streichelte sie liebevoll mit dem Daumen, während er den Kopf schüttelte. »Ich fürchte, Sofia, du bist schwanger.« Er wusste, dass sie nicht verheiratet war, und als langjähriger Hausarzt wusste er auch, wie die Familie auf eine uneheliche Schwangerschaft reagieren würde, zumal bei einem siebzehnjährigen Kind.

Seine Worte verschlugen Sofia den Atem, und ihr Magen wippte, wie er es manchmal tat, wenn man mit dem Auto über eine Bodenwelle fuhr. Ihr Vater hatte früher immer gesagt, da habe sie ihr Bäuchlein verloren. Jetzt wünschte sie sich, sie hätte es verloren. Kraftlos ließ sie sich in die Kissen sinken. Das verfluchte eine Prozent, dachte sie düster, und vor ihrem geistigen Auge verschwanden die langen Nachmittage der Liebe wie wirbelndes Wasser im Abfluss.

»Schwanger! *O Dios,* sind Sie da sicher? Was mache ich denn

jetzt?«, brachte sie hervor und kaute am Daumennagel. »Was mache ich jetzt?«
Dr. Higgins tat sein Bestes, um sie zu trösten, aber sie war nicht zu trösten. Sie sah ihre Zukunft in einem rabenschwarzen Nichts versinken, und sie konnte nichts tun, um sie zurückzuholen.
»Du musst es deiner Mutter sagen«, schlug er vor, nachdem sie sich ein bisschen beruhigt hatte.
»Mama? Sie machen wohl Witze.« Sie wurde bleich. »Sie wissen doch, wie sie ist.«
Der alte Arzt nickte mitfühlend. Unzählige Male war er schon in dieser Lage gewesen: Junge Mädchen waren vernichtet von der Saat, die in ihrem reifen Körper heranwuchs, während ein solches Wunder der Natur doch eigentlich ein Grund zur Freude hätte sein müssen. Dass ihm diese Situation so vertraut war, verminderte keineswegs seine Fähigkeit, sich davon anrühren zu lassen. Seine grauen Augen verschleierten sich wie die nebelhaften irischen Tage seiner Vorfahren, und er wünschte, es gäbe eine Pille, mit der sich die Schwangerschaft ungeschehen machen ließe.
»Du kannst das nicht allein durchstehen, Sofia. Du brauchst die Unterstützung deiner Eltern«, sagte er.
»Die werden toben – und sie werden mir niemals verzeihen. Mama bringt mich um. Nein, ihr kann ich es nicht erzählen«, erklärte sie hysterisch, und ihr sonst lächelnder Mund krümmte sich untröstlich bebend abwärts.
»Was willst du tun? Sie werden es irgendwann merken. Du kannst es nicht verbergen, wenn ein Kind in dir wächst.«
Instinktiv legte sie die Hand auf den Bauch und schloss die Augen. Es war Santis Kind, das in ihr wuchs. Sie trug einen Teil von ihm in sich. Dies war ohne Zweifel der schlimmste Augenblick ihres Lebens, und doch spürte sie eine große Wärme in sich. Ihr graute bei dem Gedanken an das, was ihre Eltern tun würden. Aber ihr blieb nichts anderes übrig: Man musste es ihnen sagen.
»Können Sie es ihr nicht sagen?«, fragte sie betreten.
Er nickte. So ging es meistens. Diese undankbare Aufgabe gehörte zu den zahlreichen Pflichten eines Arztes, und es war eine der trau-

rigsten. Hoffentlich würden sie die Schuld nicht dem Boten geben, wie es so viele bestürzte Eltern taten.
»Keine Sorge, Sofia. Es wird schon alles gut werden«, sagte er gütig und stand auf. »Kannst du diesen Mann denn nicht heiraten?« Aber er wusste, wie taktlos die Frage gewesen war, kaum dass er sie ausgesprochen hatte, denn warum sollte sie dann so unglücklich sein?
Sofia schüttelte kläglich den Kopf und konnte nicht antworten. Sie brach in lautes Schluchzen aus, voller Angst vor der Reaktion ihrer Mutter. Sie wusste nicht, was sie tun sollte. Wie konnte sie solches Pech haben? Sie hatten doch alles getan, um sicherzustellen, dass so etwas nicht passieren konnte. Sie wartete angstvoll. So oft hatte sie ihre Mutter zum Spaß gereizt, indem sie die Schule geschwänzt oder sich ohne Erlaubnis mit einem jungen Mann in einen Nightclub geschlichen hatte. Aber das waren Kleinigkeiten gewesen, lächerlich im Vergleich zu dem hier. Diesmal würde der Zorn ihrer Mutter verdient und furchtbar sein. Wenn sie von Santi erführe, würde sie vielleicht beide umbringen.
Die Tür flog auf, und ihre Mutter kam hereingestürmt. Ihr Gesicht war weiß wie auf einem dieser gespenstischen Gemälde von El Greco. Ihre Lippen zitterten vor Wut, und Sofia sah die Enttäuschung in ihrem Blick.
»Wie konntest du?«, schrie sie in schrillem irischem Ton und lief zornesrot an. »Wie konntest du? Nach allem, was wir für dich getan haben. Was soll der Rest der Familie denken? Diese Schande. Was hast du dir dabei gedacht? Warum hast du es zugelassen? Es ist schlimm genug, dass du … dass du … unehelich …«, stammelte sie. »Aber dass du auch noch schwanger wirst! Ich bin so enttäuscht von dir, Sofia!«
Sie sank in einen Sessel und schaute zu Boden, als ob der Anblick ihrer entehrten Tochter ihr ekelhaft sei. »Ich habe dich in einem Haus großgezogen, in dem Gottes Gesetze geachtet werden. Möge Er dir verzeihen.«
Sofia antwortete nicht. Beide saßen schweigend da. Das Blut wich aus den Wangen ihrer Mutter, und ihre verschleierten Augen starr-

ten aus dem Fenster, als könne sie auf der dürren Ebene unter dem warmen Himmel Gott sehen. Verzweifelt schüttelte sie den Kopf.

»Was haben wir nur falsch gemacht?«, fragte sie händeringend. »Haben wir dich zu sehr verwöhnt? Ich weiß, Dad und Paco haben dich behandelt wie eine kleine Prinzessin, aber ich doch nicht.« Sofia starrte auf die Muster der Bettdecke und versuchte, einen Sinn hineinzubringen. Die Situation war zu surreal, um sie wirklich ernst zu nehmen. Es konnte nicht sein, dass ihr so etwas zustieß. »Ich war zu streng – das ist es, nicht wahr?«, fuhr ihre Mutter kläglich fort. »Jawohl, ich war zu streng. Du hast dich eingesperrt gefühlt, und deshalb musstest du gegen sämtliche Regeln verstoßen. Es ist allein meine Schuld. Dein Vater hat mir immer gesagt, ich sollte nachsichtiger mit dir sein, aber das konnte ich nicht. Ich wollte nicht, dass die Familie mir den Vorwurf machte, ich sei eine schlechte Mutter – neben allem andern …«

Sofia konnte sich die Tiraden ihrer Mutter kaum anhören, ohne Abscheu zu empfinden. Wäre Maria in ihrer Lage gewesen, dann hätte Chiquita mit Liebe und Verständnis reagiert, sie hätte ihrer Tochter helfen und sich um sie kümmern wollen – aber ihre eigene Mutter saß hier und machte sich Selbstvorwürfe! Eine typische irische Katholikin – als Nächstes würde sie in Sack und Asche gehen. Gern hätte Sofia ihr gesagt, sie solle vom Kreuz herabsteigen, aber sie sah ein, dass dies wahrscheinlich nicht der günstigste Zeitpunkt dafür war.

»Und wer ist der Vater? Wer ist es? *Dios,* wer könnte es denn sein? Du siehst doch hier niemanden außer deinen Verwandten.«

In banger Erwartung schaute Sofia zu, wie ihrer Mutter langsam ein Licht aufging. Das Selbstmitleid in ihrer Miene wich dem Abscheu, und sie wand sich vor Ekel.

»O mein Gott, es ist Santi! Stimmt's?« Ihr harter irischer Akzent biss angewidert in das Wort »Santi«. »Ich habe Recht, nicht wahr? Mein Gott, ich hätte es kommen sehen müssen. Warum habe ich es nicht kommen sehen? Ihr seid widerlich – alle beide! Wie konnte er so verantwortungslos sein? Er ist jetzt ein Mann – wie konnte er

dich verführen, ein Kind von siebzehn Jahren?« Sie brach in Tränen aus. Sofia sah es ungerührt, und sie dachte, wie hässlich ihre Mutter doch wurde, wenn sie weinte.
»Ich hätte es mir denken sollen. Ich hätte sehen sollen, wie ihr euch herumgeschlichen habt wie zwei Diebe mit eurem schmutzigen Geheimnis. Ich weiß nicht, was wir machen sollen. Das Kind wird wahrscheinlich schwachsinnig werden, bei der engen Verwandtschaft zwischen euch. Wie konntet ihr so verschlagen sein? Ich muss es deinem Vater sagen. Verlasse ja nicht dieses Zimmer, bis ich wieder da bin.«
Sofia hörte, wie die Tür hinter ihr ins Schloss fiel. Sie sehnte sich verzweifelt danach, zu Santi zu laufen und ihm alles zu erzählen, aber ausnahmsweise hatte sie nicht die Kraft, ungehorsam gegen ihre Mutter zu sein. Reglos blieb sie liegen und wartete auf ihren Vater.
Da es mitten in der Woche war, musste er von Buenos Aires herausfahren. Anna konnte ihm am Telefon nicht sagen, was das Problem war; deshalb musste er voller Spannung abwarten, und dabei wollte sich ihm vor Sorge der Magen umdrehen, bis er in Santa Catalina eintraf. Anna informierte ihn auf der Stelle, und sie diskutierten mehr als zwei Stunden lang die Situation. Kampfesmüde gab Paco seiner Frau schließlich nach, die sich inzwischen felsenfest eingeredet hatte, dass das Kind schwachsinnig werden würde. Sofia würde die Schwangerschaft abbrechen müssen. Als er schließlich in das Zimmer seiner Tochter kam, lag sie schlafend im Bett, zu einer jämmerlichen Kugel zusammengerollt. Das Herz wollte ihm zerbrechen, als er herantrat. In seinen Augen war sie immer noch sein kleines Mädchen. Er setzte sich auf die Bettkante und fuhr ihr zärtlich mit der Hand durch das feuchte Haar.
»Sofia«, flüsterte er. Als sie die Augen öffnete, schaute er sie mit solcher Liebe an, dass sie die Arme um ihn warf und wie ein Kind an seiner Brust weinte.
»Es tut mir Leid, Papa, es tut mir Leid«, schluchzte sie zitternd vor Scham und Angst. Er drückte sie an sich und wiegte sie vor und zurück, wiegte sich auch selbst, um den eigenen Schmerz zu lindern.

»Es ist ja gut, Sofia. Ich bin nicht böse. Ich bin nicht böse. Es ist gut. Es wird alles gut.«
Es war beruhigend, in seinen sicheren Armen zu liegen. Die ganze Verantwortung auf ihn überfließen zu lassen, erfüllte sie mit tiefer Erleichterung.
»Ich liebe ihn, Papa.«
»Ich weiß, Sofia, aber er ist dein Cousin.«
»Aber es ist doch nicht verboten, seinen Cousin zu heiraten?«
»Darum geht es nicht. Wir leben in einer kleinen Welt, und wenn du deinen Cousin heiratest, betrachtet man das in unserer Welt so, als ob du deinen Bruder heiratest. Es bringt Schande. Du kannst Santi nicht heiraten. Außerdem bist du noch sehr jung. Es ist nur eine Schwärmerei.«
»Ist es nicht, Papa. Ich liebe ihn.«
»Sofia«, sagte er ernst und schüttelte den Kopf. »Du kannst Santi nicht heiraten.«
»Mama hasst mich.« Sie fing wieder an zu weinen. »Immer schon.«
»Sie hasst dich nicht – sie ist enttäuscht, Sofia. Und das bin ich auch. Aber deine Mutter und ich, wir haben ausführlich darüber gesprochen. Wir werden tun, was das Beste für dich ist. Vertrau mir.«
»Es tut mir so Leid, Papa«, wiederholte sie tränenerstickt.

Sofia tappte betreten ins Wohnzimmer, wo ihre Eltern warteten, um ihr ihre Entscheidung mitzuteilen. Sie setzte sich mit gesenktem Blick auf das Sofa. Anna saß steif auf der Fensterbank, die Beine unter dem langen Kleid fest übereinander geschlagen. Sie sah blass und müde aus. Paco ging mit Sorgenmiene im Zimmer auf und ab. Er sah älter und grauer aus als vorher. Die Türen zum Korridor und zum Esszimmer waren fest geschlossen. Rafael und Agustin, die darauf brannten, zu erfahren, was es mit dieser eisigen Atmosphäre auf sich hatte, waren fortgeschickt worden. Widerwillig waren sie zu Chiquitas Haus hinüberspaziert, um dort mit Fernando und Santi fernzusehen.
»Sofia, deine Mutter und ich haben entschieden, dass du das Kind einfach nicht behalten kannst«, begann ihr Vater ernst. Sofia

schluckte schwer und wollte etwas erwidern, aber er brachte sie mit einer kurzen Handbewegung zum Schweigen. »Du wirst in den nächsten Tagen nach Europa fliegen. Sobald du ...« Er zögerte und rang mit dem Gedanken an einen Schwangerschaftsabbruch, der schwer auf seinem Gewissen lasten würde, da er ein Verstoß gegen seinen Glauben und seine Grundsätze bedeutete. »Wenn du dich erholt hast, wirst du dort studieren, nicht wie geplant an der Universität in Buenos Aires. Das wird dir und Santi Zeit geben, über diese Schwärmerei hinwegzukommen. Danach kannst du wieder nach Hause kommen. Niemand darf davon erfahren, hast du verstanden? Es wird unser Geheimnis sein.« Absichtlich verschwieg er ihr, dass sie bei seinem Cousin Antoine und dessen Frau Dominique in Genf wohnen und in Lausanne studieren würde; so würde auch Santi es nicht herausfinden und ihr dorthin folgen können.

»Du wirst keine Schande über den guten Namen unserer Familie bringen«, fügte ihre Mutter gepresst hinzu und dachte daran, was ein solcher Skandal für die Zukunftsaussichten ihrer Söhne bedeuten konnte. Verbittert dachte sie an die glücklichen Momente, die sie in der letzten Zeit mit ihrer Tochter erlebt hatte, und an den wachsenden Stolz, den sie empfunden hatte. Diese Momente machten die Enttäuschung nur noch schlimmer.

»Ihr wollt, dass ich es abtreiben lasse?«, wiederholte Sofia langsam. Ihre Hand lag auf ihrem Bauch, und als sie hinunterschaute, sah sie, dass sie zitterte.

»Deine Mutter ...«, begann Paco.

»Oh, also du steckst dahinter!« Erbost wandte sie sich zu ihrer Mutter um. »Du weißt, dass du dafür in die Hölle fahren wirst! Du sollst doch so eine gute Katholikin sein. Wo sind denn alle deine Grundsätze geblieben? Ich kann nicht glauben, dass jemand so heucheln kann. Du machst deinen eigenen Glauben zum Gespött!«

»Sprich nicht so mit deiner Mutter, Sofia!«, sagte ihr Vater in einem Ton, den sie bei ihm noch selten gehört hatte. Mit den Augen einer Fremden schaute sie zwischen ihren Eltern hin und her. Sie kannte sie nicht mehr.

»Das Kind wird schwachsinnig werden, Sofia. Es ist nicht in Ordnung, ein solches Kind in die Welt zu setzen«, sagte ihre Mutter mit gezwungener Ruhe. Ihre Stimme wurde sanfter, und mit mattem Lächeln fügte sie hinzu: »Es ist zu deinem eigenen Besten, Sofia.«

»Ich werde es nicht abtreiben lassen«, entgegnete sie störrisch. »Mein Kind wird nicht schwachsinnig sein. Ihr seid so besorgt um den Ruf der Familie. Mit der Gesundheit meines Kindes hat das nichts zu tun. Ihr glaubt, niemand wird es herausfinden? Das ist ein Witz!« Sie lachte verächtlich.

»Sofia, du bist jetzt zornig, aber mit der Zeit wirst du es verstehen.«

»Das verzeihe ich euch nie.« Sie verschränkte die Arme abwehrend vor der Brust.

»Wir denken nur an dich. Du bist unser Kind, Sofia, und wir lieben dich. Vertrau mir«, sagte ihr Vater.

»Ich dachte, das könnte ich«, antwortete sie ungerührt.

Abtreibung war etwas für Huren. Es war schmutzig und gefährlich. Was würde Padre Julio sagen, wenn er es erführe? Würde sie dann nicht auch in die ewige Hölle verdammt werden? Plötzlich wünschte sie, sie hätte bei seinen Predigten zugehört, statt von Sex und Santi zu träumen. Sie hatte immer gedacht, Religion sei etwas für schwache Persönlichkeiten, die Anleitung brauchten wie Soledad, oder für Fanatiker wie ihre Mutter, die sich ihrer nur dann bediente, wenn es ihr passte; aber jetzt fürchtete sie, es könnte tatsächlich einen Gott geben, und Er würde sie bestrafen für das, was sie getan hatte.

»Ich muss mich von Santi verabschieden«, sagte sie schließlich und starrte auf das Muster des Parkettbodens.

»Ich glaube nicht, dass wir das erlauben können, Sofia«, sagte ihre Mutter kalt.

»Ich wüsste nicht, warum nicht, Mama. Ich bin doch schon schwanger.«

»Sofia, sprich nicht so mit mir. Die Sache ist nicht zum Lachen. Sie ist sehr, sehr ernst. Nein, du darfst niemanden mehr sehen, bevor du gehst.« Entschlossen strich sie ihren Rock glatt.

»Papa, das ist nicht fair. Was kann es schaden, wenn ich Santi sehe?«, fragte sie flehentlich und erhob sich vom Sofa. Ihr Vater dachte eine Weile darüber nach. Er trat ans Fenster und schaute in die Pampa hinaus, als könne der weite Horizont ihm eine Antwort offenbaren. Er konnte seine Tochter nicht anschauen. Seine Schuldgefühle waren zu groß. Er wusste, dass er zu seiner Frau stehen sollte, aber er wusste auch, wenn er es täte, würde er sie für immer verlieren. Es war alles so viel besser gewesen. Er wusste, es ging hier nicht so sehr um Sofias Affäre als vielmehr um seine eigene im Jahr 1956. Er und Sofia hatten Annas Vertrauen verraten. Er sah ihr an, dass es das war, was ihr im Kopf herumging; er sah die Kränkung in ihrem Blick. Es ging um das bohrende Gefühl von Isolation, das Anna plagte. Aber er hatte keine Wahl; er musste ihr zustimmen.

»Ich glaube, deine Mutter hat Recht, Sofia«, sagte er schließlich, ohne sich umzudrehen. »Du fährst morgen früh mit Jacinto nach Buenos Aires. Vielleicht solltest du gleich anfangen zu packen. Du wirst eine Weile fort sein …«

Sofia hörte, wie seine Stimme brach, aber sie hatte kein Mitleid. »Ich werde nicht gehen, ohne mich von Santi zu verabschieden!«, schrie sie, rot vor Enttäuschung. »Ihr denkt an den blöden Namen und den Ruf eurer Familie. Wie könnt ihr das über die Gefühle eurer eigenen Tochter stellen? Ich hasse euch, ich hasse euch alle beide!« Sie rannte aus dem Zimmer auf die Terrasse, und sie rannte weiter, bis sie den Schutz der Bäume erreicht hatte. Dort lehnte sie sich an die Rinde und schluchzte über die Ungerechtigkeit der Welt, und als sie sich umdrehte und über ihr geliebtes Santa Catalina hinwegschaute, fühlte sie nichts als Hass.

Als sie in die Küche kam, hörte sie ihre Eltern im Wohnzimmer streiten. Ihre Mutter schluchzte laut und schrie ihren Vater auf Englisch an. Sofia nahm sich nicht die Zeit, zu lauschen.

»Soledad«, zischte sie.

Das Dienstmädchen stand am Herd. Sie drehte sich um und sah Sofia tränenüberströmt in der Tür stehen. »Was denn, was denn?«, fragte sie mit ihrer sanften Stimme und stürzte auf die junge Frau zu, die für sie immer ein Kind bleiben würde, um sie in die Arme zu nehmen. Sie drückte sie fest an sich, obwohl Sofia inzwischen größer war als sie.

»Ach, Soledad, ich stecke tief in der Patsche. Kannst du etwas für mich tun?« Ihre Augen, die eben noch so matt gewesen waren, funkelten jetzt vor Aufregung über einen neuen Plan. Sie rannte zum Sideboard, griff nach einem Bleistift und kritzelte ein paar Worte auf einen Zettel.

»Gib das Santi, sobald du kannst. Erzähle es niemandem, und zeige es niemandem, hast du verstanden?«

Entzückt darüber, in ein Geheimnis eingeweiht zu werden, steckte Soledad den Brief zwinkernd in ihre schmutzige Schürze.

»Ich gehe sofort hinüber, Señorita Sofia. Keine Sorge, Señor Santiago wird diesen Brief in einer Minute in der Hand halten.« Und sie hastete hinaus.

Als Rafael und Agustin bei Chiquita ankamen, erzählten sie ihren Cousins voller Aufregung, dass Sofia wieder mal in Schwierigkeiten war.

»Das war seit Wochen abzusehen«, kicherte Agustin schadenfroh.

»Das ist überhaupt nicht wahr«, widersprach Maria. »Vor ein paar Tagen erst hat deine Mutter gesagt, wie gut sie sich gerade verstehen. Sei nicht so unfreundlich.«

»Was glaubt ihr, wie lange sie da drüben noch brauchen?«, fragte Santi besorgt.

»Nicht mehr lange. Wie ich Sofia kenne, wird sie mit gepackten Koffern durchbrennen.« Rafael schaltete den Fernseher ein und ließ sich auf das Sofa fallen. »Maria, sei ein Engel und besorge mir etwas zu trinken, ja?«

»Okay.« Sie seufzte. »Was willst du?«

»Ein Bier.«

»Ein Bier – noch jemand?«

Santi ging zum Fenster und schaute hinaus, aber er sah nichts als sein eigenes Spiegelbild in der Scheibe, das ihm bang entgegenstarrte. Die andern saßen alle vor dem Fernseher, aber Santi schaute nicht zu. Nach einer halben Stunde konnte er nicht länger warten. Hastig verließ er das Haus. Gerade, als er die Terrasse überquerte,

sah er Soledad schwitzend und mit rotem Gesicht zielstrebig zwischen den Bäumen auf ihn zukommen.
»Soledad, was gibt's?«, fragte er, als sie bei ihm war. Ihm war unbehaglich zumute.
»Gracias a Dios, gracias a Dios«, antwortete sie und bekreuzigte sich aufgeregt. »Hier ist eine Nachricht von Señorita Sofia – sie hat mir aufgetragen, Ihnen das zu geben und niemandem sonst. Es ist ein Geheimnis, verstehen Sie? Sie ist sehr aufgebracht, sehr aufgebracht. Sie weint. Ich muss gleich wieder zu ihr.« Nervös betupfte sie sich die Stirn mit einem weißen Taschentuch.
»Was hat sie denn?«, fragte er, und er spürte, dass die Situation ernst war.
»Ich weiß es nicht, Señor Santiago. Ich weiß überhaupt nichts. Es steht alles in dem Brief.« Und bevor er noch etwas sagen konnte, verschwand sie wie eine Erscheinung zwischen den Bäumen.
Im Licht der Veranda öffnete er den Brief. Darin stand nur ein Satz: Komm zu mir unter den Ombu um Mitternacht.

Neunzehn

Sofia hatte längst aufgehört zu weinen. Sie lag auf ihrem Bett und wartete mit der Geduld eines Menschen, der sich in sein Schicksal ergeben hatte. Die Zeit verging sehr langsam, aber sie wusste, dass es irgendwann Mitternacht werden würde. Sie sah zu, wie die Bäume draußen vor ihrem Fenster im Wind rauschten, und das hatte einen seltsamen, hypnotischen Effekt, der ihren Schmerz linderte.

Schließlich stand sie auf, holte die Taschenlampe aus der Küche und flüchtete wie eine Kriegsgefangene. Lautlos wie ein Puma schlich sie sich durch die Dunkelheit zum Ombu. Mit pochendem Herzen eilte sie durch den Park, als ob ihr Leben davon abhinge. Ihre Entschlossenheit gab ihr Kraft, aber die Aussicht auf ihr unausweichliches Geschick machte sie schwach. Der Weg zum Baum kam ihr viel weiter vor als sonst. Sie ging schneller. Als sie sich dem Ombu näherte, sah sie ein kleines gelbes Licht, Santis Taschenlampe, die wie ein großer Glühwurm durch die Luft tanzte, während er ungeduldig auf und ab stapfte.

»Santi!«, keuchte sie und fiel ihm um den Hals. »Santi, sie wissen es, sie haben es herausgefunden, sie schicken mich weg!« Sie stammelte vor lauter Angst, dass sie keine Zeit haben könnte, ihm alles zu erzählen, bevor man sie hier entdeckte.

»Was? Wer weiß es? Wie denn?« Er war verwirrt. Der drängende Ton ihrer Mitteilung hatte ihm verraten, dass etwas nicht stimmte, aber damit hatte er nun doch nicht gerechnet. »Beruhige dich, hier findet uns niemand. Es ist alles okay.« Er bemühte sich, stark zu sein, während er sich zugleich von der Macht des Schicksals überrumpelt fühlte.

»Nein, ist es nicht. Sie schicken mich in die Schweiz – sie schicken mich weg. Ich hasse sie!«

»Woher wissen sie es denn?«
Sofia wollte ihm auf ihre gewohnt impulsive Art erzählen, dass sie schwanger war, aber dann besann sie sich. Ihre Eltern hatten ihr verboten, es irgendjemandem zu erzählen. Da war kein Raum für Missverständnisse. Wenn sie es nun Santi erzählte, musste sie befürchten, dass er es nicht für sich behalten könnte. Wahrscheinlich würde er wie ein Cowboy mit gezücktem Colt ins Haus marschieren und sein Recht als Vater ihres Kindes verlangen. Und es war nicht vorherzusehen, was ihre Eltern dann vielleicht tun würden. Nach dem Gesetz war sie immer noch verpflichtet, ihnen zu gehorchen. Sie konnten sie fortschicken und verhindern, dass sie je wieder zurückkäme. Solange sie in Argentinien war, war sie ihnen ausgeliefert. Nein, sie konnte es ihm jetzt nicht erzählen, überlegte sie sich. Sie würde ihm aus Genf schreiben, wenn ihre Eltern zu weit weg wären, um etwas dagegen zu unternehmen. Resigniert kämpfte sie das Verlangen nieder, ihr Leid mit ihm zu teilen; wenigstens vorläufig würde sie die Wahrheit allein tragen müssen.
»Sie wissen es«, sagte sie nur, »und sie toben vor Wut. Sie schicken mich ins Ausland, damit ich dich vergesse.« Sie schluchzte jämmerlich und suchte im Dunkeln seine Augen, um dort die Bestätigung seiner Zuneigung zu finden, aber sie sah nur zwei schwarze Löcher.
»Chofi, lass mich mit ihnen reden. Sie dürfen dich nicht wegschicken. Ich werde nicht dastehen und zulassen, dass sie dich wegschicken!«, flüsterte er wild. Er war entschlossen, die Mächte zu besiegen, die sie hier trennen wollten.
»Oh, ich wünschte, das könntest du, aber sie werden nicht auf dich hören. Sie sind genauso wütend auf dich wie auf mich. Du würdest es nicht glauben, wenn ich dir erzählte, was meine Mutter alles zu mir gesagt hat. Ich glaube, sie ist entzückt, dass sie mich loswerden kann.«
»Aber ich werde nicht zulassen, dass sie dich mir wegnehmen. Was soll ich denn ohne dich anfangen? Ich kann nicht ohne dich sein, Sofia!« Seine Stimme war ein Klageschrei im Dunkeln.
»O Santi, akzeptiere es einfach. Wir müssen es.«

»Das ist doch lächerlich«, fauchte er wütend. »Sie können nichts beweisen. Wieso sind sie so sicher? Wer hat uns denn gesehen?«

»Ich weiß es nicht, das haben sie mir nicht gesagt.« Sie war beschämt, dass sie mit solcher Leichtigkeit lügen konnte.

»Ich komme mit dir«, erklärte er aufgeregt. »Ich gehe mit. Lass uns fortgehen und weit weg von hier ein neues Leben anfangen. Seien wir doch ehrlich, wir hätten es am Ende sowieso tun müssen. Hier haben wir keine Zukunft.«

»Du würdest Santa Catalina meinetwegen verlassen?« Seine wilde Hingabe schnürte ihr die Kehle zu.

»Ja, das würde ich tun. Ich bin schon einmal von hier weggegangen. Aber diesmal würde ich nicht zurückkommen«, sagte er ernst.

»Das kannst du nicht.« Seufzend schüttelte sie den Kopf. »Du liebst Argentinien genauso sehr wie ich. Du könntest nicht fortgehen und nie mehr zurückkommen. Außerdem würden deine Eltern vor Angst sterben.«

»Wir stecken in dieser Sache zusammen, Chofi. Ich lasse nicht zu, dass du die ganze Schuld auf dich nimmst. Herrgott, zu einer Beziehung gehören immer zwei. Also lass mich mit dir in die Verbannung gehen.«

»Aber deine Eltern?« Sofia konnte sich das Ausmaß von Chiquitas Trauer vorstellen.

»Ich tue, was ich will. Ich brauche keine Erlaubnis von meinen Eltern, um das Land zu verlassen.«

»Aber ich«, sagte Sofia kläglich.

»Okay. Dann halte dich an den Plan deiner Eltern. Ich komme später nach und werde dich finden.« Er umklammerte ihre Oberarme so fest, dass sie zusammenfuhr.

»Santi – du würdest wirklich alles für mich aufgeben?«

»Ich würde alles für dich tun, Chofi.«

»Aber deine Zukunft ist hier. Wenn du mitkommst, wie sollen wir dann je wieder nach Hause kommen? Du kannst dich über deine Familie nicht hinwegsetzen, wenn du nicht bereit bist, sie für immer aufzugeben.«

»Dann gebe ich sie für immer auf. Ich liebe dich. Verstehst du denn das nicht? Meine Zukunft liegt bei dir. Du bist nicht eine flüchtige Laune für mich, Chofi. Du bist mein Leben.« Und als er diese Worte aussprach, wurde ihm klar, dass sie tatsächlich die Kraft war, die ihn voranbewegte. Er hatte eine Situation wie diese gebraucht, um zu erkennen, wie tief seine Liebe war, wie groß sein Verlangen. Ohne sie würde alles, was er an Santa Catalina geliebt hatte, verfallen wie ein Körper, dem der Atem vorenthalten wird. Sie war die Lebenskraft, die alles andere nährte. Das wusste er jetzt mit der gleichen Gewissheit, mit der er wusste, dass er sie nicht aufgeben würde.

»Okay. Wenn es dir ernst ist, lass uns einen Plan machen.« Ihr Herz erwachte wieder zum Leben. »Wenn ich in der Schweiz bin, schreibe ich dir, wo ich bin. Dann kannst du kommen.« Beide lächelten über die Einfachheit dieses Plans.

»Okay, aber es kann sein, dass sie versuchen, unsere Briefe abzufangen. Wir müssen auf alles vorbereitet sein. Ich könnte mich Maria anvertrauen – dann kannst du an sie schreiben«, schlug Santi vor.

»Nein«, sagte Sofia sofort, und sanfter wiederholte sie: »Nein. Wir können niemandem vertrauen außer uns selbst. Ich werde die Adresse von jemand anderem schreiben lassen – ich schicke sie dir aus einem anderen Land, wenn es sein muss. Keine Sorge, ich werde Unmassen Briefe schreiben. Sie können sie ja nicht in alle Ewigkeit abfangen, oder?«

»Ich liebe dich«, murmelte er, und wenn sie auch den Ausdruck in seinem Blick nicht sehen konnte, spürte sie seine Gefühle, als wären es phosphoreszierende Vibrationen, die aus jeder seiner Poren strömten.

»Und ich liebe dich auch«, schluchzte sie, und sie sank gegen ihn und küsste ihn. Sie klammerten sich aneinander, voller Angst, das Schicksal könnte sie, wenn sie einander jetzt losließen, vollends trennen und sie würden einander niemals wiederfinden. Lange weinten sie still; nur das beständige Zirpen der Grillen erfüllte die Leere, die sie umschloss.

»Wir wollen uns etwas wünschen«, sagte er schließlich, und er schob sie von sich und griff in die Tasche.
»Was denn?«
»Ich will mir wünschen, dass wir eines Tages hier zusammen stehen können, vielleicht wenn wir viel älter sind, und den Rest unseres Lebens zusammen als legitimes Paar beginnen können.«
»Du glaubst doch nicht an Wünsche.« Sie lachte bitter.
»Es ist eine letzte Zuflucht, Sofia. Ich will alles versuchen.«
»Den Rest unseres Lebens«, flüsterte sie. »Dann schnitzen wir unsere Namen. Nur ein S für Santi und ein S für Sofia.«
Beide standen da und umfassten das Messer zusammen; Santis große, raue Hände umfassten die ihren. Sie merkte, dass er zitterte. Als sie fertig waren, leuchteten sie mit der Lampe auf ihre Initialen und dachten an ihren Wunsch.
»Du wirst mich nicht vergessen, oder?«, flüsterte er an ihrem Hals, und sie roch den vertrauten Duft seiner Haut und schloss die Augen, um diesen kostbaren Augenblick der Gegenwart noch ein Weilchen länger dauern zu lassen.
»O Santi, warte auf mich. Es wird nicht lange dauern. Bitte warte auf mich. Ich schreibe dir, das verspreche ich. Gib mich nicht auf.«
Schluchzend starrte sie in die Dunkelheit und strengte sich an, um liebevoll jedes Detail seines Gesichts in sich aufzunehmen, damit sie es sich später vorstellen könnte, wenn sie Tausende von Meilen weit weg wäre.
»Chofi, es gibt so vieles, was ich sagen möchte, was ich schon früher hätte sagen sollen. Lass uns weit weglaufen und heiraten.« Dann lachte er betreten. »Das ist zwar nicht gerade der ideale Augenblick, aber wenn ich dich jetzt nicht frage, werde ich es den Rest meines Lebens bereuen. Willst du mich heiraten?«
Sie lächelte ihn an, wie eine nachsichtige Mutter ihr Kind anlächelt.
»Ja. Ich will dich heiraten, Santi«, sagte sie traurig und küsste sein aufgewühltes Gesicht, und dabei fragte sie sich, ob so etwas wirklich möglich wäre, wenn doch so viel gegen sie stand.
»Vergiss nicht, zu schreiben«, sagte er.
»Ich versprech's.«

»*Bueno,* meine Liebste – bis wir uns wiedersehen. Und wir werden uns wiedersehen; also lass uns nicht traurig sein.«
Sie umarmten einander ein letztes Mal und gingen dann schweigend zu den Häusern zurück, und ihre Herzen pochten in dem Glauben, dass sie am Ende wieder zusammen sein würden.

Zwanzig

Im Handumdrehen war Sofia verschwunden. Maria lief sofort zum Haus ihrer Cousine hinüber, als ihre Mutter ihr die Neuigkeit beibrachte, und verlangte eine Erklärung. Ihre Tante hatte rot geränderte Augen und sah müde aus; sie behauptete, Sofia sei bei Freunden in Europa, um sich auf den Schulabschluss vorzubereiten. Sie werde eine Weile wegbleiben. Sie habe in der Schule sehr schlechte Leistungen gezeigt, und das habe an den vielen Ablenkungen von Buenos Aires gelegen; deshalb sei sie zur Strafe weggeschickt worden. Anna bedauerte, dass man ihr keine Zeit gegeben hatte, sich zu verabschieden. Es war alles in letzter Minute arrangiert worden.

Natürlich glaubte Maria kein Wort. »Kann ich ihr schreiben?«, fragte sie tränenerstickt.

»Leider nicht, Maria. Sie muss von allem fern gehalten werden. Es tut mir Leid«, sagte Anna und beendete das Gespräch, indem sie die bleichen Lippen schürzte und aus dem Zimmer ging.

Als Maria bemerkte, dass ihre Mutter nicht mehr mit ihrer Tante auf der Terrasse saß und Tee trank, wusste sie, dass zwischen den beiden Familien etwas vorgefallen war.

An dem Wochenende, nachdem Sofia auf unerklärliche Weise von der Ranch verschwunden war, unternahm Paco einen langen Ritt mit seinem Bruder Miguel, um ihm zu berichten, was sich zugetragen hatte. Es war früh am Morgen; das lange Gras glitzerte im fahlen Licht, und gelegentlich hoppelte ein *vizcacha* über die Ebene. Paco und Anna hatten beschlossen, nicht preiszugeben, dass Sofia schwanger gewesen war. Dass dieser Skandal herauskam, konnten sie nicht riskieren. Also erzählte er Miguel nur, dass Sofia und Santi sich verliebt und eine sexuelle Beziehung angefangen hatten.

Miguel war entsetzt. Es demütigte ihn, dass sein Sohn sich auf ein solches Niveau herablassen konnte. Es war nicht so schlimm, dass die beiden sich verliebt hatten – so etwas kam vor! Aber eine sexuelle Beziehung war unverantwortlich und unverzeihlich. Die Schuld gab er seinem Sohn. »Er ist älter und müsste es besser wissen«, sagte er.

Als sie zwei Stunden später wieder zurückkamen, war Miguel aschfahl vor Wut. Er marschierte ins Haus und stellte Santi unverzüglich zur Rede.

»Die Sache bleibt innerhalb dieser vier Wände. Hast du verstanden?«, kläffte er mit wütend geballten Fäusten.

Chiquita brach in Tränen aus, als sie es erfuhr. Sie wusste, was es für ihre Familie bedeutete: Es würde ihr Verhältnis zu Anna belasten. Sie hatte ein schlechtes Gewissen, weil es ihr Sohn war, der diesen Verstoß begangen hatte. Und sie hatte verzweifeltes Mitleid mit Santi, eine Regung, die allerdings niemand mit ihr teilte.

Miguel und Chiquita wussten, dass Sofia in Genf bei den Verwandten war, und sie stimmten mit Paco und Anna überein, dass es geheim gehalten werden müsse, damit die beiden Verliebten über ihre Schwärmerei hinwegkommen könnten. Sie durften eine Zeit lang keinen Kontakt haben. Sie würden dafür sorgen, dass Santi nicht an Sofia schreiben konnte. Trotz all seiner Bitten hielten sie ihren Aufenthaltsort vor ihm geheim.

Anna war so aufgebracht, dass sie sich völlig zurückzog. Sie beschäftigte sich im Haus und im Garten und wollte niemanden sehen. Sie schämte sich und dankte Gott, dass Hector nicht mehr da war, um ihre Demütigung mit anzusehen. Paco sagte behutsam zu ihr, das Leben müsse weitergehen, und sie könne sich nicht in Ewigkeit verstecken. Aber das führte nur zu Streitereien, die immer damit endeten, dass Anna tränenüberströmt hinausmarschierte und überhaupt nicht mehr mit ihm sprechen wollte.

Nach zwei Wochen beschloss sie, Sofia in ruhigem Ton zu schreiben und ihr zu erklären, weshalb man sie nach Europa geschickt hatte. *Es wird nicht lange dauern, mein Schatz, bis du wieder in Santa Catalina bist, und dieser ganze Schlamassel wird dann ver-*

gessen sein. Sie schrieb in einem so zärtlichen Ton, weil sie Gewissensbisse hatte. Nach dem dritten Brief hatte Sofia noch immer nicht geantwortet. Ihre Mutter verstand das nicht. Auch Paco schrieb; aber er schrieb noch lange nachdem seine Frau es aufgegeben hatte. »Wenn sie nicht antwortet, was kann ich dann tun? Ich werde meine Tinte nicht vergeuden. Nicht lange, und sie ist wieder zu Hause«, meinte sie zornig. Monate vergingen, und es kam keine Antwort, nicht einmal an Paco.

Chiquita hatte versucht, Anna zu besuchen, aber anscheinend hatte Anna sie kommen sehen und sich ins Haus zurückgezogen. Sie hatte auch ein paarmal angerufen, aber Anna hatte nicht mit ihr sprechen wollen. Erst als Chiquita einen Brief schrieb und sie anflehte, mit ihr zu sprechen, ließ Anna sich erweichen, sie zu empfangen. Zunächst war die Atmosphäre frostig. Sie saßen einander mit steif angespanntem Oberkörper gegenüber, als seien sie jeden Augenblick auf eine wütende Konfrontation vorbereitet, und sie redeten über profane Dinge wie Panchitos neue Schuluniform, als sei alles wie immer – aber sie beobachteten einander wachsam mit glasharten Augen. Lange konnten sie dieses Theater nicht spielen. Schließlich sackte Chiquita zusammen wie ein leerer Sack und fing an zu weinen. »Ach, Anna, es tut mir so verzweifelt Leid. Es ist alles meine Schuld.« Liebevoll streckte sie ihrer Schwägerin die Arme entgegen. Auch Anna wischte sich eine Träne von der Wange.

»Es tut mir auch Leid. Ich weiß, was für ein Gör Sofia manchmal sein kann. Sie haben beide Schuld.« Gern hätte sie Santi die ganze Schuld gegeben, aber sie wusste, dass Sofia auch ihren Teil zu tragen hatte.

»Ich hätte es kommen sehen sollen – ich hätte etwas merken müssen«, klagte Chiquita. »Ich habe mir einfach nichts dabei gedacht, dass sie ihre Zeit miteinander verbrachten. Das haben sie ja immer getan. Wir konnten nicht wissen, dass sie sich so verantwortungslos benahmen, wenn sie allein waren.«

»Ich weiß. Jetzt kommt es darauf an, dass Sofia ein paar Jahre in der Ferne verbringt, ohne mit jemandem hier Kontakt zu haben. Wenn

sie dann zurückkommt, werden sie aus dieser Sache herausgewachsen sein.«
»Dann werden sie sich wahrscheinlich töricht vorkommen«, meinte Chiquita hoffnungsvoll. »Sie sind ja noch jung. Eine Backfischliebe.«
Anna erstarrte wieder. »Das war nicht das Benehmen von Backfischen, Chiquita. Der körperliche Liebesakt ist davon so weit entfernt, wie es nur möglich ist – das wollen wir doch nicht vergessen«, erklärte sie kühl.
»Du hast natürlich Recht. Man darf es nicht auf die leichte Schulter nehmen«, stimmte Chiquita betreten zu.
»Santi ist derjenige mit den sexuellen Erfahrungen. Sofia war trotz all ihren Sünden immer noch Jungfrau und wäre es bis zur Hochzeitsnacht geblieben. Gott helfe ihr.« Anna seufzte melodramatisch. »Jetzt wird ihr Ehemann sie als das akzeptieren müssen, was sie ist. Gebrauchte Ware.«
Chiquita hätte ihre Schwägerin gern daran erinnert, dass sie in den siebziger Jahren lebten. Sex sei heute etwas anderes als zu ihrer Zeit. »Europäische Frauen sind imstande, sich auf das Niveau eines gewöhnlichen Flittchens zu erniedrigen«, hatte Anna einmal in scharfem Ton gesagt. »Aber meine Tochter wird als Dame in die Hochzeitsnacht gehen.«
»Es stimmt, Santi ist derjenige mit der sexuellen Erfahrung«, sagte Chiquita. »Er ist außerdem der Mann, und ich übernehme die ganze Verantwortung. Ich kann nicht genug um Entschuldigung bitten. Ja, er muss herkommen und sich selbst entschuldigen.« Chiquita war zu allem bereit, um die strapazierte Beziehung zu kitten.
»Ich will Santi im Augenblick nicht sehen, Chiquita«, erwiderte Anna frostig. »Du musst verstehen, dass meine Nerven bloßliegen. Dem Verführer meiner Tochter kann ich zurzeit nicht in die Augen schauen.«
Chiquitas Unterlippe bebte, und sie biss die Zähne zusammen, um ihren Sohn nicht wütend zu verteidigen. Sie musste jetzt ruhig bleiben, um ihren Frieden mit Anna zu schließen.
»Wir leiden doch beide, Anna«, räumte sie diplomatisch ein. »Lass

uns gemeinsam leiden, statt uns gegenseitig mit Vorwürfen weiter zu verletzen. Was geschehen ist, ist geschehen; wir können die Uhr nicht zurückdrehen, auch wenn ich alles dafür geben würde, es zu können.«

»Ich auch.« Anna dachte an das Menschenleben, das vernichtet worden war. »Möge Gott mir verzeihen«, sagte sie mit einer leisen Stimme, die aus tiefster Kehle zu kommen schien. Chiquita runzelte die Stirn; sie war nicht sicher, ob Annas geflüsterte Worte für sie gedacht gewesen waren. So lächelte sie nur und schlug die Augen nieder. Zumindest konnten sie jetzt wieder miteinander sprechen, aber es war eine mühsame Unterhaltung. Als Chiquita später nach Hause zurückkehrte, legte sie sich auf ihr Bett und versank in einen von Unruhe geplagten Schlaf. Sie mochten den Gesprächsfaden wieder aufgenommen haben, aber sie wusste, es würde Jahre dauern, bis das Verhältnis zwischen ihnen sich wieder normalisieren würde.

Agustin und Rafael sagte man, Sofia habe eine Schwärmerei für ihren Cousin entwickelt, und sie sei nach Europa geschickt worden, damit sie darüber hinwegkäme. Ihr Vater teilte es ihnen leichthin mit, aber den Brüdern war klar, dass mehr als eine Schwärmerei dahinter stecken musste, wenn ihre Schwester deswegen nach Europa geschickt wurde. Rafael wollte seine Schwester verteidigen; er stellte Santi zur Rede und machte ihm Vorwürfe wegen seiner Verantwortungslosigkeit. Er sei älter, er habe im Ausland gelebt, er hätte sie nicht ermutigen dürfen. Sie sei kaum mehr als ein Kind. Er habe ihre Zukunft ruiniert. »Wenn sie zurückkommt, will ich dich nicht mehr in ihrer Nähe sehen. Hast du verstanden?«, sagte er und wusste natürlich nicht, dass sie keineswegs die Absicht hatte, noch einmal zurückzukommen, und dass Santi sich darauf vorbereitete, ihr nachzufliegen, sobald er von ihr Nachricht hätte.

Agustin genoss den Skandal. Er schwelgte in Intrigen und Klatschgeschichten, und zu gern lag er auf der Wiese und analysierte die Situation mit Angel, Sebastian und Niquito. Er unternahm große Anstrengungen, in Santis Nähe zu sein, weil er hoffte, dass dieser irgendwann den Mund aufmachen und ihm die Affäre in allen

Details schildern würde. War es eine Affäre? Hatten sie wirklich miteinander geschlafen? Was hatten seine Eltern gesagt? Was würde er tun, wenn Sofia zurückkäme? Liebte er sie? Aber zu seiner großen Enttäuschung gab Santi nichts dergleichen preis.

Fernando war entzückt, dass sein Bruder Ärger hatte. Endlich war er von seinem Sockel gestürzt, und zwar mit einem höchst zufriedenstellenden Krach. Er war nicht länger der goldene Held. Ja, Fernando hätte kaum glücklicher sein können, denn Sofia war ihm immer auf die Nerven gegangen mit ihrer Angeberei, wie sie sich in ihre Polospiele gedrängt und sich dauernd mit Santi herumgetrieben hatte, und wie die beiden hochnäsig und selbstgefällig auf alle andern herabgeschaut hatten. Sie hatten es verdient. Zwei Fliegen waren mit einer Klappe geschlagen worden. Er fühlte sich einen Kopf größer.

Sosehr Santi sich bemühte, seinen Jammer zu verbergen, der Schmerz stand ihm doch ins Gesicht geschrieben. Sein Hinken verschlimmerte sich. Er weinte, wenn er nachts allein war, und wartete ungeduldig auf einen Brief, damit er zu Sofia reisen könnte. Er musste sich vergewissern, dass sie ihn immer noch wollte, auch wenn sie jetzt so weit weg war. Und er wollte ihr gern versichern, dass er auf sie wartete. Dass er sie liebte.

Als Maria schließlich erfuhr, dass ihr Bruder und ihre Cousine ein Liebespaar gewesen waren, kreischte sie ihre Mutter an: »Wie konntest du mir das verschweigen, Mama? Von Encarnación musste ich es erfahren! Ich bin die Letzte, die man informiert. Hast du kein Vertrauen zu mir?«

Sie war wütend auf ihren Onkel und ihre Tante und ging ihnen aus dem Weg. Ihrem Bruder machte sie Vorwürfe, weil er ihre Freundin in eine so schreckliche Lage gebracht hatte, und dann wartete sie auf einen Brief, in dem Sofia sich dafür entschuldigte, dass sie sich nicht von ihr verabschiedet und sie auch nicht ins Vertrauen gezogen hatte. Sie wunderte sich, dass sie nichts gemerkt hatte, aber wenn sie genauer über den Sommer nachdachte, erinnerte sie sich betrübt, dass sie immer das fünfte Rad am Wagen gewesen war. Sofia und Santi hatten sie oft ausgeschlossen und mit Panchito spielen lassen, während sie weggeritten waren, oder sie hatten sich ohne sie auf den Tennisplatz verdrückt. Sie hatte sich mit der Zeit so sehr daran gewöhnt, dass sie es kaum noch bemerkt hatte. Sie war immer dankbar gewesen, wenn sie einbezogen worden war, und sich bescheiden gefügt, wenn die beiden sie nicht beachtet hatten. Es wunderte sie nicht, dass sie es nicht gemerkt hatte. Niemand hatte es gemerkt.

Sofia war immer raffiniert gewesen, aber Maria hatte nie damit gerechnet, selbst einmal einer ihrer Verschwörungen zum Opfer zu fallen. Sie erinnerte sich an den Streit, den sie zwei Jahre zuvor gehabt hatten, als Sofia ihr gestanden hatte, dass sie in Santi verliebt war. Wenn sie da zugehört und versucht hätte, Sofia zu verstehen, dann wäre sie vielleicht jetzt ins Vertrauen gezogen worden. So fand sie sich nun damit ab, dass es teilweise ihre eigene Schuld war, wenn ihre Cousine ihr alles verheimlicht hatte. Aber wütend und eifersüchtig war sie trotzdem, und beide Empfindungen verringerten sich nicht, als sie wochenlang auf einen Brief wartete.

Einen Monat später, als in der Wohnung in Buenos Aires endlich ein Brief eintraf, war er nicht an Maria, sondern an Santi adressiert. Er war den ganzen Vormittag in der Halle auf und ab geirrt wie ein trauriger Käfigbär und hatte auf einen dünnen blauen Umschlag gehofft, der ihn von seiner Verzweiflung befreien würde. Miguel hatte Chiquita aufgetragen, die Post durchzusehen und jeden Brief herauszunehmen, der von Sofia sein könnte, bevor Santi Gelegenheit hätte, ihn zu finden. Aber Chiquitas Herz hatte sich erweichen lassen, als sie sah, wie ihr Sohn tiefer und tiefer in seine unglückliche, einsame Welt sank, und so hatte sie absichtlich angefangen, den Poststapel auf dem Tisch liegen zu lassen, bis Santi ihn gesehen hatte, ehe sie die Treppe herunterkam und tat, was ihr Mann ihr gesagt hatte.

Santi war seiner Mutter dankbar dafür, aber er sprach nicht darüber. Beide taten, als hätten sie nichts bemerkt. Jeden Morgen blätterte er die Briefe durch; die meisten waren an seinen Vater adressiert, und mit jedem Brief, den er beiseite legte, schwand seine Hoffnung wieder ein Stück weiter. Was Santi und Chiquita allerdings nicht wussten, war, dass Maria die Post jeden Morgen auf dem Weg zur Universität schon unten in der Eingangshalle durchsah, bevor der Portier sie zum Apartment hinaufbrachte.

Als sie den Brief entdeckte, nahm sie ihn aus dem Stapel und studierte die Handschrift. Es war nicht Sofias Handschrift, und er war in Frankreich aufgegeben worden – aber er kam ganz bestimmt von Sofia. Wen kannte Santi denn in Frankreich? Es war offensichtlich ein Liebesbrief, und er war offensichtlich auf diese Weise adressiert und abgeschickt worden, damit niemand ihn entdeckte. Wieder wollten sie sie ausschließen. Es war wie ein Schlag ins Gesicht. Die Kränkung packte sie an der Kehle, und sie rang nach Luft. Sie war zu wütend zum Weinen. Verzehrende Eifersucht überwältigte sie, und sie hätte am liebsten geschrien, weil das alles so unfair war. War sie Sofia denn keine gute Freundin gewesen? Wie konnte sie ihr dann so gefühllos den Rücken zuwenden? War sie nicht ihre beste Freundin? Oder zählte das nichts?

Maria schlich sich mit dem Brief in ihr Schlafzimmer und schloss sich dort ein. Sie zog die Schuhe aus, legte sich aufs Bett und zog die Füße unter sich. Lange betrachtete sie den Brief und fragte sich, was sie tun sollte. Sie wusste, sie sollte ihn Santi geben, aber die Wut machte sie blind. Damit würde sie die beiden nicht davonkommen lassen. Sie sollten leiden, wie sie selber litt. Maria riss den Umschlag auf, zog den Brief heraus und erkannte sogleich die unordentliche Krakelschrift ihrer Cousine. Sie las die erste Zeile: *An meinen Liebsten*, stand da. Ohne den Rest zu lesen, drehte sie das Blatt um und vergewisserte sich, dass Sofia es unterschrieben hatte. Jawohl. *Ich habe Herzklopfen in der Erwartung, dass du bald hier bei mir sein wirst. Ich glaube, ohne dieses Versprechen würde es überhaupt nicht schlagen*. Und dann die Unterschrift: einfach *Chofi*.

Aha, dachte Maria verbittert, Santi will also zu ihr gehen. Aber er darf hier nicht weg, heulte sie innerlich, er darf nicht auch noch weg. Nicht alle beide. Sie wollen zusammen weglaufen und nie mehr zurückkommen. Was werden Mama und Papa dazu sagen? Sie werden vor Trauer sterben. Das kann ich nicht zulassen. Santi wird es für den Rest seines Lebens bereuen. Er wird nie nach

Argentinien zurückkommen können – keiner von beiden wird das. Ihr Herz schlug schneller, als sie einen Plan entwickelte. Wenn sie den Brief verbrannte, würde Sofia glauben, er habe es sich anders überlegt. Sie würde ihre drei Jahre in Europa durchstehen, und dann würde sie diese Schwärmerei sowieso hinter sich gelassen haben und zurückkommen, wie es geplant war. Wenn Santi ihr jetzt folgte, würden sie beide nicht zurückkommen, nie mehr. Und sie würde es nicht ertragen, sie beide zu verlieren.

Maria notierte Sofias Adresse in ihrem Tagebuch, in Spiegelschrift für den Fall, dass Santi herumschnüffelte, und schob den Brief wieder in den Umschlag, ohne den Rest zu lesen. Die qualvolle Lektüre der Einzelheiten dieser Beziehung hätte sie nicht ertragen, nicht einmal, um ihre Neugier zu stillen. Feierlich trat sie mit einer Schachtel Streichhölzer hinaus auf den Balkon. Sie zündete den Brief an und ließ ihn brennend in einen Blumentopf fallen, bis nichts mehr übrig war außer einem kleinen Haufen federleichter Asche, die sie mit den Fingern in die Erde drückte. Dann sackte sie auf dem Fliesenboden zusammen, schlug die Hände vors Gesicht und ließ endlich ihren Tränen freien Lauf. Sie wusste, sie hätte den Brief nicht verbrennen dürfen, aber am Ende würden sie ihr alle dankbar sein. Sie hatte es nicht nur für sich selbst oder für die beiden getan, sondern auch für ihre Eltern, denen es das Herz brechen würde, wenn Santi sie für immer verließe.

Sie hasste Sofia, sie vermisste sie, sie sehnte sich nach ihr. Sie vermisste ihre Launen, ihre Nörgelei, ihren scharfen Verstand und ihren respektlosen Humor. Sie fühlte sich gekränkt und verraten. Sie waren zusammen aufgewachsen und hatten alles miteinander geteilt. Sofia war immer selbstsüchtig gewesen, aber nie hatte sie ihre Freundin so ausgeschlossen. Nicht so. Sie verstand nicht, weshalb Sofia nicht ihr geschrieben hatte. Sie hatte das Gefühl, unwichtig zu sein; sie zählte nicht. Ihr wurde übel bei dem Gedanken, dass sie nichts als ein treues Hündchen gewesen war, das Sofia auf dem Fuß folgte, ohne je ernst genommen zu werden. Nun, jetzt war es geschehen. Sofia würde genauso leiden, wie sie litt. Jetzt würde sie erfahren, was es für ein Gefühl war, wenn man behandelt wurde, als sei man unwichtig. Als sie später noch einmal darüber nachdachte, was sie getan hatte, bekam sie schreckliche Gewissensbisse und gelobte sich, nie jemandem davon zu erzählen. Sie schaute ihr Gesicht im Spiegel an und erkannte sich nicht.

Als noch ein Brief kam, nicht lange nach dem ersten, zog sich ihr der Magen zusammen vor lauter Schuldgefühlen. Sie hatte nicht damit gerechnet, dass Sofia noch einmal schreiben würde. Hastig stopfte sie den Brief zuunterst in ihre Tasche und verurteilte ihn später wie den ersten zum Tod durch Verbrennen. Von jetzt an belauerte sie die Post jeden Morgen mit der Gerissenheit einer professionellen Diebin. In der Falle ihrer bisherigen Täuschungen gefangen, würde sie jetzt gar nicht mehr aufhören können, selbst wenn sie wollte.

Die Wochenenden waren nicht mehr wie früher, als Sofia fort war. Ihre Abreise hatte nichts als einen bitteren Nachgeschmack und eine Feindseligkeit zwischen den Familien hinterlassen, die die von allen geschätzte Eintracht zu zerstören drohte. Der Sommer verblich, und der Winter nahte. Die Luft roch schwer nach brennendem Laub und feuchter Erde. Die Atmosphäre auf der Farm war schwermütig. Jede Familie zog sich auf sich selbst zurück. Der sonntägliche Asado fand wegen des Regens nicht mehr statt, und bald war die verbrannte Erde dort, wo der Grill gestanden hatte, nur noch eine schlammige Pfütze: Symbol einer Ära.

Die Wochen schleppten sich dahin und wurden zu Monaten, und Santi sehnte sich immer verzweifelter nach irgendeinem Lebenszeichen von Sofia. Was konnte sie daran hindern, ihm zu schreiben? Das Ganze war nur eine Strategie, um über ihn hinwegzukommen, kein Zweifel. Seine Mutter zeigte sich mitfühlend, aber realistisch. Er müsse sein Leben weiterführen, sagte sie, und Sofia vergessen. Es gebe noch genug andere Mädchen. Sein Vater sagte, er solle aufhören »herumzuschmollen«. Er habe sich selbst in diese Lage gebracht. »Es passiert uns allen irgendwann im Leben. Der Trick besteht darin, sich durchzuwühlen. Vergrab dich in deinem Studium. Später wirst du froh sein, dass du es getan hast.« Es war offensichtlich, dass sie beide tief enttäuscht von ihm waren, aber es hatte

keinen Sinn, den Jungen schlimmer leiden zu lassen, als er es ohnehin schon tat. »Wir haben ihn genug bestraft«, meinten sie.
Der Gedanke an Sofia füllte jeden Augenblick aus, ob er sich in unruhigem Schlaf wälzte oder ob er wütend über die Ebene galoppierte. Jedes Wochenende verbrachte er auf der Farm, ging die Wege nach, die sie gegangen waren, und strich mit der Hand sehnsüchtig über das Zeichen, das sie in den Stamm des Ombu geschnitten hatten. Er quälte sich mit der Erinnerung an sie, bis er wie ein Kind zusammensank und weinte, bis er vor Erschöpfung nicht mehr schluchzen konnte.

Im Juli dieses Jahres starb Juan Domingo Perón, Präsident der Republik Argentinien. Er hatte nur acht Monate regiert nach seiner Rückkehr aus dem Exil im vorangegangenen Oktober. Ob beliebt oder verhasst, Perón hatte dreißig Jahre lang im Blickpunkt der Öffentlichkeit gestanden. Sein Leichnam wurde nicht einbalsamiert, und die Bestattung war nach seinen eigenen Anweisungen einfach. Seine zweite Frau, Isabel, wurde Präsidentin, und das Land geriet in einen taumelnden Niedergang. Selbst nicht sonderlich gescheit, verließ sie sich auf ihren machtbewussten Berater, den ehemaligen Polizisten und Astrologen José Lopez Rega, genannt »El Mago«, der Zauberer, ein Mann, der behauptete, er könne Tote aufwecken und mit dem Erzengel Gabriel sprechen. Er sprach sogar Isabels Reden still mit, während sie sie hielt, und behauptete, die Worte kämen geradewegs vom Geist Peróns. Aber das Land blutete, und weder Isabel noch Lopez Rega konnten dem ein Ende machen. Ein Guerilla-Aufstand brach los, und als Reaktion entstanden die Todesschwadronen des El Mago. Paco prophezeite, es werde nicht lange dauern, und die Präsidentin werde gestürzt werden.
»Sie ist eine Nachtclubtänzerin. Ich weiß nicht, was sie in der Politik zu suchen hat. Sie sollte bei dem bleiben, was sie gelernt hat«, knurrte er.
Er hatte Recht. Im März 1976 setzten die Militärs Isabel in einem Staatsstreich ab und stellten sie unter Hausarrest. Mit General Vi-

dela an der Spitze begannen sie einen blutigen Krieg gegen jeden, der sich ihnen entgegenstellte. Leute, die unter dem Verdacht der Subversion oder der regierungsfeindlichen Tätigkeit standen, wurden zusammengetrieben, gefoltert und ermordet. Der Große Terror hatte begonnen.

Einundzwanzig

Genf, 1974

Sofia saß auf einer Bank und schaute auf den tiefblauen Genfer See hinaus. Ihre Augen waren rot geweint. Es war ziemlich kalt, obwohl der Himmel in einem prächtigen Kornblumenblau strahlte. Sie kauerte sich in eine Lammfelljacke ihrer Cousine und hatte eine Wollmütze auf dem Kopf, und sie fror trotzdem. Dominique hatte ihr gesagt, sie müsse etwas essen. Was würde Santi denken, wenn sie als Schatten der Frau, der er Lebewohl gesagt hatte, nach Argentinien zurückkehrte? Aber sie hatte keine Lust zum Essen. Sie würde essen, wenn er auf ihren Brief geantwortet hätte.

Sofia war Anfang Februar in Genf angekommen. Es war ihre erste Reise nach Europa. Sofort war sie überwältigt von den Unterschieden zwischen ihrer Heimat und der Schweiz. Genf war über die Maßen ordentlich. Die Straßen waren gepflegt, die Schaufenster hatten blanke Messingrahmen, und das Innere der Geschäfte war luxuriös ausgestattet und von angenehmen Düften durchweht. Die Autos waren glänzend und modern, und die Häuser waren frei von den Makeln, die eine turbulente Geschichte an den Gebäuden von Buenos Aires hinterlassen hatte. Aber trotz aller polierten Ordnung vermisste Sofia den wilden Überschwang ihrer Heimatstadt. In Genf schlossen die Restaurants um elf; Buenos Aires dagegen wachte um diese Zeit erst auf und vibrierte dann bis in die frühen Morgenstunden. Sie vermisste das schäumende Treiben, die lauten Cafés, die Straßenpartys und Entertainer, den Gestank von Diesel und verbranntem Karamell, das Bellen der Hunde und das Geschrei der Kinder – alles das, was zu den Straßen von Buenos Aires

gehörte. Genf fand sie still. Höflich, kosmopolitisch, kultiviert, aber still.
Dem Cousin ihres Vaters, Antoine, und seiner Frau Dominique war Sofia nie zuvor begegnet, aber sie hatte gehört, wie ihre Eltern von ihnen gesprochen hatten. Antoine war ein Cousin zweiten Grades; sie wusste alles über ihn aus den Erzählungen ihres Vaters über seine »Londoner Zeiten«, als sie die Stadt wie zwei Jagdhunde durchstöbert hatten, und Anna hatte ihr erzählt, dass sie in ihrer Verlobungszeit bei ihnen in Kensington gewohnt hatte. Sofia glaubte sich zu erinnern, dass Anna sich mit Dominique nicht sonderlich hatte anfreunden können – sie fand sie zu »ausgeflippt«, was immer das heißen mochte. Dominique hatte Anna nie leiden können; sie sah eine Opportunistin in ihr, aber Sofia schloss sie auf den ersten Blick ins Herz. So viel Ähnlichkeit mit Paco, dachte sie glücklich.
Zu Sofias Erleichterung erwiesen Antoine und Dominique sich als das reizendste Ehepaar, das sie je kennen gelernt hatte. Antoine war groß und humorvoll und sprach Englisch mit einem starken französischen Akzent. Anfangs glaubte Sofia, er trage so dick auf, um sie zum Lachen zu bringen. Sie hatte Aufmunterung dringend nötig. Aber sein Akzent war echt, und Antoine freute sich über ihre Heiterkeit.
Dominique war Mitte vierzig, kurvenreich mit einem offenen, großzügigen Gesicht und großen blauen Augen, die sich sehr weit öffneten, wenn sie an irgendetwas Interesse zeigen wollte. Sie band sich das lange blonde Haar (das keineswegs echt blond war, wie sie vergnügt erklärte) mit einem gepunkteten Tuch zu einem Pferdeschwanz. Es war immer ein gepunktetes Tuch. Sie erzählte Sofia, sie habe Antoine dank eines gepunkteten Tuches kennen gelernt, das er ihr in der Opéra in Paris aus der Reihe hinter ihr nach vorn gereicht hatte, weil er gemerkt hatte, dass sie sich die Tränen am Ärmel ihres Seidenkleids abwischte. Von diesem Augenblick an hatte sie zum Gedenken an diesen wichtigen Tag immer ein gepunktetes Tuch getragen.
Dominique war eine laute, grelle Erscheinung, nicht nur wegen

ihrer Art zu lachen – sie klang immer wie ein exotischer Vogel –, sondern auch wegen ihrer Kleidung. Sie trug bunte, fließende Hosen und lange Hemden, die sie in einem exotischen Laden namens »Arabesque« in der Londoner Motcomb Street kaufte. An jedem Finger saß ein funkelnder Ring. »Ersetzt notfalls einen Schlagring«, hatte sie gesagt, bevor sie Sofia erzählte, wie sie einem schmierigen Exhibitionisten in der U-Bahn-Station Knightsbridge einmal die falschen Zähne aus dem sabbernden Maul geschlagen hatte. »Wenn er attraktiver gewesen wäre, hätte ich ihm die Hand geschüttelt«, scherzte sie. »London ist eine seltsame Stadt – die einzige, in der ich je von Exhibitionisten behelligt oder bedroht worden bin – und immer in der U-Bahn. Ich weiß noch«, fügte sie trocken hinzu, »wie ein anderer Mann, auch so ein schmieriger kleiner Mann, der mir kaum bis zum Bauchnabel reichte, mit fahlen Augen zu mir raufguckte und sagte: ›Ich werde dich ficken.‹ Da schaute ich ihn von oben herab sehr entschlossen an und sagte, wenn er das täte und ich es herausfände, würde ich aber sehr, sehr böse werden. Er war so verblüfft, dass er an der nächsten Station aus der Bahn hopste wie eine Katze, die man mit heißem Wasser überschüttet hat.« Dominique führte gern solche unerhörten Reden.
Sofia war geblendet von den violetten und blau schillernden Lidschatten, mit der sie die Farbe ihrer Augen betonte. »Was hat es für einen Sinn, natürliche Farben zu benutzen? Das kann die Natur auch selbst«, hatte sie lachend gesagt, als Sofia sie fragte, weshalb sie so grelle Farben nahm. Sie rauchte mit einer langen schwarzen Zigarettenspitze wie Prinzessin Margaret, und ihre Fingernägel waren blutrot lackiert. Sie war selbstbewusst, eigensinnig und kess. Sofia konnte gut verstehen, dass ihre Mutter sie nicht hatte leiden können, denn Dominique besaß genau die Eigenschaften, die Sofia auf der Stelle bewunderte. Mit Anna dagegen war sie selten einmal einer Meinung.
Antoine und Dominique lebten in opulenter Pracht in einem großen weißen Haus am Quay de Cologny mit Blick auf den See. Antoine arbeitete von früh bis spät im Finanzgeschäft, und seine Frau schrieb Bücher. »Jede Menge Sex und Mord«, hatte sie grinsend ge-

antwortet, als Sofia sie fragte, was sie schreibe. Sie hatte ihr eins ihrer Bücher zum Lesen gegeben; es hieß *Die nackte Verdächtige* und war grauenvoll schlecht; sogar Sofia, die mit guter Literatur keine Erfahrung hatte, konnte das erkennen. Aber es verkaufte sich gut, und Dominique war ständig unterwegs, um zu signieren und Interviews zu geben. Zwei Kinder im Teenageralter hatte das Paar auch: Delfine und Louis.

Sofia hatte Dominique gleich vertraut, als diese Mitgefühl für ihre Lage gezeigt hatte. »Weißt du, *chérie,* vor Jahren hatte ich mal eine tosende Affäre mit einem Italiener. Ich liebte ihn von ganzem Herzen, aber meine Eltern meinten, er wäre nicht gut genug für mich. Er hatte ein kleines Ledergeschäft in Florenz. Ich lebte damals in Paris. Meine Eltern schickten mich nach Florenz; ich sollte dort Kunst studieren und nicht die Männer – aber ich kann dir sagen, *chérie,* mit Giovanni habe ich mehr über Italien gelernt, als ich im Seminar je hätte lernen können.« Sie hatte gelacht, ein tiefes, kehliges Lachen. »Und heute erinnere ich mich nicht mehr an seinen Nachnamen. Es ist lange her. Ich will damit sagen, *chérie:* Ich weiß, was du empfindest. Ich habe einen Monat lang geweint.«

Sofia weinte jetzt seit mehr als einem Monat. Eines regnerischen Nachmittags hatte sie auf Dominiques Bett gelegen und ihr alles erzählt, von dem Augenblick an, als Santi im Sommer nach Hause gekommen war, bis zu dem Moment, wo er sie unter dem Ombu zum Abschied geküsst hatte. Sie hatte sich in ihren Erinnerungen verloren, und Dominique hatte kettenrauchend in den Kissen gelehnt und mitfühlend Wort für Wort zugehört. Sofia hatte keine Einzelheit ausgelassen und auch ihre Liebesspiele geschildert, ohne rot zu werden. Sie hatte Dominiques Romane gelesen und wusste, dass es nicht viel gab, was sie schockieren würde.

Dominique hatte Sofia von Anfang an unterstützt. Sie verstand nicht, weshalb Anna und Paco den beiden nicht erlaubt hatten, zu heiraten und ihr Kind zu bekommen. Wenn sie Sofias Mutter gewesen wäre, hätte sie ihnen nicht im Weg gestanden. Dahinter musste mehr stecken, dachte sie und vermutete den Grund bei Anna. »Das

passt nicht zu Paco«, hatte auch Antoine gesagt, als sie ihm Sofias Erzählung wiedergegeben hatte.
Dann hatten sie über das Baby diskutiert. Sofia bestand darauf, es zu behalten. »Ich habe Santi in meinem Brief von dem Baby erzählt. Ich weiß, er wird auch wollen, dass ich es behalte. Er wird ein wunderbarer Vater sein. Ich nehme es mit nach Argentinien, wenn ich zurückgehe. Dann werden sie keinen Einfluss mehr nehmen können. Wir sind eine Familie, und damit basta.«
Dominique ermutigte sie. Natürlich durfte sie das Kind nicht abtreiben. Was für eine barbarische Vorstellung! Sie würde ihr schon helfen – und sie würde stolz darauf sein, ihr zu helfen. Es würde ihr Geheimnis bleiben, bis Sofia bereit wäre, es ihrer Familie zu sagen. »Du kannst hier bleiben, solange du möchtest«, sagte sie. »Ich werde dich lieben wie meine eigene Tochter.«
Anfangs war alles ganz aufregend gewesen. Sofia hatte gleich nach ihrer Ankunft an Santi geschrieben, und Dominique hatte den Umschlag mit rückhaltloser Begeisterung für sie adressiert. Zur Feier des Tages war Dominique mit ihr in die Rue de Rive einkaufen gegangen und hatte ihr Kleider nach der neuesten europäischen Mode gekauft. »Trag das, solange du kannst«, hatte sie gelacht. »Lange wirst du nicht mehr hineinpassen.«
An den Wochenenden waren sie nach Verbier zum Skilaufen gefahren; Antoine hatte dort ein wunderschönes Holzchalet, das sich an eine Bergflanke schmiegte und ins Tal hinabblickte. Louis und Delfine brachten Freunde mit, und das Haus war erfüllt von Lachen und Spielen vor dem großen offenen Kamin. Den Brief hatten sie jenseits der Grenze höchst zeremoniell abgeschickt; sie waren davon überzeugt, dass bei einem französischen Poststempel niemand Verdacht schöpfen werde. Sofia stellte sich vor, wie er den Brief bekam und sofort zurückschrieb. Sie rechneten sich aus, wie lange er brauchen würde, um zu schreiben, und wann sein Brief sie dann erreichen müsste. Sofia wartete aufgeregt. Aus den zwei Wochen, mit denen sie gerechnet hatten, wurde erst ein Monat, dann zwei, und Sofias Stimmung wurde immer schlechter, bis sie einfach nicht mehr essen oder schlafen konnte und müde und bleich aussah.

Sie hatte ihre Zeit mit den verschiedenen Kursen ausgefüllt, die Dominique für sie arrangiert hatte. Kurse in Französisch, Kurse in Kunst, Musik und Malerei. »Wir müssen dich beschäftigen, damit du kein Heimweh bekommst und nicht zu viel an Santi denkst«, hatte Dominique gesagt.
Sofia hatte sich davon in Anspruch nehmen lassen, weil es ihr eine Art geistige Erleichterung brachte. Die Musik, die sie auf Dominiques Flügel spielte, war herzzerreißend, die Bilder, die sie malte, waren düster und melancholisch, und als sie die Gemälde der italienischen Renaissance studierte, ließ sie ihren Tränen beim Anblick von so viel unverbrauchter Schönheit freien Lauf. Während sie auf Santis Brief oder auf sein Erscheinen wartete – sie war überzeugt, dass er eines Tages überraschend vor der Tür stehen würde –, suchte sie in der Kunst nach einer Möglichkeit, ihr Elend und ihre Hoffnungslosigkeit zum Ausdruck zu bringen. Sie hatte ihm immer wieder geschrieben, für den Fall, dass der erste Brief nicht angekommen war, aber von ihm kam kein Wort. Kein einziges Wort.
Sie schaute über den See hinaus und fragte sich, ob Santi vielleicht über ihre Schwangerschaft entsetzt war. Vielleicht wollte er nichts davon wissen. Vielleicht meinte er, es sei einfach besser für alle Beteiligten, wenn er sie vergaß und sein Leben weiterführte. Und was war mit Maria? Hatte sie sie auch vergessen? Sofia hatte auch ihr schreiben wollen, ja, sie hatte sogar zweimal angefangen, aber jedes Mal hatte sie das Blatt dann zusammengeknüllt und ins Feuer geworfen. Sie schämte sich zu sehr. Sie wusste nicht, was sie sagen sollte. Wenn sie sich umschaute, sah sie die kleinen, empfindlichen Blüten, die durch den schmelzenden Schnee lugten. Der Frühling war unterwegs, und in ihrem Leib wuchs ein Kind. Sie hätte glücklich sein müssen. Aber sie hatte Heimweh nach Santa Catalina, nach den heißen Sommertagen dort und ihren schwülen Siestas auf dem Dachboden, wo niemand sie hatte erreichen können.
Als sie zum Haus zurückkam, winkte Dominique aufgeregt vom Balkon herunter und wedelte mit einem blauen Briefum-

schlag. Sofia rannte die Straße hinauf. Ihre Depressionen verflogen. Plötzlich füllte die saubere Luft ihre Lunge, und sie genoss den Geschmack des Frühlings. Dominique lachte, und ihre weißen Zähne strahlten hinter scharlachroten Lippen.

»Ich war so sehr versucht, ihn aufzumachen. Beeil dich! Was steht drin?«, drängte sie aufgeregt und ungeduldig. Endlich hatte der junge Mann geschrieben. Sofia würde wieder lächeln.

Sofia riss den Brief an sich und warf einen Blick auf die Schrift. »Oh!« Sie stöhnte enttäuscht auf. »Der ist von Maria. Aber vielleicht schreibt sie ja für ihn, weil sie ihm verboten haben, zu schreiben.« Sie riss den Umschlag auf und überflog die Zeilen in der säuberlichen, blumigen Handschrift. »O nein!«, heulte sie auf und brach in Tränen aus.

»Was ist denn, *chérie,* was steht denn da?«, fragte Dominique erschrocken. Sofia ließ sich auf das Sofa fallen, und Dominique las den Brief.

»Wer ist Maxima Marguiles?«, fragte sie dann erbost.

»Ich weiß es nicht«, schluchzte Sofia mit gebrochenem Herzen. »Maria sagt, er geht mit Maxima Marguiles. Wie kann er das – so schnell?«

»Glaubst du deiner Cousine?«

»Natürlich. Sie war meine beste Freundin – sie kam gleich nach Santi.«

»Vielleicht geht er mit einer anderen, um seiner Familie zu zeigen, dass er sich für dich nicht mehr interessiert. Vielleicht ist es Schauspielerei?«

Sofia nahm die Hände vom Gesicht und hob den Kopf. »Meinst du?«

»Er ist doch clever, oder?«

»Ja. Und ich bin aus dem gleichen Grund mit Roberto Lobito gegangen.« Sofias Miene hellte sich auf.

»Roberto Lobito?«

»Das ist eine andere Geschichte.« Sie winkte ab; sie wollte sich jetzt nicht von Santi abbringen lassen.

»Hast du Maria von deinem Verhältnis mit Santi erzählt?«, fragte

Dominique. Sofia zog sich schuldbewusst der Magen zusammen. Sie hätte es Maria erzählen müssen.

»Nein. Es war unser Geheimnis, und ich habe niemandem davon erzählt. Ich konnte es nicht. Ich habe Maria immer alles erzählt – aber diesmal … na, ich konnte es einfach nicht.«

»Und du glaubst nicht, dass Maria es weiß?«, fragte Dominique unbeirrt.

»Ich weiß es nicht.« Sofia kaute aufgeregt am Nagel. »Nein, sie kann es nicht wissen, denn wenn sie es wüsste, würde sie mir nicht wehtun wollen, indem sie mir von Maxima erzählt. Außerdem hätte sie die Angelegenheit im Brief erwähnt. Wir waren die allerbesten Freundinnen. Ich nehme also an, dass sie es nicht weiß.«

»Santi würde sie wohl kaum ins Vertrauen gezogen haben, oder?«

»Nein, das stimmt.«

»Na gut. An deiner Stelle würde ich warten, bis ein Brief von Santi kommt.«

Und Sofia wartete. Die Tage wurden länger; die Sonne ließ den Schnee schmelzen, und die Bauern brachten ihre Kühe auf die Weide, wo sie frei zwischen den Bergblumen im hohen Gras umherstreifen konnten. Im Mai war Sofia im fünften Monat schwanger. Ihr Bauch rundete sich, aber ansonsten war sie dünn und hager. Dominiques Arzt sagte, wenn sie nichts äße, würde sie ihr Kind schädigen. Also zwang sie sich, gesund zu essen und reichlich frisches Wasser und Obstsaft zu trinken. Dominique war ständig in Sorge und betete darum, dass der verdammte Santi endlich schreiben möge! Aber es kam kein Brief. Sofia hoffte immer noch, als Dominique die Hoffnung längst aufgegeben hatte. Sie saß stundenlang auf der Bank am See und sah zu, wie der Winter in den Frühling zerschmolz, wie der Frühling zum Sommer erblühte und wie der Sommer schließlich zum Herbst hinwelkte. Und sie spürte, dass ein Teil von ihr mit starb. Ihre Hoffnung.

Erst später, als sie nicht mehr so aufgewühlt war und die Dinge objektiver betrachten konnte, kam sie auf den Gedanken, dass Santi ihren Aufenthaltsort sicher auch kennen musste, wenn Maria ihn kannte. Ihr wurde klar, dass er ihr mühelos hätte schreiben können und es nicht getan hatte. Er hatte sie verraten, aus welchem Grund auch immer. Er hatte sich bewusst dafür entschieden, nicht mit ihr in Verbindung zu treten. Sofia versuchte sich damit zu trösten, dass sie seinen Verrat mit vielen verschiedenen Gründen rechtfertigte, die dem verzweifelt liebeskranken Santi einfach keine andere Möglichkeit gelassen hatten, als sie gehen zu lassen.

Am 2. Oktober 1974 brachte Sofia einen gesunden kleinen Jungen zur Welt. Weinend legte sie ihn an die Brust und sah zu, wie er trank. Er hatte dunkles Haar wie sie, und seine Augen waren blau. Dominique erzählte ihr, dass alle Babys mit blauen Augen zur Welt kamen. »Dann bekommt er grüne Augen wie sein Vater«, sagte Sofia. »Oder braune wie seine Mutter«, meinte Dominique.

Die Geburt war schwer gewesen. Sie hatte geschrien, als der Schmerz bösartig ihren Schoß zerrissen hatte. Sie hatte Dominiques Hand umklammert, bis alles Blut daraus gewichen war, und sie hatte weinend nach Santi gerufen. In jenen intensiven Augenblicken, da der Kampf schließlich der Erleichterung und dann der Freude weicht, hatte Sofia gespürt, wie mit ihrem Leib auch ihr Herz leer wurde. Santi liebte sie nicht mehr, und der Entzug seiner Liebe warf einen Schatten auf ihre Seele. Sie hatte das Gefühl, dass sie nicht nur ihren Geliebten verloren hatte, sondern auch ihren einzigen echten Freund auf der ganzen Welt. Und sie versank wieder in Verzweiflung.

Das Entzücken, das sie empfand, als sie ihr Kind das erste Mal in den Armen hielt, füllte für einen Moment die Leere aus, die Santi hinterlassen hatte. Sie strich mit der Hand über die fleckige Wange, streichelte das Engelshaar und atmete seinen warmen Duft. Während er trank, spielte sie mit seiner winzigen Hand, die ihren Finger besitzergreifend umklammerte und nicht mehr loslassen wollte, selbst als er einschlief. Er brauchte sie. Es machte ihr große Freude, zu sehen, wie er seinen kleinen Bauch mit ihrer Milch füllte. Milch, die sein Leben erhalten und ihn wachsen lassen würde. Wenn er an ihrer Brust saugte, spürte sie ein seltsames Ziehen im Bauch, das ihr gefiel. Wenn er weinte, fühlte sie es im Solarplexus, bevor sie es

hörte. Sie würde ihn Santiguito nennen, denn wenn Santi da gewesen wäre, hätte er es auch so gewollt: kleiner Santiago.
Nach der ersten Freude über die Liebe zu ihrem neuen Baby verfinsterten Sofias Aussichten sich wieder, und die Zukunft schien nichts zu enthalten, was sie aufhellen würde. Ihr Selbstbewusstsein schwand. Eisige Panik verzehrte sie, presste ihr die Luft aus der Lunge und machte es schwer, zu atmen. Sie war nicht imstande, sich allein um ein kleines Baby zu kümmern; sie wusste nicht, wie das ging. Nicht ohne Santi, nicht ohne Soledad. Als sie den Mund öffnete, um zu schreien, kam nichts heraus als ein langes, lautloses Weinen. Sie war allein auf der Welt, und sie wusste nicht, wie sie ihr entgegentreten sollte.
Sofia dachte oft an Maria. Sie sehnte sich danach, der Freundin ihr Elend anzuvertrauen, aber sie wusste nicht, wie. Sie fühlte sich schuldig. Wenn Maria Bescheid wusste – und inzwischen hatte sie es mit Sicherheit erfahren –, würde sie sich betrogen fühlen. Als keine weiteren Briefe kamen, war Sofia sicher. Sie fühlte sich abgeschnitten von allem, was ihr vertraut gewesen war. Sosehr sie sich bemühte, Genf zu mögen, es bedeutete doch nichts als Schmerz für sie. Wenn sie aus dem Klinikzimmer zu den schimmernden Bergen in der Ferne hinausschaute, dachte sie an das, was sie verloren hatte. Sie hatte Santis und Marias Zuneigung verloren. Sie hatte ihre geliebte Heimat und alles, was ihr vertraut war, verloren – alles, was ihr das Gefühl gegeben hatte, geliebt und behütet zu sein. Sie war allein und verlassen. Sie wusste nicht, wohin sie sich jetzt wenden sollte. Wo immer sie hinginge, wie weit sie auch flüchtete – vor sich selbst und vor dem tiefen Gefühl des Verlusts, das sie in sich trug, konnte sie nicht weglaufen.

Nach einer Woche im Krankenhaus brachte Sofia ihr Baby nach Hause an den Quay de Cologny. Sie hatte viel Zeit zum Nachdenken gehabt, während sie im Wochenbett gelegen hatte. Es war nicht leicht, zu diesem Schluss zu kommen, aber es lag auf der Hand, dass Santi sie und das Baby nicht wollte. Sie konnte nicht nach Argentinien heimkehren, und sie würde keinesfalls nach Lausanne gehen, wie ihre Eltern es geplant hatten. Anfangs, noch im März, hatten sie ihr beide geschrieben, hatten versucht, sich zu erklären. Ihr Vater hatte danach noch öfter geschrieben. Aber Sofia hatte nicht geantwortet, und ihre Briefe waren versiegt. Vermutlich nahmen sie an, es werde alles wieder beim Alten sein, wenn sie erst wieder zu Hause wäre. Aber sie würde nicht mehr nach Hause kommen.

Sie erklärte Dominique, dass sie es nicht ertragen könnte, in Argentinien zu sein, wenn sie Santi nicht haben könnte, und Genf sei ihr zu still, um sich dort eine Zukunft aufzubauen. Sie würde in London Wurzeln schlagen.

»London?« Dominique war zutiefst enttäuscht, dass Sofia und der kleine Santiguito sie verlassen wollten. »Du weißt doch, dass du hier bei uns bleiben kannst. Du musst nicht fort.«

»Ich weiß. Aber ich muss fort von allem, was mich an Santi erinnert. Ich bin gern hier bei euch. Du und Antoine, ihr seid die einzige Familie, die ich noch habe. Aber du musst mich verstehen. Ich will einen neuen Anfang machen.« Seufzend senkte sie den Blick. Dominique sah, dass das Mädchen vor ihr zu einer jungen Frau herangewachsen war, seit sie Mutter geworden war. Aber sie leuchtete nicht, wie es junge Mütter sonst taten. Sie sah traurig aus und gab sich seltsam ausweichend.

»Mama und Papa haben sich in London kennen gelernt«, fuhr sie fort. »Ich spreche englisch, und dank meinem Großvater habe ich einen britischen Pass, denn der stammte aus Nordirland. Außerdem ist London der letzte Ort, an dem sie mich suchen würden. Genf oder Paris, das läge für sie am nächsten – oder natürlich Spanien. Nein, mein Entschluss steht fest. Ich gehe nach London.«

Sofia war von London immer fasziniert gewesen. Auf der englischen Schule von San Andres in Buenos Aires hatte sie alles über englische Könige und Königinnen gelernt, über Enthauptete und Gehängte, über Pracht und Zeremoniell der Monarchie. Ihr Vater hatte ihr versprochen, eines Tages mit ihr hinzufahren. Jetzt würde sie es allein tun.

»*Chérie,* was willst du in London mit einem Baby? Du kannst den Kleinen nicht allein großziehen.«

»Ich nehme ihn nicht mit.« Ihr Blick war starr auf den Perserteppich gerichtet. Dominique konnte ihren Schrecken nicht verbergen. Die Augen traten ihr aus den Höhlen, und sie starrte entsetzt in Sofias blasses Gesicht.

»Was willst du mit ihm anfangen? Ihn bei uns lassen?«, stammelte sie erzürnt; sie war jetzt sicher, dass Sofia an einer Art Wochenbett-Depression litt.

»Nein, nein, Dominique«, sagte Sofia müde. »Ich will ihn bei einer netten, freundlichen Familie lassen, die für ihn sorgen wird wie für ein eigenes Kind. Vielleicht bei einem Ehepaar, das sich schon seit langem ein Kind wünscht ... Bitte such mir eine solche Familie, Dominique«, flehte sie, aber ihr Gesichtsausdruck blieb entschlossen.

Sofia hatte keine Tränen mehr. In ihr herrschte Dürre, und ihr Herz war taub. Antoine und Dominique setzten sich mit ihr zusammen und versuchten, sie von ihrem Entschluss abzubringen. Draußen regnete es in Strömen; das Wetter war ein Spiegelbild ihres eigenen Jammers. Santiguito schlief friedlich in seinem Bettchen, in ein Tuch gewickelt, das Louis gehört hatte. Sofia erklärte, sie könne nicht mit diesem Kind zusammenbleiben, das sie jedes Mal, wenn sie es anschaute, an Santi und seinen Verrat erinnerte. Sie sei zu jung dazu. Sie könne damit nicht fertig werden. Ihre Zukunft sei ein großes schwarzes Loch, auf das sie steuerlos zutaumele. Sie wolle das Baby nicht.

Antoine erinnerte sie streng daran, dass sie über ein menschliches Wesen spreche. Sie sei für das Kind verantwortlich. Das sei kein Spielzeug, das man so einfach weggeben könne. Dominique gab ihr sanft zu bedenken, dass sie Santi mit der Zeit vergessen und dass das Kind zu einer eigenen Persönlichkeit heranwachsen und sie nicht mehr an ihn erinnern werde. Aber Sofia wollte nicht hören. Wenn sie jetzt fortginge, würde die Trennung nicht so sehr schmerzen; es war ja nur ein Baby. Wenn sie länger bliebe, würde sie ihn nicht mehr loslassen können, aber sie musste ihn loslassen. Sie war zu jung, um für ihn zu sorgen, und er konnte das neue Leben, zu dem sie sich gezwungen fühlte, nicht mit ihr teilen. Sie war fest entschlossen.

Dominique und Antoine erörterten stundenlang, was Sofia tun sollte, während sie draußen mit Santiguito im Kinderwagen am See auf und ab spazierte. Beide wollten nicht, dass sie das Kind zur Adoption freigab; sie wussten, dass sie es für den Rest ihres Lebens bedauern würde. Aber Sofia war jung und konnte noch nicht so weit vorausschauen. Wie sollte sie in ihrer Unerfahrenheit wissen, dass die neun Monate der Schwangerschaft und die paar Wochen der Liebe zu ihm ein unzerstörbares Band geschaffen hatten, das ihn an sie fesselte?
In der Hoffnung, dass ein Gespräch mit einem Arzt sie vielleicht zur Vernunft bringen würde, schickten Dominique und Antoine sie zu einem Psychiater. Sofia tat ihnen den Gefallen, erklärte aber mit großer Festigkeit, dass sie sich nicht umstimmen lassen werde. Der Psychiater, Dr. Baudron, ein kleiner Mann mit silbergrauem, glatt nach hinten gekämmtem Haar und einer Brust, die Sofia an eine fette, glückliche Taube denken ließ, sprach stundenlang mit ihr und brachte sie dazu, das letzte Jahr ihres Lebens Augenblick für Augenblick zu analysieren. Leidenschaftslos erzählte sie ihm alles; es war, als sitze sie oben in der Ecke unter der Zimmerdecke und höre sich dabei zu, wie sie ihm mit dem Mund und der Stimme einer Fremden von den Augenblicken berichtete, die sie in seine Praxis geführt hatten. Nach endlosen, fruchtlosen Gesprächen sagte Dr. Baudron zu Dominique, entweder befinde sie sich in einem traumatischen Schock, oder sie sei der beherrschteste Mensch, dem er je begegnet sei. Er hätte gern mehr Zeit gehabt, aber die Patientin wollte ihn schließlich nicht mehr aufsuchen. Sofia war noch immer an Bord ihres Schiffes und hielt, ohne sich davon abbringen zu lassen, geraden Kurs auf London.
Als Sofia ihre Verwandten davon überzeugt hatte, dass sie sich nicht umstimmen lassen würde, waren Papiere zu unterschreiben und Behörden aufzusuchen, damit das Kind legal zur Adoption gegeben werden konnte. Dominique war am Boden zerstört. Sie versuchte Sofia klar zu machen, dass sie es bereuen würde, vielleicht nicht sofort, aber später. Sofia wollte nichts davon wissen. Dominique hatte im ganzen Leben noch keine so sture Person kennen

gelernt, und einen Augenblick lang konnte sie Sympathie für Anna empfinden. Wenn Sofia ihren Kopf nicht durchsetzen konnte, war sie nicht mehr ganz der Engel, für den sie sie gehalten hatte. Sie war aufbrausend, und wenn sie schmollte, verschränkte sie die Arme, und ihr Gesicht wurde zu einer ausdruckslosen Maske, die durch kein gutes Zureden aufzubrechen war. Und sie war nicht nur stur, sondern auch stolz. Dominique wünschte, Sofia wollte ihre Sachen packen und mit ihrem Kind nach Argentinien zurückkehren; nach dem anfänglichen Schock würde der Skandal schon verwehen, und sie würden beide Aufnahme finden. Aber Sofia wollte nicht zurück. Nie mehr.

Während sie den Abschluss des Adoptionsverfahrens abwartete, wurde der Abschied von ihrem Sohn mit jedem Tag, der verging, drängender. Jetzt, da sie wusste, dass sie fortging, hütete sie jeden Augenblick mit Santiguito wie einen kostbaren Schatz. Sie konnte ihn kaum anschauen, ohne zu weinen; sie wusste, sie würde ihn niemals als erwachsenen Mann sehen, und sie würde keinen Anteil daran haben, wie sein Charakter sich formte. Sie fragte sich, wie er als kleiner Junge aussehen würde. Sie schmiegte den kleinen Körper an sich und sprach stundenlang mit ihm, als würde er sich wie durch ein Wunder an den Klang ihrer Stimme oder den Geruch ihrer Haut erinnern. Aber auch wenn es schmerzte, ihn zu verlassen, wusste sie, dass sie für sie beide das Richtige tat.

Widerstrebend gaben Dominique und Antoine ihr ein bisschen Geld für den Anfang in London. Dominique schlug ihr vor, ein paar Tage in einem Hotel zu wohnen und sich dann eine Wohnung zu mieten. Die beiden brachten sie zum Flughafen.

»Was soll ich Paco sagen?«, fragte Antoine bärbeißig; er wollte sich nicht anmerken lassen, wie aufgewühlt er war. Er hatte Sofia unendlich lieb gewonnen, aber unwillkürlich nahm er ihr übel, dass sie so kalt sein konnte. Wie sie ihr Kind aufgeben konnte, blieb ihm unbegreiflich. Delfine und Louis waren das Wichtigste in seinem Leben.

»Ich weiß es nicht. Sagt ihnen, ich hätte beschlossen, ein neues Leben anzufangen, aber sagt ihnen nicht, wo.«

»Du wirst irgendwann wieder nach Hause fahren, oder nicht, Sofia?«, fragte Dominique und schüttelte betrübt den Kopf. Sofia sah, wie die langen Folklore-Ohrringe am Hals hin und her baumelten. Sie würde diese beiden Menschen vermissen. Heftig schluckend bemühte sie sich um Fassung.

»In Argentinien gibt es nichts mehr für mich. Mama und Papa haben mich verstoßen, als ob ich ihnen gar nichts bedeute.« Ihre Stimme zitterte.

»Das haben wir doch alles schon besprochen, Sofia. Du musst ihnen verzeihen, denn sonst wird deine Bitterkeit dich zerfressen und dir nichts als Unglück bringen.«

»Ist mir egal.«

Dominique holte tief Luft und umarmte Sofia, die wie eine Tochter für sie geworden war – obgleich sie niemals eine so sture Tochter haben würde. »Wenn du etwas brauchst, irgendetwas, kannst du jederzeit anrufen. Oder zurückkommen. Wir sind hier für dich da, *chérie*. Du wirst uns fehlen, Sofia.« Sie umarmte sie fest, und ihr Make-up verlief unter ihren Tränen.

»Danke. Ich danke euch beiden«, schluchzte Sofia. »Du meine Güte, ich wollte doch nicht weinen. Ich bin eine solche Heulsuse. Was ist bloß los mit mir?« Schniefend wischte sie sich mit dem Handrücken übers Gesicht. Sie versprach, anzurufen, wenn sie irgendetwas brauchte.

Sie nahm den winzigen Santiguito ein letztes Mal in den Arm, spürte sein weiches Köpfchen an den Lippen und atmete seinen warmen Babygeruch ein. Sie konnte ihn kaum wieder loslassen und hätte sich beinahe doch noch anders besonnen. Aber sie konnte nicht in Genf bleiben und sich jede Sekunde an ihr Elend erinnern lassen. Sie musste einen neuen Anfang machen. Sie schaute in das geliebte kleine Gesicht und prägte es sich ein, um sein Bild im Geiste bei sich zu tragen und sich immer daran zu erinnern. Er erwiderte ihren Blick, und seine blanken blauen Augen musterten sie neugierig. Sie würde aus seinem Leben verschwinden, und er würde nicht wissen, dass er sie je gekannt hatte. Sie richtete sich auf und zwang sich im Stillen, weiterzugehen. Sie strich mit der Fingerspitze über Santiguitos Schläfe, und dann wandte sie sich ab, hob ihre Tasche auf und verschwand durch die Passkontrolle.

Auf der anderen Seite schluckte sie einmal heftig, hob den Kopf und hörte auf zu weinen. Sie fing ein neues Leben an. Wie hatte Grandpa O'Dwyer immer gesagt? »Das Leben ist zu kurz, um etwas zu bereuen. Das Leben ist das, was du draus machst, Sofia Melody. Es kommt immer drauf an, wie man es sieht. Ein Glas ist entweder halb leer oder halb voll – das ist alles nur eine Frage der Einstellung.«

Zweiundzwanzig

Santa Catalina, 1976

Zwei Jahre waren ohne ein Wort von Sofia vergangen. Paco hatte mit Antoine gesprochen, und der hatte ihm erklärt, dass sie verschwunden war. Sie hatte ihnen nicht sagen wollen, wo sie sei, nicht einmal, in welches Land sie gegangen sei, aber Antoine hielt die ganze Angelegenheit für maßlos übertrieben. Also erzählte er Paco, dass sie nur gesagt hatte, sie wolle sich in London niederlassen.

Anna war am Boden zerstört, weil Sofia nicht wie geplant in Lausanne studierte, und sie versuchte verzweifelt, Kontakt mit ihrer Tochter aufzunehmen, um sie anzuflehen, sie solle wieder nach Hause kommen. Sie befürchtete, Sofia könne sich entschließen, nie mehr zurückzukommen. War sie zu hart gewesen? Das Kind hatte Disziplin gebraucht, sagte sie sich – dafür waren Eltern schließlich da. Was hatte sie denn erwartet – einen Klaps auf die Finger? »Das darfst du aber nicht wieder tun, mein Schatz.« Nein, sie hatte es ganz und gar verdient. Das verstand sie doch auch sicher. Aber jetzt lag das alles hinter ihr, es war Vergangenheit. Dominique hatte ihr versichert, dass Sofia »ihr Problem erledigt« hatte. Wie konnte das Kind so lange grollen? Es war doch alles zu ihrem Besten gewesen. Eines Tages würde sie ihr dankbar sein. Aber sich überhaupt nicht mehr zu melden? Nicht einmal ein Brief – gar nichts. Nach all den Briefen, die sie ihr geschrieben hatten. Anna kam sich vor wie ein Ungeheuer. Sie redete sich ein, dass Sofia eine »unglückselige Phase« durchmache und am Ende doch wieder nach Hause kommen werde. Natürlich würde sie zurückkommen; Santa Catalina war doch ihre Heimat. »Sie ist genauso stur, wie ihr Großvater war. Eine echte O'Dwyer«, beklagte Anna sich bei Chiquita. Aber im Herzen plagten sie die bohrenden Gewissensbisse eines Menschen, der weiß, dass er unrecht getan hat, und es nicht zugeben kann, nicht einmal sich selbst gegenüber.

Chiquita hatte gesehen, wie Santi mager und blass wurde. Sie befürchtete, sein Hinken mache ihm Beschwerden, aber er wollte sich ihr nicht mitteilen. Körperlich war er anwesend, aber sein Geist war anderswo. Genau wie Anna, so hoffte auch Chiquita, dass ihr Kind zurückkehren würde. Fernando war auf der Universität in Buenos Aires und studierte Ingenieurwissenschaften. Auch er machte eine schwierige Phase durch. Er übertrat die Sperrstunde, verlor seinen Ausweis, bekam Ärger mit der Polizei. Es kamen Geschichten von Leuten auf, die verhaftet wurden und dann verschwanden. Unheimliche Geschichten. Sie befürchtete, dass er sich mit verantwortungslosen jungen Sozialisten herumtrieb, die sich vorgenommen hatten, die Regierung zu stürzen. »Politik ist kein Spiel«, sagte sein Vater barsch. »Wenn du in Schwierigkeiten kommst, kann dich das dein Leben kosten.«

Fernando genoss diese Aufmerksamkeit. Endlich nahmen seine Eltern ihn zur Kenntnis. Er sonnte sich in ihrer Sorge und fing an, übertriebene Geschichten von seinen Großtaten zu erzählen. Fast wünschte er sich, von der Polizei verhaftet zu werden, damit seine Eltern gezwungen wären, durch die Anstrengung und Energie, die sie aufwendeten, um ihn wieder herauszuholen, zu demonstrieren, wie viel ihnen an ihm lag. Sein Vater wurde zornig, und seine Mutter weinte vor Erleichterung, wenn er unversehrt zurückkam. Er genoss es, mit ihren Emotionen zu spielen; es gab ihm das Gefühl, geliebt zu werden. Er sah, dass Santi sich wie ein Geist im Haus bewegte. Er kam und ging und machte sehr wenig Geräusche. Fernando bemerkte ihn kaum. Er verlor sich in seinem Studium, und er hatte sich einen Bart wachsen lassen, sodass er sich auch im Spiegel nicht mehr wiederfand. Wie hatte sich das Schicksal gewendet, dachte Fernando schadenfroh, und alles nur wegen Sofia. Die beiden hatten einander verdient.

Maria war schluchzend zusammengebrochen, als ihre Mutter ihr sagte, dass Sofia nach London gezogen sei und keine Adresse angegeben habe. »Das ist alles nur meine Schuld«, hatte sie geheult, aber sie wollte nicht sagen, warum. Ihre Mutter hatte sie getröstet, so gut sie konnte, und ihr versichert, dass Sofia schon irgendwann zurückkehren werde. Chiquita war hilflos; alle ihre Kinder waren unglücklich. Nur Panchito strahlte immer und wirkte sehr zufrieden.

Im November 1976 war Santi knapp dreiundzwanzig Jahre alt, aber er sah viel älter aus. Er hatte sich mit der Tatsache abgefunden, dass Sofia nicht zurückkommen würde. Wie die Verbindung zu ihr hatte abreißen können, wusste er nicht. Sie hatten alles so sorgfältig geplant. Er hatte lange in der Wohnung auf ihre Briefe gewartet, und dann hatte er sich gedacht, dass sein Vater sie vielleicht unten beim Portier abholte, wenn er morgens das Gebäude verließ; also war er zum Frühaufsteher geworden und hatte die Post immer schon im Morgengrauen durchgesehen. Aber es war kein Brief von Sofia dabei gewesen. Nichts.

Schließlich hatte er Anna zur Rede gestellt. Chiquita hatte ihm befohlen, seiner Tante aus dem Weg zu gehen. Anna hatte ihr ausdrücklich gesagt, dass sie Santi nicht sehen wollte. Santi hatte gehorcht und darauf geachtet, dass er ihr nicht zufällig über den Weg lief. Aber nach ungefähr zwei Monaten, als er das fruchtlose Warten auf die Post nicht mehr ertrug, war er in Buenos Aires in ihre Wohnung marschiert und hatte Auskunft über Sofia verlangt.

Anna saß mit der Köchin am Tisch und besprach die Rezepte für das Essen in der kommenden Woche, als Loreto rot und zitternd in der Wohnzimmertür erschien und bekannt gab, Señor Santiago sei in der Diele und verlange sie zu sprechen. Loreto solle ihm sagen, sie sei nicht da, trug Anna ihr auf, sie sei weggegangen und komme erst spät zurück. Loreto kam mit einer Entschuldigung zurück: Señor Santiago wolle bleiben, bis Señora Anna zurückkäme, und wenn er die Nacht auf dem Fußboden verbringen müsse. Anna gab sich geschlagen, schickte die Köchin weg und ließ Santi hereinkommen.

Als er in der Tür stand, war er mehr Schatten als Mensch. Sein Gesicht war dunkel vor Trauer, und in seinen Augen glänzte die Wut. Er trug einen Bart und hatte sich das Haar lang wachsen lassen. Er sah nicht mehr hübsch aus, sondern heruntergekommen und bedrohlich. Er sah jetzt mehr wie Fernando aus, dachte Anna, und der war ihr immer ein bisschen unheimlich vorgekommen, schon als Junge.

»Komm her und setz dich«, sagte sie ruhig und verbarg das Beben in ihrer Stimme hinter stahlharter Selbstbeherrschung.

Santi schüttelte den Kopf. »Ich will mich nicht setzen. Ich werde nicht so lange bleiben. Gib mir nur Sofias Adresse, und ich gehe wieder«, sagte er monoton.

»Jetzt hörst du mir zu, Santiago«, sagte Anna scharf. »Wie kannst du es wagen, die Adresse meiner Tochter zu verlangen, wenn du der Mann bist, der sich schuldig gemacht hat, ihre Tugend zu stehlen?«

»Gib sie mir, und ich gehe wieder.« Er war entschlossen, eine Szene zu vermeiden. Er wusste, wie seine Tante war. Sie hatte seine Mutter schon oft in Tränen ausbrechen lassen. »Bitte«, ergänzte er mit gezwungener Höflichkeit.

»Ich werde dir ihre Adresse nicht geben, weil ich nicht will, dass ihr einander wiederseht oder auch nur in Verbindung tretet. Worauf hoffst du, Santiago?«, fragte sie eisig und strich sich über das glänzend rote Haar, das im Nacken zu einem straffen Knoten zusammengebunden war. »Du glaubst doch nicht etwa, ihr könntet heiraten. Ist es das, was du willst?«

»Gib mir die Adresse, verdammt!« Er verlor seine Fassung. »Wen sie sehen will und wen nicht, geht dich gar nichts an!«

»Wie kannst du es wagen, so mit mir zu reden? Sofia ist meine Tochter. Sie war nur ein Kind – eine Minderjährige. Was glaubst du, wie mir zumute ist? Du hast ihre Unschuld gestohlen«, beschuldigte sie ihn wütend, und ihre Stimme wurde um ein paar Noten schriller.

»Ihre Unschuld gestohlen? Gott, du warst schon immer so melodramatisch, Anna. Du möchtest dir nicht vorstellen, dass es ihr gefallen hat, nicht wahr?« In Annas Gesicht zuckte es nervös. »Aber es hat ihr gefallen. Jeder einzelne Augenblick hat ihr gefallen, denn sie liebt mich, und ich liebe sie. Es war Liebe, was wir miteinander gemacht haben, Anna. Liebe. Nicht Sex, nicht schmutziger, dreckiger Sex, sondern wunderschöne Liebe. Ich kann nicht erwarten, dass du das verstehst, denn du siehst nicht aus, als wärest du fähig, wie Sofia die Liebe zu genießen. Du bist vertrocknet, voller Bitterkeit und Vorurteile. Na, dann gibst du mir die Adresse eben nicht. Ich werde sie trotzdem finden. Ich werde sie finden, und dann heirate ich sie in Europa und komme nie mehr zurück. Und dann werdet ihr euch wünschen, ihr hättet sie nicht weggeschickt.« Er wartete nicht, bis sie ihm befahl, zu gehen, sondern stürmte hinaus und warf die Tür hinter sich zu.

Nach diesem kurzen Zusammenstoß hatten Chiquita und Miguel ihm Vorwürfe wegen seiner Grobheit gemacht, und Paco hatte ihn, wenn auch in ruhigerem Ton, zur Rede gestellt und ihm erklärt, warum er nicht an Sofia schreiben durfte. Santi war zu verzweifelt gewesen, um den Schmerz im Auge seines Onkels zu sehen, und ihm entging auch das Grau, das nicht nur die Farbe seines Haars zerstört, sondern ihm auch die goldene Haut glücklicherer Zeiten geraubt hatte. Sie waren beide gebrochene Männer. Aber Santi konnte nicht aufgeben. Sofia hatte ihm eingeschärft, niemals aufzugeben.

Zweieinhalb Jahre lang hatte er sich mit allen möglichen Szenarien geplagt. Vielleicht hatte sie ihm geschrieben, und der Brief war verloren gegangen. Und was war, wenn sie auf einen Brief von ihm gewartet hatte? O Gott, was war, wenn sie ihm geschrieben hatte? Vor lauter Sorge geriet er in völlige Verzweiflung, bis Marias Gewissen die Schuld nicht mehr ertrug und sie ein Geständnis ablegte.

Es war ein dunkler, regnerischer Winterabend. Santi stand draußen auf dem Balkon und schaute hinunter in die lärmenden Straßen der Stadt elf Stockwerke tief unter ihm. Ohne mit der Wimper zu zucken und wie im Traum schaute er zu, wie die Welt sich drehte, ohne von seinem Schmerz etwas zu ahnen. Maria trat zu ihm heraus, und ihre bleichen Lippen bebten. Sie wusste, sie musste es ihm jetzt sagen. Wenn sie es nicht täte, würde er sich vielleicht in den Tod stürzen, und das würde sie sich niemals verzeihen. Sie stellte sich neben ihn und schaute hinunter auf die Autos, die die Straßen mit ihren hellen Scheinwerfern erhellten und grundlos hupten, wie es in Argentinien üblich war. Sie wandte den Kopf und betrachtete sein Schattenprofil. Er starrte weiter nach unten, ohne zu merken, dass sie da war. Ohne zu ahnen, dass sie ihm jetzt ihr finsterstes Geheimnis offenbaren würde.

»Santi«, sagte sie, aber die Stimme versagte, und das Wort war nur ein Flüstern.

»Lass mich, Maria. Ich muss allein sein«, sagte er, ohne den Blick von der Tiefe zu wenden.

»Aber ich muss mit dir sprechen«, sagte sie, und diesmal hatten ihre Worte mehr Kraft.

»Dann sprich«, sagte er brutal, ohne dass er wirklich unfreundlich sein wollte. Sein eigenes Unglück machte ihn unempfindlich gegen die Gefühle anderer – als wäre er der einzige Mensch, der litt.

»Ich muss dir ein Geständnis machen. Sei nicht wütend. Lass mich erklären, w-w-warum ich es getan habe«, stammelte sie, und in der Erwartung seiner Reaktion liefen ihr schon jetzt die Tränen übers Gesicht. Langsam wandte er den Kopf und schaute sie mit schwerem Blick an.

»Ein Geständnis?«, fragte er ausdruckslos.

»Ja.«

»Was für ein Geständnis?«

Maria schluckte und wischte sich mit zitternder Hand die Tränen von den Wangen. »Ich habe Sofias Briefe an dich verbrannt.«

Als er begriffen hatte, was Maria da gesagt hatte, explodierten all sein Zorn, sein Jammer und seine Frustration mit solcher Wucht, dass er sich nicht mehr in der Gewalt hatte. Er riss die Hand hoch und schlug mit lautem Dröhnen auf das Geländer. Dann packte er einen der Blumentöpfe seiner Mutter und schleuderte ihn gegen die Wand, wo er zerbarst und die Wand mit Erde bespritzte. Schließlich fuhr er herum und starrte seiner Schwester hasserfüllt ins Gesicht. Dicke Tränen rollten ihr über die Wangen. »Es tut mir Leid«, sagte sie immer wieder und wollte ihn anfassen. »Wie kann ich es wieder gutmachen?«

»Warum?«, schrie er sie an und wich vor ihr zurück. »Warum hast du das getan, Maria? Es passt nicht zu dir! Wie konntest du das tun?«

»Ich war gekränkt. Santi, ich war gekränkt. Sie war auch meine Freundin.« Verzweifelt versuchte sie zu ihm durchzudringen. Aber er stand einfach da und starrte sie an. »Santi, bitte verzeih mir. Ich will alles tun.«

»Mein Gott, Maria. Ausgerechnet du. Du! Ich kann nicht glauben, dass du so rachsüchtig bist!« Er schnappte nach Luft und schüttelte fassungslos den Kopf. Maria sah, dass er vor Wut zitterte. Er war noch so jung – und sah doch aus wie ein alter Mann. Und das hatte sie ihm angetan. Sie würde sich niemals verzeihen.

»Es war ein Fehler. Ich hasse mich, ich will sterben«, stöhnte sie. »Es tut mir Leid. Es tut mir so Leid.«

»Wie bist du an die Briefe gekommen?«, fragte er ratlos.

»Ich habe sie auf dem Weg zur Uni vom Portier geholt.«

»O Gott, Maria, wie verschlagen du bist. Ich hätte nie gedacht, dass du so sein kannst.«

»Das bin ich nicht. Ich bin es wirklich nicht. Ich konnte es nur nicht ertragen, dass du weggehst. Nicht du auch noch. Ich habe an Mama und Papa gedacht, an das Leid, das du über sie gebracht hättest, und das konnte ich einfach nicht zulassen.«

»Und da hast du die Briefe gelesen.«

»Nein. Nur einmal die letzten paar Zeilen.«

»Und was stand da?«

»Dass sie es nicht erwarten konnte, bis du zu ihr in die Schweiz kämst.«

»Also hat sie auf mich gewartet. Sie muss glauben, dass ich sie verraten habe.« Er flüsterte, denn die Beklemmung schnürte ihm die Kehle zu wie einem Gehängten.

»Ich dachte, sie würde zurückkommen. Ich dachte, sie kommt zurück und ihr stellt fest, dass ihr beide aus der Sache herausgewachsen seid. Und dann wäre alles wieder gewesen wie früher. Ich hätte

nie gedacht, dass sie für immer fortgeht. O Santi, ich hätte es nie gedacht. Ich wünschte, ich hätte es nicht getan.«
»Das wünschte ich auch«, brachte er hervor. Er ließ sich auf den nassen Fliesenboden sinken und schlug die Hände vors Gesicht. Heftiges Schluchzen schüttelte seinen ganzen Körper. Zunächst schob er seine Schwester weg, als sie ihn trösten wollte. Aber sie blieb hartnäckig, und nach ein paar Versuchen ließ er es zu, dass sie die Arme um ihn schlang, und dann weinten sie zusammen.

Es dauerte zwei Jahre, bis Santi seiner Schwester vollständig vergeben konnte. Als er sich in jener kalten Julinacht mit Fernando und zwei von Fernandos Guerilla-Freunden zusammentat, um ihre Schwester vor dem unheimlichen Facundo Hernandez zu retten, da konnte er plötzlich über sich selbst und seinen eigenen Schmerz hinausschauen. Da wachte er auf.
Es geschah im Herbst 1978, dass Maria sich in Facundo Hernandez verliebte. Sie hatte eben ihren einundzwanzigsten Geburtstag gefeiert. Facundo war groß und dunkel, von spanischer Abkunft. Er hatte dunkelbraune Augen mit langen schwarzen Wimpern, die sich wie Spinnenbeine nach außen bogen. Er war ein junger Offizier in General Videlas Armee, und stolz trug er seine schneidige neue Uniform. Facundo verehrte den General mit der Begeisterung eines jungen Rekruten, und er stolzierte durch die Straßen von Buenos Aires mit der wichtigtuerischen Haltung, die damals allen Militärs eigen war.
General Videla hatte im März 1976 die Macht ergriffen, um das Chaos der peronistischen Jahre zu beenden und die argentinische Gesellschaft neu aufzubauen. Die Regierung begann einen blutigen Krieg gegen die Opposition, und jeder, der im Verdacht der Subversion stand, wurde verhaftet. Mitten in der Nacht brach man in die Häuser der Menschen ein, Verdächtige wurden aus ihren Betten gezerrt, und man sah sie niemals wieder. Es war eine Zeit großer Angst. Die Zahl der »Verschwundenen« erreichte möglicherweise zwanzigtausend, und sie alle hinterließen keine Spur. Sie waren einfach fort.

Facundo Hernandez glaubte an die Demokratie. Er glaubte, dass die Militärs das Fundament legten, auf dem am Ende eine »Demokratie« errichtet werden würde, die nach ihren eigenen Worten »der Realität und den Bedürfnissen und Fortschritten des argentinischen Volkes angemessen« sein würde. Er war ein kleines Rädchen in dieser großen Maschine, die sein Land reformieren würde. Folter und Mord, sagte er sich, waren ein unvermeidliches Mittel zu diesem Zweck, und der Zweck heiligte die Mittel.

Facundo Hernandez erblickte Maria Solanas zum ersten Mal an einem Sonntagmorgen im April, als sie mit einer Freundin in Buenos Aires durch einen Park spazierte. Es war ein warmer Tag; ein klarer Himmel strahlte prachtvoll über der Stadt, und der Park war voller Kinder, die im Sonnenschein spielten. Er folgte ihr, als sie langsam den Weg entlangspazierte. Es gefiel ihm, wie ihr Haar glänzte und dicht über ihren Rücken herabfiel. Sie war füllig. Er liebte füllige Frauen. Er liebte ihre runden Hintern und runden Schenkel. Er schaute zu, wie ihr Hintern sich beim Gehen bewegte.

Maria und Victoria setzten sich an einen der kleinen Cafétische und bestellten zwei Cola. Als Facundo Hernandez sich vorstellte und fragte, ob er sich zu ihnen setzen dürfe, wurden sie misstrauisch und antworteten nervös, sie warteten auf einen Freund. *Un amigo,* sagten sie: auf einen männlichen Freund. Aber als er Victoria erkannte und behauptete, ein Freund ihres Vetters Alejandro Torredon zu sein, entspannten sie sich und machten sich mit ihm bekannt. Maria fand Facundo auf den ersten Blick sympathisch. Er brachte sie zum Lachen. Er gab ihr das Gefühl, attraktiv zu sein. Er behandelte sie höchst aufmerksam und beachtete ihre Freundin fast gar nicht. Immer noch ein wenig auf der Hut, weigerte sie sich, ihm ihre Telefonnummer zu geben, willigte aber ein, sich am nächsten Tag wieder mit ihm im Park zu treffen.

Aus Spaziergängen wurden bald gemeinsame Mittagessen und dann Abendessen. Er war charmant und intelligent. Sie fand ihn amüsant. Er hatte einen respektlosen Humor und machte sich gern lustig über die Leute; er hatte einen Blick für ihre kleinen Schwächen. Die Frau, die von der Toilette kam und sich den Rock in den

Slip gestopft hatte. Der alte Mann, der am Nebentisch plauderte, ohne zu merken, dass ihm ein Stück Essen auf der Wange klebte. An jedem fand er etwas zum Lachen. Maria fand ihn so attraktiv, dass sie mitlachte. Später sollte sie seine Scherze grausam finden.

Er küsste sie zum ersten Mal in der dunklen Straße vor ihrem Apartment. Er küsste sie zärtlich und sagte, dass er sie liebe. Nachdem er ihr nachgesehen hatte, wie sie im Hausflur verschwunden war, entschied er, dass dies die Frau war, die er heiraten würde, und das erzählte er später auch Manuela, seiner festen Hure, wobei er ihr versicherte, dass diese Ehe an ihrer Beziehung nichts ändern werde. »Niemand kümmert sich so um mich wie du, Manuela«, grunzte er, als sie ihn in den Mund nahm.

Anfangs dachte Maria, dass sie es verdient habe. Eine kleine Meinungsverschiedenheit, und er schlug sie ins Gesicht. Wie vom Donner gerührt entschuldigte sie sich. Es war ihre Schuld, sie hatte ihre Zunge nicht im Zaum. Sie musste ihm mit mehr Respekt begegnen. Sie liebte ihn. Sie liebte die Art, wie er sie im Arm hielt, wie er mit ihr sprach, wie er sie küsste. Er war großzügig, er kaufte ihr Kleider. Er hatte es gern, wenn sie sich auf eine bestimmte Weise kleidete. Es brachte ihn auf, wenn sie in einem weiten Pullover zu ihm kam. »Du hast einen schönen Körper«, sagte er dann. »Ich will, dass jeder sieht, was ich habe, und vor Neid stirbt.« Er sei stolz auf sie, sagte er. Und wenn etwas nicht so ging, wie es ihm passte, schlug er sie. Sie akzeptierte seine Bestrafung und nahm an, dass sie sie verdiente, und sie sehnte sich nach seinem Beifall. Wenn er sie geschlagen hatte, weinte er nachher, klammerte sich an sie und versprach, sie nie wieder zu schlagen. Er brauche sie. Sie sei die Einzige, die ihn retten könne. Und so traf sie sich immer weiter mit ihm, weil sie ihn liebte und ihm helfen wollte.

Sie traf sich nachmittags in seinem Apartment in San Telmo mit ihm. Als er sagte, er wolle nicht mit ihr schlafen, weil er wie sie ein guter Katholik sei und der Geschlechtsverkehr nur zur Fortpflanzung der Menschheit diene, da war sie geschmeichelt und gerührt. Er wolle sie nicht beschmutzen, sagte er, sondern sei glücklich, wenn er sie berühren und liebkosen dürfe. Der Geschlechtsverkehr müsse bis nach der Hochzeit warten. Maria hatte ihren Eltern nichts von Facundo erzählt und ihn nicht zu Hause vorgestellt. Im Rückblick würde sie später erkennen, dass sie irgendwo in ihrem Unterbewusstsein gewusst hatte, dass ihre Familie Facundo Hernandez nicht billigen würde.

Chiquita sah wohl, dass ihre Tochter mit Verletzungen nach Hause kam. Manchmal war es eine aufgeplatzte Lippe, manchmal ein Bluterguss auf dem Wangenknochen. Maria sagte, es sei nichts. Sie sei auf der Straße gestürzt. In der Universität die Treppe heruntergefallen. Aber die Blutergüsse wurden immer zahlreicher, und Chiquita sprach mit Miguel darüber. Es musste etwas geschehen.

Eines Abends gegen Ende Juni folgte Fernando seiner Schwester zu Facundo Hernandez' Apartment in einem schmuddeligen Gebäude. Er sah, wie sie die Treppe hinaufging und die Wohnung betrat. Fernando ging hinten um das Haus herum, kletterte auf die Mauer und sprang auf den Balkon im ersten Stock. Es war ein Kinderspiel. Er zog sich zum nächsten Stockwerk hoch und spähte dort durch das Fenster. Die Scheibe reflektierte die Sonne, und man konnte nicht gut hineinsehen. Aber nachdem sein Auge sich daran gewöhnt hatte, konnte er durch sein eigenes Spiegelbild in das Zimmer dahinter blicken.

Der Mann sah aus, als ob er seine Schwester verschlingen wollte. Er liebkoste Maria nicht. Er zerfleischte ihren Hals und knetete ihre Brüste unter der engen Bluse. Dann wich er jäh zurück und schlug sie. Er schrie sie an, redete irgendetwas von einem Büstenhalter. »Ich dachte, ich hätte dir gesagt, du sollst keinen tragen.« Sie weinte. Entschuldigte sich. Zitterte. Dann fiel er auf die Knie, küsste sie, umarmte sie, und sie umklammerten einander und wiegten sich.

Fernando war entsetzt und spürte, wie ihm die Galle hochkam. Er musste sich eine Zeit lang rückwärts an die Wand lehnen und tief durchatmen, bevor er seinen Beobachtungsposten wieder beziehen konnte. Am liebsten wäre er durch die Scheibe hineingestürmt und hätte dem verfluchten Kerl den Hals umgedreht. Es war seine Schwester, die er da misshandelte! Aber er wusste, damit würde er nichts erreichen. Er musste Geduld haben und die Augen offen halten.

Fernando beließ es nicht dabei. Er folgte dem Mann zu einem Bordell. Dort brachte er seinen Namen in Erfahrung und erfuhr, dass er ein Armeeoffizier war. Weitere Informationen waren nicht nötig. Er war der Feind. Man musste ihm eine Lektion erteilen.

Als Fernando den Eltern alles erzählte, waren sie am Boden zerstört. Chiquita konnte nicht verstehen, weshalb ihre Tochter ihr nichts gesagt hatte, warum sie nicht um Hilfe gebeten hatte. »Sie hat mir doch immer alles erzählt«, sagte sie unter Tränen und schüttelte ungläubig den Kopf. Miguel wollte den Mann umbringen, der sein kleines Mädchen misshandelte. Fernando musste ihn gewaltsam daran hindern, seine Pistole zu holen.

Fernando fühlte sich wie ein Held; er war es gewesen, der herausgefunden hatte, wer der Mann war, er war ihm gefolgt, hatte ihn belauert. Er hatte die Situation unter Kontrolle, und seine Eltern waren ihm dankbar. Sie brauchten ihn, sie verließen sich auf ihn. Er sagte, sie sollten sich keine Sorgen machen; er werde sich selbst um alles kümmern. Überrascht und entzückt sah er, dass sie einverstanden waren. Zum ersten Mal sah er Stolz in ihren Augen, wenn sie ihn anschauten. Er hatte ihren Respekt gewonnen, und das war ein gutes Gefühl.

Santi, der vier Jahre lang in seiner eigenen düsteren Welt gefangen gewesen war, zerriss endlich seine Fesseln. Zunächst wollte Fernando ihn nicht dabeihaben. Dies war sein Augenblick, und er wollte sich allein in diesem Ruhm sonnen. Aber als er sah, dass Santi voller Bewunderung für ihn war, gab er nach. »Du kannst mitkommen«, sagte er würdevoll, »aber wir tun es auf meine Art. Und keine Fragen.« Santi war einverstanden. Fernando sah, dass er dankbar war, ja sogar demütig. Fernando wusste, dass es gefährlich werden würde, aber er war bereit. Er fühlte sich stärker als je zuvor.

Die beiden Brüder setzten sich zusammen und sprachen über Maria. In der Dunkelheit unter dem Sternenhimmel schauten sie vom Balkon hinunter auf die geschäftigen Straßen von Buenos Aires und sprachen von ihrer Kindheit. Fernando spürte die ersten

Anzeichen einer Verbundenheit zu seinem Bruder, wie er sie noch kaum bemerkt hatte.
Sie warteten ab, bis der rechte Augenblick gekommen war, und dann schlichen sie sich mitten in der Nacht mit zwei Guerilla-Freunden von Fernando in Facundo Hernandez' Wohnung. Übertraten die Sperrstunde, riskierten ihr Leben. Die Gesichter mit schwarzen Strümpfen verhüllt, zerrten sie den verängstigten Mann aus dem Bett. Fesselten ihn an einen Stuhl und schlugen ihn, bis er an der Grenze zwischen diesem Leben und dem nächsten angekommen war. Er winselte um sein Leben. Fernando sagte ihm, wenn er jemals wieder in die Nähe von Maria Solanas käme, mit ihr spräche oder sonst wie mit ihr Verbindung aufnähme, würden sie zurückkommen und die Sache zu Ende bringen. Facundo keuchte vor Angst, bevor er das Bewusstsein verlor.
Chiquita sprach mit Maria. Es war nicht leicht. In der behaglichen Sicherheit ihres Schlafzimmers eröffnete Chiquita ihrer Tochter, was sie wusste, und erzählte von den Prügeln und von seiner Hure. Maria versuchte ihn zu verteidigen; sie irrten sich, Facundo habe sie nie geschlagen, niemals. Sie zog sich zurück und schlug mit ihren Krallen nach jedem, der in ihre Nähe kam. Sie warf ihnen vor, sie zu bespitzeln. Es sei ihr Leben; sie könne sich treffen, mit wem sie wollte. Sie hätten kein Recht, sich einzumischen.
Es dauerte lange, aber mit Fernandos und Santis Hilfe redeten sie behutsam auf sie ein, bis sie den Kopf hängen ließ und zitterte wie ein Kind. »Ich liebe ihn, Mama. Ich weiß nicht, warum – ich liebe ihn einfach«, weinte sie. Der Abend nahm seinen Lauf, und sie redeten und redeten – Miguel, Chiquita, Santi, Fernando und Maria, alle zusammen in ihrem kleinen Zimmer vereint. Maria sah sich um und fand Trost in ihrer liebevollen Treue. Besorgt ließ Chiquita ihre Tochter im Ehebett schlafen und ließ den Arzt kommen, damit er einen Blick auf sie werfen konnte. Dr. Higgins war gerade nicht verfügbar, und so schickte er jemanden aus seiner Klinik, einen sanften jungen Mann namens Eduardo Maraldi.
Das Leben auf Santa Catalina normalisierte sich allmählich wieder. Die Wintermonate schmolzen schließlich dahin, die Tage wurden

länger, und die Knospen erblühten. Fruchtbare Düfte erfüllten die Luft, und die Vögel kehrten zurück und verkündeten die Ankunft des Frühlings. Die Wunden der Vergangenheit heilten, und der Groll verwehte mit den Winternebeln. Santi schlug die Augen auf und fing wieder an, die Welt zu sehen. Sie hatte sich verändert. Es war Zeit, sich den Bart abzurasieren.

Dreiundzwanzig

Eduardo Maraldi war hoch gewachsen, schlaksig und eine durch und durch intellektuelle Erscheinung. Er hatte eine lange, empfindsame Nase und graue Augen, die jede seiner Regungen verrieten. Wäre seine kleine Trotzki-Brille nicht gewesen, hätte jeder, der nah genug herankam, alle seine Empfindungen darin lesen können. Als er Maria das erste Mal besuchte, fiel ihr gleich die sanfte Stimme auf, die gar nicht zu der großen Gestalt passen wollte, und auch die behutsame Art seiner Hände, als er sie untersuchte.

»Sagen Sie mir, wo es wehtut«, forderte er sie auf, und sie merkte, dass sie ihren Schmerz herunterspielte, weil sie fürchtete, ihn zu beunruhigen. Sie war an kühle, unbeteiligte Ärzte gewöhnt, an Ärzte, die sich nicht allzu weit auf ihre Patienten einließen.

Bei seinem zweiten Besuch erzählte sie ihm alles über Facundo. Dinge, die sie nicht einmal ihrer Mutter erzählt hatte. Wie er sich ihr aufgenötigt hatte, wenn er betrunken war – er hatte nie mit ihr schlafen, sondern ihre Jungfräulichkeit für die Hochzeitsnacht aufheben wollen, aber seine Hände waren über ihren ganzen Körper gewandert, und wenn er betrunken war, hatte er ihr wehgetan. Sie erzählte Eduardo, dass er sie gezwungen hatte, ihn auf eine Weise zu berühren, die sie abscheulich gefunden hatte, und wie sie Dinge hatte tun müssen, die sie nicht tun wollte. Wie er sie geängstigt und gleichzeitig ihre Liebe gewonnen hatte. Ermutigt durch Eduardos unaufdringliches Lächeln und seinen freundlichen Gesichtsausdruck, erzählt sie ihm Dinge, von denen sie nie gedacht hatte, dass sie sie jemals erzählen würde. Und angesichts seines Mitgefühls fing sie plötzlich an zu weinen. Er legte den Arm um sie, und ohne die feine Grenze zwischen Arzt und Patientin zu überschreiten, tröstete er sie nach besten Kräften.

»Señorita Solanas«, sagte er, als sie sich ein bisschen beruhigt hatte, »Ihre körperlichen Wunden werden heilen und bald ganz verschwinden, und niemand wird je sehen können, dass man Sie verletzt hat. Das ist nicht das Problem.« Fragend schaute sie zu ihm auf. »Um Ihre seelischen Narben mache ich mir Sorgen. Haben Sie zu Hause jemanden, mit dem Sie reden können?«
»Eigentlich habe ich mit niemandem darüber geredet.«
»Was ist mit Ihrer Mutter?« Er dachte an die schlanke, liebevolle Frau, die er bei seinem ersten Besuch in diesem Haus kennen gelernt hatte.
»Oh, ich spreche mit ihr. Aber nicht so, wie ich mit Ihnen spreche.« Sie wurde rot und schaute zu Boden.
»Sie brauchen Fürsorge und Liebe«, sagte er. Sie errötete noch tiefer und hoffte, dass er es nicht bemerkte. Aber er bemerkte es natürlich, und auch ihm wurde heiß unter dem Hemdkragen.
»Ich habe eine sehr liebevolle Familie, Dr. Maraldi.«
»Diese seelischen Narben werden lange brauchen, um zu heilen. Erwarten Sie keine Wunder. Sie werden vielleicht plötzlich ohne einen ersichtlichen Grund Depressionen bekommen. Es wird Ihnen womöglich schwer fallen, eine neue Beziehung zu beginnen. Haben Sie Geduld, und denken Sie daran, dass Sie etwas durchgemacht haben, das eine stärkere Wirkung auf Sie hat, als Ihnen klar sein kann.«
»Danke, Doktor.«
»Wenn Sie das Bedürfnis zum Reden haben, können Sie jederzeit zu mir kommen«, schlug er vor. Und er hoffte, sie würde es tun.
»Das werde ich. Danke.«
Als sie sein Sprechzimmer verließ, spritzte Eduardo sich kaltes Wasser ins Gesicht. Hatte er sich ungebührlich benommen? Hatte er sie abgeschreckt? Gern hätte er ihr gesagt, dass er sich um sie kümmern wollte, aber er konnte ja nicht mit einer Patientin ausgehen. Das steht einem Arzt nicht zu. Oh, wie sehr hoffte er, dass sie wiederkommen würde!
Maria wünschte, Sofia wäre da gewesen. Mit ihr hätte sie über all das sprechen können. Sofia fehlte ihr. Sie dachte oft an sie, fragte sich, was sie gerade tat, mit wem sie zusammen war. Sie hatte ver-

sucht, ihr zu schreiben und alles zu erklären, aber Dominique hatte den Brief zurückgeschickt und eine Mitteilung dazugelegt: Sofia sei in London, und sie habe keine Ahnung, unter welcher Adresse. Nun, aber so dumm war Maria nicht. Offensichtlich hatte Sofia ihr gesagt, ihre Familie solle nicht erfahren, wo sie sei. Sie hatte wirklich alle Verbindungen abgeschnitten – und das alles war Marias Schuld. Ihre Schuldgefühle lasteten schwer auf ihrem Herzen. Halb wünschte sie sich, die Cousine käme zurück, damit sie alles erklären könnte, und halb wollte sie sie nie mehr wiedersehen, weil sie sich so sehr schämte. Sie wusste, sie würde nie eine Freundin finden, die Sofia ersetzen könnte.

In den nächsten zwei Monaten dachte Maria öfter an Eduardo, als sie erwartet hatte. Das Bild Facundos versank allmählich in ihrer Erinnerung, und Eduardos langes, eckiges Gesicht trat an seine Stelle. Sie hoffte auf einen Anruf von ihm, aber es kam keiner. Sie wusste, dass sie unter dem Vorwand, mit ihm reden zu wollen, zu ihm gehen konnte, aber sie fürchtete, dass er sie durchschauen könnte. Und sie bezweifelte, dass er seit ihrem letzten Zusammentreffen an sie gedacht hatte.

Dann geschah etwas äußerst Merkwürdiges. Gott – oder wer sonst unser Schicksal lenkt – erkannte, dass diese beiden bescheidenen Geschöpfe einander niemals wiedersehen würden, wenn Er nicht eingriffe. Also stellte Er Eduardo auf die Straße, als Maria mit ihrem Bücherkorb geistesabwesend aus der Vorlesung kam und nach Hause ging. Sie achtete nicht auf den Weg und stieß mit ihm zusammen. Beide entschuldigten sich gleichzeitig, bevor sie aufblickten und einander erkannten.

»Señorita Solanas!«, rief er, und seine Niedergeschlagenheit verflog. Die letzten beiden Monate hatten sich endlos hingeschleppt, denn er war grundlos in Depressionen verfallen. Plötzlich aber rappelten seine Lebensgeister sich wieder auf, und er lächelte breiter, als es ihm sonst behagte.

»Dr. Maraldi!« Sie lachte überrascht. »Das ist ja wirklich …«

»Ein Zufall. Ja, nicht wahr?« Er lachte leise und schüttelte den Kopf, voller Staunen über so viel Glück.

»Bitte nennen Sie mich Maria«, sagte sie mit glühenden Wangen.
»Und Sie mich Eduardo. Ich bin heute nicht Ihr Arzt.«
»Nein, das sind Sie nicht.« Sie kicherte töricht.
»Möchten Sie einen Kaffee trinken?«, fragte er und fügte dann hastig hinzu: »Aber Sie haben wahrscheinlich keine Zeit.«
»O doch, gern sogar«, sagte sie ebenso hastig.
»Gut. Gut«, stammelte er. »Ich kenne ein nettes Café, nur zwei Straßen weiter. Kommen Sie, ich will Ihnen den Korb abnehmen.«
Sie ließ es zu, denn der Korb war wirklich ziemlich schwer; sie hatte sich ein neues Hardcover-Geschichtsbuch gekauft. Langsam spazierten sie die Straße hinunter. Eduardo achtete darauf, dass er außen ging.
Im Café Calabria war es kühl und nicht sehr voll. Eduardo wählte einen Ecktisch am Fenster und zog ihren Stuhl zurück. Als der Kellner kam, gab Eduardo die Bestellung auf und bat um zwei *alfajores de maizena*. »O nein, wirklich nicht!«, protestierte Maria; sie machte sich Sorgen um ihre Figur. Eduardo schaute sie an und dachte, wie wahrhaft schön sie doch war, gerade wegen ihrer üppigen Figur. Sie ließ ihn an einen reifen Pfirsich denken. Maria sah seinen Blick hinter den Brillengläsern und hörte sich sagen: »Na gut, ausnahmsweise.«
Aus dem Kaffee wurde Lunch und schließlich Tee, und sie brachen erst um sechs Uhr auf. Maria erzählte ihm von Sofia; sie beichtete alles. Er hatte Verständnis für ihr Handeln und konnte alles genau erklären. Anscheinend verfügte er über ein tiefes psychologisches Wissen. Sie berichtete ihm von der Beziehung ihrer Cousine zu ihrem Bruder und hoffte, dass er es nie jemandem weitersagen würde.
»Ich habe etwas Schreckliches getan«, bekannte sie traurig. »Ich habe Sofias Briefe verbrannt. Ich wünschte, ich hätte es nicht getan. Ich werde mir nie verzeihen, denn jetzt habe ich meine beste Freundin verloren, und meinen Bruder beinahe noch dazu.«
Eduardo schaute sie voller Mitgefühl an. »Sie dachten, Sie täten das Richtige. Der Weg zur Hölle ist mit guten Vorsätzen gepflastert.« Er lachte leise.
»Das weiß ich heute.«

»Sie hätten es nicht tun dürfen. Aber aus dem Unglück lernen wir so viel mehr als aus unserem Glück. Bei allem, was uns traurig macht, wartet auch etwas Positives hinter der nächsten Ecke. Eines Tages, wenn Sofia glücklich verheiratet ist und fünf Kinder hat, wird sie vielleicht zurückkommen und sich bei Ihnen bedanken. Wer weiß? Jetzt kommt es darauf an, dass Sie sich damit nicht quälen. Es hat keinen Sinn, über etwas zu weinen, das unwiderruflich geschehen ist. Schauen Sie nach vorn«, riet er. Er nahm seine Brille ab und polierte sie mit der Serviette.
»Sie finden also nicht, dass ich böse bin?«, fragte sie mit schüchternem Lächeln.
»Nein, ich finde nicht, dass Sie böse sind. Ich finde, Sie sind ein guter Mensch, der einen Fehler gemacht hat, und – na ja, wir alle machen Fehler«, sagte er beruhigend. Gern hätte er noch hinzugefügt, er finde sie nicht nur innerlich, sondern auch äußerlich sehr schön. Er wollte ihr genug Liebe schenken, um jede Spur von Verletzung und Schuld und Schmerz auszulöschen. Er wusste, er könnte sie glücklich machen, wenn sie ihm Gelegenheit dazu gäbe.
Er erzählte ihr, dass er einmal fast geheiratet hatte. Als sie wissen wollte, warum er es sich anders überlegt hatte, antwortete er wahrheitsgemäß, es habe etwas gefehlt. Ein Funke, eine Verbindung. »Nennen Sie mich einen unheilbaren Romantiker«, sagte er, »aber ich wusste, dass ich eine andere mehr würde lieben können als sie.«
Nach diesem Nachmittag hatten sie stundenlange Telefongespräche geführt und waren ein paarmal zusammen ins Kino und essen gegangen, bevor er versuchte, sie zu küssen. Sie wusste, er ließ es langsam angehen, und dafür war sie dankbar, auch wenn sie sich schon an jenem Nachmittag im Café gewünscht hatte, er möge sie küssen. Er kam mit einem kleinen Strauß Wildblumen, um sie abzuholen. Er fuhr mit ihr in ein Restaurant an *La Costanera* mit Blick auf den Fluss, und dort schauten sie einander im Kerzenschein an und sprachen ohne Unterbrechung. Nach dem Essen schlug er vor, einen kleinen Spaziergang am Wasser zu machen. Sie wusste, dass er sie küssen würde, und plötzlich wurde sie nervös und still. Eine Zeit lang spazierten sie schweigend nebeneinander

her, bis das Schweigen zu mühselig wurde. Er nahm ihre Hand und hielt sie fest, und dann blieb er stehen, nahm auch ihre andere Hand und zog sie herum, sodass sie ihm gegenüberstand.

»Maria«, sagte er.

»Ja?«

»Ich … ich wollte nur …« Es war eine Qual. Sie wünschte, er wollte sie einfach küssen und es hinter sich bringen.

»Eduardo, es ist okay. Ich möchte es«, flüsterte sie schließlich und hielt dann ob ihrer eigenen Kühnheit den Atem an. Es schien ihn zu erleichtern, dass sie ihm ihre Zustimmung gegeben hatte. Einen Augenblick lang fürchtete sie, es werde unangenehm linkisch werden, aber als er seine warme Hand an ihr Gesicht und seine bebenden Lippen auf die ihren legte, küsste er sie mit einer Sicherheit, die sie bei ihm nicht vermutet hatte. Als sie ihm später davon erzählte, lächelte er stolz und sagte, sie habe in ihm den Glauben erweckt, er könne alles.

Chiquita und Miguel waren die Treffen mit Dr. Maraldi nicht entgangen. Sie hatten nachts aufrecht im Bett gesessen und über diese Romanze gesprochen. Chiquita betete jeden Abend, er möge gut zu ihrem kleinen Mädchen sein und dafür sorgen, dass sie den grässlichen Facundo vergessen konnte. Sie betete so angestrengt, dass sie manchmal aufwachte und die Hände immer noch fest zusammengepresst hielt. Als die beiden am Ende des Sommers ihre Verlobung bekannt gaben, murmelte Chiquita ein leises Dankgebet, bevor sie ihre Tochter tränenüberströmt in die Arme nahm.

»Mama, ich weiß nicht, womit ich das verdient habe«, sagte Maria später, als sie mit ihrer Mutter allein war. »Er ist alles, was ich mir nur wünschen kann. Er ist lieb und lustig und exzentrisch. Ich liebe ihn wegen der Art, wie seine Hände zittern, wenn er mit zerbrechlichen Dingen hantiert, und wie er stottert, wenn er nervös ist, und wegen seiner Bescheidenheit. Ich habe großes Glück. So großes Glück. Ich wünschte nur, Sofia wäre hier, um mich zu sehen. Sie wäre auch glücklich, das weiß ich. Sie fehlt mir, Mama.«

»Sie fehlt uns allen, Liebste. Sie fehlt uns schrecklich.«

Vierundzwanzig

London, 1974

Sofia kam Mitte November 1974 mutlos in London an. Sie warf einen Blick auf den grauen Himmel und den Nieselregen und bekam Heimweh. Dominique hatte ein Zimmer im Claridge's für sie gebucht. »Das ist gleich bei der Bond Street«, hatte sie strahlend erklärt, »der glanzvollsten Einkaufsstraße in ganz Europa.«

Aber Sofia wollte nicht einkaufen gehen. Sie saß auf dem Bett und starrte zum Fenster hinaus in den unerbittlichen Regen, der vom Himmel herabzuschweben schien. Es war kalt und feucht. Sie wollte nicht hinaus. Sie wusste nicht, was sie tun sollte; also rief sie Dominique an, um ihr zu sagen, dass sie wohlbehalten angekommen war. Sie hörte den kleinen Santiguito im Hintergrund weinen, und das Herz tat ihr weh vor Sehnsucht nach ihm. Sie dachte an seine kleinen Fingerchen und die makellosen Zehen. Als sie den Hörer aufgelegt hatte, ging sie zu ihrem Koffer und wühlte darin. Sie zog ein Stück weißen Musselin hervor und hielt es an die Nase. Es roch nach Santiguito. Sie rollte sich im Bett zusammen und weinte sich in den Schlaf.

Es war ein prachtvolles Hotel mit hohen Räumen und wunderschönen Stuckverzierungen an den Wänden. Die Angestellten waren bezaubernd und kümmerten sich um alles, was sie brauchte, so wie Dominique es vorausgesagt hatte. »Frag einfach nach Claude; er wird für dich sorgen«, hatte sie geraten. Sofia hatte Claude gefunden. Er war ein kleiner, rundlicher Mann mit einer glänzenden Glatze, die an einen Tischtennisball erinnerte. Als sie Dominiques Namen genannt hatte, war Claudes Kopf puterrot geworden, bis hinauf zu seiner glänzenden Wölbung. Er hatte sich die Stirn mit einem weißen Taschentuch betupft und ihr gesagt, wenn sie etwas brauche, irgendetwas, dürfe sie nicht zögern, es ihm zu sagen. Ihre Cousine sei eine sehr gute Kundin des Hotels, genau gesagt, die bezauberndste von allen. Er werde ihr mit dem größten Vergnügen jeden Gefallen erweisen.

Sie wusste, dass sie sich eine Wohnung und einen Job suchen musste, aber sie hatte nicht die Energie dazu. Stattdessen machte sie lange Spaziergänge im Hyde Park und lernte die neue Stadt kennen. Wenn ihr Herz nicht so schwer gewesen wäre, hätte sie die Freiheit genossen, London zu erkunden, ohne auf Schritt und Tritt von Eltern oder Leibwächtern begleitet zu werden. Sie konnte überall hingehen und mit jedem sprechen, ohne Verdacht zu erregen. So wanderte sie durch die Straßen, spähte in Schaufenster mit glitzernden Weihnachtsdekorationen und besuchte sogar einige Galerien und Ausstellungen. In einem kleinen Laden in Piccadilly kaufte sie sich einen Schirm; es sollte ihre nützlichste Erwerbung werden.

London war ganz anders als Buenos Aires. Es kam ihr eigentlich gar nicht vor wie eine Großstadt, eher wie eine große Kleinstadt. Die Häuser waren niedrig, die Straßen von Bäumen gesäumt, makellos glatt asphaltiert und voller Kurven und Windungen, sodass man nie wusste, wohin sie einen führten. Buenos Aires war auf einem Raster aus Häuserblocks erbaut, und man wusste immer, wo einen der Weg hinführte. Für Sofia war London glänzend und blank wie eine polierte Perle. Ihre Heimatstadt sah im Vergleich dazu schmuddelig und verfallen aus. Aber Buenos Aires war ihr Zuhause, und sie hatte Heimweh.

Nach zwei Tagen machte sie sich auf die Suche nach einer Wohnung. Sie sprach mit einer Dame namens Mathilda in einer Mietagentur in Fulham, und die besorgte ihr ein kleines Zweizimmerapartment in Queen's Gate. Zufrieden mit ihrer neuen Wohnung, zog Sofia los, um all die Kleinigkeiten zu kaufen, die sie dafür noch brauchte. Das Apartment war möbliert, aber sie wollte es zu ihrem eigenen Heim machen, zu ihrer kleinen Festung in diesem fremden

Land. Also kaufte sie eine Bettdecke, Teppichläufer, Porzellan, Vasen, Coffeetable-Bücher, Kissen und Bilder.

Das Einkaufen besserte ihre Stimmung, und sie wagte sich trotz der schrecklichen Welle von Bombenanschlägen, die London um diese Zeit erschütterte, auf die Straße. Eine Bombe explodierte bei Harrod's, eine andere vor Selfridge's. Aber Sofia hatte keinen Fernsehapparat und machte sich nicht die Mühe, Zeitungen zu kaufen – was sie wissen musste, hörte sie von den Taxifahrern, der muntersten Sorte von Männern, die sie je gesehen hatte. Die Londoner Taxis waren blitzblank und geräumig, und die Busse waren entzückend; sie sahen aus wie Modellautos aus einer Spielzeugstadt.

»Aus'm Ausland, was?«, fragte ein Taxifahrer in einem Akzent, den sie nur mit Mühe verstand. »Keine gute Zeit, um nach London zu kommen, Schätzchen. Gibt's keine Nachrichten, wo Sie herkommen? Die verdammten Gewerkschaften haben in diesem Land anscheinend alles zu bestimmen. Gibt keine vernünftige Führung – das ist das Problem. Das Land ist im freien Fall. Ich sag noch zu meiner Frau, ich sag: Das Land hier geht vor die Hunde. Was wir brauchen, ist ein ordentlicher Schock.« Sofia nickte blind. Sie wusste nicht, wovon er redete.

Als ihr Geld knapper wurde, machte sie sich widerstrebend auf die Suche nach einer Stellung. Sie hatte nichts gelernt, und so fing sie damit an, die Geschäfte abzuklappern. Aber alle suchten Mitarbeiter mit Erfahrung, und weil sie keine besaß, schüttelten sie den Kopf und führten sie zur Tür. »Es gibt so viel Arbeitslosigkeit«, sagten sie seufzend, »da werden Sie Glück haben, wenn Sie jemand haben will.« Als sie drei Wochen erfolglos gesucht hatte, begann Sofia zu verzweifeln. Ihr Geld ging zur Neige, und sie musste Miete zahlen. Dominique wollte sie nicht anrufen. Sie war schon freundlich genug zu ihr gewesen, und Sofia würde es nicht ertragen, sich an ihren Sohn erinnern zu lassen.

Eines Tages betrat sie niedergeschlagen eine Buchhandlung an der Fulham Road. Ein freundlicher, bebrillter Mann saß hinter einem Bücherstapel und summte zur Musik aus dem Radio. Sie erzählte ihm, dass sie Arbeit suchte, aber wo sie auch danach fragte, suchten die Leute nur jemanden mit Erfahrung, und sie habe keine. Sie könne sich aber vorstellen, dass hier viel zu tun sei, denn es sei doch Weihnachtssaison. Der Mann schüttelte den Kopf; er bedaure, aber sie brauchten kein weiteres Personal. »Es ist ja nur ein kleiner Laden, wissen Sie. Aber nebenan bei Maggie's brauchen sie Hilfe. Da könnten Sie es versuchen. Wissen Sie, die brauchen niemanden mit Erfahrung.«

Sofia trat wieder hinaus in die Kälte. Es wurde dunkel. Sie schaute auf die Uhr. Es war immer noch eine Überraschung für sie, wie früh es in England dunkel wurde. Es war erst halb vier. Maggie's war, wie sich herausstellte, ein Frisiersalon. Sofia zuckte zurück. So verzweifelt war sie noch nicht, dass sie sich auf dieses Niveau herablassen wollte. Sie spähte durch das beschlagene Fenster und ging dann weiter. In einem Café bestellte sie eine heiße Schokolade und saß dann da und starrte in ihre Tasse. Nach einiger Zeit fing sie an, die Leute um sie herum zu beobachten. Manche hatten Weihnachtseinkäufe gemacht; ihre Taschen quollen über von funkelnden Paketen. Alle plauderten, ohne Notiz von ihr zu nehmen. Sie legte die Hände um den Becher, um sie zu wärmen, und beugte sich über den Tisch. Plötzlich fühlte sie sich sehr allein. Sie hatte keinen einzigen Freund in diesem Land.

Oh, wie sie Santi vermisste – und sie vermisste auch Maria. Maria war ihre beste und liebste Freundin gewesen. Sie sehnte sich danach, mit ihr zu sprechen und ihr zu erzählen, was sie hier durchmachte. Sie bereute jetzt, dass sie ihr nie geschrieben hatte. Sie bereute, dass sie sich ihr nie anvertraut hatte. Sie stellte sich vor, dass Maria ebenso traurig und einsam war wie sie. Sie kannte ihre Freundin. Aber jetzt war es zu spät. Hätte sie nur ein Jahr früher geschrieben. Aber wenn sie damals nicht gewusst hatte, wie sie einen Brief anfangen sollte, dann wusste sie es jetzt schon gar nicht mehr. Nein, sie hatte den richtigen Augenblick verpasst. Sie hatte nicht nur ihren Liebsten verloren, sondern auch die Frau, die sie verstanden und in allem unterstützt hatte, auch wenn sie von sanfterer, scheuerer Natur war als sie. Sie hatten ihr ganzes Leben miteinander verbracht, und das war jetzt vorbei. Eine dicke Träne plumpste in ihre heiße Schokolade.

Draußen auf der Straße wimmelte es von geschäftigen Menschen, und alle gingen irgendwohin: zum Tee vielleicht, zur Arbeit, zu Freunden oder Verwandten. Sie hatte niemanden. Niemandem hier lag etwas an ihr. Sie könnte sterben auf diesem kalten, fremden Pflaster, und niemand würde es merken. Sie fragte sich, wie lange es dauern würde, bis man herausgefunden hätte, wer sie war, damit man ihre Familie von ihrem Tod in Kenntnis setzen könnte. Wahrscheinlich Wochen. Oder Monate. Das heißt, wenn sie sich die Mühe überhaupt machen würden. Dank ihrem Großvater hatte sie einen britischen Pass, aber sie gehörte nicht in dieses Land.

Sie bezahlte ihre Schokolade und ging. Als sie die Straße hinunterging, kam sie wieder bei Maggie's vorbei, und sie beschloss, umzukehren und noch einmal einen Blick hineinzuwerfen. Sie drückte das Gesicht an die Scheibe und spähte hinein. Ein langer, schlaksiger Mann schnitt einer Frau die Haare. Ab und zu hielt er inne, um seine Geschichte mit Gesten zu illustrieren. Ein blondes junges Mädchen saß an der Theke und telefonierte. Vor lauter Lachen hatte sie Mühe, die Termine zu notieren. In diesem Augenblick ging die Tür auf, und eine Wolke von Shampoo- und Parfümduft wehte auf die Straße heraus.

»Kann ich Ihnen helfen?«, fragte eine rothaarige Frau von etwa fünfzig Jahren und streckte den Kopf zur Tür heraus. Sie trug einen scharlachroten Lippenstift wie Dominique und hatte sich mit etwas unsicherer Hand einen abscheulich limettengrünen Lidschatten über die Augen gemalt.

»Ich höre, Sie suchen eine Hilfskraft?«, fragte Sofia zögernd.

»Wunderbar. Kommen Sie rein. Ich bin Maggie«, sagte sie, als Sofia den warmen Salon betreten hatte.

»Sofia Solanas.« Der Mann hatte seine Geschichte unterbrochen und schaute sich nach ihr um. Seine Schlangenaugen musterten ihre Gesichtszüge, betrachteten ihre Kleider, prüften sie von Kopf bis Fuß. Dann zog er beifällig die Nase hoch.

»Sehr nett, Sofia. Sehr nett. Ich bin Anton. Eigentlich Anthony, aber Anton klingt exotischer, findest du nicht?« Er lachte, bevor er zum Regal tänzelte, um einen großen Tiegel Gel zu holen.
»Anton ist ein Original, Sofia. Lachen Sie über seine Witze, und er wird Sie lieben, Sweetie. Daisy tut's auch, nicht wahr, Schätzchen?« Daisy lächelte freundlich und streckte die Hand hinter der Theke hervor. »Gut – es ginge von zehn bis sechs, Sweetie, und Sie helfen. Fegen, Haare waschen, aufräumen. Mehr als acht Pfund die Woche kann ich nicht zahlen, Trinkgelder kommen dazu. Ist das okay? Ich finde es fair. Du nicht, Anton?«
»Sehr großzügig, Maggie«, schwärmte er und füllte seine Handfläche mit grünem Gel.
»Aber ich zahle doch schon acht Pfund die Woche an Miete«, protestierte Sofia.
»Mehr ist nicht drin. Sie müssen's wissen.« Maggie verschränkte die Arme vor ihrem großen Busen.
»Ich wohne auch zur Miete. Wie wär's, wenn wir unsere Mittel zusammentun? Ich meine, wenn wir uns deine Wohnung teilen?«, schlug Daisy eifrig vor. Sie wohnte in einem heruntergekommenen Apartment in Hammersmith, und sie brauchte eine Ewigkeit, um morgens zur Arbeit zu kommen. »Wohnst du denn hier in der Gegend?«
»In Queen's Gate.«
»Kein Wunder, dass du so viel Miete zahlst. Woher kommst du, Darling?«, fragte Maggie, die Sofias Akzent nicht unterbringen konnte.
»Aus Argentinien«, sagte Sofia, und ein Kloß stieg ihr in die Kehle. Sie hatte dieses Wort schon lange nicht mehr laut ausgesprochen gehört.
»Reizend«, sagte Anton, der keine Ahnung hatte, wo in aller Welt Argentinien lag.
»Na, wenn du eine Wohnungsgenossin suchst, würde ich mit Vergnügen bei dir einziehen.«
Sofia gefiel die Vorstellung nicht, sich die Wohnung mit jemandem zu teilen. Sie hatte noch nie etwas teilen müssen. Aber sie war

verzweifelt, und diese Daisy hatte ein nettes Gesicht. Also willigte sie ein.

»Prima – und deine erste Aufgabe wird es sein, loszugehen und eine Flasche guten, billigen Wein zu kaufen, Sofia!« Strahlend öffnete Maggie die Ladenkasse und nahm ein bisschen Geld heraus. »Das ist doch wirklich ein Grund zum Feiern – nicht wahr, Anton?«

»Ein Grund zum Feiern, Maggie«, wiederholte er und flatterte mit der Hand, sodass man seine manikürten Nägel sah.

Nach zwei Wochen war der kleine Salon Sofias neues Zuhause geworden, und Maggie, Anton und Daisy waren ihre neue Familie. Maggie hatte sich von ihrem Mann getrennt und ihr eigenes Geschäft aufgemacht, um sich ihren Lebensunterhalt zu verdienen. »Dummes Mädchen«, sagte Anton, als sie einmal außer Hörweite war. »Er war sehr reich und hatte sehr gute Beziehungen.« Anton lebte mit seinem Freund Marcello zusammen, einem dunklen, hübschen Italiener mit behaarter Brust, der gelegentlich in den Salon kam, sich auf das Leopardensofa drapierte und Antons Geschichten zuhörte. Dann machte Maggie eine Flasche Wein auf und setzte sich zu ihm. Aber sosehr sie auch mit ihren falschen Wimpern flatterte, er hatte nur Augen für Anton. Maggie flirtete auch mit den Kunden. Die meisten genossen diese Aufmerksamkeit. »Ich bestreue sie mit Maggie-Staub, Sweetie, und dann schicke ich sie wieder zu ihren Frauen zurück«, pflegte sie zu sagen. Daisy und Sofia lachten auf dem Heimweg über solche Illusionen.

Daisy war gescheit und witzig, aber vor allem war sie warmherzig. Mit ihrem dichten blonden Haar, das ihr in straffen, glänzenden Locken über den Rücken fiel, und einem frechen, spitzen Kinn, das ihrem Gesicht die Umrisse eines Liebesherzens gab, war sie ebenso überschäumend wie freundlich. Sie teilten sich die Wohnung, so klein sie auch war, und alles, was darin war. Anfangs fiel es Sofia schwer, ihren Platz mit jemandem zu teilen, aber dann verließ sie sich doch mehr und mehr auf ihre neue Freundin. Sie brauchte sie. Das andere Mädchen nahm ihr die Einsamkeit und füllte den leeren Raum aus, der einst Maria gehört hatte.

Daisys Eltern waren vom Land – aus Dorset, das Daisy ihr auf der

Landkarte zeigte. »Es ist grün und hügelig und sehr hübsch«, erzählte sie, »aber auch provinziell. Ich habe mich immer zu den hellen Lichtern der Großstadt hingezogen gefühlt.«

Daisys Eltern waren geschieden. Ihr Vater, ein Bauarbeiter, war im Norden auf Arbeitssuche, und ihre Mutter, Jean Shrub, wohnte mit ihrem Freund Bernard, der zufällig ebenfalls Bauarbeiter war, in Taunton und arbeitete als Kosmetikerin.

»Ich wollte immer gern tun, was sie tat: zu den Leuten nach Hause gehen und ihnen die Nägel pflegen. Aber gleich nach der Prüfung habe ich meinen ersten Job verpatzt und Mrs. Hamblewells Hund mit Wachs übergossen. Eine totale Katastrophe – das arme Tier musste praktisch gehäutet werden. Also hab ich meinen Maniküre-koffer weggepackt und bin hergekommen. Sag's Maggie nicht, aber ich könnte vielleicht wieder damit anfangen. Maggie könnte doch eine Kosmetikerin gebrauchen, meinst du nicht?«

Sie machte immer Scherze mit ihrem Namen – Daisy Shrub. »Ein Name wie ein Garten: Daisy heißt Gänseblümchen, und Shrub heißt Strauch.« Zum Glück sei sie keine Gärtnerin geworden, meinte sie, denn dann würde sie kein Mensch ernst nehmen. Daisy drehte sich ihre Zigaretten selbst, und zum Rauchen setzte sie sich ans Fenster, weil Sofia den Geruch nicht ausstehen konnte. Sie unterhielten sich über ihr Leben und ihre Träume. Aber die Träume, von denen Sofia ihr erzählte, waren erfunden: Niemals hätte sie die Wahrheit über ihre Vergangenheit offenbaren können, vor niemandem.

Bei Maggie fegte Sofia den Boden, und oft staunte sie über die Farbenpracht der Haare, die sie dabei zu beseitigen hatte. Anton liebte das Färben. Es war seine liebste Arbeit. »Sämtliche Farben des Regenbogens, mein Entchen, und so viele Möglichkeiten.« Er hatte eine Kundin namens Rosie Moffat, die buchstäblich alle vierzehn Tage kam, um sich eine neue Farbe auszusuchen. »Sie hat sie alle durch. Ich werde wieder von vorn anfangen müssen, oder ich mache ihr Streifen. Was für ein Dilemma«, klagte er.

Sofia wusch den Kunden auch die Haare. Am Anfang gefiel es ihr nicht so gut, weil es die Fingernägel verdarb. Aber nach einer Weile gewöhnte sie sich daran, und vor allem die Männer gaben ein gutes Trinkgeld.

»Spricht aber nicht oft über sich, nicht wahr, Anton?«, sagte Maggie, während sie auf dem Sofa lag und ihre Krallen feilte.

»Aber sie ist ein entzückendes Mädchen.«

»Entzückend.«

»Und fleißig. Ich wünschte bloß, sie würde nicht so traurig aussehen.« Er schenkte sich ein Glas Wein ein. Es war halb sieben, Zeit für einen Drink.

»Sie lacht doch über deine Witze, oder, Sweetie?«

»O ja! Und trotzdem trägt sie eine Trauer mit sich herum, als wär's eine furchtbare Buße. Die wandelnde Tragödie, Darling.«

»Du bist so poetisch, Darling. Du wirst mich doch nicht verlassen und Gedichte schreiben, oder?« Sie lachte und zündete sich eine Zigarette an.

»Ich bin ein Gedicht, mein Entchen, und außerdem möchte ich doch nicht all die süßen kleinen Dichter arbeitslos machen, oder?« Er brachte ihr einen Aschenbecher. Sie inhalierte tief, und ihre Schultern entspannten sich auf der Stelle.

»Weißt du, warum sie nach London gekommen ist?«

»Das hat sie nie gesagt. Genau genommen, Maggie, wissen wir gar nichts über sie, nicht wahr?«

»Und ich bin entsetzlich neugierig, Darling.«

»Uuuh, ich auch. Lass ihr noch Zeit. Ich bin sicher, sie hat eine packende Geschichte zu erzählen.«

Weihnachten kam immer näher. In den Londoner Straßen glitzerten und funkelten geschmückte Tannenbäume, und Sofia fragte sich unwillkürlich, ob die Leute zu Hause sie vermissten. Sie stellte sich vor, wie sie bei den Festvorbereitungen waren. Sie dachte an die Hitze, die trockene Ebene und die Blätter der Eukalyptusbäume, bis sie sie beinahe riechen konnte. Ob Santi je an sie dachte? Oder hatte er sie vergessen? Maria hatte aufgehört, ihr zu schreiben, nachdem sie jenen leidvollen Brief im Frühling zurückgeschickt hatte. Sie waren Freundinnen gewesen, die besten Freun-

dinnen. War es wirklich so leicht, zu vergessen? Wenn sie an zu Hause dachte, fühlte sie sich ausgehöhlt und leer.
Daisy fuhr für die Weihnachtstage zu ihrer Mutter. Sie rief an und erzählte, sie hätten so viel Schnee, dass sie nicht aus dem Haus gehen könnten. »Ich hoffe, das geht noch wochenlang so weiter; vielleicht können wir Bernard ein neues Haus aus den Rippen leiern.«
Sofia war traurig, als sie wegfuhr. Sie hatte keine Familie, die sie besuchen konnte, und die Abwesenheit ihrer Freundin machte sich schrecklich bemerkbar.
Sofia verbrachte den ersten Weihnachtstag mit Anton und Marcello in Maggies puderpinkfarbenem Haus in Pelham. »Ich liebe Pink«, schwärmte Maggie und trug ihre pinkfarbenen Flauschpantoffeln zur Schau, während sie Sofia herumführte.
»Darauf wäre ich nie gekommen.« Sofia lachte, aber innerlich fühlte sie sich tot. Sie sah, dass sogar die Klobrille rosa war. Sie machten Champagner auf, Anton tanzte in engen Schlaghosen, gestreift wie ein Zebra, im Zimmer herum und hatte sich Lametta um den Kopf gewickelt wie eine römische Krone, während Marcello auf dem Sofa lag und einen Joint rauchte. Maggie hatte den ganzen Tag mit Sofia in der Küche verbracht, denn Sofia hatte nichts weiter zu tun, als sich nach zu Hause zu sehnen. Alle hatten einander kleine Geschenke mitgebracht. Maggie schenkte ihr eine Packung Nagellack, die sie niemals benutzen würde, und von Anton bekam sie einen grünen Kosmetikkoffer mit Spiegel und Puderquaste. Sofia sinnierte über ihre Armut. Sie hatte zu einer der reichsten Familien in Argentinien gehört. Jetzt besaß sie nichts.
Als sie gegessen und zu viel Wein getrunken hatten, saßen sie vor dem Kamin und schauten zu, wie der Flammenschein über die Wände flackerte und aus Pink Orange werden ließ. Plötzlich schlug Sofia die Hände vors Gesicht und weinte. Maggie warf Anton einen Blick zu, und der nickte. Sie setzte sich auf den Boden und umschlang Sofia mit einem schwer parfümierten Arm.
»Was ist denn, Sweetie? Du kannst es uns erzählen. Wir sind deine Freunde.«
Und Sofia erzählte ihnen alles; nur den Teil mit Santiguito ließ sie

weg. Dieses Geheimnis war so beschämend, dass sie es niemandem offenbaren konnte.

»Ein Mann. Das konnte ja nur ein verdammter Mann sein!«, schimpfte Anton erzürnt, als sie fertig war.

»Du bist selbst ein Mann, Darling.«

»Nur zur Hälfte, mein Entchen.« Er trank sein Glas leer und schenkte sich nach. Marcello lag schlafend auf dem Sofa und schwebte im Geiste über den Hügeln der Toskana.

»Du bist besser dran ohne ihn, Sweetie«, sagte Maggie sanft. »Wenn er nicht mal sein Versprechen halten und dir schreiben konnte, dann würde ich sagen, du kannst froh sein, dass du ihn los bist.«

»Aber ich liebe ihn so sehr, dass es wehtut, Maggie«, schluchzte sie.

»Du wirst über ihn wegkommen. Am Ende tun wir das alle, nicht wahr, Anton?«

»Das stimmt.«

»Du findest einen netten Engländer«, meinte Maggie tröstend.

»Oder einen Italiener.«

»Von denen würde ich mich an deiner Stelle lieber fern halten, Darling. Ja, einen netten Engländer.«

Als Sofia am nächsten Tag erwachte, hatte sie Kopfschmerzen und verzweifelte Sehnsucht nach ihrem Kind. Sie rollte sich zu einer kleinen Kugel zusammen und weinte in das Musselintuch, bis sie das Gefühl hatte, der Kopf müsse ihr zerspringen. Sie dachte an Santiguitos Gesichtchen und seine klaren, unschuldigen Augen, die ihr vertraut hatten. Sie hatte ihn verraten. Wie hatte sie so gefühllos sein können? Was hatte sie sich dabei gedacht? Wie hatte Dominique es zulassen können, dass sie ihr kostbares Baby fortgegeben hatte, das Leben, das in ihrem Leib gewachsen war? Sie drückte die Hände auf den Bauch und beklagte den Verlust ihres Sohnes, und plötzlich hatte sie Angst davor, ihn niemals wiederzusehen. Sie hatte so viel geweint, dass der Schmerz in ihrer Kehle unerträglich wurde. Schließlich zog sie sich das Telefon ans Bett und rief in der Schweiz an.

»Oui?«

Sofia wollte verzagen, als sie die mürrische Stimme der Haushälterin am Telefon hörte. »Madame Ibert, hier ist Sofia Solanas in London. Kann ich bitte mit Dominique sprechen?«, fragte sie hoffnungsvoll.
»Bedaure, Mademoiselle, Monsieur und Madame La Rivière sind für zehn Tage außer Landes.«
»Für zehn Tage?« Sofia war überrascht. Sie hatten ihr nicht gesagt, dass sie verreisen wollten.
»*Oui*, für zehn Tage«, bestätigte die Haushälterin ungeduldig.
»Wo sind sie denn hingefahren?«, fragte Sofia verzweifelt.
»Das haben sie nicht gesagt.«
»Das haben sie nicht gesagt?«
»*Non*, Mademoiselle.«
»Haben sie denn eine Telefonnummer hinterlassen?«
»*Non.*«
»Sie haben keine Nummer hinterlassen?«
»Mademoiselle Sofia«, sagte die Frau gereizt, »sie haben mir nicht gesagt, wo sie hinfahren, sie haben mir keine Telefonnummer und keine Adresse hinterlassen. Sie haben gesagt, sie fahren für zehn Tage weg, aber das war alles. Ich bedaure, dass ich Ihnen nicht helfen kann. Es tut mir Leid.«
»Das tut mir auch Leid«, schluchzte Sofia und legte auf. Zu spät. Es war zu spät.
Sofia krümmte sich wieder zusammen und schlang die Arme um den Oberkörper. Sie schmiegte das Gesicht an den Musselin und dachte daran, dass sie das letzte Mal solche Trauer empfunden hatte, als Grandpa O'Dwyer neben ihr gestorben war. Sie würde Santiguito nie wiedersehen. Ihren geliebten Großvater würde sie auch nie wiedersehen. Es war ebenso endgültig, als ob Santiguito gestorben wäre. Niemals, niemals würde sie sich das verzeihen.

Fünfundzwanzig

Weihnachten war schmerzhaft gewesen. Allein in ihrer Wohnung, hatte Sofia sich in Gedanken an Santa Catalina in den Schlaf geweint und sich nach allen gesehnt. Anton und Maggie hatten sich über den Rest der Feiertage hinweg um sie gekümmert, damit sie nicht endgültig in Trauer ertrank. Dann öffnete der Salon wieder, und sie war froh, arbeiten zu können. Hoffentlich würde 1975 ein besseres Jahr für sie werden. Zu diesem Zweck zwang Sofia sich, nach vorn zu schauen und nicht zurück. Dazu hätte schließlich auch ihr Großvater geraten, wenn er noch gelebt hätte. Und es schien zu helfen.

Dominique kam regelmäßig nach London, denn Antoine hatte jetzt öfter im Bankenviertel zu tun als früher. Wenn sie mit Dominique zusammen war, aßen sie in eleganten Restaurants und kauften in der Bond Street ein; Sofia fühlte sich an das privilegierte Leben erinnert, das sie einmal geführt hatte, und wusste das alles zu schätzen, denn sowie Dominique nach Genf zurückkehrte, würde sie wieder das Leben eines einfachen, berufstätigen Mädchens führen.

Das Jahr verging schnell. Sie freundete sich mit Marmaduke Huckly-Smith an, dem bebrillten Mann, der die Buchhandlung führte. Er machte sie mit seinen Freunden bekannt, und einer von denen ging ab und zu mit ihr aus, was ganz nett war, ohne dass Sofia aber etwas von ihm wollte. Sie wollte von niemandem etwas.

In ihrer Freizeit streiften Sofia und Daisy über die King's Road und stöberten nach Schnäppchen. Der Folklore-Look war große Mode, und Sofia schwelgte in langen, fließenden Röcken von Monsoon. Anton färbte ihr rote Strähnen ins Haar, und eines Tages, als er Langeweile hatte, zog er Daisy die Locken glatt, woraufhin das blonde Mädchen kaum wiederzuerkennen war, aber hinreißend aussah. Einmal im Monat gingen sie ins Kino, und im West End schauten sie sich die *Mausefalle* an.

»Weißt du, der Mann, der dieses Theater gebaut hat, war ein reicher Aristokrat, der in eine Schauspielerin verliebt war. Er hat es für sie gebaut. Findest du das nicht unglaublich romantisch?«, tuschelte Daisy, als sie auf ihren Plätzen saßen.

»Vielleicht baut einer von Maggies Lovern ihr eines Tages einen neuen Salon«, kicherte Sofia. »Das wäre doch auch was.«

Anton führte sie alle in die *Rocky Horror Picture Show* und brachte sie in Verlegenheit, weil er mit einem pinkfarbenen Miet-Cadillac aufkreuzte, in Strumpfbänder und Spitzenunterwäsche gekleidet, während Marcello in einem getigerten Anzug hinter ihm her tänzelte. Maggie war entsetzt und rief, er werde hoffentlich daran denken, sich umzuziehen, bevor er am Montagmorgen zur Arbeit käme. Sofia bemerkte, dass Marcello nur noch einen langen Schwanz brauche, um sein Outfit zu vervollständigen. Der Italiener antwortete trocken, wenn er ihr seinen »Schwanz« zeige, werde kein anderer Mann den Vergleich aushalten.

Daisy ergatterte billige Karten für David Bowie, der in Wembley spielte. Außer für Bowie schwärmte Daisy auch noch für Mick Jagger, und im Salon spielte sie laut seine Musik, was Maggie ärgerte, weil sie die sanfteren Töne von Joni Mitchell bevorzugte.

Die tristen Wintermonate vergingen allmählich und nahmen Sofias Jammer mit sich. Als die Straßen sich mit rosa und weißen Blüten füllten, entdeckte Sofia eine neue Geisteshaltung: Grandpa O'Dwyers positive Einstellung.

Sie stürzte sich in die Arbeit, und Maggie erhöhte ihren Lohn. Sie genoss das Leben mit ihrer Freundin Daisy, und sie verbrachten manchen Abend im Café des Artistes und lachten über ihren Gläsern. Daisy trank immer Bier, was Sofia ziemlich abscheulich fand. Die größte Vorliebe der Briten war ihr gleichfalls unbegreiflich: ein dunkelbrauner, salziger Brotaufstrich namens Marmite. Aber anscheinend war sie da in der Minderheit: Jeder, so schien es, war mit Marmite großgezogen worden. »Deshalb sind wir ja so kräftig gewachsen«, strahlte Anton mit seinen knapp eins neunzig.

Im August machte Maggie den Salon für zwei Wochen zu und lud sie alle in ihr gemietetes Cottage in Devon ein, wo sie sich am Meer und am Strand erholen sollten. Für Sofia war es eine schöne Zeit, obgleich sie den Sonnenschein vermisste: Es schien die meiste Zeit zu regnen. Sie erinnerte sich, wie ihre Mutter von den Hügeln von Glengariff erzählt hatte, und fragte sich, ob sie Ähnlichkeit mit den Hügeln von Devon hatten. Sie saßen im Badeanzug am feuchten Strand unter dem Sonnenschirm und picknickten, während der Wind ihre Sandwiches mit Sand bestäubte. Sie lachten über die Witze, die sie machten, und über Marcello, der fröstelnd in dicken Samthosen und Polopullis bei ihnen hockte und die verrückten Engländer nie verstehen konnte. »Bringt mich zurück in die Toskana«, jammerte er, »wo ich den Himmel sehen kann und weiß, dass es eine Sonne gibt.«

»Ach, sei still, Marcello – du und dein Italienfimmel«, brummte Maggie und schlang eine Schnitte von der Schokoladentorte in sich hinein.

»Vorsicht, Entchen, ich liebe ihn, weil er Italiener ist«, sagte Anton und ließ es zu, dass sein Freund sich wärmesuchend ankuschelte.

»Marcello hat Recht«, erklärte Daisy aus tiefem Herzen. »Schaut uns doch an – die einzigen Leute an diesen Stränden sind Briten. Sind wir nicht lächerlich, wie wir an einem kalten Sommertag hier draußen im Regen hocken, als wären wir in Südfrankreich?«

»Deshalb haben wir den Krieg gewonnen, Sweetie.« Maggie versuchte, sich im Wind eine Zigarette anzuzünden. Immer, wenn sie ein Streichholz anriss, ging es gleich wieder aus. »Ach, Herrgott noch mal, irgendjemand – Anton, Sofia, wer auch immer – zündet mir eine verdammte Zigarette an, bevor mir der Kragen platzt!«

»Du warst aber nicht im Krieg, Maggie!«, lachte Anton. »Du bringst nicht mal eine Zigarette zum Brennen.« Er steckte die Zigarette in den Mund, wandte den Rücken in den Wind und zündete sie an.

»Ich muss mich schon sehr über dich wundern, Anton«, erwiderte sie. »Ausgerechnet du redest vom Krieg. Aber du bist sehr still,

Sofia. Hast du deine Zunge verschluckt?« Sie schaute Sofia an, die sich unter ein feuchtes Handtuch gekauert hatte und mit blassblauen, vor Kälte zitternden Lippen lächelte.
»Ich muss mich leider auf Marcellos Seite stellen«, sagte sie zähneklappernd. »Ich bin die Strände von Südamerika gewöhnt.«
»Na, seid ihr zwei nicht großartig.« Maggie zwinkerte. »Aber es wird euch beiden gut tun. Eine Dosis guter britischer Tapferkeit. Deshalb sind unsere Soldaten die besten auf der Welt. Tapferkeit – und davon hat niemand so viel wie die Briten.«
»Na, das bist du ganz sicher, Maggie«, lachte Daisy. »Sofia, ich wette, du hast dir sicher nie träumen lassen, dass du mal hier sein würdest, als du noch an den Stränden Südamerikas lagst.«
»Das stimmt«, antwortete Sofia wahrheitsgemäß. Zumindest gab es in Devon nichts, was sie an zu Hause erinnerte. An seinem kalten, verlorenen Strand war sie in einer ganz anderen Welt.

Weihnachten 1975 nahm einen glücklicheren Verlauf als das vorige. Sofia verbrachte zehn Tage mit Dominique und Antoine in ihrem Chalet in Verbier. Delfine und Louis hatten Freunde mitgebracht, und wieder vibrierte das Haus von glücklichen Entzückensschreien, als die Geschenke ausgepackt wurden. Weihnachtslichter funkelten in der klaren Luft, und Glocken hallten überall im Tal. Das Wetter hielt sich in einem magischen Zwischenbereich; die Sonne strahlte jeden Tag aus einem kornblumenblauen Himmel und schwang erst um, als Sofia wieder nach London zurückgeflogen war. Und Silvester hielt eine Überraschung bereit, die sie nicht vorhersah.
Daisy hatte vorgeschlagen, in einen Club in Soho zu gehen, »wo sich die ganzen Schauspieler herumtreiben«. Sofia liebte das Theater, und so fand sie die Idee wunderbar. Auf dem Markt in der Portobello Road kaufte sie sich einen alten Patchwork-Rock und einen weichen Samthut zu den braunen Lederstiefeln, die sie mit Dominique in Genf erstanden hatte. Viel Geld hatte sie nicht, denn es war fast unmöglich, bei ihrem kleinen Einkommen etwas zu sparen, aber sie hatte das Gefühl, ein kleines Extravergnügen verdient zu

haben. Ein Vergnügen, das den Beginn einer neuen, freundlicheren Zeit symbolisierte.

In dem Club wimmelte es von fröhlichen Leuten, die aus der Kälte hereindrängten. Die Mädchen ergatterten zwei Plätze an der Bar, als ein Paar entnervt hinausging, weil sie es nicht geschafft hatten, bei irgendjemandem genug Aufmerksamkeit zu erregen, um etwas zu trinken zu bekommen. Als sie sich umschauten, erkannten sie mindestens zwei Schauspieler und einen Fernsehmoderator. Dank ihrer jugendlichen Schönheit hatten sie keine Mühe, jemanden zu finden, der sie bediente. Der Barmann strich sich über das lange schwarze Haar, das er zu einem Pferdeschwanz gebunden hatte, und baute sich mit öligem Lächeln vor ihnen auf.

Um Viertel vor zwölf flirtete Daisy auf Hochtouren mit einem verschwitzten Bildhauer, der offensichtlich zu viel getrunken hatte. Nachdem er sabbernd in ihre tief ausgeschnittene Bluse gestarrt hatte, entführte er sie ans andere Ende des Lokals. Sofia lächelte ihr zu und schüttelte den Kopf. Daisy war es anscheinend egal, wen sie küsste, solange er ihr einen Drink und ein bisschen Aufmerksamkeit spendierte. Sofia blieb ruhig sitzen und beobachtete die Leute um sich herum. Alle waren fröhlich, aber es störte sie nicht, dass sie selbst allein war. Sie war inzwischen daran gewöhnt.

»Kann ich Sie zu einem Glas einladen?« Sie drehte sich um und sah einen wohlproportionierten, gut aussehenden Mann, der auf dem Hocker neben ihr Platz genommen hatte. Sie erkannte ihn sofort, denn sie hatte ihn nur wenige Wochen zuvor im Theater gesehen; er hatte im *Hamlet* die Hauptrolle gespielt, und zwar mit Bravour. Persönlich fand sie, er habe übertrieben, aber sie nahm nicht an, dass er in diesem Augenblick einen Ratschlag von ihr hören wollte. Sie nickte und sagte, ein Gin Tonic sei ihr recht. Er hob die Hand und befahl mit meisterlicher Geste den Barmann herbei, der auch gleich angelaufen kam.

»Einen G-and-T für meine Freundin und einen Whiskey für mich«, sagte er. Dann wandte er sich wieder Sofia zu und stützte den Ellenbogen auf die Bar.

»Mein Großvater trank Whiskey«, sagte sie.

»Ein gutes Getränk.«
»Tatsächlich wurde er sogar mit seiner Flasche begraben«, fügte sie hinzu und imitierte Grandpa O'Dwyers irischen Akzent.
»Wieso?«
»Weil er Angst hatte, die Leprechauns würden sie klauen«, sagte sie lachend. Er schaute sie an und lachte ebenfalls leise. Sie war anders als alle Frauen, die er kannte.
»Sind Sie Irin?«
»Meine Mutter ist Irin. Mein Vater ist Argentinier.«
»Argentinier?«
»Ja. Von spanischer Herkunft.«
»O Gott!«, rief er. »Und was führt Sie dann her?«
Sie winkte ab. »Das ist eine lange Geschichte.«
»Ich würde sie aber gern hören.«
Sie plauderten über die laute Musik hinweg. Hätte er seinen Hocker nicht näher herangerückt und sich vorgebeugt, um sie besser verstehen zu können, hätten sie schreien müssen. Er stellte sich als Jake Felton vor, und er sprach mit einem wunderschönen englischen Akzent und einer vollen, fesselnden Stimme.
»Sofia Solanas«, sagte sie.
»Das wäre ein starker Künstlername. Und Sie wären eine hinreißende Schauspielerin«, erklärte er fachmännisch und verschlang ihre Gesichtszüge mit seinen Blicken.
»Ich habe Sie spielen sehen.«
»Wirklich?« Er strahlte. »Hat es Ihnen gefallen? Sagen Sie ja nicht Nein«, fügte er gutmütig hinzu.
»Doch, es hat mir gefallen. Aber Sie müssen bedenken, ich bin Ausländerin, und deshalb habe ich einen großen Teil nicht verstanden.«
»Keine Sorge, die meisten Engländer verstehen Shakespeare auch nicht. Hätten Sie Lust, mich noch einmal zu sehen? Ich bin in einem neuen Stück; wir eröffnen im Februar im Old Vic.«
»Vielleicht«, sagte sie kokett und leerte ihr Glas.
Als Mitternacht ausgerufen wurde – fünf, vier, drei, zwei, eins, FROHES NEUES JAHR! –, hoben alle die Gläser und küssten ihre Partner. Jake legte ihr eine Hand an die Wange und küsste sie,

und er hätte ihren Mund getroffen, wenn sie nicht den Kopf gedreht und ihm die Wange gereicht hätte. Als er fragte, ob er sie wiedersehen könne, gab sie ihm ihre Telefonnummer.

Zu ihrer Überraschung rief Jake Felton in der nächsten Woche an. Bei ihrer ersten Verabredung ging er mit ihr zu Daphne's in der Draycott Avenue. Er kannte Giordano, den schwungvollen Italiener, der das Restaurant leitete, und bekam deshalb den besten Tisch im Lokal. Anfangs war Sofia unbehaglich zumute, als betrüge sie Santi. Aber dann erinnerte sie sich daran, dass es Santi war, der sie zuerst betrogen hatte. Sie musste erwachsen werden und vorwärts schauen.

Nach ein paar Monaten trafen Sofia und Jake sich regelmäßig. Maggie und Anton waren sprachlos vor Bewunderung, als sie davon hörten, und sie freuten sich ehrlich für ihre Freundin. »Jake Felton! Lecker!«, hatte Anton begeistert ausgerufen, nachdem er sich von seinem Schock erholt hatte. Daisy hatte sie gewarnt: Sie solle auf der Hut sein. »Er ist ein Schürzenjäger«, hatte sie gesagt. Daisy hatte in ihrem Job eine Menge Zeit für die Klatschspalten. Sofia antwortete, so seien alle lateinamerikanischen Männer, und deshalb sei sie daran gewöhnt. Bald schaute sie ihm bei den Proben zu und lernte alle seine Freunde kennen. Unversehens platzte ihre kleine Londoner Welt aus den Nähten, und sie bewegte sich in den aufregenden Kreisen der Bohème.

Als Jake mit ihr schlief, wollte sie das Licht anlassen. Sie schaue ihn gern an. Das schmeichelte ihm. Sie konnte ihm nicht sagen, dass sie an Santi dachte, wenn sie die Augen schloss. Jake war in jeder Hinsicht anders als Santi. Aber ihr Körper hatte Santi gehört; er allein war in sie eingedrungen. Sosehr sie versuchte, ihn auszusperren – das Gefühl, einen Mann in sich zu haben, erinnerte sie an ihn, und es erinnerte sie auch an das Kind, das sie zusammen gezeugt hatten. Sie musste die Augen offen halten, um es zu vergessen. Jake war zärtlich, und er erregte sie, aber sie liebte ihn nicht. Er sagte ihr, er liebe sie und seine Welt habe sich durch sie verändert. Noch nie sei er so glücklich gewesen, so erfüllt. Aber sie konnte nicht mit der gleichen Inbrunst reagieren. Sie konnte ihm nur sagen, dass sie ihn gern hatte, dass sie sich wohl fühlte mit ihm, dass er die Leere in ihr ausfüllte.

Abends schaute sie Jake bei den Proben zu, und nachher kritisierte sie seine Darstellung. Wenn sie abends zusammen im Bett lagen, half sie ihm sogar, seinen Text zu lernen, und manchmal sprang er auf und hielt einen seiner Monologe. Im Restaurant bat er sie, mit ihr zu proben. »Sei du die Julia – los!«, drängte er, und dann saßen sie am Tisch und sprachen die Verse aus dem Gedächtnis, und ihre Gesichter waren erfüllt vom Ausdruck der Figuren, die sie spielten, bis ihr Lachen in die Szene drang und sie nach Luft schnappend zusammenbrachen.

»Aber spricht er je auch mal von dir, mein Entchen?«, fragte Anton eines Abends, als sie schon seit ungefähr einem Monat zusammen waren.

»Natürlich. Sein Beruf ist im Moment nur sehr wichtig, das ist alles. Er hat Priorität«, beharrte Sofia. Anton schniefte missbilligend, während sie die letzten Haarbüschel zusammenfegte.

»Ich will ja keine Spielverderberin sein, Darling, aber ich fand ihn entschieden arrogant, als ich ihn kennen gelernt habe«, bemerkte Maggie und schnippte ihre Zigarettenasche auf den Boden. Anton sammelte die Handtücher ein und warf sie in den hohen Weidenkorb.

»Er gibt sich arrogant, weil er schüchtern ist«, verteidigte Sofia ihn.

»Schüchtern! Wenn er schüchtern wäre, würde er sich nicht auf der Bühne produzieren«, höhnte Maggie. »Anton, sei ein Schätzchen und gieß mir noch ein Glas Vino ein. Das ist ja das Einzige, worauf ein altes Mädchen sich heutzutage noch freuen kann.«

»Sei kein Sauertöpfchen, Maggie!«, tadelte Anton und lächelte dann mitfühlend. »Nicht mehr lange, und irgendein prachtvoller Kerl wird dich verschlingen. Stimmt's nicht, Sofia?«

Sofia nickte. »David Harrison, der Mann, der Jakes Stück produziert, hat uns zum Wochenende in sein Haus auf dem Land eingeladen.« Sie stellte den Besen weg und setzte sich zu Maggie auf das Sofa.

»Wir wissen, wer David Harrison ist, nicht wahr, Maggie?«

»Ja, er ist ziemlich berühmt. Hat eine bittere Scheidung hinter sich – ist ungefähr zehn Jahre her, vielleicht länger. Das wäre ein Mann für dich, Darling.«

»Sei nicht albern, Maggie. Ich bin glücklich mit Jake.«

»Schade«, sagte Anton mit geschürzten Lippen.

»Na, wie du willst«, sagte Maggie. »Sag nicht, ich hätte dich nicht gewarnt, wenn Jake mit der weiblichen Hauptdarstellerin durchbrennt. Die sind alle so, diese Schauspieler. Ich hatte selbst schon ein paar. Nicht für Kuchen würde ich mich noch mal mit einem einlassen. Aber David Harrison ist alt genug, um dein Vater zu sein ... Wohlgemerkt, es ist ja nichts auszusetzen an einem netten, reichen, älteren Mann, nicht wahr, Anton?«

»Du erzählst uns alles, wenn du zurückkommst, ja, mein Entchen?«, sagte Anton und grinste Sofia an.

Jake holte Sofia am Samstagmorgen mit seinem Mini-Cooper in Queen's Gate ab und fuhr dann schnurstracks die Autobahn hinunter nach Gloucestershire. Die ganze Zeit sprach er von sich; er hatte eine kleine Auseinandersetzung mit seinem Regisseur über eine bestimmte Szene. »›*Ich* bin der Schauspieler‹, habe ich zu ihm gesagt, ›und ich sage dir, meine Figur würde so nicht reagieren. Ich kenne doch meine Figur!‹«

Sofia musste an das Gespräch mit Maggie und Anton denken und schaute düster in die frostige Landschaft hinaus, die an ihrem Fenster vorbeijagte. Jake schien gar nicht zu merken, dass sie still war; er war viel zu sehr damit beschäftigt, über seinen Regisseur zu schimpfen. Sie war erleichtert, als sie an David Harrisons sandfarbenem Haus ankamen, das am Ende einer langen Zufahrt am Rande des Städtchens Burford stand.

David Harrison erschien in der Tür, flankiert von zwei honigfarbenen Labradors, die beim Anblick des Autos mit den buschigen Schwänzen wedelten. David war von durchschnittlicher Größe und schlank; sein volles, hellbraunes Haar ergraute an den Schläfen ein wenig. Seine Brille war klein und rund, sein Lächeln breit und liebenswürdig.

»Willkommen in Lowsley. Kümmert euch nicht um euer Gepäck«, sagte er. »Kommt herein und trinkt etwas.«
Sofia folgte Jake über den Kies zum Haus. Die beiden Männer schüttelten sich die Hand, und David klopfte Jake freundschaftlich zwischen die Schulterblätter. »Schön, dich zu sehen, Lothario.«
»David, das ist Sofia. Sofia Solanas«, sagte Jake, und Sofia streckte die Hand aus.
»Jake hat mir schon schrecklich viel von Ihnen erzählt.« Davids Händedruck war fest. »Es wird mir ein Vergnügen sein, Sie persönlich kennen zu lernen. Aber jetzt kommt herein, und macht es nicht so feierlich.«
Sie folgten ihm in eine große Diele. Jede Wand schien mit Gemälden in allen Größen bedeckt zu sein, und es gab keine Fläche, auf der sich nicht ein wackliger Turm aus Büchern erhob. Die gediegenen Holzdielen waren teilweise von luxuriösen Perserteppichen und großen Pflanzen in Porzellantöpfen bedeckt. Sofia gefiel das Haus sofort. Es war erfüllt von Wärme und einem überwältigenden Hundegeruch.
David führte sie ins Wohnzimmer. Vier Leute, die Sofia nicht kannte, saßen hier an einem munter flackernden Feuer, rauchten und tranken. Sofia musste plötzlich an Chiquitas Haus auf Santa Catalina denken, und sie unterdrückte den Schmerz, der auf solche Erinnerungen immer folgte. Sie wurden mit den anderen Gästen bekannt gemacht. Es waren Davids Nachbarn, der Autor Tony Middleton und seine Frau Zaza, die eine kleine Boutique in Beauchamp Place hatte, und Gilbert d'Orange, ein französischer Zeitungskolumnist, mit seiner Frau Michelle, die alle nur Miche nannten. Als alle saßen, nahm man das Gespräch wieder auf.
»Und was tun Sie?«, fragte Zaza, an Sofia gewandt. Sofia krümmte sich innerlich.
»Ich arbeite in einem Frisiersalon namens Maggie's«, antwortete sie und wartete mit angehaltenem Atem darauf, dass Zaza höflich, aber verachtungsvoll lächelte und sich wieder abwandte.
Aber zu ihrer Freude riss Zaza die geschminkten Augen weit auf und schrie auf: »Ich kann's nicht glauben! Tony, Darling. Tony!«

Ihr Mann brach mitten im Satz ab und sah Zaza an. Alle verstummten und lauschten. »Du wirst es nicht glauben! Sofia arbeitet bei Maggie!«

Tony grinste schief. »Die Welt ist doch klein. Maggie war mal mit meinem Cousin Viv verheiratet. Guter Gott, wie geht's denn dem alten Mädchen?«

Sofia war begeistert, und nach wenigen Minuten hielten sich alle den Bauch vor Lachen, als sie Maggie und Anton imitierte. David beobachtete sie und fand, dass er in seinem ganzen Leben noch keine reizendere Person gesehen hatte. In ihren großen braunen Augen lag eine gewisse Tragik, dem großzügigen Lächeln zum Trotz, und am liebsten hätte er sie an sich genommen und sich um sie gekümmert. Sie war viel jünger als die anderen, und doch fiel es ihr nicht schwer, sich mit ihnen zu unterhalten. Erst als Zaza, die ganz offensichtlich auch ihr Herz an sie verloren hatte, sich unschuldig nach ihrer Heimat erkundigte, verstummte der Gast für eine Weile.

Nach dem Lunch im ehrwürdig verstaubten Speisezimmer, serviert von einer rundlichen Lady namens Mrs. Berniston, verschwanden Gilbert und Michelle zur Siesta auf ihr Zimmer. »Dieser Schokoladenpudding und der Wein machen mich *très, très fatigué*«, sagte Gilbert, und er nahm seine zierliche Frau bei der Hand und führte sie die Treppe hinauf. Jake beschloss, joggen zu gehen.

»Ist das eine so gute Idee nach dem schweren Essen?«, fragte Sofia.

»Ich bin heute Morgen nicht gegangen, und ich würde es gern noch tun, bevor es dunkel wird.« Er lief die Treppe hinauf und nahm immer zwei Stufen auf einmal.

»Na, warum gehen wir nicht spazieren? Dann bekommen wir auch ein bisschen Bewegung«, schlug Zaza begeistert vor. »Gehst du mit, David?«

Die Luft war eiskalt, aber die Sonne schien warm aus einem klaren, azurblauen Himmel. Der Garten war verwildert, aber erfüllt von den geisterhaften Schatten einer vergangenen Ordnung aus der Zeit, da Davids Exfrau, eine fanatische Gärtnerin, ihn liebevoll gepflegt hatte. Zu viert – Tony, Zaza, Sofia und David – spazierten sie auf dem gepflasterten Weg, der hinter dem Haus durch den Garten führte, und lachten darüber, wie voll und lethargisch man nach einem üppigen Lunch doch war. Die kahlen Bäume waren im Frost erstarrt, und Gras und Gestrüpp waren feucht und modrig unter ihren Füßen.

Sofia sog die Landluft ein und erkannte plötzlich, dass es lange her war, seit sie zuletzt an einem so schönen Ort gewesen war. Sie dachte an Santa Catalina im Winter. Wenn sie jetzt die Augen schlösse und den Duft der feuchten Erde und den süßlichen Hauch des winterlichen Laubs einatmete, dann könnte sie sich beinahe einreden, sie wäre dort.

David gefiel ihr. Er hatte jene englische Nonchalance, die ihrer fremdländischen Natur so ansprechend erschien. Er war auf eine intellektuelle Weise attraktiv, nicht schön, aber gut aussehend. Er war kraftvoll, wusste, was er wollte, und besaß Charisma, aber seine hellblauen Augen hatten eine Tiefe, die erkennen ließ, dass auch er die Mühen des Lebens kennen gelernt hatte. Als sie einen kleinen Hang hinunter auf ein paar Pferdeställe zugingen, merkte Sofia, dass ihr Herz einen Satz machte.

»Wenn jemand reiten möchte – ich habe zwei Pferde«, sagte David beiläufig. »Ariella hat sie gezüchtet. Als sie fortging, wurde die Zucht geschlossen, und ich habe die Stuten alle verkauft. Es war tragisch. Jetzt habe ich nur noch zwei – einzig zu meinem Vergnügen.«

Sofia ging unversehens immer schneller, bis sie die andern auf dem Hang hinter sich gelassen hatte. Ein Kloß stieg ihr in die Kehle, als sie den Riegel der Stalltür zurückschob. Als das Geräusch von raschelndem Stroh ihr anzeigte, dass tatsächlich ein Pferd drinnen war, musste sie ihre Erregung niederkämpfen. Der Duft von warmem Heu schlug ihr entgegen. Traurig lächelnd streckte sie die Hand aus, und das samtweiche Maul des Tieres beschnupperte sie neugierig. Sie strich mit den Fingern über das weiße Gesicht und schaute liebevoll in die marmorglänzenden Augen. Und erst jetzt, als der unverwechselbare Pferdegeruch ihr in die Nase drang, wurde ihr klar, wie sehr sie sie vermisst hatte. Sie legte das Gesicht an

den Kopf des Pferdes und ließ eine Träne der Melancholie ins Fell tropfen.
»Wer bist du?«, fragte sie und streichelte die Ohren. »Wie schön du bist. So schön.« Eine Träne rann ihr auf die Lippe, und sie strich sie mit der Zungenspitze weg. Das Pferd schien ihr Unglück zu spüren und blies ihr ins Gesicht. Sie schloss die Augen und stellte sich vor, sie wäre wieder zu Hause. An ihren neuen Freund gelehnt, fühlte sie das seidig warme Fell an ihrer Haut, und für einen Augenblick war sie in die heiße Pampa zurückversetzt. Aber es war alles wirklich um sie herum; jäh öffnete sie die Augen wieder und verdrängte die Erinnerung.
Als David um die Ecke kam, sah er, dass Sofia den Kopf an Safaris Hals drückte. Er wollte näher kommen, spürte aber, dass dies ein privater Augenblick für sie war. Taktvoll führte er Tony und Zaza zur anderen Seite.
»Fehlt ihr was?«, flüsterte Zaza, der nichts entging.
»Ich weiß es nicht«, sagte David und schüttelte besorgt den Kopf.
»Sie ist ein seltsames Mädchen, nicht wahr?«
»Sie wollte nicht mit mir über ihre Heimat sprechen, als ich sie danach fragte«, sagte Zaza.
»Vielleicht fehlt sie ihr«, meinte Tony nüchtern. »Wahrscheinlich hat sie Heimweh.«
»David!« Alle drehten sich um, als Sofia eifrig auf sie zugelaufen kam. »Ich muss – ich meine, ich würde gern reiten. Darf ich?«
Zaza und Tony setzten den Spaziergang allein fort, während David und Sofia die Pferde sattelten und einen langen Ritt unternahmen, der sie erst bei Sonnenuntergang wieder zurückführen sollte. Als sie durch die Cotswolds trabten, hatte Sofia das Gefühl, dass eine erdrückende Last von ihrer Brust genommen worden war. Sie konnte wieder atmen und trank die Luft in tiefen Zügen. Ihr Kopf klärte sich; sie wusste plötzlich, wer sie war und wohin sie gehörte. Es war, als sei sie heimgekehrt, wie sie so über diese Hügel ritt. Meilenweit konnte sie über den Flickenteppich aus Feldern und Wäldern blicken, der sich wellenförmig vor ihr ausdehnte wie ein grünes Meer. Sie lächelte wieder, nicht nur äußerlich, sondern auch

innen, breit und aufrichtig. Energie durchströmte ihren Körper, eine Hochstimmung, wie sie sie zuletzt auf Santa Catalina empfunden hatte.

David bemerkte die Veränderung sofort. Wie eine Schauspielerin im Theater hatte sie ihr Kostüm abgestreift und ihre wahre Persönlichkeit offenbart. Als sie die Stalltür verriegelten und das Sattelzeug in der Sattelkammer aufhängten, lachten sie zusammen, wie es zwei alte Freunde tun: aus tiefstem Herzen.

Sechsundzwanzig

Als Jake sie nach Queen's Gate zurückfuhr, dachte Sofia über Davids Angebot nach.

»Ich würde diesen Betrieb zu gern wieder in Gang bringen«, hatte er gesagt. »Offensichtlich haben Sie ein gutes Gefühl für Pferde. Ich würde Sie natürlich dafür bezahlen und Personal einstellen, wie Sie es brauchen. Sie bräuchten auch nicht die ganze Woche auf dem Land zu hocken; Sie müssten nur die Aufsicht führen. Der Laden ist tot, wenn sich niemand darum kümmert. Nicht mehr lange, und hier stürzt alles ein, und es täte mir Leid, wenn ich die Pferde verkaufen müsste.«

Sofia hatte seinen phlegmatischen Ton noch im Ohr. Er war sachlich gewesen, aber in seinem Blick hatte Wärme gelegen. Sie merkte, dass sie lächelte, als sie sich an ihn erinnerte. Es war eine hübsche Idee, aber Jake würde es niemals zulassen; er würde nicht wollen, dass sie auf dem Land arbeitete. Er war viel zu besitzergreifend, aber Jake war alles, was sie hatte.

Im April – das Stück war seit zwei Monaten auf der Bühne – hatte Sofia die Tür zu Jakes Garderobe geöffnet und ihn dabei ertappt, wie er Mandy Bourne, seine Partnerin, im Stehen an der Wand vögelte. Er hatte die Hose heruntergelassen, und was sich Sofia besonders einprägte, war sein weißer Hintern, wie er sich aggressiv gegen die zerzauste, verschwitzte Mandy drängte, die noch immer im Stil des achtzehnten Jahrhunderts kostümiert war. Sie hatten sogar noch zwei Minuten so dagestanden, ehe sie sie bemerkten. Mandy grunzte wie ein hungriges Schwein, und ihr Gesicht war schmerzlich verzerrt, aber Sofia vermutete, dass sie es trotzdem genoss, weil sie zwischen den einzelnen Grunzern seltsam blökende Laute ausstieß. Jake murmelte »Ich liebe dich, ich liebe dich« im Takt seiner

Stöße und schien eben den *moment critique* zu erreichen, als Mandy die Augen öffnete und anfing zu schreien. Jake begrub das Gesicht an ihren schlaffen Brüsten und rief: »O Gott!«, als er Sofia erstarrt in der Tür stehen sah. Mandy ergriff unter Tränen die Flucht.
Es gab keine Entschuldigung und keine Buße. Jake gab Sofia die Schuld: Er habe es nur deshalb mit Mandy getrieben, weil er zu ihr nicht durchdringen könne. »Du liebst mich nicht!«, rief er vorwurfsvoll.
Kühl antwortete Sofia: »Vorher müsste ich dir vertrauen.«
Als sie das Theater an diesem Abend verließ, tat sie es zum letzten Mal. Sie wollte Jake Felton nie wiedersehen. Sie griff zum Telefon und hoffte, dass David Harrison sich noch an das Angebot erinnerte, das er ihr im Februar gemacht hatte.

»Du willst uns verlassen?«, rief Anton verzweifelt. »Das ertrage ich nicht.«
»Ich richte eine Pferdezucht für David Harrison ein«, erklärte sie.
»Was für ein hinterhältiger Mann«, schnarrte Maggie und zog an ihrer Zigarette.
»O Maggie, es hat doch damit nichts zu tun. Obwohl du Recht hattest, was Jake Felton angeht. Männer – wer braucht die schon!«
»O nein, da bist du nicht auf dem neuesten Stand! Maggie hat einen Lover, stimmt's nicht, mein Entchen? Ein Kunde. Ich nehme an, ihr Maggie-Staub hat schließlich doch noch gewirkt.« Maggie lächelte selbstzufrieden.
»Wie schön, Maggie. O Gott, es macht mich so traurig, euch alle zu verlassen«, seufzte Sofia. »Aber ich werde ja nicht dauernd in Lowsley sein. Wir bleiben in Verbindung.«
»Das rate ich dir. Aber wir werden ja allen Klatsch von Daisy hören. Vergiss nur nicht, uns zur Hochzeit einzuladen.«
»Maggie!« Sofia lachte. »Er ist zu alt.«
»Vorsicht, ich bin auch schon Mitte vierzig, weißt du. Wir werden ja sehen.«
Daisy war am Boden zerstört, als sie hörte, dass Sofia fortging. Nicht nur weil sie ihre Freundin vermissen würde; wenn Sofia

Erfolg hätte, würde sie auch eine neue Mitbewohnerin suchen müssen, und sie wollte die Wohnung nicht mit einer anderen teilen. Sie und Sofia standen einander inzwischen so nah wie zwei Schwestern. »Und wenn es dir gefällt, ziehst du für immer hin?« Sie selbst empfand Entsetzen bei dem Gedanken, für immer auf dem Land zu hocken, so luxuriös das Haus auch sein mochte.

»Ja, ich liebe das Land. Es fehlt mir«, sagte Sofia. Lowsley hatte das schlafende Gefühl ihrer Verwandtschaft zur Natur wieder geweckt, und jetzt wirkte der Gestank der Großstadt abstoßend auf sie.

»Du wirst mir fehlen. Und wer macht dir jetzt die Nägel?« Verdrossen schob Daisy die Unterlippe vor.

»Niemand. Ich werde sie mir wieder abkauen müssen.«

»Wehe dir – wo ich sie gerade so hübsch hingekriegt habe.«

»Ich werde meine Hände für die Landarbeit benutzen. Da brauche ich keine hübschen Fingernägel mehr.« Sofia lachte glücklich und freute sich auf das Leben mit Pferden und Hunden und endlos grünen Hügeln. Die beiden Mädchen umarmten einander.

»Vergiss nicht, oft anzurufen und auch mal zu Besuch zu kommen. Ich will dich nicht aus den Augen verlieren.« Daisy drohte ihrer Freundin mit dem Finger, um ihre Trauer zu verbergen. Sofia war es gewöhnt, Orte zu verlassen, Menschen zu verlassen, neue Freunde zu finden. Sie hatte gelernt, ihre Gefühle abzuschalten, um den Schmerz zu vermeiden. Sie versprach Daisy, jede Woche anzurufen, und dann verschwand sie. Es ging weiter. Wie eine Nomadin schaute sie dem nächsten Abenteuer entgegen, ohne allzu lange bei den menschlichen Bindungen zu verweilen, die sie hinter sich ließ.

Als Sofia glücklich in einem kleinen Cottage in Lowsley untergebracht war, erkannte sie, dass sie nicht traurig sein würde, wenn sie nie wieder nach London zurückkehrte. Sie hatte das Land stärker vermisst, als ihr klar gewesen war, und jetzt, da sie es wiedergefunden hatte, wollte sie es nie mehr loslassen. Fast täglich telefonierte sie mit Daisy und lachte über den neuesten Klatsch aus Maggies Salon. Aber viel Zeit, an ihre alten Freunde zu denken, hatte sie nicht. Sie hatte zu viel mit Davids Pferdezucht zu tun. Er hatte gesagt, sie könne »die Aufsicht führen«, aber das war nicht ihre Absicht. Sie wollte so viel wie möglich mitarbeiten, und was sie noch nicht konnte, wollte sie lernen.

Von Mrs. Berniston erfuhr sie, dass sie den Stall geschlossen hatten, als Ariella gegangen war, und damit war Freddie Rattray, genannt Rattie, überflüssig gewesen. Rattie war der Zuchtverwalter gewesen, er hatte sich um die Fohlen gekümmert und die Farm geführt. Er sei ein Fachmann, informierte Mrs. Berniston sie. »Einen besseren Mann als Rattie werden Sie nicht finden«, meinte sie.

Sofia verschwendete keine Zeit. Unterstützt von Mrs. Berniston, die im regelmäßigen Briefwechsel mit Ratties Frau Beryl gestanden hatte, machte sie Rattie und seine achtzehnjährige Tochter Jaynie ausfindig und stellte die beiden ein. Da Beryl kürzlich verstorben war, fand Freddie sich nur zu gern bereit, nach Gloucestershire zurückzukommen und sein altes Leben wieder aufzunehmen.

Wenn David zum Wochenende kam, empfing Sofia ihn mit breitem Lächeln und einem ansteckenden Humor. Sie trug immer Jeans und T-Shirt, und oft hatte sie sich seine alte beigefarbene Strickjacke, die sie ausgeborgt und nie zurückgegeben hatte, um die Taille geschlungen. Die Landluft hatte ihren Teint verändert; sie leuchtete von einer rauen Gesundheit, und das lange, glänzende Haar ließ sie jetzt über die Schultern fallen, statt es wie gewohnt nach hinten zu binden. Ihre Augen blitzten, und David fühlte sich in ihrer Gegenwart jünger, denn ihre unbezähmbare Energie war ansteckend. Er freute sich auf die Zeit mit ihr und war immer ganz bedrückt, wenn er sonntags abends wieder nach London zurückfahren musste. Es gefiel ihm, dass sie mit Hilfe Ratties, den sie anbetete, Fortschritte machte. »Er ist so englisch«, sagte sie. »Wie ein Gartenzwerg aus einem Märchen.«

»Ich glaube nicht, dass Rattie über diese Beschreibung sehr glücklich wäre«, meinte David schmunzelnd.

»Oh, er hat nichts dagegen. Ich nenne ihn manchmal ›Gnom‹, und dann lacht er nur. Ich glaube, er ist so froh, wieder hier zu sein, dass ihm jeder Name recht ist.«

Rattie war zudem ein eifriger Gärtner, und David sah mit Staunen, wie sehr sein Anwesen sich in der kurzen Zeit seiner Anwesenheit verändert hatte. Sofia zeigte sich unermüdlich. Sie stand frühmorgens auf und machte sich Frühstück im großen Haus, da Mrs. Berniston, die an drei Tagen in der Woche zum Kochen und Putzen kam, ihr vorgeschlagen hatte, ruhig Mr. Harrisons Küche zu benutzen, da der Kühlschrank dort immer gefüllt sei. Dann holte sie sich eins der Pferde und unternahm einen Ausritt über die Hügel, bevor sie mit der Tagesarbeit in den Stallungen anfing.

Rattie wusste alles über Pferde, und sie hatte eine Menge zu lernen. Als Kind auf Santa Catalina hatte sie ihr Pferd ja nicht einmal selbst satteln müssen, weil die Gauchos ihr jede Arbeit abgenommen hatten. Rattie zog sie damit auf; sie sei verwöhnt, sagte er, aber er werde sie schon von ihrem hohen Ross herunterholen, worauf sie entgegnete, er sei schließlich überhaupt nur ihretwegen hier und er solle sie mit etwas mehr Respekt behandeln. Mit seinem schiefen Lächeln und seinem weisen Gesicht erinnerte er sie ein kleines bisschen an José. Sie fragte sich, ob José sie wohl vermisste. War Soledads Klatsch ihm zu Ohren gekommen, und dachte er jetzt schlechter über sie?

Unter Ratties Anleitung kauften sie sechs erstklassige Stuten und stellten zwei Stallknechte ein, die mit Ratties Tochter Jaynie zusammenarbeiten sollten. »Es wird Zeit brauchen, bis der Betrieb in Gang kommt«, warnte er Sofia. »Ein Zuchtzyklus dauert elf Monate, wissen Sie.« Er schloss die ledrigen Hände um einen Becher mit dampfendem Kaffee. »Im Herbst müssen wir uns nach Deckhengsten für unsere Stuten umsehen, nach Hengsten mit gutem Stammbaum, von anständigem Bau, verstehen Sie?« Sofia nickte. »Wenn Sie erstklassige Rennpferde haben wollen, brauchen Sie erstklassige Hengste.« Sie nickte noch einmal mit Nachdruck. »Im August und September bewirbt man sich um einen Hengst. Wir nehmen dazu einen Agenten, der mit dem Eigentümer des Hengstes verhandelt. Jetzt bin ich ja ein paar Jahre aus dem Geschäft gewesen, aber Willy Rankin war immer mein Mann, und ich glaube, das ist er noch.« Schlürfend trank er von seinem Kaffee. »Am vierzehnten Januar fängt die Saison an. Da bringen wir dann die Stuten zum Hengst, bis die Trächtigkeit nachgewiesen ist.«

»Und wann bekommen sie die Fohlen?« Sofia bemühte sich, sinnvolle Fragen zu stellen; das Ganze hörte sich komplizierter an, als sie erwartet hatte. Sie war froh, dass Rattie wusste, was er tat.

»Zwischen Februar und Mitte April. Das ist eine magische Zeit. Da sieht man wirklich mit eigenen Augen das Walten der Natur.« Er seufzte. »Mit eigenen Augen. Zehn Tage, nachdem das Fohlen auf der Welt ist, gehen sie beide wieder zurück zum Hengst, die Stute und das Fohlen.«

»Und wie lange bleiben sie da?«

»Bis zu drei Monaten. Und wenn sie wieder trächtig ist, bringen wir sie nach Hause.«

»Und wann verkaufen wir die Tiere?« Sie füllte den Wasserkessel und stellte ihn auf den Gasherd.

»Es gibt 'ne Menge zu lernen, was?« Amüsiert sah er, dass sie die vielen Details allmählich satt hatte. »Himmelweit entfernt von Ihrem Leben in der ... Wie nennen Sie es? Pampa?«

»Die Pampa, Rattie. Sie haben Recht, aber ... ich habe so etwas auch noch nie getan«, fügte sie bescheiden hinzu.

»Na, so, wie Sie die Pferde lieben, werden Sie es bald lernen«, meinte er freundlich. »Im Juli nun, da gibt's 'ne Menge Arbeit mit den Einjährigen, weil sie für den Verkauf vorbereitet werden müssen. Das ist eine Zeit, die Ihnen gefallen wird. Sie jeden Tag bewegen, sie ans Zaumzeug gewöhnen, lauter solche Sachen. Dann kommen die Leute, die die Versteigerungen organisieren, zu uns heraus und inspizieren die Einjährigen, um zu sehen, ob sie sich für Spitzenauktionen eignen. Die Auktionen sind im Oktober in Newmarket. Das wird interessant für Sie sein. Ich glaube, es wird Ihnen Spaß machen.« Er reichte ihr seinen leeren Becher zum Nachschenken. »Ich werde Ihnen alles beibringen, was ich weiß, aber Sie werden es nicht lernen, indem Sie hier am Küchentisch sitzen. Man lernt's, wenn man's tut, sagte mein Vater immer. Nicht reden, sondern zupacken, meinte er. Ich werde also jetzt aufhören zu reden, und wir werden zupacken. Einverstanden, junge Dame?« Sie reichte ihm den Becher zurück, randvoll mit starkem schwarzem Kaffee, wie er ihn gern hatte. »Herrlich«, sagte er und nahm den Becher in Empfang.

»Ich bin sogar sehr einverstanden, Rattie.« Sofia interessierte sich nicht so sehr für die Details; solange sie mit Pferden arbeiten konnte, fühlte sie sich zu Hause.
Der Sommer verging im Fluge. Sofia war nur einmal in London gewesen. Anfangs waren Maggie und Anton wütend, und es hatte eine Menge Schmeicheleien erfordert, sie aus ihrem Schmollwinkel zu holen. Sofia war nur eine Stunde bei ihnen geblieben; sie brannte darauf, zu ihren Pferden zurückzukommen. Die beiden waren dankbar für ihren Besuch, aber sie spürten, dass sie ihnen entglitt, und das machte sie traurig.
Es wurde September, und David verbrachte mehr und mehr Zeit auf dem Lande. Er richtete sich im Arbeitszimmer ein zweites Büro ein und engagierte eine Halbtagssekretärin. Sein Heim war plötzlich wieder von Leben erfüllt; es hallte wider von den Stimmen der Menschen und Tiere. Aber wenn David ehrlich zu sich selbst war, musste er sich eingestehen, dass er sich hoffnungslos in Sofia verliebt hatte und es kaum noch ertrug, von ihr getrennt zu sein. Das war auch der Grund, weshalb er sie eingestellt hatte. Was sie kostete, war ihm gleich; er hätte ihr jedes Gehalt gezahlt, das sie forderte. Sie zu beschäftigen war für ihn die einzige Möglichkeit, sie zu sehen, ohne ihr gleich den Hof zu machen – und er war realistisch genug, um zu wissen, dass er sie nur verschrecken würde, wenn er ihr seine Gefühle offenbarte. Zwölf Pfund die Woche plus Kost und Logis im Cottage waren nichts im Vergleich zu dem, was er ihr geben wollte: einen neuen Namen und alles, was er besaß.
Sofia war entzückt darüber, dass David jetzt mehr Zeit in Lowsley verbrachte. Die Hunde, Sam und Quid, brachte er auch mit. Sie folgten Sofia auf Schritt und Tritt, und ihre anbetungswürdigen Clownsaugen lächelten sie liebenswürdig an. Abends machten sie lange Spaziergänge durch den Garten und plauderten, derweil die langen Schatten des Sommers in den Herbst ragten. Die Tage wurden kürzer, und die Nächte rückten heran. David merkte, dass sie nie über ihr Zuhause sprach, und er fragte auch nicht danach. Dass er nicht neugierig war, konnte er nicht behaupten; er wollte alles über sie wissen. Er wollte die Sorgen wegküssen, die er hinter ihrem

Lächeln erahnte. Überhaupt wollte er sie immer küssen, wenn er sie sah, aber er wollte sie nicht verschrecken, sie nicht verlieren. Er war schon lange nicht mehr so glücklich gewesen, also versuchte er es nicht. Und als es Sofia allmählich gelang, ihre Vergangenheit zu vergessen, kam jemand nach Lowsley, der sie daran erinnerte.

Seit dem Sommer hatte David keine Wochenendgäste mehr gehabt. Er war lieber mit Sofia allein, aber Zaza hatte zu bedenken gegeben, dass sie vielleicht gern Leute ihres eigenen Alters kennen lernen würde. »Sie ist eine sehr attraktive junge Frau. Irgendein Mann wird sie sich schnappen, ehe du dich versiehst. Du kannst sie nicht einfach verstecken«, hatte sie gesagt, ohne zu merken, wie sehr ihre Worte ihm wehtaten.

David beobachtete Sofia, wie sie geschäftig auf dem Anwesen umherlief, und fand, dass sie sehr glücklich aussah, kaum wie eine Frau, die sich danach sehnte, andere junge Leute kennen zu lernen. Sie schien mit den Pferden ganz zufrieden zu sein. Aber Zaza hatte sich nicht beirren lassen: »Nur eine Frau kann eine Frau verstehen«, hatte sie gesagt. Und er sei schließlich ungefähr zwanzig Jahre älter als sie – kaum die richtige Gesellschaft für ein Mädchen ihres Alters.

Als Zaza und Tony ihn mit Gonzalo Segundo bekannt machten, einem dunklen, ungewöhnlich großen, Polo spielenden Argentinier, der mit ihrem Sohn Eddie befreundet war, deutete David diese Andeutung richtig und lud sie alle zum Wochenende ein. Mit Sofias Reaktion hatte er nicht gerechnet.

»Sofia Solanas!«, rief Gonzalo, als man sie einander vorstellte. »Sind Sie vielleicht verwandt mit Rafa Solanas?«, fragte er auf Spanisch. Sofia war wie vom Donner gerührt. Sie hatte schon lange nicht mehr Spanisch gesprochen.

»Er ist mein Bruder«, antwortete sie heiser. Dann wich sie einen Schritt zurück, als der Klang ihrer eigenen Stimme, wie sie ihre Muttersprache sprach, all die unterdrückten Erinnerungen in ihrem Kopf über sie hereinprasseln ließ wie ein einstürzendes Kartenhaus. Sie wurde blass und lief aus dem Zimmer, in Tränen aufgelöst.

»Habe ich etwas Falsches gesagt?«, fragte Gonzalo perplex.

Es dauerte nicht lange, bis David an ihre Tür klopfte.

»Sofia, ist alles in Ordnung?«, fragte er leise und klopfte noch einmal. Sie öffnete. David trat ein, gefolgt von Sam und Quid, die aufgeregt an ihren Knöcheln schnüffelten. Sofias Gesicht war tränennass, die Augen rot und wütend.

»Wie konnten Sie!«, schrie sie. »Wie konnten Sie ihn hierher einladen, ohne mich zu fragen?«

»Ich weiß nicht, wovon Sie reden, Sofia. Beruhigen Sie sich«, sagte er mit fester Stimme und wollte ihr eine Hand auf den Arm legen, aber sie wich zurück.

»Ich will mich aber nicht beruhigen«, widersprach sie zornig. David schloss die Tür; er wollte nicht, dass Zaza alles mitbekam.

»Er kennt meine Familie! Er wird nach Hause fahren und ihnen von mir erzählen!« Sie schluchzte.

»Ist das schlimm?«

»Ja! Ja, es ist schlimm!«, fauchte sie und ging zum Bett. Beide setzten sich. »Es ist sehr schlimm für mich«, sagte sie leise und blinzelte die Tränen fort.

»Sofia, ich weiß nicht, was Sie damit sagen wollen. Wie soll ich es wissen, wenn Sie mir nichts erzählen? Ich dachte, Sie würden gern jemanden aus Ihrer Heimat kennen lernen.«

»Ach, David.« Sie schluckte und warf sich dann an seine Brust. Langsam legte er den Arm um sie. Sie zuckte nicht zusammen und stieß ihn nicht von sich; also blieb er sitzen und hielt sie fest. »Ich habe Argentinien vor drei Jahren verlassen, weil ich ein Verhältnis mit jemandem hatte, mit dem meine Eltern nicht einverstanden waren. Seitdem war ich nicht mehr dort.«

»Sie waren nicht wieder zu Hause?« Er wusste nicht recht, was er sagen sollte.

»Ich habe mit ihnen gestritten. Ich hasse sie. Ich habe seitdem mit niemandem aus meiner Familie gesprochen.«

»Armes Kind«, sagte er und merkte, dass er ihr übers Haar strich. Er wagte nicht, sich zu rühren, um den Augenblick nicht zu zerstören.

»Ich liebe sie, und ich verabscheue sie. Ich vermisse sie, und ich versuche sie zu vergessen, aber ich kann es nicht, ich kann es einfach nicht. Das Leben hier in Lowsley hat mir geholfen, es zu vergessen. Ich war sehr glücklich hier. Und jetzt das!«

David war ratlos, als sie wieder anfing zu weinen. Ein heftiges Schluchzen kam aus den Tiefen ihres Herzens herauf. Er hielt sie in den Armen und versuchte sie zu trösten. Noch nie hatte er solchen Jammer gesehen wie bei Sofia in diesem Augenblick. Sie weinte so sehr, dass sie kaum atmen konnte. David geriet in Panik; er war nicht sehr gut in solchen Dingen und meinte, dass eine Frau vielleicht besser geeignet wäre. Aber als er aufstand, um Zaza zu holen, hielt Sofia sich an seiner Strickjacke fest und flehte ihn an, zu bleiben.

»Es gibt noch mehr, David. Bitte gehen Sie nicht. Ich will, dass Sie alles erfahren«, bat sie, und dann erzählte sie ihm betreten von Santis Verrat und von Santiguito und verschwieg lediglich, dass Santi ihr Cousin war. »Ich habe mein Baby weggegeben«, flüsterte sie verzweifelt und schaute ihm in die Augen. Er versank in den Tiefen ihres traurigen Blicks und fühlte ihren Schmerz. Gern hätte er ihr gesagt, dass er ihr Kinder geben wollte, so viele sie wollte. Und dass er sie genug lieben wolle, um die Liebe ihrer ganzen Familie zu ersetzen. Aber er wusste nicht, wie er es ihr sagen sollte. Er zog sie wieder in seine Arme, und schweigend saßen sie da. In diesem zärtlichen Augenblick hatte David das Gefühl, sie mehr zu lieben, als er es je für möglich gehalten hatte. Wenn er mit Sofia zusammen war, wurde ihm klar, wie einsam er gewesen war. Er wusste, er würde sie glücklich machen können.

Sofia fühlte sich sonderbar leicht, nachdem sie ihm ihr Geheimnis anvertraut hatte, auch wenn sie ihm nur die halbe Geschichte erzählt hatte, und als sie jetzt den Kopf hob, schaute sie ihn mit anderen Augen an. Und als ihre Münder einander fanden, waren sie beide nicht überrascht. In diesen paar Augenblicken hatte Sofia ihm mehr vertraut als irgendjemandem außer Santi. Als David sie an sich drückte, vergaß sie den Rest der Welt. Es gab nur noch Lowsley und das warme Nest, das sie dort gefunden hatte.

Siebenundzwanzig

Als David und Sofia ins Wohnzimmer zurückkamen, taten alle so, als wäre nichts geschehen. Sofia fand das sehr britisch. In Argentinien wären jetzt alle mit ihren Fragen über sie hergefallen. Gonzalo und Eddie waren offensichtlich von Zaza ermahnt worden, ihren Kummer nicht noch zu vergrößern, indem sie sich danach erkundigten; also grinsten sie sie einfach an und fragten nach den Pferden.

Zaza zündete sich eine Zigarette an und lehnte sich auf dem Sofa zurück. Mit schmalen Augen schaute sie misstrauisch zwischen David und Sofia hin und her. David hat plötzlich einen so federnden Schritt, den er angestrengt zu verbergen bemüht ist, dachte sie und blies ein dünnes Rauchfähnchen aus dem Mundwinkel. Sie beobachtete Sofia. Ihre Wimpern sind noch tränenfeucht, aber ihre Wangen glühen von einer Erregung, die sie kaum unterdrücken kann. Hier ist auf jeden Fall etwas im Gange …

Gonzalo fand Sofia aus zwei Gründen unwiderstehlich: Sie war tragisch, und sie war schön. Er hatte zu Hause von ihr gehört. Buenos Aires war wie eine Kleinstadt, und ein Skandal wie ihrer war unmöglich geheim zu halten. Er versuchte sich zu erinnern, worum es da gegangen war. Hatte sie nicht eine Affäre mit einem ihrer Brüder gehabt und war deshalb nach Europa verbannt worden? Kein Wunder, dass sie nicht erkannt werden wollte – bei der Schande! Trotzdem, dachte er, als er ihr breites Lächeln und ihre bebenden Lippen sah – ich könnte ihr alles verzeihen.

»Sofia, reitest du mit mir aus?«, fragte er auf Spanisch. Sie lächelte matt, und ihr Blick ging sofort zu David, der eine Braue hochzog. Jetzt, da sie sich David erklärt hatte, wollte sie nicht mehr von ihm getrennt sein, nicht einmal für eine Minute.

»Gonzalo will, dass ich mit ihm reiten gehe«, sagte sie und hoffte, dass jemand einen besseren Vorschlag machen würde.
»Gute Idee«, sagte Tony und kaute auf seiner Zigarre. »Eddie, geh doch auch mit.«
»Ja, Darling, tu das. Die frische Luft wird euch gut tun.« Zaza brannte darauf, mit David allein zu sein, um ihn auszufragen. Eddie räkelte sich faul im Sessel vor dem Kamin und hatte nicht die Absicht, in die Kälte hinauszugehen. Es nieselte grauenhaft, und außerdem war es offenkundig, dass Gonzalo ein Auge auf Sofia geworfen hatte. Er wollte ihm nicht in die Quere kommen.
»Nein, danke. Geht ihr zwei nur«, sagte er, und seine Finger versenkten sich in die Toffeeschachtel, die verlockend auf dem Tisch stand.
»Darling, du kannst nicht den ganzen Vormittag hier herumhocken. Mach dir Appetit für Mrs. Bernistons Lunch.«
»Na, du und Dad, ihr bleibt doch auch hier«, erwiderte er und rutschte noch tiefer in den Sessel. Zaza schürzte frustriert die Lippen. Die Vernehmung würde warten müssen.
David sah Sofia nach, als sie mit Gonzalo hinausging, und unterdrückte die jähe Eifersucht. Er wusste zwar, dass Sofia nur widerstrebend mitging, aber die Vorstellung, dass sie da draußen mit einem Mann aus ihrer Heimat über die Hügel ritt, war ihm unerträglich. Mit einem jungen, gut aussehenden Mann, der ihre Sprache sprach, ihre Kultur kannte und sich mit ihr verstand, wie er selbst es niemals könnte. Als sie gegangen war, wurde es kälter im Zimmer.
»Was für ein Genie du doch bist, Darling«, sagte Zaza und beobachtete David aufmerksam.
»Inwiefern?« Er versuchte seiner Stimme einen humorvollen Ton zu geben, aber er wusste, dass sie flach klang.
»Indem du Gonzalo eingeladen hast.«
»War das besonders clever?«
»O ja, denn sie geben ein entzückendes Paar ab. Gonzalo und Sofia!« Zaza lachte, und dann klemmte sie die ebenholzschwarze Zigarettenspitze zwischen die roten Lippen und studierte seinen Gesichtsausdruck, aber der verriet ihr nichts.

»Zaza, Darling, Amor wird an diesem Wochenende kaum einen Pfeil abschießen können. Der verdammte Kerl hat sie tränenüberströmt in ihr Zimmer laufen lassen. Kaum der romantischste Weg zum Herzen einer Frau«, warf Tony ein.
»Worum ging's denn da überhaupt?«, fragte Eddie; er war entzückt, dass sein Vater das Thema ansprach. Alle schauten David an. Der saß auf dem Kamingitter und stocherte mit dem Schürhaken im Holz.
»Sie hat Heimweh, das ist alles«, antwortete er zurückhaltend.
»Ach.« Eddie war enttäuscht. Tony nickte mitfühlend.
»War das alles?« Zaza blieb hartnäckig. »Und womit hast du ihr Lächeln wieder zurückgebracht?«
»Oh, das habe ich nicht getan. Das war sie selbst. Als sie den Schock überwunden hatte, hat sie mir von ihrem Zuhause erzählt, und dann war ihr gleich wohler.« Es klang nicht überzeugend, fand er und duckte sich innerlich. Zaza würde diese klägliche Lüge sofort durchschauen.
»Verstehe. Na, sie und Gonzalo werden sich ein bisschen kennen lernen können, wenn wir Erwachsenen sie nicht auf Schritt und Tritt beobachten. Junge Leute ...« Sie seufzte. »Ach, wenn man noch einmal jung sein könnte.«
David war niedergeschlagen. Er war fast zwanzig Jahre älter als Sofia. Was hatte er sich gedacht? Zaza hatte Recht, Gonzalo passte viel besser zu ihr als er. Vielleicht würde ihr das da draußen in den Cotswolds auch klar werden. Sie hatte seit Monaten keinen jungen Mann in ihrem Alter mehr gesehen. Sie wird von ihrer Heimat reden und erkennen, dass sie nach Argentinien gehört, dachte er düster. Er spürte ihre Lippen noch. Er konnte sie noch schmecken. Hatte er einen Augenblick ihrer Schwäche ausgenutzt? Er hätte sich nicht erlauben dürfen, sie zu küssen; er hätte widerstehen müssen. Er war schließlich ein verantwortungsbewusster Erwachsener.
Er wechselte das Thema und bemühte sich, normal zu plaudern, aber seine Kehle war zugeschnürt, und seine Worte hatten einfach nicht den gewohnten Schwung. Zaza sah den Schmerz in seinem Blick und wusste, dass sie zu weit gegangen war. Sie hatte David

immer geliebt; auch wenn sie mit Tony glücklich war, hatte sie immer einen kleinen Teil ihrer selbst für ihn reserviert. Jetzt hatte sie mit dem Mund einer eifersüchtigen Frau gesprochen, und dafür verabscheute sie sich. Sie bemühte sich, seine Stimmung mit amüsanten Geschichten zu bessern, aber sein Lachen reichte nicht tiefer als die Falten in seinem Gesicht. Sie sah auf die Uhr und wartete sehnsüchtig darauf, dass Sofia zurückkam und ihm seine Zuversicht zurückgab.

Gonzalo war ein vollendeter Reiter. Sofia sah, wie er im Sattel saß, in der typischen nachlässigen Haltung der Argentinier – mit diesem hinreißenden Selbstbewusstsein, dieser abscheulichen Arroganz. Ihr Herz geriet ins Stolpern. Sie sprachen spanisch miteinander, und nach einer Weile ratterten die Worte aufgeregt aus ihrem Mund, und sie fuchtelte ausdrucksvoll mit den Armen, wie es Lateinamerikaner tun. Sie fühlte sich unversehens befreit von den Zwängen, ihr wahres Ich zu verbergen. Sie fühlte sich wieder wie eine Argentinierin, und der Klang ihrer Stimme, das Gefühl dieser Worte auf ihrer Zunge – das alles machte sie schwindlig vor Glück.

Gonzalo war lustig, und er erzählte ihr Geschichten, die sie zum Lachen brachten. Er fragte sie mit Bedacht nicht nach ihrer Familie, und sie sprach von sich aus auch nicht davon. Lieber schien sie ihm zuzuhören. Ja, sie konnte nicht genug von ihm bekommen. »Erzähl mir mehr, Gonzalo«, bat sie und lauschte seinen Worte mit der Begeisterung eines Menschen, der lange taub war und plötzlich wieder hören kann.

Sie ritten langsam durch den Schlamm, der sich im Tal unter den Bäumen gesammelt hatte; die Hufe ihrer Pferde schmatzten, als sie den Hügeln entgegenritten. Der Nieselregen war zu einem ausgewachsenen Landregen geworden, und die Tropfen strömten über ihre Gesichter und durchnässten ihre Kleidung. Oben angekommen, galoppierten sie über den Gipfel und lachten zusammen, während sie den Wind in den Haaren und die Bewegungen der Pferde unter sich genossen. So ritten sie meilenweit, bis ein dichter Nebel sie umhüllte, der scheinbar aus dem Nichts vom Talboden heraufstieg.

»Wie spät ist es eigentlich?«, fragte Sofia. Plötzlich tat ihr vor Hunger der Magen weh.
»Halb eins«, sagte er. »Glaubst du, du findest in diesem Nebel den Heimweg?«
»Natürlich«, sagte sie vergnügt, aber sie war nicht ganz sicher. Sie schaute sich um; es sah überall gleich aus. »Folge mir«, sagte sie und bemühte sich, zuversichtlich zu klingen. Seite an Seite ritten sie durch das Weiß, den Blick starr auf das schwindende Grün gerichtet, das sich vor ihnen erstreckte. Gonzalo wirkte nicht im Geringsten beunruhigt, ebenso wenig wie die Pferde, die zufrieden ihren Atem in die eisige Luft pusteten. Sofia fror plötzlich und sehnte sich nach dem Feuer zu Hause in Lowsley. Und sie sehnte sich auch nach David.
Plötzlich standen sie vor den grauen Steinblöcken einer Burgruine.
»Kommt dir das bekannt vor?«, fragte Gonzalo, als er sah, dass leise Besorgnis ihre schönen Gesichtszüge verdunkelte. Sie schüttelte den Kopf.
»*Dios,* Gonzalo, ich muss ehrlich sein. Ich habe diese Ruine noch nie gesehen. Ich habe keine Ahnung, wo wir sind.«
»Dann haben wir uns verirrt«, sagte er unbekümmert und lächelte breit. »Lass uns doch hier bleiben, bis der Nebel sich verzieht. Zumindest kommen wir so aus dem Regen.« Sie war einverstanden, und beide stiegen ab. Sie führten die Pferde unter ein Dach und banden sie an einen Stein. »Komm, wir suchen uns eine geschützte Stelle«, sagte er, und er nahm Sofia bei der Hand und marschierte zielstrebig durch den Schutt. Er ging schnell und zog sie über die schlüpfrigen Steine, sodass sie Mühe hatte, mit ihm Schritt zu halten. Dann stürzte sie. Sie dachte sich nichts dabei, bis sie versuchte, aufzustehen. Der Schmerz im Knöchel zuckte durch ihr Bein herauf, und sie sank wimmernd zusammen. Gonzalo hockte sich neben sie.
»Wo tut's denn weh?«, fragte er.
»Am Knöchel. O Gott, ich hab ihn doch nicht gebrochen, oder?« Sie verzog schmerzlich das Gesicht.

»Das sieht eher nach einer Zerrung aus. Kannst du den Fuß bewegen?«
Sie versuchte es zaghaft, aber es ging nicht. »Autsch«, sagte sie.
»Na, wenigstens kannst du ihn noch ein bisschen bewegen. Jetzt halt dich fest, ich werde dich tragen«, sagte er entschlossen.
»Wenn du die leiseste Anstrengung erkennen lässt, bringe ich dich um«, scherzte sie, als er die Arme unter sie schob und sie aufhob.
»Ist keine Anstrengung. Ich schwör's.« Er trug sie in das dunkle Innere eines verfallenen Turms. Dort setzte er sie in das feuchte Gras, zog seine Jacke aus und breitete sie neben ihr auf dem Boden aus. »Hier, setz dich dahin.« Er half ihr, hinüberzurutschen, ohne den Fuß zu belasten.
»Als ob ich nicht schon nass genug wäre.« Sie lachte leise. »Danke.«
»Wenn wir dir jetzt den Stiefel ausziehen, wirst du nachher nicht mehr hineinkommen«, warnte er.
»Das ist mir egal. Das verdammte Ding tut so weh. Bitte zieh ihn mir aus. Wenn der Knöchel anschwillt, kriegen wir ihn nie mehr herunter, und lieber reite ich ohne Stiefel nach Hause, als solche Schmerzen zu leiden.«
Behutsam zog Gonzalo den Stiefel von ihrem Fuß. Sofia fing vor Schmerz an zu schwitzen, und ihr verzerrtes Gesicht glühte.
»So, geschafft«, sagte er triumphierend und nahm ihren Fuß auf den Schoß. Behutsam und vorsichtig streifte er den Strumpf herunter und entblößte die zarte, rosige Haut darunter, die in dieser rauen Umgebung schutzlos und verletzlich wirkte. Sofia holte tief Luft und wischte sich die Tränen mit dem Jackenärmel ab. »Er ist ziemlich geschwollen, aber du wirst es überleben«, sagte er und strich mit seiner warmen Hand über ihr Schienbein.
»Das fühlt sich gut an.« Seufzend ließ sie den Kopf an den kalten Stein sinken. »Ein bisschen weiter unten – ja, da … ah«, sagte sie, während er sanft den Rist ihres Fußes massierte. »Mrs. Bernistons Lunch können wir wohl vergessen«, sagte sie betrübt.
»Sag nicht, dass sie eine großartige Köchin ist.«
»Sie ist die beste.«

»Ich könnte ein großes, saftiges Stück *lomo* vertragen«, sagte er. Plötzlich war er sehr hungrig.
»Ich auch, *con papas fritas.*« Sie lächelte sehnsüchtig, und sie fingen an, alle argentinischen Köstlichkeiten aufzuzählen, die sie vermissten.
»*Dulce de leche.*«
»*Membrillo.*«
»*Empanadas.*«
»*Zapallo.*«
»*Zapallo?*«, wiederholte er und rümpfte die Nase.
»Was hast du gegen *zapallo?*«
»Okay. *Maté.*«
»*Alfajores ...*«

Im Haus schaute David in den Nebel hinaus und warf dann einen Blick auf die Kaminuhr.
»Sie sitzen im Nebel fest«, sagte Tony. »Ich würde mir keine Sorgen machen. Sie ist in sicheren Händen. Gonzalo ist stark wie ein Ochse.« Das macht mir ja gerade Sorgen, dachte David düster.
»Ich habe Hunger«, meldete sich Eddie. »Müssen wir auf sie warten?«
»Ich glaube nicht«, sagte David.
»Wir dürfen nicht zulassen, dass Mrs. Bernistons Essen verkocht«, sagte Zaza. »Sie kommen sicher bald zurück. Sofia kennt sich in den Hügeln doch gut aus«, fügte sie tröstend hinzu.
»So gut nun auch wieder nicht«, seufzte David. »Nicht in diesem verfluchten Nebel. Und es sieht nicht so aus, als ob er sich bald verzieht.«
»Oh, das wird er schon. Der Nebel verzieht sich ziemlich schnell in dieser Gegend.«
»Darling, was verstehst du denn vom Nebel?«, fragte Tony scherzhaft.
»Ich versuche nur, positiv zu sein. David macht sich Sorgen, siehst du das nicht?«
»Vielleicht sollte ich sie suchen gehen«, erwog David.

»Wo um alles in der Welt willst du denn da anfangen?«, fragte Tony. »Du weißt doch nicht einmal, wohin sie geritten sind. Wenn es dunkel wird, werde ich dich begleiten.«
»Du kannst nicht reiten, Darling.« Nervös zündete Zaza sich eine neue Zigarette an.
»Ich nehme den Landrover.«
»Damit du im Schlamm stecken bleibst?«, fragte Eddie wenig hilfreich. Tony zuckte die Achseln.
»Nein, Tony hat Recht. Lasst uns essen. Wenn es dunkel wird, gehen wir sie zusammen suchen.« David fühlte sich wohler, nachdem er einen Plan gefasst hatte. Er versuchte, sich nicht vorzustellen, wie die beiden sich da draußen aneinander schmiegten, um Wärme und Schutz vor den Elementen zu finden. Er fühlte sich flau und unglücklich. Er kannte die Hügel besser als sonst jemand – er würde sie finden. Hoffentlich war Sofia nichts passiert. Sie war eine gute Reiterin, aber auch gute Reiterinnen konnten stürzen – und das dumme Ding trägt nie einen Helm, dachte er kläglich. Wir sind doch nicht in der verdammten Pampa; hier in England tragen die Leute Helme, damit sie sich nicht den Schädel zerschmettern. Hoffentlich hatte sie Safari genommen; der war sanft und würde sie nicht abwerfen. Bei den andern konnte man da nicht so sicher sein. Solche Gedanken gingen ihm durch den Kopf, als er seine Gäste zum Lunch ins Esszimmer führte.

Sofia ließ ihre Gedanken über die Pampa wandern, während sie sich mit Gonzalo in Erinnerungen erging und seine Hand den Schmerz in ihrem Knöchel wegmassierte.
»Wir ziehen dir jetzt den Strumpf wieder an. Dein Fuß sollte nicht zu kalt werden«, schlug er nach einer Weile vor.
»Aber Sie machen fantastische Arbeit, Dr. Segundo«, scherzte sie.
»Dr. Segundo weiß immer, was am besten ist, Señorita.«
»Obacht«, warnte sie, als er ihren Fuß in den Strumpf manövrierte.
»Wie fühlt es sich an?«
»Besser«, antwortete sie überrascht; es tat wirklich nicht so weh, wie sie erwartet hatte. »Du hast heilende Hände.«

»Nicht nur ein Doktor, auch noch ein Heiler – du schmeichelst mir.« Er gluckste. »Da – so gut wie neu. Noch andere Leiden, um die ich mich kümmern müsste, Señorita?«
»Nein, vielen Dank, Doktor.«
»Und was ist mit Ihrem geplagten Herzen?«
»Mit meinem geplagten Herzen?«
»Ja. Mit deinem geplagten Herzen«, sagte er ernst, und er nahm ihr Gesicht in beide Hände, und seine Lippen senkten sich auf ihre. Sie hätte es nicht zulassen dürfen, aber der Klang seiner Stimme, wenn er Spanisch sprach, der unnachahmliche argentinische Akzent, die Reitstiefel, der Pferdegeruch, der wirbelnde Nebel, der sie vor der Welt verbarg ... in all dem verlor sie sich für einen Augenblick und gab nach. Es war ein schönes Gefühl, aber es war nicht das richtige Gefühl. Sie löste sich von ihm und sah, dass der Nebel sich lichtete.
»Da, es klart auf«, sagte sie hoffnungsvoll.
»Ich würde gern noch bleiben«, sagte er leise.
»Aber ich bin nass, mir ist kalt, und mein Fuß tut weh. Bitte bring mich nach Hause, Gonzalo.«
»Also gut.« Er seufzte. »Ich hatte gar nicht gemerkt, wie kalt und nass ich selbst bin.«
Sofia hatte plötzlich Sehnsucht nach David. Er muss krank vor Sorge sein, dachte sie.
Gonzalo trug sie über die Steine zu den Pferden. »Ich nehme deinen Stiefel«, sagte er und setzte sie in den Sattel. Der Ritt zurück war lang und schwierig. Sofia wusste noch immer nicht, wo sie war, aber sie war entschlossen, sich nichts anmerken zu lassen, und so ließ sie Safari die Zügel schießen und hoffte, dass er den Heimweg schon finden würde. Und als er sie zufrieden nach Hause brachte, fragte sie sich, warum sie darauf nicht sofort gekommen war.

»Okay, jetzt gehe ich sie suchen«, entschied David und wandte sich vom Fenster ab. Es war fast dunkel, und die beiden waren immer noch nicht wieder da. »Irgendetwas stimmt da nicht. Die beiden brauchen Hilfe«, fügte er gereizt hinzu.
»Ich folge dir mit dem Landrover«, erbot sich Tony. Eddie sah den

Blick seiner Mutter, aber sie wagten beide nichts zu sagen. Das Mittagessen war unbehaglich verlaufen. David war so schlecht gelaunt, wie Zaza ihn noch nie gesehen hatte; er hatte sich kaum auf die Unterhaltung konzentrieren können. Immer wieder hatte er aus dem Fenster geschaut und suchend in den Nebel gestarrt, als ob Sofia und Gonzalo plötzlich erscheinen müssten, wie es im Kino geschah. Tony und Eddie hatten nichts davon gemerkt. Männer sind manchmal so unsensibel, hatte Zaza empört gedacht, als die beiden über die westindischen Cricket-Resultate geredet hatten, als wäre nichts geschehen.

David stürmte in die Diele, raffte Jacke und Stiefel an sich und riss die Tür auf, als ihm Gonzalo aus dem Nebel entgegentrat. Er trug eine nasse und frierende Sofia auf den Armen.

»Was zum Teufel ist passiert?«, stieß David hervor. Er konnte den Verdruss in seiner Stimme nicht unterdrücken.

»Das ist eine lange Geschichte. Wir erzählen sie Ihnen gleich. Erst bringen wir Sofia nach oben.« Gonzalo ignorierte Davids Angebot, sie ihm abzunehmen.

»Ich habe mir nur den Knöchel verstaucht«, sagte Sofia, als sie an ihm vorbeigetragen wurde.

»Gütiger Himmel, was ist denn passiert?«, rief Zaza. Die beiden sahen aus, als hätten sie sich im Schlamm gewälzt.

»Wo ist dein Zimmer?«, fragte Gonzalo auf der Treppe.

»Geradeaus«, sagte sie. Sie schaute sich nach David um, aber er kam nicht nach. In ihrem Zimmer legte Gonzalo sie vorsichtig auf das Bett.

»Du brauchst Hilfe, um aus den nassen Sachen herauszukommen«, sagte er. »Ich lasse dir ein Bad ein.«

»Keine Sorge, ich komme zurecht. Ich schaff's schon«, beharrte sie.

»Dr. Segundo weiß immer, was am besten ist«, sagte er und zog ihr den Stiefel aus.

»Bitte, Gonzalo, es geht schon, wirklich.«

»Danke, Gonzalo«, sagte da eine feste Stimme hinter ihm. »Wieso ziehen Sie nicht auch erst mal Ihre nassen Sachen aus? Sie waren ein Held, aber auch Helden brauchen mal eine Pause.«

»David!«, seufzte Sofia erleichtert. Gonzalo zuckte die Achseln. Er lächelte Sofia zu, um ihr zu zeigen, dass er das Zimmer nur widerwillig verließ, und ging hinaus.
»Was zum Teufel habt ihr getrieben?«, fragte David erbost und stapfte ins Badezimmer, um Wasser in die Wanne laufen zu lassen. Sofia hörte es rauschen, als er die Hähne aufdrehte, und war plötzlich sehr müde.
»Wir haben uns im Nebel verirrt, aber dann haben wir eine Burgruine gefunden und …«
»Wie um alles in der Welt seid ihr denn dorthin geraten?«, fuhr er sie an.
»David, es war nicht meine Schuld.«
»Und die Pferde? Hast du den Nebel nicht gesehen, oder warst du zu beschäftigt mit deinem neuen Freund?«
»Es war nicht mein Vorschlag, dass wir reiten gehen sollten. Ich wollte es gar nicht. Du hättest uns aufhalten können.«
»Zieh dir die nassen Sachen aus, bevor du dir den Tod holst. Ich hab dir das Bad eingelassen.« Er wandte sich zur Tür. Sofia sah, wie eifersüchtig er war, und lächelte sanft.
»Ich kann es nicht allein«, sagte sie kläglich. Er drehte sich um. Sein wütendes Gesicht sah anbetungswürdig aus. Sie wollte seinen Zorn wegküssen.
»Ich rufe dir Zaza«, sagte er steif.
»Ich will Zaza nicht. Ich will auch Gonzalo nicht. Ich will dich«, sagte sie langsam und schaute ihm geradewegs in die betrübten Augen.
»Du warst stundenlang weg. Ich habe mir Sorgen gemacht«, brach es aus ihm hervor. »Was sollte ich denn denken?«
»Du kannst keine hohe Meinung von mir haben, wenn du denkst, dass ich von einem Mann zum anderen hüpfe. Vertraust du mir denn nicht?«
»Es tut mir Leid.«
»Es ist, weil er Argentinier ist, stimmt's?«
»Und gut aussehend und jung. Ich bin fast zwanzig Jahre älter als du«, protestierte er bekümmert.

»Und?«
»Ich bin alt.«
»Und ich liebe dich. Ich liebe dich, egal, wie alt du bist. Es kümmert mich nicht.« Sie fing an, sich aus ihren Kleidern zu winden.
»Komm, ich helfe dir.« Er ging zu ihr, kniete vor ihr nieder, nahm ihr Gesicht in beide Hände und küsste sie. Sein Mund war weich und warm, und Sofia wollte sich an ihn schmiegen, aber er schob sie sanft von sich. »Du bist nass wie ein begossener Pudel.« Lachend sah er den nassen Fleck, der jetzt sein Hemd verfärbte.
Mit einer schnellen Bewegung zog er ihr Pulli und T-Shirt über den Kopf. Es fröstelte sie. Ihr Haar fiel schlaff in den Nacken und über die bloßen Schultern. Er küsste sie wieder, um ihren violetten Lippen ein wenig Leben einzuhauchen, aber sie zitterte unwillkürlich. Sie knöpfte ihre Jeans auf, und er zog sie langsam herunter und streifte das Hosenbein vorsichtig über den verstauchten Knöchel. Die Hose war nass und lehmverschmiert. »Mein Darling, du erfrierst ja. Ab ins Bad mit dir«, sagte er fürsorglich.
»Was denn – in der Unterwäsche?« Lachend hakte sie den BH auf. Ihre Brüste waren überraschend rund für ihren schlanken Körper und von Gänsehaut bedeckt; die blutroten Brustwarzen standen vor Kälte steif aufrecht. Sie streifte den Slip herunter und streckte ihm die Arme entgegen. Er hob ihre kalte Gestalt vom Bett und trug sie ins Bad.
»Du bist schön«, sagte er und küsste ihre Schläfe.
»Und durchgefroren.« Sie schmiegte das Gesicht an seinen rauen Kiefer. »Mit Schaum«, seufzte sie, als er sie durch die dichten Wolken in das heiße Wasser darunter sinken ließ.
David setzte sich auf einen Stuhl und sah zu, wie die Farbe in Lippen und Wangen zurückkehrte und ihre Schultern entspannt im Wasser versanken.
In ihrem geschwollenen Knöchel pochte es, als das Blut mit neuerlicher Energie hindurchströmte. Nach und nach war sie wieder sie selbst. Als David sie in ein großes weißes Badelaken gewickelt hatte, legte er sie auf das Bett und wollte das Zimmer verlassen. Aber sie hielt ihn fest.

»Ich möchte, dass du mit mir schläfst, David«, sagte sie und umschlang seinen Nacken fester.
»Und die andern?« Er strich ihr mit der Hand über das feuchte Haar.
»Die können selbst für sich sorgen. Vergiss nicht, ich bin angeschlagen.«
»Genau – und Sex ist nicht gut für deinen Knöchel.«
»Ich brauche meinen Knöchel beim Sex nicht«, kicherte sie an seinem Hals.
Er lachte und küsste sie wieder. Und dann liebte er sie, liebkoste und berührte sie, genoss sie. Und als sie die Augen schloss, stellte sie zu ihrer Freude fest, dass sie niemanden außer David sah.

Achtundzwanzig

Ich wusste gleich, dass da etwas im Gange war, als wir mit Gonzalo bei dir waren«, sagte Zaza einen Monat später. »Ich habe es dir an den Augen angesehen, David. Als Schauspieler bist du hoffnungslos.« Sie lachte kehlig. Er hatte sie am Morgen angerufen und zum Lunch eingeladen, weil er für ein paar Tage geschäftlich in der Stadt war. »Ich kann mich kaum von Sofia losreißen«, hatte er gesagt und ihr dann von ihrer Beziehung erzählt. Sie saßen an einem kleinen Tisch im Ivy. »Der arme Gonzalo war vernarrt in sie«, fügte sie hinzu und hob das Weinglas an die scharlachroten Lippen.

»Ich dachte, sie würde sich in ihn verlieben«, sagte er betreten.

»Das dachte ich auch. Deshalb habe ich ja überhaupt vorgeschlagen, dass du ihn einladen sollst. Hätte ich eine Ahnung gehabt, was du für sie empfindest, wäre ich niemals so taktlos gewesen. Wirst du mir verzeihen?«

»Du bist böse, Zaza. Aber ich kann nicht anders, ich muss dich gern haben.« Er grinste und klappte die Speisekarte auf.

»Und was hast du jetzt vor?«, fragte sie. »Was dagegen, wenn ich rauche?«

»Nur zu.«

»Und?«

»Ich weiß es nicht.«

»Du wirst sie natürlich heiraten«, sagte sie und merkte plötzlich, wie es ihr die Kehle zuschnürte.

»Ich weiß es nicht. Und – was nimmst du?«, fragte er und winkte dem Kellner. Aber Zaza ließ sich nicht so leicht beirren, wenn sie eine Mission hatte. Sie bestellte hastig und nahm dann ihr Verhör wieder auf.

»Sie wird heiraten wollen. Alle Mädchen wollen das. Was ist mit Ariella?«
»Was soll mit ihr sein? Wir sind seit sieben Jahren geschieden.«
»Hast du Sofia von ihr erzählt? Sie wird es wissen wollen.«
»Was gibt es über Ariella zu wissen? Sie war meine Frau und eine gute Gärtnerin.«
»Und ein Biest. Ein aufregend schönes Biest.« Zaza zischte das Wort genussvoll durch die Zähne. »Sie wird toben, wenn sie es erfährt.«
»Nein, das wird sie nicht. Sie ist wohlbehalten in Frankreich mit ihrem Lover.« Früher hätte die Erinnerung an den geschmeidigen Franzosen, der seine Frau von ihm fortgelockt hatte, ihn geschmerzt. Damals hatte es ihn fast zerbrochen. Aber jetzt war es Vergangenheit, und er hatte Sofia, die er mehr liebte, als er Ariella jemals geliebt hatte.
»Sie wird zurückkommen und Ärger machen, darauf wette ich. Sie wird dich zurückhaben wollen – jetzt, wo du eine andere liebst. Das ist nämlich das Komische an Ariella: Sie will immer das haben, was sie nicht bekommen kann. Und jetzt, David, wird sie dich unwiderstehlich finden.«
»Du verstehst Ariella überhaupt nicht«, sagte David abwinkend.
»Du erst recht nicht. Nur eine Frau kann eine Frau verstehen. Und ich verstehe sie auf eine Weise, wie du es niemals könntest. Weißt du, sie ist verschlagen. Und sie liebt die Herausforderung. Es macht ihr Spaß, zu schockieren und das Unerwartete zu tun. Sie schlägt gern Wellen.« Zazas Augen wurden schmal. »Darauf hat sie sich immer gut verstanden. Mir hat sie natürlich nie etwas anhaben können. Ich war immer eine, die sich bei ihr keine Blöße gegeben hat. Aber sie wird zurückkommen. Denk an meine Worte.«
»Okay. Genug von Ariella. Wie geht's Tony?« David lehnte sich zur Seite, damit der Kellner den dampfenden Seebarsch servieren konnte.
»Und deine Mutter – hat sie deine Mutter kennen gelernt?« Zaza ignorierte ihn. Sie beugte sich vor und schnupperte an ihrer Pastinakensuppe.

»Nein, sie hat meine Mutter noch nicht kennen gelernt.«
»Aber das wird sie noch, oder?«
»Es gibt absolut keinen Grund, sie meiner Mutter auszusetzen.«
»Na, ich nehme an, von Ariella war sie begeistert. Das richtige Blut, die richtige Herkunft. In Oxford studiert, gescheit, hochklassig. Eine Argentinierin wird ihr nicht gefallen; da wird sie nicht sagen können: ›Wie reizend – die Norfolk-Solanas.‹ Sie wird nichts über sie wissen, wird ihr kein Etikett aufkleben können. O Gott, Darling, ist sie etwa katholisch?«
»Das weiß ich nicht. Ich habe sie nie gefragt«, bekannte David geduldig.
»Gott behüte – eine Katholikin! Da ist dann wohl nicht viel Hoffnung, oder? Immerhin, du bist ja ihr einziger Sohn. Da sollte man doch meinen, sie freut sich über dein Glück, oder?«
»Ich habe ihr nichts von Sofia erzählt, und ich habe auch nicht vor, es zu tun. Es geht sie nichts an. Sie würde nur unangenehm werden. Warum soll ich ihr die Möglichkeit geben?«
»Es versetzt mich immer wieder in Erstaunen, dass ein Drachen wie Elizabeth Harrison eine so anbetungswürdige Person wie dich in die Welt setzen konnte, David. Das ist wirklich erstaunlich.« Sie wedelte mit ihrem Löffel, als wäre es eine Zigarette.
»So, jetzt ist die Inquisition zu Ende. Wie geht es Tony?«, fragte er lächelnd.

Als David durch die novemberkalten Straßen zu seinem Büro zurückging, vergrub er die Hände in den Taschen und zog die Schultern hoch, um sich vor dem Wind zu schützen. Er dachte an Sofia und lächelte. Sie hatte nicht mit ihm nach London kommen wollen; sie blieb lieber bei den Pferden und Hunden auf dem Land. Seit der schrecklichen Episode mit Gonzalo waren sie selig vor Glück gewesen, nur sie beide. Freunde waren gekommen und gegangen, aber sie hatten die Zeit genossen, die sie allein miteinander verbracht hatten; sie waren in die Hügel geritten und durch den Wald spaziert und hatten sich auf dem Sofa vor dem knisternden Feuer geliebt.

Er liebte die Art, wie sie in sein Büro spaziert kam, wenn er arbeitete, ihn von hinten umschlang und ihr glattes Gesicht an seine Wange schmiegte. Abends rollte sie sich vor dem Fernseher zusammen, zog die beiden Hunde zu sich auf das Sofa, nippte an einer dampfend heißen Tasse Schokolade und knabberte Kekse, während er in dem kleinen grünen Wohnzimmer nebenan saß und las. Nachts umschlang sie ihn mit Armen und Beinen, bis ihm so warm wurde, dass er sich behutsam von ihr lösen musste, ohne sie zu wecken. Wenn sie dabei doch einmal aufwachte, musste er in die alte Position zurück, bis sie wieder eingeschlafen war. Sie brauchte Nähe und Sicherheit.

Mit Maggie und Anton hatte sie schon ein paar Monate nicht mehr gesprochen. Daisy hatte Kontakt gehalten und war sogar zweimal zu Besuch gekommen. Sie arbeitete immer noch im Salon und hielt Sofia mit ihren Klatschgeschichten auf dem neuesten Stand. Daisy hatte sie bedrängt, Maggie anzurufen. »Sie wird sonst denken, du hältst dich jetzt für was Besseres.«

Maggie war kein bisschen überrascht, als Sofia ihr von David erzählte. »Hab ich dir nicht gesagt, er wird dich verführen?« Sofia hörte, wie sie inhalierte. Maggie zündete sich immer eine Zigarette an, wenn sie wusste, dass ein Telefongespräch lange genug dauern würde, um sie zu Ende zu rauchen.

»Ja, hast du.« Sofia lachte.

»Schmutziger alter Mann.«

»Er ist kein alter Mann, Maggie. Er ist erst zweiundvierzig.«

»Dann eben ein schmutziger Mann, Sweetie.« Maggie lachte. »Hast du seine Ex schon kennen gelernt?«

»Die berüchtigte Ariella? Nein, noch nicht.«

»Wirst du noch. Exfrauen tauchen immer wieder auf, um Sand ins Getriebe zu streuen.« Wieder inhalierte sie hörbar.

»Das ist mir egal. Ich bin so glücklich, Maggie. Ich hätte nie gedacht, dass ich noch mal lieben kann.«

»Man liebt immer noch mal. Es ist ein Mythos, dass es da draußen für jede Frau nur einen Mann gibt. Ich habe mehrere geliebt. Mehrere, Sweetie, und sie waren alle entzückend.«

»Auch Viv?«, fragte Sofia schelmisch.
»Auch Viv. Er war groß – wenn du verstehst, was ich meine. Er hat mich immer zufrieden stellen können, selbst wenn wir uns hassten. Ich hoffe, David stellt dich auch zufrieden?«
»O Maggie!«
»Du bist ein solches Unschuldslamm, Sweetie. Na, ich nehme an, das ist ein Teil deines Charmes. Zweifellos einer der Gründe, weshalb er dich liebt. Verlier diese Unschuld nicht; sie ist heutzutage eine Seltenheit«, sagte sie trocken. »Werden wir dich irgendwann sehen? Anton trauert dir nach wie ein Hündchen.«
»Ich komme bestimmt bald mal. Im Moment ist hier viel zu tun.«
»Es wäre nett, wenn es vor Weihnachten ginge.«
»Ich will's versuchen.«

Sofia zündete das Feuer im kleinen grünen Wohnzimmer an. Wenn sie allein im Haus waren, war es dort gemütlicher als im großen Salon, der eigentlich erst dann zum Leben erwachte, wenn er voller Menschen war. David hatte zweimal angerufen, während sie draußen unterwegs gewesen war; sie hatte ihn zurückgerufen und mit der freien Hand die Hunde gefüttert. Sie vermisste ihn. Er war erst einen Tag und eine Nacht weg, aber sie hatte sich an ihn gewöhnt, und ohne ihn war das Bett groß und kalt.
Das Feuer begann fröhlich zu flackern. Sie legte eine CD auf. David liebte klassische Musik; also wählte sie eine von seinen, um den Eindruck zu erwecken, er sei im Haus. Der Abend kam, und das Tageslicht verblasste langsam im Winternebel. Sie zog die schweren grünen Vorhänge zu und dachte an Ariella. Das Haus war offensichtlich von ihr eingerichtet worden. Es spiegelte weiblichen Geschmack wider. David war kein Mann, der sich für Inneneinrichtung interessierte.
Sofia fragte sich, wie sie wohl aussah. David hatte ihr nicht viel von seiner Exfrau erzählt – nur, dass sie einen exquisiten Geschmack hatte, ein Auge für die Kunst und eine große Liebe zur Musik. Sie war kultiviert und klug. Kennen gelernt hatten sie sich in ihrem letzten Studienjahr in Oxford. Bis dahin hatte ihm noch nie eine

Frau nachgestellt; in seiner Welt waren stets Männer die Jäger. Aber Ariella war nicht die Frau, die sich hinsetzte und wartete, bis einer ihr den Hof machte; sie ging und holte sich, was sie haben wollte. Zunächst war er gar nicht interessiert gewesen; er hatte ein Auge auf ein Mädchen in seinem Literaturseminar geworfen. Aber sie war beharrlich geblieben und schließlich in sein Bett gefallen. Ariella war keine Jungfrau gewesen; beim Sex benahm sie sich eher wie ein Mann, hatte David erzählt. Nach einem Jahr hatten sie geheiratet, und neun Jahre später hatten sie sich scheiden lassen. Das war zehn Jahre her. In einem anderen Leben, sagte er. Keine Kinder. Ariella hatte keine Familie haben wollen. Basta.

Sofia hatte keine Fragen gestellt. Es war ohne Bedeutung, und David plagte sie auch nicht mit Fragen nach ihrer Vergangenheit. Aber jetzt, als sie allein im Haus war, spürte sie Ariellas Anwesenheit plötzlich in Sesselbezügen und Tapeten. Gerahmte Fotos, wie man sie hätte erwarten können, gab es nicht, aber es war ja auch eine unfriedliche Scheidung gewesen. Und sie hatte ihn verlassen, nicht andersherum.

Unversehens war Sofia dabei, Schubladen zu öffnen und in Davids Papieren und Büchern nach Fotografien aus seiner Vergangenheit zu wühlen. Sie glaubte nicht, dass er etwas dagegen haben würde; wahrscheinlich würde er sie ihr sogar selbst zeigen, wenn er hier wäre. Aber sie wollte ihn nicht danach fragen; sie wollte nicht allzu interessiert erscheinen. Es gibt nichts Schlimmeres als eine eifersüchtige Freundin, dachte sie. Und sie war ja auch nicht eifersüchtig. Höchstens neugierig.

Ganz unten in einem Schrank in seinem Arbeitszimmer fand sie dann etwas, das aussah wie ein verstaubtes Fotoalbum. Sie zog es heraus. Es war schwer, in Leder gebunden und an einer Ecke offensichtlich von einem Hund zerkaut. Sie schlug es in der Mitte auf, um sich zu vergewissern, dass sie gefunden hatte, was sie suchte. Als sie einen lächelnden David sah, der den Arm lässig um die Schultern einer hübschen Blondine gelegt hatte, klappte sie das Album wieder zu, ging damit ins Wohnzimmer, machte es sich mit einem Teller Kekse und einem Glas kalter Milch auf dem Sofa bequem und fing ganz vorn an. Sam und Quid lagen vor dem Kamin auf dem Boden, klopften hin und wieder zufrieden mit ihren buschigen Schwänzen auf die Dielen und behielten den Keksteller im Auge.

Die ersten Seiten zeigten David und Ariella in Oxford. Ein Picknick auf irgendwelchen Hügeln. Ariella war sehr hübsch, dachte Sofia widerwillig. Ihr fließendes Haar war fast weiß, ihre Haut blassrosa, ihr Gesicht lang und eckig. Sie trug einen dicken schwarzen Lidstrich, der den katzenhaften Schnitt ihrer grünen Augen betonte, und ihre überraschend schmalen Lippen hatten einen raffinierten Ausdruck. Sie war schön, und doch hatten ihre Züge nichts Bemerkenswertes; sie fügten sich nur alle ziemlich gut zusammen. Es liegt an ihrem weißen Haar, dass sie auf allen Fotos so hervorsticht, dachte Sofia; sie war nicht bereit, dieser Frau neben ihrer Schönheit auch noch Charisma zuzugestehen.

Sie blätterte weiter und lächelte über Fotos, die David als jungen Mann zeigten. Er hatte dürr und verlottert ausgesehen, bevor Zeit und Wohlstand seine Kanten gerundet hatten. Auch er hatte dichtes, sonnengebleichtes Haar, das ihm in die Stirn fiel. Er war immer von Leuten umgeben, lachte immer und spielte den Clown, während Ariella stets zurückhaltend erschien und alle still beobachtete, und dennoch schien sie auf eine seltsame Art zu leuchten; auf jedem Foto zog sie den Blick sofort auf sich.

Sofia suchte nach Alben mit der Hochzeit und den folgenden Jahren, aber sie fand keine. Anscheinend besaß er nur dieses eine. Sie war froh, dass es verstaubt ganz unten in einem Schrank gelegen hatte, den er vermutlich niemals öffnete.

Als David zwei Tage später zurückkam, lief Sofia ihm entgegen, und die Hunde sprangen an ihm hoch und hinterließen schlammige Pfotenabdrücke an seiner Hose. Sie küsste sein Gesicht, wieder und wieder, bis er in der Diele seine Tasche fallen ließ und sie die Treppe hinauftrug.

Ariella geriet bald in Vergessenheit, als Sofia sich daranmachte, das Haus weihnachtlich zu schmücken. David, der das Weihnachtsfest sonst mit seiner Familie verbrachte, fand es unfair, Sofia zu zwingen, sich schon jetzt so vielen Fremden auszusetzen, und machte zum Ausgleich einen Vorschlag. »Wir verbringen Weihnachten in Paris«, verkündete er beim Frühstück. Sofia war verblüfft.

»Das passt aber nicht zu dir. Paris?« Sie war sprachlos. »Was ist denn in dich gefahren?«

»Ich möchte an einem schönen Ort mit dir allein sein. Ich kenne ein kleines Hotel an der Seine«, antwortete er nonchalant.

»Wie aufregend! Ich war noch nie in Paris.«

»Dann werde ich es dir zeigen. Und ich gehe mit dir zum Einkaufen auf die Champs-Elysées.«

»Zum Einkaufen?«

»Na, du kannst doch nicht dein Leben lang in Jeans und T-Shirts herumlaufen, oder?«

Paris faszinierte Sofia. Und David reiste mit Stil. Sie flogen First Class und wurden von einem glänzend schwarzen Auto am Flughafen abgeholt und in ein diskretes Hotel an der Seine gefahren. Es war ein klarer, kalter Morgen. Die Sonne schimmerte im fahlen Winterhimmel, und eine dünne Schneeschicht schmolz auf Pflaster und Bäumen. In den Straßen glitzerte der Weihnachtsschmuck, und Sofia drückte die Nase an die Fensterscheibe und schaute aufgeregt hinaus über die Steinbrücken, die sich über das eisige Wasser spannten.

Wie er es versprochen hatte, ging David mit ihr einkaufen. In seinem alten Cashmeremantel und dem Filzhut sah er vornehm und attraktiv aus, fand Sofia. Er marschierte in die Geschäfte, setzte sich in einen Sessel und äußerte seine Meinung zu den Dingen, die Sofia vor ihm anprobierte. »Du brauchst einen Mantel«, sagte er. »Aber der ist zu kurz.« – »Du brauchst ein Abendkleid, und das da sieht hinreißend aus an dir.« Er ging sogar so weit, mit ihr in eine Dessous-Boutique zu gehen und Spitzen- und Seidenwäsche auszusuchen, die sie anstelle ihrer Baumwollslips tragen sollte. »Eine schöne Frau wie du muss auch schön gekleidet sein«, sagte er. Sie durfte die Einkaufstüten nicht mitnehmen, sondern er veranlasste, dass sie am Abend ins Hotel gebracht wurden.

»David, du musst ein kleines Vermögen ausgegeben haben«, sagte sie beim Lunch. »Das habe ich eigentlich nicht verdient.«
»Du hast alles und noch mehr verdient, Darling. Wir haben erst angefangen.« Es machte ihm offensichtlich Spaß, sie zu verwöhnen. Als sie ins Hotel kamen, fand Sofia zu ihrem Entzücken alle ihre Einkäufe in ihren Hochglanztüten säuberlich in dem kleinen Salon ihrer Suite aufgereiht. David ließ sie auspacken und spazierte die Treppe hinunter, um sich »ein bisschen umzuschauen«. Sofia nahm jedes einzelne Kleidungsstück aus dem Seidenpapier und breitete alles auf Sesseln und Sofas aus, bis das Zimmer aussah wie eine teure Boutique. Dann schaltete sie das Radio ein und lauschte der sinnlichen französischen Musik, während sie sich in ein dampfend heißes Schaumbad versenkte. Sie war selig. Vor lauter Glück hatte sie schon seit Monaten nicht mehr an zu Hause oder an Santiguito gedacht, und sie würde auch jetzt nicht damit anfangen. Die Vergangenheit verfolgte sie nicht mehr; sie durfte die Gegenwart ungehindert genießen.
Als David zurückkam, erwartete Sofia ihn ungeduldig an der Tür in dem neuen roten Kleid, das er ihr gekauft hatte. Es war tief ausgeschnitten und enthüllte am Busen ein winziges Stück von ihrer Spitzenunterwäsche, um dann eng anliegend bis fast zum Boden zu reichen. Wenn sie ging, offenbarte ein Schlitz an der Seite ein seidenbestrumpftes Bein. Hohe Absätze machten sie größer, und ihr frisch gewaschenes Haar fiel lose in glatten, glänzenden Wellen über ihre Schultern. Es raubte ihm den Atem, und als sie die Bewunderung in seinem Blick sah, spürte sie ein glückliches Flattern im Magen.
Nach dem Abendessen in einem eleganten kleinen Restaurant an der bezaubernden Place des Vosges half David ihr in den Mantel und führte sie bei der Hand in die kalte Nacht hinaus. Der Himmel war übersät von Hunderten winziger Sterne, die von ferne funkelten, und der Mond war so groß und klar, dass sie beide überrascht waren.
»Du weißt, dass Heiligabend ist«, sagte er, als sie langsam über den Platz spazierten.

»Wahrscheinlich. Ich habe Weihnachten eigentlich nicht mehr richtig gefeiert, seit ich in England bin«, sagte sie ohne Selbstmitleid.
»Na, heute Abend feierst du es mit mir.« Er drückte ihre Hand. »Schöner könnte die Nacht nicht sein.«
»Sie ist umwerfend. Der Weihnachtsmann wird keine Mühe haben, den Weg durch den Himmel zu finden, oder?« Sie lachte. Sie schlenderten um den vereisten Springbrunnen herum und schauten zu der Skulptur hinauf, die einen Schwarm Wildgänse beim Aufflattern in die Nacht darstellte. »Es sieht aus, als ob jemand in die Hände geklatscht und sie erschreckt hätte«, stellte sie bewundernd fest. »Raffiniert, nicht?«
»Sofia«, sagte er leise.
»Erstaunlich, dass die obersten nicht abbrechen. Sie sehen so zerbrechlich aus.«
»Sofia«, wiederholte er ernst.
»Ja?« Sie wandte den Blick nicht von der Skulptur.
»Sieh mich an.« Es klang so merkwürdig, dass sie sich umdrehte und ihn anschaute.
»Was ist denn?«, fragte sie erschrocken, aber sie sah an seinem Gesicht, dass nichts passiert war. Er nahm ihre Hände und schaute ihr zärtlich in die Augen.
»Willst du mich heiraten?«
»Dich heiraten?«, wiederholte sie erstaunt. Einen flüchtigen Augenblick lang sah sie Santis gequältes Gesicht, und seine Stimme wehte leise im Wind. *Lass uns von hier weglaufen und heiraten. Willst du mich heiraten?* Aber dann war sie verhallt, und David stand vor ihr und schaute sie in banger Erwartung an. Ihre Augen füllten sich mit Tränen, und sie wusste nicht, ob sie glücklich oder traurig war.
»Ja, David, ich will dich heiraten«, stammelte sie. Sichtlich erleichtert atmete David aus, und sein Gesicht erstrahlte in einem Lächeln. Er nahm ein kleines schwarzes Etui aus der Tasche und legte es ihr in die Hände. Sie öffnete es und erblickte einen großen Rubinring.
»Rot ist meine Lieblingsfarbe«, flüsterte sie.

»Ich weiß«, antwortete er leise.
»O David, er ist so schön. Ich weiß nicht, was ich sagen soll.«
»Sag nichts. Steck ihn an.«
Sie gab ihm den Ring zurück, damit er nicht auf das glitzernde Pflaster fiel, und zog ungeschickt den Handschuh aus. Er nahm ihre helle Hand und schob den Ring auf den Finger, bevor er ihn an die Lippen hob und küsste. »Du hast mich zum glücklichsten Mann der Welt gemacht, Sofia.« Seine blauen Augen leuchteten vor Bewegung.
»Und du hast mich wieder aufgerichtet, David. Ich hätte nie gedacht, dass ich noch einmal lieben werde. Aber ich liebe dich.« Sie schlang die Arme um seinen Hals. »Ich liebe dich tatsächlich.«

Neunundzwanzig

Santa Catalina, 1979

Anfang 1979 ließ Santi endlich wieder zu, dass jemand ihn liebte. Es war auch das Jahr, in dem Fernando das Schicksal ereilte.

Chiquita würde den Tag nie vergessen, als sie nach Santa Catalina kamen und feststellten, dass man in ihr Haus eingebrochen war. Zerstörungen dieser Art kannte sie bisher nur aus Illustrierten. Es waren anderer Leute Häuser, es war anderer Leute Jammer. Es war immer das Problem anderer. Und jetzt sah sie zertrümmerte Möbel, zersplittertes Glas, zerrissene Vorhänge. Jemand hatte auf ihr Bett uriniert. Das Haus roch nach Fremden. Es stank nach Bedrohung. Sie hatten Encarnación gefunden, zu alt, um einen solchen Schock zu ertragen, die Hände vor Verzweiflung ringend, mit schreckverzerrtem Gesicht, heulend auf der Terrasse. »Ich weiß nicht, wie sie hineingekommen sind. Ich habe niemanden gesehen. Wer kann denn so etwas tun?«, jammerte sie. Als Miguel und Chiquita erfuhren, dass Fernando verhaftet worden war, wurde ihnen klar, dass das, womit sie es hier zu tun hatten, größer war als sie selbst.

Carlos Riberas, ein Freund Fernandos, rief sie aus einer Telefonzelle an und sagte ihnen, dass ihr Sohn sich mit den Guerillas eingelassen habe und verhaftet worden sei. Mehr könne er ihnen nicht erzählen. Er wisse nicht, wohin sie ihn gebracht hätten oder wann er wieder freikommen werde. *»Falls sie ihn überhaupt wieder freilassen«*, hätte er beinahe hinzugefügt, aber er tat es nicht. Fernandos Eltern waren offensichtlich ahnungslos, was das nächtliche Treiben

ihres Sohnes anging. Er hoffte nur, Fernando würde stark genug sein und der Versuchung widerstehen, die Namen seiner Freunde zu nennen.
Miguel sank in einen Sessel und saß so regungslos da, dass es aussah, als sei er aus Marmor. Chiquita brach in Tränen aus. Händeringend ging sie im Zimmer auf und ab und schluchzte, sie habe ja keine Ahnung von der Beziehung ihres Sohnes zu den Guerillas gehabt, nicht den geringsten Hinweis. Er hatte seine Aktivitäten völlig geheim gehalten. »Ich kenne meinen Sohn nicht«, sagte sie traurig. »Mein eigener Sohn ist ein Fremder.«
Betäubt vom Gefühl absoluter Hilflosigkeit umarmten die beiden einander. Beide bereuten, dass sie ihrem Sohn nicht mehr Aufmerksamkeit geschenkt hatten; ihre Sorge wegen Santis Affäre mit Sofia hatte Fernando völlig in den Schatten gestellt. Wenn sie bessere Eltern gewesen wären, hätten sie vielleicht etwas gemerkt und ihn rechtzeitig davon abbringen können. Aber was jetzt?
Miguel und seine Brüder nahmen Kontakt zu allen einflussreichen Leuten auf, die sie kannten, aber niemand hatte eine Ahnung, wo Fernando sein könnte. Sie erfuhren, dass er wahrscheinlich von »außerdienstlichen« Sicherheitsleuten entführt worden war – von paramilitärischen Einheiten, die für die Regierung arbeiteten. Sie konnten nur warten. Einstweilen würden sie weiterhin versuchen, seinen Aufenthaltsort zu ermitteln.
Die ganze Familie Solanas wartete. Ein dunkler Nebel umhüllte Chiquitas Haus, und sie fürchtete, dass sie sich aus diesem Nebel vielleicht nie wieder würde befreien können. Während sie unter Tränen ihr Haus in Ordnung brachte, sagte sie sich immer wieder, dass die Familie ihres Mannes sehr einflussreich sei. Einem Solanas würde man nie ein Haar krümmen. Man würde ihnen Fernando zurückbringen, und alles wäre wieder in Ordnung. Wahrscheinlich war das Ganze ein schrecklicher Irrtum. Ihr Sohn konnte sich nicht mit der Opposition eingelassen haben, ohne die Gefahren zu kennen. Das würde er sich und seiner Familie nicht zumuten. Nein, sagte sie sich, es musste ein Irrtum sein. Und nüchterner geworden, wünschte sie sich, sie hätte Gelegenheit gehabt, ihn vom Umgang

mit diesen verantwortungslosen jungen Leuten abzubringen. Hatte Miguel ihn nicht vor den Risiken gewarnt? Ja, sie hatte so etwas in Erinnerung. Warum waren sie nicht aufmerksamer gewesen? Und wieder machte sie sich Vorwürfe.

Fernando saß verzweifelt in einer luftlosen Zelle. Durch ein kleines Fenster fiel gerade so viel Licht herein, dass man die Betonwände und den Boden sehen konnte. Es gab keine Möbel, nichts, worauf er sich hätte legen können. Er war geschlagen worden; wahrscheinlich hatten sie ihm zwei Rippen gebrochen, vielleicht auch einen Finger, er konnte es nicht sagen, der Finger war zu sehr geschwollen. In seinem Gesicht pochte es. Er wusste nicht, wie er aussah – vermutlich blutig und wund.

Sie hatten ihn auf offener Straße entführt. Ein schwarzer Wagen hatte neben ihm gehalten, die Türen hatten sich geöffnet, zwei Männer in Anzügen waren ausgestiegen, hatten ihn zwischen sich genommen und auf den Rücksitz gestoßen. Das alles hatte keine zwanzig Sekunden gedauert. Niemand hatte etwas bemerkt. Niemand hatte etwas gesehen.

Sie hatten ihm eine Pistole an die Rippen gedrückt, ihm die Augen verbunden und ihn zu einem Apartmentkomplex etwa dreißig Meilen weit vor der Stadt geschafft. War das zwei Tage her? Drei? Er wusste es nicht mehr. Namen – das war's, was sie wollten. Namen. Er sei entbehrlich, sagten sie. Ihn brauchten sie nicht. Sie hätten jede Menge andere Leute, die reden würden. Er glaubte ihnen. Er hatte die Schreie gehört, die durch das Gebäude hallten. Sie konnten ihn umbringen, und niemanden würde es kümmern. Seine Freunde hätten ihn verraten, sagten sie. Warum wollte er sie schützen?

Als er sich geweigert hatte, zu reden, hatten sie ihn bewusstlos geschlagen. Als er wieder zu sich kam, wusste er nicht, wie lange er ohnmächtig gewesen war. Er war desorientiert und hatte Angst. Die Angst klebte so dick an den Wänden, dass er sie riechen konnte. Er sehnte sich nach seiner Familie und wünschte, er wäre wieder zu Hause auf Santa Catalina. Sein Magen verkrampfte sich vor lauter Sehnsucht. Warum hatte er sich nur mit diesen Idioten eingelassen?

In Wirklichkeit lag ihm sein Land nicht so sehr am Herzen, wie er behauptet hatte. Wieso hatte er sich nicht bedeckt gehalten, wie sein Vater es ihm geraten hatte? Aber er war so zufrieden mit sich gewesen. Der Anschluss an die Guerilla-Bewegung hatte ihm das Gefühl gegeben, mächtig und wichtig zu sein. Er hatte ein Ziel gehabt, eine Identität. Er hatte niemandem in seiner engen Umgebung davon erzählt, und er hatte sich in dem Behagen gesuhlt, mit dem dieses Geheimnis ihn erfüllt hatte. Er hatte etwas Wertvolles getan. Zumindest war es ihm wertvoll vorgekommen. Aufregend war es gewesen, ganz wie ein Indianerspiel, nur dass der Einsatz höher gewesen war. Er war zu geheimen Treffen im Keller von Carlos Riberas' Haus gegangen. Er war auf Demonstrationen mitmarschiert und hatte regierungsfeindliche Flugblätter verteilt. Er glaubte ja an die Demokratie, aber es gab nichts, was es wert wäre, sein Leben dafür aufs Spiel zu setzen.

Fernando schluckte seinen Jammer herunter. Er war ein Feigling; er hatte sich sogar in die Hose gemacht. Noch nie im Leben hatte er solche Verzweiflung empfunden; sie schien ihn innerlich zu zerreißen – er konnte es fast hören. Wenn sie mich töten, dachte er, soll es schnell und schmerzlos geschehen. Bitte, lieber Gott, mach, dass es schnell geht.

Als er die scharfen, stahlharten Schritte hörte, die durch den Korridor herankamen, ergriff ihn die Panik. Er wollte schreien, aber kein Laut drang aus seinem trockenen, verklebten Mund. Die Tür ging auf, und ein Mann kam herein. Fernando beschirmte sein Gesicht vor dem Licht, das hereinstrahlte.

»Aufstehen«, befahl der Mann. Fernando kam taumelnd auf die Beine. Jede Bewegung bereitete ihm Schmerzen. Der Mann kam auf ihn zu und reichte ihm einen braunen Umschlag. »Hier ist ein neuer Pass und genug Geld, um dich über den Fluss nach Uruguay zu bringen. Wenn du in Uruguay bist, will ich nie wieder etwas von dir sehen oder hören. Hast du verstanden? Wenn du zurückkommst, bist du tot.«

Fernando war wie vom Donner gerührt. »Wer sind Sie?«, fragte er und starrte dem Mann ins Gesicht. »Warum?«

»Unwichtig. Ich tue das nicht für dich«, sagte der Mann knapp und zog ihn aus der Zelle.

Erst als Fernando wohlbehalten auf der anderen Seite der Grenze war, fiel ihm plötzlich ein, wo er den Mann schon einmal gesehen hatte. Es war Facundo Hernandez gewesen.

Als Chiquita seine Stimme hörte, weinte sie vor Erleichterung. Miguel nahm ihr den Hörer aus der Hand und lauschte dem Bericht seines Sohnes. »Ich kann nicht nach Hause kommen, Papa – nicht, solange es keinen Regierungswechsel gegeben hat.« Seine Eltern waren zu Tode betrübt, weil er nicht nach Hause kam, aber auch dankbar dafür, dass er noch lebte. Chiquita wollte ihren Sohn gern sehen, sie wollte einen Beweis dafür haben, dass wirklich alles in Ordnung war, und sie brauchte eine Menge Zuspruch, ehe sie schließlich bereit war, ihm zu glauben. Es würde Monate dauern, bis ihre Alpträume nachließen. Und Fernando würde die Zeit in der kleinen, luftlosen Zelle noch jahrelang heimsuchen.

Zwei Monate nach Fernandos Weggang lernte Santi Claudia Calice kennen. Seine Eltern hatten ihn gebeten, sie auf einem Wohltätigkeitsdinner in Buenos Aires zu vertreten; Chiquita litt unter Stress und fühlte sich außer Stande, der Welt schon wieder unter die Augen zu treten, nachdem ihr Sohn gerade erst den – wie sie fest glaubte – »Klauen des Todes« entronnen war. Santi saß also am Tisch, unterdrückte ein Gähnen, hörte den Ansprachen zu und trieb höfliche Konversation mit der gepuderten Dame zu seiner Rechten. Er ließ den Blick durch den Saal wandern, betrachtete die gut gelaunten Gesichter juwelenbehängter Damen und lauschte mit halber Aufmerksamkeit dem Monolog, der seine Geduld strapazierte wie ein Moskito an seinem Ohr. In regelmäßigen Abständen nickte er, um die Illusion zu wecken, dass er zuhörte. Dann fiel sein Blick auf eine elegante junge Frau an einem Tisch am anderen Ende des Saals, die offenbar das Gleiche tat. Wie eine Komplizin lächelte sie ihm mitfühlend zu, bevor sie sich wieder ihrem Nachbarn zuwandte und aufmerksam nickte.

Nach dem Dinner wartete Santi, bis der Mann zu ihrer Linken

seinen Platz verlassen hatte, und ging dann quer durch den Saal. Sie begrüßte ihn, indem sie einen Stuhl herauszog und sich vorstellte. Sie habe gesehen, wie er vor Langeweile ganz bleich geworden sei, flüsterte sie. »Für mich war es auch furchtbar öde«, gestand sie. »Der Mann rechts von mir ist ein Industrieller. Ich hatte ihm nichts zu sagen, aber er hat mich auch nicht über mich befragt.« Santi sagte, er würde nichts lieber tun als zuhören, wie sie von sich erzählte.

In den folgenden Wochen bemerkte Soledad, dass Santi wieder lächelte. Sie betrachtete ihn mit leiser Genugtuung und konnte nicht viel anfangen mit Claudia Calice, die jetzt regelmäßig auf Santa Catalina zu Gast war. Sie machte sich Sorgen wegen Sofia, auch wenn sie seit deren Abreise im Jahr 1974 nichts mehr von ihr gehört hatte. Claudia hatte braunes, glänzendes Haar wie ein nasser Seehund. Sie schminkte sich gekonnt, und ihre Schuhe waren immer blank. Soledad fragte sich, wie sie es schaffte, dauernd so gestriegelt auszusehen. Aber ob sie die Frau leiden konnte oder nicht, war eigentlich nicht so wichtig. Ihre Meinung war nicht gefragt, aber für eines war sie doch dankbar: Diese Claudia Calice machte Santi glücklich. Und glücklich war er schon sehr lange nicht mehr gewesen.

Soledad vermisste Sofia schrecklich. Manchmal weinte sie laut, weil sie sich solche Sorgen um sie machte, und sie hoffte, dass sie glücklich war. Sie hätte gern Post von ihr bekommen, aber es kam keine. Sie konnte nicht verstehen, warum das Mädchen die Verbindung so vollständig abgebrochen hatte. Sofia war für sie wie eine Tochter. Warum schrieb sie ihr nicht? Soledad hatte Señora Anna gefragt, ob sie selbst ihr einmal schreiben dürfte, damit Sofia wüsste, dass man sie liebte, und es hatte sie zutiefst bestürzt, dass Anna sich geweigert hatte, ihr die Adresse zu geben. Sie hatte ihr nicht einmal gesagt, wann das Kind wieder nach Hause kommen würde. Soledad war so betrübt, dass die alte Hexe im Dorf ihr ein weißes Pulver gegeben hatte, das sie in ihren Mate mischen und dreimal täglich trinken sollte; das schien auch zu helfen, denn sie konnte nun nachts schlafen und machte sich nicht mehr ganz so viele Sorgen.

Am 2. Februar 1983 wurde Santi in der kleinen Kirche von *Nuestra Señora de la Asunción* mit Claudia Calice getraut. Als Santi seine Braut am Arm ihres Vaters den Gang herunterkommen sah, stellte er sich unwillkürlich vor, sie sei Sofia. Sein Magen krampfte sich sehnsüchtig zusammen. Aber dann war sie an seiner Seite, lächelte beruhigend zu ihm auf, und ihn durchströmte eine Woge der Zuneigung zu dieser Person, die ihm gezeigt hatte, dass es möglich war, im Leben mehr als nur eine einzige Frau zu lieben.

Dreissig

Maria, wie war Sofia eigentlich?«, fragte Claudia eines Sommermorgens. Sie und Santi waren jetzt mehr als ein Jahr verheiratet, aber sie hatte nie gewagt, irgendjemanden nach Sofia zu fragen, und aus irgendeinem Grund sprach hier niemand über sie. Santi hatte ihr von der Affäre erzählt, und er hatte gesagt, dass er sie wirklich geliebt habe; es sei keine schmutzige kleine Sexgeschichte hinter dem Pferdestall gewesen. Er hatte ihr nicht absichtlich irgendetwas verheimlicht, aber die Neugier einer Frau hinsichtlich der ehemaligen Geliebten ihres Mannes kennt keine Grenzen, und Claudias Verlangen nach weiteren Informationen war noch nicht zufrieden gestellt.

»Wie ist sie, meinst du«, korrigierte Maria nicht unfreundlich. »Sie ist ja nicht tot. Vielleicht kommt sie einmal zurück.«

»Ich bin nur neugierig, verstehst du?« Claudia appellierte an das weibliche Band zwischen ihnen.

»Na ja, sie ist nicht sehr groß, aber sie wirkt so«, fing Maria an, und sie legte einen Stapel Fotos zu den anderen, die verstreut um sie herum auf den roten Steinplatten lagen, und schaute in die sommerdunstige Ebene hinaus. Claudia wollte nicht wissen, wie Sofia aussah. Sie wusste, wie sie aussah. Sie hatte genug Fotoalben angeschaut und die Bilder studiert, die bei Paco und Anna in silbernen Rahmen überall im Haus standen. Sie wusste genau, wie Sofia ausgesehen hatte, als Kind und als Frau. Sie war sehr hübsch, daran war kein Zweifel, aber Claudia interessierte sich mehr für ihre Persönlichkeit. Was hatte sie an sich, das Santis Herz erobert hatte? Und wieso war Claudia trotz all seiner Bemühungen überzeugt, dass Sofia dieses Herz noch immer besaß? Sie ließ Maria trotzdem erzählen; sie wollte diese Gelegenheit nicht versäumen. Es kam selten

einmal vor, dass sie ihre Schwägerin für sich allein hatte, ohne von Ehemännern, Cousins und Cousinen, Brüdern, Eltern, Onkeln und Tanten umringt zu sein. Als sie Maria an diesem Samstagmorgen allein auf der Terrasse hatte sitzen sehen, wo sie sich die alten Fotos anschaute, da hatte sie die Gelegenheit beim Schopf ergriffen. Hoffentlich kam jetzt niemand um die Ecke und verdarb alles.
Sie ahnte nicht, dass Maria große Sehnsucht danach hatte, über Sofia zu sprechen. Niemand sonst wollte über Sofia sprechen, und wenn sie es doch einmal taten, dann beinahe im Flüsterton, als ob sie gestorben wäre. Der einzige Mensch, mit dem Maria in Erinnerungen schwelgen konnte, war anscheinend Soledad, die in lautem, zornigem Ton über Sofia redete. Ihr Zorn galt dabei natürlich nicht Sofia, sondern den Eltern, denn sie war fest davon überzeugt, dass diese ihre Heimkehr verhindert hatten. Jetzt, da Claudia ihr zuhören wollte, war Maria nur allzu gern bereit, zu erzählen.
»Immer haben alle über sie gesprochen«, sagte sie so stolz, als redete sie über eine Tochter. »Was würde ihr als Nächstes einfallen? War ihre Mutter unfair gegen sie, oder war Sofia nur schwierig? Hatte sie einen Freund oder hatte sie keinen? Sie war ja so schön, dass alle in sie verliebt waren. Immer ging sie mit den bestaussehenden Männern aus. Roberto Lobito, der hätte jede haben können, aber Sofia konnte er nicht zähmen. Sie benutzte ihn und warf ihn beiseite wie einen Poloball. Er war noch nie irgendwo abgeblitzt. Ich wette, es hat ihm mal gut getan. Er war allzu selbstzufrieden.« Sie lachte und fuhr dann fort, als wäre sie allein und führe ein Selbstgespräch. »Ihr hat nichts Angst gemacht. In dieser Hinsicht war sie eher wie ein Junge. Sie hatte keine Kleinmädchen-Phobien wie ich, im Gegenteil, sie liebte Spinnen und Käfer, Frösche, Kröten und Kakerlaken, und Polo spielte sie besser als viele Jungen. Darüber hat sie mit Agustin immer gestritten. Sie hat mit allen Streit angefangen. Das hat sie getan, um sie zu ärgern, aber sie hat es nie so gemeint. Sie hatte Langeweile und wollte ein bisschen Unterhaltung. Sie hat sie natürlich alle wütend gemacht; sie wusste bei jedem genau, wie man ihn reizen konnte, kannte alle ihre schwachen Stellen. Es war alles viel lustiger, als sie noch da war. Santa Catalina

war ein aufregenderer Ort. Es gab immer Unruhe, Aufregung, Gelächter. Jetzt, wo sie nicht mehr da ist, kommt mir alles ziemlich fad vor. Es ist natürlich nett hier, und so wird es auf Santa Catalina immer sein. Aber die Funken sprühen nicht mehr. Trotzdem, sie wird zurückkommen, nur um sicherzustellen, dass sie niemand hier vergisst. Das wird dann wieder typisch für sie sein. Sie hat immer gern im Mittelpunkt der Aufmerksamkeit gestanden, und dort stand sie eigentlich auch immer, indem sie die Leute dazu zwang, sie entweder zu hassen oder zu lieben – es war ihr egal, solange man sie zur Kenntnis nahm.«

»Glaubst du wirklich, sie wird zurückkommen?«, fragte Claudia und biss ein Stückchen Haut an der Seite ihres langen, lackierten Fingernagels ab.

»Selbstverständlich«, antwortete Maria mit Nachdruck. »Ich weiß es sogar.«

»Oh.« Claudia nickte und lächelte betreten.

»Sie hat diesen Ort viel zu sehr geliebt, um ihn für immer aufzugeben.« Maria fing wieder an, die Fotos zu sortieren. Sie schluckte heftig. Sofia konnte sie doch nicht für immer verlassen, oder?

»Was machst du denn hier?«

»Ich hatte in letzter Zeit keine Gelegenheit, sie alle einzukleben. Heute Morgen ist es ruhig, und da dachte ich, ich fange mal an, sie zu sortieren.« Maria entdeckte ein Bild von Sofia und nahm es in die Hand. »Hier, das ist ein typisches Foto.« Traurig betrachtete sie es. »Das war in dem Sommer, als sie fortgegangen ist.«

In dem Sommer, als sie Santi liebte, dachte Claudia verbittert. Sie nahm ihrer Schwägerin das Foto aus der Hand und schaute in das braune, strahlende Gesicht, das sie triumphierend anzugrinsen schien. Claudia sah eine gewisse Selbstgefälligkeit in diesem Lächeln. Sofia trug eine enge weiße Hose und braune Stiefel, und sie saß auf einem Pony und hatte einen Schläger lässig über die Schulter gelegt. Das Haar war zu einem Pferdeschwanz zusammengebunden. Claudia hasste Pferde, und sie hatte auch nicht viel übrig für das Landleben. Die Tatsache, dass Sofia beides bis zur Raserei geliebt hatte, machte sie ihr noch unsympathischer.

Dass sie sich vor der Hochzeit so sehr bemüht hatte, so zu tun, als liebte sie beides, war totale Zeitverschwendung gewesen. Das hatte sie eines Nachmittags festgestellt, als Santi mit ihr ausgeritten war. Steif hatte sie auf dem Pony gesessen und sich höchst elend gefühlt, und schließlich hatte sie wütend zu schluchzen angefangen und ihm gebeichtet, dass sie schon den Anblick eines Pferdes nicht ausstehen konnte. »Ich möchte nie wieder reiten«, hatte sie schniefend erklärt.

Zu ihrer Überraschung war Santi beinahe glücklich gewesen. Er hatte sie nach Hause gebracht, sie in den Arm genommen und gesagt, sie brauche im ganzen Leben nicht wieder in die Nähe eines Ponys zu kommen. Anfangs war sie erleichtert gewesen, weil sie sich nicht weiter verstellen musste, aber später wünschte sie, sein Entzücken wäre nicht so groß gewesen. Ponys, Reiten, das Landleben – das alles gehörte zu Sofias Territorium, und Claudia nahm an, dass Santi es auch dabei belassen wollte. »Hat Santi ihr eigentlich schon immer besonders nah gestanden?«, fragte sie vorsichtig.

Maria sah sie erschrocken an. »Das weiß ich nicht«, log sie. »Da müsstest du ihn fragen.«

»Er spricht nie über sie.« Claudia zuckte die Achseln und schaute zu Boden.

»Ach so. Na ja, sie haben einander ziemlich nah gestanden. Er war wie ein älterer Bruder für sie, weißt du, und Sofia war wie eine Schwester für mich.« Maria fühlte sich plötzlich unbehaglich, als gerate dieses Gespräch außer Kontrolle.

»Hast du etwas dagegen, wenn ich mir noch ein paar Bilder anschaue?« Taktvoll wechselte Claudia das Thema. Sie spürte, dass sie vielleicht doch allzu neugierig fragte. Maria sollte ja nicht zu Santi gehen und es ihm erzählen.

»Hier, sieh dir doch diese hier an, die habe ich schon sortiert.« Erleichtert reichte Maria ihr einen der säuberlich markierten Stapel. »Aber bring sie nicht wieder mit dem Rest durcheinander, ja?«

Claudia lehnte sich auf ihrem Stuhl zurück und legte die Fotos in den Schoß. Maria warf einen verstohlenen Blick auf sie, als sie es nicht merkte. Claudia war nur zwei Monate älter als Maria, aber sie wirkte viel älter. Sofia behauptete immer, die Leute kämen schon in einem bestimmten Alter auf die Welt: Sie sei achtzehn, und Maria sei Anfang zwanzig. Nun, wenn das so war, dann wäre Claudia für sie wahrscheinlich vierzig gewesen. Das hatte nichts mit ihrem glatten, braunen Gesicht zu tun. Sie war von natürlicher Schönheit. Es lag eher an der Art, wie sie sich kleidete und benahm. Sie hatte Maria angeboten, ihr zu zeigen, wie man sich vorteilhaft schminkte. »Was ich mit deinem Gesicht nicht alles anfangen könnte«, hatte sie taktlos gesagt. Maria war zu freundlich, um daran Anstoß zu nehmen. Sie wollte nicht mit so satten Farben wie Claudia angemalt werden, und Eduardo würde es auch gar nicht gefallen. Maria fragte sich, ob sie auch so ins Bett ging, und wenn nicht, ob Santi sie dann morgens erkannte. Zu gern hätte sie danach gefragt, aber das wagte sie nicht. Es hatte eine Zeit gegeben, da hätte sie ihn alles fragen können, aber die Dinge hatten sich geändert – kaum merklich zwar, aber doch unaufhaltsam.

Niemand hatte verstanden, weshalb Santi Claudia hatte heiraten wollen. Man mochte sie durchaus, denn sie war nett und freundlich und sah hübsch aus, aber als Paar schienen sie nichts miteinander gemeinsam zu haben. Sie verbanden sich nicht – wie Öl und Wasser. Chiquita hatte sich gleich für sie erwärmen können, aber nur, weil sie so erleichtert war, dass er überhaupt heiratete. Sie sah beglückt, dass ihr Sohn wieder lächelte und vorwärts blickte. Die Einzige, mit der Claudia sich wirklich angefreundet hatte, war seltsamerweise Anna. Beide waren von kühlem Temperament, und beide hassten Pferde. Sie verbrachten viel Zeit zusammen, und Anna hatte sich große Mühe gemacht, um ihr das Gefühl zu geben, willkommen zu sein.

»Was schaust du?«, fragte Claudia plötzlich, ohne den Blick von den Fotos zu heben. Maria befürchtete, dass sie die ganze Zeit gemerkt hatte, wie sie gemustert wurde.

»Reine Neugier. Du schminkst dich so schön«, antwortete sie hilflos.

»Danke. Ich hab's dir angeboten.« Claudia lächelte auf Maria herab.

»Ich weiß. Vielleicht muss ich dich doch einmal beim Wort nehmen.« Maria lächelte matt.

»*Dios,* wie siehst du denn aus?«, rief Eduardo entsetzt, als seine Frau mit dem Gesicht einer Kosmetik-Verkäuferin zum Essen kam.
»Claudia hat mir Unterricht gegeben«, antwortete sie zaghaft und klapperte mit langen, schweren schwarzen Wimpern.
»Ich habe mich schon gefragt, wieso ihr zwei euch da drin eingeschlossen habt.« Er nahm seine Brille ab und polierte sie an seinem Hemd. In diesem Augenblick erschien Claudia hinter Maria; sie trug ein langes schwarzes Kleid, das von zwei zarten Silberträgern gehalten wurde.
»*Mi amor,* du siehst hinreißend aus.« Santi stand auf, um seine Frau zu küssen. Er hatte sie den ganzen Tag über kaum gesehen.
»Findest du nicht, dass du dich zum Abendessen umziehen könntest, statt in Jeans zu kommen? Du riechst nach Pferd«, flüsterte sie.
»Mama wird das nichts ausmachen. Wenn sie sich jetzt noch nicht an mich gewöhnt hat, dann schafft sie es nie mehr.« Er setzte sich wieder. Claudia zwängte sich neben ihn, obwohl der Sessel nicht für zwei Personen gedacht war. Er strich ihr übers Haar.
»*Mi amor*«, klagte sie, »kannst du dir nicht die Hände waschen, wenn du mich anfassen willst? Ich bin sauber.«
Er grinste boshaft, zog sie an sich und umarmte sie. »Magst du nicht den Schweiß eines heißblütigen Mannes?«, neckte er sie.
»Nein, den mag ich nicht.« Sie lachte wider Willen, richtete sich auf und schüttelte ihn ab. »Bitte, Santi – ich hab's gern, wenn du mich anfasst; ich möchte nur, dass du es mit sauberen Händen tust.« Widerstrebend stand Santi auf und ging hinaus. Nach fünf Minuten kam er zurück, glatt rasiert und umgezogen.
»Besser?« Er zog eine Braue hoch.
»Besser.« Sie machte ihm im Sessel Platz.
Das Abendessen wurde draußen auf der Terrasse im Schein der vier großen Windlichter serviert. Chiquita genoss ihre neue, größere

Familie, und sie betrachtete die lebhaften Gesichter im warmen Schein der Kerzen. In ihrem Herzen verbarg sie stets eine stille Trauer um Fernando, der meilenweit entfernt in Uruguay war, aber sie hatten ihn oft besucht.

Fernando verfolgte sein Erlebnis noch immer. Er hatte sich die schwarzen Haare lang wachsen lassen, aber sie waren wenigstens sauber und glänzten wie das Gefieder eines Raben. Nostalgisch erinnerte sie sich an die langen Sommerferien seiner Kindheit, als das Leben noch unschuldig gewesen war. Jetzt war er weit weg von zu Hause und lebte an irgendeinem Strand das Leben eines herrenlosen Hundes. Aber sie musste doch froh sein, dachte sie, dass er noch lebte.

Panchito, inzwischen ein gertenschlanker Sechzehnjähriger, verbrachte so viel Zeit, wie er konnte, in fremden Häusern mit Cousins und Freunden in seinem Alter. Chiquita ermunterte ihn, sich doch auch Freunde nach Hause einzuladen, damit es hier interessanter für ihn wäre, aber wenn er nicht auf dem Polofeld glänzte, war er anderswo, und meistens wusste sie gar nicht, wo und mit wem er zusammen war. Sie sah ihn kaum noch.

»Wie war Miguel eigentlich, als du ihn kennen gelernt hast?«, fragte Claudia.

Chiquita lachte. »Na ja, er war groß und ...«

»Haarig«, warf Santi hilfsbereit ein. Alle lachten.

»Haarig. Aber nicht so haarig wie heute.«

»War er ein Wolfsmensch, Mama? Hat er dich gejagt und in seine Höhle geschleppt?«

»Santi, du bist manchmal so albern.« Sie lächelte, und ihre Augen funkelten glücklich.

»Na, hast du, Papa?«

»Deine Mutter hat jeder gejagt. Ich war nur der Glückspilz.« Er zwinkerte Chiquita über den Tisch hinweg zu.

»Ihr hattet beide großes Glück«, meinte Claudia diplomatisch.

»Glück hat nichts damit zu tun. Ich musste dem Ombu meine Opfer bringen.« Er schmunzelte.

»Dem Ombu?« Claudia war verwirrt. Maria schaute zu Santi

hinüber und sah, dass sein Kaumuskel sich straffte. Er zog eine Packung Zigaretten aus der Tasche und zündete sich eine an.
»Sag nicht, Santi hat dich noch nicht zum Ombu geführt?« Chiquita war überrascht. »Als Junge hat er von früh bis spät oben in diesem Baum gesessen.«
»Nein, das hat er noch nicht.« Sie schaute Santi an. »Was gibt's denn da so Besonderes?«
Santi reagierte nicht, sondern blies schweigend den Rauch von sich.
»Wir haben uns dort immer etwas gewünscht. Wir dachten, es ist ein Zauberbaum, aber es ist natürlich keiner. Da ist nichts Besonderes«, sagte Maria hastig und versuchte leichthin zu klingen. Sie spürte, wie Eduardo sein Bein an sie drückte, um sie zu unterstützen.
»Es ist durchaus ein besonderer Baum«, widersprach Miguel barsch. »Er ist ein Teil unserer Jugend. Als Kinder haben wir dort gespielt, als Erwachsene hatten wir dort unsere Rendezvous. Ohne indiskret zu sein, kann ich sagen, dass ich eure Mutter dort zum ersten Mal geküsst habe.«
»Wirklich?«, sagte Maria. Das hatte ihr noch niemand erzählt.
»Wirklich. Für deine Mutter und mich ist es ein ganz besonderer Baum.«
»Santi, gehst du mit mir hin? Ich bin jetzt ganz neugierig geworden«, sagte Claudia.
»Gelegentlich«, murmelte Santi heiser. Sein Gesicht war totenbleich im flackernden Schein der Kerzen, der seine Züge grotesk akzentuierte.
»*Mi amor*, fehlt dir etwas? Du bist ganz blass geworden«, sagte Claudia besorgt.
»Ja, mir ist ein bisschen schwindlig. Das macht die Hitze. Ich war den ganzen Tag in der Sonne.« Er drückte seine Zigarette aus und stand auf. »Nein, bleib nur hier und iss«, sagte er zu seiner Frau. »Es geht gleich wieder. Ich muss mich nur etwas bewegen.«
Claudia machte ein bedrücktes Gesicht, aber sie rückte ihren Stuhl wieder zurecht und legte sich die Serviette säuberlich auf den Schoß. »Wie du willst, Santi«, sagte sie gepresst und schaute ihm

nach, als er im Dunkeln verschwand. Und wieder hörte sie aus der schwarzen Leere ringsum Sofias Lachen, das sie verspottete.

Santi wanderte über die Pampa zum Ombu. Der klare Sternenhimmel war so hell, dass er seinen Weg fand, ohne zu stolpern, aber er kannte das Gelände auch so. Beim Baum angekommen, kletterte er in den Wipfel hinauf, ließ sich auf einen festen Ast sinken und lehnte sich niedergeschlagen an den dicken Stamm. Er spürte ein Pochen in der Kehle, als ob sein Kragen zu eng wäre, aber der Kragen war gar nicht zugeknöpft. Er griff sich an den Hals, um die Umklammerung zu lockern. Auch seine Brust fühlte sich unbehaglich zusammengepresst an. Er versuchte tief durchzuatmen, brachte aber nur ein raues, flaches Keuchen zustande. Sein Magen wollte sich umdrehen, und er hatte Kopfschmerzen. Er starrte in die Nacht hinaus und erinnerte sich daran, wie er hier mit Sofia gesessen hatte und wie sie zu den Planeten und Sternen hinaufgeschaut hatten, die über ihnen funkelten. Er fragte sich, ob sie denselben Himmel sehen konnte und ob sie manchmal hinaufschaute und an ihn dachte.

Plötzlich begann er zu schluchzen. Er versuchte sich zu beherrschen, aber das Schluchzen brach aus der Tiefe seines Herzens herauf. Er hatte schon lange nicht mehr geweint. Nicht mehr, seit Sofia ihn wund und zerbrochen zurückgelassen hatte. Er hatte geglaubt, mit einer anderen Frau endlich sein Glück gefunden zu haben. Claudia brachte ihn zum Lächeln, manchmal sogar zum Lachen. Sie war warm und sanft im Bett, lieb und rücksichtsvoll im Alltag. Sie war anspruchslos und unkompliziert. Sie tat alles, was sie konnte, um ihm zu gefallen, und fuhr nur selten einmal aus der Haut. Sie war kühl und hatte ihre Emotionen unter Kontrolle, aber das hieß nicht, dass sie keine Gefühle hatte. Sie fühlte alles, nur achtete sie sorgfältig darauf, was sie davon preisgab. Sie war ruhig und würdevoll. Niemand konnte sagen, sie sei nicht schön. Sie achtete auf sich. Warum zum Teufel sehnte er sich also nach dem Chaos, der Selbstsucht, der Leidenschaft von Sofia? Warum hatte sie nach all dieser Zeit, nach fast zehn Jahren, immer noch die Macht, ihn auf die Knie zu zwingen und weinen zu lassen wie ein kleines Kind?

»Verdammt, Chofi!«, schrie er in die feuchte Nachtluft hinaus. »Zur Hölle mit dir!«

Claudia wollte eine Familie gründen. Sie sehnte sich verzweifelt nach einem Kind. Aber er war einfach noch nicht bereit. Wie konnte er ein Kind in die Welt setzen, wenn er immer noch darauf hoffte, dass Sofia zurückkäme? Wenn er diese Verpflichtung mit Claudia einginge, wäre es wirklich eine Verpflichtung fürs Leben. Eine Ehe sollte zwar auch ein Leben lang bestehen, aber ein Kind war etwas Unumkehrbares. Er hatte immer noch die Hoffnung, dass Sofia eines Tages zurückkehren würde, und dann wollte er bereit sein. Alle dachten, er hätte sie vergessen, aber er würde sie nie vergessen. Wie konnte er sie vergessen, wenn ihr Gesicht ihm aus jeder Ecke der Estancia entgegenblickte? Erinnerungen an sie verbanden sich mit jedem Teil der Ranch, mit jedem Möbelstück. Er konnte ihr nicht entkommen, und irgendwie wollte er es auch nicht; sie quälte ihn und gab ihm gleichzeitig Trost.

Als er zum Haus zurückkehrte, wartete Claudia auf ihn. Sie saß im Nachthemd auf dem Bett, das Gesicht bang und angespannt. Sie hatte sich abgeschminkt, und ohne den Lippenstift war ihr Gesicht ganz ohne Farbe.

»Wo warst du?«

»Ich war spazieren.«

»Dich plagt etwas.«

»Nein, es geht mir gut. Ich habe nur ein bisschen frische Luft gebraucht, weiter nichts.« Er zog das Hemd aus der Hose und fing an, es aufzuknöpfen.

Claudia ließ ihn nicht aus den Augen. »Du warst bei diesem Ombu-Baum, nicht wahr?«

»Wie kommst du darauf?« Er wandte sich ab.

»Weil du da immer mit Sofia gewesen bist.«

»Claudia …«, begann er gereizt.

»Ich habe Marias Fotos gesehen – auf vielen warst du mit Sofia auf diesem Baum zu sehen. Ich werfe dir nichts vor, *mi amor*, ich will dir helfen.« Sie streckte die Hand nach ihm aus, aber er zog sich weiter aus und ließ seine Kleider auf den Boden fallen.

»Ich brauche keine Hilfe, und ich möchte nicht über Sofia reden«, sagte er ausdruckslos.
»Warum nicht? Warum willst du nie über sie reden?« Ihre Stimme bekam plötzlich einen ungewohnten Ton.
Er schaute in ihr starres Gesicht. »Wäre es dir denn lieber, wenn ich über sie redete? ›Sofia hier, Sofia dort‹? Ist es das, was du willst?«
»Aber verstehst du nicht, dass sie über uns schwebt wie ein Geist, weil du nicht über sie sprichst? Immer, wenn ich dir nahe komme, spüre ich, wie sie sich zwischen uns schiebt.« Ihre Stimme zitterte.
»Aber was willst du wissen? Ich habe dir alles erzählt.«
»Ich will nicht, dass du sie vor mir versteckst.«
»Ich verstecke sie nicht vor dir. Ich will sie vergessen, Claudia. Ich will mir ein Leben mit dir aufbauen.«
»Du liebst sie immer noch«, sagte sie plötzlich.
»Woher kommt das alles?«, fragte er verwirrt und setzte sich neben sie auf das Bett.
»Ich bin geduldig gewesen«, sagte sie unsicher. »Ich habe nie nach ihr gefragt. Ich habe diesen Teil deines Lebens in Ruhe gelassen.«
»Und weshalb hast du jetzt plötzlich Zweifel ihretwegen?«, fragte er sanft und nahm ihre Hand.
»Weil ich sie überall spüre. Ich spüre sie in dem Schweigen, wenn die Menschen Atem holen. Alle haben Angst, von ihr zu sprechen. Was hat sie getan, dass die Leute so geheimnisvoll tun? Nicht einmal Anna spricht von ihr. Es ist, als wäre sie tot. Aber das Schweigen macht sie nur größer, bedrohlicher. Ich fühle, dass sie dich mir wegnimmt. Aber ich will dich nicht an ein Gespenst verlieren, Santi.« Sie schluckte heftig. Sie war es nicht gewohnt, ihre Gefühle zu offenbaren.
»Du wirst mich nicht verlieren. An niemanden. Es ist seit Jahren vorbei.«
»Aber du liebst sie immer noch.«
»Ich liebe eine Erinnerung, Claudia. Das ist alles«, log er. »Wenn sie jetzt zurückkäme, wären wir doch beide verändert. Wir sind inzwischen andere Menschen geworden.«
»Wirklich?«

»Was muss ich tun, um dich zu überzeugen?« Er zog sie in die Arme. Aber er kannte die Antwort.

Er zog sie plötzlich an sich und küsste sie heftig; seine Zunge glitt über Zähne und Zahnfleisch, und seine Lippen pressten sich auf ihren Mund. Sie hielt den Atem an. So hatte er sie noch nie geküsst – nicht mit solcher Dringlichkeit. Er warf sie quer über das Bett und schob das seidene Nachthemd über ihren Bauch herauf. Er betrachtete die weiche Wölbung ihres Leibes und strich mit der Hand darüber, starrte sie schweigend an. Sie öffnete die Augen und sah, dass ein seltsamer Ausdruck in sein Gesicht getreten war. Als sie ihm stirnrunzelnd in die Augen schaute, wurde sein Blick milder. Er lächelte, während sie seine Gedanken zu ergründen versuchte, aber dann vergrub er das Gesicht an ihrem Hals und küsste und leckte sie, bis sie vor Lust aufschrie. Seine Hand bewegte sich entschlossen von ihren Beinen hinauf zu ihren Brüsten, seine Berührung war selbstsicher und kraftvoll, und sie wand sich unter ihm, als er sinnliche Empfindungen in ihr weckte, die sie noch nie zugelassen hatte. Er drückte ihre Beine auseinander und drang in sie ein.

»Aber du hast dich nicht geschützt?«, fragte sie. Ihr Gesicht war rot vor Lust.

»Ich will ein Saatkorn pflanzen, Claudia«, antwortete er atemlos und schaute ihr ernst ins Gesicht. »Ich will meine Zukunft mit dir bauen.«

»O Santi, ich liebe dich«, seufzte sie glücklich, und sie umschlang ihn mit Armen und Beinen wie eine Krake und zog ihn an sich. Jetzt wirst du mich gehen lassen, Chofi, dachte Santi bei sich. Jetzt werde ich dich wirklich vergessen.

Einunddreissig

England, 1982

»Noch eine«, sagte Jessica verschlafen und ohne den Daumen aus dem Mund zu nehmen, als Sofia mit sanfter Stimme zu Ende gelesen hatte und das Buch zuklappte.

»Ich glaube, eine Geschichte ist genug, oder?«

»Noch eine einzige?«, schlug sie hoffnungsvoll vor und kuschelte sich in Sofias Schoß.

»Nein, mehr gibt's nicht. Gib mir einen Kuss.« Sie nahm das Kind in die Arme und küsste das glatte, rosige Gesicht. Jessica klammerte sich fest und wollte nicht loslassen.

»Was ist mit den Hexen?«, fragte sie, als Sofia sie ins Bett stopfte und sie zärtlich zudeckte.

»Es gibt keine Hexen. Hier ganz bestimmt nicht. Sieh mal, das ist ein Zauberbär«, sagte Sofia und schob den Teddy zu ihr unter die Bettdecke. »Wenn eine Hexe in deine Nähe kommt, wird dieser Bär einen Zauber sprechen, dass die Hexe in einer Rauchwolke verschwindet.«

»Ein schlauer Bär«, sagte das Kind glücklich.

»Ein sehr schlauer Bär«, stimmte Sofia zu, und sie beugte sich hinunter und küsste zärtlich die kleine Stirn. »Gute Nacht.« Als sie sich zum Gehen wandte, sah sie David, der still hinter der halb offenen Tür stand und sie durch den Spalt beobachtete. Er lächelte sie nachdenklich an. »Was machst du hier?«, flüsterte sie und schlüpfte zu ihm hinaus.

»Ich beobachte dich.«

»Ja, nicht wahr?« Sie lachte. »Und warum?«

Er zog sie in die Arme und küsste sie auf die Stirn. »Du bist ein Naturtalent, was Kinder angeht«, sagte er leise.
Sie wusste, wohin dieses Gespräch führen würde. »Ich weiß, David, aber …«
»Darling, ich werde doch bei dir sein. Du bist dabei nicht allein.« Er schaute ihr in die angstvollen Augen. »Es ist unser Kind, von dem wir hier reden. Ein Stückchen von mir und ein Stückchen von dir – das Einzige auf der Welt, das ein Teil von uns beiden sein wird und ganz allein uns gehört. Ich dachte, das hast du dir gewünscht.«
Sie führte ihn den Korridor hinunter, weg vom Kinderzimmer. »Ich liebe Kinder, und eines Tages will ich auch eins haben – nein, viele. Ein Stückchen von dir und ein Stückchen von mir, das ist eine romantische, wunderbare Sache. Aber jetzt noch nicht. Bitte, David, gib mir Zeit«, bat sie.
»Ich habe keine Zeit, Sofia. Ich werde nicht jünger. Ich will mich an einer Familie erfreuen, solange ich noch jung genug dazu bin.« Er spürte, wie ein seltsames Déjà-vu-Gefühl ihm den Magen umdrehte. Er hatte dieses Gespräch unzählige Male mit Ariella geführt.
»Bald. Sehr bald, Darling. Ich versprech's dir.« Sie löste sich aus seinen Armen. »Ich komme gleich herunter. Du kannst Christina sagen, dass ihre Tochter im Bett ist. Sie kann ihr jetzt gute Nacht sagen.«
Sofia schloss die Schlafzimmertür hinter sich und blieb einen Moment lang still stehen, um sicher zu sein, dass David ihr nicht folgte. Auf dem Treppenabsatz war es still und ruhig; offenbar war er hinuntergegangen, um Christina ihre Botschaft zu überbringen. Sie trat ans Bett, hob das Laken hoch und schob die Hand unter die Matratze, um ein schmutzig weißes Stück Musselin hervorzuziehen. Santiguitos Wickeltuch. Sie setzte sich auf den Boden und zog die Beine an, hob das Tuch an die Nase, schloss die Augen und atmete den muffigen Geruch, der einmal Santiguitos gewesen war. Die Jahre hatten das Tuch verfärbt, und vom vielen Anfassen war der Stoff wie der Duft verschlissen. Es sah jetzt mehr wie ein Putzlappen aus, und wenn man es nicht besser gewusst hätte, wäre es

wahrscheinlich bald im Abfall gelandet. Aber Sofia hütete es als ihren kostbarsten Besitz.
Wenn sie es ans Gesicht hielt, war es, als starte sie einen Filmprojektor. Dann schloss sie die Augen und sah die Bilder ihres Babys, so frisch und lebendig, als hätte sie das Kind erst einen Tag zuvor gesehen. Sie erinnerte sich an die winzigen Füßchen, an jeden vollkommenen Zeh, so rosig und weich, an das flauschige Haar und die glatte, glatte Haut. Sie erinnerte sich an das Gefühl, das er beim Saugen an ihrer Brust erweckt hatte, an den glasigen Ausdruck in seinem Blick, wenn er sein kleines rundes Bäuchlein füllte. Sie erinnerte sich an alles, und sie sorgte dafür, dass sie sich an alles erinnerte. Sie ließ den Film immer wieder ablaufen, damit sie auch nicht die kleinste Einzelheit vergaß.
Sie und David waren jetzt seit vier Jahren verheiratet, und alle wollten nur noch wissen, wann sie denn nun eine Familie gründen würden. Dabei ging es niemanden etwas an, dachte Sofia unwillig. Das war eine Sache zwischen ihr und David, auch wenn Zaza aus irgendeinem Grund glaubte, sie habe einen Sonderstatus. Sofia hatte sie ein- oder zweimal angefaucht, aber sie war unempfindlich wie ein altes Stück Leder und hatte den Wink nicht verstanden. Nur David, Dominique und Antoine verstanden, warum sie kein Kind haben wollte. Dominique und Antoine waren zur Hochzeit hergekommen; es war nur eine stille Zeremonie auf dem Standesamt gewesen, aber sie hatten es dennoch nicht versäumen wollen. Seit der Zeit in Genf waren die beiden bessere Eltern für sie, dachte Sofia, als es ihre eigenen jemals gewesen waren. Wenn sie an Paco und Anna dachte, was sie nach Möglichkeit vermied, wollten sich nur mehr ihre blassen Gesichter einstellen, die in der Erinnerung jetzt fast eisgrau wirkten, während sie ihr befahlen, ihre Sachen zu packen und ihr Land zu verlassen. Dominique rief oft an – immer verständnisvoll, immer freundlich gestimmt. Sie vergaß Sofias Geburtstag nie, schickte Geschenke aus Genf und Postkarten aus Verbier, und sie schien es zu spüren, wenn irgendetwas nicht in Ordnung war, denn sie rief immer im richtigen Augenblick an.

»Ich will ein Baby, Dominique, aber ich habe Angst«, hatte Sofia ihr noch am Tag zuvor gestanden.

»*Chérie,* ich weiß, dass du Angst hast, und David hat auch Verständnis dafür. Aber du kannst dich nicht an eine Erinnerung klammern. Santiguito ist nicht real. Er existiert nicht mehr. Die Erinnerung an ihn kann dich nur quälen.«

»Ich weiß. Das sage ich mir ja auch immer, aber ich fühle mich trotzdem blockiert. Wenn ich mir vorstelle, mein Bauch ist dick und schwer, gerate ich in Panik. Ich kann das Unglück nicht vergessen, das dadurch entstanden ist.«

»Du wirst es nur vergessen, indem du ein Kind bekommst, während der Mann, den du liebst, an deiner Seite ist. Dieses Kind wird dir so viel Glück bringen, dass du den Schmerz vergisst, den Santiguito gebracht hat. Das verspreche ich dir.«

»David ist so lieb. Er spricht nicht viel davon, aber ich weiß, dass er dauernd daran denkt. Ich sehe es in seinen Augen, wenn er mich anschaut. Ich habe ein so schlechtes Gewissen.« Sie ließ sich in die Kissen sinken.

»Das musst du nicht. Eines Tages wirst du ihm ein Baby schenken, und ihr werdet eine glückliche Familie sein. Hab nur Geduld. Die Zeit heilt alle Wunden.«

»Du bist einfach wunderbar, Dominique. Ich fühle mich jetzt schon besser.« Sofia lachte.

»Und wie geht's David?«, fragte Dominique. Sie war froh, dass Sofia sich verliebt und die Vergangenheit hinter sich gelassen hatte – beinahe jedenfalls.

»Wie immer. Er macht mich sehr glücklich. Ich habe es so gut getroffen mit ihm«, sagte sie wahrheitsgemäß.

»Keine Sorge. Du bist noch jung, du hast reichlich Zeit für Kinder«, sagte Dominique liebevoll. Aber sie verstand auch Davids Befürchtungen und konnte sie ihm von ganzem Herzen nachfühlen.

Sofia hatte die letzten fünf Jahre sehr bewusst gelebt. Nie hatte sie das Leben mit David als selbstverständlich hingenommen. Nicht einen Augenblick lang hatte sie den Jammer vergessen, der wie ein schwarzer Nebel auf den ersten Jahren ihres Exils gelegen und manches allzu Schmerzhafte teilweise verhüllt hatte. Santi hatte sie gelehrt, in der Gegenwart zu leben, und David hatte ihr bewiesen, dass es möglich war. Die Liebe zu ihrem Ehemann war fest und unerschütterlich. Er besaß Selbstsicherheit und Autorität, aber hinter seiner zurückhaltenden Art hatte sie doch auch eine Verwundbarkeit entdeckt, die ihn desto liebenswerter machte. Er sagte ihr nur selten, dass er sie liebte; es war nicht seine Art, aber sie wusste, dass er es tat. Sie verstand ihn.

Das Unglück, ihrer Schwiegermutter Elizabeth Harrison zu begegnen, hatte Sofia nur einmal gehabt. David hatte sie eine Woche vor der Hochzeit beim Tee im Basil Hotel miteinander bekannt gemacht. Er hatte gemeint, es sei am besten, sich auf neutralem Boden zu treffen; so würde seine Mutter sie nicht einschüchtern oder gar eine Szene machen können.

Es war ein kurzes und unbehagliches Zusammentreffen gewesen. Eine streng aussehende Frau mit starren grauen Haaren, schmalen, violetten Lippen und vorquellenden, wässrigen Augen, unsympathisch und oberflächlich, war Elizabeth Harrison eine Frau, die es gewohnt war, sich durchzusetzen und alle in ihrer Umgebung ebenso unglücklich zu machen, wie sie selbst war. Sie hatte David nie verziehen, dass er sich von Ariella hatte scheiden lassen, deren Reiz für sie allerdings mehr in ihrem Stammbaum als in ihrer Persönlichkeit gelegen hatte, und sie konnte ihm auch nicht vergeben, dass er sein Geld dazu benutzte, Theaterstücke zu produzieren, obwohl sie ihn dazu ermutigt hatte, im Außenministerium zu arbeiten wie sein Vater. Sie hatte missbilligend die Nase gerümpft, als sie hörte, dass Sofia mit ausländischem Akzent sprach, und schließlich war sie hinausstolziert, so gut es mit einem Gehstock ging, als Sofia ihr erzählt hatte, dass sie in einem Frisiersalon namens Maggie's in der Fulham Road gearbeitet und den Kunden dort die Haare gewaschen hatte. David hatte sie gehen lassen, ohne ihr nachzulaufen und sie anzuflehen, doch zurückzukommen. Das hatte sie mehr als alles andere geärgert. David schien sie nicht zu brauchen, und anscheinend lag ihm auch nichts an ihr. Sie schürzte die bitteren

Lippen und kehrte in ihre kalte, leere Villa in Yorkshire zurück, gänzlich unzufrieden mit dem Treffen. David hatte Sofia danach versprochen, dass sie seine Mutter nie wieder zu sehen brauche.
Sosehr Sofia sich auch bemühte, bewusst in der Gegenwart zu leben – die Vergangenheit hatte doch die boshafte Gewohnheit, plötzlich aus dem Nichts ihr Haupt zu erheben, veranlasst durch irgendeine vage Assoziation, die ihre Gedanken zurück nach Argentinien führte. Manchmal war es einfach die Art, wie die Bäume an einem Sommerabend lange Schatten über den Rasen warfen oder wie ein besonders heller Mond das taufeuchte Gras wie Strass glitzern ließ. Der Geruch des Heus in der Erntezeit oder des brennenden Laubs im Herbst. Aber nichts erweckte das alles so sehr zum Leben wie Eukalyptus: Das schwüle Wetter und die Eukalyptusbäume hatten die Flitterwochen am Mittelmeer für Sofia fast unerträglich gemacht. Ihr Herz hatte sich zusammengezogen, und das Heimweh hatte sie verzehrt, bis sie kaum noch hatte atmen können. David hatte sie im Arm gehalten, bis das Gefühl vergangen war. Dann hatten sie darüber gesprochen. Das tat sie nicht gern, aber David hatte darauf bestanden, dass es eine schlechte Gewohnheit sei, solche Dinge in sich zu verschließen, und sie hatte immer wieder alles erzählen müssen.
Die beiden Erlebnisse, zu denen Sofia immer wieder zurückkehrte, waren die Verstoßung durch ihre Eltern und der Tag, an dem sie Genf und den kleinen Santiguito für immer verlassen hatte. Der qualvolle Abschied von Santi war etwas, worüber sie mit ihrem Mann nicht sprechen konnte, weil sie fürchtete, ihm wehzutun. Diese Tränen vergoss sie innerlich und im Geheimen, und ohne es zu ahnen, erlaubte sie dem Schmerz, sich tief in ihr einzugraben und zu schwären.
Nach der Heirat hatte Sofia eigentlich nicht viel an Ariella gedacht. Ein- oder zweimal war der Name erwähnt worden; Sofia hatte den Dachboden nach einer Lampe durchstöbert, von der David gesagt hatte, dass sie sie dort finden würde, und dabei hatte sie einen Stapel von Ariellas Gemälden entdeckt, die von einem Staublaken verhüllt an der Wand lehnten. Es hatte ihr nichts ausgemacht. David war heraufgekommen, um sich die Bilder anzusehen, und dann hatte er

sie wieder mit dem Tuch bedeckt. »Sie hat ziemlich gut gemalt«, hatte er nur gesagt, und Sofia war nicht weiter neugierig gewesen. Sie hatte die gesuchte Lampe gefunden, nach unten getragen und die Tür zum Dachboden geschlossen. Seitdem war sie nicht mehr oben gewesen, und Ariella spielte in ihren Gedanken keine Rolle. Eine Party in London war der letzte Ort, an dem sie damit gerechnet hätte, ihr zu begegnen.

Partys machten Sofia nervös. Sie wollte nicht hingehen, aber David bestand darauf. Sie könne sich nicht ewig verstecken. »Niemand weiß, wie lange dieser Krieg dauern wird – irgendwann musst du der Welt entgegentreten«, erklärte er. Als Großbritannien im April Argentinien den Krieg um die Falkland-Inseln erklärt hatte, war Sofia verzweifelt hin und her gerissen gewesen. Sie war Argentinierin, und auch wenn sie diesen Teil ihres Lebens weggesperrt hatte, war sie doch immer sicher, dies und nichts anderes zu sein: eine Argentinierin durch und durch. Jede Schlagzeile traf sie, jede grausame Bemerkung tat weh. Es war ihr Volk. Aber es hatte keinen Sinn, die Argentinier auf dieser Seite des Atlantiks zu verteidigen; die Briten wollten Köpfe rollen sehen. David riet ihr liebevoll, den Mund zu halten, wenn ihr Kopf nicht auch rollen sollte. Es war schwer, keine kleinen Gefechte anzuzetteln, wenn die Leute so taktlos waren – auf Dinnerpartys zum Beispiel, wo rüpelhafte Männer mit der Faust auf den Tisch schlugen und sich über die »verdammten Argies« lustig machten. »Argies« waren die Argentinier jetzt, und dieser Name hatte nichts Liebevolles an sich. Niemand hatte bis dahin gewusst, dass die Falkland-Inseln existierten, aber plötzlich hatte jedermann eine Meinung dazu.

Sofia musste die Fingernägel in den Handballen bohren, um ihnen nicht die Genugtuung zu geben, sie traurig zu sehen. Erst später kuschelte sie sich dann an David und schluchzte an seiner Brust. Sie fragte sich, wie ihre Familie zu Hause zurechtkommen mochte. Am liebsten hätte sie in Lowsley die Fahne vom Dach wehen lassen und so laut wie nur menschenmöglich hinausgeschrien, dass sie Argentinierin und stolz darauf sei. Sie hatte ihre Nationalität nicht aufgegeben. Sie war nicht desertiert. Sie war eine von ihnen.

Es war eine Dinnerparty mit Tanz an einem ungewöhnlich schwülen Abend im Mai. Gastgeber waren Ian und Alice Lancaster, alte Freunde von David, und es war eine Party von der Sorte, über die alle Welt schon Monate vorher und nachher diskutierte. Sofia hatte bei Belville Sassoon ein kleines Vermögen für ein gerade geschnittenes, trägerloses rotes Kleid ausgegeben, das subtil funkelnd mit ihrer olivfarbenen Haut kontrastierte. David war hinreichend beeindruckt gewesen, um sich wegen des Preises keine Gedanken zu machen, und er lächelte stolz, als er sah, wie alle anderen Gäste sie mit bewundernden Blicken bedachten.
Normalerweise ging das Paar bei solchen Veranstaltungen getrennte Wege, und keiner machte sich irgendwelche Sorgen um den andern. Aber jetzt hatte Sofia Angst, jemand könnte ein Gespräch über den Krieg vom Zaun brechen, und so hatte sie Davids Hand genommen und folgte ihm ängstlich. Die Frauen waren mit schweren Diamanten behängt; sie trugen steife Frisuren, eckige Schulterpolster und erschreckendes Make-up. Sofia fühlte sich leicht – wenn auch *underdressed* – mit ihrem einfachen Solitär, der funkelnd auf ihrem braunen Dekolleté lag. Ein Geburtstagsgeschenk von David. Sie merkte, dass die Leute tuschelten, wo sie vorüberkam, und dass ihre Gespräche ins Stocken gerieten, wenn sie sich näherte. Aber niemand erwähnte den Krieg.
Im Garten hinter der Villa der Lancasters in Hampstead war ein hellblau und weiß gestreiftes Zelt errichtet worden. Extravagante Blumengestecke ergossen sich wie blättrige Springbrunnen über jeden Tisch, und das Zelt erstrahlte im Licht von tausend Kerzen. Als zu Tisch gebeten wurde, sah Sofia mit Erleichterung, dass sie mit David an einem Tisch saß – am Tisch der Gastgeber. Beim Platznehmen zwinkerte sie David zu, um ihm zu zeigen, dass sie glücklich war. Er schien die gepuderte Lady zu seiner Linken zu kennen. Der Platz rechts neben ihm war leer.
»Wie schön, Sie wiederzusehen!«, rief der Mann links neben ihr. Er war glatzköpfig, hatte ein rundes, sonniges Gesicht, schmale Lippen und helle, feuchte Augen. Sofia warf einen Blick auf seine Platzkarte. *Jim Rice*. Sie war ihm schon einmal begegnet. Er gehörte

zu den wenig bemerkenswerten Leuten, die man überall traf, ohne sich je an ihren Namen zu erinnern.

»Das finde ich auch«, sagte sie lächelnd und versuchte sich im Stillen zu erinnern, woher sie ihn kannte. »Wann haben wir uns das letzte Mal gesehen?«

»Bei der Präsentation von Clarissas Buch«, sagte er.

»Ach, natürlich.« Jetzt überlegte Sofia, wer Clarissa war.

»Gott, wer ist denn das?«, fragte er plötzlich und schaute zu der hoch gewachsenen, gertenschlanken Frau hinüber, die voller Anmut an den Tischen vorbei auf sie zugeschwebt kam. Sofia biss die Zähne zusammen; sie fürchtete, wenn sie jetzt den Mund aufklappte, würde sie ihn nie wieder zubekommen. Diese erlesene Kreatur in ihrem schlichten weißen Kleid war unverkennbar Ariella. Sofia sah, dass sie auf ihren Tisch zukam. Sie sah auch, dass der Stuhl rechts neben David immer noch nicht besetzt war. Bitte, lieber Gott, nein, betete sie. Nicht neben David.

»Ist das nicht Ariella Harrison, Davids Ex?«, fragte der Mann zu ihrer Rechten. »Was für ein Schlamassel«, brummte er, als Ariella den verdatterten David begrüßte und neben ihm Platz nahm.

»George«, sagte Jim Rice in warnendem Ton, um den nahenden Fauxpas zu verhindern.

»Verflucht, was für ein kapitaler Schlamassel«, freute sich der andere Mann und leckte sich die Lippen. Dann sah er Sofia an. »Glauben Sie, Ian und Alice haben das absichtlich getan?«

»George!«

»Nett, dich zu sehen, Jim. Ganz schöner Patzer, was?« Er zog eine Grimasse und nickte vielsagend.

»George, darf ich dich mit Sofia Harrison bekannt machen, David Harrisons Frau? Das ist George Heavyweather.«

»Ach du Scheiße«, sagte George.

»Ich dachte mir, dass du das sagen würdest.« Jim seufzte.

»Es tut mir ganz schrecklich Leid. Was bin ich für ein Idiot.«

»Schon gut, George«, sagte Sofia mit einem kurzen Blick auf George Heavyweather, dessen Gesicht die Farbe von Pfeffer angenommen hatte. Dann wandte sie sich wieder Ariella zu.

Ariella sah im schmeichelnden Kerzenlicht hinreißend aus. Ihr weißes Haar war im Nacken zu einer glatten Rolle zusammengefasst, was ihren langen Hals und den scharfen Kieferknochen betonte. Sie sah unnahbar, aber schön aus. David lehnte sich auf seinem Stuhl zurück, als wolle er den Abstand zwischen ihnen vergrößern, und Ariella neigte sich zu ihm hinüber, den Kopf entschuldigend zur Seite gelegt. David deutete mit einer Kopfbewegung zu Sofia herüber, und Ariella schaute sie an und lächelte höflich. Sofia brachte ein mattes Lächeln zustande, ehe sie sich rechtzeitig abwandte, um die Angst in ihren Augen zu verbergen.

»Tut mir Leid, das mit George. Er ist ein taktloser Trottel. Hat noch nie nachgedacht, bevor er redet. Sie können sicher sein, dass George in jedes Fettnäpfchen tritt. Er badet geradezu darin.« Jim nahm schlürfend einen Schluck Wein. »Beim letzten Mal ging er zu Duggie Crichton und sagte: ›Die schmutzige Blondine da drüben, die würde ich auch gern mal bumsen – die hätte sicher nichts dagegen.‹ Er ahnte nicht, dass es Duggies neue Freundin war. Hat sich komplett zum Affen gemacht. Der taktlose Trottel.«

Sofia lachte freundlich, als er noch eine weitere Geschichte über George erzählte. Dabei beobachtete sie, wie die Körpersprache zwischen David und Ariella zusehends freundlicher wurde. Hoffentlich würde Ariella bald an ihrem Lachs ersticken oder sich Rotwein über das makellos weiße Kleid schütten. Sie konnte sich das Gespräch vorstellen. »So, das ist also die kleine Argie. Wie süß sie aussieht, wie ein kleines Hündchen!« Sofia hasste sie. Und sie hasste David, weil er so nett zu ihr war. Wieso stand er nicht auf und lehnte es ab, mit ihr zu reden? Sie hatte ihn doch schließlich verlassen. Sofia schaute zu Ian Lancaster hinüber, der in die Unterhaltung mit einer pinkfarbenen, mageren Lady an seiner Seite vertieft war. Die sieht aus, als hätte sie in einem Chalet von der Decke gehangen, um zu trocknen wie ein Stück Bündner Fleisch, dachte sie gehässig, bevor sie wieder höflich über eine Geschichte von Jim lachte.

Das Essen schien in Zeitlupe zu verlaufen. Alle aßen, tranken und redeten unnötig langsam. Als schließlich der Kaffee serviert und die

Zigaretten angezündet wurden, brannte Sofia darauf, endlich nach Hause zu fahren. Da eröffnete Ian Lancaster eine Attacke gegen die Argentinier, und Sofia erstarrte auf ihrem Stuhl wie ein betäubtes Tier.

»Verdammte Argies«, sagte er und zog mit schlaffen, blasigen Lippen an seiner Zigarre. »Feiglinge, die ganze Bande. Laufen weg vor den britischen Kugeln.«

»Wir wissen doch alle, dass dieser Trottel Galtieri unser Territorium nur angegriffen hat, um seine Bevölkerung von der hoffnungslosen innenpolitischen Lage abzulenken«, höhnte George. Jim Rice verdrehte die Augen.

»Na, na, na«, sagte David. »Werden uns die Gespräche über diesen Krieg nicht allmählich langweilig?« Er schaute zu Sofia herüber, die mit funkelnden Augen über den Tisch starrte.

»Ach ja, sorry. Hatte ganz vergessen, dass du eine Argie geheiratet hast«, bemerkte der Gastgeber bösartig.

»Eine Argentinierin«, korrigierte Sofia verärgert. »Wir sind Argentinier, keine Argies.«

»Trotzdem – sie haben britisches Territorium angegriffen, und jetzt müssen sie die Konsequenzen tragen oder weglaufen.« Er lachte unfreundlich.

»Das sind doch Kinder. Fünfzehnjährige Wehrpflichtige. Wundert es Sie, dass sie Angst haben?« Sofia kämpfte mühsam ihre Empörung nieder.

»Das hätte Galtieri sich überlegen müssen, bevor er da hineinstolperte. Lächerlich. Absolut lächerlich. Die schießen wir ins Meer.« Sofia warf einen hilflosen Blick zu David hinüber. Der zog nur die Brauen hoch und seufzte. Am Tisch war es still geworden. Alle schauten verlegen auf ihren Teller. An den Nachbartischen hatte man Ians Attacke mitbekommen und wartete jetzt ab, wie es weitergehen würde. Eine feine Stimme beendete die Pause.

»Ich muss deinen Anstand loben«, sagte Ariella seidig.

»Anstand?«, wiederholte Ian voller Unbehagen.

»Jawohl, Anstand«, sagte sie langsam.

»Ich weiß nicht, was du meinst.«

»Ach, komm, Ian, sei nicht so bescheiden.« Sie lachte hübsch.
»Wirklich, Ariella, ich folge dir nicht ganz.« Er wurde langsam wütend. Ariella schaute sich um und vergewisserte sich, dass alle zuhörten. In solchen Augenblicken liebte sie ein großes Publikum.
»Ich bewundere dein diplomatisches Geschick. Da sind wir nun mitten im Krieg gegen Argentinien, und du und Alice, ihr habt euch entschlossen, ein Zelt in den Farben der argentinischen Flagge aufzustellen.« Sie schaute hinauf zu den breiten blauweißen Streifen. Alle folgten ihrem Blick und sahen sich um. »Ich denke, wir sollten alle unser Glas erheben. Ich wünschte nur, wir hätten alle so viel Anstand. Da verhöhnen wir Argentinien und seine Menschen, während doch einer von ihnen unter uns sitzt. Sofia ist Argentinierin, und ich bin sicher, sie liebt ihr Land genauso wie wir das unsere. Wie tragisch, dass wir alle so unkultiviert sind, sie Argies und Feiglinge zu nennen, während Sofia zu Gast an deinem Tisch ist, Ian. Dein Gast, an deinem Tisch. Schade, dass du den Anstand, mit dem du begonnen hast, als du die Farben für das Zelt aussuchtest, mit deinem Wein heruntergeschluckt hast. Aber ich erhebe trotzdem mein Glas auf deinen Sinn für Diplomatie, denn der gute Wille war immerhin da. Und man sagt doch, es kommt auf die gute Absicht an. Nicht wahr, Ian?«
Ariella hob das Glas an die hellen Lippen. Ian erstickte fast an seiner Zigarre, und das Blut stieg ihm ins Gesicht, dass es zu schrecklichem Lila anlief. David schaute Ariella ebenso erstaunt an wie alle andern am Tisch und in der Umgebung. Sofia lächelte dankbar und spülte ihre Wut mit einem Schluck Rotwein herunter. »So, Sofia – kommen Sie mit? Wir machen uns ein bisschen frisch. Ich glaube, ich habe genug von der Gesellschaft an diesem Tisch«, sagte Ariella leichthin und stand auf. Die Männer sprangen hoch und nickten ihr respektvoll und mit offenen Mündern zu. Sofia ging mit hoch erhobenem Kopf zu ihr hinüber. Ariella nahm sie bei der Hand und führte sie an den Tischen mit den sprachlosen Gästen vorbei hinaus. Draußen fing sie an zu lachen.
»Was für ein aufgeblasener Idiot!«, sagte sie. »Ich brauche eine Zigarette. Wie steht's mit Ihnen?«

»Ich kann Ihnen gar nicht genug danken.« Sofia zitterte immer noch. Ariella hielt ihr die Zigarettenschachtel entgegen. Sofia lehnte ab.
»Danken Sie nicht mir. Ich habe jeden Augenblick genossen. Ich konnte Ian Lancaster nie besonders gut ausstehen. Ich habe nie begriffen, was David an ihm fand – und stellen Sie sich nur mal vor, was seine arme Frau zu leiden hat! Nacht für Nacht, all das Husten und Pusten, das rote Gesicht und dieser Zigarrenatem. Igitt!«
Sie spazierten zu einer Bank und setzten sich. Das Zelt leuchtete von innen, und der Lärm flackerte jetzt wieder auf wie glühende Kohlen, in die ein Blasebalg fuhr. Ariella zündete ihre Zigarette an und schlug die Beine übereinander.
»Sie ahnen nicht, wie schwer es mir gefallen ist, mich würdevoll zu benehmen.« Ariella hielt die Zigarette zwischen ihren langen, mit manikürten, rosa lackierten Krallen geschmückten Fingern.
»Sie waren äußerst würdevoll. Er war sprachlos und wütend.«
»Gut. Wie konnte er es wagen!« Sie sog den Rauch in die Lunge.
»Sie sind alle so, fürchte ich. Ich wollte heute Abend gar nicht kommen«, sagte Sofia betrübt.
»Es muss eine schreckliche Zeit für Sie sein. Es tut mir Leid. Ich bin voller Bewunderung, dass Sie doch gekommen sind. Sie sind eine Gazelle auf einem Feld voller Löwen.«
»David wollte es gern«, sagte Sofia.
»Natürlich. Wie gesagt, ich habe nie verstanden, was er an diesem abscheulichen Kerl findet.«
»Ich glaube nach dem heutigen Abend nicht mehr viel.« Sofia lachte.
»Nein. Wahrscheinlich wird er nicht mehr mit ihm sprechen.« Sie blies den Rauch aus dem Mundwinkel und musterte Sofia unter dichten schwarzen Wimpern. »David hat großes Glück, dass er Sie gefunden hat. Er ist heute ein anderer Mensch. Er wirkt glücklich und erfüllt. Jung und gut aussehend. Sie tun ihm sehr gut. Ich bin fast eifersüchtig.«
»Danke.«
»Wir passten sehr schlecht zueinander, wissen Sie. Wirklich sehr

schlecht.« Sie schnippte Asche auf den Rasen. »Er war die ganze Zeit mürrisch zu mir, und ich war anspruchsvoll und verwöhnt. Ich bin es noch. Es tut mir Leid, dass ich ihm wehgetan habe, aber ich bin froh, dass wir unserer Wege gegangen sind. Wir hätten einander vernichtet, wenn wir zusammengeblieben wären. Manchmal klappt es einfach nicht. Aber Sie und David ... Ich sehe, wenn es in einer Partnerschaft funktioniert. Sie haben sein Herz auf eine Weise geheilt, wie ich es nie vermocht hätte.«

»Sie sind zu hart gegen sich«, sagte Sofia, und sie fragte sich, warum sie sich von Ariella je bedroht gefühlt hatte.

»Seine Freunde konnte ich auch nie leiden. Zaza ging mir ständig auf die Nerven. Sie wollte David für sich. An Ihrer Stelle würde ich sie im Auge behalten.«

»Ach, Zaza ist neugierig und mischt sich gern ein, aber ich mag sie«, beharrte Sofia.

»Mich hat sie gehasst. Aber da sehen Sie's. Sie und David sind füreinander geschaffen. Obwohl wir ja jetzt den Abscheu gegen Ian Lancaster miteinander gemeinsam haben.« Sie lachte.

»Das stimmt.« Sofia seufzte. »Ich dachte, Sie leben in Frankreich.«

»Das habe ich auch getan – mit Alain, dem entzückenden Alain.« Ariella lachte bitter. »Noch einer, der nicht gehalten hat, was er versprach. Ich weiß nicht«, seufzte sie, »ich glaube, ich bin für die Beständigkeit nicht geschaffen.«

»Wo ist Alain jetzt?«

»Immer noch in der Provence, immer noch ein aufstrebender Fotograf, immer noch unberechenbar und unbestimmt. Sehr, sehr unbestimmt. Ich glaube, er hat noch gar nicht gemerkt, dass ich weg bin.«

»Ich kann mir nicht vorstellen, dass jemand Sie nicht vermisst, Ariella.«

»Wenn Sie Alain kennen, können Sie's. Na ja, ich glaube, ich bin besser dran ohne Männer, ohne Bindungen, ohne Verpflichtungen. Wissen Sie, im Grunde meines Herzens bin ich eine Zigeunerin. Ich war es immer. Ich male, ich reise, und das ist mein Leben.«

»Ich habe ein paar von Ihren Bildern auf dem Dachboden in Lowsley gesehen. Sie sind sehr gut«, sagte Sofia.

»Das ist lieb von Ihnen. Danke. Ich sollte mal kommen und sie abholen. Vielleicht könnten wir zusammen Tee trinken.«
»Das wäre schön.«
»Gut.« Ariella lächelte. »Ich fände es auch schön. Werden Sie und David Kinder bekommen?«
»Vielleicht.«
»Oh, tun Sie's. Ich liebe Kinder – anderer Leute Kinder. Ich selbst wollte nie welche haben, aber David sehnte sich danach. Wir haben uns immer deshalb gestritten. Der arme David, wie habe ich ihn leiden lassen. Zögern Sie nicht zu lange. David wird nicht jünger. Er wird einen wunderbaren Vater abgeben. Er möchte so gern einer sein.«
Als sie das alles hörte, lehnte Sofia sich zurück und schaute zu den Sternen hinauf. Sie dachte an die jungen Männer, die in den Bergen auf den Malvinas getötet wurden. Sie alle hatten Mütter, Väter, Brüder, Schwestern und Großeltern, die um sie trauerten. Sie erinnerte sich, wie ihr Vater ihr den Tod erklärt hatte, als sie klein war. Jede Seele würde ein Stern, hatte er gesagt. Sie hatte ihm geglaubt. Sie glaubte ihm immer noch – zumindest wollte sie es gern. So schaute sie hinauf zu den Seelen, die in der stillen Endlosigkeit funkelten. Grandpa O'Dwyer hatte gesagt, im Leben gehe es immer nur um Arterhaltung und Fortpflanzung – und das Leben müsse mit Liebe genährt werden, weil es sonst nicht überleben könne. Sie konnte David lieben, aber plötzlich, als sie so zu den Millionen von Seelen hinaufschaute, wurde ihr klar, dass der ganze Sinn der Liebe darin bestand, mehr und immer mehr Liebe zu erschaffen. Und sie erkannte, dass sie endlich bereit war für ein Baby. Santiguito mochte ebenso gut einer dieser Sterne sein, dachte sie traurig, denn sie würde ihn nie wiedersehen. Sie dachte an das, was Dominique ihr geraten hatte, und wusste, dass sie ihn loslassen musste.

Zweiunddreissig

Die größte Genugtuung, die sie aus der Sympathie für Ariella ziehen konnte, lag im Ausmaß des Ärgers, den Zaza darüber empfand. Sofia machte es enormen Spaß, ihr Ariellas triumphale Rede wiederzugeben und zu sehen, wie sie die neugierige Nase abschätzig rümpfte. Seit der Party war jetzt über ein Monat vergangen, aber Zazas Neugier in Bezug auf Ariella war unersättlich, und Sofia musste die Geschichte bei jeder Gelegenheit wieder erzählen.

»Aber wie kannst du sie mögen? Sie ist ein Biest!« Zaza schnappte nach Luft und zündete sich aus Versehen gleich zwei Zigaretten an. »Verflixt«, rief sie und warf die eine in den leeren Kamin. »Was tue ich denn hier?«

»Sie war fantastisch. Die coole Art, wie sie Ian Lancaster in den Boden gestampft hat ... Sie war würdevoll und zugleich skrupellos – du hättest sie sehen sollen. Weißt du, dass er sich nachher bei mir entschuldigt hat? Der kleine Wurm. Natürlich war ich sehr gnädig. Ich hatte nicht vor, mich auf sein Niveau herabzulassen. Aber ich will ihn nie wieder sehen«, erklärte sie hochfahrend.

»Und David hat versprochen, die Beziehung zu ihm zu beenden?«

»Es ist aus.« Sofia fuhr sich mit dem Finger quer über den Hals. »Vorbei.« Sie lachte. »Ariella war letzte Woche bei uns, um ihre Bilder abzuholen, und ist nicht nur zum Tee geblieben, sondern über Nacht. Wir haben geredet und geredet, und ich wollte sie gar nicht mehr weglassen.« Sie schaute zu, wie Zaza sich wand.

»Und David?«

»Er lässt die Vergangenheit Vergangenheit sein.«

»Unglaublich. Ganz unglaublich.« Seufzend schnippte Zaza ein Stückchen scharlachroten Nagellack ab, der abzublättern begann. »Ihr seid Exzentriker, alle beide.«

»Du meine Güte, sieh nur, wie spät es ist. Ich habe noch einen Arzttermin, bevor ich David um vier im Büro abhole. Ich muss wirklich los.«
»Was ist denn das für ein Arzt?«, fragte Zaza und zügelte sich dann. »Ich meine, dir fehlt doch nichts, oder?«
»O nein, mir fehlt nichts. Ein routinemäßiger Zahnarztbesuch«, sagte Sofia nonchalant.
»Okay. Ich lasse David herzlich grüßen.« Zaza musterte Sofia unter schweren grünen Lidern. Zahnarzt, dachte sie bei sich – wer's glaubt. Ging es vielleicht in Wirklichkeit um einen gewissen Gynäkologen?
Sofia kam um halb fünf in Davids Büro. Sie war blass und zitterte, aber sie lächelte mit der Zurückhaltung, die ein bezauberndes Geheimnis einem auferlegt. Hastig beendete die Sekretärin das Telefongespräch mit ihrem Freund und begrüßte die Frau ihres Chefs begeistert. Sofia wartete nicht, bis sie angemeldet war, sondern marschierte geradewegs in das Büro ihres Mannes. Er blickte von seinem Schreibtisch auf. Sie lehnte sich an die Tür und lächelte ihn an.
»O Gott, es ist so weit«, sagte er langsam, und ein banges Lächeln legte sich auf sein Gesicht. »Ist es wirklich so weit? Sag mir, dass es so ist.« Mit zitternder Hand nahm er die Brille ab.
»Es ist so weit«, sagte sie und lachte. »Ich weiß nicht, was ich jetzt mit mir anfangen soll.«
»Oh, aber ich weiß es.« Er sprang auf und kam auf sie zu, nahm sie in die Arme und drückte sie fest an sich. »Hoffentlich ist es ein Mädchen«, flüsterte er an ihrem Hals. »Eine kleine Sofia.«
»Gott behüte.« Sie kicherte.
»Ich kann es nicht glauben.« Seufzend löste er sich von ihr und legte seine große Hand auf ihren Bauch. »Da ist ein kleiner Mensch drin, der jeden Tag ein bisschen wächst.«
»Wir dürfen es noch ein, zwei Monate lang nicht erzählen – für alle Fälle«, warnte sie ihn. Dann fiel ihr Zazas Gesichtsausdruck ein. »Ich war zum Lunch bei Zaza zu Hause. Ich habe so getan, als müsste ich zum Zahnarzt. Aber du kennst ja Zaza. Ich glaube, sie ist ein bisschen misstrauisch geworden.«

»Keine Sorge. Die lenke ich schon ab«, sagte er und küsste sie auf die Stirn.

»Aber Dominique würde ich es gern sagen.«

»Gute Idee. Erzähl's, wem du willst.«

Unter morgendlicher Übelkeit musste Sofia diesmal nicht leiden. Im Gegenteil, zu ihrer Überraschung fühlte sie sich unglaublich wohl und ausgelassen. David umhegte sie und wusste nicht recht, was er mit ihr anfangen sollte, wollte aber teilhaben und sie unterstützen. Und während ihre letzte Schwangerschaft eine jammervolle Erfahrung gewesen war, wurde es diesmal völlig anders. Sie war so glücklich, dass die Erinnerung an Santiguito in den Nebel der Vergangenheit zurückwich. David verwöhnte sie mit seinen Aufmerksamkeiten. Er kaufte ihr so viele Geschenke, dass sie ihm nach ein paar Wochen sagen musste, er müsse jetzt aufhören, weil im Haus kein Platz mehr sei. Sie telefonierte täglich mit Dominique, die ihr versprach, mindestens einmal im Monat herüberzukommen. Als das dreimonatige Stillschweigen zu Ende war, bekam Sofia Lieferwagen voller Blumen und Geschenke von Davids aufgeregten Freunden und Verwandten. Da sie in ihrem Zustand nicht mehr reiten konnte, fing Sofia wieder mit dem Klavierspiel an und nahm dreimal die Woche Unterricht bei einem lebhaften Achtzigjährigen, dessen Gesicht sie an eine Schildkröte erinnerte. Sie ging regelmäßig zu ihrem Gynäkologen in London und gab Hunderte Pfund für Babysachen aus, auf die sie einfach nicht verzichten konnte. Sie war sicher, dass es ein Mädchen werden würde, und so kaufte sie die weiblichsten Sachen, die sie finden konnte, und bat Ariella, die Wände des Babyzimmers mit allen Figuren aus »Pu der Bär« zu bemalen. »Ich möchte, dass es ein helles, fröhliches Zimmer wird«, sagte sie. Ariellas Kunstfertigkeit war ein solcher Erfolg, dass sie einen Trend in Gang setzte, der sie mit Farben, Pinseln und den Originalvorlagen von E. H. Shepard durch ganz Gloucestershire führte.

Im Februar kam eine überschäumende Zaza zum Tee. Sie brachte eine ganze Wagenladung alter Babykleider von ihren Kindern mit. Sie setzte sich auf das Sofa, so nah wie möglich an den Kamin, und zündete sich mit dem silbernen Feuerzeug, das sie von Tony zu Weihnachten bekommen hatte, eine Zigarette an.

»Darling, es ist so kalt hier im Haus. Was ist mit eurer Heizung passiert?«, fragte sie fröstelnd.

»Mir ist die ganze Zeit glühend heiß. Ich nehme an, das hat alles mit der Schwangerschaft zu tun.« Sofia fühlte sich sehr wohl in ihrem ärmellosen Polohemd.

»Das mag ja sein, aber was ist mit uns anderen? Wirklich, ich muss mich wundern, dass David kein Machtwort spricht.«

»David ist ein Engel. Letzten Sonntag musste er loslaufen und mir ein Glas Oliven besorgen. Ich hatte schreckliche Gelüste; ich musste sie einfach haben.«

»Igitt, ich habe nicht viel übrig für Oliven. Wie grässlich.« Zaza zog eine Grimasse. »Jetzt lass uns mal diesen Koffer aufmachen, und ich zeige dir meine Schätze. Nein, Darling, nicht du. Du bleibst sitzen, wo du bist, und überlässt die Schwerarbeit mir«, sagte sie mit Nachdruck, als Sofia ihr helfen wollte, den Koffer auf den Couchtisch zu heben. Vorsichtig öffnete Zaza den Reißverschluss; sie fasste ihn mit dem Daumen und dem Knöchel des Zeigefingers, um sich keinen Fingernagel abzubrechen.

»Die hat Nick gehört«, sagte sie und hielt eine rote Samthose hoch. »Entzückend, findest du nicht?«

»Tadellos – für einen zweijährigen Jungen«, lachte Sofia. »Aber das hier wird ein Mädchen.« Sie legte eine Hand auf den runden Bauch.

»Das weißt du nicht«, sagte Zaza. »Dieser Klumpen sieht aus wie ein Junge. Ich weiß noch, mein Bauch hatte die gleiche Form, als ich Nick kriegte. Ein süßer Kleiner war das.«

»Nein. Ich weiß, dass es ein Mädchen wird. Ich spüre es.«

»Was immer es wird – solange es zehn Finger und zehn Zehen hat, ist es eigentlich egal.«

»Mir nicht.« Sofia wünschte sich ein Mädchen. »Das hier ist süß.« Sie zog ein winziges weißes Kleidchen aus dem Koffer. »Das ist etwas für ein Mädchen.«

»Das hat Angela gehört. So hübsch. Natürlich wachsen sie viel zu schnell aus diesen Sachen heraus.«

»Es ist sehr lieb von dir, dass du mir das alles leihst«, sagte Sofia und hielt ein paar kleine blaue Schühchen hoch.
»Sei nicht albern. Ich leihe es dir nicht, ich schenke es dir. Ich brauche es ja nicht mehr.«
»Aber was ist mit Angela? Sie wird es vielleicht eines Tages brauchen.«
»Ach Gott, Angela!« Sie winkte ab. »Die macht eine entsetzliche Pubertätsphase durch. Sie sagt, sie kann Männer nicht ausstehen und ist verliebt in ein Mädchen namens Mandy.«
»Das macht sie wahrscheinlich nur, um dich zu ärgern«, sagte Sofia fachmännisch.
»Na, es funktioniert. Nicht, dass ich mir Sorgen wegen Mandy mache.«
»Nicht?«
»Nein. Ich habe zu meiner Zeit auch auf Frauen gestanden, auch wenn ich seit der Schule keine mehr angerührt habe. Aber Angela ist so launisch dabei. Sie ist frech und respektlos, gibt unser ganzes Geld aus und will dann noch mehr, als ob die Welt ihr das alles schuldig wäre. Oder zumindest wir. Lieber zehn von Nicks Sorte. Wenn Angela so weitermacht, wird sie davon nichts brauchen.« Sie schlug die roten Krallen in ein Paar rote Strickstrümpfchen. »Nein, ich verlasse mich darauf, dass Nick mich eines Tages zur Großmutter macht, aber das wird noch viele Jahre dauern, hoffentlich. Ich bin eigentlich noch viel zu jung und prächtig für eine Großmutter. Hast du Ariella mal gesehen in letzter Zeit?«
»Seit einer Weile nicht, nein. Sie ist mit Malen beschäftigt.«
»Dieses Zimmer ist schon ein Wunder. Sie ist sehr begabt.« Zaza zog die schmalen Brauen hoch und nickte bewundernd.
»Sie kommt am letzten Wochenende im März«, sagte Sofia. »Warum kommt ihr beide nicht auch, du und Tony? David würde sich freuen. Meine Ersatzeltern, Dominique und Antoine, kommen auch herüber. Das wird ein großer Spaß. Du wirst begeistert sein von Dominique.«
»Ach, ich weiß nicht. Ariella und ich haben uns nie verstanden. Ich konnte sie nicht ausstehen«, murmelte sie zögernd.

»Aber das ist Jahre her. Ihr seid inzwischen andere Menschen geworden. Wenn ich Ariella mögen kann, dann kannst du es doch sicher auch. Bitte, kommt. Schwanger sein ist ja schön und gut, aber ich kann nicht reiten und habe sehr wenig zu tun, außer meine Tonleitern zu üben, für die Schildkröte. Ich brauche anständige Gesellschaft«, flehte sie.

Zaza überlegte noch einen Augenblick lang. »Na schön, setz du mir nur die Pistole auf die Brust«, sagte sie beglückt. »Ich komme gern. Es wäre auch eine Erholung von Angela. Sie kann das ganze verdammte Haus für sich haben.«

»Das wäre also abgemacht. Gut«, sagte Sofia.

Der März wich langsam einem ungeduldigen Frühling, der den Garten mit Schneeglöckchen und frühen Narzissen übersäte, und Sofias Bauch schwoll von einem wachsenden Segen, der darin wohnte und immer dann lebhaft wurde, wenn sie Ruhe haben wollte. Manchmal sah sie eine kleine Faust, die sich durch ihre Haut drückte, wenn das Baby trat und boxte und darauf brannte, in die Welt hinauszukommen. Manchmal tanzte es auch zu ihrer stockenden Klaviermusik, bis die Schildkröte, Harry Humphreys, so besorgt aussah, dass man dachte, er werde gleich den Kopf in seinen Panzer ziehen, weil ihr Rock sich neben ihm so geheimnisvoll bewegte. David legte ihr gern den Kopf an den Bauch und lauschte dem Baby, wie es sich im Fruchtwasser bewegte. Stundenlang diskutierten sie, wie es wohl aussehen und welche Züge es von ihnen erben würde. »Deine tiefbraunen Augen«, sagte David und küsste sie auf die Lider.

»Nein, deine schönen blauen Augen«, sagte sie und küsste ihn auf die Lider.

»Deine Nase.«

»Einverstanden.« Sie lachte und küsste zärtlich seine größere Nase.

»Deinen Mund«, sagte er und drückte seine Lippen auf ihre.

»Natürlich«, nickte sie. »Aber deinen Verstand.«

»Natürlich.«

»Meine Figur.«

»Das will ich hoffen, wenn es ein Mädchen wird. Und dein Talent zum Reiten. Deinen Wagemut.«
»Und deine liebenswürdige Natur statt meiner Sturheit.«
»Und deinen Stolz.«
»Nun reib's mir nicht unter die Nase!«
»Und deinen komischen Gang.«
»Der ist nicht komisch.«
»Doch, ist er doch – du gehst wie eine Ente«, behauptete er, und sie lachte.
»Wirklich?«, fragte sie kokett. Aber sie wusste, dass es stimmte, und sie wusste auch, wie attraktiv es aussah. Santi hatte ihr vorgeworfen, sie gehe absichtlich so, um Aufmerksamkeit zu erregen; er hatte gesagt, sie sehe selbstzufrieden und arrogant aus. Aber sie tat es nicht absichtlich. Sie war schon immer so gegangen.
»Und wenn es ein Junge ist ...«
»Es ist kein Junge. Ich weiß, es wird ein Mädchen. Ein kleines Mädchen«, beharrte sie nachdrücklich.
»Noch eine Sofia. Gott sei uns gnädig!«
Sie warf ihm die Arme um den Hals und küsste die zarte Haut unter seinem Ohr. Er hielt sie fest und hoffte um ihretwillen, dass es ein Mädchen sein, und um seinetwillen, dass sie ebenso anbetungswürdig wie seine Frau werden würde.

Ariella kam als Erste. Sie konnte ihre Wut kaum verhehlen, als Sofia ihr sagte, dass Zaza auch kommen würde. »Nun, ich werde es mit Anstand erdulden«, sagte sie hochfahrend, als David ihr den Koffer auf ihr Zimmer trug. Sofia half ihr beim Auspacken, indem sie vom Bett aus Instruktionen erteilte, als die Hunde bellten und damit die Ankunft eines Autos begrüßten. Sofia schaute aus dem Fenster und winkte Zaza und Tony zu.
»David ist unten«, sagte sie und ließ sich in die Kissen zurücksinken.
»Überlassen wir sie sich selbst, ja?«, schlug Ariella vor. »Es ist ein merkwürdiges Gefühl, wenn ich hierher zurückkomme und es mir nicht mehr gehört. Es ist ein wunderschönes Haus. Ich weiß nicht,

welcher Teufel mich geritten hat, dass ich es verlassen habe«, sagte sie scherzend.
»Na, ich bin froh, dass du es getan hast. Also überlege es dir bitte nicht anders.«
»Also gut – wenn du darauf bestehst.«
In diesem Moment kamen die Hunde herauf, gefolgt von David, Zaza und Tony.
»Darling, Ariella, wie lange ist das her!«, flötete Zaza und formte den scharlachroten Mund zu einem künstlichen Lächeln.
Ariella lächelte kühl zurück. »Mehrere Jahre, genau besehen. Und wie geht's dir so? Immer noch mit Tony zusammen, wie ich sehe.«
Sie schaute in den Korridor hinaus, wo Tony mit David vorbeiging.
»Ach, der liebe Tony – ich weiß, was gut für mich ist«, sagte Zaza und lachte nervös. »Du siehst gut aus, Ariella«, fügte sie hinzu. Über Ariella hätte sie manches zu sagen, aber sie konnte ihr nicht die leuchtende Schönheit bestreiten, für die sie so berühmt war.
»Danke. Du auch.« Ariella strich höflich mit einer schlanken weißen Hand über ihr Engelhaar.
»Und das Zimmer – du bist so geschickt. Es ist brillant.« Zaza meinte das Babyzimmer.
»Ich ertrinke in Anfragen. Ich komme kaum noch nach«, sagte Ariella.
»Tja, Darling, du bist auch so begabt. So begabt. Ich wusste nicht, dass du so gut malst.«
»Cartoons sind eigentlich nicht mein Metier, aber es ist etwas Neues, und ich liebe das Neue.«
»Ja«, sagte Zaza.
Sofia führte Zaza in ihr Zimmer und ließ Ariella allein weiter auspacken.
»Darling, du hast mir nicht gesagt, wie hinreißend sie ist«, zischte Zaza, als sie außer Hörweite waren.
»Du kennst sie doch seit Jahren.«
»Ja, aber sie ist noch schöner geworden. Sie hat nie … na ja – so geleuchtet wie jetzt. Geleuchtet, ja, aber anders. Sie ist unglaublich. Viel netter als in meiner Erinnerung«, plauderte sie aufgeregt.

»Gut«, sagte Sofia und sah, wie Zazas Begeisterung in kindlichen Überschwang abglitt.
Dominique und Antoine kamen als Letzte. Ihr Flugzeug hatte Verspätung, und sie stiegen zerzaust und erschöpft, aber nicht ohne Humor aus dem Wagen.
»Antoine hat mir jetzt einen eigenen Jet versprochen«, sagte Dominique, als sie sich an den Hunden vorbei in den Hausflur drängte. »Er sagt, ich brauche nie wieder mit einer Airline zu fliegen. Das ist viel zu stressig und ruiniert mein Aussehen.«
»Sie hat Recht«, bestätigte Antoine mit seinem starken französischen Akzent. »Aber wenn ich einen kaufe, warum nicht gleich zehn, damit alle meine Freunde auch ihr Vergnügen haben?«
Sofia kam herangewatschelt und umarmte die beiden, soweit das bei ihrem Umfang noch möglich war. »In ein paar Wochen kann ich euch wieder näher kommen«, scherzte sie und atmete den vertrauten Duft von Dominiques Parfüm.
»Wann kommt das Baby?«, fragte Antoine.
»*Cher* Antoine, ich habe es dir schon unzählige Male gesagt: Es sind nur noch zehn Tage. Jeden Augenblick also.«
»Du bist hoffentlich darauf vorbereitet, die Ärmel aufzukrempeln, Darling«, sagte Zaza zu David. »Es kann jeden Augenblick so weit sein.«
»Ich bin jedenfalls vorbereitet«, warf Tony vergnügt ein. »Zwei von meinen eigenen habe ich schon entbunden, wenn ich auch ein bisschen aus der Übung bin.«
»Das ist nicht das Einzige, was Übung erfordert«, brummte Zaza leise.
Ariella lächelte und warf einen Blick auf Tony; sie war nicht überrascht. Er sah aus wie ein Mann, der sich wohler fühlte, wenn er mit den anderen Käuzen seine Zigarre rauchen konnte. Sie wurde abgelenkt, als Quid ihr aggressiv die Nase zwischen die Beine drängte.
»Du lieber Gott!«, schrie sie und versuchte ihn wegzuschieben. Aber er drängte immer nachdrücklicher heran und wedelte wild mit dem Schwanz.
»Quid, hör auf!«, befahl David amüsiert. »Quid! Entschuldige,

Ariella, er ist solch wohlduftende Frauen nicht gewohnt. Jetzt komm schon, Quid, benimm dich. So behandelt man keine Dame, wenn man ein Gentleman sein möchte.«

»Himmel, David, kannst du nicht mal lernen, mit deinen Hunden vernünftig zu reden?«, beklagte sich Ariella. »Das sind doch keine Menschen. Also wirklich.« Seufzend klopfte sie sich die Hose ab und marschierte durch die Diele zum Wohnzimmer.

Dort streifte sie die Schuhe ab, machte es sich auf dem Sofa bequem und zog die Füße unter sich, um sie vor dem gefürchteten Quid in Sicherheit zu bringen, der sie von Davids Seite aus lüstern beäugte. Dominique, in eine große, weite, grüne Hose und eine bunt geblümte, knielange Strickjacke gekleidet, setzte sich auf das Kamingitter. Ihre Hand spielte mit den Perlen, die ihr wie glänzende rote Käfer am Hals hingen. Zaza stand am anderen Ende des Kamingitters und setzte sich in Pose, wie Sofia fand. Sie hielt die ebenholzschwarze Spitze mit der rauchenden Zigarette hoch in die Luft. Ihr kurzes braunes Haar war glatt und zu einem strengen Pony geschnitten, und schmale grüne Augen musterten das Zimmer aus luftiger Höhe. Wachsam beobachtete sie Ariella, ohne aus der Deckung zu kommen. Ariellas Zunge war scharf wie ein Haifischzahn und ebenso blutrünstig, wie sie sich erinnerte. David, Antoine und Tony standen am Fenster und sprachen über den Garten.

»Lust, ein paar Kaninchen zu schießen?«, fragte David. »Der Garten ist voll von diesem verdammten Ungeziefer.«

»Sei nicht so gemein«, rief Sofia vom Sofa. »Die armen kleinen Dinger.«

»Was willst du damit sagen – arme kleine Dinger? Die fressen alle Blumenzwiebeln«, wandte David ein. »Also, was meint ihr?«

»Okay«, sagte Tony.

»Comme vous voulez.« Antoine zuckte die Achseln.

Der nächste Tag war mild. Die Sonne vertrieb den Winternebel und strahlte begeistert vom Himmel, froh, wieder draußen zu sein. Ariella und Zaza erschienen zum Frühstück elegant gekleidet in weichen Country-Farben. Zazas grüner Tweed-Anzug war steif und neu; Ariellas Tweed-Ensemble mit dem Faltenrock dagegen hatte schon ihrer Großmutter gehört und war mit den Jahren weich und blass geworden. Zaza bedachte Ariella mit nervösen Blicken, und Ariella lächelte mit der Zufriedenheit einer Frau, die wusste, dass sie stets makellos aussah, ganz gleich zu welchem Anlass.

David nahm einen Schlüssel aus einer kleinen Schublade in der Diele und schloss den Gewehrschrank auf. Er nahm drei Flinten für sich und seine beiden Gäste heraus. Die Gewehre hatten seinem Vater gehört, der zu Lebzeiten ein eifriger Jäger gewesen war. Alle waren elegant mit den Initialen E.J.H. graviert: Edward Jonathan Harrison.

Sofia wickelte sich in eine Lammfelljacke von David und holte einen langen Stock aus der Garderobe, um die Hunde damit im Zaum zu halten. Als man sich auf dem Kies vor dem Haus versammelte, erschien Dominique in einem leuchtend roten Mantel mit einem gelb-blau gestreiften Schal und weißen Tennisschuhen.

»Sie werden alle Tiere verscheuchen in diesem Aufzug«, bemerkte Tony frech und musterte sie in gespieltem Entsetzen.

»Nur nicht die Stiere«, strahlte Ariella. »Ich finde, Sie sehen wunderbar aus.«

»*Chérie,* vielleicht solltest du dir einen Mantel von Sofia borgen?«, schlug Antoine liebevoll vor.

»Das kannst du natürlich«, sagte Sofia. »Aber mir wäre es lieber, du kämest so mit, um die Tiere vor der Gefahr zu warnen.«

»Wenn Sofia mich in Rot dabeihaben will, soll sie mich in Rot dabeihaben«, entschied Dominique. »Lasst uns gehen. Ich kann nach so viel Toast und Rührei einen ordentlichen Spaziergang vertragen.«

Sie wanderten durch das Tal hinauf zum Wald. Alle paar Minuten bedeuteten die Männer den Frauen, dass sie ein Kaninchen gesehen hatten, und alle müssten stehen bleiben und sehr leise sein, bis sie es geschossen hätten. Tony, der immer danebenschoss, wandte sich zu den vier Frauen um und zischte: »Wenn ihr alle still sein wolltet, dann würde ich vielleicht etwas schießen.«

»Entschuldige, Darling«, sagte Zaza. »Tu einfach so, als wären wir gar nicht da.«

»Herrgott, Zaza, man hört eure Stimmen ja noch in Stratford!«

Die Gruppe bewegte sich den Pfad hinauf wie ein Bummelzug, der an jedem Bahnhof hält. Sofia hielt die Hunde unter Kontrolle, indem sie ihnen hin und wieder mit dem Stock auf den Rücken tippte und sagte: »Bei Fuß!«, was sie zu verstehen schienen. Nachdem alle Kaninchen entweder vor den Schüssen oder Dominiques rotem Mantel Reißaus genommen hatten, klemmten David und Antoine ihre Gewehre unter den Arm und gaben auf. Tony, der noch immer nichts getroffen hatte, schaute sich wütend nach etwas Schießbarem um. Schließlich zielte er auf eine rundliche, tief fliegende Taube, drückte ab und schaute entzückt zu, als ein paar Federn durch die Luft wirbelten.

Die Taube flog weiter.

»Die kommt herunter«, rief er triumphierend.

»Ja«, sagte Ariella, »wenn sie Hunger hat.«

»Okay, das reicht«, maulte Tony, »ich habe genug. Einige von uns sollten weniger reden und mehr gehen.« Er schaute Ariella an, die so sehr lachte, dass sie sich Halt suchend an Zaza klammerte.

»Frauen«, seufzte Tony. »Die sind so leicht zu unterhalten.«

Bis zum Sonntag waren Zaza und Ariella gute Freundinnen geworden, auch wenn ihre Beziehung nicht sonderlich tief war. Zaza war immer noch auf der Hut vor Ariella, aber sie war auch fasziniert von ihr. Ariella hingegen fand Zaza eher amüsant als eindrucksvoll. Sie genoss die Macht, die ihre Schönheit ihr verlieh, und es machte ihr Freude, Zaza damit zu blenden, wie man einen Fuchs mit dem Strahl einer Taschenlampe bannt. Sofia beobachtete die Dynamik zwischen den beiden mit Interesse, und Ariella gefiel ihr immer besser, weil sie so mühelos mit Zaza spielte.

Als Sofia an diesem Abend oben auf dem Treppenabsatz entlangging, hörte sie, wie Zaza und Tony sich in ihrem Zimmer stritten, während sie ihre Koffer für die Abreise packten. Sie blieb stehen und lauschte.

»Um Himmels willen, sei doch nicht so albern. Wozu denn, um alles in der Welt?«, sagte Tony eben, und sein Ton war so herablassend, als rede er mit seiner Tochter.

»Darling, es tut mir Leid; ich kann nicht erwarten, dass du es verstehst«, sagte Zaza.

»Na, wie sollte ich denn? Ich bin schließlich ein Mann.«

»Damit hat es nichts zu tun. David würde es verstehen.«

»Du willst dich nur aufspielen.«

»Ich wollte es in diesem Haus nicht diskutieren«, zischte Zaza. Sie befürchtete offenbar, belauscht zu werden, und Sofia bekam Gewissensbisse.

»Na, warum fängst du dann damit an?«

»Ich konnte nicht anders.«

»Du benimmst dich sehr kindisch, weißt du? Du bist nicht besser als Angela.«

»Stell mich nicht auf eine Stufe mit Angela«, fauchte Zaza erbost.

»Du willst mit Ariella nach Frankreich verschwinden, Angela ist verliebt in ein Mädchen namens Mandy. Wo ist der Unterschied?«

»Der Unterschied besteht darin, dass ich alt genug bin, um zu wissen, was ich tue.«

»Ich gebe dir einen Monat. Geh und probier's aus, wenn du Lust hast. Aber sie wird dich wieder ausspucken, wenn es ihr langweilig wird.«

In diesem Augenblick durchzuckte Sofia ein scharfer Schmerz im Leib. Sie schrie auf und lehnte sich an die Wand. Tony und Zaza stürzten aus ihrem Zimmer, um zu sehen, was passiert war, und kamen ihr zu Hilfe.

»O Gott, es ist das Baby!«, erklärte Zaza aufgeregt.

»Das kann nicht sein«, keuchte Sofia. »Es kommt doch erst in zehn Tagen. Autsch!« Sie krümmte sich.

Tony rannte die Treppe hinunter und rief nach David, und Dominique und Ariella kamen aus dem Salon in die Diele gelaufen. Antoine folgte Tony und brüllte durch den Korridor nach David. Dieser war dabei gewesen, die Gewehre zu reinigen. Er kam aus dem Zimmer und sah, wie seine Frau von der besorgt blickenden Zaza die Treppe heruntergeführt wurde. Sofort ließ er den Putzlappen fallen und stürzte auf sie zu. Sam und Quid sprangen aufgeregt umher und hofften auf einen weiteren Spaziergang.

»Dominique, hol ihren Mantel. Wo ist mein Schlüssel?« Er klopfte seine Taschen ab. »Ist alles okay, Darling?« Er griff nach Sofias anderem Arm. Sie nickte, um ihn zu beruhigen.

»Es ist okay, du kannst meinen Wagen nehmen«, sagte Ariella. Sie reichte ihm den Schlüssel.

»Danke. Dafür schulde ich dir etwas.« David riss die Schlüssel an sich.

»Das glaube ich nicht«, sagte sie, als Quid mit entschlossener Miene auf sie zukam.

Dominique half Sofia in den Mantel. »Ich komme mit«, sagte sie. »Antoine, du fährst allein zurück nach Paris. Ich bleibe noch.«

»Solange du willst, *chérie*«, sagte er und hob freundlich die Schultern.

»Quid, Quid, nein!«, schrie Ariella und sah sich nach David um. Aber die Haustür stand offen, und das Knirschen der Autoreifen auf dem Kies verriet ihr, dass sie den Hund allein abwehren musste. »Also gut – jetzt heißt es, du oder ich, Hündchen!«, zischte sie. »Und ich mache keine Gefangenen.«

»Ganz ungewöhnlich«, bemerkte Zaza. »Das erste Kind kommt normalerweise immer zu spät.«

Dreiunddreissig

Sofia hatte Angst. Es hatte nichts mit der Geburt zu tun. Sie hatte nicht einmal Angst, dass ihr Kind in Gefahr sein könnte. Sie wusste, dass alles in Ordnung war. Sie wusste, dass das Kind nur die Geduld verloren hatte, und das konnte sie ihm nicht verdenken. Ihr ging es ja genauso. Aber sie hatte Angst, sie könnte am Ende doch einen Jungen bekommen.

»Wo ist Dominique?«, fragte sie bang, als man sie in den Kreißsaal fuhr.

»Sie wartet unten«, sagte David mit zittriger Stimme.

»Ich habe Angst«, brachte sie hervor.

»Darling …«

»Ich will keinen Jungen«, sagte sie unter Tränen. David hielt ihre Hand fest. »Wenn es ein Junge ist – was soll ich tun, wenn er wie Santiguito ist? Ich glaube, das könnte ich nicht ertragen.«

»Es wird alles gut werden, das verspreche ich dir«, sagte er beruhigend und tat, als sei er stark. Noch nie war er so nervös gewesen; sein Magen vollführte Bocksprünge. Sofia sah so unglücklich aus, und er wusste nicht, wie er ihr helfen sollte. Er wusste nicht, was er sagen sollte. Außerdem war er selbst einer Ohnmacht nahe. Er kämpfte gegen die Übelkeit an, indem er sich darauf konzentrierte, seine Frau zu beruhigen.

Aber Sofia sorgte sich weiter. Sie sah Santiguitos rundes Gesichtchen, das sie besitzergreifend anschaute. Wie konnte sie ein anderes Kind lieben? Vielleicht hätte sie doch nicht schwanger werden sollen.

»Ich habe Angst, David«, sagte sie noch einmal. Sie hatte einen trockenen Mund, brauchte etwas zu trinken.

»Keine Sorge, Mrs. Harrison. Beim ersten Mal sind Mütter immer etwas ängstlich. Das ist nur natürlich«, sagte die Krankenschwester freundlich.

Es ist aber nicht das erste Mal, schrie Sofia innerlich. Aber bevor sie weiterdenken konnte, presste und schrie sie und drückte Davids Hand so fest, dass er das Gesicht verzog und ihre Nägel aus seinem Handballen biegen musste. Die erste Geburt war lang und schmerzhaft gewesen. Zu ihrer Überraschung glitt das Baby diesmal schnell und unkompliziert ins Licht der Kliniklampen, als habe es große Eile damit, seinen bisherigen Aufenthaltsort zu verlassen. Seine Ankunft wurde begrüßt von einem scharfen Klatschen und einem schrillen Schrei, als das Kind zum ersten Mal die lebenserhaltende Luft in seine Lunge sog.

»Mrs. Harrison, Sie haben ein hübsches kleines Mädchen«, sagte der Arzt und reichte das Baby der Hebamme.

»Ein Mädchen?« Sofia seufzte matt. »Ein Mädchen. Gott sei Dank.«

»Das ging aber schnell!«, sagte David von Herzen und bemühte sich, die Erregung zu überspielen, die ihm wie Watte im Hals steckte. »Sehr schnell.«

Die Hebamme legte das Baby, das bereits in ein weißes Musselintuch gewickelt war, auf die Brust der Mutter, sodass Sofia es in den Arm nehmen und das fleckig rote Gesicht betrachten konnte. An überwältigte Eltern gewöhnt, wandte sie sich taktvoll ab, damit der Vater ein paar stolze Worte zu seiner Frau sagen konnte.

»Ein kleines Mädchen«, hauchte er und spähte über den Rand des Musselins, um besser sehen zu können. »Sie ist das Ebenbild ihrer Mutter.«

»Wirklich, David, wenn ich so aussehe, kann ich auch gleich aufgeben«, scherzte Sofia erschöpft.

»Darling, du warst so tapfer. Du hast ein Wunder vollbracht«, flüsterte er, und seine Lippen bebten beim Anblick des kleinen Menschen, der in den Armen seiner Mutter zuckte.

»Ein Wunder«, wiederholte sie und küsste das Baby zärtlich auf die feuchte Stirn. »Sieh nur, wie vollkommen sie ist. Sie hat ein ganz winzig kleines Näschen – als ob Gott vergessen hätte, ihr eins zu geben, und es erst in letzter Minute noch angebracht hätte.«

»Wie sollen wir sie nennen?«, fragte er.
»Ich weiß, wie wir sie *nicht* nennen.«
»Elizabeth?«, schlug er vor und lachte.
»Wie hieß die Mutter deines Vaters?«, fragte Sofia.
»Honor. Was ist denn mit deiner Mutter oder deiner Großmutter?«
»Honor. Der Name gefällt mir. Sehr englisch. Honor. Einfach Honor.« Sie betrachtete ihr Baby mit leuchtenden Augen.
»Honor Harrison ... das gefällt mir auch. Mutter wird nicht – sie hat ihre Schwiegermutter gehasst.«
»Dann haben wir ja doch noch etwas miteinander gemeinsam«, bemerkte Sofia trocken.
»Ich hätte nie gedacht, dass du irgendetwas mit Mutter gemeinsam haben könntest.«
»Honor Harrison, du wirst schön sein und begabt, klug und witzig. Du wirst das Beste von uns bekommen, und wir werden dich immer lieben.« Lächelnd schaute sie David an. »Sag Dominique, ich möchte sie sehen. Ich habe hier jemanden, den ich ihr vorstellen möchte.«
Die ersten Besucher nach Dominique waren Daisy, Anton, Maggie und Marcello, die gleich am zweiten Tag hereinkamen, beladen mit Blumen und Geschenken. Anton hatte seine Schere mitgebracht, um Sofia die Haare zu schneiden, und Maggie hatte ihren Manikürekoffer dabei und lackierte ihr die Fingernägel. Marcello drapierte sich auf einen Stuhl und saß schweigend da – stumm, aber schön, als würde er gemalt. Daisy hockte sich auf Sofias Bettkante und spähte voller Anbetung in das Kinderbettchen neben ihr.
»Wir sind die Heiligen Drei Könige, Sweetie«, sagte Maggie. »Wir bringen unsere Gaben für den neuen Messias. Sieht allerdings so aus, als wären wir nicht die Ersten«, bemerkte sie mit einem Blick auf die Blumensträuße und Geschenke, die überall im Zimmer verteilt waren.
»Außerdem seid ihr vier«, gab Sofia zu bedenken.
»Nein. Marcello zählt nicht. Er ist unter günstigsten Umständen kaum anwesend.«

»Wir sind hier, um Mummy zu verhätscheln«, sagte Anton und bürstete ihr das Haar. »Ich weiß nicht, wie so eine Entbindung ist, mein Entchen, aber ich habe mal einen Dokumentarfilm im Fernsehen gesehen, und das hat mich fast umgehauen.«

»Anton, ich weiß nicht, warum du dir darüber den Kopf zerbrichst – du wirst es niemals durchmachen müssen«, sagte Sofia zufrieden. Sie sah zu, wie dunkle Haarsträhnen um sie herum zu Boden schwebten wie Federn.

»Gott sei Dank. Kannst du dir das Geschrei und Geheul vorstellen?«, scherzte Maggie und holte ein Fläschchen lila Nagellack aus dem Koffer. »Wenn Männer Babys kriegten, selbst Halbmänner wie Anton – die Wehleidigkeit wäre unerträglich. Von dem Lärm mal gar nicht zu reden. Hoffen wir bloß, dass die Wissenschaft es nie so weit bringt, zumindest nicht zu meinen Lebzeiten.«

»Nicht lila, Maggie. Wie wär's mit einem blassen Pink?«, sagte Sofia.

»Natürlich?« Maggie war entsetzt.

»Ja, bitte. Ich bin jetzt Mutter«, erklärte Sofia stolz.

»Das legt sich nach einer Weile, das mit der jungen Mutter. Nach ein paar Wochen Geschrei möchtest du sie am liebsten wieder hineinstopfen. Ich weiß das, weil Lucien mich in den Wahnsinn getrieben hat. Ich war kurz davor, ihn zu einem Sonntagsbraten zu verarbeiten. Glaube mir, du wirst nach deiner alten Unabhängigkeit lechzen, Sweetie. Und sobald du wieder lila Nägel und grüne Haare haben willst, werden Anton und ich bereit sein. Nicht wahr, Anton?«

»Aber ganz gewiss, Maggie. Die Leute sind heutzutage so langweilig! Sie wollen allenfalls noch Highlights. Highlights! Was ist so aufregend an *Highlights?*«

»Und wie fühlst du dich, Sweetie? Wund, wette ich. Es überrascht mich, dass du sitzen kannst.« Maggie zog eine Grimasse. »Ich habe mich heute noch nicht von Luciens Geburt erholt, und das ist mehr als zwanzig Jahre her. Der Körper wird nie wieder wie früher, Sweetie. Das ist das Traurige. Viv hat mich wegen meiner Figur verehrt – bis ich Lucien kriegte. Da fing er dann an, sich nach einer umzusehen, die an all den richtigen Stellen strammer und fester war. Es heißt ja, man wäre wie ein Gummiband, das elastisch wieder die alte Form annimmt. Aber bei mir ist das nicht passiert. An meinem Körper ist nichts aus Gummi. Früher konnte ich mit ausgestreckten Beinen die Zehen berühren, aber jetzt kann ich sie nicht mal mehr sehen. Ich wüsste gar nicht, wo sie sind. Und das schiebe ich auf die Geburt. Ja, eigentlich hat Eva die Schuld. Wäre dieser Feigling Adam nicht gewesen, der den Apfel vom Baum Gottes essen musste, dann wären wir heute nicht fett und schlabbrig, oder?«

»Sprich für dich allein, Maggie. Sofia ist makellos in Form«, sagte Daisy und strahlte ihre Freundin an. »Wie fühlst du dich? Ist es wirklich so schlimm, wie Maggie sagt?«

»Maggie übertreibt immer«, sagte Sofia und lächelte Maggie an. »Tatsächlich ging es sehr leicht. Davids Hand ist wohl ein bisschen blau, aber davon abgesehen ist er glücklich und stolz. Genau wie ich.«

»Wo ist der entzückende David?«, fragte Anton tuntig. »Ich hatte ja schon immer eine Schwäche für deinen kleinen Gatten.« Er warf einen Blick hinüber zu Marcello, der sich nicht mehr bewegt hatte, seit sie hereingekommen waren.

»Er kommt später. Der Ärmste, er ist völlig erschöpft.«

»Sie ist so süß«, sagte Daisy und spähte begeistert in das Kinderbettchen. »Wie eine kleine Maus.«

»Darling, du solltest aber nicht Maus sagen. Mütter finden ihre Babys immer schön«, tadelte Maggie. »Ich fand Lucien auch schön, bis er groß wurde.«

»Und wenn es schon ein Tier sein muss, versuche doch ein bisschen mehr Fantasie zu zeigen, mein Entchen. Maus ist nun wirklich ziemlich banal«, sagte Anton und trat zurück, um sein Werk zu bewundern.

In diesem Augenblick flog die Tür auf. Elizabeth Harrison stand im Rahmen. Ihre Augen unter den schweren Lidern blickten im Zimmer umher und suchten unter den vielen fremden Gesichtern nach Sofia, und die Falten an ihrem Hals bebten wie bei einem Truthahn.

»Ist hier Mrs. Harrisons Zimmer?«, bellte sie. »Und wer sind alle diese Leute?«
Sofia warf einen Blick auf Maggie, die ihr gerade die Nägel trocken blies.
»Das ist die böse Hexe aus dem Norden«, tuschelte sie.
Maggie hob den Kopf. »Bist du sicher? Sieht eher aus wie einer von Antons Freunden im Fummel.«
»Ich bin gekommen, um mein Enkelkind zu sehen«, erklärte die Frau, ohne von ihrer Schwiegertochter Notiz zu nehmen. Erbost humpelte sie durch das Zimmer. »Das ist ein Krankenhaus und nicht irgendein grässlicher Salon.« Sie rümpfte missbilligend die Nase.
»Sie könnten aber auch einen Haarschnitt vertragen, Entchen.« Anton sog die Wangen zwischen die Zähne, als sie an ihm vorbeikam. »Wissen Sie, dieser Look ist ziemlich passé. Man sieht daran, wie alt Sie sind.«
»Gütiger Gott, wer sind denn Sie?« Sie fuhr zurück. »Wer sind diese Leute?«
»Das sind meine Freunde, Elizabeth«, sagte Sofia. »Anton, Daisy, Maggie und … na ja, Marcello kannst du ignorieren; der möchte nicht, dass man sich mit ihm unterhält, er will nur bewundert werden.« Sie kicherte. »Und das ist meine Schwiegermutter, Elizabeth Harrison.«
Elizabeth schlurfte an Marcello vorbei und brachte so viel Abstand zwischen sich und seinen Stuhl, wie in einem so kleinen Raum nur menschenmöglich war. Sie beugte sich über das Kinderbett. »Was ist es?«
»Ein Mädchen«, antwortete Sofia und zog das Bettchen beschützend zu sich heran. Ihre Schwiegermutter sollte dem Kind nicht allzu nah kommen; sie würde ihm sonst vielleicht Unglück bringen.
»Name?«
»Honor.« Sofia strahlte.
»Honor?«, wiederholte Elizabeth erbost. »Was für ein grässlicher Name. Honor, wahrhaftig.«

»Es ist ein schöner Name. Wir haben sie zu Ehren von Davids Großmutter so genannt. Er hatte sie sehr gern, sagt er.«

»Honor ist ein Name für eine Schauspielerin oder eine Sängerin, findest du nicht, Anton?«, sagte Maggie boshaft.

»Jedenfalls ein Name für die Bühne, Maggie«, sagte Anton, um das Maß voll zu machen.

»Wo ist David?«, fragte Mrs. Harrison herrisch.

»Nicht da«, antwortete Sofia kalt. Wahrscheinlich wusste er, dass du kommst, du grausliche, muffige alte Forelle, dachte sie bei sich.

»Nun, dann sag ihm, dass ich da war.« Der Blick ihrer vorquellenden Augen verharrte auf Sofia, und sie musterte sie nachdenklich. »David ist mein einziger Sohn«, sagte sie mit ihrer tiefen Stimme, die wegen ihrer verschleimten Bronchien rasselte. »Und dieses Kind ist mein einziges Enkelkind. Ich hätte es vorgezogen, wenn er jemanden aus seinem eigenen Land und seiner eigenen Klasse geheiratet hätte. Ariella war perfekt. Nur David konnte das nicht sehen, der Dummkopf – genau wie sein Vater. Aber du hast ihm ein Kind geschenkt. Mir wäre ein Junge lieber gewesen, aber du wirst beim nächsten Mal einen Jungen bekommen, der seinen Namen weiterträgt. Ich mag dich nicht, und deine Freunde mag ich noch weniger. Aber du hast meinem Sohn ein Kind geschenkt, und so spricht wenigstens etwas für dich. Sag David, dass ich da war.« Sie verließ das Zimmer. Kurz bevor die boshaften Kommentare losgehen konnten, flog die Tür wieder auf, und sie stand noch einmal da.

»Hoppla, jetzt hat sie ihren Besen vergessen«, sagte Anton.

»Oder sie will noch einen Zauberspruch loswerden«, meinte Sofia.

»Du kannst David auch noch sagen, dass ich dieses Kind nicht Honor nennen werde. Er wird sich etwas anderes ausdenken müssen.« Die Tür schloss sich, und sie war fort.

»Was für eine reizende Frau«, sagte Daisy sarkastisch.

»Was hätte ich nicht alles mit ihrem Haar anfangen können.« Anton schnalzte missbilligend.

»Die Mühe würde ich mir nicht machen, Sweetie«, sagte Maggie.

»Sie wird bald tot sein.« Und zu aller Überraschung bewegte Marcello sich.
»Porca miseria«, sagte er träge. »Sie ist schon seit Jahren tot.«

Als David am Nachmittag kam, war Sofia gerade beim Stillen. Er blieb am Fußende stehen und schaute zu. Sie lächelten einander in stillem Einverständnis an. Es gab keine Worte, die Davids Ehrfurcht vor der Macht der Natur angemessen zum Ausdruck gebracht hätten, und er wollte den Augenblick nicht verderben, indem er eine Szene wie diese mit Gemeinplätzen störte. Also blieb er mit zärtlichem, beinahe melancholischem Gesicht stehen und betrachtete das geheimnisvolle Band zwischen Mutter und Kind. Sofia schaute ihrem Baby ins Gesicht; sie genoss jede seiner Bewegungen und bewunderte die erlesene Vollkommenheit der kleinen Gesichtszüge.
Als Honor zu Ende getrunken hatte, wickelte Sofia sie in ihr Musselintuch und legte sie behutsam zum Schlafen ins Bettchen. »Ich ertrage es kaum, sie hinzulegen«, murmelte sie und strich mit dem Finger über das samtene Köpfchen.
»Ich habe eine überraschende Neuigkeit«, sagte David; er setzte sich auf die Bettkante und gab ihr einen Kuss.
»Ich auch«, sagte Sofia. »Aber du zuerst.«
»Na, du wirst es nicht glauben: Zaza hat Tony verlassen und ist mit Ariella in die Provence durchgebrannt.«
»Da hast du Recht – das glaube ich nicht!«, Sofia schnappte nach Luft. »Weißt du, ich habe Tony und Zaza am letzten Wochenende in ihrem Zimmer streiten hören, aber ich habe nicht recht verstanden, wovon sie redeten. Jetzt fügt sich alles zusammen. Bist du sicher?«
»Tony hat mich eben angerufen.«
»Und was sagt er?«
»Dass sie zusammen weggelaufen sind. Er meint, sie kommt innerhalb eines Monats zurück, sobald Ariella eine neue Ablenkung gefunden hat.«
»War er wütend?«

»Nein, wütend nicht, eher verärgert. Er sagt, Angela ist empört und sauer, weil ihre Mutter sie übertroffen hat. Sie hat jetzt erklärt, dass sie Mandy gar nicht wirklich liebt – und anscheinend hat sie es auch nie getan. Tatsächlich ist sie verliebt in einen Jungen namens Charlie. Nick dagegen scheint die Sache nicht weiter aufzuregen.«

»Das überrascht mich nun nicht«, sagte Sofia.

»Wie auch immer – Tony sagt, es macht ihm nichts, wenn sie solche Experimente macht. Er wird da sein, um die Trümmer einzusammeln, wenn alles schief gegangen ist. Was ja unweigerlich passieren wird. Ariella spielt mit ihr, um sich zu unterhalten. Wie eine verschlagene weiße Katze mit einer großen, saftigen Maus spielt. Es muss ihr großen Spaß machen. Sie hatte nie besonders viel übrig für Zaza.«

»Glaubst du, sie werden von sich hören lassen?« Sofia brannte darauf, mehr zu erfahren.

»Auf jeden Fall. Sie wollen dir sicher gratulieren. Und was ist deine Neuigkeit?« Er nahm ihre Hand und streichelte sie.

»Die Schwiegermutter aus der Hölle ist heute Morgen hier aufgekreuzt.«

»Ach«, sagte David wachsam.

»Und rate mal, wer hier war, als sie kam?« Sofia lächelte boshaft.

»Keine Ahnung. Wer denn?«

»Anton, Maggie, Marcello und Daisy.«

»O Gott.« Er seufzte. »Sie muss entsetzt gewesen sein.«

»Allerdings. Sie sagt, der Name Honor gefällt ihr nicht, und du sollst dir einen anderen ausdenken, als ob ich mit dieser Frage gar nichts zu tun hätte.«

»Ihrer Ansicht nach hast du das auch nicht.«

»Ich glaube, wir haben sie verscheucht.«

»Mach dir keine Sorge. Überlass sie nur mir.« Resigniert fand David sich damit ab, dass er seine Mutter jetzt anrufen musste, um eine neuerliche unersprießliche Schlacht im endlosen Krieg mit ihr zu schlagen. Es war ein alberner Krieg, entstanden aus ihrer Unfähigkeit, ihn zu beherrschen, und genährt von der Bitterkeit, die wie ein unersättliches Phantom an ihrer Seele nagte. Ein Krieg, der erst mit ihrem Tod zu Ende sein würde. Er stellte sich vor, wie sein Vater oben im Himmel zitternd darauf wartete, dass sie eines Tages wie eine düstere schwarze Wolke zu ihm heraufgefahren käme.

Das Telefon klingelte.

»Zaza!«, rief Sofia aufgeregt, als sie abgenommen hatte. David zog eine Braue hoch.

»Darling! Gut gemacht! Ein kleines Mädchen, wie ich höre. Und so ein hübscher Name. Du musst ja ganz aus dem Häuschen sein«, jubelte Zaza.

»Das bin ich auch. Wir sind so glücklich. Und du, wo bist du?«, fragte sie ungeduldig; sie wollte jetzt lieber Zazas Neuigkeiten hören, als von ihren eigenen zu erzählen. Es langweilte sie allmählich, jedem Freund, der anrief, die Geschichte von Honors Geburt vorzutragen.

»Ich bin in Frankreich.«

»Mit Ariella?«

»Ja. Ich nehme an, Tony hat David bereits angerufen. Typisch. Inzwischen weiß es wahrscheinlich ganz London.« Sie seufzte melodramatisch.

»Nein, das glaube ich nicht. David ist sehr diskret.« Sofia zwinkerte ihrem Mann zu.

»Oh«, sagte Zaza. Es klang enttäuscht. »Na ja. Ariella ist auch hier und will mit dir sprechen. Wir verbringen hier eine wunderbare Zeit«, schwärmte sie. »Ich denke an dich und dein Baby. Liebe Grüße an David; ich kann jetzt nicht mit ihm sprechen. Ariella ist hier.« Sie senkte ihre Stimme. »Du weißt, was ich meine.«

»Ich weiß. Ich werd's ihm sagen. Gib mir Ariella«, sagte Sofia und hörte, wie Zaza mit trällernder Stimme *Ariellaaaaa* rief.

»Sofia, gratuliere«, sagte Ariella ruhig.

»Was treibst du da?«, fragte Sofia ernsthaft.

»Oh, ich mache einen kleinen Urlaub«, antwortete sie gelassen.

»Und wann kommst du zurück?«

»Wenn ich Alain genug amüsiert habe, um seine Aufmerksamkeit zurückzuerobern. Dann schicke ich Zaza wieder zu Tony zurück.

Bis dahin wird sie in der Lage sein, ihn ein bisschen aufzupeppen, möchte ich meinen.« Ariella lachte leichthin.
»Du bist gemein«, sagte Sofia sichtlich entzückt.
»Nein – ich tue den beiden einen Gefallen. Zaza braucht ein Abenteuer. Tony braucht eine neue Zaza. Zaza braucht auch eine neue Zaza, glaube mir.«
»Ich werde auf der Hut sein müssen«, lachte Sofia.
»Keine Sorge, du bist nicht mein Typ. Du bist mir viel zu clever. Nein, mit dir würde es keinen Spaß machen.«

In dieser Nacht hatte Sofia einen Traum. Sie saß in ihrem Wochenbett und sprach mit Ariella und Zaza, die sie überreden wollten, David zu verlassen und zu ihnen in die Provence zu kommen. Sie schüttelte lachend den Kopf und lehnte ab, und die beiden lachten auch und sagten, es würde ihr sehr gefallen. Da ging die Tür auf, und eine schwarz gekleidete Frau kam herein. Sie war gebeugt und bucklig und sah aus wie eine Krähe, und sie humpelte, als ob sie einen Fuß nachziehe. Und sie roch schlecht; Ariella und Zaza wichen zurück und hielten sich die Nase zu, bevor sie ganz verschwanden. Die Frau griff in das Kinderbett und holte ihr Kind heraus. Sofia schrie und klammerte sich verzweifelt an Honor, und sie wollte nicht loslassen. Die Frau war so hässlich und verwachsen, dass sie gar nicht aussah wie ein Mensch, sondern eher wie eine Fledermaus. Sie sagte: »Du hast versprochen, dein Kind abzugeben. Du kannst es dir jetzt nicht anders überlegen.« Und sie verwandelte sich in Elizabeth Harrison, die sie anstarrte mit ihren wässrigen, vorquellenden Augen, die in ihren Höhlen schwammen wie zwei Austern.
Die Krankenschwester rüttelte Sofia wach. Sie war außer sich, schwitzte und schrie um Hilfe. Als sie endlich wach war, starrte sie die Schwester mit großen, angstvollen Augen an, und sie brauchte eine Weile, um zu begreifen, dass sie wirklich wach war und nicht in ihrem Alptraum gefangen.
»Alles okay, Mrs. Harrison? Sie haben nur schlecht geträumt«, sagte die Schwester mitleidig.

»Ich will zu meinem Mann«, schluchzte Sofia. »Ich will jetzt nach Hause.«
Am nächsten Tag kam David und holte sie nach Hause. Hinter den sicheren Mauern von Lowsley vergaß Sofia ihren Alptraum und die seltsame Hexe, die ihr Kind hatte stehlen wollen. Sie saß am Kamin; Sam und Quid wedelten mit den buschigen Schwänzen, und sie plauderte fröhlich mit Hazel, dem Kindermädchen, die Honor auf dem Arm hielt und das schlafende Kind behutsam wiegte. David arbeitete nebenan in seinem Büro, und Sofia dachte, wie schön es war, dass das Leben wieder seinen normalen Lauf nahm. Dann dachte sie an Zaza und Tony und fragte sich, ob auch für sie das Leben je wieder so sein würde wie früher.

Vierunddreissig

Honor krabbelte in dem flauschigen Löwenkostüm, das Sofia ihr bei Hamley's gekauft hatte, um den Wohnzimmertisch herum und brüllte wütend ihre Freundin Molly an, die in gespieltem Entsetzen quiekend vor ihr her rannte. Die anderen Kinder, die an Honors drittem Geburtstag zur Party gekommen waren, drängten sich mit Sofia in die Küche und klammerten sich ängstlich an die Beine ihrer Mütter. Aber Honor hatte vor nichts Angst. Oft verschwand sie für eine Ewigkeit, bis ihre besorgte Mutter sie dann irgendwo bäuchlings im Gras fand, wo sie eine Raupe oder eine Schnecke studierte, die ihre Aufmerksamkeit erregt hatte. Sie war fasziniert von allem, besonders von der Natur, und sie vertraute darauf, dass ihre Mutter oder ihre Nanny sie schon finden würde, wenn sie allzu lange ausblieb.

Heute war ein ganz besonderer Tag, hatte ihre Mutter gesagt. Heute war ihr Geburtstag. Sie konnte »Happy Birthday« singen und tat es auf anderen Geburtstagen auch oft, aber heute würde sie nicht singen müssen, weil alle ihre Freundinnen für sie singen würden. Und dann dürfte sie die Kerzen ausblasen, was sie zu gern tat und oft auch bei den Torten anderer Kinder übernahm – sehr zur Verlegenheit ihrer Mutter, denn das andere Kind brach dann in Tränen aus, und man musste Streichhölzer suchen, um die Kerzen wieder anzuzünden. Heute feierten sie die drei Jahre voller Freude, die sie Sofia und David geschenkt hatte, aber es sollte auch ein Vorwand für die Tochter sein, ihre eigene Party mit all ihren Freunden zu genießen.

Sofias Herz hatte sich in diesen vergangenen drei Jahren gedehnt wie das Universum. Grandpa O'Dwyer hatte immer gesagt, der Sinn des Lebens sei es, mehr und mehr Liebe zu erschaffen. Sofia vermutete, dass er sehr stolz auf sie sein würde, denn ihr Herz floss buchstäblich über davon. Mit jedem Morgen, der heraufdämmerte, liebte sie ihre Tochter mehr, mit jeder Veränderung, die sich ereignete, als sie heranwuchs und ihre eigene, sehr starke Persönlichkeit entwickelte. Sie verbrachte viele Stunden mit ihr, malend, vorlesend; sie spazierte mit ihr durch die Felder, oder sie setzte sie auf ihr kleines Pony Hedgehog und führte sie am Zügel den Weg zum Wald hinauf. Honor war neugierig und furchtlos. Ihren Freund Hoo, ein blaues Seidentaschentuch, das David ihr geschenkt hatte, trug sie immer bei sich, und mit Hoo fühlte sie sich sicher. Wenn Hoo einmal verschwunden war, musste das ganze Haus auf den Kopf gestellt werden, bis er sich wieder einfand, meistens hinter einem Sofa oder unter einem Kissen.

»Honor!«, rief Hazel, so laut sie konnte, was in ihrem Alter nicht mehr sehr laut war. Sie war nach Honors Geburt ins Haus gekommen, zunächst nur für einen Monat, aber jetzt arbeitete sie den ganzen Tag bei ihnen, nachdem David und Sofia sie gebeten hatten zu bleiben. Sie hatte es als Kompliment aufgefasst und war einverstanden gewesen, denn sie hatte Honor und ihre Eltern in der kurzen Zeit fest ins Herz geschlossen.

Später hatte sie dem Himmel für ihren Entschluss gedankt – als sie nämlich den verwegenen Freddie Rattray kennen gelernt hatte, den Witwer, der mit Hilfe seiner Tochter Jaynie die Pferdezucht führte. Sofia nannte ihn Rattie, aber Hazel brachte diese Formlosigkeit nicht über sich, auch wenn anscheinend alle andern ihn ebenfalls Rattie nannten. Für sie war er Freddie, aber auch erst, nachdem er sie gebeten hatte, doch nicht Mr. Rattray zu sagen. »Das macht mich so alt«, hatte er gesagt. »Bei Freddie habe ich wenigstens das Gefühl, dass ich erst halb übern Berg bin. Und die andere Seite will ich noch ein paar Jahre nicht sehen.«

Hazel hatte sittsam gelacht und sich mit feuchter Hand über das glänzend weiße Haar gestrichen, das im Nacken zu einem ordentlichen Knoten zusammengebunden war. Es kam ziemlich oft vor, dass sie mit Honor zu den Pferden hinunterging, und oft kam sie auch mit, wenn Freddie das Kind auf Hedgehog spazieren führte.

Sofia, die eine aufkeimende Zuneigung wie diese meistens schnell entdeckte, war diesmal zu sehr damit beschäftigt, ihrer Tochter zuzuschauen, um die zärtlichen Blicke zu sehen und das kokette Lachen zu hören, das von den Ställen heraufwehte.

»Honor, Teezeit!«, rief Hazel und kam ins Esszimmer, wo die beiden Mädchen fröhlich im Kreis herumhüpften und sich offenbar vorstellten, sie seien ihr eigenes Karussell. Sie fing Honor ein, als sie vorübergaloppieren wollte, und schälte sie aus dem Löwenkostüm. Honor hatte ausdrücklich darum gebeten, auf ihrer Teeparty ein »hübsches Kleid« tragen zu dürfen. Sofia hatte gelacht über diese frühkindliche Eitelkeit. »Und jetzt lass uns sehen, was Mummy zum Tee gemacht hat«, sagte Hazel.

»Schokoknusperkekse«, krähte Honor, und ihre blauen Augen weiteten sich vor Glück.

»Schokoknusperkekse«, ahmte Molly sie nach und stapfte hinterdrein.

In der Küche half Sofia den anderen Müttern gerade dabei, ihre Kinder auf den Stühlen unterzubringen. Johnny Longacre weinte, weil Samuel Pettit ihn geschlagen hatte, und Quid hatte der kleinen Amber Hopkins bereits das Gesicht abgeleckt, was Ambers Mutter für äußerst unhygienisch hielt. Sie schwirrte umher wie eine Wespe und suchte ein sauberes Tuch, um dem Kind das Gesicht abzuwischen.

»Honor, mein Schatz, komm her und setz dich«, sagte Sofia ruhig inmitten des Chaos. »Sieh mal, sind diese Sandwiches nicht raffiniert? Sie sehen aus wie Schmetterlinge.«

»Kann ich Schokoknusperkekse haben?«, fragte sie und streckte die Hand danach aus.

»Nein, erst isst du dein Marmite-Sandwich«, sagte Sofia und rümpfte insgeheim die Nase, weil ihre Finger nach Marmite rochen.

»Sofia, kannst du bitte deinen Hund hinausschaffen? Er will Ambers Sandwich auffressen«, flehte Ambers Mutter entnervt. Sofia bat Hazel, den Hund ins Arbeitszimmer zu bringen, damit er kein Durcheinander anrichtete. »Mich könntest du eigentlich auch gleich mitnehmen«, lachte sie. »Ich stecke schon so tief im Durcheinander, dass man mich kaum noch sieht.«

»Sofia, Joey hat kein Marshmallow bekommen. Anscheinend sind keine mehr da. Dabei isst er sie doch so gern«, klagte Joeys Mutter, und ihr unauffälliges Gesicht legte sich in Kummerfalten, weil sie fürchtete, dass ihr geliebter Sohn nun nichts abbekommen könnte. Sofia fand, sie sah aus wie eins der Eier, denen Honor am Frühstückstisch immer Gesichter aufmalte.

In diesem Augenblick öffnete sich die Küchentür, und Zaza trat ein. Sie trug eine hellbraune Wildlederhose und eine Tweedjacke, und ihre rot geschminkten Lippen krümmten sich düster, als sie sah, dass die Küche voller schreiender Kinder und ihrer übermäßig besorgten Mütter war.

»Guter Gott, was ist denn hier los?« Sie schrie entsetzt auf, als Sofia über ein heulendes Kind hinwegkletterte, um sie zu begrüßen. »Wenn das Honors Freunde sind, wird sie hoffentlich noch ein bisschen wählerischer, wenn sie älter wird.«

Zaza hatte es am Ende sechs Wochen mit Ariella und später auch Alain in der Provence ausgehalten. »Ich wusste, ab wann ich nicht mehr erwünscht war«, hatte sie David erzählt. »Alain war reizend, wenn auch sehr unbestimmt – die meiste Zeit bemerkte er uns gar nicht. Aber Ariella ist vernarrt in ihn, und nachdem ich meinen Zweck erfüllt hatte, überließ ich die beiden sich selbst und kam wieder nach Hause.« Tony hatte ihr gesagt, sie sei als sehr viel interessantere Frau zurückgekommen – was immer das bedeuten mochte; er denke daran, sie im nächsten Jahr zu einem Auffrischungskurs zurückzuschicken. Sofia war froh, dass wieder alles beim Alten war. Sie war überrascht, wie sehr ihr Zaza gefehlt hatte.

»Diese Party wird allmählich zu einem Alptraum.« Seufzend sah Sofia zu, wie die Kinder sich mit Schokolade voll stopften. »Eins von denen wird sich jeden Moment übergeben. Das weiß ich.«

»Aber nicht auf meine Wildlederhose, sonst drehe ich ihm den kleinen Hals um«, sagte Zaza und wich zurück.

»Warum setzt du dich nicht ins Wohnzimmer? Da ist es sicherer«, schlug Sofia vor.

»Tatsächlich bin ich gekommen, um dir zu sagen, dass Tony diesen Sommer zu meinem Fünfzigsten eine Geburtstagsparty feiern will.« Zaza lächelte breit. »Ich weiß zwar nicht, ob ich das feiern oder ob ich Selbstmord begehen soll – aber es wird eine sommerliche Lunchparty sein, und wir würden uns freuen, wenn ihr beide kommt.«

»Natürlich kommen wir. Wir haben es ja nicht sehr weit, oder?« Sofia lachte.

»Wenn du nichts dagegen hast, verdrücke ich mich jetzt, bis das hier vorbei ist. Melde dich, wenn hier Schluss ist oder wenn wenigstens alle sich Hände und Gesicht gewaschen haben.«

Honors Gesicht war inzwischen mit Schokolade und Kuchen beschmiert. In ihren blonden Locken klebten Smarties, die Hugo Berrin in süßer Verliebtheit dort angebracht hatte; jetzt bewarf er, weniger süß, andere Kinder mit Gelee. Sofia verdrehte die Augen und lehnte sich neben Hazel an das Sideboard.

»Glaubst du, Honor wird je wieder aussehen wie früher?«, fragte sie müde. Sie hatte schon bemerkt, dass sie in letzter Zeit sehr erschöpft war.

Hazel lächelte und stemmte die Hände in die breiten Schwesternhüften. »Wenn dieses Äffchen da nicht wäre«, sagte sie und deutete auf Hugo Berrin, »wäre sie so sauber, als wäre sie soeben aus der Badewanne gestiegen. Wenn alle weg sind, bringe ich sie sofort nach oben und wasche sie.«

»Aber es hat ihr Spaß gemacht, nicht wahr?«

»Sie steht zu gern im Mittelpunkt. Niemand lässt sich so gern anbeten wie Honor.«

»Du liebe Güte, ich weiß, woher sie das hat.« Sofia lachte leise.

Endlich packten die Mütter ihre Kinder in die dicken Mäntel und trieben sie hinaus in den Märzabend. »Wir sehen uns Montag in der Schule«, riefen sie Sofia zu. Sofia winkte zum Abschied; sie war froh, alles überstanden zu haben, und nahm sich vor, sich zu Honors viertem Geburtstag etwas anderes einfallen zu lassen.

Hazel nahm die schläfrige Honor bei der Hand und führte sie die Treppe hinauf zum Bad. Sofia küsste die kleine Nase, den einzigen

Teil ihres Gesichts, der noch nicht mit Schokolade und Gelee beschmiert war, und dann ging sie durch die Diele und machte sich auf die Suche nach Zaza.
Sie fand sie am Kamin im Wohnzimmer, wo sie Musik hörte, eine Zigarette rauchte und ein Buch über argentinische Estancias las.
»Was ist denn das?«, fragte Sofia und setzte sich neben sie.
»Das Buch heißt *Estancias Argentinas* – ich dachte mir, es gefällt dir vielleicht.«
»Wo hast du es her?«
»Nick hat es mir geschenkt. Er ist gerade zurückgekommen. Er hat sich wunderbar amüsiert dort drüben – mit Polospielen.«
»Ach, wirklich«, sagte Sofia unbeteiligt.
»Was für ein wunderschönes Buch. War euer Haus so wie die hier?«
»Ja, ganz genauso.«
»Weißt du, ich glaube, Nick hat mit einem Freund von dir gespielt«, erzählte Zaza. »Das heißt, ich bin sogar sicher, denn Nick sagt, sie hätten über dich gesprochen. Sie sind übrigens jetzt hier in England. Er ist Profispieler. Er sagt, er kennt dich.«
»Wer ist es denn?«, fragte Sofia. Sie war nicht sicher, ob sie es wirklich wissen wollte.
»Roberto Lobito«, sagte Zaza. Sie machte schmale Augen und beobachtete Sofias Reaktion. Nick hatte ihr erzählt, Sofia habe offenbar eine skandalöse Affäre mit jemandem gehabt, den ihre Eltern nicht akzeptieren konnten, und deshalb habe sie das Land verlassen. Sie fragte sich, wer dieser Mann wohl gewesen sein mochte. Sofia entspannte die Schultern, und Zaza strich Roberto Lobito von der Liste der Verdächtigen.
»Ach, der«, sagte Sofia lächelnd. »Er hat immer schon gut gespielt, schon damals.«
»Er ist verheiratet – eine Frau von erlesener Schönheit. Sie sind jetzt bis zum Herbst hier drüben, glaube ich. Du hast hoffentlich nichts dagegen, aber ich habe sie zu meiner Party eingeladen.«
»Schon recht«, sagte Sofia. Zaza blies Rauch durch die Nase und wedelte dann mit der Hand vor sich hin und her und trieb die Wolke von Sofia weg, denn die hasste Zigaretten.

»Ich glaube, ich habe noch nie eine schönere Frau gesehen als Eva Lobito.« Sie nahm noch einen tiefen Zug.
»Eva Lobito?« Sofia erinnerte sich an Eva Alarcon, die sie vor all den Jahren gekannt hatte, und fragte sich, ob das dieselbe Person sein konnte. Eine andere Eva kannte sie nicht.
»Wie sieht sie aus?«, fragte sie neugierig.
»Weißblondes Haar – wie bei einem Engel. Längliches Gesicht, olivfarbene Haut. Hübsches Lachen. Sehr anmutig, langbeinig, spricht Englisch mit starkem Akzent. Bezaubernd.« Jetzt war kein Zweifel mehr: Diese Beschreibung passte ausschließlich auf Eva Alarcon, und jetzt würde Sofia sie und Roberto nach all den Jahren wiedersehen. Sie wusste, dass dieses Wiedersehen glückliche Erinnerungen wecken würde, in deren Gefolge die unausweichliche Melancholie über sie kommen würde, aber sie war neugierig, und ihre Neugier war stärker als ihre Angst. Sie freute sich auf die Party, wie man sich auf einen Drink freut, obwohl man weiß, dass danach auch der Kater kommt.

Sofia zog Honor auf den Schoß, legte die Arme um sie und drückte sie fest an sich, wie sie es zur Schlafenszeit immer taten. Sie küsste die helle, makellose Haut.
»Mummy, wenn ich größer bin, will ich werden wie du«, sagte das kleine Mädchen.
»Ach ja?« Sofia lächelte.
»Und wenn ich noch größer bin, will ich sein wie Daddy.«
»Das glaube ich nicht.«
»O doch, das will ich«, beharrte sie. »Ich will genauso sein wie Daddy.«
Sofia lachte leise über diese kindlichen Vorstellungen von der Entwicklung eines Menschen. Als sie um halb zehn unter die Decke schlüpfte, strich David ihr über die Stirn und küsste sie. »Du bist in letzter Zeit immer sehr müde«, stellte er fest.
»Ja. Ich weiß nicht, warum.«
»Du bist doch nicht etwa schwanger, oder?«
Sofia blinzelte hoffnungsvoll zu ihm auf. »Daran habe ich noch

nicht gedacht. Ich war so beschäftigt mit Honor und den Pferden, dass ich die Tage nicht gezählt habe. Oh, David, du könntest Recht haben. Ich hoffe es.«

»Ich auch.« Er küsste sie wieder. »Noch ein Wunder.«

Fünfunddreissig

Sofia saß auf dem breiten Stumpf eines Baumes, der einmal die Anhöhe beherrscht hatte. Ein bösartiger Sturm im vergangenen Oktober hatte ihn gefällt. Nichts ist unbesiegbar, dachte sie. Die Natur ist stärker als wir alle. Sie schaute sich in der hellen Junidämmerung um und genoss die kurze Pracht des neuen Morgens. Dann legte sie sich die Hand auf den Bauch und dachte staunend an das Wunder, das da in ihr heranwuchs, und gleichzeitig erbebte ihr Herz vor Trauer in dem Wissen, dass ihre Familie nichts von dem Leben wusste, dass sie sich jenseits des Ozeans geschaffen hatte. Nervös dachte sie an Roberto Lobito und Eva Alarcon, wie sie sie vor inzwischen mehr als zehn Jahren gekannt hatte, und sie versuchte sich vorzustellen, wie sie wohl heute aussehen würden.

Mehr als vor diesem Wiedersehen fürchtete sie sich davor, sie nicht wiederzusehen. Wenn sie im letzten Moment beschließen sollten, nicht zu Zazas Party zu kommen, würde die Enttäuschung ungeheuer sein. Sie hatte sich seelisch auf diesen Nachmittag vorbereitet, und ihre Neugier war in den letzten Monaten gewachsen. Sie sehnte sich verzweifelt danach, zu erfahren, was aus Santi geworden war.

Sie kam rechtzeitig nach Hause, um noch ein Bad zu nehmen und sich dann für Zazas Lunchparty zurechtzumachen. Eine Stunde lang probierte sie alle möglichen Sachen an, ratlos beobachtet von Sam und Quid, die jedes Outfit schweifwedelnd begrüßten. »Ihr seid überhaupt keine Hilfe«, sagte sie zu den beiden und warf wieder ein Kostüm auf das Bett. Als David in der Tür erschien, hatte Sofia ihm den Rücken zugewandt und versuchte erbost, sich ein Kleid über die Hüften zu zerren. Er schaute einen Moment zu, bevor die Hunde ihn verrieten.

»Ich bin zu fett!«, murrte sie und schleuderte das Kleid mit einem zornigen Fußtritt durch das Zimmer.
»Was ist denn los?«, fragte er und umarmte sie von hinten.
»Ich bin fett«, sagte sie noch einmal.
»Du bist nicht fett, Darling, du bist schwanger.«
»Ich will aber nicht fett sein. Mir passt nichts mehr.«
»Was ist dir denn am bequemsten?«
»Mein Pyjama«, antwortete sie mürrisch.
»Okay, dann ziehst du eben deinen Pyjama an.« Er küsste sie und spazierte dann ins Bad.
»Eigentlich ist das keine schlechte Idee«, sagte sie fröhlich und zog einen weißen Seidenpyjama aus der Kommodenschublade. Als David wieder hereinkam, stand sie in der Kordelbundhose und einem weißen T-Shirt vor ihm. »David, du bist ein Genie.« Strahlend betrachtete sie ihr Spiegelbild. David nickte und watete durch einen Wust von Schuhen und Kleidern zu seinem Schrank. Sam und Quid hechelten beifällig.
Für den Fall, dass es regnete, hatte Tony ein weißes Zelt in den Garten stellen lassen, aber es war ein klarer, warmer Tag, und so standen die Gäste in ihren geblümten Kleidern und Anzügen draußen in der Sonne, tranken Champagner und Pimm's und bewunderten die weitläufige, aus rostbraunen Ziegeln erbaute Villa und die Blumen, die im Überfluss alles überwucherten, wohin man auch schaute. Zaza kam wie ein Pfeil auf David und Sofia zu, um die beiden zu umarmen, bevor sie einem der Kellner nachlief, der mit einem Tablett Räucherlachs zu früh aus dem Haus gekommen war.
Zaza hatte kein Stilgefühl, aber sie war pfiffig genug, um guten Geschmack zu erkennen, wenn sie ihn anderswo sah. Sie hatte Tausende Pfund von Tonys schwer verdientem Geld ausgegeben und Innenarchitekten und Landschaftsgärtner engagiert, die ihr Haus zu einem Heim gemacht hatten, das es verdient hätte, die Seiten von *Home & Gardens* zu zieren. Sofia wusste die ästhetische Vollkommenheit von Pickwick Manor zu schätzen, aber sie fand, dass Zaza sich allzu sehr bemüht hatte. Kaum hatte sie sich in das Gewimmel

der Gäste ziehen lassen, suchten ihre Augen bang nach den Gesichtern von Eva und Roberto.

»Sofia, wie schön, Sie wiederzusehen!«, gluckste ein fremder Mann und beugte sich über sie, um sie zu küssen. Sein Atem roch nach einer unangenehmen Mischung aus Lachs und Champagner. Sie wich zurück und runzelte ratlos die Stirn. »George Heavyweather«, sagte er in einem Ton, der seine Enttäuschung über ihr schwaches Gedächtnis verriet. »Sie wissen doch sicher noch, wo wir uns kennen gelernt haben?«, fragte er scherzend und stieß sie mit dem Ellenbogen an.

Sofia seufzte gereizt; jetzt erinnerte sie sich an den taktlosen Gorilla, neben dem sie vier Jahre zuvor einmal gesessen hatte. »Bei Ian Lancasters Dinner«, sagte sie gleichgültig und spähte an ihm vorbei in die Menge.

»Absolut. Gott, ist das lange her. Wo haben Sie sich versteckt? Wahrscheinlich haben Sie noch gar nicht gemerkt, dass der Krieg vorbei ist.« Er kicherte über seinen lahmen Witz.

Sofia schob ihre Manieren beiseite. »Entschuldigen Sie«, sagte sie, »aber ich habe soeben jemanden gesehen, mit dem ich mich lieber unterhalten möchte.«

»Oh, ja ... na, selbstverständlich«, stammelte er. »Wir sehen uns dann später.«

Nicht, wenn ich es verhindern kann, dachte Sofia und tauchte in der Menge unter.

Sofia und David waren spät gekommen. Nachdem sie das Gelände fast eine halbe Stunde lang erfolglos nach Roberto und Eva abgesucht hatte, fand sie sich betrübt mit der Realität ab: Sie waren offensichtlich nicht erschienen. Unter einer schattigen Zeder abseits der Menge fand sie eine Bank. Niedergeschlagen setzte sie sich hin. Die Zeit kroch so langsam dahin. Sie wollte nach Hause, und sie fragte sich, ob es wohl jemand merken würde, wenn sie sich still verdrückte.

Da hörte sie eine warme, verhauchte Stimme hinter sich. »Sofia? Ich habe dich gesucht.«

»Eva?« Sofia schnappte nach Luft. Sie sprang auf und blinzelte überrascht der eleganten, weißblonden Frau entgegen, die da in ihr Gesichtsfeld schwebte.

»*Hace años*«, flüsterte sie an Sofias Hals und küsste sie liebevoll auf die Wange. In Sofias Kopf drehte sich alles, als sie Evas Parfüm einatmete; es war der gleiche Zitronenduft, den sie schon zwölf Jahre zuvor getragen hatte. Beide setzten sich.

»Ich dachte schon, du kommst nicht«, sagte Sofia auf Spanisch. Sie nahm Evas Hand und hielt sie fest, als habe sie Angst, sie könnte gleich wieder verschwinden, wenn sie losließe.

»Wir haben uns verspätet. Roberto hat sich verfahren.« Eva lachte wohlklingend.

»Es ist so schön, dich wiederzusehen. Du hast dich nicht verändert«, sagte Sofia wahrheitsgemäß. Bewundernd wanderte ihr Blick über Evas unvergängliche Jugend.

»Du auch nicht.«

»Wann hast du Roberto geheiratet?«, fragte Sofia. »Und wo ist er überhaupt?«

»Er ist irgendwo im Gedränge. Wir haben vor drei Jahren geheiratet. Ich bin nach der Schule nach Buenos Aires gezogen und habe Roberto auf einer Party kennen gelernt. Wir haben ein Baby, das auch Roberto heißt – es ist himmlisch. Ah, du bist schwanger.« Sie legte ihre freie Hand auf Sofia kaum sichtbar gerundeten Bauch.

»Ich habe schon ein Mädchen von drei Jahren«, sagte sie und lächelte, als Honors Gesicht deutlich aus dem Nebel hervortrat, der ihren Kopf umwölkt hatte, während sie mit Eva sprach.

»*Ómo vuela el tiempo*«, seufzte Eva nostalgisch.

»Ja, die Zeit vergeht wirklich wie im Fluge. Es ist jetzt zwölf Jahre her, dass du uns im Sommer besucht hast. Zwölf Jahre. Und wenn ich dich sehe, ist mir, als wäre es gestern gewesen.«

»Sofia, ich kann dir nichts vorspielen und so tun, als wüsste ich nicht, weshalb du Argentinien verlassen hast und dass du nicht wieder zurückgekommen bist. Wenn ich das täte, wäre unsere Freundschaft nicht ehrlich.« Evas hellblaue Augen schauten sie fragend an. Sie nahm Sofias Hand zwischen ihre langen, honigfarbenen Finger und drückte sie vielsagend. »Ich bitte dich, komm zurück«, sagte sie leise.

»Ich bin glücklich hier, Eva. Ich bin mit einem wunderbaren Mann verheiratet. Ich habe eine Tochter, und ein zweites Kind ist unterwegs. Ich kann nicht mehr zurück. Ich gehöre hierher«, beharrte Sofia erschrocken. Sie hatte nicht erwartet, dass Eva die Vergangenheit so schnell zur Sprache bringen würde.

»Aber kannst du sie nicht wenigstens besuchen? Damit sie wissen, dass es dir gut geht? Lass die Vergangenheit doch hinter dir. In den letzten zehn Jahren ist so viel passiert – wenn du es noch länger hinausschiebst, ist es vielleicht irgendwann zu spät. Dann wirst du nie wieder Verbindung zu ihnen aufnehmen können. Aber es ist schließlich deine Familie.«

»Sag mir, wie geht es Maria?« Sofia lenkte das Gespräch weg von einem Thema, das Eva niemals verstehen könnte.

Eva zog ihre Hände zurück und legte sie in den Schoß. »Sie ist verheiratet«, antwortete sie.

»Mit wem?«

»Eduardo Maraldi, Dr. Eduardo Maraldi. Ich sehe Maria nicht oft, aber beim letzten Mal hatte sie zwei Kinder, glaube ich, und ein drittes war vielleicht unterwegs, aber das weiß ich nicht mehr. Alle bekommen im Augenblick Kinder; da ist es schwierig, den Überblick zu behalten. Du weißt, dass Fernando im Exil in Uruguay ist?«

»Im Exil?«

»Er hat sich in die Guerilla-Bewegung gegen Videla verwickeln lassen. Es geht ihm gut, und er hätte auch nach Argentinien zurückkommen können, als die Regierung wechselte, aber ehrlich gesagt, ich glaube, dass seine Erlebnisse ihn so tief erschüttert haben – er wurde gefoltert, weißt du –, dass er jetzt lieber in Uruguay lebt und arbeitet.«

»Sie haben ihn gefoltert?« Sofia war entsetzt. Eva erzählte die Geschichte, soweit sie ihr bekannt war: wie man in Miguels und Chiquitas Haus eingebrochen hatte, wie Fernando entführt worden und auf wunderbare Weise irgendwie nach Uruguay entkommen

war. Sofia lauschte wie versteinert, und sie bereute, dass sie nicht da gewesen war, um der Familie ihre Unterstützung zu geben.
»Es war schrecklich«, sagte Eva ernst. »Roberto und ich haben ihn mal besucht – er hat ein Haus in Punta del Este, am Strand. Er ist ein anderer Mann«, sagte sie und erinnerte sich an den verschlossenen jungen Mann, der dort wie ein Hippie lebte und Artikel für diverse uruguayische Zeitungen schrieb.
»Und Santi? Geht es ihm gut?«, fragte Sofia bang. Wie mochte sich das alles auf ihn ausgewirkt haben?
»Er ist verheiratet. Ich sehe ihn manchmal in der Stadt. Er sieht immer noch blendend aus.« Eva errötete. Sie hatte seine Küsse nicht vergessen. Abwesend strich sie sich mit der Fingerspitze über die Lippen. »Sein Hinken ist aus irgendeinem Grund schlimmer geworden, und er ist gealtert. Aber es steht ihm gut. Er ist immer noch derselbe alte Santi.«
»Wen hat er denn geheiratet?« Sofia bemühte sich, das verräterische Zittern in ihrer Stimme zu unterdrücken. Sie wandte sich ab und schaute irgendwohin ins Leere.
»Claudia Calice.« Bei der letzten Silbe hob Eva fragend die Stimme.
»Kenne ich nicht. Wie ist sie denn?« Sofia kämpfte mit der vertrauten Leere, die sie von neuem zu verschlingen drohte. Die Nachricht, dass er sich an eine andere gebunden hatte, war niederschmetternd; wieder dachte sie an jenen Augenblick unter dem Ombu, als er sie angefleht hatte, mit ihm fortzulaufen und ihn zu heiraten. Der gespenstische Widerhall seiner Worte wehte immer noch durch die Korridore ihrer Erinnerung.
»Sie ist sehr elegant. Dunkel, glänzendes Haar. Sehr gepflegt. Eine typische Argentinierin.« Eva ahnte nichts von Sofias unerschütterlichen Gefühlen. »Sie ist bezaubernd. Und sehr gesellig – fühlt sich in der Großstadt wohler als auf dem Land. Ich glaube, sie mag das Land gar nicht. Zumindest hat sie mir mal anvertraut, dass sie Pferde hasst. Sie sagt, sie habe Santi etwas vorspielen müssen; wir alle wissen ja, dass er für die Pferde lebt und stirbt.« Und in sanfterem Ton fragte sie: »Du wusstest nicht, dass er geheiratet hat?«
»Natürlich nicht. Ich habe nicht mehr mit ihm gesprochen, seit ...

na ja, seit ich fortgegangen bin«, antwortete sie heiser und senkte den Blick.

»Santi kann aber doch sicher nicht der Grund gewesen sein, weshalb du nicht zurückgekommen bist.«

»Nein, nein, natürlich nicht«, sagte Sofia ein wenig zu hastig.

»Hast du überhaupt keine Verbindung?«

»Nein.«

»Nicht mal zu deinen Eltern?«

»Besonders nicht zu meinen Eltern.«

Eva lehnte sich zurück und betrachtete Sofia erstaunt. »Vermisst du denn nichts?«, fragte sie fassungslos. »Vermisst du sie nicht?«

»Anfangs doch. Aber es ist unglaublich, wie man alles vergessen kann, wenn man so weit weg ist«, log sie verzweifelt. »Ich habe mich gezwungen, es zu vergessen.«

Schweigend saßen sie da. Eva dachte über die möglichen Gründe für Sofias Exil nach, und Sofia grübelte betrübt über Santi und sein Leben mit Claudia. Sie versuchte sich vorzustellen, wie er aussah – älter und mit stärkerem Hinken. Aber sie konnte es nicht. Vor ihrem geistigen Auge stand er so, wie sie ihn verlassen hatte, ewig jung.

»Agustin lebt jetzt in den USA, in Washington. Er hat eine Amerikanerin geheiratet«, sagte Eva nach einer Weile.

»Wirklich? Und Rafa?« Sofia versuchte interessiert zu klingen, aber sie konnte jetzt nur noch an Santi denken und wünschte sich sehnlich, dass Eva wieder über ihn sprechen möge.

»Der hat vor zehn Jahren Jasmina Peña geheiratet. Genauer gesagt, nicht lange nachdem du weg warst. Sie sind selig vor Glück. Ich sehe sie nicht oft. Sie sind meistens auf Santa Catalina, denn er leitet den Betrieb dort. Ich habe Rafa immer gern gehabt; er war irgendwie unbedrohlich, wenn die andern nach Blut heulten. Auf ihn konnte man sich immer verlassen, anders als auf Agustin.« Sie erinnerte sich an Agustins unwillkommene Annäherungsversuche. Er war ein junger Mann von der Sorte, vor der Mütter ihre Töchter warnten. Kein Wunder, dass er eine Amerikanerin geheiratet hatte, dachte Eva. Eine ganz neue Spielwiese.

»Ist Santi glücklich?«, fragte Sofia plötzlich und biss sich dann auf die Unterlippe.

»Ja, ich glaube schon. Aber du weißt ja, wie es ist: Die Leute heiraten, kriegen Kinder, und irgendwie verliert man den Kontakt zu ihnen. Ich sehe sie ab und zu, aber Roberto und ich sind viel auf Reisen. Sein Polo führt ihn durch die ganze Welt, und ich begleite ihn. Ich bin selten einmal in Buenos Aires, und auf Santa Catalina war ich nicht mehr, seit Fernando weg ist. Fernando und Roberto waren so eng befreundet, und jetzt haben wir anscheinend nicht einmal mehr Zeit für ihn. Aber Santi habe ich zuletzt bei einer Hochzeit in der Stadt gesehen«, entsann sie sich.

»Erzählst du mir davon?« Sofia riskierte ihre Gefühle zu offenbaren, wenn sie dafür nur einen Blick auf Santi werfen könnte. Eva schaute sie verwundert an. Sie wusste, dass man Sofia ins Ausland geschickt hatte, damit sie über eine Schwärmerei für ihren Cousin hinwegkäme, aber sie ahnte nicht, wie tief das Gefühl zwischen ihnen gewesen war. Wie hätte sie wissen können, dass Sofia innerlich immer noch still um Santi weinte, dass sie ihn wie einen Ballon losgelassen hatte, nur um festzustellen, dass er dauernd in den Wolken ihrer Erinnerung schwebte?

»*Bueno,* ein Cousin von Roberto hat geheiratet. Sie haben eine wunderschöne Estancia nicht weit von Santa Catalina, ungefähr zwei Stunden von Buenos Aires. Ich war Claudia noch nicht begegnet, aber sie und Santi waren da schon zwei Jahre verheiratet. Ja, es müssen mehr als zwei Jahre gewesen sein, denn sie haben 1983 geheiratet, und diese Hochzeit war im letzten Sommer. Jedenfalls, Santi war gestresst; sie hatten offensichtlich eine Auseinandersetzung gehabt, denn sie sprachen kaum miteinander. Claudia war die ganze Zeit bei den kleinen Kindern. Sie kann sehr gut mit Kindern umgehen. Ich liebe Kinder auch; damals bemühten Roberto und ich uns gerade, ein Baby zu bekommen. Ich nehme an, sie versuchten es auch, denn sie waren seit zwei Jahren verheiratet, und sie wünschte sich so offensichtlich ein Kind.

Jedenfalls habe ich mit Santi gesprochen. Er spielt immer noch viel Polo, allerdings nicht professionell wie Roberto. Ich habe übrigens das Gefühl, er mag Roberto nicht besonders.« Sie lächelte bei sich, als sie sich fragte, ob diese Zurückhaltung gegen ihren Ehemann etwas damit zu tun hatte, dass er vielleicht selbst an ihr interessiert gewesen war. Wieder dachte sie an seinen Kuss, und ein rosa Hauch zog über ihre Wangen. »Ich glaube nicht, dass dieser Tag ein besonders gutes Beispiel ist, denn ich weiß, er ist glücklich. Er ist sehr glücklich mit Claudia. Sie müssen einfach einen schlechten Tag gehabt haben. Er war irgendwie unruhig. Aber er hätte nicht charmanter sein können. Sie waren es beide. Deine Eltern waren übrigens auch da. Ich habe deine Eltern immer gemocht, besonders deine Mutter. Sie ist warmherzig und freundlich.«

Wenn Sofia zugehört hätte, wäre bei dieser Beschreibung ihrer Mutter ein Stirnrunzeln über ihr Gesicht gehuscht, aber sie war in den Wolken bei ihrem Ballon und dachte an Santi.

»Ich verstehe einfach nicht, weshalb du nicht nach Hause kannst«, sagte Eva eindringlich. »Das Schwierigste wäre das Wiedersehen mit allen, aber nach den ersten ›Hallos‹ wäre doch sicher bald wieder alles wie früher. Ich weiß, sie wären alle glücklich, dich wiederzusehen.«

»Ah, da ist ja Roberto«, sagte Sofia, als sie ihn plötzlich herankommen sah. Er war ein bisschen gealtert. Sein gutes Aussehen war ein bisschen beeinträchtigt durch ein schweres Kinn, das seinen Mund nach unten zu ziehen schien. Aber er war immer noch sehr attraktiv.

»Ich sehe, du hast meine Frau kennen gelernt«, sagte er und strich mit der Hand über Evas langes weißblondes Haar.

»Wir kannten uns schon.«

»Ich habe nie jemanden so sehr geliebt, wie ich meine Frau liebe«, sagte er pointiert. »Sie hat mich erst zu einem vollständigen Mann gemacht.«

Sofia musste lächeln. Er war immer so leicht zu durchschauen gewesen, dachte sie – so, wie er jetzt versuchte, ihr indirekt mitzuteilen, dass ihre kurze Romanze vor all den Jahren nichts bedeutet hatte. Die Mühe hätte er sich sparen können, denn ihr hatte sie auch nichts bedeutet. Schon nach kurzer Zeit wusste sie nicht mehr, was sie ihm sagen sollte.

Eva und Roberto schauten ihr nach, als sie zum Zelt zurückging, wo jetzt das Büfett eröffnet wurde.

»Sie ist immer noch sehr schön«, sagte Eva. »Sie ist ein seltsames Mädchen, weißt du. Stell dir vor, einfach sein Zuhause zu verlassen, ohne ein Wort. Wer kann das schon?«

»Sie war immer stur wie ein Maultier.« Roberto zuckte die Achseln. »Verwöhnt und unabhängig. Fercho konnte sie nicht ausstehen.«

»Zu mir war sie nett. Sie hat sich wirklich bemüht, als ich in den Ferien auf Santa Catalina war. Das werde ich nie vergessen. Ich habe sie sehr gern. Sie und ihre ganze Familie.«

»Wirst du denen erzählen, dass du sie gesehen hast?«, fragte er.

»Natürlich. Ich werde es Anna sagen. Ich will nicht in alten Wunden rühren; es scheint ein heikles Thema zu sein.« Und nach kurzem Nachdenken fügte sie hinzu: »Vielleicht irre ich mich, aber ich habe den Verdacht, ihr liegt immer noch etwas an Santi. Sie hat mir viele Fragen gestellt.«

»Nach all den Jahren noch? Das kann ich nicht glauben.«

»Oh, möglich ist es. Meinst du nicht, sie will vielleicht seinetwegen nicht zurück?«

»Nein. Fercho sagt, sie hatte einen Streit mit Anna und Paco und nahm ihnen übel, dass sie sie nach Genf schickten. Er sagt, sie will bloß ihren Kopf durchsetzen, und am Ende wird sie doch zurückkommen. Wenn es ihr drüben langweilig wird, kommt sie zurück nach Santa Catalina und macht ihnen die Hölle heiß. Glaube mir, ich kenne Sofia. Sie ist zu einem ruhigen Leben nicht fähig. Sie hat immer Ärger gemacht, und sie wird sich jetzt nicht ändern, ganz gleich, wie wundervoll ihr Ehemann ist.«

»Roberto, du bist unfreundlich«, sagte Eva kopfschüttelnd. »Ich werde Anna sagen, dass sie wohlauf und glücklich ist. Wahrscheinlich kann ich von Zaza ihre Adresse bekommen, und dann kann Anna ihr einen Brief schreiben, wenn sie möchte. Das ist alles so unnötig.« Sie seufzte und stand auf. »Ich würde dich nie verlassen, um nichts in der Welt.« Sie umarmte ihn.

»*Amorcita*, du würdest mich nicht verlassen, weil ich dich nicht weglassen würde.« Er zwinkerte und gab ihr einen Kuss. Eva sah über Robertos Schulter hinweg, wie Sofia mit einem Mann aus dem Zelt kam, der ihr Ehemann sein musste. Beide trugen Teller mit Hühnchen und Salat. Ein sorgenvoller Ausdruck verdüsterte Evas friedfertiges Gesicht, als sie an das Leid dachte, das dieses Exil für Sofia bedeuten musste, und sie war entschlossen, es zu beenden.

Evas Absichten waren die besten – aber sie hatte die Adressaten ihres guten Willens unterschätzt. Als Anna einen Brief von ihr bekam, in dem sie von dem Gespräch berichtete, das sie mit Sofia geführt hatte, und ihn mit Einzelheiten über Sofias Leben in England ausschmückte, drehte sie die beigefügte Adresse immer wieder in den schlanken weißen Fingern. Eva hatte nicht damit gerechnet, dass die Mutter ebenso stur sein konnte wie die Tochter.

Die Ablehnung ihrer Tochter hatte Anna zutiefst verletzt. Warum um alles in der Welt sollte sie jetzt diejenige sein, die die weiße Flagge schwenkte? Ja, Sofia hatte nicht einmal während des Falkland-Kriegs angerufen, sie hatte nicht angerufen und ihnen mitgeteilt, dass sie Großeltern geworden waren – sie hatte überhaupt nicht angerufen. Dabei wusste sie, wo sie waren, und ihre Telefonnummern hatten sich nicht geändert. Und jetzt erwartete sie, dass man ihr den Ölzweig reichte? Nun, so leicht ging es im Leben nicht.

Hielt sie ihre Eltern für herzlos? Glaubte sie, es machte ihnen nichts aus? Sie war immer schwierig und halsstarrig gewesen, aber ans andere Ende der Welt zu verschwinden und nicht einmal einen Brief zur Erklärung zu schreiben, das war grausam. Paco hatte sich davon nie erholt. Er war gealtert, hatte sich in sich zurückgezogen. Es war, als wäre Sofia gestorben. Nur wäre ihr Tod wahrscheinlich vorzuziehen gewesen, denn er wäre verständlich gewesen, weniger schmerzlich. Sie hätten sie dann wenigstens richtig betrauern können, statt endlos unter ihrem Nichtwissen zu leiden. Der Tod war keine Zurückweisung, aber Sofias Verschwinden war eine, die tief reichte. Sie hatte die ganze Familie verletzt, sie in ihren Fundamenten erschüttert, und die Trümmer ihrer einst so kostbaren Einigkeit waren über die Pampa verstreut und ließen sich nicht wieder zusammenfügen. Nein, es war nicht an Anna, Frieden zu schließen, sondern an Sofia. Also faltete sie den Brief zusammen und legte ihn in die Schublade, die ihre privatesten Dinge enthielt, und beschloss, Paco nichts davon zu sagen. Er würde sie nur überreden wollen, Kontakt mit ihrer Tochter aufzunehmen, und sie wollte nicht noch einen Streit über Sofia.

Sechsunddreissig

November 1997

Wie seltsam ist es, dass ein Mensch einen anderen ein Leben lang lieben kann. Wie weit sie auch voneinander getrennt sein mögen, wie lange es auch dauern mag, er kann die Erinnerung eine Ewigkeit lang im Herzen tragen. So war es bei Sofia immer gewesen. Sie hatte nie aufgehört, Santi und den kleinen Santiguito zu lieben. Sie wusste, dass das falsch war, und in vieler Hinsicht hatte sie das Buch geschlossen, die letzte Zeile verfasst und unterschrieben. Sie hatte die beiden losgelassen. Wie eine Schatztruhe hatte sie sie mit allen ihren Geheimnissen auf dem Grund des Ozeans versenkt. Aber manche Dinge sterben nie; sie verstummen nur für eine Weile. Und den Schlüssel zu der Truhe hatte sie niemals weggeworfen.

Anfang Februar 1974 hatte Sofia Argentinien unter schändlichen Umständen verlassen. Sie hatte nicht einen Augenblick lang geglaubt, dass bis zu ihrer Rückkehr fast vierundzwanzig Jahre vergehen würden. Sie hatte nie geplant, dass es so kommen sollte. Sie hatte überhaupt nichts geplant. Aber aus den Jahren waren Jahrzehnte geworden, und dann eines Tages rief die Vergangenheit sie nach Hause.

Buenos Aires, den 14. Oktober 1997

Liebste Sofia,

ich habe dir eine Ewigkeit nicht geschrieben. Es tut mir Leid. Ich weiß, dass die Verbindung zwischen dir und Maria vor vielen Jahren abgebrochen ist. Deshalb schreibe ich dir jetzt.

Es gibt keine einfache Methode, es dir zu sagen: Maria stirbt an Krebs. Ich sehe zu, wie sie von Tag zu Tag dahinschwindet – und du ahnst nicht, wie schwer es ist, einem geliebten Menschen dabei zuzusehen, wie er vor deinen Augen Stück für Stück verschwindet, und nichts tun zu können, um ihm zu helfen. Ich komme mir nutzlos vor.

Ich weiß, dass das Leben euch beide in verschiedene Richtungen geführt hat, aber sie liebt dich sehr. Deine Anwesenheit hier würde wunderbar heilsam wirken. Als du uns verlassen hast, hast du eine schreckliche Leere zurückgelassen, und wir alle waren tieftraurig. Wir haben nie damit gerechnet, dass du uns für immer verstoßen könntest. Es tut mir Leid, dass niemand sich genügend bemüht hat, dich zur Heimkehr zu bewegen; ich weiß eigentlich nicht, warum es keiner von uns getan hat. Wir hätten es tun sollen – und ich werfe es mir vor. Ich kenne dich, Sofia, und ich weiß, dass du in deinem Exil gelitten hast.

Bitte, liebe Sofia, komm nach Hause. Maria braucht dich. Das Leben ist kostbar; das hat Maria mich gelehrt. Ich bereue nur, dass ich so lange gebraucht habe, um dir dies zu schreiben.

In zärtlicher Liebe

Chiquita

Chiquitas Brief öffnete den Abszess, in dem Sofias verdrängte Erinnerungen schwärten. In einem fieberhaften Schwall von Bildern brachen sie über Sofia herein und brachten Bitterkeit und Reue aus dem langen Winterschlaf mit. Maria stirbt. Maria stirbt. Sie wandte diese Worte im Kopf hin und her, bis sie nur noch sinnlose, leere Silben waren. Trotzdem bedeuteten sie »Tod«. Grandpa O'Dwyer hatte immer gesagt, das Leben sei zu kurz, um zu hassen und zu bereuen. »Was weg ist, ist weg, und was vergangen ist, ist vergangen, und so soll es sein.« Sie vermisste ihren Großvater. Manchmal brauchte sie ihn so nötig. Aber sie war außer Stande, seinen Rat zu befolgen, als nun die Vergangenheit durch alle ihre Sinne in ihre

Gegenwart eindrang. Jetzt wünschte sie, sie hätte schon vor Jahren den Mut gehabt, heimzukehren. Eva hatte Recht gehabt: Sie hatte zu lange gewartet. Jetzt war sie einundvierzig Jahre alt. Einundvierzig! Wo waren all die Jahre hin? Maria kam ihr jetzt vor wie eine Fremde.

Sofia las den Brief mit flatterndem Herzen. Wie hatte Chiquita sie gefunden? Sie schaute auf den Umschlag und sah, dass die Adresse korrekt war; sogar die Postleitzahl stimmte. Sie dachte darüber nach und drehte den Brief immer wieder in ihren zitternden Händen um. Dann ging ihr ein Licht auf: Eva musste die Adresse von Zaza bekommen haben. Ihr Magen wollte sich umdrehen. Nach so langer Zeit hatte Argentinien sie schließlich gefunden. Sie brauchte sich nicht mehr zu verstecken, und dafür war sie dankbar.

Fast zwölf Jahre waren vergangen, seit sie mit Eva unter der Zeder gesessen hatte. Zwölf Jahre. Wie anders hätte alles werden können, wenn sie auf sie gehört hätte und heimgekehrt wäre, wenn sie Vergangenes Vergangenes hätte bleiben lassen. Aber jetzt kamen zu den vorigen zwölf noch einmal zwölf Jahre der Entfremdung dazu. Vierundzwanzig Jahre. Ein Menschenleben. Ließ sich der Zerfall der Beziehungen in einem so späten Stadium noch umkehren? Würden sie sich überhaupt an sie erinnern?

Sofia ritt hinaus über die eisigen Höhen. Die Landschaft sah aus wie mit blassblauem Flitter bestreut, als die Sonne hinter dem Wald heraufstieg, um den Frost zu vertreiben. Der Himmel über ihr schimmerte aquamarinblau, und kein Wölkchen beeinträchtigte seine Vollkommenheit. Sie dachte über die letzten Jahre ihres Lebens nach. India war im Winter 1986 auf die Welt gekommen, und so hatte Honor fortan eine kleine Schwester zum Spielen. Nicht, dass sie sich sofort für das Baby interessiert hätte. Aber inzwischen waren sie die besten Freunde und taten alles zusammen, trotz der dreieinhalb Jahre Altersunterschied. Honor war unabhängig und freimütig, India war stiller und in sich gekehrter.

Die Jahre waren schnell vergangen. Es waren glückliche Jahre gewesen – sonnige Jahre. Aber unter der zerbrechlichen Oberfläche des Glücks spukte die Erinnerung an Santi. Kaum ein Tag verging, an dem nicht irgendetwas sie an ihn erinnerte. So flüchtig der Gedanke auch sein mochte und so kurz sie ihn auch zur Kenntnis nahm – sie dachte doch an ihn. Und noch immer verwahrte sie Santiguitos Musselintuch unter ihrer Matratze. Es war eher Gewohnheit als Verbundenheit. Sie hatte zwei Töchter, die ihr Herz ausfüllten. Santiguito war irgendwo da draußen in der Welt, und sie wusste, dass sie ihn nie wieder finden würde. Aber sie konnte nicht loslassen. Das Tuch war alles, was sie von ihm noch hatte, und auf seltsame Weise war es auch alles, was ihr von Santi geblieben war. Und so lag es immer noch zerdrückt zwischen Bett und Matratze, auch wenn sie es kaum noch hervorholte.

Als sie so über die Hügel galoppierte, war ihr empfindlich bewusst, dass sie lebte. Sie dachte über das Leben nach. Das Leben mit all seiner Energie, mit all seinen Emotionen – mit seinen Abenteuern. Maria würde das alles hinter sich lassen. Plötzlich wurde die Vergangenheit unglaublich wichtig, weil es keine Zukunft mehr gab, die sie mit Maria würde teilen können. Sofia wollte sich an ihr festklammern, aber die Vergangenheit rieselte ihr wie Sand durch die Finger und ließ ihr keine andere Möglichkeit, als nach vorn zu schauen. Sie musste zu Maria fahren.

»Es tut mir Leid, dass deine Cousine krank ist, aber ich bin froh, dass endlich etwas passiert ist, das dich zur Vernunft bringt.« Das war Davids Reaktion auf die Neuigkeit. Sofia ließ die Kinder nicht gern allein, aber er bestand darauf, dass er allein für sie sorgen könne; diese Reise sei zu wichtig. Sie brannte darauf, und gleichzeitig graute ihr vor dem, was sie vielleicht vorfinden würde. David kannte nur die halbe Geschichte; er ahnte nicht, dass der Mann, den sie geliebt und verloren hatte, auf Santa Catalina wohnte. Hätte er es gewusst, hätte er sie wohl kaum so vergnügt nach Hause geschickt. War ihre Entscheidung, ihm von Santi nichts zu erzählen, vielleicht unbewusst von dem Wunsch bestimmt gewesen, eine Hintertür offen zu lassen? Aus ebendiesem Grund beschloss sie, Dominique gar nicht zu sagen, dass sie nach Argentinien reiste.

David bestand darauf, dass sie sofort packte. Sie dürfe keine Zeit

damit verschwenden, sich zu überlegen, wie es sein würde, wenn sie erst dort wäre. Sie müsse praktisch denken. Sie fahre nun zurück zu Maria, und weiter solle sie nicht denken. Er brachte sie zum Flughafen. Honor und India kamen auch mit; sie verbanden Flughäfen mit Ferien und Sonnenschein. Er kaufte ihr viel zu viele Zeitschriften als Lektüre für den langen Flug. Sofia merkte, dass er aufgewühlt war. Er bekam immer einen munteren Tonfall, wenn er beunruhigt war; er redete dann zu schnell und beschäftigte sich mit unnötigen Details.
»Darling, möchtest du auch noch einen Roman?« Er griff nach einem von Jilly Cooper, drehte ihn um und fing an, den Klappentext zu lesen.
»Nein. Diese Illustrierten genügen wirklich«, sagte Sofia und dankte India, die mit einem Dreierpack Snickers angehüpft kam. »Sweetie, die kann ich unmöglich alle essen. Wenn ihr Daddy nett bittet, erlaubt er euch vielleicht, euch selbst etwas auszusuchen«, fügte sie hinzu, als sie sah, wie Honor eine Tüte Schokorosinen verspeiste, die noch gar nicht bezahlt war.
Es fiel ihr schwer, sie zu verlassen. Sie brauchte zu lange, um sich zu verabschieden, und die ganze Anspannung ließ India schließlich in Tränen ausbrechen. Mit ihren fast elf Jahren hing sie immer noch sehr an ihrer Mutter und ließ sich nie mehr als ein, zwei Tage von ihr trennen. Honor mit ihrer wilden Unabhängigkeit und Selbstsicherheit legte den Arm um die kleine Schwester und versprach, sie im Auto wieder aufzumuntern.
»Ich bleibe ja nicht lange weg, mein Schatz. Ich bin zurück, bevor du mich vermissen kannst.« Sofia zog das tränenüberströmte Kind in die Arme. »Oh, ich habe dich so lieb«, flüsterte sie und küsste die nasse Wange.
»Ich habe dich auch lieb, Mummy«, schluchzte India und hing an Sofias Hals wie ein Koalabär. »Ich will nicht, dass du weggehst.«
»Daddy wird für euch sorgen, und bald sind doch Ferien; da könnt ihr euch auf vieles freuen.« Sie wischte dem Kind über die Wangen. India nickte und versuchte tapfer zu sein.
Honor lachte, als sie ihrer Mutter einen Kuss gab und ihr einen

guten Flug wünschte; sie hielt sich wie eine Erwachsene und klopfte India auf die Schulter. David umarmte seine Frau und wünschte ihr viel Glück.
»Ruf mich an, wenn du da bist, ja?«, sagte er und gab Sofia einen langen Kuss, während er im Stillen betete, sie möge wohlbehalten zu ihm zurückkehren. Sofia winkte ihrer kleinen Familie zu, bevor sie durch die Passkontrolle verschwand.

Erst kurz vor der Landung in Buenos Aires begriff Sofia, dass dies alles Wirklichkeit war. Vierundzwanzig Jahre war es her, dass sie zuletzt auf argentinischem Boden gestanden hatte.
David hatte unzählige Male versucht, sie zu einem Besuch zu ermuntern. »Ich komme mit. Ich werde an deiner Seite sein. Wir fliegen zusammen. Du musst diese Verbitterung begraben.« Aber Sofia hatte es nicht gekonnt. Sie hatte ihren Stolz nicht fahren lassen können. Jetzt fragte sie sich, wie ihre Familie reagieren würde, wenn sie sie sähe.
In ihrer Vorstellung konnte sie Argentinien immer noch sehen und riechen, wie sie es vor all den Jahren verlassen hatte. Auf eine Veränderung war sie nicht gefasst. Aber als das Flugzeug dem Eseisa Airport entgegenschwebte, war zumindest die Skyline der Stadt, gebadet im flamingofarbenen Licht des Morgens, noch weitgehend so, wie sie sie zuletzt gesehen hatte. Sie war überwältigt. Sie war wieder zu Hause.
Niemand war am Flughafen, um sie abzuholen, aber wie hätte auch jemand da sein sollen? Sie hatte niemandem gesagt, dass sie kam. Sie wusste, dass sie hätte anrufen sollen – aber wen? Sie hatte auf sie alle verzichtet, und jetzt gab es keinen, an den sie sich hätte wenden können – keinen. In alten Zeiten hätte sie sich an Santi gewandt. Aber diese Zeiten waren vorbei.
Sie trat in den Eseisa Airport hinaus und sog den berauschend vertrauten Geruch von karamellisierter, schwüler Luft in die Nase. Sofort fühlte ihre Haut sich feucht an, und ihre Sinne schwammen in der erregenden See ihrer Erinnerungen. Sie schaute sich um und sah die dunkelhäutigen Beamten, die mit großer Wichtigkeit über den

Flughafen pirschten, starrend von Autorität unter ihren steifen Uniformen. Während sie auf ihr Gepäck wartete, betrachtete sie die anderen Passagiere, lauschte ihren Gesprächen mit dem blubbernden argentinischen Akzent und spürte, dass sie wirklich zu Hause war. Sie streifte ihre englische Haut ab wie eine Schlange und glitt durch den Zoll wie die *Porteña,* die sie früher gewesen war.

Auf der anderen Seite wogte und wirbelte ein Meer von braunen Gesichtern; einige trugen Plakate mit den Namen der Leute, die sie abholen wollten, andere hatten Kinder und sogar Hunde dabei, und Geschrei und Gebell erfüllte die stickige Luft, während sie alle auf Verwandte und Freunde warteten, die aus fernen Landen zurückkehrten. Ihre dunklen Augen beobachteten Sofia, wie sie ihren Gepäckwagen durch die Menge schob, die sich teilte wie das Rote Meer, um sie durchzulassen.

»Taxi, Señora?«, fragte ein schwarzäugiger *mestizo* und zwirbelte seinen Schnurrbart mit trägen Fingern. Sofia nickte.

»Al Hospital Alemán«, sagte sie.

»De donde es usted?«, fragte der Mann, während er ihren Gepäckwagen ins grelle Licht hinausschob. Sofia wusste nicht, warum sie zurückzuckte – weil das Sonnenlicht so intensiv war oder weil der Mann sie gefragt hatte, woher sie kam.

»Londres«, antwortete sie zögernd. Offenbar sprach sie Spanisch mit einem ausländischen Akzent.

Auf dem Rücksitz des schwarzgelben Taxis setzte sie sich dicht an das offene Fenster, das sie so weit heruntergedreht hatte, wie es ging. Der Fahrer zündete sich eine Zigarette an und schaltete das Radio ein. Seine trockene braune Hand strich rau über die Madonnenfigur, die am Rückspiegel hing, bevor er den Motor anließ.

»Interessieren Sie sich für Fußball?«, rief er nach hinten. »Argentinien hat England bei der Weltmeisterschaft '86 besiegt. Sie müssen doch von Diego Maradona gehört haben?«

»Hören Sie, ich bin Argentinierin, aber ich lebe seit vierundzwanzig Jahren in England«, antwortete sie entnervt.

»No!«, rief er und presste das »O« mit lang gezogenem Rasseln aus der Kehle.

»Doch«, antwortete sie fest.
»No«, keuchte er noch einmal; er konnte nicht glauben, dass jemand Argentinien verlassen wollte. »Wie haben Sie sich gefühlt im Krieg um Las Malvinas?« Er beobachtete ihr Gesicht im Rückspiegel. Ihr wäre es lieber gewesen, wenn er auf die Straße geschaut hätte, aber das jahrelange Dasein als Britin hatte ihre Manieren verfeinert. Als echte Argentinierin hätte sie ihn grob angefahren. Er hupte laut, als ein Auto vor ihm stehen blieb, und dann überholte er es auf der falschen Seite und zeigte dem gleichermaßen erzürnten anderen Fahrer die Faust, streckte sie aus dem Fenster und gestikulierte wild.
»Boludo!« Er seufzte, schüttelte den Kopf und zog an der Zigarette, die schlaff in seinem Mundwinkel hing. »Und – wie haben Sie sich gefühlt?«
»Es war sehr schwierig. Mein Mann ist Engländer, es war eine schwierige Zeit für uns beide. Keiner von uns wollte diesen Krieg.«
»Ich weiß, es war eine Sache zwischen den Regierungen, hatte nichts zu tun mit dem, was das Volk wollte. Dieser Scheißkerl Galtieri – ich war 1982 auf der Plaza de Mayo und habe mit Tausenden andern für die Invasion der Inseln applaudiert und ein paar Monate später nach seinem Blut geheult. Ein ganz unnötiger Krieg. All das Blutvergießen, und wofür? Ablenkung. Das war es, eine Ablenkung.«
Während sie in halsbrecherischem Zickzack über die Schnellstraße auf das Stadtzentrum von Buenos Aires zufuhren, schaute sie aus dem Fenster in eine Welt, die aussah wie ein alter Freund mit einem neuen Gesichtsausdruck. Es war, als habe jemand alle ihre Erinnerungen zugebaut und den Rost wegpoliert, mit dem sie aufgewachsen war und den sie so lieb gewonnen hatte. Auf der Fahrt durch die Stadt sah sie, dass die Parks wunderbar sauber und voll wohl gepflegter Blumenbeete waren. Die Schaufenster waren mit blankem Messing umrahmt und zeigten die neuesten europäischen Kollektionen. Das war eher Paris als eine südamerikanische Großstadt.

»Es sieht hier wirklich erstaunlich aus«, sagte sie. »Alles so ... na ja, ich glaube, das richtige Wort ist ›wohlhabend‹.«
»Sie sagen, Sie waren seit vierundzwanzig Jahren nicht hier – *qué barbaridad!* Da haben Sie die Alfonsín-Jahre versäumt, mit einer Inflation, die so hoch war, dass ich mir jeden Tag eine neue Preisliste drucken lassen musste, und manchmal sogar zweimal. Es kam so weit, dass ich Dollars verlangen musste, wenn ich kein Geld verlieren wollte. Wissen Sie, die Leute haben von einem Tag auf den nächsten ihre gesamten Ersparnisse verloren. Schrecklich. Aber jetzt ist es besser. Menem ist ein guter Präsident. Ein guter Präsident.« Er nickte beifällig. »Der Austral wurde durch den Peso ersetzt – ein Peso für einen Dollar. Das hat alles verändert. Wir können uns wieder auf unsere Währung verlassen und stolz darauf sein. Ein Peso für einen Dollar – stellen Sie sich das vor.«
»Die Straßen sehen fantastisch aus – schauen Sie sich die Boutiquen an.«
»Sie sollten mal die Shopping Malls sehen. *Patio Bulrich* und jetzt diesen schicken *Paseo Alcorta*. Man könnte meinen, man wäre in New York. Die Springbrunnen, die Cafés, die Geschäfte. Es gibt jetzt auch viele ausländische Investoren. Unglaublich.« Sofia schaute aus dem Fenster. Sie kamen an einem wunderschön gepflegten Park vorbei. »Die Firmen kümmern sich um die Parks. Für sie ist das eine gute Reklame, und unsere Kinder haben einen sauberen Spielplatz«, erklärte er stolz.
In Sofias Kopf drehte sich alles, als sie den Dieselgeruch atmete, gemischt mit dem Duft der Blumen und Sträucher im Park und dem süßen Hauch von Schokolade und *churros* von den *kioscos*. Sie sah einen braunhäutigen Jungen, der mit ungefähr zwanzig reinrassigen Hunden an der Leine quer über die Straße auf den Park zuging. Als der Fahrer das Fußballspiel zwischen Boca – offenbar seiner Mannschaft – und River Plate einschaltete, wusste Sofia, dass sie von ihm nichts mehr zu erwarten hatte. Als Boca ein Tor schoss, schleuderte er so wild über die Straße, dass es einen Zusammenstoß gegeben hätte, wenn es nicht alle anderen Autos genauso gemacht hätten. Wieder schüttelte er die Faust aus dem Fenster und hupte,

um sein Entzücken zu zeigen. Sofia sah, wie die kleine Porzellanmadonna am Rückspiegel baumelte, und nach einer Weile fühlte sie sich in diesen hypnotischen Rhythmus hineingezogen.

Endlich hielt das Taxi vor dem Hospital Alemán, und sie bezahlte mit den ungewohnten Pesos. Früher wäre man nicht aus dem Taxi gestiegen, ehe auch der Fahrer den Wagen verlassen hatte, weil sonst die Gefahr bestand, dass er mitsamt dem Gepäck Reißaus nahm. Aber Sofia brannte darauf, auszusteigen. Sie hatte das Auto satt. Der Fahrer stellte ihren Koffer auf das Pflaster und kehrte zurück zu seinem Radio. Sie schaute ihm nach, als er die Straße hinaufknatterte und im Gewirr der Fahrzeuge untertauchte.

Müde von dem dreizehnstündigen Flug und innerlich aufgewühlt, betrat Sofia mit ihrem Gepäck das Krankenhaus und fragte nach Maria Solanas. Als sie ihren eigenen Namen nannte, runzelte die Schwester für einen Moment die Stirn, bevor sie zustimmend nickte.

»Ah ja«, sagte sie. Sie war es nicht gewohnt, dass die Leute Marias Geburtsnamen benutzten. »Sie müssen ihre Cousine sein. Sie hat viel von Ihnen gesprochen.« Sofia spürte, dass sie rot wurde, und sie fragte sich, was sie denn wohl gesagt hatte. »Sie haben Glück. Sie geht heute Nachmittag nach Hause. Sie hätten sie leicht verpassen können.«

»Oh«, sagte Sofia ausdruckslos. Sie wusste nicht, was sie sagen sollte.

»Aber Sie kommen sehr früh. Normalerweise lassen wir Besucher erst ab neun Uhr ins Haus.«

»Ich komme geradewegs aus London«, sagte Sofia müde. »Maria erwartet mich nicht. Ich würde gern eine Weile mit ihr allein sein, bevor ihre Familie kommt. Das verstehen Sie sicher.«

»Natürlich.« Die Schwester nickte verständnisvoll. »Ich habe Fotos von Ihnen gesehen. Maria zeigt uns gern Fotos. Sie sehen ...« Sie brach betreten ab, als habe sie plötzlich gemerkt, dass sie im Begriff war, einen Fauxpas zu begehen.

»Älter aus?«, erwog Sofia hilfsbereit.

»Vielleicht«, murmelte die Schwester mit roten Wangen. »Ich weiß, sie wird sich freuen, Sie zu sehen. Gehen Sie doch gleich hinauf. Es ist im zweiten Stock, Zimmer 207.«

»Wie geht es ihr?« Sofia wollte sich ein wenig vorbereiten, ehe sie zu ihrer Cousine hineinging.

»Sie ist eine sehr tapfere Dame und äußerst beliebt. Alle haben Señora Maraldi in ihr Herz geschlossen.«

Sofia ging zum Lift. »Señora Maraldi« – der Name klang fremd, und Maria rückte unversehens weiter in die Ferne, wie ein kleines Boot, das im Nebel verschwand. In England hatte Sofia versucht, die Nachricht von der Krankheit ihrer Freundin zu verdauen, aber es war von ihrem eigenen Leben so weit entfernt gewesen, dass es sie doch nicht so angerührt hatte wie jetzt. Der Geruch von Putzmitteln, das Geräusch ihrer Schuhe auf dem glänzenden Kunststoffboden des langen Krankenhauskorridors, die Schwestern mit ihren Medikamententabletts, die zielstrebig hin und her liefen, die Düsternis, die an solchen Orten immer lauert – das alles drang jetzt in ihr Bewusstsein, und plötzlich bekam sie Angst. Angst davor, ihre Cousine nach all der Zeit wiederzusehen. Angst, sie würde sie vielleicht nicht wiedererkennen. Angst, sie könnte ihr nicht willkommen sein.

Sofia zögerte vor der Tür; sie wusste nicht genau, was sie dahinter erwartete. Mit einiger Mühe raffte sie ihren wankenden Mut zusammen und trat ein. Im Halbdunkel des frühen Morgens sah sie eine unbekannte Gestalt unter weißen Laken, und sie merkte, dass sie törichterweise zu irgendeiner armen Kranken hineingestolpert war, die friedlich im Zwielicht schlummerte. Verlegen murmelte sie eine kurze Entschuldigung, aber als sie sich abwenden und hinausgehen wollte, rief eine dünne Stimme ihren Namen.

»Sofia?«

Sie drehte sich um. Auf dem Kopfkissen lag tatsächlich das Engelsgesicht ihrer Freundin, hager und grau, und lächelte ihr entgegen. Mit zugeschnürter Kehle taumelte Sofia zum Bett, fiel auf die Knie und vergrub das Gesicht in Marias ausgestreckter Hand. Maria war so überwältigt, dass sie nichts sagen konnte, und Sofia war zu bewegt, um sich zu rühren. Lange kauerte sie so da, voller Ent-

setzen über das, was sie gesehen hatte. Die Krankheit hatte Maria verändert, so sehr, dass Sofia sie nicht erkannt hatte.
Sie brauchte eine Weile, um sich zu fassen. Als es ihr gelang, zu ihrer Cousine aufzuschauen, brach sie wieder zusammen. Maria blieb die ganze Zeit ruhig und gelassen, während Sofia sich ihrem Schmerz überließ. Endlich konnte sie sie anschauen. Bleich und ausgemergelt, lag Maria vor ihr und lächelte trotz des bösartigen Schicksals, das ihr das Leben aus dem Leib saugte.
»Ich hatte so sehr gehofft, dass du zurückkommst. Du hast mir so gefehlt, Sofia.« Sie flüsterte – nicht weil ihr die Kraft zum Sprechen fehlte, sondern weil dieser Augenblick zu heilig war, um ihn mit lauten Worten zu zerstören.
»O Maria, du hast mir auch gefehlt. Du ahnst nicht, wie sehr«, hauchte Sofia.
»Wie komisch! Du sprichst Spanisch mit Akzent«, stellte Maria fest.
»Wirklich?«, sagte Sofia traurig. Noch ein Teil der Heimat, den sie auf ihrem Weg verloren hatte.
»Wer hat es dir erzählt?«, fragte Maria und schaute Sofia in die hellen Augen.
»Deine Mutter. Sie hat mir geschrieben.«
»Meine Mutter? Ich wusste nicht, dass sie deine Adresse hat. Sie muss sie als Überraschung zurückgehalten haben, für den Fall, dass du nicht mehr nach Hause kommst. *Qué divina.*« Sie lächelte das kleine, dankbare Lächeln einer jungen Frau, die sich über jede freundliche Geste freut, weil die Liebe der einzige Trost im Angesicht des Todes ist. »Du siehst so gut aus.« Sie strich Sofia über die Wange und wischte die Tränen weg. »Sei nicht traurig. Ich bin stärker, als ich aussehe. Es liegt nur daran, dass ich meine Haare verloren habe.« Sie lächelte. »Jetzt brauche ich sie mir nicht mehr zu waschen. Auch eine Erleichterung.«
»Du wirst wieder gesund«, sagte Sofia entschieden.
Maria schüttelte betrübt den Kopf. »Ich werde nicht wieder gesund. Jetzt nicht mehr. Im Gegenteil, ich bin ein so hoffnungsloser Fall, dass sie mich nach Hause schicken, nach Santa Catalina.«

»Aber sie müssen doch noch etwas tun können? Sie dürfen doch nicht aufgeben! Du hast noch so viel, für das sich zu leben lohnt.«

»Ich weiß. Meine Kinder zum Beispiel. Ich mache mir unablässig Sorgen um sie. Aber sie werden geliebt werden. Eduardo ist ein guter Mann. Lass uns nicht so pessimistisch sein; das hat keinen Sinn. Du bist nach Hause gekommen, nur das ist wichtig. Ich bin so glücklich.« Und in ihren großen Augen glitzerten die Tränen.

»Erzähl mir von deinem Mann. Mir ist, als hätte ich dich in all den Jahren verloren. Bitte erzähl mir von ihm.«

»Nun, er ist Arzt. Groß, ungelenk, liebevoll. Ich könnte keinen Mann mehr lieben als Eduardo. Er bringt mich innerlich zum Lächeln. Und er ist so stark in all diesem Schlamassel.«

»Und deine Kinder?«

»Wir haben vier.«

»Vier Kinder!« Sofia war beeindruckt.

»Das ist gar nichts in diesem Lande. Das weißt du doch wohl noch.«

»Ich kann nur nicht fassen, dass du mit deiner zierlichen Gestalt so viele hervorbringen konntest.«

»Aber da war ich nicht zierlich, das versichere ich dir. Ich war nie zierlich.« Sie lachte.

»Ich will sie alle kennen lernen. Ich muss sie sehen. Sie sind ja schließlich auch meine Verwandten!«

»Du wirst sie sehen. Sie sind alle auf Santa Catalina, und sie kommen mich jeden Tag besuchen. Eduardo wird jeden Augenblick da sein. Er kommt immer morgens und nach dem Mittagessen, und er verbringt fast den ganzen Abend bei mir. Ich muss ihn dann immer nach Hause schicken – oder zurück zur Arbeit. Er sieht so müde aus. Ich mache mir Sorgen um ihn. Ich weiß nicht, wie er damit fertig werden wird, wenn ich fort bin. Anfangs war er mein Fels, aber inzwischen habe ich das Gefühl, dass ich trotz meiner Krankheit der seine bin. Ich kann es nicht ertragen, ihn allein zu lassen.«

»Ich kann nicht glauben, wie ruhig du über das Sterben sprichst«, sagte Sofia leise. Liebe und Trauer durchfluteten ihr Herz. Von Marias Mut gedemütigt, dachte sie an ihren eigenen selbstsüchtigen

Stolz, der ihr in seiner Kleinlichkeit jetzt unwürdig vorkam. Wie frustrierend ist es, wenn man im Rückblick erkennt, was man falsch gemacht hat – wenn es zu spät ist für jede Wiedergutmachung, dachte sie betrübt. Keine von beiden wagte von Santi zu sprechen.
»Und was ist aus der Sofia geworden, mit der ich aufgewachsen bin? Wer hat dich gezähmt?«
»Maria, du warst nie so stark. *Por Dios,* ich war doch immer die Starke von uns beiden.«
»Nein, du hast immer nur so getan, Sofia. Du warst ungezogen und aufsässig, weil du dich nach der Aufmerksamkeit deiner Mutter gesehnt hast. Aber sie hat sie nur deinen Brüdern geschenkt.«
»Vielleicht.«
»Ich habe meine Augenblicke der Angst und Verzweiflung erlebt, glaube mir. Ich habe gefragt: Warum ich? Womit habe ich dieses elende Ende verdient? Aber schließlich muss man sich einfach fügen, es akzeptieren und seine letzten Tage so glücklich wie möglich verbringen. Ich setze mein Vertrauen in Gott. Ich weiß, dass der Tod nur das Tor zu einem anderen Leben ist. Nicht Lebewohl, sondern auf Wiedersehen. Ich bin zuversichtlich«, sagte sie gelassen, und Sofia glaubte ihr, dass sie tatsächlich eine Art inneren Frieden gefunden hatte.
»Und du hast einen Theaterproduzenten geheiratet?«, fragte Maria fröhlich.
»Woher weißt du das?« Sofia war überrascht.
»Während des Malvinas-Krieges stand ein Artikel über dich in der Zeitung.«
»Wirklich?«
»Ja. Eine Argentinierin in London. Ein Bild war auch dabei. Wir haben es alle gesehen.«
»Wie seltsam. Ich habe damals so oft an euch alle gedacht. Ich hatte das Gefühl, ich verrate mein Land.« Sofia dachte an die schwierige Zeit, als sie sich zwischen ihrem Vaterland und ihrer neuen Heimat hin und her gerissen gefühlt hatte.
»Und wie englisch du geworden bist. Wer hätte das gedacht. Wie ist er denn?«

»Oh, er ist sehr viel älter als ich. Er ist lieb, sehr klug, ein wunderbarer Vater. Er behandelt mich wie eine Prinzessin«, sagte Sofia stolz, und sie sah Davids intelligentes Gesicht vor sich.
»Wie schön für dich. Und wie viele Kinder?«
»Zwei. Honor und India.«
»Schöne Namen. Honor und India«, wiederholte Maria. »Sehr englisch.«
»Ja, das sind sie.« Sofia dachte an India, wie sie am Flughafen geweint hatte. Einen Augenblick lang lähmte sie stechende Sorge, aber Marias Fragen holten sie gleich wieder zurück in die Gegenwart.
»Ich wusste immer, dass du etwas mit dem Theater zu tun haben würdest. Du warst eine geborene Primadonna. Erinnerst du dich an all die Theaterstücke, die wir als Kinder inszeniert haben?«
»Ja, und ich war immer ein Junge«, lachte Sofia.
»Ja, weil die Jungen nie mitmachen wollten. Sie haben sich geniert!« Maria seufzte. »Und weißt du noch, dass die Erwachsenen Eintritt bezahlen mussten?«
»Ja. Was haben wir mit dem Geld angefangen?«
»Gedacht war es für wohltätige Zwecke. Aber ich glaube, wir haben es zum *kiosco* getragen.«
»Weißt du noch, wie Fercho einmal Agustin bestochen hat, damit er nackt durch unseren Abschlusstanz läuft?«
»Ja. Der gute Fercho. Du weißt, dass er in Uruguay ist?« Maria seufzte betrübt.
»Ja. Ich habe Eva Alarcon getroffen – du erinnerst dich an Eva, oder?«
»Natürlich. Sie hat deinen Roberto geheiratet.«
»Er war nie mein Roberto«, sagte Sofia abwehrend. »Wie dem auch sei, sie waren in England und haben mich ein bisschen informiert.«
»Agustin ist immer noch in Washington. Er kommt einmal im Jahr zu Besuch, aber seiner Frau gefällt es hier nicht besonders. Der arme Agustin. Wenn er überhaupt kommen darf, kommt er allein. Ich glaube, seine Frau ist nicht sehr nett. Agustin hätte etwas Besseres verdient. Aber Rafa ist hier, mit Jasmina. Er hat so wunderschöne Kinder. Und Jasmina wirst du mögen.«

Maria erzählte Sofia über die Vergangenheit, so viel sie konnte. Dadurch würde sie sich vielleicht einbezogen fühlen, und die vergangenen Jahre kämen ihnen vielleicht nicht so zahlreich und lang vor. Sofia hörte zu, oft gerührt, manchmal amüsiert, als ihre Cousine schilderte, wie ihr Leben und das ihrer Familie verlaufen war, seit Sofia ihnen genommen worden war.

Als sie fertig war, kniete Sofia noch immer vor dem Bett und hielt die knochige Hand ihrer Cousine umklammert. Sie war immer so kurvenreich gewesen, so »weiblich«, wie Paco einmal gesagt hatte. Jetzt war sie hager und hatte keine Haare mehr, aber ihr Lächeln barg noch immer all die unschuldsvollen Augenblicke, die sie auf Santa Catalina gemeinsam erlebt hatten. Wie gern hätte Sofia die Uhr zurückgedreht und alles noch einmal erlebt.

»Sofia, all die Jahre ...« Maria seufzte traurig.

»O Maria, ich weiß nicht, wie ich es dir sagen soll.« Sofia hob die Hand, um ihre Cousine zu unterbrechen.

»Sofia, es tut mir so Leid.«

»Mir auch. Ich hätte nie so lange wegbleiben dürfen. Ich hätte ...«

»Lass mich sprechen. Du kennst nicht die ganze Wahrheit.« Marias Gesicht verriet Scham.

»Was meinst du damit, Maria? Was für eine Wahrheit?«

Marias nussbraune Augen, groß und rund, waren voller Reue. Sie schluckte angestrengt und versuchte ihre Gefühle niederzukämpfen, die jetzt an die Oberfläche drängten und die Schuld hinter sich herzogen, die jahrelang ihr Gewissen vergiftet hatte.

»Ich habe dich belogen, Sofia. Ich habe dich und Santi belogen.« Sie drehte das Gesicht zur Seite. Sie konnte ihre Cousine nicht mehr anschauen, so sehr schämte sie sich.

»Inwiefern? Wovon sprichst du?« Plötzlich war es, als wehe ein kalter Luftzug unter der Tür herein, und Sofia fröstelte. »Bitte nicht du, Maria. Nicht du.« Sie betete lautlos.

»Als ich erfuhr, dass du und mein Bruder ein Liebespaar wart, da war ich so wütend. Du hattest mir immer alles erzählt, und trotzdem hattet ihr mich ausgeschlossen. Ich war die Letzte, die es erfuhr, und dabei solltest du doch meine beste Freundin sein.«

Dicke Tränen rollten ihr über die Wangen und tropften auf das Kopfkissen.

»Maria, ich konnte es dir nicht erzählen. Ich konnte es niemandem erzählen. Denk doch an die Reaktion, die wir ausgelöst haben. Es kam überhaupt nicht in Frage, dass sie mir erlaubt hätten, meinen Cousin zu heiraten. Es war eine Schande!«

»Ich weiß, aber ich habe mich so ausgeschlossen gefühlt. Und dann bist du fortgegangen. Du hast mir nie geschrieben. Du hast nur Santi geschrieben. Nicht eine Zeile hast du für mich übrig gehabt. Es war, als hätte ich dir nichts bedeutet. Überhaupt nichts.«

Sofia begriff plötzlich, was Maria ihr zu sagen versuchte. »Und da hast du dafür gesorgt, dass er meine Briefe nicht bekam, nicht wahr?«, sagte sie langsam, aber ihr Herz war in Aufruhr. Sie hätte es nie geglaubt, wenn Maria es ihr nicht persönlich gesagt hätte. Solche Rachsucht passte nicht zu ihr. Dennoch konnte sie sie nicht hassen. Maria lag im Sterben. Sie konnte sie nicht hassen.

»Ich habe gesehen, wie mitgenommen Mama war. Sie war untröstlich. Wir alle fühlten uns betrogen. Traurig. Es hat die Familie zerrissen. Mama und Anna haben fast ein Jahr lang nicht miteinander gesprochen! Und es hat buchstäblich Jahre gedauert, bis das Leben sich wieder normalisierte. Santi hatte eine strahlende Zukunft gehabt. Papa war verzweifelt, als er sah, dass er sie deinetwegen wegwerfen wollte. Da habe ich dir geschrieben und ...«

»Mir erzählt, dass er sich in Maxima Marguiles verliebt hätte.« Dieser Brief hatte Sofias Träume in tausend Stücke zerschmettert wie einen Spiegel, der ihre größte Sehnsucht abgebildet hatte. Das darauf folgende Jahr in Genf war das schlimmste ihres Lebens gewesen. Kein Wunder, dass Santi nie geschrieben hatte; er hatte auf ein Wort von ihr gewartet. Er hatte nicht gewusst, wo er sie erreichen konnte. Er musste gewartet haben wie sie. Er hatte nie aufgehört, sie zu lieben.

Das Gewicht dieser Offenbarung zermalmte sie. Stumm vor Fassungslosigkeit saß sie auf dem Boden, bar jeder Empfindung. Sie hatte ihr Kind weggegeben, weil sie geglaubt hatte, er wolle sie beide nicht. Aber er hatte sie doch gewollt, hatte sie alle beide gewollt.

Ihr Leben in den letzten vierundzwanzig Jahren war die Reaktion auf ein Missverständnis gewesen, die Reaktion auf eine Lüge. Maria würde nie begreifen, was sie da getan hatte.

»Bitte verzeih mir, Sofia. Bitte versuche zu verstehen, warum ich es getan habe. Ich habe gelogen. Er kannte überhaupt keine Maxima Marguiles. Er war verzweifelt ohne dich.« Maria holte tief Luft und schloss die Augen. Wie zerbrechlich sie aussah, und wie müde. Ihre Haut war gelblich fahl und leblos, und wenn sie die Augen schloss, sah sie fast aus wie tot; nur ihre Brust hob und senkte sich sanft beim Atmen.

Sofia sank auf den kühlen Linoleumboden und erinnerte sich an die endlosen Stunden, in denen sie gehofft und gebetet hatte, dass er endlich kommen und sie finden möge. Kein Wunder, dass er nie gekommen war.

»Aber du hättest zurückkommen können, Sofia. Du brauchtest doch nicht für immer wegzulaufen.«

»Maria, ich bin nicht weggelaufen. Ich wurde weggeschickt!«, fuhr Sofia sie erbost an.

»Aber du bist nicht zurückgekommen. Warum nicht? So lange Zeit? Bitte sag mir, dass es nicht nur meinetwegen war.« Maria schlug die Augen auf und schaute ihre Cousine beschwörend an. »Bitte sag mir, dass es nicht nur das war, was ich dir erzählt habe.«

»Ich bin nicht zurückgekommen, weil …«

»Du hattest hier doch alles. Alle haben dich geliebt. Warum hast du das alles weggeworfen?«

»Weil …« Verzweiflung schnürte ihr die Kehle zu.

»Nachdem die Zeit eure Gefühle füreinander verringert hatte, warum bist du da nicht zurückgekommen? Ich habe mich so lange schuldig gefühlt. Bitte sag mir, es war nicht, weil du mich verachtet hast. Warum, Sofia, warum?«

»Wenn ich Santi nicht haben durfte, dann wollte ich Argentinien nicht haben, und dann wollte ich Santa Catalina nicht haben. Ohne ihn hatte ich hier nichts mehr verloren.«

Maria schaute Sofia an, und aus dem Selbstmitleid in ihrem Blick wurde Erstaunen.

»So sehr hast du meinen Bruder geliebt? Das tut mir so Leid«, sagte sie mit leiser Stimme.

Sofia konnte nicht sprechen. Ihre Kehle war zugeschnürt, und sie war taub vor Schmerz. Maria schaute die Cousine mit fürsorglichem Blick an.

»Dann ist es meine Schuld«, sagte sie traurig. »Ich habe unrecht getan. Ich hatte nicht das Recht, mich in dein Leben einzumischen. Ich hatte nicht das Recht, dir deine Liebe wegzunehmen.«

Sofia schüttelte den Kopf und lächelte verbittert. »Niemand hat sie mir weggenommen, Maria. Ich werde Santi lieben, bis ich sterbe.«

Diese Worte waren kaum verklungen, da ging die Tür auf, und herein kam Santi. Sofia saß immer noch auf dem Boden. Das Sonnenlicht flutete ins Zimmer, und sie blinzelte in der Helligkeit. Er erkannte sie nicht gleich. Er lächelte höflich, aber in den vertrauten grünen Augen lag eine gewisse Trauer, die früher nicht da gewesen war. An die Stelle des jugendlichen Glanzes waren Linien und Falten getreten, die seinem Gesicht reife Weisheit und Charme verliehen. Er war wohl auch ein bisschen schwerer als damals, aber er war immer noch Santi, derselbe, unersetzliche Santi.

Dann leuchtete der Funke des Erkennens in seinem Gesicht auf. Seine Wangen wurden rot, und dann wich alle Farbe aus seinem Gesicht.

»Sofia?«, keuchte er hervor.

»Santi.« Sie wollte in seine Arme laufen und sich in seinem vertrauten Geruch vergraben, aber da kam hinter ihm eine zierliche, dunkelhaarige Frau ins Zimmer, gefolgt von einem hoch gewachsenen, schlanken Mann – und ihr blieb nichts anderes übrig, als bei Maria zu bleiben.

»Sofia, das ist Claudia, Santis Frau, und das ist mein Mann Eduardo«, sagte Maria, die das Unbehagen ihrer Cousine spürte. Nichts hatte Sofia auf diesen Augenblick vorbereiten können. Auch wenn sie seit Jahren wusste, dass er – genau wie sie – verheiratet war, war er in ihren Träumen doch immer für sie da gewesen. Atemlos vor Enttäuschung rappelte sie sich hoch und gab allen die Hand;

absichtlich ignorierte sie den argentinischen Brauch, sich zu küssen. Die Frau, die ihren Platz in Santis Herz eingenommen hatte, konnte sie einfach nicht küssen.
»Ich muss gehen, Maria«, sagte sie in dem verzweifelten Bedürfnis, den Raum zu verlassen. Sie musste weg. Sie musste allein sein, um das alles zu überdenken.
»Wo wohnst du?«, fragte die sterbende Frau besorgt.
»Im Alvear Palace Hotel.«
»Vielleicht kann Santi dich mit nach Santa Catalina nehmen. Oder, Santi?«
Er nickte hilflos, ohne den Blick von Sofia zu wenden. »Natürlich«, murmelte er.
Als Sofia auf dem Weg nach draußen an ihm vorbeiging, verschränkten ihre Blicke sich ineinander, wie sie es früher so oft getan hatten, und in seinen Augen erkannte sie den Santi, mit dem sie aufgewachsen war und den sie geliebt hatte. Und in diesem kurzen Augenblick erkannte sie, dass die Rückkehr ihr mehr Schmerz bringen würde, als es ihr Fortgehen vierundzwanzig Jahre zuvor vermocht hatte.

Siebenunddreissig

Donnerstag, 6. November 1997

Sofia kehrte ausgelaugt ins Alvear Palace Hotel zurück. In ihrem Zimmer zog sie die von der Reise verschwitzten Kleider aus und ging unter die Dusche. Sie ließ das Wasser auf ihre Haut prasseln und sie mit Nebel umhüllen. Sie wollte sich ganz verlieren. Sie wollte, dass Santis Gesicht im Dampf verschwand. Aber ihre Tränen flossen ebenso reichlich wie das Wasser, und Santis Gesicht wollte nicht aus ihren Gedanken weichen. Sie wusste, dass sie damit aufhören sollte, aber sie gestattete sich den Luxus, laut und ungestört zu schluchzen. Als sie schließlich herauskam, war ihre Haut runzlig wie bei einem Nashorn, und ihre Augen waren wund geweint.

Sie hatte nicht damit gerechnet, Santi zu sehen. Sie wusste nicht, wann sie damit gerechnet hatte, aber gewiss nicht in ihrer ersten Stunde in Argentinien. Ihre Nerven waren nicht auf diesen doppelten Schock vorbereitet gewesen. Die sterbende Maria hatte genügt, ohne dass auch noch der Mann erschien, den sie immer noch liebte. Sie hatte gehofft, ihn später zu sehen, wenn sie Zeit gehabt hätte, sich darauf vorzubereiten. Sie musste schrecklich ausgesehen haben. Schmerzlich berührt zog sie den Kopf zwischen die Schultern. Sie war immer eitel gewesen, und auch wenn das Leben sie in verschiedene Richtungen geführt hatte, wollte sie immer noch, dass er sie begehrenswert fand.

Nach allem, was Maria ihr erzählt hatte, war jeder von ihnen überzeugt gewesen, dass der andere ihn verraten habe. Was dachte er jetzt, wo die Wahrheit bekannt war? Angenommen, er hatte gewartet, bis er wirklich glaubte, sie habe ihn vergessen. Angenommen, er hatte auf ihre Heimkehr gewartet, nur um festzustellen, dass die Jahre ohne eine Nachricht vergingen. Sie konnte kaum darüber nachdenken, ohne krank vor Verlangen danach zu werden, ihn in den Armen zu halten und ihm von den Monaten zu erzählen, in denen sie auf seine Briefe gewartet, aber keine bekommen und schließlich endgültig aufgegeben hatte. Vergeudete Jahre. Und was nun?

Sie griff nach dem Telefon. Sie wollte David anrufen, nur seine Stimme hören. Sie spürte die Gefahr, die im Wiedersehen mit Santi lag, und sie hatte kein Vertrauen zu sich. Eben wollte sie die Nummer wählen, als das Telefon klingelte. Seufzend nahm sie den Hörer ab.

»Señor Rafael Solanas ist für Sie an der Rezeption«, sagte der Concierge.

»An der Rezeption?« Neuigkeiten verbreiteten sich schnell in Buenos Aires – ihr Bruder hatte sie schon gefunden. »Schicken Sie ihn herauf«, sagte sie.

Sofia streifte den flauschigen weißen Hotelbademantel über und bürstete sich die nassen Haare nach hinten. Im Spiegel warf sie einen Blick auf ihre geschwollenen Augen. Wie sollte Rafael sie erkennen, wenn sie sich selbst kaum erkannte? Was würde er sagen? Es kam ihr vor, als sei ein ganzes Menschenleben vergangen, seit sie zuletzt von ihm gehört hatte.

Er klopfte, sie wartete. Einen Moment lang stand sie da und beobachtete die Tür, als werde sie gleich ganz von allein aufgehen. Als er noch einmal klopfte, ungeduldig jetzt, blieb ihr nichts anderes übrig, als zu öffnen. Er kam herein, und dann standen sie da und schauten einander an. Die Jahre hatten ihn nicht verändert – allenfalls sah er noch besser aus als früher. Er war offensichtlich glücklich, und sein Glück umstrahlte ihn wie eine Aura, die sich auf sie erstreckte und sie einschloss. Lächelnd schloss er sie in die Arme und hob sie vom Boden. Sie fühlte sich wie ein Kind, als ihre Beine in der Luft baumelten. Unwillkürlich reagierte sie mit der gleichen Zärtlichkeit und umarmte ihn fest. Die Kluft, die die

Zeit zwischen ihnen aufgetan hatte, schien nur in ihrer Fantasie existiert zu haben.

Nach einer Weile lachten sie beide, ohne die Umarmung zu lockern.

»Es ist so schön, dich zu sehen«, stammelten sie wie aus einem Mund und lachten dann wieder. Er nahm sie bei der Hand und führte sie zum Bett, und dort saßen sie die nächsten zwei Stunden und redeten und redeten – über alte Zeiten, über die Gegenwart, über die verlorenen Jahre. Rafael war sehr zufrieden. Er erzählte ihr von Jasmina, und wie er sich schon zu Beginn der siebziger Jahre in sie verliebt hatte, als Sofia noch auf Santa Catalina gewesen war. Sie sei die Tochter des prominenten Anwalts Ignacio Peña, erinnerte er sie. »Mama wurde fast ohnmächtig vor Freude«, berichtete er. »Sie hat Alicia Peña immer bewundert.« Sofia erinnerte sich peinlich berührt an den Snobismus ihrer Mutter, aber Rafael schien über solchen Belanglosigkeiten zu stehen, wie man es nur tun kann, wenn man vollständig glücklich ist. Er hatte fünf Kinder; das älteste war vierzehn, das jüngste gerade zwei Monate. Sofia fand, er sah nicht aus wie ein Mann mit einer so großen Tochter.

»Du weißt, dass Maria heute Abend nach Santa Catalina gebracht werden soll?«, fragte er schließlich. Sie hatten das Thema gemieden, aber jetzt sahen sie sich grausam in die Gegenwart zurückgerissen.

»Ich weiß.« Die Freude über das Wiedersehen zerfloss in der Erinnerung an den morgendlichen Besuch im Krankenhaus.

»Ich fürchte, sie wird sterben, Sofia, aber für sie wird es eine Erleichterung sein. Sie ist so krank. Hat solche Schmerzen.«

»Ich habe ein schlechtes Gewissen, Rafa. Wenn ich gewusst hätte, dass sie ein so kurzes Leben haben wird, dann wäre ich niemals so selbstsüchtig gewesen. Ich wäre niemals so lange weggeblieben. Ich wünschte, ich wäre eher gekommen.«

»Du hattest deine Gründe«, sagte er ohne Bitterkeit.

»Ich wünschte, ich hätte ihr Leben mit ihr teilen können. Wir waren die besten, die allerbesten Freundinnen. Es ist ein solcher Verlust.«

»Das Leben ist zu kurz für die Reue, hat Grandpa immer gesagt.

Weißt du noch?« Sie nickte. »Jetzt bist du hier, nicht wahr?« Er schaute sie zärtlich an und lächelte. »Du brauchst nicht mehr zurück nach England zu gehen. Du bist jetzt zu Hause.«
»Oh, irgendwann werde ich zurückfahren müssen. Die Mädchen werden David in den Wahnsinn treiben.«
»Das sind meine Nichten, meine Familie. Sie müssen auch nach Hause kommen, Sofia. Du gehörst nach Santa Catalina. Ihr solltet alle herkommen und hier leben.« Er klang ganz wie ihr Vater, fand sie.
»Rafa, das ist unmöglich. Ich lebe jetzt in England. Das weißt du.«
»Das muss nicht so sein. Hast du Santi schon gesehen?«
Sofias Wangen glühten bei der Erwähnung dieses Namens. Sie bemühte sich, natürlich zu bleiben. »Ja, kurz im Krankenhaus«, sagte sie beiläufig.
»Und hast du Claudia auch kennen gelernt?«
»Seine Frau? Ja. Sie sah sehr ... nett aus.«
Ihr Bruder merkte nicht, wie schwer es ihr fiel, über Santi zu sprechen, von seiner Frau ganz zu schweigen. Für Rafael gehörte ihre Affäre mit Santi zu einem anderen Leben, das sie einmal alle miteinander geteilt hatten, das aber jetzt so weit zurücklag, dass es nicht mehr zählte. Nicht einen Augenblick lang ahnte er etwas von der Liebe, die sie bei jedem Gedanken an Santi durchglühte, als wäre mit den langen Jahren auch sie im Reich der Erinnerungen versunken.
»Ich fahre heute Nachmittag nach Santa Catalina hinaus. Kommst du mit?«, fragte er. Sie war erleichtert, dass sie nicht darauf angewiesen war, mit Santi zu fahren. Sie war noch nicht bereit, ihm entgegenzutreten.
»Ich weiß nicht. Ich habe Mama und Papa seit Jahren nicht gesehen; sie wissen gar nicht, dass ich hier bin.«
»Dann gibt's eine Überraschung.« Er strahlte fröhlich.
»Ich fürchte, keine angenehme. Aber gut, ich komme mit. Ich komme wegen Maria.«
»Schön. Wir werden spät zu Mittag essen. Jasmina und die Kinder sind schon auf der Farm. Weil erst Donnerstag ist, mussten wir sie

die Schule schwänzen lassen, damit sie da sein können, wenn Maria kommt.«

»Ich freue mich so sehr darauf, sie alle wiederzusehen«, schwärmte sie mit mühsamer Begeisterung.

»Sie werden dich gern haben. Sie haben ja alles über dich gehört.«

Sofia fragte sich, was sie da wohl gehört haben mochten.

Bevor sie aufs Land fuhr, rief sie David an. Sie sagte, dass sie ihn vermisste – was stimmte: Sie vermisste ihn wirklich, und sie wünschte jetzt, er wäre mitgekommen.

»Darling, aber es ist besser so«, sagte er. »Du brauchst ein bisschen Zeit allein mit deiner Familie.« Es rührte ihn, dass sie ihn brauchte. Er ahnte nicht, wie sehr.

»Ich weiß nicht, ob ich das überhaupt will«, sagte sie und nagte nervös am Daumennagel.

»Darling, du willst es. Du hast jetzt nur Angst.«

»Du bist so weit weg.«

»Jetzt bist du albern.«

»Ich wünschte, du wärest hier. Ich will das nicht allein durchstehen müssen.«

»Es wird gut gehen. Und wenn es wirklich so schlimm ist, kannst du jederzeit das nächste Flugzeug nach Hause nehmen.«

»Du hast Recht – das kann ich, nicht wahr?« Sie war erleichtert. Wenn es schwierig wurde, konnte sie einfach abreisen – kein Problem. Das hatte sie schließlich schon einmal getan. David gab sie an ihre Töchter weiter, die begeistert losschwatzten, ohne zu ahnen, was das Telefonat kostete. Dougal, der neue Spanielwelpe, hatte Davids Socken gefressen und die Telefonleitung angekaut. »Ein Wunder, dass du überhaupt noch durchgekommen bist«, kicherte Honor. Als Sofia schließlich auflegte, fühlte sie sich stärker.

Buenos Aires beunruhigte sie. Sie fühlte sich wie eine Touristin an einem Ort, an den sie einmal gehört hatte. Sie kannte jede Nebenstraße, und die Schatten der Vergangenheit spukten auf den Gehwegen und Plazas. Sie fragte sich, ob Santa Catalina die gleichen

Empfindungen hervorrufen würde, und das machte ihr Sorgen. Wieder wünschte sie sich, sie wäre nicht gekommen.
Aber zu ihrer Freude wurde ihr das Land auf der Fahrt hinaus zusehends vertrauter. Sie ließen die wuchernde Stadt hinter sich. Die Bebauung wurde immer lockerer, und dann erreichten sie die langen, geraden Straßen ihrer Jugend, die sich wie alte Narben durch die Ebene schnitten. Sie atmete wieder die wohl bekannten Düfte ihrer Kindheit: das süße Gras, den Staub, den unverwechselbaren, berauschenden Eukalyptus.
Als sie vor den Toren von Santa Catalina waren, erschienen ihr die vergangenen vierundzwanzig Jahre wie ein Traum. Nichts hatte sich verändert. Der Geruch, die Sonnenstrahlen, die hell durch die Ahornbäume auf die staubige Allee fielen, die mageren Hunde, die Felder voller Ponys und, als sie näher kamen, sogar das Haus, ihr Zuhause – alles war genauso, wie sie es verlassen hatte.
Nichts hatte sich verändert.
Sie hielten vor dem Haus unter einem der hohen, schattigen Eukalyptusbäume. Sofia sah ein paar kleine Kinder, die im Park schaukelten; als sie den Wagen erkannten, kamen sie herbeigelaufen, und fast hätten sie Rafael umgerannt, als sie ihn begeistert umarmten. Sofia sah auf den ersten Blick, dass zwei davon seine Kinder waren: ein blondes Mädchen mit einem frechen Gesicht und ein kleiner Junge, der rothaarig war wie seine Großmutter.
»Clara, Felix – sagt *Tía* Sofia guten Tag.«
Der kleine Junge wand sich verlegen um die Beine seines Vaters, und so lächelte Sofia ihn nur an. Das Mädchen aber kam mutig auf sie zumarschiert und gab ihr einen Kuss. »Wenn du meine Tante bist, wieso hab ich dich dann noch nie gesehen?«, fragte sie und schaute ihr ins Gesicht.
»Weil ich in England wohne.«
»Granny hat in Irland gewohnt, weißt du das? Kennst du Granny?«
»Ja, ich kenne Granny. Sie ist meine Mutter. Weißt du, dein Vater und ich, wir sind Geschwister, genau wie du und Felix.«
Clara musterte sie mit schmalen Augen. »Und wieso hat dann noch nie jemand was von dir erzählt?«

Sofia warf einen Blick zu Rafael hinüber, und an seinem Gesichtsausdruck war zu erkennen, dass die kleine Clara eine Nervensäge sein konnte.
»Ich weiß es nicht, Clara, aber ich verspreche dir, dass bald alle über mich reden werden.«
Das Kind machte große Augen, als es den Skandal witterte. Begeistert griff es nach Sofias Hand und erklärte, die Großeltern säßen beim Tee auf der Terrasse.
Auf seltsame Weise flößte dieses vielleicht zehnjährige Kind Sofia Selbstvertrauen ein. Es erinnerte sie daran, wie sie selbst in diesem Alter gewesen war – verwöhnt und unberechenbar. Das junge Leben dieser Kinder, sah sie plötzlich, war ein Echo ihrer eigenen Kindheit. Sie erinnerte sich, wie sie selbst hier gespielt hatten.
Sofia folgte Clara um das Haus herum nach vorn. Später würde sie lachen, wenn sie sich an den Gesichtsausdruck ihrer Eltern erinnerte, die dort in der Ruhe der langen Nachmittagsschatten saßen und wie immer in die ferne Ebene hinausschauten. Ein typischer Tag auf der Farm, nichts Ungewöhnliches, nichts, was ihren Alltag unterbrechen würde – dachten sie. Ihr Anblick brachte alle Erinnerungen wieder zurück, und zuversichtlich ging Sofia auf die beiden zu.
Als Anna sie erblickte, ließ sie ihre Teetasse auf die Terrakottafliesen fallen. Das Porzellan zerbrach in große Scherben. Ihre langen weißen Finger zuckten zu ihrer Halskette und zwirbelten sie erregt. Hilfe suchend schaute sie zu Paco hinüber. Paco lief rot an und kam taumelnd auf die Beine. Der Anblick seiner traurigen Augen voller Reue genügte, um Sofias Herz schon von ferne zu rühren.
»Sofia, ich kann es nicht glauben. Bist du es wirklich?«, fragte er heiser und kam schlurfend auf sie zu, um sie zu umarmen. Und wie schon bei Rafael reagierte sie mit ungezügelter Zärtlichkeit. »Du ahnst nicht, wie sehr wir uns nach diesem Augenblick gesehnt haben. Wir haben dich so sehr vermisst, so sehr. Ich bin glücklich, dass du wieder zu Hause bist.« Seine Freude war echt. Ihr Vater war, seit sie ihn zuletzt gesehen hatte, so dramatisch gealtert, dass sie spürte, wie all ihre Bitterkeit verflog.

Anna blieb sitzen. Sie wollte ihr Kind auch gern umarmen, und sie hatte sich immer ausgemalt, dass sie es tun würde, aber jetzt, da ihre Tochter plötzlich, Distanz im Blick, vor ihr stand, wusste sie nicht mehr, was sie tun sollte.

»*Hello,* Mama«, sagte Sofia auf Englisch. Da Anna nicht aufgestanden war, um ihre Tochter zu begrüßen, kam Sofia nicht näher.

»Sofia, was für eine Überraschung. Ich wünschte, du hättest uns Bescheid gesagt«, antwortete sie verwirrt und bereute es gleich. Es hatte anders klingen sollen. Beklommen strich sie sich über das rostfarbene Haar, das sie im Nacken zu einem strengen Knoten gebunden hatte.

Sofia hatte vergessen, wie kalt ihre blauen Augen waren. Trotz der vielen Jahre, in deren Verlauf der Zwist sich allmählich hätte legen müssen, empfand sie keine Zuneigung zu Anna. Sie war eine Fremde für sie. Eine Fremde, die sie daran erinnerte, dass sie früher eine Mutter gehabt hatte.

»Ich weiß. Ich hatte keine Zeit«, antwortete sie kühl. Sie wusste nicht recht, wie sie die scheinbare Gleichgültigkeit dieser Frau deuten sollte. »Aber ich bin ja auch Marias wegen gekommen«, fügte sie hinzu.

»Selbstverständlich.« Ihre Mutter hatte ihre Fassung wiedergewonnen. Einen Moment lang war Sofia sicher, dass Enttäuschung die Wangen ihrer Mutter rötete und sich dann in hektischen Flecken über die durchscheinende Haut an ihrem Hals verbreitete.

»Hast du sie schon gesehen? Sie ist sehr verändert«, sagte Anna betrübt und schaute in die Ebene hinaus, als wäre sie am liebsten weit weg im hohen Gras zwischen den Tieren der Pampa. Weit weg von diesem endlosen menschlichen Leid.

»Ja«, sagte Sofia gedämpft. Sie senkte den Blick, und plötzlich presste ein überwältigendes Gefühl des Verlusts ihr die Brust zusammen. Maria hatte ihr vor Augen geführt, wie zerbrechlich ein Menschenleben war, wie bedroht. Sie schaute auf ihre Mutter hinunter, und der Groll ließ nach.

In diesem Augenblick kam Soledad aus dem Haus, um die Scherben aufzufegen. Clara folgte ihr eifrig und aufgeregt.

»Du hättest *Abuelitas* Gesicht sehen sollen. Sie wurde ganz weiß, und dann hat sie die Tasse fallen lassen – *imagináte* ...«

Soledad war nicht gealtert, aber sie war aus den Fugen gegangen wie eine prämierte Kuh auf einem Viehmarkt. Als sie Sofia vor sich stehen sah, zerflossen die wässrig braunen Augen in einen Strom von Tränen, der ihr übers Gesicht in den vor Überraschung strahlend lächelnden Mund rann. Sie zog Sofia an den vertrauten Busen und fing hemmungslos zu schluchzen an. »Ich kann es nicht glauben. Danke, lieber Gott. Danke, dass du mir meine Sofia wieder nach Hause gebracht hast«, weinte sie.

Clara hüpfte aufgeregt auf und ab. Die anderen Kinder, die mit ihr von der Schaukel herübergekommen waren, standen verwirrt herum.

»Clara, lauf zu und sag allen, dass Sofia wieder da ist«, sagte Rafael zu seiner Tochter, und sie ging sofort zu den anderen Kindern und delegierte die Aufgabe an sie. Widerstrebend trotteten sie davon, gefolgt von ein paar knochigen Hunden.

»*Tía* Sofia, alle freuen sich, dich zu sehen«, strahlte sie, während Soledad mit unsicherer Hand die Porzellanscherben zusammenfegte.

Sofia setzte sich an den Tisch. Es war derselbe, an dem sie vor all den Jahren auch so oft gesessen hatte, und sie zog das Kind auf ihr Knie. Anna behielt sie wachsam im Auge; Paco hielt unterdessen die Hand seiner Tochter fest und fand keine Worte mehr. Beide saßen schweigend da, aber seine Tränen sagten seiner Tochter so viel mehr, als jedes Wort es vermocht hätte. Rafael nahm sich still ein Stück Kuchen.

»Warum weint *Abuelito* denn?«, fragte Clara wispernd ihren Vater.

»Vor Freude, Clara. *Tía* Sofia war sehr lange weg.«

»Warum?« Sofia merkte, dass diese Frage an sie gerichtet war.

»Das ist eine lange Geschichte, *gorda*. Vielleicht erzähle ich sie dir eines Tages.« Sofia sah den Blick ihrer Mutter.

»Das wäre höchst unpassend, meinst du nicht auch?«, sagte Anna auf Englisch, aber sie wollte Sofia nicht maßregeln; es war der Versuch, ein wenig Humor zu zeigen.

»Das habe ich verstanden«, lachte Clara, der die Szene offensicht-

lich großes Vergnügen bereitete. Je mehr Verwicklungen sie hier ahnte, desto besser gefiel ihr die neue Tante.
Bevor das Gespräch sie weiter in Schwierigkeiten bringen konnte, kamen die Leute von allen Ecken der Farm herbei – die neugierigen Kinder, Sofias Nichten und Neffen, Chiquita und Miguel, ein sehr langer Panchito – und zu ihrem Entsetzen eine strahlend schöne Claudia. Sofia war gerührt über diese Begrüßung, deren Wärme sie weder erwartet noch erhofft hatte. Ihre Tante Chiquita umarmte sie lange. In ihren Augen sah Sofia, wie dankbar sie dafür war, dass sie gekommen war, um Maria in ihren letzten Tagen zu trösten. Sie sah müde und angespannt aus, und ihr Gesicht hatte einen gehetzten Ausdruck, wo früher nur sanfte Schönheit gewesen war. Chiquita war immer ein heiterer Mensch gewesen, in deren freundliches Dasein die grausame Welt nie Eingang gefunden hatte. Marias Krankheit hatte sie fast zerbrochen.
Claudias Vorzüge konnte Sofia nicht übersehen; die Frau war alles das, was sie nicht war. Sie war feminin und trug ein Kleid, wie es Sofia getragen hatte, als Santi aus den USA zurückgekommen war; an ihr hatte er es nicht leiden können. Ihr langes dunkles Haar floss lose über die Schultern, und ihr Gesicht war perfekt, aber nicht übertrieben geschminkt. Wenn Santi sich bemüht hatte, eine Frau zu finden, die möglichst wenig Ähnlichkeit mit ihr hatte, dann hätte er seine Sache nicht besser machen können. Sofia bereute, dass sie sich nach Indias Geburt nicht ernsthafter um ihre Figur bemüht hatte.
Obwohl Claudia Distanz hielt, spürte Sofia jede ihrer Bewegungen. Sie wusste nicht, ob Santi ihr die ganze Geschichte erzählt hatte, aber eifersüchtig wünschte sie sich, sie möge Bescheid wissen. Ihr sollte klar sein, dass Santi immer für Sofia bestimmt gewesen war und dass sie nur seine zweite Wahl war, ein Ersatz. Mit ihr zu sprechen, brachte sie nicht über sich, und so wandte sie ihre Aufmerksamkeit den Kindern zu, aber wie bei einem wilden Tier, das sein Revier verteidigt, funkelte das Misstrauen hinter dem kühlen Blick der lächelnden Augen.
Sofort erkannte Sofia einen von Santis Söhnen an der Art, wie er

ging. Langsam, entspannt, selbstbewusst. Davon abgesehen glich er sehr seiner Mutter. Er war schätzungsweise zehn Jahre alt. Sie flüsterte Clara etwas ins Ohr, und diese rief ihn in herrischem Ton herüber.
»Du musst Santis Sohn sein«, sagte Sofia, und sie spürte einen bohrenden Schmerz in der Brust, denn in diesem Kind sah sie, was sie hätte haben können.
»Ja. Und wer bist du?«, fragte er hochfahrend zurück und strich sich eine blonde Strähne aus den Augen.
»Ich bin deine Cousine Sofia.«
»Wieso bist du meine Cousine?«
»Weil sie meine Tante ist. *Tía* Sofia!«, lachte Clara, und sie griff liebevoll nach Sofias Hand und drückte sie.
Der Junge sah sie misstrauisch an, und seine großen grünen Augen wurden argwöhnisch schmal. »Ah, du bist die, die in England wohnt«, stellte er fest.
»Ganz recht«, sagte sie. »Weißt du, dass ich nicht mal weiß, wie du heißt?«
»Santiago.«
Sofia wurde blass. »Das ist ein bisschen verwirrend, oder?«
»Wahrscheinlich.«
»Und wie nennt man dich?«
»Santiguito.«
Sofia schluckte; sie hatte Mühe, ihre Gefühle im Zaum zu halten. »Santiguito?«, wiederholte sie langsam. »Und bist du ein so guter Polospieler wie dein Vater?«, krächzte sie und sah, wie er sein Gewicht von einem Fuß auf den anderen verlagerte.
»Ja. Ich spiele morgen Nachmittag mit Papa. Du kannst zusehen, wenn du willst.«
»Das will ich gern«, sagte sie, und da lächelte er zögernd und schaute zu Boden. »Was macht ihr denn sonst so? Weißt du, als ich klein war, haben wir uns am Ombu immer etwas gewünscht. Tut ihr das auch noch?«
»O nein. Papa lässt uns da nicht hingehen. Ist verboten.«
»Verboten? Wieso denn das?«

»Ich war mal da«, flüsterte Clara stolz. »Papa sagt, *Tío* Santi ist wütend auf den Baum, weil er sich mal was von ihm gewünscht und nicht gekriegt hat. Deshalb lässt er uns jetzt nicht mehr hingehen. Es muss ein sehr wichtiger Wunsch für ihn gewesen sein, dass er deswegen so wütend ist.«

Sofia wurde es plötzlich übel, und sie brauchte Platz. Sie schob Clara sanft von ihrem Knie und ging zielstrebig in Richtung Küche, und dabei stieß sie geradewegs auf Santi.

Achtunddreissig

Santi!«, rief sie und blinzelte, um den Nebel vor ihren Augen zu vertreiben.

»Sofia, ist alles in Ordnung?«, fragte er hastig. Seine Hände umfassten ihre Oberarme fester, als es seine Absicht war, und er schaute ihr forschend ins Gesicht, als wolle er dort ihre Gedanken lesen.

»O ja, alles in Ordnung«, stammelte sie und widerstand dem Impuls, sich an seinen Hals zu werfen, als wären die vierundzwanzig Jahre nur ein Wimpernschlag im Auge der Zeit gewesen.

»Ich höre, dass du mit Rafa hergekommen bist. Ich habe in deinem Hotel angerufen, aber du warst schon weg.« Er konnte die Enttäuschung in seinem Tonfall nicht verbergen.

»Ja«, sagte sie. »Tut mir Leid, ich habe nicht …«

»Macht nichts, keine Sorge«, sagte er beruhigend. Unbehagliches Schweigen trat ein; beide wussten nicht, was sie sagen sollten. Sofia blinzelte hilflos, und er lächelte schüchtern und fühlte sich überfordert. »Wo wolltest du denn so schnell hin?«, fragte er schließlich.

»Ich wollte zu Soledad. Ich hatte noch keine Gelegenheit, mit ihr zu schwatzen. Aber du erinnerst dich doch, wie nah wir einander gestanden haben.«

»Ja. Ich erinnere mich.« Seine meergrünen Augen schauten sie an, und es war wie der Lichtstrahl eines Leuchtturms, der sie nach Hause rief.

Zum ersten Mal war die Vergangenheit erwähnt worden. Die Kehle wurde ihr trocken, als sie daran dachte, wie Soledad ihm in jener Nacht, als sie sich das letzte Mal gesehen hatten, ihren verzweifelten Brief überbracht hatte. Sie spürte, wie sie in seinem Blick versank. Er versuchte ihr etwas mitzuteilen und fand doch keine Worte dafür. Sie wollte von der Vergangenheit sprechen – es gab so vieles, was sie sagen wollte, aber dies war nicht der Augenblick dafür. Sie fühlte zwanzig Augenpaare auf sich, die sie von der Terrasse aus beobachteten, und nochmals ermahnte sie sich, nicht allzu viel zu offenbaren. Sie sah die Falten auf seiner Stirn und an den Augen, die die Jahre der Einsamkeit dort eingegraben hatten, und zu gern hätte sie mit den Fingerspitzen darüber gestrichen und sie geglättet. Sie wollte ihn wissen lassen, dass auch sie gelitten hatte.

»Ich habe deinen Sohn gesehen – Santiguito. Er hat so große Ähnlichkeit mit dir.« Sie wusste nichts Besseres zu sagen. Er ließ enttäuscht die Schultern hängen, weil das Gespräch wieder zu solchen Allerweltsdingen zurückgekehrt war, und zog sich in eine gleichmütige Haltung zurück. Plötzlich stand eine Mauer zwischen ihnen, und Sofia wusste nicht, warum.

»Ja, er ist ein guter Junge. Spielt auch ganz ordentlich Polo«, sagte er ausdruckslos.

»Er hat mir gesagt, ihr beide werdet morgen Nachmittag spielen?«

»Das hängt davon ab, wie es Maria geht.«

Ihre eigenen Probleme waren wie Scheuklappen gewesen, und sie hatte Maria ganz vergessen, aber sie war schließlich der Grund für Sofias Rückkehr.

»Wann bringt man sie nach Hause?«, fragte sie.

»Heute Abend. Du kommst doch herüber, oder? Ich weiß, sie wird dich sehen wollen.«

»Natürlich.«

Er trat unbehaglich von einem Fuß auf den andern und schaute auf das Pflaster. »Wie lange bleibst du?«, fragte er dann.

»Ich weiß es nicht. Ich wollte Maria sehen, bevor ... Ich wollte ein bisschen Zeit mit ihr verbringen. Weiter habe ich noch nicht gedacht. Es tut mir so Leid.« Instinktiv berührte sie seine Hand. »Es muss eine schreckliche Zeit für dich sein.«

Er wich zurück, und seine Augen, die gerade noch so gefühlvoll gewesen waren, blickten jetzt distanziert. »*Bueno,* Sofia. Wir sehen uns dann später«, sagte er und ging auf die Terrasse hinaus.

Sofia sah, dass sein Hinken sich verschlimmert hatte. Sie schaute ihm einen Moment lang nach und fühlte sich plötzlich sehr einsam.

Sie ging nicht gleich in die Küche, sondern stattdessen dahin, wo früher ihr Zimmer gewesen war – und sie sah, dass dort alles noch genauso war, wie sie es vor vierundzwanzig Jahren verlassen hatte. Nichts war verändert.
Sie bekam Herzklopfen vor Aufregung. Es war, als habe sie eine Tür in die Vergangenheit aufgestoßen. Sie wanderte umher, nahm Dinge in die Hand, öffnete Schränke und Schubladen – sogar die Lotionen und Parfüms, die sie benutzt hatte, standen noch auf der Frisierkommode. Es verschlug ihr vollends den Atem, als sie den Korb mit den roten Bändern sah, die sie immer im Haar getragen hatte. Sie setzte sich vor den Spiegel und hielt eins zwischen den Fingern. Sie band ihr Haar auf und ließ es sich langsam über die Schultern fallen; es war nicht mehr so lang wie früher, aber einen Zopf konnte sie doch noch flechten. Sie schlang das Band herum und starrte in den Spiegel.
Mit den Fingerspitzen strich sie über das Gesicht, das einst so jugendlich geleuchtet hatte. Jetzt war die Oberfläche dünner, trockener, und die Falten an den Augen erzählten von Jahren der Trauer und Jahren des Glücks. Jede Regung war in ihre Züge gestempelt wie in einen Pass, der die vielen Orte verzeichnete, an denen sie im Laufe ihres Lebens gewesen war. Die tiefen Täler der Qualen und die Höhen der Freude. Das Lachen, die Tränen, die Bitterkeit und schließlich die demütige Resignation, die mit der Erkenntnis kommt, dass es vergeblich und selbstzerstörerisch ist, gegen das Leben zu kämpfen. Sie sah immer noch gut aus, das konnte sie erkennen. Aber Jugend ist etwas, das man als selbstverständlich hinnimmt und erst zu schätzen weiß, wenn man es verloren hat. Sie war einmal jung gewesen, jung und tapfer und eigensinnig. Sie schaute in den Spiegel und wäre am liebsten durch ihn in die Vergangenheit zurückgekehrt, um alles noch einmal zu erleben.
Jeder Gegenstand in diesem Zimmer führte sie zurück zu den faulen Tagen auf Santa Catalina, und sie badete im wehmütigen Behagen der Erinnerung. Jedes Kleidungsstück im Schrank hatte eine Geschichte zu erzählen, wie ein Museum ihres Lebens. Sie lachte, als sie das weiße Kleid sah, das sie zu Santis Rückkehr ange-

zogen hatte und das immer noch zusammengeknüllt ganz hinten in seinem Fach lag, hinter dem Stapel der Jeans, die sie jeden Tag getragen hatte. Es war faszinierend. Natürlich hätte sie nichts von all dem mehr anziehen können, wenn sie gewollt hätte, denn sie hatte heute nicht mehr Kleidergröße 38. Aber T-Shirts und Pullover hätten noch gepasst. Gern hätte sie eins übergezogen und wäre damit auf die Terrasse hinausgegangen.

»Als wir dich fortschickten, habe ich immer damit gerechnet, dass du zurückkommen würdest.« Sofia drehte sich um. Ihre Mutter stand voller Unbehagen in der Tür. »Deshalb habe ich dein Zimmer gelassen, wie es war.« Sie sprach englisch; es schien sie zu erleichtern, ihre eigene Sprache benutzen zu können. Sie ging zum Fenster und strich mit der Hand am Vorhang herunter. »Und als du dann nicht kamst, konnte ich es nicht ertragen, dein Zimmer auszuräumen. Es bestand ja immer die Chance, dass du es dir noch anders überlegst. Ich wusste nicht, was ich mit deinen Sachen anfangen sollte. Ich wollte ja nichts wegwerfen, für den Fall …« Sie ließ den Satz unvollendet.

»Ja. Alles ist so, wie ich es verlassen habe«, sagte Sofia und setzte sich auf das Bett.

»Ja, es hat sich einfach so ergeben. Ich brauchte deine Sachen nie hinauszuräumen. Rafael hat sich ein eigenes Haus gebaut, Agustin lebt in den Vereinigten Staaten, Paco und ich sind hier allein. Du kannst bleiben, so lange du willst. Es sei denn, du wärest lieber woanders.«

»Nein. Ich habe eigentlich noch gar nicht darüber nachgedacht. Aber so wäre es sehr nett. Danke. Ganz wie in alten Zeiten«, konnte sie sich nicht verkneifen hinzuzufügen. Sie drehte sich um, und zu ihrer Überraschung milderte sich die spröde Miene ihrer Mutter, und sie sah die erste Andeutung eines Lächelns.

»Das wollen wir nicht hoffen«, sagte Anna.

Als sie am Abend ihre Zimmertür hinter sich schloss und zu Chiquitas Haus hinüberging, dachte Sofia an jene idyllischen Tage, als ihre Romanze mit Santi noch unentdeckt war und ihre Mutter und sie Freundinnen waren. Jener Sommer war der glücklichste in ihrem Leben gewesen. Bei der Erinnerung an die Zeit füllte sich ihr Herz mit der heimlichen Hoffnung, sie könnte sie auf irgendeine Weise noch einmal erleben.

Maria saß in einem hellblauen Nachthemd in ihrem Bett. Sie sah aus wie ein Himmelsgeschöpf. Sie hatte keine Haare, aber ihre Haut war durchscheinend wie ein Schleier, und ihre kirschrunden Augen leuchteten vor Freude.

»Es ist wie ein Zauber, wieder zu Hause zu sein«, erklärte sie begeistert und zog zwei der kleineren Kinder zu sich heran, um ihnen einen liebevollen Kuss auf die braun gebrannten Wangen zu drücken. »Eduardo, hol doch das Fotoalbum für Sofia. Ich möchte ihr die Jahre zeigen, die sie versäumt hat.«

Anders als im Krankenhaus herrschte hier eine glückliche Atmosphäre. Chiquitas Haus war erfüllt von Wärme, Musik und Lachen, und durch den schwülen Abend wehte der süße Duft von feuchtem Gras und Jasmin. Santi und Claudia hatten kein eigenes Haus hier auf dem Lande; deshalb wohnten sie am Wochenende und während der Schulferien bei seinen Eltern. Und sie konnte verstehen, weshalb Santi nie von hier hatte fortgehen wollen. Hier war sein Zuhause, und das Echo einer verzauberten Kindheit hallte noch immer von den Wänden wider.

Santi und Sofia wechselten kaum ein Wort miteinander, während sie bei seiner Mutter und seiner Schwester saß und Stunde um Stunde verplauderte, aber jedem der beiden war die Gegenwart des andern ständig bewusst. Die Frauen lachten über die Abenteuer, die sie erlebt hatten, und eine Geschichte brachte sogleich die nächste hervor. Langsam zerrannen die Jahre der Trennung. Als sie Maria in dem fröhlich eingerichteten Zimmer voller Blumen schließlich schlafen ließen, hatte Sofia das Gefühl, sie wären niemals getrennt gewesen.

»Weißt du, Chiquita, es ist wirklich gut, Maria wiederzusehen«, sagte sie, als sie ins Wohnzimmer gingen. »Ich bin froh, dass ich gekommen bin.«

»Maria hat es ungeheuer gut getan. Sie hat dich so sehr vermisst. Ich glaube, du hast ihr den Willen gegeben, vielleicht noch ein bisschen länger zu leben.« Sofia umarmte ihre Tante. Die Angst und die Ungewissheit der letzten Monate hatten Chiquitas Lebensmut zerfressen und ihre Gefühle bis zum Zerreißen strapaziert. Sie war zerbrechlich wie ein dünner Zweig.

»Du und deine Familie, ihr seid das, was Maria liebt. Ihr gebt ihr den Willen zum Leben. Sieh doch, wie glücklich sie ist, wieder zu Hause zu sein. Ihre letzten Tage werden froh und friedlich sein.«

»Du hast Recht, meine liebe Sofia«, sagte sie. Dann schaute sie sie unter Tränen an und flüsterte: »Und was fangen wir mit dir an, hm?«

»Wie meinst du das? Ich werde natürlich zu meiner Familie zurückkehren.«

Chiquita nickte verständnisvoll. »Natürlich«, sagte sie sanft und lächelte, aber ihre Augen durchforschten Sofias Gesicht, als wolle sie dort die Gefühle lesen, die ihre Züge verrieten.

Santi und Claudia saßen still da und lasen in Illustrierten. Panchito, ein kräftiger Zwanzigjähriger, räkelte sich auf dem Sofa vor dem Fernseher. Er erinnerte Sofia daran, wie Santi als junger Mann gewirkt hatte. Seine langen dünnen Beine baumelten über der Armlehne. Er besaß ein Charisma, das Sofia anziehend fand. Wie bei Dorian Grey war Panchito das jüngere, makellose Abbild seines Bruders. Seine Augen waren vom gleichen Seegrün, aber es fehlte ihnen noch die Tiefe, die in den Augen seines Bruders lag. Sein Gesicht war faltenlos und glatt und gleichfalls nicht so charaktervoll wie Santis, das erkennen ließ, dass Santi gelitten und überlebt hatte.

Sofia schaute Santi an und liebte ihn mit seiner zerfurchten Haut und den melancholischen Augen umso mehr. Einst hatte er die Zuversicht eines Menschen ausgestrahlt, der glaubte, dass er die Gezeiten des Lebens werde zähmen und seinem Befehl unterwerfen können. Aber das Schicksal hatte ihn gelehrt, dass man nicht bezwingen kann, worüber man keine Gewalt hat; man kann nur lernen, im Einklang damit zu leben. Santi war durch eine harte Schule gegangen, um seine Arroganz zu verlieren.

»Santi, bring Sofia doch ein Glas Wein. Weiß oder rot?«, fragte Chiquita.
»Rot«, antwortete Santi automatisch an Sofias Stelle. Rot war immer ihre Lieblingsfarbe gewesen.
»Ja, danke«, sagte sie überrascht. Claudia blickte von ihrer Zeitschrift auf und sah zu, wie ihr Mann den Wein einschenkte. Sofia wartete auf den besorgten Blick, der sicher folgen würde, aber er kam nicht. Wenn Claudia etwas dagegen hatte, ließ sie sich nichts anmerken.
»Und wie lange wirst du nun bleiben, Sofia?«, fragte sie, und ihre gleichmütigen blauen Augen lächelten ein bisschen zu sehr in dem Bestreben, die Angst zu verbergen, die in ihnen bebte.
»Ich weiß es noch nicht. Ich habe keine Pläne«, antwortete Sofia mit einem ebenso aufrichtigen Lächeln.
»Hast du denn nicht Mann und Kinder?«
»Doch. David ist im Augenblick mit einem Stück beschäftigt und konnte deshalb nicht mitkommen. Es wäre auch schwierig für ihn geworden; er kennt niemanden hier, und er spricht kein Spanisch. Von ihm aus kann ich gern bleiben, so lange ich will.«
»Wir alle haben in der Zeitung von dir gelesen«, erzählte ihre Tante begeistert. »So ein hübsches Foto – du hast so schön ausgesehen. Ich habe es irgendwo immer noch. Ich werde es gelegentlich heraussuchen und dir zeigen. Ja, irgendwo muss es noch sein.« Santi brachte den Wein. Sofia schaute ihn an, aber er reagierte nicht. »Du hättest Schauspielerin werden sollen. Schon als Kind warst du eine Primadonna«, erinnerte Chiquita sich. »Immer hast du die Aufmerksamkeit auf dich gezogen. Es wundert mich eigentlich, dass dein Mann dich noch nicht in einem seiner Stücke hat auftreten lassen! Weißt du, Claudia, sie hatte eine ziemlich exhibitionistische Ader. Ich erinnere mich noch, wie in San Andrés einmal ein Stück inszeniert wurde und du nicht mitspielen wolltest, weil du nicht die Hauptrolle bekommen hattest. Weißt du das auch noch, Santi? Eine Woche lang muss sie geweint haben. Du sagtest, du wärest besser als alle andern.«
»Ja, ich kann mich gut erinnern«, sagte Santi.

»Sie hat immer ihren Kopf durchgesetzt, Claudia. Der arme Paco konnte nie Nein sagen.«
»Grandpa auch nicht«, ergänzte Sofia zerknirscht und lachte leise. »Es hat meine Mutter wahnsinnig gemacht, wie wir uns immer gegen sie verbündet haben.«
»Ja, dein Großvater – ein außergewöhnlicher Mann.«
»Weißt du, ich vermisse ihn immer noch. Ich vermisse seinen Humor«, sagte Sofia wehmütig. »Ich werde nie vergessen, wie er im Krankenhaus in Buenos Aires auf der Intensivstation lag, weil er sich eine höchst ansteckende Krankheit zugezogen hatte. Gott weiß, was es war; die Ärzte waren ratlos. Ich glaube, es war eine Art Amöbenruhr. Erinnerst du dich, Chiquita?«
Chiquita schüttelte den Kopf. »Ich glaube nicht.«
»Nun, der Arzt hatte gesagt, Grandpa dürfe sein Zimmer nicht verlassen. Irgendwann wollte er zur Toilette, und nachdem er zweimal erfolglos geklingelt hatte, ging er hinaus und spazierte auf dem ganzen Stockwerk umher, bis er die *baños* gefunden hatte. Bei der Rückkehr sah er an seiner Zimmertür ein Schild, auf dem stand, dass unter keinen Umständen irgendjemand sein Zimmer betreten dürfe: Höchstes Infektionsrisiko, stand da. Grandpa kam zu dem Schluss, dass er da unmöglich hineingehen durfte, weil das ein Verstoß gegen die Vorschriften wäre. Und was glaubt ihr, was er getan hat? Er ist auf sämtlichen Stationen herumgeschlurft und hat alle infiziert, mit denen er in Kontakt kam, bis er eine Schwester fand, die ihn in sein Zimmer zurückbrachte. Ich glaube, er hat eine kleine Panik ausgelöst. Wie ich Grandpa O'Dwyer kenne, hat er es wahrscheinlich mit Absicht getan. Danach sind sie jedenfalls immer sofort gekommen, wenn er geklingelt hat.«
»Den Tag seiner Entlassung müssen sie gepriesen haben«, meinte Santi und schüttelte leise lachend den Kopf. »Ich weiß noch, wie du einmal mit Anna Streit hattest. Du hast deine Sachen gepackt und bist zu uns gekommen; Mama sollte dich adoptieren, hast du gesagt. Weißt du das noch, Sofia?« Er lachte wieder. Der Wein stumpfte seine Sinne ab und entspannte die Muskeln in seinem Gesicht, die vom anstrengenden Verstellen wehtaten.

»Ich weiß nicht genau, ob ich mich daran erinnern möchte. Es ist ein bisschen peinlich«, sagte Sofia verlegen.
»Nein, ist es gar nicht. Santi und Maria waren entzückt. Sie haben dich ermutigt«, sagte Chiquita.
»Was haben meine Eltern damals eigentlich dazu gesagt?« Das hatte sie bisher nie erfahren.
»Nun, mal nachdenken …« Ihre Tante seufzte und machte schmale Augen. »Dein Vater … ja, Paco kam dich holen. Ich weiß noch, dass er dir sagte, es gebe ein paar hübsche Waisenhäuser in der Gegend, wenn du nicht mehr zu Hause wohnen wolltest. Aber du wärest ein allzu schlimmer Wildfang, um dich an die Verwandtschaft zu verkaufen.«
»Hat er das wirklich gesagt?« Sofia kicherte.
»Du warst immer ein Wildfang. Ich bin froh, dass du jetzt ruhiger geworden bist«, sagte Chiquita liebevoll.
Claudia hatte die ganze Zeit kein Wort gesagt, sondern immer nur zugehört.
»Sie hat immer mit den Jungen Polo gespielt«, fuhr Chiquita fort und nickte.
»*Dios* – das ist Jahrzehnte her. Ich weiß gar nicht, ob ich heute überhaupt noch spielen könnte.«
»Konntest du denn auch so gut spielen wie die Jungen?«, fragte Claudia schließlich in einem Versuch, sich am Gespräch zu beteiligen.
»Nicht so gut wie Santi, aber auf alle Fälle so gut wie Agustin«, sagte Chiquita wahrheitsgemäß.
»Ich wollte nur tun, was die Jungen taten. Mir kam es immer so vor, als hätten sie viel mehr Spaß als die Mädchen«, sagte Sofia.
»Du warst so eine Art Ehrenjunge, nicht wahr, Chofi?«, sagte Santi mit spöttischem Lächeln. Sofia zögerte. Es war das erste Mal, dass er sie »Chofi« genannt hatte. Chiquita tat, als habe sie nichts bemerkt, aber Sofia wusste, dass es ihr nicht entgangen war, denn sie sah, wie ihr Blick besorgt zwischen Santi und ihr hin und her ging. Claudia behielt selbstverständlich die Fassung und nippte an ihrem Wein, als habe ihr Mann nichts Ungewöhnliches gesagt.

»Sofia war eine solche Nervensäge. Ich bin froh, dass du ruhiger geworden bist und einen netten Mann gefunden hast. Ich wusste immer, dass es so kommen würde.« Nervös versuchte Chiquita, die Stille auszufüllen.

Claudia sah auf die Uhr. »Santi, wir sollten den Kindern gute Nacht sagen«, brachte sie hervor.

»Sofort?«, fragte er.

»Ja. Sie werden sonst enttäuscht sein.«

»Ich sollte eigentlich auch zu meinen Eltern zurück. Es war ein langer Tag, und ich bin müde. Wir sehen uns morgen wieder«, sagte Sofia und stand auf.

Claudia und Santi erhoben sich ebenfalls. Santi gab ihr keinen Kuss. Er nickte ihr nur verlegen zu, bevor er zur Tür hinausging. Seine Frau folgte ihm. Chiquita gab Sofia einen liebevollen Kuss.

»Sprich mit Anna, Sofia«, sagte sie.

»Was meinst du damit?«, fragte Sofia.

»Sprich einfach mit ihr. Es war nicht leicht – für keine von euch.«

Neununddreissig

Als Sofia langsam zum Haus ihrer Eltern zurückging, dachte sie daran, wie oft sie über dieses Stück Land gegangen war. Hier war sie zu Hause gewesen. Der Duft des Eukalyptus hing in der schwülen Luft, und sie hörte die Ponys auf der Weide schnauben. Die Grillen zirpten rhythmisch; seit es Argentinien gab, stellte sie sich vor, gab es Grillen. Sie gehörten ebenso zum Land wie der Ombu. Ohne sie konnte sie sich den *campo* nicht vorstellen. Sofia atmete den Duft der Pampa und ließ sich von den Erinnerungen und bittersüßen Echos der Kindheit treiben.

Als sie am Haus ankam, war sie beinahe krank vor Nostalgie. Sie brauchte Zeit für sich, zum Nachdenken. Sie hatte damit gerechnet, dass Santa Catalina verändert sein würde, und es war verstörend, dass es nicht so war. Es schien, als sei sie wieder ein Kind, aber sie steckte im Körper einer reifen Frau, erfüllt von den Erfahrungen eines anderen Lebens in einem anderen Land. Wenn sie sich umsah, erkannte sie, dass Santa Catalina in einer Zeitschleife erstarrt war, als habe die Außenwelt es nie anrühren können. Sie spazierte zum Swimmingpool und ging um ihn herum. Kaskaden von Erinnerungen brachen unaufhörlich über sie herein. Worauf ihr Blick auch fiel, alles zog sie zurück in die Vergangenheit. Der Tennisplatz, auf dem sie und Santi so oft gespielt hatten, lag im Dunkel vor ihr, und fast hörte sie ihre eigenen geisterhaften Stimmen lachend und scherzend im Wind.

Sofia setzte sich an den Beckenrand und dachte an David. Sie sah seinen Gesichtsausdruck vor sich, seine hellblauen Augen, die aristokratische Nase, die sie so oft küsste. Sie stellte sich dieses Gesicht vor, das sie liebte. Ja, sie liebte ihn, aber auf andere Art als Santi. Sie wusste, dass es falsch war. Sie wusste, dass sie sich nicht nach den

Armen eines anderen Mannes sehnen durfte, nach den Lippen eines anderen Mannes, nach seinen Zärtlichkeiten, aber sie hatte doch nie aufgehört, diesen Mann zu lieben, der auf eine seltsame Weise mit ihrer Seele verbunden war. Sie hatte Sehnsucht nach Santi, und diese Sehnsucht nahm ihr den Atem. Nach vierundzwanzig Jahren war die Wunde immer noch offen.

Es war ganz dunkel, als sie am Haus ankam. Sie hatte sich ein wenig beruhigt, war ein wenig gegangen, hatte tief durchgeatmet – all die klugen Dinge, die Grandpa O'Dwyer ihr geraten hatte, wenn ihre Brüder sie geärgert hatten, bis sie heiser vor Wut war. Sie ging in die Küche, wo Soledad sie von ihrer *dulce de leche* kosten ließ, noch ehe sie fest geworden war. Sie setzte sich auf ihren alten Platz am Küchentisch, während Soledad am Herd stand, und sie plauderten wie zwei Freundinnen. Sofia musste sich ablenken, und Soledad war die perfekte Ablenkung.

»Señorita Sofia, wie konnten Sie nur so lange wegbleiben? Sie haben mir nicht mal geschrieben. Was haben Sie sich dabei gedacht? Dachten Sie, ich würde Sie nicht vermissen? Dachten Sie, es würde mir nichts ausmachen? Natürlich hat es mir etwas ausgemacht. Ich war niedergeschlagen. Ich dachte, Ihnen läge nichts mehr an mir. Nach allem, was ich für Sie getan habe. Jahrelang habe ich geweint. Ich hätte wütend sein müssen. Ich sollte jetzt wütend sein. Aber wie kann ich das? Ich bin zu glücklich, Sie zu sehen, um mit Ihnen zu schimpfen«, erklärte sie vorwurfsvoll und verbarg das Gesicht in dem Dampf, der aus ihrem Topf mit *zapallo*-Suppe stieg. Sofia hatte verzweifeltes Mitleid mit ihr. Soledad hatte sie geliebt wie ihr eigenes Kind, und Sofia hatte kaum einen Gedanken an sie verschwendet.

»Ach, Soledad, ich habe dich nie vergessen. Aber es war unmöglich, zurückzukommen. Ich habe in England ein neues Leben angefangen.«

»Señor Paco und Señora Anna waren nie wieder wie früher, nachdem Sie fort waren. Fragen Sie mich nicht, was da passiert ist. Ich schnüffele nicht gern herum, aber zwischen ihnen war alles verändert. Sie waren fort, und die beiden fielen auseinander. Alles veränderte sich. Die Veränderung gefiel mir nicht; die Atmosphäre gefiel mir nicht. Ich habe mir sehnlich gewünscht, dass Sie zurückkommen, und Sie haben nicht mal geschrieben. Kein Wort. *Nada!*«

»Es tut mir Leid. Das war gedankenlos von mir. Soledad, wenn ich ehrlich bin – und ich bin immer ehrlich zu dir gewesen –, hat es sehr wehgetan, an Santa Catalina zu denken. Ich habe euch alle so sehr vermisst. Ich konnte nicht schreiben. Ich weiß, ich hätte es tun sollen, aber irgendwie war es leichter, zu versuchen, alles zu vergessen.«

»Wie können Sie Ihre Wurzeln vergessen, Sofia? Wie kann man das?« Sie schüttelte den grauen Kopf.

»Glaub mir, wenn du auf der anderen Seite der Welt bist, ist Argentinien sehr weit weg. Ich habe einfach weitergelebt, so gut es ging. Und dann habe ich zu lange gewartet.«

»Sie sind genauso halsstarrig wie Ihr Großvater.«

»Aber jetzt bin ich doch hier«, sagte Sofia, als wäre das in irgendeiner Weise tröstlich.

»Ja. Aber Sie bleiben nicht. Jetzt gibt es hier nichts mehr für Sie. Señor Santiago ist verheiratet. Ich kenne Sie, Sie bleiben nicht.«

»Ich bin auch verheiratet, Soledad. Ich habe eine Familie, zu der ich zurückkehre, einen Ehemann, den ich anbete.«

»Aber Ihr Herz ist hier bei uns«, sagte Soledad. »Ich kenne Sie. Vergessen Sie nicht, ich habe Sie großgezogen.«

»Wie ist Claudia eigentlich?«, hörte Sofia sich unvermittelt fragen.

»Ich spreche nicht gern schlecht über jemanden, schon gar nicht über eine Solanas – ich halte diese Familie stets in Ehren. Niemand ist treuer als ich; sonst wäre ich schon vor Jahren fortgegangen. Aber da Sie es sind, will ich sagen, was ich denke. Sie ist keine Solanas. Ich glaube nicht, dass er sie liebt. Ich glaube, es gibt überhaupt nur einen Menschen, den er je geliebt hat. Ich will die Einzelheiten nicht wissen; ich spioniere nicht gern. Als Sie fort waren, lief er umher wie ein Gespenst. Die alte Hexe sagte, seine Aura wäre trüb. Sie wollte ihn sehen, sie hätte ihm helfen können, aber er hatte ja nie Interesse an der verborgenen Welt. Nach der schrecklichen Geschichte mit Señor Fernando fing er an, Señora Claudia übers

Wochenende nach Santa Catalina einzuladen, und er lächelte wieder. Ich hatte nicht geglaubt, dass er je wieder lächeln würde. Und dann hat er sie geheiratet. Ich glaube, wenn sie nicht gekommen wäre, hätte er aufgegeben. Er hätte das Handtuch geworfen, einfach so. Aber ich glaube nicht, dass er sie liebt. Ich beobachte. Ich sehe Dinge. Natürlich geht es mich nichts an. Er respektiert sie; sie ist die Mutter seiner Kinder. Aber sie ist ihm nicht seelenverwandt. Die alte Hexe sagt, Seelenverwandtschaft gibt es für jeden nur einmal.«
Sofia hörte ihren weitschweifigen Reden zu, und je länger sie zuhörte, desto mehr brannte sie darauf, ihn aus seiner Trostlosigkeit zu befreien. Es amüsierte sie, dass Soledad so viel wusste. Sie musste Klatschgeschichten von den anderen Dienstmädchen und den Gauchos gehört haben. Aber Sofia wusste, dass sie mit ihrem Klatsch die Wahrheit nur erahnten.

Rafael und seine Frau Jasmina kamen zum Abendessen zu Sofia und ihren Eltern auf die Terrasse. Sofia war dankbar für ihre Gesellschaft. Jasmina war eine warmherzige, sinnliche Frau. Ihr fülliger Körper strahlte eine reife Fruchtbarkeit aus, die Claudia nicht besaß, und Sofia war dankbar für ihren bodenständigen Humor. Sie hatte ihre zwei Monate alte Tochter, in ein Tuch gewickelt, mitgebracht und stillte sie diskret am Tisch. Sofia sah, dass ihre Mutter es missbilligte, sich aber angestrengt bemühte, ihr Missfallen zu verbergen. Jasmina kannte ihre Schwiegermutter gut genug, um die Signale zu erkennen, aber sie besaß auch genug Intelligenz, um sie zu ignorieren.
»Rafa will keine Kinder mehr – fünf sind genug, sagt er. In unserer Familie hatten wir dreizehn – *imagináte!*« Sie lächelte breit, und ihre hellgrünen Augen funkelten boshaft im Kerzenlicht.
»Wirklich, *mi amor,* dreizehn Kinder, das geht heute einfach nicht mehr. Ich muss sie ja alle erziehen.« Rafael strahlte sie liebevoll an.
»Mal sehen. Ich sehe noch keinen Grund, aufzuhören«, lachte Jasmina und schlug ihre Bluse zurück, um nach dem trinkenden Kind zu sehen. »Wenn sie so klein sind, verliere ich mein Herz an sie. Wenn sie älter werden, brauchen sie einen nicht mehr so sehr.«

»Da bin ich anderer Meinung«, sagte Paco und legte seine große raue Hand auf Sofias Arm. »Ich glaube, wenn die Eltern den Kindern ein liebevolles Zuhause geben, dann werden die Kinder immer dorthin zurückkehren.«
»Du hast auch Kinder, oder, Sofia?«
»Ja, zwei Töchter.« Sofia spürte die Hand ihres Vaters, aber anders als früher war ihr jetzt sehr bewusst, dass sie zurückgekehrt war.
»*Qué pena,* dass du sie nicht mitgebracht hast. Clara und Elena hätten sie so gern kennen gelernt. Sie dürften ja alle im selben Alter sein, nicht wahr, *amor?* Und ich wäre begeistert, wenn sie ein bisschen Englisch üben könnten.«
»Dann sollten sie mit mir üben, Jasmina«, sagte Anna.
»Ja. Aber du weißt ja, wie Kinder sind. Du kannst sie nicht zwingen, etwas zu tun, was sie nicht tun wollen.«
»Vielleicht solltest du ein bisschen härter sein«, beharrte Anna. »Kinder wissen nicht immer, was am besten für sie ist.«
»O nein, ich könnte es nicht ertragen, sie traurig zu machen. Nach der Schule kommen sie nach Hause, und zu Hause wird gespielt.«
Sofia sah, dass ihre Mutter diesen Konflikt nicht gewinnen würde, und sie bewunderte die liebenswürdige Art, wie Jasmina mit ihr umging. Aber unter dem zuckersüßen Äußeren verbarg sich Leder.
Soledad nutzte jede Gelegenheit, um auf die Terrasse herauszukommen. Sie servierte das Essen, trug die schmutzigen Teller ab, brachte den Senf, füllte die Wasserkaraffe und streckte sogar zweimal den Kopf zur Tür heraus und behauptete, sie habe Señora Anna läuten hören. Jedes Mal strahlte sie dabei in einem breiten, schiefen Lächeln. Nach einer Weile konnte Sofia das Lachen nicht mehr zurückhalten und hielt sich die Serviette vors Gesicht. Soledad war offensichtlich neugierig darauf, sie mit ihren Eltern zusammen zu beobachten. Nachher würde sie losziehen und die Reaktionen mit allen anderen Dienstmädchen auf der Farm erörtern.
Um elf ging Jasmina mit ihrer Tochter nach Hause. Wie ein Engel verschwand sie im Park. Paco und Rafael schwatzten noch in den Schwärmen der Fliegen und Falter, die sich um die Windlichter versammelt hatten. Anna zog sich zurück und wollte ins Bett; sie sei

alt, beteuerte sie, als Paco sie ermunterte, noch zu bleiben. Sofia war froh, als sie ging, denn sie wusste nicht, worüber sie mit ihr sprechen sollte. Ihr Groll war zu groß, um über die Vergangenheit zu reden, und an der Gegenwart wollte sie ihre Mutter aus Bosheit nicht beteiligen. Als Anna gegangen war, fühlte sie sich plötzlich überraschend beschwingt, und unversehens plauderte sie ganz wie in alten Zeiten mit ihrem Bruder und ihrem Vater. Mit ihnen erging sie sich gern in Erinnerungen. Und um halb zwölf schlich sie leise auf ihr Zimmer.

Am nächsten Tag war Sofia wegen der Zeitverschiebung schon früh wach. Sie hatte gut geschlafen, einen traumlosen Schlaf, den nicht einmal Santi hatte stören können. Dafür war sie dankbar. Sie war erschöpft gewesen, nicht nur wegen des Fluges, sondern auch durch die starken Empfindungen. Aber als sie jetzt wach war, konnte sie nicht mehr still liegen bleiben. Sie schlich sich in die Küche, wo das weiße Licht der Morgendämmerung Tisch und Fliesenboden beschien. Sie fühlte sich an die Zeiten erinnert, als sie bei dieser Gelegenheit etwas Essbares aus dem gut bestückten Kühlschrank stibitzt hätte, um dann hinauszulaufen und mit José Polo zu trainieren. Rafael hatte ihr erzählt, dass José zehn Jahre zuvor verstorben war. Er war fort, und sie hatte sich nie von ihm verabschiedet. Ohne José war Santa Catalina wie ein Lächeln, dem ein Vorderzahn fehlte.

Sie nahm sich einen Apfel aus dem Kühlschrank und fuhr mit dem Finger durch die *dulce de leche*. Nichts schmeckte so gut wie Soledads *dulce de leche*. Sie kochte sie aus Milch und Zucker, und so sehr Sofia sich in England bemüht hatte, sie für ihre Kinder zu machen, sie hatte doch nie so geschmeckt wie hier. Sie strich einen Löffel davon auf ihren Apfel und spazierte durch das Wohnzimmer hinaus auf die Terrasse, die still und geisterhaft im Schatten der hohen Bäume lag und darauf wartete, dass die Sonne aufging und sie entdeckte. Sie biss in ihren Apfel und genoss den süßen Toffee-Geschmack. Als sie so in den frühmorgendlichen Dunst hinausschaute, der in der Ferne über der Ebene schwebte, hatte sie

plötzlich ein starkes Verlangen danach, sich ein Pony zu holen und in die Pampa zu galoppieren. Also ging sie zu den kleinen Schuppen, in denen José immer die Ponys untergebracht hatte.
Pablo begrüßte sie und wischte sich die Hände an einem schmutzigen Lappen ab. Als er lächelte, sah man schiefe schwarze Zähne. Sie schüttelte ihm die Hand und sagte ihm, wie Leid es ihr tue, dass sein Vater gestorben sei. Er nickte ernst und dankte ihr schüchtern. »Mein Vater hat Sie sehr gern gehabt, Señora Sofia.« Er grinste scheu. Sie merkte, dass er sie »Señora« nannte, nicht mehr »Señorita«. Die Anrede schuf eine Distanz zwischen ihnen, die es in all den Jahren, in denen sie zusammen Polo trainiert hatten, nicht gegeben hatte.
»Ich hatte ihn ungeheuer gern. Es ist hier ohne ihn nicht mehr wie früher«, antwortete sie wahrheitsgemäß und sah sich unter den fremden braunen Gesichtern um, die sie aus den umliegenden Fenstern anstarrten.
»Möchten Sie reiten, Señora Sofia?«, fragte Pablo.
»Nicht spielen, nur ein bisschen galoppieren. Mir den Wind durchs Haar wehen lassen. Es ist lange her.«
»Javier!«, rief er. Ein jüngerer Mann kam aus dem Haus gelaufen. *»Una yegua para Señora Sofia, ya.«* Als Javier auf eine dunkle Stute zuging, rief Pablo ihm nach: »Nicht Azteca, Javier. La Pura! Für Señora Sofia nur das Beste. Und La Pura ist die Beste.« Wieder grinste er sie an.
Javier führte ein hellbraunes Pony heran, und Sofia streichelte die samtene Nase, während er das Pferd schweigend sattelte. Dann stieg sie auf und dankte ihm, ehe sie davontrabte. Es war ein gutes Gefühl. Sie konnte wieder atmen. Der Druck, der sich in Brust und Kehle angesammelt hatte, wich langsam zurück, und sie spürte, wie sich ihr Körper mit den sanften Bewegungen des Galopps entspannte. Sie schaute hinüber zu Chiquitas Haus und dachte an Santi, der dort bei seiner Frau schlief. Sie wusste es nicht – er erzählte es ihr später: Er stand am Fenster und beobachtete sie, als sie über die Ebene ritt, und er fragte sich, wie er den Tag überstehen sollte. Mit ihrer Ankunft hatte sich alles verändert.

Sofia sah Santi den ganzen Tag nicht. Als sie zu seinem Haus kam, um Maria zu besuchen, war er mit seinen Kindern in die Stadt gefahren, und er kam erst zurück, als sie wieder fort war. Wenn ein Auto die Piste heruntergefahren kam, hoffte sie, dass er es sein würde. Sie versuchte, sich nichts daraus zu machen, aber unwillkürlich befürchtete sie, die Zeit könnte ihr unter den Händen zerbröseln, und dann wäre sie wieder in England. Sie sehnte sich verzweifelt danach, ihn allein zu sehen. Sie wollte mit ihm über die Vergangenheit sprechen – über ihre Vergangenheit. Sie wollte die Geister für immer begraben.

Vierzig

Chiquita hatte Sofia gebeten, zum Essen zu bleiben. Maria konnte zwar nicht mitessen, aber sie wollte Sofia in ihrer Nähe haben. »Ich will keine Sekunde deines Aufenthalts versäumen. Bald bist du wieder fort, und wer weiß, wann ich dich dann wiedersehe«, hatte Chiquita gesagt. Da Sofia am Abend vorher mit ihren Eltern gegessen hatte, nahm sie nicht an, dass sie etwas dagegen haben würden.

Sie aßen draußen zwischen Grillen und räuberischen Hunden. Eduardo wirkte blass im gespenstischen Schein der Kerzen. Er sprach sehr wenig und verbarg sich hinter seiner zierlichen runden Brille. Sein Schmerz hatte feine Falten in die Haut an seinen Augen geprägt, und es war ein Schmerz, den auch seine Brille nicht verdecken konnte. Santi und Sofia ergingen sich mit Chiquita und Miguel in Erinnerungen, und wieder lauschte Claudia mit einem schmalen Lächeln, das nicht zu ihrem ernsten Gesicht passen wollte. Offenbar wollte sie nicht allzu interessiert aussehen, aber sie wollte sich auch nicht dem Vorwurf der Unhöflichkeit aussetzen. Also blieb sie zurückhaltend, wickelte die Pasta um ihre Gabel und betupfte sich gelegentlich die Mundwinkel mit einer weißen Serviette.

Sofia benutzte nur selten eine Serviette. Anna hatte ihre Tochter zwar immer dazu angehalten, sich »wie eine Lady zu benehmen«, aber Grandpa O'Dwyer hatte sie in Schutz genommen. »Was ist denn so toll an einer Serviette, Anna Melody? Ich persönlich finde meinen Ärmel zuverlässiger – zumindest weiß ich immer, wo er ist.« Und er beklagte sich immer darüber, dass Servietten die meiste Zeit ihres Lebens damit zubrachten, vom Knie auf den Boden zu fallen. Sofia schaute in ihren Schoß. Grandpa hatte wieder einmal

Recht. Ihre Serviette war unter dem Tisch verschwunden. Sie bückte sich, um sie aufzuheben. Panchito, der rechts neben ihr saß, lächelte kurz, bevor er sie mit einer Fußbewegung heraufbeförderte.
Chiquita und Miguel waren sehr stolz auf Panchito. Er war groß und gut aussehend und besaß Santis Charme. Sein Lächeln war genau wie das seines Bruders, wie es die Falten um seinen Mund hervortreten ließ. Es war leicht zu sehen, dass das turbulente Leben seiner Brüder auch für ihn nicht ohne Wirkung geblieben war. Er war als perfekter Sohn aufgewachsen, um einen Ausgleich für seine Brüder zu schaffen. Nachdem er mit angesehen hatte, wie seine Mutter im Gefolge von Santis skandalöser Affäre und Fernandos hastiger Abreise nach Uruguay buchstäblich geschrumpft war, hatte er sich nach Kräften bemüht, sie glücklich zu machen. Er stand Chiquita sehr nah, aber das taten sie alle. Sie wiederum war vernarrt in ihre Familie, und alle konnten sich darauf verlassen, dass sie sie über alles stellte.
Panchito spielte mit einem Neuner-Handicap Polo, und wenn die professionelle Ausübung dieses Sports auch nicht als schicklich angesehen wurde, hatten seine Eltern ihm dennoch erlaubt, diese Laufbahn einzuschlagen. Sie konnten ihm kaum eine Polo-Karriere versagen, wenn sein Talent danach schrie, dass er spielte. Seine Mutter war viel zu tief in sein Leben verstrickt. Aus ihren Gesprächen war klar: Chiquita wollte nicht, dass ihr »Panchito« erwachsen wurde. Die meisten andern in der Familie nannten ihn inzwischen Pancho und nicht mehr »Panchito«. Aber für seine Mutter würde er immer Panchito bleiben. Er war ihr Baby, und sie klammerte sich an seine Kindheit. Hätte sie ihren Griff gelockert, so hätte sie wohl gemerkt, dass sie sich an nichts als Luft klammerte. Ihr Panchito war schon vor Jahren aus dem Nest geflüchtet.
Soledad hatte Sofia erzählt, dass er im Stillen eine Affäre mit Encarnacións Tochter Maria unterhielt (die nach Maria Solanas getauft worden war); die Frau war nicht nur verheiratet, sondern hatte auch eine Tochter, deren Vater so gut wie jeder im Pueblo sein konnte. »Ein netter junger Mann wie Pancho will ja nicht ins Bordell gehen«, hatte Soledad ihn verteidigt. »Er lernt einfach, mit

Frauen umzugehen.« Wenn Sofia den »jungen Pancho« so anschaute, konnte sie sich vorstellen, dass er gelernt hatte, »mit Frauen umzugehen«, sowie er entdeckt hatte, wozu sein Geschlecht gut war.

Während des Essens unterhielten Santi und Sofia sich sehr zurückhaltend. Bei oberflächlicher Betrachtung hätte niemand geahnt, welche Anspannung beider Brust erfüllte und welche Mühe es sie kostete, so zu tun, als empfänden sie nichts als die Wärme einer alten Freundschaft. Sie lachten, während sie weinen wollten, und während sie ruhig plauderten, hätten sie am liebsten geschrien: »Wie fühlst du dich?«

Schließlich gab Sofia ihren Verwandten den Gutenachtkuss. Claudia stand starr vor der Terrassentür; sie konnte es nicht erwarten, hindurchzugehen und sich mit ihrem Mann ins Haus zurückzuziehen. »Bis morgen, Sofia«, sagte sie lächelnd, aber ihr Blick blieb distanziert.

In diesem Augenblick drückte Santi Sofia ein Stück Papier in die Hand. Er schaute sie mit sehnsuchtsvollem Blick an und gab ihr einen Kuss auf die Wange. Claudia sah es nicht, weil er ihr den Rücken zuwandte. Sie stand nur erwartungsvoll da.

Sofia trat in die Nacht hinaus und drückte das Papier an die Brust. Sie brannte darauf, es auseinander zu falten und zu lesen, aber als sie es anschaute, zerknüllt und verschlissen, sah sie, dass es der Brief war, mit dem sie Soledad vor vierundzwanzig Jahren zu Santi geschickt hatte. Sie kämpfte mit ihren Gefühlen, als sie das Blatt auseinander faltete und die Worte wieder las: *Komm zu mir unter den Ombu-Baum um Mitternacht*. Überwältigt von dem inzwischen so vertrauten Gefühl der Reue, presste sie das Papier an den Busen und ging weiter. Sie konnte sich nicht hinsetzen, wie sie es normalerweise getan hätte, um ihre Fassung wiederzugewinnen – dazu war sie zu erregt. Sie ging weiter.

Santis Gefühle hatten sich nicht geändert. Er hatte ihren Brief behalten, hatte ihn gehütet wie einen Schatz. Und jetzt gab er ihn zurück, mit der gleichen Dringlichkeit und Verstohlenheit, wie sie ihn damals übermittelt hatte in jener schrecklichen Nacht. Er wollte sie. Und sie hatte nie aufgehört, ihn zu wollen. Sie konnte nicht anders. Sie wusste, dass es falsch war, aber sie konnte sich nicht mehr zurückhalten. Das Herz tat ihr weh, wenn sie daran dachte, was hätte sein können.

Sie fühlte sich wieder wie ein Kind, das gegen die Regeln verstieß. Als sie an ihrer alten Kommode saß und sich das Haar bürstete und flocht, da hätte Sofia wieder achtzehn sein können. Sie war Tausende Meilen weit weg, zurückgeschwemmt in ein Leben, das von dem Leben mit ihrem Mann und ihren Töchtern weit entfernt war. In diesem Augenblick gab es nichts außer Santi. So musste es sein, spürte sie. Santi war ein Teil von ihr. Er gehörte zu ihr. Vierundzwanzig Jahre hatte sie auf ihn gewartet.

Sie wollte eben das Zimmer verlassen, als es zögernd klopfte. Sie schaute zur Uhr. Viertel vor zwölf.

»Herein«, sagte sie ungeduldig. »Papa.«

Paco stand zögernd auf der Schwelle. Sie wollte ihn jetzt nicht hereinkommen lassen; sie konnte es nicht erwarten, zum Ombu zu kommen. Sie ertrug es nicht, zu spät zu Santi zu kommen – nicht, nachdem sie so lange gewartet hatte.

»Ich wollte nur nachsehen, ob du auch alles hast, was du brauchst«, sagte er brummig, und dabei huschte sein Blick durch das Zimmer, als mache es ihn nervös, ihr in die Augen zu schauen.

»Ja, es ist alles in Ordnung, Papa, danke.«

»Weißt du, deine Mutter und ich, wir sind glücklich, dass du zu Hause bist. Du gehörst hierher«, sagte er unbeholfen. Er wirkte zerbrechlich, wie er so dastand und nicht wusste, was er sagen sollte. Er hatte immer genau gewusst, was er sagen sollte.

»Ein Teil von mir wird immer hierher gehören«, sagte Sofia. Dann tat es ihr Leid, dass diese Kluft zwischen ihnen existierte. Dass es so leicht geschehen konnte, dass das Leben die Menschen veränderte. Sie ging zu ihm und nahm ihn in die Arme. Während sie ihn an sich drückte, schaute sie auf die Uhr. Es hatte eine Zeit gegeben, da nichts sie von seiner Liebe hätte ablenken können.

»Jetzt geh ins Bett und schlaf ein bisschen. Wir haben noch alle Zeit der Welt, um miteinander zu sprechen. Ich bin müde. Der Tag war

lang. Wir reden morgen miteinander.« Sanft, aber entschieden schob sie ihn zur Tür.
»*Bueno,* Sofia. Dann sage ich dir jetzt gute Nacht«, flüsterte er enttäuscht. Er war gekommen, um ihr etwas zu sagen, etwas, das viele Jahre lang auf seinem Gewissen gelastet hatte. Aber es würde noch warten müssen. Er würde es ihr ein andermal sagen. Widerstrebend ging er hinaus. Erst als er den Korridor hinuntergegangen war, spürte sie die Träne, die er auf ihrer Wange hinterlassen hatte, als er sie küsste.

Sofia brauchte in dieser Nacht keine Taschenlampe. Der Mond schien so hell, dass er silberne Schatten über Weiden und Felder warf. Sie erinnerte sich an die Nacht, als sie denselben Weg zu ihrem letzten Treffen mit Santi zurückgelegt hatte. Damals war es ihr dunkel und bedrohlich erschienen. Sie hörte ein paar Hunde in der Ferne bellen, und irgendwo weinte ein Kind. Erst als sie die Silhouette des Ombu vor dem sternenfunkelnden, tiefblauen Himmel sah, bekam sie Angst.
Sie verlangsamte ihren Schritt. Sie suchte den Baum nach ihm ab, aber sie sah ihn nirgends. Sie hatte sich vorgestellt, dass sie das Licht seiner Taschenlampe auf und ab hüpfen sehen würde, wie beim letzten Mal. Dieser Anblick war für alle Zeit in ihr Gedächtnis eingebrannt. Aber heute Nacht brauchte er keine Lampe; es war so hell, dass sie die Zeiger ihrer Armbanduhr sehen konnte. Sie kam zu spät. Hatte er nicht gewartet? Ihr wurde kalt. Ungeduld schnürte ihr die Kehle zu. Da plötzlich trat er hinter dem Baum hervor wie ein schwarzer Schatten. Sie starrten einander an. Sie versuchte seinen Gesichtsausdruck zu erkennen, aber trotz des Mondlichts konnte sie ihn nicht deutlich sehen. Offenbar tat er das Gleiche. Und dann überwältigte der Instinkt sie und befreite sie von allen rationalen Gedanken. Sie fielen übereinander her, berührten, rochen, atmeten sich und weinten. Ihr Handeln sprach, wo Worte den Jahren der Sehnsucht und der Reue nicht mehr gerecht werden konnten. Und da fühlte sie, dass sie wirklich nach Hause gekommen war.

Sie wusste nicht, wie spät es war, als sie schließlich erfüllt und schwindlig vor Glück im süßen Gras lagen, und es war ihr eigentlich auch gleichgültig. Sie wusste nur, dass seine Hand mit den Haarsträhnen spielte, die sich aus ihrem Zopf gelöst hatten. Sie atmete seinen würzigen Duft und vergrub das Gesicht an seiner Brust. Sie spürte seinen warmen Atem auf ihrer Stirn und sein raues Kinn an ihrer Haut. Sie badete im sinnlichen Behagen dieses Augenblicks. Nichts existierte, nichts war wichtig außer ihm.

»Sprich mit mir, Chofi. Was ist nach deiner Abreise passiert?«, fragte er schließlich.

»*Dios,* ich weiß nicht, wo ich anfangen soll.«

»Ich habe mich so viele Male gefragt: Was hätte ich tun können?«

»Nicht, Santi, quäle dich nicht. Ich habe mir dieselben Fragen gestellt und bin darüber wahnsinnig geworden, und noch immer weiß ich keine Antwort.« Sie stützte sich auf den Ellenbogen und legte einen Finger auf seine Lippen. Er nahm ihre Hand, küsste sie und blinzelte dabei zu ihr auf.

»Wieso mussten sie dich wegschicken? Ich meine, sie hätten dich ins Internat geben können, irgend so etwas – aber dich in die Schweiz zu verbannen, das war doch ein bisschen drastisch, und dann nicht zu wissen, wo ich dich finden kann ...«

Sofia betrachtete sein schmerzerfülltes Gesicht und diese gequälten grünen Augen, die in den ihren nach einer Antwort suchten. Er war so verwundbar wie ein Kind, und ihr Herz zog sich zusammen.

»Sie haben mich fortgeschickt, Santi, weil ich ein Kind von dir erwartete«, sagte sie leise und mit zitternder Stimme. Er starrte sie ungläubig an. »Weißt du noch, dass ich krank war? Sie haben Dr. Higgins geholt. Mama drehte durch. Papa hatte mehr Verständnis, aber auch er war wütend. Es gab nur eine Möglichkeit, denn behalten durfte ich das Kind natürlich nicht. Unser Verhältnis war unschicklich, und sie hätten es nie akzeptiert. Mamas einzige Sorge war es, dass ich Schande über die Familie bringen könnte. Das war ihr wichtiger als alles andere. Ich glaube, in diesem Augenblick hat sie den Teufel in mir gesehen. Ich werde es nie vergessen, so lange ich lebe.«

»Langsam, Chofi – du plapperst. Was hast du da gerade gesagt?«
»Darling, Santi, ich war schwanger.«
»Du kriegtest ein Kind von mir?«, stammelte er langsam. Er konnte das alles noch nicht fassen. Jäh richtete er sich auf und rieb sich mit der flachen Hand über die Stirn.
»Ja«, sagte sie traurig, und sie setzte sich auf und ließ sich von ihm in die Arme ziehen.
»O Chofi, warum hast du mir das nicht gesagt?«
»Weil Mama und Papa mir das Versprechen abgenommen hatten, es niemandem zu sagen. Sie schickten mich nach Genf zur Abtreibung. Das sollte niemand wissen. Ich hatte Angst, wenn ich es dir sage, würdest du verlangen, mich begleiten zu dürfen, würdest deine Rechte als Vater einfordern und meine Eltern zur Rede stellen. Ich weiß es nicht – ich hatte Angst. Ich habe nicht gewagt, gegen ihren Wunsch zu handeln. Du hättest sie sehen sollen. Sie waren andere Menschen an diesem Abend. Ich nahm mir vor, dir zu schreiben, wenn ich fort wäre und wenn meine Eltern nichts mehr ändern könnten.«
Sie konnte ihm nicht sagen, dass sie das Kind zur Welt gebracht und weggegeben hatte. Sie schämte sich zu sehr. Wie hätte sie ihm erzählen können, dass sie es bereut hatte, seit sie an jenem trüben Wintermorgen in London zur Besinnung gekommen war? Würde er ihr glauben, wenn sie sagte, dass nicht ein Tag verging, an dem sie nicht an Santiguito dachte und sich fragte, wo er war und was er tat? Wie konnte sie ihm das sagen, ohne gefühllos oder leichtfertig zu erscheinen? So hatte er sie nicht in Erinnerung. Also ließ sie ihn in dem Glauben, dass sie die Schwangerschaft habe abbrechen lassen, und sie kämpfte den Schmerz nieder und trug ihn allein.
»Maria«, sagte er tonlos.
»Das ist lange her«, sagte Sofia leise; sie hatte das Gefühl, dass es unrecht war, ihre Cousine jetzt zu kritisieren, während sie im Sterben lag. Er hielt sie fest in den Armen, und sie wusste, der Umstand, dass sie sein Kind in sich getragen hatte, brachte sie unumkehrbar näher zueinander. Er dachte an das, was hätte sein können. Sie spürte sein Bedauern, denn es war ein Abbild ihres eigenen.

»Bist du deshalb nie zurückgekommen? Weil du unser Kind verloren hattest?«, fragte er in ihr Haar.
»Nein. Ich bin nicht zurückgekommen, weil ich glaubte, du wolltest mich nicht mehr. Du hättest dein Leben fortgesetzt und eine andere gefunden. Und Argentinien ohne dich wollte ich nicht. Und dann kam ein Punkt, an dem mein Stolz mich hinderte, wieder nach Hause zu kommen. Ich nehme an, ich hatte zu lange gewartet.«
»Aber du hast mir doch sicher vertraut?«
»Ich wollte es gern, aber nach einer Weile verlor ich die Hoffnung. Du warst so weit weg – ich wusste nicht, was dir durch den Kopf ging. Und ich habe gewartet. Jahrelang.«
»O Chofi, du hättest zurückkommen sollen! Wenn du zurückgekommen wärest, hättest du gesehen, wie ich mich nach dir verzehrte. Ich war verloren ohne dich. Nichts war mehr wie früher. Ich fühlte mich absolut nutzlos. Ich wusste nicht, wo ich dich finden konnte. Ich wusste nicht, wo du warst, denn sonst hätte ich geschrieben.«
»Das weiß ich jetzt. Aber ich habe ja nicht einen Augenblick lang vermutet, dass Maria meine Briefe vernichtet haben könnte.«
»Ich weiß. Und weil ich sie nicht bekommen habe, konnte ich nicht zurückschreiben. Ich wusste ja nicht, wo du warst. Maria hat es mir vor Jahren gestanden, aber da war es zu spät. Ich weiß, dass sie damals dachte, sie tut das Richtige. Jahrelang hat die Reue sie gequält. Deshalb hat sie dir auch nicht mehr geschrieben. Sie brachte es nicht über sich, es dir zu sagen oder dir gegenüberzutreten.« Er lächelte verbittert. »Ich kann nicht fassen, dass wir so leicht zu besiegen waren«, sagte er heiser und schüttelte den Kopf. »Schließlich habe ich aufgegeben. Ich musste es tun, denn sonst wäre ich wahnsinnig geworden. Ich dachte, du hättest einen andern gefunden. Warum sonst konntest du nicht nach Hause kommen? Dann kam Claudia, und ich stand vor der Entscheidung, ein neues Leben mit ihr anzufangen oder auf dich zu warten. Ich habe mich für das Leben mit ihr entschieden.«
»Bist du glücklich?«

»Glück ist relativ. Ich dachte, ich wäre glücklich, bis du gestern im Krankenhaus erschienen bist.«

»Santi, es tut mir so Leid.«

»Ich bin jetzt glücklich.«

»Bist du sicher?«

»Ich bin sehr sicher.« Er nahm ihr Gesicht in beide Hände und küsste sie auf die Stirn. »Es tut mir weh, wenn ich daran denke, wie du allein in der Schweiz gelitten hast. Ich will wissen, was passiert ist. Wir haben Jahre nachzuholen. Ich will jede Minute davon mit dir teilen. Ich will das Gefühl haben, dein Leben so gut zu kennen, als wäre ich dabei gewesen.«

»Ich werde dir von der Schweiz erzählen. Du sollst alles hören.«

»Du solltest dich ein bisschen ausruhen.«

»Ich wünschte, wir könnten die ganze Nacht zusammen verbringen.«

»Ich weiß. Aber du bist wieder da. Hundertmal habe ich davon geträumt, dass du zurückkommst.«

»Und hast du geträumt, dass es so sein würde?«

»Nein, ich habe mir vorgestellt, dass ich wütend sein würde. Aber als ich dich dann sah, war es, als hätten wir uns erst gestern getrennt. Du hast dich überhaupt nicht verändert. Überhaupt nicht.« Er schaute sie mit solcher Zärtlichkeit an, dass Tränen in ihren Augen brannten.

»Ich liebe diesen alten Baum«, sagte sie und wandte sich ab, um ihre Gefühle zu verbergen. »Er hat uns heranwachsen sehen, hat unseren Schmerz, unsere Liebe, unsere Freude gesehen. Niemand kennt das alles so gut wie dieser alte Ombu.«

Er seufzte tief und drückte sie an sich. »Ich lasse meine Kinder nicht hierher kommen«, sagte er.

»Ich weiß. Dein Sohn hat es mir erzählt.«

»Eigentlich albern. Aber ich fand, er hat mich im Stich gelassen. Ich wollte nicht, dass meine Kinder in einer Fantasiewelt leben, wie wir es getan haben.«

Sie erwiderte seinen Druck. »Ich weiß, aber für mich hat er immer mehr als nur das bedeutet. Hier war unser geheimer Ort. Unser kleines Königreich. Für mich verbindet sich mit dem Ombu immer eine idyllische Kindheit. Er ist im Kern all meiner Erinnerungen. Jeder einzelnen. Und siehst du – jetzt haben wir noch eine hinzugefügt.«

Er lachte mit ihr, und seine Trauer verflog. »Ich glaube, ich habe mich töricht benommen.«

»Nein, aber ich glaube nicht, dass es etwas schaden würde, deine Kinder herkommen zu lassen. Weißt du noch, wie gern wir hinaufgeklettert sind?«

»Ja, du warst damals ziemlich sportlich.«

»Damals! Für ein paar Pesos klettere ich da immer noch hinauf!«

Und so kletterten sie zusammen. Als sie den Wipfel erreicht hatten, sahen sie den Morgen über dem Horizont heraufdämmern. Seine blutroten Strahlen sickerten in die Nacht und färbten sie golden.

Einundvierzig

Samstag, 8. November 1997

Sofia erwachte am Mittag vom Chor der *chingolos,* und einen Augenblick lang hatte sie das unwirkliche Empfinden, dass die letzten vierundzwanzig Jahre nur ein langer Traum gewesen waren. Die Düfte der Pampa und des Eukalyptus erfüllten ihre Nase, und sie blieb liegen und versuchte die Stimmung aufrechtzuerhalten, so lange es ging. Sie fühlte sich in die Kindheit zurückversetzt und überließ sich schwerelos den Freuden der Erinnerung. Sie hatte Angst gehabt, sich ihrer Vergangenheit zu stellen, denn sie befürchtete, wenn sie der Nostalgie nachgäbe, würde die Sehnsucht sie vollends verzehren. Aber jetzt erschienen ihr diese Befürchtungen unbegründet. Wie in Trance lag sie da und ließ die flüchtigen Bilder der ersten Kapitel ihres Lebens in sich eindringen – und so schnell wendeten sich die Seiten, dass sie kaum eine davon genauer anschauen konnte. Nachdem sie sie so lange zurückgedrängt hatte, brachen sie jetzt alle über sie herein, und hemmungslos ließ sie sie noch einmal zum Leben erwachen. Sie wollte nicht aufstehen. Ihr Herz wünschte sich sehnlich, die Vergangenheit möge zur Gegenwart werden und José sie mit ihrer Stute und dem *taco* bei den Stallungen erwarten. Als sie die Augen öffnete, sah sie als Erstes ihren Koffer. Aber sie roch Santi auf ihrer Haut, an ihren Lippen und Händen, und sie ließ sich zurücksinken und bedeckte das Gesicht mit den Händen und atmete ihn langsam ein, und sie genoss jeden Augenblick der Erinnerung. Sie war zurückgekehrt. Santi liebte sie noch immer. Aber Maria lag im Sterben, und jäh fühlte sie sich in die Realität zurückgerissen.

Das Frühstück war aufgetragen und abgeräumt worden, und sie hatte nicht geahnt, dass ihr Vater vielleicht auf der Terrasse saß und sich danach sehnte, dass sie zu ihm kam. Soledad sagte es ihr später. Aber alle ihre Gedanken waren bei Santi. Es machte sie traurig, dass sie ihren Vater verpasst hatte, aber nur für einen Augenblick, und dann war das Gefühl vorüber, und sie marschierte zielstrebig hinüber zu Chiquitas Haus. Dabei kam sie an Anna vorbei, die mit einem großen Hut in der Sonne saß und las. Wie wenig sich die Gewohnheiten der Menschen doch verändern, dachte sie. Anna blickte auf und lächelte. Sofia erwiderte das Lächeln ein wenig unsicher und winkte. Ihre Mutter wusste, wohin sie ging; es gab nichts zu erklären. Sie war wieder ganz im alten Gleis.

Strauß-Melodien drangen an ihr Ohr, bevor sie das Haus erreichte. Die Musik ließ Freude in ihr Herz strömen, und fast wäre sie hüpfend durch den strahlenden Sonnenschein gelaufen. Maria saß unter einer Wolldecke auf der Terrasse, den Kopf diskret unter einem kleinen, geblümten Sonnenhut verborgen. Man sah einen ersten Hauch von Farbe auf ihren Wangen, und ihre Augen leuchteten vor Glück. Sie streckte die Hand aus, als Sofia um die Ecke kam.

»Sofia«, sagte sie und lächelte zärtlich, und ihr Blick war voller Wärme.

»Du siehst so viel besser aus«, sagte Sofia entzückt und beugte sich über Maria, um sie zu küssen.

»Ich fühle mich auch besser.«

Als sie in das hagere, aber strahlende Gesicht schaute, war Sofia sicher, dass sie weiterleben würde. Sie konnte nicht glauben, dass ein so guter Mensch wie Maria ihnen genommen werden sollte. Zumal jetzt nicht, nachdem sie sich doch gerade erst wieder gefunden hatten.

Chiquita spazierte durch das Haus und versorgte ihre Pflanzen, und Marias kleinere Kinder spielten mit den anderen bei der Schaukel.

»Die andern sind auf dem Tennisplatz und liegen am Pool«, sagte Maria. »Du kannst auch hingehen, wenn du möchtest.«

»Wird es dir manchmal zu viel, dass dich alle ständig bemuttern?«, fragte Sofia. Maria sollt nicht das Gefühl haben, sie müsse unbedingt mit ihr reden.

»Ein bisschen. Ich will nicht, dass alle um mich herumstehen und warten, dass ich sterbe.« Sie lachte traurig und senkt den Blick.

»Du weißt, dass manchmal Wunder geschehen. Du siehst so viel besser aus«, gab Sofia hoffnungsvoll zu bedenken.

»Es wäre schön, wenn ein Wunder geschähe. Das wäre eine hübsche Überraschung.« Maria seufzte. »Aber ich fühle mich wirklich besser. Im Krankenhaus fühlt man sich, als ob man schon gestorben wäre.«

»Lass uns nicht darüber reden, Maria. Lass uns von den alten Zeiten reden«, schlug Sofia vor.

»Nein, ich möchte, dass du mir erzählst, was du in den letzten vierundzwanzig Jahren getrieben hast. Ich werde die Augen schließen, und du kannst mir eine wunderbare Geschichte erzählen.« Und Sofia lehnte sich im Sessel zurück und ließ Maria dösen, während sie über das Leben schwatzte, das sie eigentlich zusammen hätten verbringen sollen.

Wie immer am Samstag gab es einen Asado. Der vertraute Duft von bratendem *lomo* und *chorizo* lag in der Luft, und die ganze Familie versammelte sich unter den hohen, belaubten Eukalyptusbäumen. Maria hatte sich mit ihrer Krankenschwester ins Haus zurückgezogen; sie konnte nicht mit den anderen essen. Der Lärm wäre zu viel für sie gewesen. Sofia hatte ganz vergessen, wie laut es bei ihren Asados zuging.

Nichts hatte sich verändert, nur dass die vertrauten Gesichter älter aussahen und die jungen noch unvertraut. Clara bestand darauf, neben ihrer neuen Tante zu sitzen. Sie nahm sie bei der Hand und führte sie zu den Tischen, die sich unter den Köstlichkeiten bogen, und es machte ihr großes Vergnügen, ihre Tante in die Geheimnisse des Asado einzuweihen. Zuerst musste sie zum Grill gehen und sich ein Stück Fleisch aussuchen – sie könne jedes nehmen, das sie wolle, fügte Clara großzügig hinzu –, und dann sollte sie sich Salat und Kartoffeln vom Tisch nehmen. Sofia schaute das altkluge Geschöpf an und verspürte einen Moment lang tiefe Sehnsucht nach ihren eigenen Töchtern. Clara sah ihren zärtlichen Gesichtsausdruck und strahlte sie fragend an, bevor sie davonhüpfte und sich selbst etwas zu essen holte.

Wenn Sofia sich gestattet hätte, weiter über die Familie nachzusinnen, die sie zurückgelassen hatte, hätte sie wahrscheinlich auch die leise Stimme ihres Gewissens gehört, aber dazu hatte sie einfach keine Zeit, und die feine Stimme verhallte ungehört. Santi erschien mit Panchito, und während sie beim Grill mit ihnen plauderte, war ihr jede Geste, jede Bewegung, die Santi machte, gegenwärtig. Sie hörte kaum, was sie selbst sagte; die Worte hatten ein eigenes Leben, und sie beließ es dabei.

Santi und Sofia verstanden es noch immer, durch die Bewegungen ihrer Augen heimlich miteinander zu kommunizieren, ohne dass jemand anderer es merkte. Gebärden, die für alle andern alltäglich waren, besaßen für sie eine besondere Bedeutung. Sofia lebte in einem beständigen Zustand des *déjà vu,* und zusammen mit Santi erlebte sie die Vergangenheit noch einmal, während die Leute ringsum sich allesamt verändert und fortentwickelt hatten. Sofia fühlte sich wie früher, Santa Catalina sah aus wie früher und roch wie früher – und doch war es nicht wie früher. Aber Sofia war noch nicht bereit, sich diesem Umstand zu stellen. Solange sie in Santis Nähe war, ließ sich der Anschein der Normalität aufrechterhalten.

Clara war von ihr fasziniert. Aber wie alle kleinen Kinder sprach sie am liebsten von sich. Alles wollte sie Sofia erzählen. Sie wünschte sich sehnlichst, sie zu beeindrucken; sie sprang sogar vom Tisch und lief auf den Händen. Ihre Mutter lachte nur und riet ihr, sich die Possen für die Zeit nach dem Asado aufzuheben. Sofia bewunderte die ruhige Art, wie sie mit ihrer Tochter umging. Clara lachte und hüpfte zurück zu ihrem Stuhl. Natürlich konnte Sofia nicht widerstehen und erzählte ihr selbst auch ein paar Geschichten. Ein besseres Publikum hätte sie sich nicht wünschen können. Mit großen Augen voller Bewunderung schrie Clara entzückt auf, und sie konnte nicht glauben, dass Sofia, eine Erwachsene, jemals so ungezogen hatte sein können. Aber die Ablenkung war nicht von langer Dauer; dann war sie wieder im Zentrum der Bühne, und die Worte

sprudelten so schnell aus ihrem Mund, dass Sofia kaum noch folgen konnte.
Aber Sofias Aufmerksamkeit richtete sich nicht ausschließlich auf Clara. Sie konnte sie schwatzen lassen und im richtigen Augenblick die richtigen Geräusche machen, und gleichzeitig konnte sie die Augen offen halten und die anderen Gespräche ringsum verfolgen. Claudias Anwesenheit war ihr ständig bewusst; gestärkt und herausgeputzt saß sie da in einem eisblauen Hemd und Jeans. Zweimal sah sie, dass sie sie anstarrte, aber jedes Mal schaute Claudia sofort weg, als wäre es ihr peinlich, dabei ertappt zu werden.
Alle Gespräche drehten sich um Maria. Chiquita berichtete allen, dass sie heute viel besser aussehe und dass es keinen besseren Ort als zu Hause gebe, um ihr neues Leben einzuhauchen. Ihr kleines Gesicht zeigte sich hoffnungsvoll, aber Sofia sah die Hoffnungslosigkeit in ihren Augen. Dann fingen alle an, sich in Erinnerungen zu ergehen. Sofia fand es verstörend, dazusitzen und zu hören, wie sie über Dinge redeten, von denen sie nichts wusste. Wenn Clara einmal abgelenkt war, konnte sie sich natürlich beteiligen und über die Geschichten lachen, die sie erzählten. Aber die alten Zeiten, von denen sie handelten, waren nicht die ihren, und sie hatte das merkwürdige Gefühl, eine Außenseiterin zu sein. Einerseits fühlte sie sich schon wieder völlig heimisch, aber andererseits hatte sie hier so viel versäumt, dass sie sich eigentlich mit niemandem außer Santi wirklich verbunden fühlen konnte. Die Verwandten wollten alle wissen, wie sie die letzen zwei Jahrzehnte verbracht hatte, aber Sofias Leben war von dem ihren so weit entfernt, dass ihre Neugier mit wenigen Sätzen zufrieden gestellt war, und dann hatten sie einander nur noch sehr wenig zu sagen. Nur Santi und Sofia hatten sich nicht geändert. Die Dynamik zwischen ihnen war noch genauso wie vor vierundzwanzig Jahren. Deshalb war sie erleichtert, als er ihr anbot, nach dem Essen eine Partie Polo mit ihr zu spielen. Claudia konnte nur hilflos zuschauen. Santi erklärte, er werde auch nicht zur Messe gehen, weil er bei seiner Schwester bleiben wolle. Aber Sofia wusste, welcher Grund in Wahrheit dahinter stand. Sie sah auch, dass ein leises Stirnrunzeln über Chiquitas blasses Ge-

sicht huschte. Vermutlich wusste Chiquita auch Bescheid, oder sie argwöhnte doch etwas. Sie hatte die Vergangenheit nicht vergessen wie Rafael, und Chiquita kannte ihren Sohn besser als irgendjemand sonst.

Sofia kümmerte sich nicht um die misstrauischen Blicke; sie zog sich zur Siesta in ihr kühles Zimmer zurück. Vom Fenster sah sie die größeren Kinder, die sich in ihren Badesachen auf den Weg zum Pool machten. Aber sie war zu erhitzt und schläfrig von Wein und Schwüle, um mitzugehen. Sie fühlte sich plötzlich ziemlich alt. Als Erwachsene auf Santa Catalina zu leben, das war doch etwas Neues für sie.

»Santiguito spielt gut, nicht wahr?«, sagte Santi stolz, als sein Sohn über das Feld galoppierte.

»Ganz wie sein Vater«, sagte Sofia.

»Das weckt Erinnerungen, nicht wahr?«

»Allerdings.« Sie sah ihm nach, wie er davontrabte, und sein nackter brauner Rücken spannte sich, als er den *taco* hob. Zu gern wäre sie noch einmal das Mädchen von früher gewesen und auf ein Pony gesprungen, aber jetzt war sie älter. Sie wusste gar nicht, ob sie überhaupt noch spielen konnte.

Sie setzte sich mit Chiquita ins Gras, und zu ihrer großen Überraschung kam Anna zu ihnen herübergeschlendert. Anfangs war die Atmosphäre ein bisschen angespannt, aber als Clara sie gefunden hatte, richtete sich die gesammelte Aufmerksamkeit auf ihre Gymnastik. Alle drei schauten lachend zu, als das Kind umhertollte wie ein Äffchen.

»Weißt du, Sofia, du warst ganz genauso«, sagte Chiquita, als das Kind an ihnen vorübersauste.

»Ja, das stimmt«, sagte ihre Mutter. »Du warst auch so eine Aufschneiderin – ich wusste gar nicht, was ich mit dir machen sollte.«

»War ich so schrecklich?« Sofia war froh, dass Anna sich beteiligte. Anna nickte knapp, aber Sofia sah, dass sie sich gewaltige Mühe gab, liebenswürdig zu sein.

»Du warst schwierig«, räumte sie ein.

Sofia fiel es nicht leicht, mit ihrer Mutter zu sprechen. Es gab viele

Themen, über die sie nicht diskutieren konnten; also umkreisten sie sie wie zwei Eisläuferinnen, die Angst hatten einzubrechen und im Wasser zu versinken – zu den Dämonen, denen sie dort unten gegenübertreten müssten. Im Hinterkopf sah Sofia ihre Mutter nach wie vor als diejenige Person, die dafür verantwortlich war, dass sie fortgeschickt worden war. Ihre Mutter hatte sie um all das hier gebracht. Das Leben, das sie hätte führen können, war überall zu sehen. Das konnte sie ihr niemals verzeihen. Also plauderten sie höflich und unterstützt von Chiquita, die als Schiedsrichterin fungierte und immer dann das Thema wechselte, wenn sie ein bisschen zu dicht ans Wasser gerieten.

»Wie sind deine Kinder, Sofia?«, fragte Chiquita jetzt.

»Oh, anbetungswürdig natürlich. Sehr englisch. David ist ein fantastischer Vater und verwöhnt sie schrecklich. Sie sind seine kleinen Prinzessinnen, und in seinen Augen können sie gar nichts falsch machen.«

»Und in deinen Augen?«, fragte ihre Mutter.

»Nun, sie können ebenso unartig wie bezaubernd sein.« Lächelnd sah sie ihre Gesichter vor sich. »Honor ist so wild, wie ich es war – kaum zu zähmen eigentlich. India ist am liebsten zu Hause bei den Pferden.«

»Dann weißt du ja jetzt, womit ich mich herumzuschlagen hatte.« Anna lächelte ihre Tochter an.

»Ja, das stimmt. Es gibt keinen Zaubertrank für Kinder, nicht wahr? Sie haben ihre eigene Persönlichkeit und lassen sich nicht beherrschen.«

»Das kann man wohl sagen.« Anna nickte, und plötzlich wurde beiden Frauen klar, dass sie nach all den Jahren endlich etwas miteinander gemeinsam hatten: Sie waren beide Mutter.

»Du guckst ja gar nicht, *Abuelita*«, beschwerte Clara sich bei ihrer Großmutter, bevor sie wieder ein Rad schlug. Wieder nahm das Gespräch eine andere Richtung, und Sofia war froh, dass sie nicht über sich selbst zu reden brauchte. Sie wollte nicht über England sprechen, und bei dem Gedanken an David und die Kinder bekam sie nur Gewissensbisse.

Nach einer Weile ging Anna davon, und Clara lehnte sich an ihre Tante und döste im Sonnenschein. Sofia unterhielt sich mit Chiquita über Maria. Ihre Tante versuchte, sie über sich selbst zu befragen, aber unweigerlich kehrte das Gespräch zu Maria zurück, denn Sofia wollte es so. Sie schwelgten in der Erinnerung an alte Zeiten, und Sofia war glücklich, denn dies waren auch ihre alten Zeiten.

Als das Spiel vorbei war, kam ein unermüdlicher Santi zu ihnen herübergetrabt.

»Mama, sei ein Engel und leih mir Sofia ein Weilchen aus.« Strahlend schaute er zu ihr herab. »Wir holen dir ein Pony.«

»*Bueno,* Santi.« Chiquita stand auf. Sie wollte etwas sagen, brach dann aber jäh ab. »Nichts, gar nichts«, murmelte sie, als Sofia sie fragend ansah. »Ich schaue jetzt lieber zu Maria. Wir sehen uns später.« Sie nahm die schläfrige Clara mit und verschwand zwischen den Bäumen.

Santi begleitete Sofia zu Javier, der sie mit La Pura erwartete. Mühelos stieg Sofia in den Sattel. Javier reichte ihr einen *taco,* und mit einem Zwinkern im Auge galoppierte Santi davon und trieb den Ball vor sich her. Es war fantastisch, wieder im Sattel zu sitzen, den Wind in den Haaren zu spüren und das lange vergessene Gefühl zu erleben, auf dem Platz dem Ball nachzureiten. Sie lachten wie in alten Zeiten, als sie den *taco* schwangen und sich gegenseitig den Ball abjagten.

»Es ist wie mit dem Fahrradfahren«, jauchzte Sofia aufgeregt, als sie merkte, dass sie keineswegs vergessen hatte, wie man spielte.

»Aber ein bisschen rostig bist du doch, *gorda!*«, spottete er, als er an ihr vorüberflog.

»Ich werd's dir gleich zeigen, *viejo!*«

»*Viejo?* Alter Mann? Das sollst du büßen, Chofi!« Er kam zurückgaloppiert. Sie zog ihr Pony herum und trabte vom Feld in Richtung Ombu. Er wusste, wohin sie ihn führte, und spielte bereitwillig mit. Die Felder flogen an ihr vorbei, als sie durch die langen Abendschatten über das taunasse Gras galoppierte. Der endlose Himmel glühte in dunstigem Orange, und die Sonne hing tief über dem Horizont wie ein großer, leuchtender Pfirsich. Santi holte sie ein, und sie ritten Seite an Seite, lächelnd, aber sprachlos vor Glück. Endlich zügelten sie die Pferde zu einem leichten Trab und hielten dann unter den vertrauten Ästen an. Die Ponys zitterten vor Aufregung und blieben geräuschvoll atmend unter dem Baum stehen, als sie abstiegen. Die Grillen raspelten in ihren geheimen Verstecken, und Sofia sog das unverwechselbar Argentinische, das sie so sehr liebte, in sich auf.

»Erinnerst du dich noch an deine Geschichte von dem ›kostbaren Geschenk‹?« Sie dehnte sich vor Behagen.

»Natürlich.«

»Nun, ich lebe wirklich in der Gegenwart. Jetzt. Hier.«

»Ich auch«, sagte er leise, und er schob sich hinter sie und schlang die Arme um sie. So standen sie da und betrachteten den Horizont, der langsam seine Farbe wechselte.

»Ich nehme jetzt alles wahr. Die Grillen, diesen riesigen Himmel, die flache Ebene, die Gerüche. Und mir ist jetzt klar, wie sehr ich es vermisst habe.«

Er küsste ihren Hals und schmiegte sein Gesicht an ihres. »Ich weiß noch, wie es war, als ich aus den USA zurückkam«, sagte er. »Argentinien kam mir anders vor. Besser gesagt, es war noch genauso, aber ich sah plötzlich alles. Sah es mit anderen Augen.«

»Ich weiß jetzt, was du gemeint hast.«

»Na, ich bin froh, dass ich dir wenigstens etwas habe beibringen können«, sagte er scherzhaft, aber sie lachten nicht. Stattdessen standen sie schweigend da. Sofia wollte es sich in diesem Moment nicht eingestehen, aber im Grunde ihres Herzens wusste sie, dass sie das alles irgendwann wieder würde verlassen müssen.

Schließlich drehte er sie zu sich um. Als sie in seine zärtlichen grünen Augen schaute, war ihr, als könne sie geradewegs in seine Seele blicken – und er in ihre. Sie wusste, was er dachte, und sie verstand das Ausmaß seiner Liebe. Er sah traurig aus, wie es in der Liebe oft vorkommt, und beide ließen der Melancholie ihrer Empfindungen freien Lauf. Als er sie küsste, ging sie so sehr darin auf, dass ihre Beine den Dienst versagt hätten, wenn sie nicht am Baum gelehnt hätten. Er schmeckte nach Schweiß und roch nach Anstrengung, und weil sie seine Stiefel nicht herunterbekamen, ließ er sie an, als sie sich liebten. So tun es Liebende eben – oder Ehebrecher, dachte Sofia. Es hatte etwas Rohes an sich. Vielleicht weil sie diesmal mehr zu verlieren hatten, würden ihre gemeinsamen Augenblicke hastig und verstohlen sein müssen. Die Unschuld der Jugend war durch eine Weltgewandtheit ersetzt worden, die Sofia unglaublich erregend empfand – aber auch irgendwie tragisch.

»*Dios,* ich könnte eine Runde schwimmen«, sagte er und zog sich die Hose hoch.

»Was für eine fantastische Idee. Glaubst du, da oben ist jetzt jemand?«

»Hoffentlich nicht.« Er legte die flache Hand an ihre feuchte Wange und küsste sie noch einmal. »Ich fühle mich wieder wie ein ganzer Mensch, Chofi.« Er lächelte auf sie herab.

Als sie auf die Ponys gestiegen waren und sich zum Swimmingpool geschlichen hatten, war die Sonne untergegangen. Die Schwüle verwandelte die Luft in Zucker, und in ihren feuchten Partikeln steckte der Duft von Eukalyptus und Jasmin. Zu ihrer Erleichterung war niemand da. Der Pool lag still vor ihnen, das Wasser war unberührt. Leise streiften sie die Kleider ab und unterdrückten ihr Lachen, als sie sich damit plagten, Santi von seinen Stiefeln zu befreien. Behutsam, um kein Geräusch zu machen, ließen sie sich ins Wasser gleiten und kamen in der trüben Dunkelheit zusammen.

»Was wirst du sagen, wo du gewesen bist?«, fragte sie nach einer Weile. Keiner von ihnen hatte eine Ahnung, wie spät es war.

»Mama wird genau wissen, wo ich gewesen bin. Ich werde die Wahrheit sagen und nur die pikanten Stellen weglassen.« Er grinste schief.

»Was wird Claudia sagen?« Sie lachte boshaft, aber er schüttelte beklommen den Kopf.

»Weißt du, es ist mir zuwider, sie so zu betrügen. Sie ist immer nur gut zu mir gewesen.«

Sofia bereute, dass sie den Namen erwähnt hatte. »Ich weiß. Ich betrüge David auch nicht gern. Lass uns nicht darüber nachdenken.

Erinnerst du dich an das ›kostbare Geschenk‹?«, fragte sie strahlend, aber der Augenblick war verdorben. Sie schwammen eine Zeit lang schweigend im Kreis und kämpften mit ihrem Gewissen, bevor sie sich zum Trocknen auf die Steinplatten setzten.

»G für Gewissensbisse, stimmt's?«, flüsterte sie mitfühlend.

»Stimmt«, sagte er, und er schlang den Arm um sie und zog sie an sich. »Aber nicht R für Reue.«

»Kein bisschen?«

»Kein bisschen. Komm morgen ganz früh, ja?«

»Ja, aber ich will so viel Zeit wie möglich mit Maria verbringen. Sie sieht so viel besser aus als im Krankenhaus.«

»Es geht ihr auch besser. Aber, Chofi ...«

»Ja?«

»Sie wird sterben.« Seine Stimme zitterte.

»Wunder ...«

»... geschehen, ja.« Seine Stimme klang erstickt, und Sofia zog ihn an sich, als er in ein tiefes, von Herzen kommendes Schluchzen ausbrach. Ihr fehlten die Worte, um ihn zu trösten. Es gab keine Worte. Die Worte, die er hören wollte, konnte sie ihm jedenfalls nicht sagen. Also schmiegte sie ihn an ihre Brust und gab ihm Zeit, ein wenig von seinem Schmerz herauszuweinen.

»Santi, Liebster, lass es nur alles heraus. Du wirst dich nachher so viel besser fühlen.« Sie merkte, dass sie selbst auch leise weinte, aber mit einer Zurückhaltung, die ihre Kehle schmerzen ließ. Sie wusste, wenn sie sich jetzt gehen ließe, würde sie nicht mehr zu trösten sein – und mehr noch, ihre Tränen gälten nicht Maria allein.

Zweiundvierzig

Als Sofia nach Hause kam, war es schon spät. Ihre Eltern warteten mit Rafael und Jasmina auf der Terrasse. Sie erklärte, sie müsse baden und sich umziehen, und fragte, ob sie zu Hause anrufen dürfe. Im Grunde wollte sie es nicht, aber sie wusste, dass David sich Sorgen machen würde, wenn sie es nicht täte.

»Wie geht es deiner Cousine?«, fragte er.

»Sie wird es nicht schaffen«, sagte Sofia betrübt. »Aber zumindest kann ich jetzt noch ein bisschen Zeit mit ihr verbringen.«

»Darling, du kannst bleiben, so lange du möchtest. Den Mädchen geht es gut, und alles ist in Ordnung.«

»Und die Pferde?«

»Da gibt's nichts Neues. Aber die Mädchen vermissen dich.«

»Ich vermisse sie auch.« Sie schämte sich, weil der Tumult in ihrem Herzen die Sehnsucht nach den Kindern hatte überlagern können.

»Honor spielt dieses Jahr die Hauptrolle in der Schulaufführung. Sie ist absolut hingerissen, denn unter den Mitspielern sind Mädchen von siebzehn Jahren, und sie ist ja erst vierzehn. Ich fürchte, sie kräht ein bisschen zu sehr.«

»Das kann ich mir vorstellen.«

»Hier, sie will mit dir reden«, sagte er. Als Honors helle Stimme ins Telefon zirpte, stieg Sofia eine Mischung aus Schuldgefühlen und Heimweh schmerzhaft in die Kehle.

»Hi, Mum! Ich spiele die Hauptrolle in der *Weißen Hexe*«, verkündete sie genüsslich.

»Ich weiß, Daddy hat es mir schon gesagt. Gratuliere.«

»Ich muss meinen Text lernen. Ich hab so viel. Ich hab mehr als sonst jemand im Stück, und Miss Hindlip macht mir ein spezielles

Kostüm, und ich kriege Sprechunterricht, damit ich lerne, wie man seine Stimme richtig einsetzt.«

»Dann wirst du ja viel zu tun haben, wie?«

»Sehr viel. Für die Schulaufgaben bleibt nicht mehr viel Zeit.«

»Das ist ja nichts Neues.« Sofia lachte. »Wie geht's India?«

»Dad meint, es ist besser, wenn sie nicht mit dir spricht, weil es sie nur traurig macht«, erklärte Honor im Ton der älteren und verantwortungsbewussteren Tochter.

»Ich verstehe. Gibst du ihr dann einen besonders dicken Kuss von mir? Ihr fehlt mir beide sehr.«

»Du kommst doch bald nach Hause, oder?«

»Natürlich, mein Schatz. Sehr bald«, sagte Sofia und bemühte sich, nicht zu zeigen, wie bewegt sie war. »Gibst du mir Daddy noch mal? Einen dicken Kuss für euch beide.« Honor ließ einen schmatzenden Kuss durch die Leitung gehen, bevor sie ihrem Vater den Hörer zurückgab.

»Ist mit India alles in Ordnung?«, fragte sie besorgt.

»Ja. Sie vermisst dich, das ist alles. Aber keine Sorge, es geht ihr prima. Du klingst sehr niedergeschlagen, Darling. Es tut mir so Leid; ich wünschte, ich könnte für dich da sein.« Seine Stimme klang mitfühlend, aber es ging ihr auf die Nerven, sie war gereizt.

»Hör mal, ich muss Schluss machen. Es wird zu teuer. Sag den Mädchen alles Liebe von mir.«

»Ja, natürlich. Und gib Acht auf dich, Darling.«

Einen Augenblick lang war Sofia sehr unbehaglich zumute. Der Anruf hinterließ einen bitteren Nachgeschmack. Sie fühlte sich heuchlerisch und verabscheute sich für ihre Fähigkeit, so überzeugend zu lügen. Bei dem Gedanken an die unschuldigen, vertrauensvollen Gesichter ihrer Töchter erschien ihr der Betrug nur noch verächtlicher. David war immer nur gut zu ihr gewesen. Bei seiner freundlichen Stimme und seinen freundlichen Worten fühlte sie sich so verkommen und niederträchtig wie noch nie. Aber als sie ein paar Minuten später geduscht und umgezogen zum Essen auf der Terrasse erschien, trat England wieder in den Hintergrund, und sie

lebte in der kostbaren Gegenwart dieser warmen, schwülen Nacht und atmete dieselbe Luft wie Santi.
Das Essen war sehr angenehm. Zwei Windlichter erhellten den Tisch, und die Klänge von Mozarts Requiem wehten durch die offenen Wohnzimmerfenster. Sie mochte Jasmina sehr gern, und sie unterhielten sich herzlich wie zwei alte Freundinnen.
»Wir leben in einem schrecklichen Zwischenreich«, sagte Jasmina. »Für die Kinder geht das Leben weiter. Sie sind Montag wieder in der Schule, und ich glaube, ihnen ist gar nicht klar, was hier vorgeht. Aber solange wir warten, ist unser Leben in einem Schwebezustand bis zu dem Augenblick, da Maria uns genommen wird. Und wir wissen nicht, wie lange dieser Zustand dauern wird.«
»Was werdet ihr tun?«, fragte Sofia. »Fahrt ihr wie üblich nach Buenos Aires?«
»Nein. Die Kinder fahren morgen Abend mit Juan Pablo, unserem Chauffeur, zurück, aber wir bleiben hier – und warten, nehme ich an.«
»Ich werde traurig sein, wenn Clara geht; wir haben uns schnell angefreundet.«
»Sie wird dich auch nicht gern verlassen. Ich glaube, sie ist ganz vernarrt in dich.« Sie lachte auf ihre bezaubernde, feminine Art. »Nächstes Wochenende ist sie wieder da. Bis dahin hast du vielleicht schon genug von ihr.«
»Das glaube ich nicht. Sie ist so hinreißend.«
»Rafa sagt, sie ist wie du, als du in ihrem Alter warst.«
»Dann endet sie aber hoffentlich nicht auch wie ich«, scherzte sie bekümmert.
»Ich werde stolz auf sie sein, wenn sie es tut«, erklärte Jasmina nachdrücklich. »Weißt du, Maria ist ja so glücklich, dass du gekommen bist. Sie hat dich vermisst. Sie hat oft von dir gesprochen.«
»Wir haben uns sehr nah gestanden. Es ist traurig, wenn das Leben nicht so verläuft, wie man es sich wünscht«, sagte Sofia wehmütig.
»Unverhofft kommt oft, aber das ist ja gerade das Spannende. Denk nicht an das, was du verpasst hast, Sofia, denk an das, was du hast.«

In diesem Augenblick erschien Soledad mit ihrem Lieblingsdessert, Bananen und *dulce-de-leche*-Crêpes.
»Für Sie, Señorita Sofia«, strahlte sie stolz und stellte die Platte auf den Tisch.
»Du bist ein Engel, Soledad. Ich weiß nicht, wie ich vierundzwanzig Jahre ohne diese Köstlichkeit überleben konnte«, sagte Sofia, um ihr eine Freude zu machen.
»Sie werden nicht wieder drauf verzichten müssen, Señorita Sofia.«
»Wie lange willst du eigentlich bleiben?« Rafa fackelte nicht lange, sondern nahm sich eine große Portion Crêpes.
»Das weiß ich noch nicht«, sagte Sofia wahrheitsgemäß.
»Sie ist doch eben erst gekommen, *amor*. Da kannst du sie doch nicht fragen, wann sie wieder verschwindet«, schimpfte Jasmina.
»Du kannst bleiben, so lange du willst«, sagte Paco. »Dies ist dein Zuhause, Sofia. Du gehörst hierher.«
»Ganz meine Meinung, Papa. Ich habe ihr gesagt, sie soll ihren Mann und die Kinder herholen.«
»Rafa, du weißt, dass das unmöglich ist. Was sollte David denn hier anfangen?« Sofia lachte.
»Darum geht es nicht. Du kannst nicht jahrelang verschwinden, dann zurückkommen und uns wieder verlassen.«
Sofia warf einen Blick quer über den Tisch zu ihrer Mutter. Im selben Moment hob auch Anna den Kopf und ihre Blicke trafen sich. Sofia versuchte zu erkennen, was sie dachte, aber im Gegensatz zu ihrem Vater ließ Anna sich nichts anmerken.
»Ich fühle mich geschmeichelt. Wirklich.« Sie nahm sich vom Dessert.
»Agustin hat uns verlassen und ist in die USA gegangen. Ich weiß nicht, die jungen Leute heutzutage ...« Ihr Vater schüttelte das silberne Haupt. »Zu meiner Zeit hat eine Familie zusammengehalten.«
»Zu deiner Zeit, Papa, war die Situation in diesem Land so, dass eine Familie zusammenhalten musste. Man wusste ja nie, wann ein Familienmitglied den andern vor der Nase weggeholt wurde«, sagte Rafael ernst. Er dachte an Fernando.

»Es waren harte Zeiten.«
»Ich weiß noch, dass mir als Kind immer auffiel, wie neurotisch ihr darauf geachtet habt, wo jeder von uns war«, sagte Rafael.
»Entführungen gab es täglich. Ihr habt uns ständig Sorgen bereitet«, sagte Anna. »Vor allem Sofia. Dauernd verschwand sie mit Santi und der lieben Maria.«
»Was gibt's sonst noch Neues?«, witzelte Rafael. Sofia wusste nicht, ob er sich auf die Gegenwart oder auf ihr ständiges Verschwinden früher bezog.
»Ich habe nie begriffen, weshalb ihr euch solche Sorgen gemacht habt, Mama. Ich fand dich einfach paranoid«, sagte sie.
»Nein, fandest du nicht, Sofia. Du hieltest mich für eine Spielverderberin. Du hast es mir sehr schwer gemacht, Sofia.« Sie sprach ohne einen Hauch von Humor, auch wenn sie nicht ganz so bitter hatte klingen wollen.
»Das tut mir Leid, Mama.« Sofia war überrascht, denn sie meinte es ehrlich. Noch nie hatte sie versucht, sich mit den Augen ihrer Mutter zu sehen. Aber jetzt, da sie selbst Mutter war, machte sie sich ja auch ständig Sorgen um ihre Töchter. Leise flackerte Verständnis in ihrem Herzen auf. Sie schaute zu ihrer Mutter hinüber und war traurig.
Sofia ging an diesem Abend früh zu Bett. Sie ließ die andern plaudernd auf der Terrasse sitzen, wo das tanzende Kerzenlicht ihre Gesichter beleuchtete und ihre Stimmen mit dem sanften Chor der Grillen verschmolzen, der die Stille der Pampa erfüllte, und sie spazierte über den mondbeschienenen Hof mit den Geranien in ihren Hängetöpfen zu ihrem Zimmer. Als sie im Bett lag, versuchte sie vergeblich zu schlafen. Sie sehnte sich nach Santi, und sie fragte sich, wie viel Zeit sie noch zusammen hatten. Sie wusste, dass der Augenblick kommen würde, da sie ihn verlassen musste. Oder hatten sie die Chance zu einem gemeinsamen Leben? Verdient hatten sie es nach so langer Zeit doch sicher. In ihrem Kopf flogen diese Gedanken umher, während sie versuchte, Sinn und Verstand hineinzubringen.
Schließlich schleuderte sie die Decke frustriert zur Seite. Sie musste

Santi sehen. Sie musste sich vergewissern, dass jetzt nicht alles zu Ende sein würde, wo sie einander gefunden hatten. Sie schlüpfte in ihren Morgenmantel und schlich sich in die Nacht hinaus. Der Vollmond stand glänzend am Himmel. Wie ein Frosch hüpfte sie aus einem Schatten in den nächsten, und ihre nackten Füße waren nass vom Tau. Sie wusste nicht, wie sie ihn finden wollte oder wie sie ihn wecken sollte, ohne dass seine Frau es merkte.

Beim Haus angekommen, ging Sofia außen herum und hielt sich dabei dicht an der Wand. Sie spähte durch die Fenster und versuchte herauszufinden, wo Santis und Claudias Zimmer war. Anders als ihr Elternhaus war Chiquitas Haus eingeschossig, und so brauchte sie nicht mit Leitern zu kämpfen oder mit rankenden Wandpflanzen zu ringen. Die meisten Fenster waren mit Läden verschlossen; sie hatte die argentinische Vorliebe für Fensterläden ganz vergessen. So konnte sie natürlich nicht wissen, wer oder was sich auf der anderen Seite befand. Sie ging bis zur Terrasse herum und blieb dann auf den glatten Steinplatten stehen. Sie wusste nicht, was sie jetzt tun sollte. Sie wollte aufgeben, als ein kleiner roter Lichtpunkt unter dem Verandadach ihre Aufmerksamkeit erregte. Sie schaute genauer hin und sah, dass es die Glut einer Zigarette war.

»Ich habe das Rauchen schon vor Jahren aufgegeben«, sagte die Stimme.

»Santi! Was tust du hier draußen?«, fragte sie erleichtert.

»Ich wohne hier. Was tust du hier?«

»Ich wollte dich sehen«, antwortete sie in lautem Flüsterton und kam auf Zehenspitzen zu ihm auf die Bank.

»Du bist verrückt.« Er lachte. »Aber darum liebe ich dich.«

»Ich konnte nicht schlafen.«

»Ich auch nicht.«

»Was sollen wir tun?«

»Ich weiß es nicht.« Seufzend drückte er seine Zigarette aus. Er zog sie an sich und schmiegte sein unrasiertes Gesicht an ihres. Es kratzte.

»Ich kann nicht ertragen, dass jetzt alles zu Ende gehen soll, nachdem wir uns gerade wieder gefunden haben«, murmelte sie.

»Ich weiß. Ich denke auch immer daran«, sagte er. »Ich wünschte, wir wären vor all den Jahren zusammen durchgebrannt.«
»Ich auch. Wenn doch nur …«
»Vielleicht haben wir eine Chance bekommen und sie nicht genutzt.«
»Sag das nicht, Santi. Seine Chancen macht man sich selbst.«
»Du bist wirklich sehr unartig – einfach so herüberzukommen.« Er strich ihr zärtlich über den Kopf. »Hoffentlich leidet niemand sonst unter Schlaflosigkeit.«
»Du und ich, wir haben immer gleich empfunden.«
»Das ist ja das Problem. Und es wird auch nie anders sein, ganz gleich, wo auf der Welt wir auch sind.«
»Wie viel Zeit haben wir noch, Santi?«, fragte sie mit erzwungener Ruhe. Er sollte nicht sehen, wie verzweifelt sie war.
»Claudia fährt morgen Abend mit den Kindern nach Buenos Aires«, antwortete er, und sie wusste nicht, ob er ihre Frage mit Absicht missverstanden hatte.
»Also werden wir ein bisschen Zeit zusammen verbringen können?«
»Für sie ist es hart.«
»Was?«
»Dass du hier plötzlich auftauchst.«
»Weiß sie von uns?«, fragte Sofia neugierig. Insgeheim machte es ihr Freude, dass es so war.
»Sie weiß, dass wir uns einmal geliebt haben. Ich habe es ihr erzählt. Jeder weiß es ja. Wie du dir vorstellen kannst, war es schwierig, einen solchen Skandal geheim zu halten. Ich wollte nicht, dass sie über eine Sache im Ungewissen blieb, von der alle andern wussten. Außerdem wollte ich reinen Tisch haben. Sie hat es verdient, Bescheid zu wissen. Sie sollte verstehen, dass es nichts Schmutziges war. Dass wir einander liebten. Sie hat eine Leere in meinem Leben gefüllt, Chofi. Sie hat mich in einer Zeit glücklich gemacht, als ich dachte, ich würde nie wieder glücklich sein.«
»Was versuchst du mir zu sagen?«, fragte sie langsam, aber sie wusste es schon. Er küsste sie auf die Schläfe, und sie spürte, wie seine Brust sich weitete, als er tief einatmete.

»Ich weiß es nicht, Chofi. Ich will ihr nicht wehtun.«

»Lass uns jetzt nicht darüber nachdenken«, sagte sie tapfer. Solange sie der Situation nicht ins Auge schauten, dachte sie, gab es noch Hoffnung. »Wir brauchen keine Entscheidungen zu treffen. Freuen wir uns einfach, dass wir zusammen sind – mit Maria.«

»*Claro* – wir brauchen keine Entscheidungen zu treffen«, wiederholte er. Sofia hoffte, dass er diese Ungewissheit als ebenso quälend empfand wie sie.

Als sie sich zurück in ihr Zimmer schlich, überzog die Morgendämmerung den Himmel schon mit Blau- und Rosatönen. Sie vermied jeden Gedanken an die Zukunft, denn sie hatte zu viel Angst, dem Unausweichlichen ins Auge zu sehen.

Natürlich erwachte sie erst spät, aber diesmal wusste sie genau, wo sie war. Sie schlüpfte in ein kurzes Sonnenkleid und marschierte zielstrebig hinaus in den strahlenden Morgen. Es war sehr heiß unter der unerbittlichen argentinischen Sonne. Sie dachte daran, wie sie früher den größten Teil des Sommers auf der Liege am Pool verbracht hatte, um sich »toasten« zu lassen. In England vermisste sie die Hitze, und diesen endlosen, kornblumenblauen Himmel, der jetzt über ihr leuchtete, hatte sie ganz vergessen.

Als sie auf die Terrasse kam, saßen Jasmina und Rafael bei Anna und Paco unter Sonnenschirmen und lasen, während ihre Kinder auf dem Bauch lagen und mit ihren Cousins und Cousinen malten. Es war eine friedliche Szene, und Sofia empfand Neid. Wäre alles so geworden, wenn sie zurückgekommen wäre? Hätten sie und Santi sich ein Leben mit Santiguito aufbauen können? Einen Moment lang empfand sie die Sehnsucht nach ihm und ihren beiden Töchtern wie einen körperlichen Schmerz. Sie fragte sich, wo ihr Sohn jetzt sein mochte. Er war jetzt dreiundzwanzig Jahre alt, ein junger Mann. Er würde sie nicht erkennen, wenn er sie sähe. Sie wären Fremde.

Sie unterdrückte den vertrauten Schmerz, als sie ihre Familie begrüßte und sich an den Tisch setzte. Nicht lange, und Soledad erschien mit Tee, Toast, *membrillo* und Käse. Sie sah, dass Jasminas Baby schlafend an ihrer Brust lag, teilweise verhüllt von einem hübschen weißen Schal. Sie hatte eine Hand auf dem Kopf des Kindes, in der anderen hielt sie das Buch. Hätte sie malen können, dann hätte Sofia sie so gemalt, heiter und schön wie eine Mutter mit Kind von Sorolla.

Während sie dort saß, sehnte Sofia sich die ganze Zeit danach, mit Santi zusammen zu sein. Sie konnte den Abend nicht erwarten, wenn Claudia in die Stadt fahren und sie mit ihm allein lassen würde. Niemand sprach. Jeder schien in seine eigene kleine Welt versunken zu sein, und Sofia dachte an die unschuldigen Tage ihrer Jugend, da sie selbst ein Teil dieser Welt gewesen war. Sie betrachtete ihre Mutter, die ruhig im Schatten ihres Sonnenhutes las. Der Sonnenhut war sozusagen ihr Markenzeichen. Sofia konnte sich nicht erinnern, was sie eigentlich im Winter trug; in ihrem Gedächtnis gab es eigentlich nur den Sommer. Paco las die Sonntagszeitung. Als er merkte, dass sie ihn anschaute, blickte er auf und lächelte. Seine Augen funkelten liebevoll. Und doch passte Sofia nicht in diese Szene. Alle hatten ihren Platz dort in der Sonne. Alle hatten eine gelassene Vertrautheit miteinander gemeinsam, die Worte überflüssig werden ließ. Sie gehörten hierher und gehörten zusammen. Auch Sofia hatte einst dazugehört, aber inzwischen war die Erinnerung an diese Zugehörigkeit verblasst, und sie wusste nicht mehr, wie es gewesen war.

Schweigend trank sie ihren Tee. Nach einer Weile kam Clara herangehüpft, um ihr zu zeigen, was sie gemalt hatte. Es war sehr gut für ein Kind ihres Alters – ein Bild voll bunter Farben und fröhlicher Gesichter, kühne und selbstbewusste Pinselstriche. Sofia bewunderte das Werk.

»Du bist aber eine gute Malerin!«, rief sie begeistert, und Clara glühte vor Stolz. »Wer hat dir das beigebracht?«

»Niemand – ich tu's einfach gern. In der Schule bin ich Klassenbeste.«

Sofia lächelte in das Elfengesicht. »Willst du denn Malerin werden, wenn du groß bist?«

»Nein«, antwortete Clara mit Entschiedenheit. »Ich werde Schauspielerin.« Sie strahlte glücklich.

»Ich glaube, du wirst eine sehr gute Schauspielerin werden, Clara.«
»Meinst du wirklich?« Das Kind hüpfte von einem Fuß auf den andern.
»Was ist denn dein Lieblingsfilm?«
»Mary Poppins.«
»Und wer möchtest du sein – das kleine Mädchen?«
»Nein, *Mary Poppins*. Ich kenne den ganzen Text.« Und sie fing an zu singen. *»A spoonful of sugar ...«*
»Du kennst den Text ja wirklich.« Sofia lachte.
»Mama sagt, das ist eine gute Methode, Englisch zu lernen.«
»Da hat sie Recht.«
»Heute Abend muss ich nach Buenos Aires zurück.« Das Kind stöhnte und verzog das Gesicht.
»Aber du gehst doch gern zur Schule, und nächstes Wochenende kommst du zurück, oder?«
»Bist du denn dann noch hier?«
»Aber natürlich.« Sofia wollte das Kind nicht enttäuschen. Sie wusste noch nicht, wann sie wieder abreisen würde. Sie wollte auch nicht darüber nachdenken.
»Wirst du jetzt hier bleiben? Papa sagt, du bleibst.«
Sofia schaute zu Rafael hinüber, und der hob den Blick von seiner Zeitung und grinste schuldbewusst. »Ich glaube nicht, dass ich hier bleiben werde«, sagte sie wahrheitsgemäß. »Nicht für immer. Aber du musst mal nach England kommen und bei mir wohnen. Da wird es dir gefallen. Die besten Theater gibt es in England.«
»Oh, ich weiß alles über England. Mary Poppins hat ja in London gewohnt«, sagte Clara ernst.
»Stimmt.«
»Schau, da ist der *carro*.«
Unter den Bäumen kam der Pferdewagen herangerumpelt. Pablo saß auf dem Bock. Sofia erinnerte sich, wie sie vor vielen Jahren einmal mit ihrer Großmutter eine gemütliche Rundfahrt über die Farm unternommen hatte. *Abuelita* Solanas hatte immer gesagt, es sei eine der größten Freuden in ihrem Leben, durch die Pampa zu fahren, bequem auf dem verschlissenen Ledersitz der Kutsche zu

sitzen und die Landschaft ringsum zu betrachten. Immer wenn sie auf ein Schlagloch zufuhren, pflegte sie José mit feiner, aber fester Stimme zu besonderer Vorsicht zu ermahnen, und gelegentlich ließ sie die Pferde anhalten, wenn sie einen interessanten Vogel oder ein anderes Tier gesehen hatte. Sie hatte Sofia erzählt, dass sie in ihrer Jugend mit dem Wagen in die Stadt gefahren waren. Als Sofia gemeint hatte, das müsse ja Stunden gedauert haben, hatte ihre Großmutter geantwortet, das Leben habe sich damals sehr viel langsamer bewegt. »Nichts von der rasenden Hast, die man heute erlebt. Du wirst alt sein, bevor du deine Jugend genossen hast«, hatte sie missbilligend gesagt. Aber Sofia erinnerte sich auch, dass der Reiz des Romantischen bald verflogen war und sie sich danach gesehnt hatte, José möge die Pferde ein bisschen schneller vorantreiben. Doch ihre Großmutter wollte es nicht schneller. Sie genoss die Aussicht und grüßte die Gauchos, die vorbeispaziert kamen.
Paco spazierte zu den glatten Pferden hinüber. Er klopfte ihnen mit fester Hand den Hals und plauderte mit Pablo.
»Sofia, möchtest du mitfahren?«, rief er dann.
»Ich auch, ich auch!«, quiekte Clara. Sie ließ ihren Zeichenblock fallen und hüpfte zu ihrem Großvater hinüber.
»Gern«, sagte Sofia und stand auf.
Pablo stieg vom Wagen, und Sofias Vater hob Clara mit seinen großen Händen hinauf, wie man einen kleinen Hund hochhebt. Sie setzten sich zu beiden Seiten neben ihn nach vorn, und er gab Clara die Zügel in die Hand und lehrte sie geduldig das Fahren. Sofia schaute Pablo nach, der zwischen den Bäumen davonging. Sie winkten Rafael und Jasmina zu, und auch Anna ließ ihr Buch sinken und lächelte unter ihrem Hut hervor.
»Schauen sie zu? Schauen sie zu?«, flüsterte Clara, während sie mit konzentrierter Miene die Pferde wenden ließ.
»Sie haben nur Augen für dich«, sagte Paco, und Sofia erinnerte sich, dass er genau das Gleiche auch immer zu ihr gesagt hatte.
Sie trabten in Richtung Park. Unwillkürlich verspürte Sofia schmerzliches Bedauern, als sie Chiquitas Haus hinter sich ließen. Sie sehnte sich verzweifelt danach, Santi zu sehen, und es war

schwer, an etwas anderes zu denken. Wie bei ihrer Großmutter vor all den Jahren verschwand der Reiz des Neuen auch jetzt nach einer Weile, und sie wünschte, sie wäre woanders. Ihr Vater hörte geduldig zu, während seine Enkelin schnatterte, ohne einmal Luft zu holen. Als schließlich doch einmal eine Pause eintrat, wandte er sich Sofia zu.

»Du bist immer gern mit der Kutsche gefahren«, sagte er.

»Ich erinnere mich gut, Papa.«

»Aber im Polospiel warst du besser.«

»Das habe ich auch lieber getan.« Sie lachte.

»Erinnerst du dich noch an die Copa Santa Catalina?« Bei dem Gedanken daran musste er lächeln.

»Wie könnte ich sie vergessen? Gottlob ist Agustin damals gestürzt, sonst hättest du mich niemals spielen lassen.«

»Du weißt doch, dass ich dich von Anfang an spielen lassen wollte.«

»Wirklich?«

»Aber ich wusste, wie sehr es deiner Mutter zuwider war. Es hat sie geärgert, dass du hierher gehörtest, Sofia. Sie selbst hat es nie so weit gebracht.« Er drehte sich zu ihr um und schaute ihr in die Augen. Sie sah Reue in seinem Blick.

»Sie hat freiwillig hier gelebt«, sagte Sofia leise und wandte sich ab.

»Clara, sieh doch, die anderen Kinder schaukeln dort drüben«, sagte Paco, der gemerkt hatte, dass die Kleine von diesem Spiel allmählich genug hatte, weil sie keine Aufmerksamkeit mehr bekam. »Warum gehst du nicht auch zu ihnen?«

»Darf ich?«, fragte sie strahlend, und als er die Ponys halten ließ, hüpfte sie fröhlich vom Wagen und lief durch den Park zu den anderen.

Sofia spürte, dass ihr Vater allein mit ihr sprechen wollte, und wachsam wartete sie, dass er damit anfing. Er ließ die Ponys weitergehen, und das Klirren des Geschirrs erfüllte die unbehagliche Pause, die jetzt folgte.

»Es war nicht leicht, weißt du«, sagte er nach einer Weile, ohne den Blick vom Weg zu wenden.

»Was war nicht leicht?«, fragte sie verwirrt.
Nachdenklich schwieg er eine Weile und wiegte sich mit den Bewegungen des Wagens. »Ich liebe deine Mutter«, sagte er dann. »Wir haben schlechte Zeiten hinter uns. Als du fortgegangen und nie mehr zurückgekommen bist, hat sie sich in sich selbst zurückgezogen. Ich weiß, dass sie kalt wirkt. Sie fühlt sich mit sich selbst nicht wohl. Und du hast diese Unsicherheit verstärkt.«
»Wie meinst du das?«
»Sie hat sich hier nicht eingefügt – du aber doch. Alle haben dich geliebt. Ihr fiel es schwer, zu lieben.«
»Aber sie hat mich doch geliebt?«, fragte Sofia, und dann betrachtete sie diese Worte mit Staunen, als hätte sie sie nicht ausgesprochen.
»Sie tut es noch immer. Aber …«
»Ja?« Sie beobachtete sein Profil und sah die Miene eines Mannes, der im Begriff ist, ein schreckliches Geheimnis zu offenbaren.
»Ich fürchte, ein wenig trage auch ich die Schuld an dem … gestörten Verhältnis zwischen dir und deiner Mutter«, sagte er ernst. »Ich wollte dir schon sehr lange davon erzählen.«
»Wie kann das sein? Du hast doch immer auf meiner Seite gestanden. Du warst immer für mich da. Genau genommen warst du die meiste Zeit allzu nachsichtig.«
»Sofia, als deine Mutter mit dir schwanger war, hatten wir beide es nicht leicht miteinander.« Er hatte Mühe, die richtigen Worte zu finden, und Sofia ahnte, was kommen würde. »Unser Verhältnis war angespannt. Ich kam damit nicht zurecht. Wir waren beide sehr unglücklich.«
»Du hattest eine Affäre?«, unterbrach ihn Sofia. Er ließ die Schultern hängen; wahrscheinlich war er erleichtert, weil sie es ihm erspart hatte, es selbst auszusprechen.
»Ja«, gestand er, und sie sah, dass die Reue ihn noch immer quälte. Anscheinend eine abscheuliche Familientradition, dachte Sofia. Gott, was tue ich hier?
»Als ich mich in deine Mutter verliebte«, fuhr Paco fort, »da war ich noch nie jemandem wie ihr begegnet. Sie war frisch, unbekümmert – sie hatte eine Natürlichkeit an sich, die schwer zu

beschreiben ist. Als ich sie dann nach Argentinien brachte, begann sich alles zu verändern. Sie wurde eine andere. Ich versuchte sie zu halten, aber die Distanz wurde immer größer. Und den Menschen, den ich verloren hatte, fand ich in den Armen einer anderen Frau. Sie hat sich von diesem Verrat nie erholt.«

In lastendem Schweigen saßen sie da. Und allmählich dämmerte Sofia, warum sie so hart gegen sie gewesen waren, als sie ihren Fehltritt begangen hatte. Indem sie Sofia bestrafte, bestrafte ihre Mutter ihren Vater dafür, dass er eine andere geliebt hatte. Und ihr armer Vater war allzu sehr in seine eigene Schuld verstrickt gewesen, um zu widersprechen.

»Wie konnte sie ihrem Kind zum Vorwurf machen, dass es in einer schwierigen Zeit zur Welt gekommen war?«, fragte Sofia. »Ich kann nicht glauben, dass sie mich hasste, nur weil ich sie an deine Untreue erinnerte.«

»Sie hat dich nie gehasst, Sofia. Sie hat dich nie gehasst. Es fiel ihr nur schwer, sich mit dir verbunden zu fühlen. Sie hat es versucht. Sie war eifersüchtig auf dich, weil ich dich so bedingungslos geliebt habe, genau wie dein Großvater Grandpa O'Dwyer. Sie fand, dass du ihr die beiden wichtigsten Männer in ihrem Leben gestohlen hast.«

»Die beiden wichtigsten Männer in Mamas Leben waren immer Rafa und Agustin«, sagte Sofia säuerlich. »Ich glaube nicht, dass sie sich bemüht hat.«

»Sie schaut mit tiefem Bedauern in die Vergangenheit.«

»Wirklich?«

»Sie hat sich danach gesehnt, dass du nach Hause kommst.«

»Ich habe es nie verstanden, Papa. Ich war ein Kind, als ihr mich weggeschickt habt. Ich war so niedergeschlagen. Ich wollte euch allen nicht den Rücken zukehren, aber ich hatte das Gefühl, dass ihr es getan hattet. Ich hatte ein so schlechtes Gewissen, weil ich mich in diese Lage gebracht hatte. Du warst so enttäuscht. Ich dachte, es würde weniger wehtun, wenn ich euch beide nie wiedersehe.«

»Es tut mir Leid, *hija*. Wir können die Uhr nicht zurückdrehen. Wenn ich es könnte – ich schwöre dir, ich würde alles Geld der

Welt dafür bezahlen. Aber wir müssen mit unseren Fehlern leben, Sofia. Ich habe für die meinen schwer gebüßt.«

»Und ich für meine«, sagte sie heiser und schaute über die schwüle Ebene hinaus.

»Soll ich dich bei Chiquita absetzen? Dann kannst du zu Maria gehen«, schlug er vor und lenkte die Pferde wieder zurück zum Haus.

Als sie bei Chiquita angekommen waren, wandte Sofia sich zu ihrem Vater um. Zu ihrer Überraschung sah sie in seinen Augen das altvertraute Zwinkern, und zum ersten Mal, seit sie hier war, spürte sie wieder dieses mühelose, unausgesprochene Verständnis zwischen ihnen. Sie hatte gedacht, dass sie es nie wieder erleben würde. Und doch, als er sie zärtlich anlächelte, kämpfte sie unversehens mit den Tränen. Er berührte ihre Hand, und sie hatte das Gefühl, wieder ein Teil von ihm zu sein. Sie umarmte ihn liebevoll und ohne Vorbehalt. Und er hielt sie fest, wie er es früher getan hatte.

Dreiundvierzig

Sofia sah zu, wie Paco den Wagen wendete und zwischen den Bäumen davonfuhr. Als Kind hatte sie geglaubt, dass ihre Eltern durch etwas verbunden waren, das größer war als sie selbst. Als Kinder besaßen sie ein gottgegebenes Recht darauf, dass ihre Eltern für sie da waren, und auch wenn die Beziehung zu ihrer Mutter angespannt war, hatte sie nie den Verdacht gehabt, dass es auch zwischen Mann und Frau Schwierigkeiten geben könnte. Genau genommen hatte sie sich überhaupt nie die Mühe gemacht, über jemand anderen nachzudenken; sie hatte immer allzu viel damit zu tun gehabt, sich selbst zu bedauern.

Es war sehr heiß; die Mittagssonne brannte erbarmungslos vom Himmel, und sie blinzelte im gleißenden Licht. Es war auch schwül. Sie fühlte sich klebrig und unbehaglich. Gern hätte sie geduscht. Sie erinnerte sich, dass diese drückende Luft sich in ihrer Kindheit manchmal tagelang aufgebaut hatte, um sich schließlich in einem Gewitter von fantastischer Dramatik zu entladen. Gewitter in der Pampa sind ungeheuer Furcht erregend. Als Kind hatte Sofia geglaubt, dass der Himmel von den Schritten von hundert grauen Ungeheuern dröhnte, die sich über ihr eine schreckliche Himmelsschlacht lieferten.

Sie betrat das Haus. Es war angenehm still und ruhig in seinem kühlen Schatten. Ihre Augen brauchten einen Moment, um sich anzupassen. Dann hörte sie leises Stimmengemurmel am Ende des Korridors. Sie ging auf Marias Zimmer zu. Eine der Türen an der rechten Seite des Korridors stand offen, aber das merkte sie erst, als eine feste Hand sie packte und hineinzog. Sie schnappte nach Luft, aber bevor sie in Panik geraten konnte, drückte Santi seinen Mund auf ihren und erstickte jeden Schrei, den sie sonst vielleicht ausgestoßen hätte. Halb schleifte er sie zurück in die Dunkelheit. Sie konnte die Situation kaum ernst nehmen, aber ihr Lachen wurde von seinem warmen, sinnlichen Mund gedämpft. Auch er war verschwitzt.

»Du hast gesagt, du wolltest früh kommen. Wo warst du denn?«, flüsterte er ihr ins Ohr.

»Ich habe mit Papa eine Kutschfahrt gemacht«, sagte sie und lachte, als er ihren Hals küsste. »Das kitzelt.«

»Ich habe den ganzen Morgen auf dich gewartet«, sagte er hitzig. »Du weißt, wie man mich auf die Folter spannt!«

»Santi, ich wollte dich nicht auf die Folter spannen. Papa wollte, dass ich mitfahre. Und ich bin froh, dass ich es getan habe.«

Seine Hände strichen unter ihrem Kleid an ihrem Körper herauf. Sie wand sich vor Lust. »Dann ist es gut gegangen?«, hauchte er ihr ins Ohr.

»Ich fühle mich ihm wieder nah, Santi. Er hat es nicht weiter ausgeführt – typisch Papa. Aber wir verstehen uns wieder.«

Er schob ihr Kleid bis zur Taille herauf, vergrub das Gesicht an ihrem Hals und drängte seinen heißen Körper an ihren. »Ich will dich jetzt, Chofi«, flüsterte er und drückte sie gegen die Wand, die sich kalt an ihren Rücken schmiegte.

»Das können wir nicht. Nicht unter einem Dach mit Maria«, protestierte sie matt.

Seine Finger wanderten über ihren Körper mit der Dringlichkeit eines Menschen, der weiß, dass er jeden Augenblick entdeckt werden kann, den Kitzel dieser Möglichkeit aber so verlockend findet, dass er nicht widerstehen kann. Die vertrauten Hände fanden den Weg zu ihren geheimen Stellen, und von seiner Berührung überwältigt, konnte sie nicht mehr sprechen oder protestieren. Man hörte nur noch sein tiefes Atmen und das Rascheln ihres Kleides. Sie fühlte sich wollüstig. Sexuelle Erregung macht bedenkenlos. Ihr war es gleich, ob man sie entdeckte; in diesem Augenblick wollte sie vor Entzücken aufschreien. Santi gab ihr das Gefühl, wieder jung zu sein. Lebenssprühend, zuversichtlich – die Sofia, die sie mit ihren Erinnerungen zurückgelassen hatte. Es war ein begeisterndes

Gefühl, wieder dieser Mensch zu sein. Sie wand sich, als seine Hände über ihre Haut strichen. Er hatte eine entschlossene, schamlose Art, ihren Körper zu berühren, die sie unerträglich erregend fand. Jeder Teil ihres Körpers, der sie zur Frau machte, brachte ihn in Wallung. Er wollte sie auf eine Weise schmecken, riechen und genießen, die durchaus animalisch war und so hemmungslos, dass sie errötete. Solange er sie dort an der Wand liebte, existierte nichts auf der Welt als dieses kleine Zimmer.

»So kann ich nicht zu Maria gehen«, wisperte sie, als es vorbei war.

»Sschh.« Er legte ihr die Hand auf den Mund und machte misstrauisch schmale Augen. Schritte. Er drückte sie gegen die Wand und schaute sie unbeirrt an. Die Schritte kamen näher; leichtfüßig bewegte sich jemand durch den Korridor. Sofia wagte kaum zu atmen. In ihrer Fantasie malte sie sich die Szene bereits aus. Das Entsetzen in Claudias Gesicht. Die Enttäuschung in den Augen ihres Vaters. Und wieder ein Abschied in Schande. Ihr Herz hämmerte angstvoll. Aber die Schritte gingen unschuldig draußen vorbei und waren bald nicht mehr zu hören.

Sie ließ sich kraftlos gegen ihn fallen. Er atmete tief durch und küsste ihre feuchte Stirn.

»Glück gehabt«, sagte er.

»*O Dios,* Santi. Was tun wir nur?«

»Etwas, das wir ganz klar nicht tun sollten. Jetzt lass uns hier verschwinden.«

»Aber ich will zu Maria«, sagte sie wahrheitsgemäß. »Ich bin hergekommen, um Maria zu besuchen, weißt du.«

Er zwinkerte und schüttelte zärtlich den Kopf. »Na ja, stattdessen hast du mich besucht. Gott, wie du aussiehst«, fügte er liebevoll hinzu. »So kannst du dich von niemandem sehen lassen.«

»Wo sollen wir jetzt hingehen? Irgendjemand muss uns doch sehen.«

Er überlegte kurz. »Hör zu, du läufst ins Bad und bringst dich in Ordnung. Dein Haar ist völlig zerzaust. Du siehst wunderbar sinnlich aus. Ich liebe dich so, aber Maria wird sofort alles erraten. Ich erwarte dich in ihrem Zimmer.«

»Okay.«
»Gut, dann wollen wir sehen, ob die Luft rein ist.« Aber er blieb unbeweglich stehen.
»Na, dann geh doch«, sagte sie.
Er nahm ihr Gesicht in die Hände und küsste sie.
»Ich will aber nicht gehen. Schau.« Er legte ihre Hand an seine Hose. »Ich könnte alles noch einmal tun.«
Sie lachte leise an seiner Brust. »Dummkopf. So kannst du auch nicht hinausgehen. Wir sitzen hier fest.« Beide lachten fassungslos über die Absurdität ihrer Lage. Sie mussten befürchten, ertappt zu werden und alles zu verderben, und dennoch konnten sie nichts weiter tun, als zu lachen wie zwei Schulkinder. Schließlich schob er sich zur Tür und spähte hinaus.
»Komm«, flüsterte er. Auf Zehenspitzen und mit angehaltenem Atem schlichen sie den Korridor hinunter. Das Lachen war ihnen vergangen. Bei der nächsten Tür drückte sie sich ins sichere Badezimmer, und er ging weiter zum Zimmer seiner Schwester.

Im Bad lehnte Sofia sich an die geschlossene Tür und atmete tief durch. Noch immer spürte sie Santis Hände an ihrem Körper, und ihre Haut glühte vom Hochgefühl. Als sie in den Spiegel schaute, sah sie, was Santi gemeint hatte. Ihre Wangen waren rot, ihre Augen funkelten. Sie sah lasterhaft und wollüstig aus. Und es machte ihr Freude, sich selbst so zu sehen. Sie wusch sich das Gesicht und bemühte sich, so gut es ging, ihre Erscheinung zu ordnen.
Maria war froh, sie zu sehen. Ihre braunen Augen strahlten, als Sofia ins Zimmer kam. Plötzlich hatte Sofia Gewissensbisse, weil sie sich erlaubt hatte, unter einem Dach mit ihrer sterbenden Cousine mit Santi zu schlafen. Es war einfach nicht richtig. Sie spürte, wie Padre Julio auf seinem goldenen Stuhl im Himmel ihr mit dem knochigen Zeigefinger drohte.
Santi räkelte sich träge in einem Sessel und nippte an einem Glas Wein. Sein Gesichtsausdruck verriet keinerlei Schuldgefühl. Eduardo saß am Fußende des Bettes. Claudia war nirgends zu sehen, sehr zu Sofias Erleichterung. Sie begrüßte Santi, als habe sie ihn seit

dem vergangenen Tag nicht gesehen. Als sie sich über ihn beugte, um ihm einen Kuss auf die Wange zu geben, drückte er zweimal ihren Arm – das war schon immer ein geheimes Zeichen zwischen ihnen gewesen. Sie erwiderte den Druck.
Eduardo war grau im Gesicht, und seinem Lächeln zum Trotz sah man die Hoffnungslosigkeit in seinem Blick. Sie hatte großes Mitleid mit ihnen beiden. Wie konnte sie sich inmitten von so viel Traurigkeit mit Santi vergnügen?
Maria war schwach, aber glücklich. Sie plauderten, und niemand erwähnte ihre Krankheit. Alle wollten hoffen, dass es ihr bald besser gehen würde, und niemand wollte der harten Wahrheit ins Gesicht sehen, dass ihre Uhr ablief. Sie redeten darüber, dass die Kinder wieder zur Schule gingen. Maria wollte nicht, dass sie gingen, aber es war besser für sie, wenn wieder ein Gefühl von Normalität in ihr Leben einkehrte. Sie würden mit Claudia und ihren Kindern fahren. Sofia bemerkte Santis Blick, als Claudias Name erwähnt wurde, und sie sah ihm an, dass er ebenso sehr wie sie darauf brannte, mit ihr allein zu sein.
Maria wurde rasch müde. Als ihr die Lider schwer wurden, beschloss man, sie schlafen zu lassen, und alle zogen hinaus auf die Terrasse. Claudia saß auf der Bank unter dem Verandadach, und ihre Tochter war an sie gekuschelt wie ein liebevolles Hündchen. Sofia lächelte steif und rechnete mit einem frostigen Empfang. Zu ihrer Überraschung verriet der Blick der anderen Frau ein banges Gefühl, das bis dahin noch nicht zu sehen gewesen war. Sie sah aus, als habe sie Angst. Claudia richtete sich auf und schob ihre Tochter mit einer Handbewegung behutsam von sich. Alle andern holten sich etwas zu trinken. So musste Sofia ein Gespräch mit Claudia beginnen; es ließ sich nicht vermeiden.
»Du fährst also heute Abend nach Buenos Aires zurück?«, sagte sie.
»Ja«, antwortete Claudia und schlug die Augen nieder. Eine verlegene Pause trat ein. Sofia scharrte mit den Füßen und wusste nicht, ob sie stehen bleiben oder sich hinsetzen sollte.
»Auf welche Schule gehen die Kinder denn? San Andrés?«, fragte sie.

»Ja«, sagte Claudia wenig hilfreich.
»Da war ich auch.«
»Ich weiß. Santi hat es mir erzählt.«
»Ja.«
»Santi und ich haben eine wunderbare Beziehung. Er erzählt mir alles«, sagte Claudia abwehrend.
»Ich weiß. Mir hat er erzählt, wie gut du ihm getan hast. Du hast ihn sehr glücklich gemacht.« Zähneknirschend spielte Sofia Begeisterung.
»Er hat mir auch gut getan. Ich könnte mir keinen besseren Mann wünschen, und auch keinen besseren Vater für meine Kinder.« Sie fixierte Sofia mit stählernem Blick. »Marias wegen will er hier bleiben. Er betet sie an. Er wird untröstlich sein, wenn sie fort ist – aber das Leben geht weiter. Ich nehme an, du kehrst dann zu deiner Familie zurück?«
»Ja, vermutlich.« Aber Sofia wünschte sich mehr als alles andere, zu bleiben.
»Wie findest du es hier, nachdem du all die Jahre fort warst?«, fragte die andere Frau, und ein kleines, triumphierendes Lächeln erschien auf ihren Lippen.
»Als ob sich überhaupt nichts verändert hätte. Es ist erstaunlich, wie man sofort wieder ins alte Gleis gerät.«
»Aber bist du denn … wieder auf dem alten Gleis?«, fragte Claudia seidig.
»Natürlich.«
»Trotzdem – die Menschen verändern sich, nicht wahr? Oberflächlich sieht es aus, als wäre es immer noch dein Zuhause, aber wahrscheinlich fühlst du dich doch hier wie dort als Außenseiterin.«
»Eigentlich nicht. Wie eine Außenseiterin fühle ich mich nirgendwo«, log Sofia.
»Na, dann hast du Glück. Das ist sehr verbreitet. Es wundert mich, dass du dich hier zu Hause fühlst. Es gibt so viele neue Gesichter – eine ganz neue Hierarchie. Du bist nicht mehr Teil des Lebens hier. Santi hat mir erzählt, dass du früher sämtliche Gespräche auf Santa

Catalina beherrscht hast. Jetzt spricht überhaupt niemand mehr von dir.«

Diese Unverblümtheit war schmerzhaft, und Sofia zuckte innerlich zurück. »Ich möchte eigentlich auch nicht, dass man über mich spricht, Claudia«, erwiderte sie eisig. »Der Grund, weshalb ich gekommen bin, ist Maria. Zwischen uns besteht eine Freundschaft, die du nie verstehen könntest. Was du denkst, ist ohne Bedeutung. Meine Wurzeln hier reichen tiefer, als es deine je tun werden.«

»Aber ich lebe hier, Sofia, und Santi ist mein Mann. Am Ende wirst du wieder fortgehen und zu deinem Mann und deinen Kindern zurückkehren. Du gehörst nicht mehr hierher.«

In diesem Moment kam Santi auf die Terrasse geschlendert, gefolgt von Miguel, Panchito, Eduardo und Chiquita. Er sah sofort, dass Claudias Wangen gerötet waren, und ein Ausdruck der Sorge huschte über sein Gesicht, während sein Blick zwischen der Ehefrau und der Geliebten hin und her ging.

»Bleibst du zum Lunch, Sofia?«, fragte Chiquita. »Oder vielleicht zum Dinner?«

»Ich werde jetzt bei meinen Eltern essen, Chiquita. Aber zum Abendessen komme ich gern.« Zu Claudia gewandt, fügte sie hinzu: »Wir sehen uns dann vermutlich nicht mehr.« Claudias Hals lief vor unterdrückter Wut rot an, während Sofia sie voller Genugtuung anlächelte. »Ich wünsche eine gute Fahrt nach Buenos Aires.«

Als sie zwischen den Bäumen hindurch davonging, hätte sie vor Glück beinahe angefangen zu hüpfen. Sie fühlte sich siegreich. Claudia war in die Offensive gegangen. Wenn sie sich bedroht fühlte, war das ein sicherer Hinweis darauf, dass zwischen ihr und Santi nicht alles zum Besten stand. Sie hat die Leere ausgefüllt, die ich hinterlassen hatte, aber jetzt bin ich wieder da, dachte Sofia triumphierend.

Es war sicher fünf Uhr nachmittags, als die Autos nach Buenos Aires abfuhren. Rafaels und Jasminas Kinder fuhren mit ihrem Chauffeur, Santis und Claudias mit Marias. Als sie im Sonnen-

schein glänzend davonfuhren und die Staubwolken sich wieder legten, hüpfte Sofia siegreich zu Chiquitas Haus hinüber.
Nach dem Essen mit Santis Familie saßen sie alle draußen auf der Terrasse. In der Schwüle dort wurde allen das Herz schwer. Sie saßen im Dunkeln, beobachtet von den verborgenen Augen der Tiere der Pampa, und sprachen ganz offen über Maria. Sofia brachte es kaum über sich, in Eduardos sanftes Gesicht zu schauen. Aber es hatte doch auch etwas Befreiendes, so mit allen über sie zu reden. Ausnahmsweise waren sie realistisch. Maria würde nicht mehr sehr lange leben. Miguel hatte Fernando angerufen, und der hatte sich entschlossen, zum ersten Mal seit seiner Entführung nach Santa Catalina zurückzukommen, um sich von seiner Schwester zu verabschieden. Um ihretwillen wollte er seine Angst besiegen und sich vielleicht von den Schatten befreien, die ihn verfolgten.
Chiquita und Miguel saßen da und hielten einander tröstend bei der Hand. Trotz monatelanger Vorbereitung würde es nicht leicht werden. Es konnte buchstäblich noch tagelang dauern. In diesen Augenblicken fühlte Sofia sich eng verbunden mit ihrer Familie. Sie alle hatten eine gemeinsame Vergangenheit, und sie alle hatten auch die Liebe zu Maria gemeinsam. Solche Dinge waren wie ein Band zwischen ihnen, ein Band, das niemals aufgelöst werden konnte, was auch immer geschehen mochte.
Später, als alle zu Bett gegangen waren, saßen Sofia und Santi auf der Bank wie am Abend zuvor. Sie saßen schweigend beieinander, ohne das Bedürfnis, miteinander zu reden. Sie fanden Trost in der Tatsache, dass sie einander nah waren. Er nahm ihre Hand und zog sie an sich. Sofia wusste nicht, wie lange sie so dasaßen, aber nach einer Weile wurde ihr die unbequeme Haltung schmerzhaft.
»Ich muss mich bewegen, Santi«, sagte sie und streckte sich. Sie fühlte sich steif und schläfrig – und melancholisch. »Ich sollte ins Bett gehen. Ich kann kaum noch die Augen offen halten.«
»Ich möchte die Nacht mit dir verbringen, Chofi. Ich muss heute Nacht nah bei dir sein.« Sie schaute in sein zerknittertes Gesicht. Er war ein kräftiger Mann, aber heute Abend sah er verwundbar aus.
»Wir können nicht hier bleiben«, wandte sie ein.

»Ich weiß. Es gehört sich nicht. Ich komme mit dir.«
»Bist du sicher?«
»Absolut. Ich brauche dich, Chofi. Ich fühle mich so elend.« Sie nahm ihn in die Arme wie ein Kind, und er klammerte sich an sie. Es hatte etwas Rührendes, wie er sie umschlang. Das Herz tat ihr weh. »Wir können nichts für sie tun«, sagte er traurig. »Ich komme mir so nutzlos vor. Und dann denke ich: ›Was wäre, wenn so etwas mit einem meiner Kinder passierte? Wie würde ich damit zurechtkommen? Wie kommen meine Eltern damit zurecht?‹«
»Du kommst damit zurecht, weil du es musst. Es schmerzt, und es wird niemals aufhören zu schmerzen, Santi. Aber du musst stark sein. Diese Dinge werden uns geschickt, um uns zu prüfen. Wir wissen nicht, warum sie geschehen. Gott will Maria zurückhaben. Wir müssen dankbar sein, dass er sie uns so lange geliehen hat.« Blinzelnd kämpfte sie die Tränen nieder. Was sie gerade gesagt hatte, ging ihr noch einmal durch den Kopf, und ihr fiel auf, wie sehr es nach ihrer Mutter klang. Trotz aller Rebellion hatte sie mehr von ihrer Weltsicht angenommen, als sie gedacht hatte. »Komm, lass uns ins Bett gehen. Du bist aufgewühlt, weil du müde bist. Morgen bist du wieder stärker.«
Hand in Hand gingen sie zwischen den Bäumen dahin. Sie hätten beschwingt sein müssen, weil sie die Nacht zusammen verbringen konnten, aber stattdessen war ihr Herz schwer und leer, und sie verspürten eine unerklärliche Einsamkeit.
»Ich habe nie über den Tod nachgedacht, weißt du. Ich habe ihm nie ins Auge sehen müssen. Aber er macht mir Angst. Wir sind alle so verdammt verletzlich.«
»Ich weiß«, sagte Sofia ausdruckslos. »Wir müssen alle irgendwann gehen.«
»Ich schaue meinen Kindern ins Gesicht. Was soll ich ihnen sagen, wenn sie mich fragen, wo sie ist? Ich weiß nicht mehr, woran ich glaube.«
»Weil du zornig auf Gott bist. Ich habe meine Kindheit damit verbracht, zornig auf Gott zu sein, weil meine Mutter eine solche

Fanatikerin war; sie hat mich geärgert. Aber jetzt glaube ich. All das muss ja einen Sinn haben.«

»Für Mama muss ich stark sein, aber innerlich fühle ich mich schwach und hilflos«, gestand er kläglich.

»Vor mir brauchst du nicht stark zu sein, Santi.«

Er drückte ihre Hand. »Ich bin froh, dass du gekommen bist. Du bist gekommen, als ich dich am nötigsten brauchte.«

Sofia schloss die Tür hinter sich und ging zum Fenster, um die Läden zu verriegeln und die Vorhänge zuzuziehen.

»Hör nur die Grillen«, sagte sie. Sie war nervös. Sie hatten schon miteinander geschlafen, aber heute Nacht würde es langsam und intim zugehen. Sie hörte, wie Santi hinter sie trat, und dann schlang er die Arme um ihre Taille und zog sie an sich. Sanft küsste er ihren Hals. Sie lehnte sich an ihn und schloss die Augen. Seine Hände glitten unter ihre Bluse, und sie spürte seine rauen Handflächen auf ihrem Bauch. Es war schwül, und ihre Haut war feucht. Dann waren seine Hände auf ihren Brüsten, so behutsam, dass sie sie kaum fühlte. Seine Bartstoppeln kitzelten sie am Hals, und sie wand sich vor Lust. Sie drehte sich zu ihm um, und sein Mund senkte sich auf ihren mit der Inbrunst eines Menschen, der den Schmerz des Augenblicks auslöschen und sich in den Armen einer liebenden Frau vergessen will. Und endlich überließen sie sich einander, und in der Heimlichkeit der Nacht brauchte sie ihn mit niemandem zu teilen.

»Bin ich alt?«, fragte sie nachher, als sie sah, dass er ihren Körper betrachtete.

»Du? Du wirst niemals alt«, sagte er zärtlich. »Nur älter.«

Vierundvierzig

Montag, 10. November 1997

Fernando fühlte, wie ihm der Schweiß über den Rücken rann, als er von Bord der Fähre ging, die ihn über das schlammige Wasser von Uruguay nach Argentinien gebracht hatte. Fast zwanzig Jahre war es her, dass er zuletzt auf argentinischem Boden gestanden hatte. Zwanzig Jahre, seit er an politischen Demonstrationen gegen die Militärregierung teilgenommen hatte, die am 24. März 1976 an die Macht marschiert war. Der Putsch selbst war zwar unblutig verlaufen, aber in den folgenden fünf Jahre waren fast zehntausend Menschen verschwunden. Und beinahe wäre Fernando einer von ihnen gewesen.

Er schaute über das braune Wasser zurück und dachte an seine Flucht vor all den Jahren. Verängstigt und besiegt, hatte er geschworen, nie wieder einen Fuß nach Argentinien zu setzen. Er hatte zu viel Gewalt erlebt, um dem Tod je wieder so nah sein zu wollen.

In dieser Zeit hatte Fernando sehr viel über sich gelernt. Und was er gelernt hatte, gefiel ihm nicht. Er war ein Feigling. Anders als die tapferen Männer und Frauen, die für das Wohl ihres Landes, für Demokratie und Freiheit ihr Leben riskiert und oft geopfert hatten. Die zu Hunderten auf der Plaza de Mayo zusammengekommen waren, um gegen General Videla und seine Schergen zu demonstrieren. Sie waren die gesichtslosen Helden der »Verschwundenen« Argentiniens, die mitten in der Nacht aus ihren Betten gerissen worden waren, worauf man nie wieder etwas von ihnen gesehen oder gehört hatte. Vielleicht, dachte er, wäre es besser gewesen,

wenn er mit ihnen verschwunden wäre – vielleicht in einem nassen Grab auf dem Grund des Meeres, aber nicht in einem Versteck in Uruguay. Wenn der Polizei nur klar gewesen wäre, dass er in Wirklichkeit so harmlos war, dass sein aufschneiderisches Paradieren und Krähen nur Theater war, nur dazu angetan, ihm innerlich und äußerlich Wichtigkeit zu verleihen – nichts als ein Ausgleich für das jahrelange Leben neben einem Bruder, dessen Licht so hell schien, dass Fernando im Schatten stand. Bis er sich mit Carlos Riberas anfreundete und sich der Guerilla-Bewegung im Untergrund anschloss. Dort war es so dunkel, dass er ganz allein leuchten konnte.
Nach der Ankunft in Uruguay hatte er sich ein kleines, verfallenes Haus am Strand gekauft; er hatte sich einen Bart und die Haare wachsen lassen, sich kaum noch gewaschen und nur gelegentlich im Meer gebadet. Er hatte alle Selbstachtung verloren. Er hasste sich, und deshalb versuchte er sich unter dem dichten schwarzen Haargestrüpp zu verlieren, das um ihn herum wucherte wie die Dornenhecke bei Dornröschen. Nur dass keine Prinzessin kam, die ihn mit einem Kuss weckte. Frauen ging er aus dem Weg. Er war nicht gut genug; warum sollte irgendeine ihn lieben?
Er hatte Artikel für diverse uruguayische Illustrierte und Tageszeitungen geschrieben und versucht, den Kampf von der anderen Seite des Wassers her weiterzuführen. Das Geld brauchte er nicht; seine Familie sorgte dafür, dass er bekam, was nötig war. Tatsächlich hatte er mehr Geld, als er brauchte, und so gab er es den obdachlosen Bettlern, die dumpf und betrunken durch die staubigen Straßen streiften, braune Papiertüten mit ihren Schnapsflaschen umklammernd. Aber dabei fühlte er sich nicht besser. Er fühlte sich innerlich tot.
Und eines Nachts war er nach einem seiner üblichen Alpträume aufgewacht, der Schweiß war in seine Matratze gesickert und hatte sie durchfeuchtet wie einen Sumpf, und er war zu dem Schluss gekommen, dass er diese geistige Folter nicht länger ertragen konnte. Er stand auf, warf ein paar Habseligkeiten in einen Rucksack und verschloss die Tür seines Hauses. In den nächsten fünf Jahren unternahm er ausgedehnte Reisen durch Südamerika. Nach Bolivien, Mexiko, Ecuador. Von den chilenischen Seen zu den Bergen von

Peru. Aber wohin er auch kam, der Schatten seiner Qual war immer schon einen Schritt vor ihm.
Auf dem Gipfel des Machu Picchu, nur den Himmel über sich und den Nebel der Erde unter sich, hatte er begriffen, dass er nirgends mehr hinkonnte. Er war oben angekommen. Jetzt blieben ihm nur noch zwei Möglichkeiten: weiter hinauf ins Reich der Götter – oder wieder hinunter und lernen, mit sich zu leben. Es war eine schwierige Entscheidung. Die Nebelschwaden unter ihm wirbelten in einem hypnotischen Tanz und luden ihn ein, sich in die süße Stille zu stürzen, in das Vergessen, das sie ihm verhießen. In die Stille des Todes. In ein Vergessen, das ihm ermöglichen würde, sogar sich selbst zu vergessen. Er starrte hinunter, schwankend am Rande der Welt. Aber auch das hätte nur wieder bedeutet, wegzulaufen. Er wäre nicht besser als früher, als er aus Argentinien weggelaufen war, nicht besser als ein Deserteur. Es wäre so einfach – zu einfach vielleicht. Darin ist kein Verdienst, dachte er bei sich. So zu sterben, daran ist nichts Tapferes.
Er sank ins Gras und hielt sich den Kopf mit beiden Händen. Das Schwierigste am Leben ist das Leben, dachte er jämmerlich und fand sich resigniert mit der Tatsache ab, dass wahrscheinlich noch eine ganze Menge Jahre vor ihm lagen. Ich kann sie entweder besinnungslos leben, wie ein Geist, und auf meinen Tod warten, oder ich kann mich auf das Leben stürzen und das Beste daraus machen.
Als er zu seinem Haus zurückkam, klingelte dort das Telefon. Es war sein Vater, der seit Wochen versuchte, ihn zu erreichen. Maria hatte Krebs und lag im Sterben. Es war Zeit, nach Hause zu gehen.

Als Fernando in Buenos Aires angekommen war, bat er den Fahrer, den seine Eltern geschickt hatten, ihn zur Casa Rosada an der Plaza de Mayo zu bringen. Er wollte nur einmal um das Gebäude herumfahren. Er wollte sehen, ob es ihn dann immer noch verfolgte wie in seinen Träumen. Das Regierungsgebäude, mit einer Mischung aus Rindertalg, Blut und Kalk rosarot gestrichen, beherrscht diesen Platz, flankiert von der Banco de la Nación, der Catedral Metropolitana, dem Consejo Municipal und dem Cabildo. Es ist ein schöner

Platz, gesäumt von hohen, exotischen Palmen, belebten Blumengärten und Kolonialbauten. Aber für Fernando war es ein dunkles, bedrohliches Gelände geworden, der Schauplatz seiner großen Desillusionierung.
Als der Wagen sich dem Platz näherte, fühlte Fernando die Angst, die aus seinem Bauch aufstieg und in seiner Kehle stecken blieb wie eine fette Kröte, die es ihm fast unmöglich machte, zu sprechen, ohne zu krächzen. Kalter Schweiß sammelte sich in seinen Fäusten, und sein Atem ging flach und unregelmäßig. Aber dann war er auf dem Platz, die Sommersonne schien unschuldig auf Pflanzen und Blumen, und Fernando spürte, wie sein Grauen verflog, als habe Gott selbst es vertrieben. Die Schatten waren fort. Argentinien war jetzt eine Demokratie, und das roch er in der süßen Luft und sah es in den sorglosen Gesichtern der Menschen, die an ihm vorbeischlenderten. Er sah sich um, schaute in das neue Gesicht der Stadt und sah, wie sie blühte, wie sie lächelte. Die Angst hing nicht länger schwer an ihm; sie fiel ihm von den Schultern wie ein abgetragener Mantel, den man in einem neuen, wärmeren Klima nicht mehr braucht. »Genug«, sagte er zum Chauffeur. »Bringen Sie mich nach Santa Catalina.«

Fernandos Ankunft war ein bedeutsames Ereignis für seine Familie. In der Erinnerung an Santis Rückkehr nach seinem Auslandsaufenthalt vor über zwanzig Jahren versammelten sich alle auf der Terrasse ihres Heims und spähten hinaus in den Sonnenschein, um Fernandos Auto auch gleich zu sehen. Aber seine Ankunft erwartete man mit Trauer, denn er kam, um seiner Schwester Lebewohl zu sagen.
»Er hat sich sehr verändert, Sofia«, sagte Chiquita traurig. »Ich glaube nicht, dass du ihn wiedererkennst.«
Sofia schaute ihre Tante an und lächelte mitfühlend. »Glaubst du, er kommt für immer?«, fragte sie, nur, um etwas zu sagen. Im Grunde interessierte es sie nicht, ob er heimkehrte oder nicht. Sie blickte hinüber zu Santi, der in ein Gespräch mit seinem Vater und Eduardo vertieft war. Fernandos Ankunft war von einem bangen Gefühl überschattet. Miguel hatte befürchtet, dass er nicht mehr rechtzeitig zurückkommen würde. Mit Maria ging es schnell zu

Ende. Niemand konnte still sitzen. Alle scharrten mit den Füßen oder gingen auf dem Rasen auf und ab. Die Hunde lagen hechelnd im Schatten.

Als Fernandos Auto um die Biegung kam und mit der düsteren Würde eines Leichenwagens langsam die Zufahrt heraufrollte, tat die kleine Versammlung einen Seufzer, der eher Erleichterung als Freude verriet. Fernando schaute aus dem Fenster, und sein Herz weitete sich voller Zuneigung und süßer Melancholie. Dies war der Ort, an dem er aufgewachsen war. Dies war der Ort, den er vor so vielen Jahren geopfert hatte, und er hatte sich überhaupt nicht verändert.

Er stieg aus und warf sich in die zarten Arme seiner Mutter. Er umarmte seinen Vater, Panchito und seine Onkel und Tanten, und alle machten eine Bemerkung über seine langen Haare und seinen schwarzen Bart. Er war kaum zu erkennen. Als er Sofia sah, machte er erstaunte Augen.

»Ich hätte nie gedacht, dass ich dich noch einmal wiedersehe.« Die Frau, auf die er hinunterschaute, erinnerte ihn an eine Cousine, die er einmal verabscheut hatte. Aber heute waren sie beide andere Menschen – als wäre ihre Kindheit nur ein ausgedehntes Theaterstück gewesen, das längst abgesetzt war, und als wären ihre Rollen mitsamt dem Skript auf dem Müll gelandet.

»Schön, dich zu sehen, Fercho. Ich bin froh, dass du wieder zu Hause bist«, antwortete sie. Etwas Besseres wusste sie nicht zu sagen; sie war verlegen. Fernando war ein Fremder für sie.

Als er Santi sah, tat er etwas, das sie beide überraschte. Er fing an zu weinen. In Santi sah er den Freund, der sich in jener kalten Winternacht aufgemacht hatte, um Facundo Hernandez zu bestrafen. Aber er weinte nicht, weil Facundo ihm das Leben gerettet hatte oder weil sie beide Maria das Leben gerettet hatten, sondern weil er in die ehrlichen grünen Augen seines Bruders schaute und dort die Jahre sah, die mit Eifersucht, Ressentiment und Angst vergeudet worden waren. Er weinte, weil er nach Hause gekommen war, und zwar für immer. Er blickte hinter sich. Der Schatten war nicht mehr da.

Chiquita führte ihn ins Haus zu Maria. Santi sah Sofia an, und beide wussten, dass dies kein Augenblick für sie war. Fernando musste eine Weile mit seiner Schwester allein sein.

»Lass uns ins Dorf fahren«, sagte er ernst. »Niemand wird es bemerken, nachdem Fercho jetzt nach Hause gekommen ist.«

»Er ist so verändert. Ein ganz anderer Mensch – jemand, den ich nie gekannt habe«, sagte sie wehmütig und folgte ihm zwischen den Bäumen hindurch.

»Ich weiß. Für uns ist er auch nicht mehr derselbe.«

»Ich sollte etwas für ihn empfinden, aber ich tue es nicht.« Sie sann über die Launenhaftigkeit der Zeit nach, die es einem ermöglichte, mit manchen Leuten auch nach langen Jahren der Trennung sofort wieder Kontakt zu finden und mit anderen nicht.

»Er hat viel durchgemacht, Chofi. Er ist nicht mehr der, der er früher war. Du wirst ihn wieder ganz neu kennen lernen müssen. Und ich auch.«

Als Fernando seine Schwester sah, fühlte er sich durch ihr tapferes Lächeln und ihre funkelnden Augen gedemütigt. Das Werk der Zerstörung, das die Krankheit an ihr vollbracht hatte, war unübersehbar. Ihr Gesicht war hager; die Wangenknochen stachen hervor und erinnerten an die gespenstischen Fotos aus deutschen Gefangenenlagern im Zweiten Weltkrieg. Sie hatte ihre Haare verloren, und man sah die Form des Schädels nur allzu deutlich unter der dünnen Haut. Aber ihr Lebensmut war so groß, dass er ihr Aussehen unbedeutend werden ließ und das Zimmer zu erhellen schien. Sie streckte ihre knochige Hand aus und begrüßte ihn zu Hause, und er fiel auf die Knie und küsste sie, voller Ehrfurcht vor ihrem Mut und im schmerzlichen Bewusstsein des eigenen Mangels an Tapferkeit.

»Sieh dich nur an!« Sie lachte, und ihre Augen lächelten zärtlich. »Was hast du mit dir gemacht, Fercho?« Fernando konnte nicht sprechen. Seine Lippen zitterten, aber kein Laut kam hervor. Seine dunklen Augen füllten sich mit Tränen. »Ich habe eine schreckliche Wirkung auf alle, die mich sehen«, sagte sie. »Ich mache sie zu zitternden Wracks.« Aber ihr Humor konnte die Tränen nicht länger verbergen, die sich auch in ihren eigenen Augen sammelten und über ihre fahlen Wangen hinabflossen. »Du bist ein dummer, dummer Kerl«, fuhr sie mit bebender Stimme fort, »dass du uns so lange allein lässt. Was hast du denn da drüben getrieben, während wir, die wir dich lieben, alle hier waren und dich vermisst haben? Hast du uns auch vermisst? Bleibst du jetzt für immer hier?«

»Ich bleibe für immer hier«, krächzte er. »Ich wünschte, ich ...«

»Sschh.« Sie hob die Hand. »Ich habe jetzt eine Grundregel. Kein Bedauern. Keine Reue. Kein Heulen und Zähneknirschen, weil man sich wünscht, man hätte etwas anders gemacht. Das habe ich mit Sofia durchgemacht – auch so ein Dummkopf wie du. In diesem Haus leben wir in der Gegenwart und freuen uns aneinander, ohne zurückzuschauen, es sei denn, wir wollten über die guten alten Zeiten plaudern. Sie waren doch gut, oder nicht, Fercho?« Er nickte stumm. »Ah, erinnerst du dich an meine Freundin, in die du so verschossen warst? Meine Schulfreundin? Du musst dich erinnern. Silvia Diaz, so hieß sie. Du hast ihr Liebesbriefe geschrieben. Was wohl aus ihr geworden ist?«

»Sie hat sich nie für mich interessiert.« Er lächelte bei der Erinnerung an diese unschuldsvollen Tage.

»O doch, das hat sie. Aber sie war schüchtern. Sie hat deine Briefe im Unterricht immer wieder gelesen. Sie hat sie mir vorgelesen. Sie waren sehr romantisch.«

»Das glaube ich nicht.«

»Oh, es ist aber so. Sehr romantisch. Du warst immer ein stilles Wasser. Wir konnten dich nie einschätzen. Aber einmal haben Sofia und ich heimlich zugesehen, wie du Ponina Blaquier im Swimmingpool geküsst hast.«

»Ich wusste, dass ihr da wart«, gestand er und lächelte sie an.

»Du hast dir nichts anmerken lassen.«

»Natürlich nicht – aber ich habe die Aufmerksamkeit genossen.« Er lachte.

»Das ist schon besser. Lachen ist heilsam. Tränen machen mich nur traurig«, sagte sie, und dann lachten sie zusammen.

Fünfundvierzig

»Weißt du noch, wie wir jeden Samstagabend zur Messe hierher gekommen sind?« Sofias Stimme hallte von den kalten Steinmauern der Kirche *Nuestra Señora de la Asunción* wider.
»Bevor wir in den Nightclub gegangen sind«, lächelte Santi. »Nicht sehr fromm.«
»Daran habe ich noch nie gedacht«, antwortete sie. »Um ehrlich zu sein, für mich war die Messe immer nur eine Pflicht.«
»Du hast die ganze Zeit gekichert.«
»War aber auch schwierig, ernst zu bleiben, wenn Padre Julio so sehr stotterte und lispelte.«
»Er ist vor Jahren gestorben.«
»Ich kann nicht sagen, dass es mir Leid tut.«
»Du solltest aber sagen, dass es dir Leid tut. Du bist schließlich in seiner Kirche«, sagte Santi lachend.
»Du meinst, er könnte mich hören? Ich frage mich, ob die Leute im Himmel wohl stottern. Von stotternden Engeln hat man doch noch nie gehört, oder?«
Sie spazierten lautlos den Gang hinunter. Die Kirche war ziemlich kahl, anders als die katholischen Kirchen in der Stadt. Der Altar war von bescheidener Einfachheit unter seinem sauberen weißen Tuch, geschmückt mit überhängenden Blumen. Die Luft war abgestanden; würziger Weihrauchduft war noch nicht verweht, da es kein offenes Fenster gab, durch das er hätte entkommen können. Die Sonne schien durch das bunte Glas hinter dem Altar herein und warf lange Strahlen auf Boden und Wände, sodass man den Staub sehen konnte, der ohne die Sonne unbemerkt geblieben wäre. Ikonen der Jungfrau Maria hingen an den Wänden, und zahlreiche Heiligenstatuen und Kerzen leuchteten im Halbdunkel. Die Kir-

chenbänke waren noch so, wie Sofia sie in Erinnerung hatte: streng und unbequem genug, um einen daran zu hindern, während der Predigt einzuschlafen.

»Erinnerst du dich noch an die Hochzeit von Soledads Nichte Pilar?«, fragte Sofia lächelnd.

»Wie könnte ich die vergessen?«, antwortete Santi. Er schlug sich mit der flachen Hand an die Stirn und lachte laut.

»Padre Julio verwechselte sie mit ihrer Schwester und hielt eine ganze Predigt über Lucia.« Sie bemühten sich, nur leise zu lachen.

»Und bis zum Ende, als er das glückliche Paar Roberto und Lucia segnete, hat niemand gemerkt, dass die Person, die er soeben beschrieben hatte, nicht das Geringste mit Pilar zu tun hatte!«, fügte sie hinzu. Sie konnte kaum noch sprechen. »Wie entsetzlich! Sie war so aufgebracht, und wir konnten nur lachen.«

Als sie den Altar erreichten, senkte sich Schweigen über sie wie ein Zauber. Instinktiv hörten sie auf mit ihren Albereien. Zwei kleine Tische standen rechts und links neben dem Altar, auf denen sich Kerzen in allen Größen und Formen stapelten. Ihre Gedanken richteten sich auf Maria. Santi ließ ein Streichholz aufflammen und zündete eine Kerze an.

»Für meine Schwester«, sagte er und schloss die Augen zum Gebet. Sofia war gerührt. Auch sie zündete eine Kerze an, schloss die Augen und bat Gott im Stillen, das Leben ihrer Cousine zu retten. Sie fühlte, wie Santis Hand nach der ihren tastete und sie Trost suchend umfasste. Er drückte sie zweimal, und sie beantwortete die Botschaft mit demselben Code. So standen sie eine Zeit lang da. Noch nie hatte sie so inbrünstig gebetet. Aber ihre Gebete waren nicht völlig selbstlos. Solange Maria lebte, hatte sie einen Vorwand zum Bleiben.

»Ob Gott wohl etwas dagegen hat, dass wir uns nur in der Not an Ihn wenden?«, fragte Santi leise.

»Ich glaube, er ist es gewohnt«, antwortete sie.

»Hoffentlich hilft es.«

»Das hoffe ich auch.«

»Aber ich habe kein großes Vertrauen darauf. Ich hätte es gern. Ich habe ein schlechtes Gewissen, weil ich erst herkomme, wenn mir nichts anderes mehr übrig bleibt. Ich habe das Gefühl, dass ich kein Wunder verdient habe.«

»Du bist hergekommen. Ich glaube nicht, dass es darauf ankommt, ob es deine letzte Zuflucht ist oder nicht. Du bist jetzt hier.«

»Vermutlich. Ich habe die Leute, die dauernd in die Kirche gingen, nie verstanden. Ich glaube, jetzt verstehe ich sie. Es gibt ihnen Trost.«

»Gibt es dir ein bisschen Trost?«

»Halbwegs.« Er lächelte wehmütig. »Weißt du, ich hätte dich gern in dieser kleinen Kirche geheiratet.«

»Wo Padre Julio gestammelt hätte: ›W-w-w-willst d-d-d-du S-s-sofia ....?‹«

Ihre Imitation ließ ihn leise lachen. »Das hätte mir alles nichts ausgemacht – nicht einmal, wenn er über Fercho gepredigt hätte!« Er zog sie an sich und gab ihr einen zärtlichen Kuss auf die Stirn.

In seinen Armen fühlte sie sich geliebt. Sein Geruch weckte die Erinnerung an eine andere Zeit, und sie wünschte sich sehnlich, sie könnte diesen Augenblick für immer festhalten. Sie umschlang ihn, und so blieben sie eine Weile, ohne das Bedürfnis zum Reden zu verspüren. Sie empfand schreckliche Melancholie, und gleichzeitig war sie glücklich, weil sie bei ihm war.

»Hast du Padre Julio je gebeichtet, dass wir ein Liebespaar waren?«, fragte er und löste sich von ihr.

»Bist du verrückt? Nein! Du etwa?«

»Nein. Hast du ihm überhaupt jemals etwas gebeichtet?«

»Eigentlich nicht. Ich habe immer alles erfunden. Er war so leicht zu schockieren, dass die Versuchung, etwas zu erfinden, allzu groß war.«

»Du bist wirklich böse, weißt du das?« Er lächelte ein wenig betrübt.

»Ich dachte schon, ich wäre nicht mehr so böse wie früher, bis ich hier aufgetaucht bin. Jetzt habe ich meine eigenen Grenzen überschritten.«

»Ich sollte mich schuldig fühlen. Anfangs habe ich es auch getan.

Aber jetzt nicht mehr. Es fühlt sich so … richtig an.« Er schüttelte den Kopf, als habe er seine Gefühle nicht mehr in der Gewalt, als sei er nicht länger verantwortlich für sie.

»Es ist ja auch richtig«, sagte sie beharrlich und nahm seine Hand. »Es hätte so sein müssen.«

»Ich weiß. Ich fühle mich schuldig, weil ich mich nicht schuldig fühle. Es ist erschreckend, wie leicht man vergisst.«

»Claudia?«

»Claudia, die Kinder … Wenn ich mit dir zusammen bin, denke ich nicht mehr an sie.«

»Mir geht es genauso«, sagte sie, aber das stimmte eigentlich nicht. Immer wenn Davids Gesicht und die Gesichter ihrer Töchter an die Oberfläche kamen, bemühte sie sich, so gut sie konnte, sie zu verdrängen. Sie hatten ihre Versuche fast aufgegeben. Aber David konnte sehr beharrlich sein, wenn er wollte.

»Komm jetzt. Lass uns hier verschwinden, bevor Padre Juan uns erwischt«, sagte er und ging den Mittelgang hinunter.

»Wir tun hier nichts Unrechtes. Wir sind verwandt – vergessen?«

»Chofi, ich kann es nicht vergessen. Ich glaube, Gott hat dich zu meiner Cousine gemacht, um mich für etwas zu bestrafen, das ich in einem früheren Leben getan habe.«

»Oder Er hat einen krankhaften Humor.«

Draußen schien die Sonne so grell, dass sie ihre Augen mit den Händen beschirmen mussten. Einen Moment lang war Sofia schwindlig, bis sie sich an das Licht gewöhnt hatte. Es war erstickend schwül.

»Wir werden ein höllisches Gewitter bekommen, Chofi. Fühlst du es?«

»Ja. Ich liebe Gewitter. Ich finde sie sehr erregend.«

»Bei einem Gewitter haben wir das erste Mal miteinander geschlafen.«

»Ja, das weiß ich noch. Wie könnte ich es vergessen?«

Sie gingen hinaus auf die Plaza. Die Straße war immer noch nicht asphaltiert, ganz so wie in den Zeiten ihrer Großeltern. Sie führte um den verschlafenen Platz herum, der von hohen Bäumen gesäumt war. Sofia sah, dass sie die Rinde unten am Stamm immer noch mit weißem *cal* anstrichen, um die Ameisen abzuhalten. Kleine Häuser und Geschäfte lagen im Sonnenschein, und das schattige Innere versteckte sich hinter staubigen Fensterscheiben.

Da es Nachmittag war, hatten die Geschäfte zur Siesta geschlossen, und die Plaza lag still und ruhig in der Tageshitze. Sie spazierten zu einer der Bänke im Schatten, und sie wollten sich gerade setzen, als eine Stimme von einer der anderen Bänke sie anrief. Entsetzt und überrascht sahen sie, dass es die berühmte alte Hexe war.

»*Buen día,* Señora Hoffstetta«, sagte Santi mit höflichem Kopfnicken.

»Ich wusste nicht, dass die alte Hexe noch lebt!«, zischelte Sofia lächelnd durch die Zähne.

»Ich glaube, Hexen sterben nicht«, sagte Santi.

Die alte Hexe saß vornübergebeugt da. Sie trug ein langes schwarzes Kleid. Kein Wunder, dass man ihr den Spitznamen »alte Hexe« gegeben hatte. Als Kind hatte die Frau ihr Angst eingejagt, entsann Sofia sich. Ihr Gesicht war klein und verkniffen wie eine alte Walnuss. Ihre Augen waren so schwarz wie ihre Zähne, und man konnte sie auf eine Meile riechen. In ihren langen, knotigen Fingern hielt sie eine braune Tüte.

Die beiden setzten sich auf ihre Bank und versuchten die Frau zu ignorieren, aber die ganze Zeit, während sie sich unterhielten, spürte Sofia den Blick der Alten im Rücken.

»Schaut sie uns immer noch an?«, fragte sie Santi.

»Ja. Tu einfach so, als wäre sie nicht da.«

»Ich kann sie aber fühlen. Ich wünschte, sie würde weggehen.«

»Keine Angst, sie ist ja in Wirklichkeit keine Hexe.«

»Das glaube ja nicht. Neben ihr sehen die Hexen in den Märchenbüchern aus wie Schneewittchen.« Beide lachten hinter vorgehaltener Hand. »Wahrscheinlich weiß sie, dass wir über sie sprechen.«

»Wenn sie eine Hexe ist, weiß sie es ganz sicher.«

»Lass uns gehen. Ich kann sie wirklich nicht ertragen.« Sie standen auf.

»Bah!«, kreischte die Frau. Sie ignorierten sie und liefen eilig los.

»Bah!«, beharrte die Alte. »*Mala suerte*. Ihr hattet eure Chance. *Mala suerte*. Bah!« Beide blieben stehen und schauten einander erstaunt an. Santi war im Begriff, die Hexe zur Rede zu stellen, aber Sofia packte ihn beim Arm und zog ihn weiter. »Zwillingsseelen. Ich sehe eure Aura, Zwillingsseelen! Bah!«

»*O Dios,* sie macht mir Angst. Lass uns von hier verschwinden«, drängte Sofia, und sie gingen schnell davon.

»Wie kann sie es wagen, so mit uns zu reden, das alte Klatschweib!«, sagte Santi erbost. »Leute wie sie sind es, die alle in Schwierigkeiten bringen.«

»Weißt du, sie ist wirklich eine Hexe. Da habe ich keinen Zweifel.«

»Na, warum setzt sie sich dann nicht auf ihren Besen und verpisst sich?« Beide lachten nervös.

Plötzlich, als sie gerade dachten, sie wären ihr entkommen, tauchte sie vor ihnen auf – krumm und stinkend, wie eine riesengroße, haarige Fledermaus. Sie schlurfte auf Sofia zu und drückte der Ahnungslosen die braune Tüte in die Hände. Sofia umfasste sie voller Ekel, als wäre es ein Beutel voll tropfender Eingeweide; sie fühlte sich weich und feucht an. Sie schaute in die schwarzen Augen der Alten und fühlte, wie die Panik in ihr aufstieg, aber die alte Hexe nickte ihr beruhigend zu und schloss ihre Hände um die Tüte. Sofia wand sich und wich zurück, aber der Versuch, sich zu befreien, war vergebens. Die alte Hexe grinste und murmelte ihren Namen. »Sofia Solanas.« Dann verschwand sie auf dem Platz.

Kaum saßen sie im Wagen, schlug Sofia die Tür zu und drehte das Fenster hoch. Sie zitterte.

»Was ist in der Tüte?«, fragte Santi ungeduldig. Allmählich fand er die ganze Situation amüsant.

»Ich weiß nicht, warum du grinst. Daran ist nichts Komisches«, schrie Sofia. »Mach du sie doch auf!« Und sie hielt ihm die Tüte entgegen. Langsam öffnete er sie und spähte mit halbem Auge hinein, als erwarte er etwas Groteskes darin zu finden. Dann lachte er laut vor Erleichterung.

»Na, was ist es denn?«, fragte sie.

»Du wirst es nicht glauben – es ist ein Setzling, ein Ombu, den du pflanzen sollst.«
»Ein Ombu? Was um alles in der Welt soll ich mit so einem Baum?«
»Na, in England wird er sicher nicht wachsen.« Er fing wieder an zu lachen.
»Was für eine merkwürdige Frau. Wie alt ist sie eigentlich? Ich dachte schon vor zwanzig Jahren, sie wäre steinalt«, sagte sie hitzig. »Sie müsste doch inzwischen kalt im Grab liegen.«
»Wieso gibt sie dir einen Ombu?«, murmelte Santi stirnrunzelnd. »Es wundert mich, dass sie überhaupt wusste, wer du bist.«
Er ließ den Motor an, und Sofia war erleichtert, als sie das Dorf hinter sich ließen und nach Santa Catalina zurückfuhren.
»Was hat sie mit ›Zwillingsseelen‹ gemeint?«, fragte sie nach einer Weile.
»Das weiß ich nicht.«
»Sie hat Recht, das sind wir. Aber man braucht kein Hellseher zu sein, um das zu erkennen. Sie ist so unheimlich. Das Dumme ist nur, die Leute glauben ihr«, sagte sie wütend. »Soledad zum Beispiel.«
»Ach, und du nicht?« Sein Mund verzog sich zu einem spöttischen Lächeln.
»Selbstverständlich nicht!«, erklärte sie naserümpfend.
»Warum diskutieren wir dann überhaupt über sie? Wenn du nicht an sie glaubst ...«
»Das hat nichts zu sagen. Ich glaube nicht an sie; sie ist ein Quälgeist, und ich finde, sie sollte nicht herumlaufen und den Leuten Angst machen. Ich glaube nicht an Hexen.«
»Aber du glaubst an den Zauber des Ombu.«
»Das ist etwas anderes.«
»Nein, ist es nicht.«
»Ist es doch. Sie ist eine Verrückte. Sie gehört eingesperrt. Der Ombu ist etwas ganz anderes. Das ist die Magie der Natur.«
»Chofi?«
»Ja?«, sagte sie gereizt. Dann schaute sie ihn an und sah, wie der Beginn eines Lächelns über sein Gesicht huschte.

»Hat der Ombu dir je einen Wunsch erfüllt?«, fragte er, und dabei starrte er konzentriert auf die Straße, als müsse er sich ablenken, um nicht zu lachen.
»Ja, das hat er.«
»Welchen denn?«
»Ich habe mir einmal gewünscht, dass du dich in mich verlieben sollst«, antwortete sie und lächelte triumphierend.
»Ich glaube nicht, dass das etwas mit dem Ombu zu tun hatte.«
»Was weißt du denn davon?«, rief sie. »Du verstehst einfach nichts von der Macht der Natur – und weißt du noch etwas? Ich wette mit dir, dass dieser Setzling in England wachsen wird!« Sie drehte sich um und sah, dass er lächelte. »Lachst du über mich?«, schimpfte sie. »Halt sofort an.«
»Was?«
»Du sollst anhalten. Sofort!«
Er bog von der Straße auf einen Seitenweg, der an ein paar Bäumen vorbei in die Felder führte. Er stellte den Motor ab und drehte sich zu ihr um. Seine großen grünen Augen und sein boshaftes Grinsen waren unwiderstehlich. Sie merkte, dass ihr Ärger verflog.
»Hör mal – sie war wirklich unheimlich«, beharrte sie.
»War sie. Aber was schadet es, wenn sie sagt, wir sind Zwillingsseelen?« Er küsste ihren Hals.
»Sie sagt, wir hätten unsere Chance gehabt.«
»Was weiß sie denn schon? Sie ist nur eine alte Hexe.« Er lachte leise und knöpfte ihr Kleid auf.
Kaum berührten seine warmen Lippen ihren Mund, da vergaß sie das Gekeife der Alten auf der Plaza. Er schmeckte nach Salz, und sie roch den einzigartigen Santi-Geruch, den sie so sehr liebte. Sie stieg rittlings auf ihn, hielt den Atem an, als sie über Lenkrad und Schalthebel hinwegturnte. Er zog ihr Kleid hoch und strich mit der Hand über die zarte Haut an der Innenseite ihrer Schenkel. Sie war klebrig vom Schweiß. Er schob ihren Slip zur Seite und drang in sie ein, legte ihr die Hände ins Kreuz, zog sie an sich, lenkte ihre Bewegungen. Und während sie sich halb bekleidet liebten, verspürte sie von neuem, wie erregend es war, gegen alle Regeln zu verstoßen.

Sechsundvierzig

Zu Hause auf Santa Catalina ließen sie sich in den Pool fallen. Die Nachmittagssonne hing tief über dem Horizont und glühte wie eine verlöschende Kohle im klaren Himmel. Moskitos schwärmten zwischen Bäumen und Gras, und der Duft von Antonios Rosen- und Geißblattranken wehte über das Wasser zu ihnen herüber. Sie legten die Ellenbogen auf den Beckenrand, schauten hinaus über die Felder und redeten über das, was sich im Laufe der Jahre, in denen sie voneinander getrennt gewesen waren, verändert hatte.

»Weißt du, ich vermisse José«, sagte Sofia. »Pablo ist nett, aber irgendwie habe ich mich mit José gut verstanden.«

»Ja, er war ein weiser alter Uhu.«

»Wer ist dieser Javier? Er ist sehr hübsch.«

»Er ist Soledads und Antonios Sohn. Hat sie dir nichts davon erzählt?« Santi war überrascht.

»Soledads Sohn? Bist du sicher?«

»Natürlich bin ich sicher. Ich verstehe nicht, wieso sie dir nichts erzählt hat. Wahrscheinlich hat sie angenommen, dass du Bescheid weißt.«

»Wie furchtbar. Ich habe offenbar immer nur über mich selbst geredet, seit ich hier bin.«

»Er ist ein richtiger Held.«

»Wirklich? Inwiefern?«

Und Santi erzählte ihr, wie Javier seinem Vater ein paar Jahre zuvor bei der Arbeit an den Beeten am Pool geholfen hatte, während die Familie sonnenbadend und plaudernd auf der Terrasse am Wasser gesessen hatte. Clara und Felix hatten still mit den anderen kleinen Kindern im Gras gespielt. Niemand hatte bemerkt, dass Felix zum Beckenrand gekrochen war, um seine Hände ins Wasser zu tauchen. »Javier warf zufällig einen Blick in den Pool und sah einen kleinen grauen Fleck, der regungslos auf dem Grund des Beckens lag. Er vergeudete keine Sekunde: Er sprang hinein und stellte fest, dass es der kleine Felix war, der da auf dem Beckengrund lag, und er zog das keuchende und nach Luft schnappende Kind aus dem Wasser. Er hat ihm das Leben gerettet. Wenn Javier nicht gewesen wäre, hätte Felix ertrinken müssen. Zum Lohn dafür, dass er seinem Enkel das Leben gerettet hatte, hat Paco ihm einen Sattel mit einer Silberplakette geschenkt, in die seine Initialen eingraviert waren. Niemand hat je vergessen, was Javier da getan hat. Paco hat Javier immer besonders gern gemocht.«

Kaum hatten sie genug vom Schwimmen, lief Sofia nach Hause und begab sich schnurstracks in die Küche, wo Soledad das Abendessen vorbereitete.

»Soledad, du hast mir nie gesagt, dass du einen Sohn hast«, sagte sie begeistert und versuchte so, ihren bisherigen Mangel an Interesse wettzumachen. »Und er sieht so gut aus.«

»Genau wie Antonio.« Soledad lachte.

»Na, eher wie du, Soledad«, sagte Sofia. »Ich komme mir schrecklich vor – ich sehe ihn seit Tagen auf dem *campo* und habe nie etwas gesagt.«

»Ich dachte, Sie wüssten Bescheid.«

»Ja, jetzt. Santi hat mir erzählt, wie er Felix das Leben gerettet hat. Du musst sehr stolz sein.«

»Das bin ich auch. Wir sind es beide. Javier poliert seinen Sattel jeden Tag. Er ist das Kostbarste, was er besitzt. Señor Paco ist ein sehr großzügiger Mann«, sagte sie ehrerbietig.

»Javier hat seine Großzügigkeit aber auch verdient«, sagte Sofia.

Sie ging in ihr Zimmer und ließ sich ein kühles Bad ein. Während sie sich auszog, dachte sie an Santi und fragte sich, was die Zukunft wohl bringen mochte. Sie dachte auch an David und daran, wie er sie gerettet hatte, als sie sich verwundbar und verloren gefühlt hatte. Er war so gut zu ihr gewesen. Sie war erleichtert, als Soledad anklopfte. Sie brauchte Ablenkung von den Fragen, die ihr Herz bestürmten, wann immer sie allein war.

Soledad kam hastig herein. Zu Sofias Überraschung war ihr rundes Gesicht bleich und tränennass, und sie rang schmerzerfüllt die Hände. Sofia führte sie zum Bett, setzte sich neben sie und legte ihr tröstend einen Arm um die kräftigen Schultern.

»Was ist denn?«, fragte sie, als ein Schluchzen die stämmige Gestalt schüttelte. Soledad versuchte zu sprechen, aber immer wieder versagte ihre Stimme, und sie brach erneut in Tränen aus. Nach viel gutem Zureden erklärte sie schließlich, sie habe ein Geheimnis, und sie habe schwören müssen, es zu bewahren. »Aber Sie sind doch meine Sofia«, weinte sie. »Ich kann Ihnen nichts vorenthalten.«

Sofia war in Wirklichkeit nicht interessiert an ihrem Geheimnis. Sie hatte früher viele Geheimnisse von Soledad anvertraut bekommen, und keins davon war sonderlich bedeutsam gewesen. Aber es gefiel ihr nicht, die alte Freundin so aufgewühlt zu sehen, und um sie zu trösten, hörte sie sich das Geheimnis an.

»Es geht um Javier«, begann Soledad kläglich.

»Ihm fehlt doch nichts, oder?«, fragte Sofia besorgt und dachte, er sei vielleicht krank.

»Nein, das ist es nicht, Señora Sofia. Wir lieben ihn, Antonio und ich. Wir haben ihm ein gutes Zuhause gegeben und zugesehen, wie er zum Mann herangewachsen ist. Wir sind stolz auf ihn.«

»Warum weinst du dann? Er ist ein guter Sohn. Ihr habt Glück.«

»Oh, ich weiß, Señora Sofia. Sie verstehen nicht …« Sie hielt inne und holte tief und erschauernd Luft. »Señor Paco hat uns verboten, jemandem davon zu erzählen. Und wir haben es nie getan. Vierundzwanzig Jahre lang haben wir sein Geheimnis bewahrt. Wir dachten, Sie würden eher zurückkommen. Wir waren ja nur seine Zieheltern, haben wir uns immer wieder gesagt. Seine Mutter sind Sie.«

»Was redest du da, Soledad«, flüsterte Sofia.

»Bitte geben Sie mir keine Schuld. Ich habe nur getan, worum Señor Paco mich gebeten hat. Er hat Ihr Baby aus der Schweiz geholt. Er sagte, der Junge sollte ein gutes Zuhause haben. Sie würden zurückkommen und bereuen, was Sie getan hätten. Und er wollte nicht, dass sein Enkel von Fremden großgezogen wurde.«

»Javier ist mein Sohn?«, fragte Sofia langsam. Sie fühlte sich merkwürdig losgelöst von ihrem Körper, als kämen ihre Worte aus einem fremden Mund.
»Javier ist Ihr Sohn«, wiederholte Soledad und fing an zu heulen wie ein verwundetes Tier.
Sofia stand auf, ging zum Fenster und schaute in die dämmrige Pampa hinaus.
»Javier ist Santiguito?« Sie wollte es nicht glauben. In der Glasscheibe sah sie die kleinen Hände und Füße und das Näschen, das sie viel zu wenig geküsst hatte. Sie schmeckte Salz im Mund. Ihr Spiegelbild im Fenster verzerrte sich vor Schmerz, und ihr Blick verschwamm, bis sie nichts mehr sah.
»Señor Paco und ich – und natürlich Antonio – sind die Einzigen, die davon wissen. Er wollte nicht, dass Señora Anna es erfuhr. Aber Sie haben ein Recht darauf. Sie sind seine Mutter. Wenn Sie es Javier sagen wollen, kann ich Sie nicht hindern. Vielleicht sollte er ja wissen, wer seine richtigen Eltern sind. Dass er ein Solanas ist.«

Siebenundvierzig

Sofia rannte in den Park hinaus und ließ Soledad heulend in ihrem Schlafzimmer zurück. Es war fast dunkel. Sie wusste nicht, was sie ihm sagen wollte, aber sie musste ihn sehen, musste ihm alles erzählen. Hatte nicht jedes Kind ein Recht darauf, zu wissen, wer es zur Welt gebracht hatte? Sie sah es im Geiste vor sich, wie sie die Arme um ihn schlang und in sein Ohr hauchte: »Mein Sohn, du bist Santiguito, der Sohn, den ich verloren glaubte, der Sohn, von dem ich dachte, ich würde ihn nie wiedersehen.« Die Tränen waren versiegt, und sie fühlte sich jetzt seltsam leicht. Es war berauschend.

Als sie sich den Baracken näherte, sah sie die roten Flammen eines Lagerfeuers. Die blechernen Töne einer Gitarre drangen an ihr Ohr, und der Gesang wurde immer lauter, je näher sie herankam. Zu ihrer Bestürzung sah sie eine Gruppe Gauchos am Feuer sitzen; sie lachten und tranken, und ihre braunen Gesichter wurden von den tanzenden Flammen beleuchtet. Sofia blieb hinter einem Baum stehen, um sie zu beobachten. Die Männer konnten sie nicht sehen. Sie strengte ihre Augen an und suchte unter den Gesichtern nach ihrem Sohn. Dann hatte sie ihn gefunden. Er saß in der Mitte zwischen Pablo und einem anderen Mann, den sie nicht kannte, und sang begeistert mit. Ab und zu lächelte er, und seine weißen Zähne blitzten im Flackerlicht. Sie konnte ihn nicht gut genug sehen, um festzustellen, ob er mehr Ähnlichkeit mit ihr oder mit Santi hatte, und von den wenigen Begegnungen her konnte sie sich an seine Gesichtszüge auch nicht erinnern. Frustriert machte sie schmale Augen, um besser sehen zu können.

Plötzlich öffnete eine schlanke Frau die Tür ihres Hauses, kam mit einem Tablett voller Teller heraus und ging damit zu den Männern hinüber. Sofia sah einen mageren Hund, der um ihre Fersen sprang. Als sie sich bewegte, um besser sehen zu können, merkte der Hund anscheinend, dass da jemand zwischen den Bäumen war, denn er fing an zu kläffen. Er kam geradewegs auf sie zugelaufen, den Schwanz steil aufgerichtet wie ein wilder Keiler, angriffsbereit. Die Frau spähte herüber. Sie sagte etwas zu den Männern, und zwei sprangen auf, die Hände an ihren Messern. Sofia blieb nichts anderes übrig, als aus ihrem Versteck zu kommen. Beschämt darüber, dass man sie ertappt hatte, gab sie sich zu erkennen. Ernüchterung ging durch die Gruppe, die Gitarre wurde beiseite gelegt, und der Gesang hörte auf.

Javier, der bereits stand, nahm die Hand von seinem Messer und kam ihr entgegen. »Guten Abend, Señora Sofia. Ist alles in Ordnung? Wünschen Sie etwas?«, fragte er höflich und zog dabei neugierig die Stirn kraus.

Sie sah ihm entgegen. Er war groß, hatte eine gute Figur, breitschultrig wie sein Vater. Er ging auch ein bisschen wie Santi, die Knie auswärts gedreht, aber das war eigentlich nicht überraschend, denn er hatte sein Leben im Sattel verbracht. Als er näher kam, sah sie, dass er dunkelhaarig war wie sie. Er blieb vor ihr stehen und wartete, dass sie etwas sagte. Sie wollte ihm sagen, dass sie seine Mutter war, aber dann kamen ihr die Worte nicht über die Lippen. Ihr Enthusiasmus verflog. Sie schaute an ihm vorbei zu seinen Freunden und erkannte, dass er bei ihnen glücklich war. Er war glücklich in seiner Ahnungslosigkeit. Er besaß etwas, das ihr so viele Jahre gefehlt hatte: das Gefühl, irgendwo hinzugehören. Er gehörte hierher nach Santa Catalina. Welche Ironie, dass er mehr hierher gehörte als sie – und sicher mehr als ihre Mutter jemals. Betrübt erkannte sie, dass es grausam und selbstsüchtig wäre, alles zu zerschlagen, woran er von Kindesbeinen an geglaubt hatte. Sie schluckte ihre Worte herunter und lächelte kläglich.

»Ich war als Kind oft hier, als José noch lebte«, sagte sie, um ein Gespräch in Gang zu bringen.

»Meine Mutter sagt, Sie sind lange weg gewesen, Señora Sofia.«

»Ja. Du ahnst nicht, wie sehr ich alles hier vermisst habe.«

»Stimmt es, dass es in England immer regnet?« Sein Mund kräuselte sich zu einem schüchternen Lächeln.
»Nicht so oft, wie du glaubst. Manche Tage sind so klar und blau wie hier«, antwortete sie und hoffte dabei, er werde nicht merken, wie eingehend sie seine Züge studierte.
»Ich bin nie von Santa Catalina weg gewesen«, sagte er.
»Na, an deiner Stelle würde ich auch dafür sorgen, dass es so bleibt. Ich habe viel von der Welt gesehen, und ich kann dir sagen, nirgends ist es schöner als auf Santa Catalina.«
»Werden Sie hier bleiben? Meine Mutter hofft es.«
»Ich weiß es nicht, Javier«, sagte sie kopfschüttelnd. »Deine Mutter war immer schon sentimental.«
»Ich weiß.« Er lachte.
»Aber sie ist dir eine gute Mutter, da wette ich.«
»Das ist sie.«
»Sie war auch gut zu mir, als ich klein war. Sie war meine Komplizin.«
Nach einer Weile merkte Sofia, dass er darauf brannte, zu seinen Freunden zurückzukommen. Schließlich war sie die Tochter seines Arbeitgebers, und sie kamen aus zwei verschiedenen Welten. Er würde nie mit ihr sprechen wie mit seinesgleichen. Freundlich zu ihr zu sein, gehörte zu seinem Job.
Sie sah ihm nach, als er zurückging, bevor sie selbst zwischen den Bäumen hindurch nach Hause zurückkehrte. Er war unverkennbar ihr Sohn. Sie hatte zwar im Dunkeln die Farbe seiner Augen nicht erkennen können, aber sie stellte sich vor, dass sie braun waren. Wären sie grün wie die Augen seines Vaters gewesen, wäre ihr das sicher schon eher aufgefallen. An seiner Erscheinung war nichts Außergewöhnliches. Er sah gut aus, aber er war als Gaucho aufgewachsen. Er gehörte in diese Umgebung. Nein, es wäre unfair gewesen, ihm die Wahrheit zu sagen.
Als sie in ihr Zimmer zurückkam, saß Soledad immer noch da, gebeugt und niedergeschmettert, die Hände im Schoß zur Faust geballt, und sie hob den Kopf mit dem Blick eines Menschen, dem der Grund zum Leben entrissen worden war. Ihre Augen waren wund

vom Weinen und stumpf vom Schmerz. Auch Sofia hatte das Gefühl, dass ihr etwas geraubt worden war. Aber als sie Soledad so sah, fühlte sie sich in ihrer Entscheidung bestärkt. Sie hatte das Richtige getan.

Als sie Soledad sagte, dass sie es ihm nicht hatte erzählen können, erstrahlte das runde Gesicht von innen her, und ihre angespannt hochgezogenen Schultern entspannten sich erleichtert. Wieder weinte sie, aber jetzt waren es Tränen des Glücks. Sie drückte Sofia an ihren Busen und dankte ihr immer wieder dafür, dass sie ihr den Sohn gelassen hatte. Kein Tag sei vergangen, erzählte sie, an dem sie nicht daran gedacht habe, dass Javier nicht ihr gehöre, dass sie nur seine Pflegemutter sei, die ihn aufziehen müsse, so gut sie könne, bis seine wahre Mutter eines Tages zurückkehrte und ihn zurückforderte. Aber Sofia antwortete traurig, er sei ihr, Soledads, Sohn. Es sei nicht mehr von Bedeutung, wer ihn zur Welt gebracht habe.

»Javier sieht sogar aus wie du, Soledad.« Sie setzte sich neben sie auf das Bett und ließ zu, dass ihre alte Freundin tröstend den Arm um ihre Schultern legte.

»Das weiß ich nicht, Señorita Sofia, aber er ist ein gut aussehender Junge, das stimmt.« Sie unterdrückte ein stolzes Lächeln, denn sie wusste, dass in diesem kleinen Zimmer kein Platz für ihren Stolz war.

»Wie ist es denn gegangen?«, fragte Sofia neugierig. »Wieso hat niemand etwas gemerkt, als du und Antonio aus heiterem Himmel ein Kind bekamt?«

»Nun, Señor Paco kam eines Tages zu uns nach Hause. Er sagte, wir wären am besten dazu geeignet, für Ihr Baby zu sorgen, weil Sie und ich einander immer sehr nah gestanden haben. Ich war Ihre Amme, als Sie ein Baby waren, erinnern Sie sich?«

Sofia nickte. Sie stellte sich vor, wie Dominique und Antoine den Plan schmiedeten, Santiguito nach Argentinien zu schicken. Sie nahm es ihnen nicht übel, im Gegenteil: Sie hatten ihm ja das beste Zuhause verschafft, das es geben konnte. Die Heimat, die sie verloren hatte, hatte er gefunden. Die Ironie des Schicksals ließ sie bitter lächeln.

»Was hat er euch erzählt?«

»Er hat gesagt, Sie würden eines Tages zurückkommen, aber Sie könnten nicht selbst für das Kind sorgen. Ich habe keine Fragen gestellt, Señorita Sofia, ich habe nicht geschnüffelt. Ich habe geglaubt, was er mir erzählt hat, und mein Bestes getan, um Javier so zu erziehen, wie Sie es sich gewünscht hätten.« Soledad schniefte, und ihre Stimme zitterte.

»Das weiß ich. Ich mache dir auch keine Vorwürfe. Ich muss nur alles wissen, weiter nichts«, sagte Sofia leise und drückte Soledad beruhigend die feuchte Hand. Soledad holte tief Luft und fuhr fort.

»Wir haben eine Geschichte über eine Nichte von Antonio erfunden, die gestorben wäre und in ihrem Testament verfügt hätte, dass Antonio sich um ihr Kind kümmern soll. Niemand hat Fragen gestellt; so etwas kommt ja immer wieder vor. Alle freuten sich für uns. Wir hatten uns dreißig Jahre lang ein Kind gewünscht. Gott war gut zu uns.« Ihre Stimme war nur noch ein heiseres Flüstern, und eine dicke Träne rollte über ihre runde Wange. »Und eine Woche später erschien Señor Paco mitten in der Nacht bei uns und brachte den kleinen Javier, in Musselin gewickelt. Er war schön wie das Jesuskind, hatte große braune Augen wie Sie und eine zarte braune Haut. Ich habe ihn auf den ersten Blick geliebt, und ich habe Gott für dieses Geschenk gedankt. Es war ein Wunder. Ein Wunder.«

»Und mein Vater war der Einzige außer dir und Antonio, der Bescheid wusste, ja?«

»Ja.«

»Wie hat er ihn behandelt? War es schwierig für ihn?«

»Das weiß ich nicht, Señorita Sofia. Aber er war immer besonders freundlich zu Javier. Das Kind folgte ihm wie ein Hündchen über die ganze Farm. Sie hatten ein gutes Verhältnis. Aber Javier war immer ein Gaucho. Er war bei uns glücklicher als bei Ihrer Familie. Er gehörte nicht in die großen Häuser, er fühlte sich dort fehl am Platze. Deshalb entwickelte sich eine natürliche Distanz zwischen ihnen, als er größer wurde. Aber wie gesagt: Señor Paco war immer besonders freundlich zu Javier.«

»Wie war er denn als Kind?« Sofia wagte es, die Frage zu stellen, obwohl sie wusste, dass es schmerzlich sein würde, zu hören, was sie verpasst hatte.
»Er war frech. Launenhaft wie Sie, begabt wie Señor Santiago. Er war immer in allem der Beste. Der Beste im Sattel, der Beste in der Schule.«
»Ich war nie gut in der Schule«, sagte Sofia. »Das hat er nicht von mir.«
»Aber er hat eine eigene Persönlichkeit, Señorita Sofia«, sagte Soledad wahrheitsgemäß.
»Ich weiß – ich hab's gesehen. Ich hatte erwartet, dass er aussieht wie ich und hinkt wie Santi. Ich hatte dieses Selbstvertrauen erwartet, diesen Blick der Solanas. Du weißt, was ich meine? Aber er ist ganz und gar er selbst. Er ist ein Fremder für mich, auch wenn ich ihn neun Monate im Leib getragen und in die Welt gesetzt habe. Und dann habe ich ihn im Stich gelassen.« Ihre Stimme brach. »Wenigstens werde ich mich jetzt nicht länger quälen, weil ich nicht weiß, was aus ihm geworden ist. Ich bin froh, dass er dich als Mutter hat, Soledad. Denn du warst auch meine Mutter.« Und wieder weinte sie am Busen des alten Dienstmädchens. Sie weinte um das, was sie verloren, und um das, was sie gefunden hatte, und sie wusste nicht, worum sie mehr weinte.

In dieser Nacht konnte sie kaum schlafen. Träume überkamen sie, wenn sie wach war und wenn sie in oberflächlichem Schlummer döste. Sie träumte, dass sie mit Santi schlief. Sie schaute ihm ins Gesicht, und unversehens verwandelte er sich in Javier. In panischem Schrecken wachte sie auf, knipste das Licht an und wartete, dass ihr pochendes Herz sich wieder beruhigte. Sie fühlte sich so allein. Sehnsüchtig wünschte sie sich, sie könnte Santi von Javier erzählen, aber sie wusste, welchen Schaden sie damit anrichten würde. Sie fragte sich, warum Dominique ihr nie etwas gesagt hatte und wie die Dinge sich wohl entwickelt hätten, wenn es ihr damals gelungen wäre, mit ihr zu sprechen, als die mürrische Haushälterin ihr mitgeteilt hatte, die beiden seien außer Landes.

Anfangs hatte sie nicht gewagt, Dominique und Antoine zu sagen, dass sie es sich anders überlegt hatte, denn sie ertrug es nicht, die beiden wissen zu lassen, dass sie einen Fehler begangen hatte. Sie hatten sie gewarnt, und sie hatte nicht hören wollen. Hätte sie ihre Reue früher eingestanden, dann hätten sie ihr vielleicht gesagt, wo der Junge war. Vielleicht wäre sie dann nach Argentinien zurückgekehrt. Vielleicht, wer weiß, hätte sie sogar eine Zukunft mit Santi gehabt. Aber wenigstens eins war sicher: Ihr Vater hatte aus Liebe gehandelt, und sie war ihm dankbar. Er hatte dafür gesorgt, dass Santiguito ein gutes Zuhause und eine liebevolle Familie bekommen hatte. Offenbar hatte er erwartet, dass sie am Ende doch wieder nach Hause kommen würde. Aber jetzt war es natürlich zu spät. Zu spät für alles.

Achtundvierzig

Dienstag, 11. November 1997

Am nächsten Morgen verbrachte sie einige Zeit mit Maria, und dann ging Sofia zu Grandpa O'Dwyers Grab. Sie legte ein paar Blumen vor den bemoosten Grabstein. Sie glaubte nicht, dass irgendjemand oft hierher kam; das Grab war seit Jahren nicht mehr gepflegt worden. Sie strich über die Worte, die in den Stein gemeißelt waren, und dachte, dass ihr jetzt nur noch wenig Zeit auf Santa Catalina blieb. Fast hörte sie, wie die Stimme ihres Großvaters aus dem Grab zu ihr drang und ihr sagte, das Leben sei ein Übungsplatz, nicht darauf angelegt, einfach zu sein, sondern zum Lernen gedacht. Wahrhaftig, eine harte Schule.

Als sie sich zum Gehen wandte, erschien die geisterhafte Gestalt ihrer Mutter hinter den Bäumen. Sie trug eine weite weiße Hose und eine gestärkte weiße Bluse. Das Haar floss offen in weichen, rostfarbenen Locken über ihre Schultern. Sie sah alt aus.

»Kommst du je her und sprichst mit Grandpa?«, fragte Sofia auf Englisch, als sie herankam. Anna hatte die Hände in den Taschen; sie kam langsam näher und blieb dann im Schatten des verwitterten Eukalyptusbaums stehen, der das Grab vor den Elementen schützte.

»Eigentlich nicht. Früher schon.« Anna lächelte traurig. »Vermutlich wirst du mir sagen, ich soll mich um das Grab kümmern.«

»Nein, durchaus nicht«, sagte Sofia. »Grandpa hatte es gern, wenn es wild und natürlich war, oder nicht?«

»Deine Blumen werden ihm gefallen.« Anna bückte sich steif, hob den Strauß auf und roch daran.

»Nein, das werden sie nicht.« Sofia lachte. »Er wird sie gar nicht bemerken.«

»Das weiß ich nicht. Er war immer voller Überraschungen.« Anna vergrub die Nase in den Blumen, bevor sie sie wieder vor den Grabstein legte. »Allerdings hatte er wirklich nicht viel übrig für Blumen.« Sie dachte daran, wie er ihnen mit der Gartenschere die Köpfe abgeschnitten hatte.

»Vermisst du ihn?«, fragte Sofia zögernd.

»Ja. Ich vermisse ihn.« Sie seufzte und holte tief Luft. Sie schaute ihre Tochter an und hielt für einen Moment inne, als überlege sie, wie sie etwas am besten sagen könnte. So stand sie mit den Händen in den Taschen da, die Schultern leicht hochgezogen, als friere sie. »Ich bedaure vieles, Sofia. Unter anderem den Verlust meiner Familie«, sagte sie stockend.

»Aber Grandpa hat doch hier gelebt.«

»Nein, das meine ich nicht. Ich meine …« Sie stemmte die Hände in die Hüften und schüttelte den Kopf. »Nein, ich bedaure, dass ich vor ihnen fortgelaufen bin.« Sofia merkte, dass ihre Mutter Mühe hatte, ihr in die Augen zu schauen.

»Du bist vor ihnen fortgelaufen?« Sie war überrascht, denn so hatte sie die Ehe ihrer Mutter nie betrachtet. »Wieso?«

»Ich wollte ein besseres Leben als das, was sie mir gegeben hatten, nehme ich an. Ich war selbstsüchtig und verwöhnt. Ich fand, dass ich etwas Besseres verdient hatte. Weißt du, das Komische am Altwerden ist, dass du glaubst, mit der Zeit werden Schmerz und Kränkungen verblassen, aber die Zeit ist ohne Bedeutung. Ich fühle jetzt noch genauso wie vor vierzig Jahren. Ich sehe nur äußerlich anders aus.«

»Wann hat dieses Bedauern angefangen?«

»Sehr kurz nach deiner Geburt waren meine Eltern hier zu Besuch.«

»Ja, ich erinnere mich, dass du mir davon erzählt hast.«

»Nun, und da wurde mir klar, dass man sich fremd wird, wenn man keine Zeit miteinander verbringt. Wir hatten uns auseinander gelebt. Ich glaube, darüber sind meine Eltern niemals hinweggekommen. Und dann habe ich gesehen, dass du die gleichen Fehler begingst, die ich begangen hatte. Ich wollte dich unbedingt daran hindern. Du warst dabei, vor deiner eigenen Familie wegzulaufen – und ich fand, du seist genau wie dein Vater.«

»O Mama, ich wollte doch nicht so lange wegbleiben«, beteuerte Sofia unter Tränen. Wie konnte sie erklären, was geschehen war und was sie fühlte? Wie konnte sie es ihrer Mutter verständlich machen?

»Das weiß ich, Kind. Es ist nur dein verdammter Stolz – und meiner.«

»Ich glaube, wir sind beide gleich schlimm, nicht wahr?«

»Es hat mir Leid getan, dass ich dich so hart behandelt habe.«

»Mama, du brauchst mir das alles nicht zu sagen.« Es machte Sofia verlegen, dass ihre Mutter ihr hier ihre Seele offenbarte. »Wir sind nicht im Beichtstuhl.«

»Ich will es aber. Weißt du, wir beide verstehen einander einfach nicht. Aber das ist kein Grund, weshalb wir keine Freundinnen sein können. Setzen wir uns hin, ja?«

Sofia setzte sich ihrer Mutter gegenüber ins Gras und dachte plötzlich, wie passend es doch war, dass Grandpa O'Dwyer bei diesem Gespräch zugegen war.

»Als ich deinen Vater heiratete, dachte ich, es wäre leicht, in einem schönen Land mit dem Mann, den ich liebte, ein neues Leben anzufangen. Aber da habe ich mich geirrt. Es ist niemals leicht, und vermutlich war ich selbst mein schlimmster Feind. Das sehe ich heute. Vermutlich wird man doch ein bisschen weiser, wenn man älter wird. Es ist die Weisheit des Rückblicks. Das ist etwas, das mein Vater mir wirklich beigebracht hat. Er hat in so vielen Dingen Recht gehabt, aber ich habe wirklich nicht gut genug zugehört. Ich wünschte, ich hätte es getan.«

Anna schwieg einen Moment lang und schüttelte den Kopf. Sie hatte beschlossen, sich mit ihrer Tochter zu versöhnen, und jetzt durfte sie nicht ins Wanken geraten. Sie holte tief Luft und strich sich eine Haarsträhne, die ihr vor die Augen gefallen war, hinters Ohr.

»Ach, Sofia, ich kann nicht erwarten, dass du es verstehst. Man versteht ja oft nicht einmal seine eigenen Gefühle und weiß nicht, woher sie kommen; wie soll das da bei einem anderen Menschen gelingen? Aber ich habe einfach nicht hierher gepasst. Noch nie. Ich habe mich bemüht, aber ich war für dieses Leben mit Pferden und südamerikanischem Temperament einfach nicht geschaffen. Ich fand die Gesellschaft hier sehr unnachsichtig, und sosehr ich mich auch bemüht habe, hierher zu gehören, ich habe es doch nie gekonnt. Ich wollte mir selbst gegenüber niemals eingestehen, dass ich die grünen Hügel von Glengariff vermisste, das launische Gesicht meiner Tante Dorothy und meine liebe, liebe Mutter, die ich einfach … im Stich gelassen hatte.«

Annas Stimme stockte, aber sie zwang sich zum Weitersprechen. Ihr Blick ging starr in die Ferne, und Sofia hatte das Gefühl, dass dieser Monolog sich ebenso an sie selbst richtete wie an ihre Tochter.

»Ich hoffe, Mam im Himmel verzeiht mir«, fügte sie mit leiser Stimme hinzu und schaute hinauf.

Sofia saß mit weit aufgerissenen Augen da; sie wagte nicht, sie zu schließen, weil sie fürchtete, dass der Augenblick dann verloren sein könnte. Noch nie hatte sie ihre Mutter so sprechen hören. Wenn sie so offen gewesen wäre, als Sofia herangewachsen war, hätten sie vielleicht echte Freundinnen sein können. Und dann überraschte Anna sogar sich selbst.

»Ich war neidisch auf dich, Sofia«, gestand sie. Ehrlicher konnte ein Mensch nicht sein, und Sofia spürte, wie es ihr die Kehle zuschnürte.

»Neidisch?«, krächzte sie.

»Weil bei dir alles so leicht aussah. Ich wollte dir die Flügel stutzen und dich am Fliegen hindern, weil ich nicht fliegen konnte«, sagte sie heiser.

»Aber Mama, ich wollte nur, dass du mich zur Kenntnis nimmst. Deshalb habe ich mich so schlecht benommen. Du hast immer nur meine Brüder gesehen«, sagte Sofia, aber es klang mehr wie ein Aufschrei.

»Ich weiß. Ich konnte keine Verbindung zu dir bekommen. Ich habe es versucht.«
»Ich habe mir so sehr gewünscht, dass du meine Freundin bist. Ich habe Maria mit Chiquita gesehen und mich danach gesehnt, dass wir beide so sein könnten. Aber wir sind einander nie nahe gekommen. Als ich nach London gezogen bin, wollte ich dich verletzen. Euch beide. Ich wusste, ihr würdet traurig sein, wenn ich nicht nach Hause käme. Ich wollte, dass ihr mich vermisst. Ich wollte, dass ihr erkennt, wie sehr ihr mich liebt.« Bei dem letzten Wort brach ihre Stimme. Sie konnte nicht weitersprechen.
»Sofia, komm her. Ich will dir sagen, wie sehr ich dich liebe. Wie sehr ich das alles bereue und wie sehr mir bewusst ist, dass dies vielleicht die letzte Gelegenheit ist, mich mit dir zu versöhnen.«
Sofia rückte neben ihre Mutter und ließ es zu, dass Anna den Arm um sie legte und das Gesicht an ihres schmiegte. Sie fühlte die Tränen ihrer Mutter auf ihrer Wange.
»Ich liebe dich doch, Sofia. Du bist meine Tochter.« Sie lachte traurig. »Wie könnte ich dich nicht lieben?«
»Ich liebe dich auch, Mama«, flüsterte Sofia.
»Weißt du, die größte aller christlichen Gaben ist die des Verzeihens. Du und ich, wir müssen lernen zu verzeihen.«
»Ich werde es versuchen«, versprach Sofia. »Und du musst versuchen, auch Papa zu verzeihen«, wagte sie hinzuzufügen.
»Paco?«
»Papa«, wiederholte Sofia.
Anna zog ihre Tochter an sich und seufzte. »Du hast Recht, Sofia. Ich werde versuchen, auch ihm zu verzeihen.«

Später ging Sofia mit Santi und Fernando reiten. Sie dachte über all das nach, was ihre Mutter gesagt hatte. Als sie sich auf Santa Catalina umschaute, hatte sie plötzlich das Gefühl, annähernd zu verstehen, weshalb Anna sich so isoliert vorgekommen war – denn allmählich erkannte Sofia, dass auch sie nicht mehr hierher gehörte. Welche Ironie, dass der Neid ihrer Mutter auf den Platz, den Sofia auf Santa Catalina eingenommen hatte, der Grund für ihre Bitter-

keit gewesen war; jetzt war gerade Sofias eigenes Gefühl der Isolation der Anlass für ihre Verständigung.
Santi kommandierte Javier herum, und Sofia musste unbeteiligt zuschauen. Für Santi war Javier ein Dienstbote wie Pablo, nicht mehr. Er behandelte ihn freundlich, aber mit Entschiedenheit, genau wie der Rest der Familie. Fernando war ein bisschen schroffer, genau wie sein Vater Miguel; es war ihre Art. Wie konnten sie auch wissen, dass Javier ihr eigen Fleisch und Blut war? Sie lächelte ihn an, als er ihr Pony sattelte und heranführte, damit sie aufsteigen konnte, und er lächelte zurück. Aber sein Lächeln enthielt nicht mehr Zuneigung, als er anderen Familienmitgliedern entgegenbrachte – weniger wahrscheinlich, weil er sie ja kaum kannte. Er sah den Widerschein seiner Farbe nicht in ihrem Gesicht, sah nicht, wie sein Lächeln und sein Gang sich in Santi spiegelten; es gab kein unbewusstes Band, das sie drei zusammenhielt. Sie hatte geträumt, dass die Natur ihn befähigen würde, zu sehen, woher er kam, aber dieser Traum war nichts als ein romantischer Wunsch gewesen. Er war herangewachsen und sah mehr wie Soledad und Antonio aus. Sie fragte sich, wie anders er wohl aussehen würde, wenn er bei ihr und Santi groß geworden wäre. Sie würde es nie erfahren.

»Was hast du heute getrieben?«, fragte Maria, als sie nach dem Abendessen mit Sofia allein auf der Terrasse saß. Sie sah besser aus und hatte auch mit ihnen am Tisch unter den Sternen essen können. Es war drückend schwül. Alle spürten, wie das Gewitter sich über den Horizont heraufschob.
»Ich habe Grandpas Grab besucht«, sagte Sofia. Maria lächelte sie im Dunkeln an, und Sofia bereute plötzlich, dass sie ihre Cousine an den Tod erinnert hatte. »Wie fühlst du dich?«, fragte sie, um das Thema zu wechseln.
»Tatsächlich besser. Zum ersten Mal fühle ich mich nicht krank, sondern wieder gesund. Vielleicht haben eure Kerzen ja gewirkt«, sagte sie im Gedanken an Sofias Kirchenbesuch am Tag zuvor.
»Das wäre schön. Wir haben sehr angestrengt gebetet«, sagte Sofia hoffnungsvoll. Eine Zeit lang saß sie schweigend da. Ihr war deut-

lich bewusst, dass die andern sie allein gelassen hatten, damit sie plaudern konnten, und sie war dankbar für diesen persönlichen Augenblick mit ihrer Freundin.

»Sofia, was wirst du tun?«, fragte Maria behutsam.

»Wovon sprichst du?« Sofia spielte die Unschuldige. Aber Maria konnte in sie hineinsehen wie Santi.

»Du weißt, wovon ich spreche. Irgendwann wirst du nach Hause fahren müssen.«

Sofia schluckte heftig. »Ich weiß. Aber ich kann darüber jetzt nicht nachdenken.«

»Du wirst es müssen. Du hast einen Mann und zwei Töchter. Liebst du sie denn nicht?«

»Doch. Ich liebe sie sogar sehr. Sie sind nur sehr weit weg.«

»Auch Santi hat Kinder und eine Frau, die er sehr liebt.«

»Nicht so, wie er mich liebt«, sagte Sofia abwehrend.

»Aber er kann dich nicht bekommen. Verstehst du das nicht? Es ist unmöglich.«

Sofia wusste, dass Maria Recht hatte, aber sie wollte der Wahrheit nicht ins Auge sehen. Alles war so vollkommen. Sie waren so glücklich zusammen; sie konnte sich einfach nicht vorstellen, dass das zu Ende gehen sollte.

Maria nahm ihre Hand und hielt sie fest. »Sofia«, sagte sie, »im Augenblick ist das alles schön und gut. Ihr lebt beide in einem Traum. Aber was wirst du tun, wenn ich nicht mehr da bin? Santi wird nach Buenos Aires zurückkehren; er hat ein Geschäft zu führen. Alles wird sich wieder normalisieren – und wo bleibst du dann? Was willst du denn? Ganz weglaufen? Deine Familie verlassen?«

»Nein! Ja! Ich weiß es nicht.« Sofia war verwirrt.

»Sofia, ich finde auch, dass ihr beide zusammengehört, aber es ist zu spät. Ich liebe meinen Bruder so sehr; ich würde alles dafür geben, euch beide glücklich zu sehen. Aber ihr könnt das Leben der Menschen um euch herum nicht zerstören. Du wirst nie wieder in den Spiegel schauen können. Du könntest einen Mann nicht respektieren, der fähig wäre, seine Kinder einfach so zu verlassen.

Und kannst du dein Glück wirklich auf dem Unglück anderer aufbauen?«
»Ich liebe ihn, Maria. Alles andere interessiert mich nicht. Ich wache auf und denke an ihn, und ich schlafe ein und träume von ihm. Er ist mein Atem. Ich muss bei ihm sein. Ich will einfach nicht ohne ihn leben. Ich habe so viel gelitten, als ich ihn vor all den Jahren verlassen habe; ich kann das nicht noch einmal durchmachen.«
»Du musst tun, was du willst«, räumte Maria gütig ein. »Aber denk nach über das, was ich dir gesagt habe.«
Sofia umarmte ihre Freundin – so zerbrechlich und doch so tapfer. Die Liebe zu ihr durchströmte sie machtvoll. Als sie ging, fielen die ersten Regentropfen vom Himmel.

Neunundvierzig

Mittwoch, 12. November 1997

Der Donner brüllte wie ein wütender Löwe, der über den Himmel streifte. Am liebsten wäre Sofia zu Santi hinübergerannt und hätte sich in seinen Armen zusammengerollt. Die Sintflut brandete in dicken Tropfen an ihre Fensterscheiben, trommelte tollwütig auf das Glas. Sie stand im Dunkeln und schaute hinaus. Es war immer noch sehr heiß. Ab und zu erhellte ein Blitz ihr Zimmer mit seinem erschauernden Silbergleißen. Sie hatte keine Angst. Sie war nur traurig.

Marias Worte kreisten in ihrem Kopf, und sie konnte sich nicht von ihnen befreien. War es wirklich unmöglich, dass sie und Santi zusammen waren? Sie hatte versucht zu schlafen, aber der Donner war wie ein Widerhall der Unruhe in ihrem Kopf, und sie warf sich qualvoll hin und her. Schließlich schlich sie sich hinaus in den Regen und ließ die schweren Tropfen auf sich herabfallen. Dass sie nass wurde, störte sie nicht – im Gegenteil, sie war dankbar dafür, denn die Nacht war schwül und stickig. Sie genoss die friedliche Dunkelheit, die schon immer einen seltsamen Reiz auf sie ausgeübt hatte. Sie verlor sich darin. Sie wanderte auf und ab über den Hof und ergab sich der süßen Melancholie ihrer Verzweiflung. Sie liebte Santi, aber konnte sie ihn genug lieben, um ihn gehen zu lassen?

Im Licht der Lampe, die über ihrer Tür im Wind schaukelte, schaute sie auf die Uhr. Es war drei Uhr früh. Trotz der Hitze lähmte sie ein kurzes Frösteln. Plötzlich fühlte sie sich von Panik ergriffen. Ein furchtbares Grauen durchdrang ihr Innerstes. Irgendetwas stimmte nicht. Sie wusste es einfach.

Unversehens rannte sie durch Regen und Wind zu Chiquitas Haus hinüber. Sie wusste nicht, was sie tun wollte, wenn sie dort wäre.

Sie rannte einfach. Das Wasser strömte ihr übers Gesicht und durchtränkte ihr Nachthemd, dass es wie Seetang an ihrer Haut klebte. Bei jedem Donnerkrachen rannte sie schneller, und sie sprang durch das Gras, wenn der Blitz herniederfuhr. Am Haus angekommen, hämmerte sie an die Tür. Als Miguels Gesicht erschien, zerfurcht und bang, sank sie ihm in die Arme.
»Es ist etwas passiert!«, rief sie atemlos. Verwirrt schaute er sie an, aber ehe er etwas sagen konnte, drängte sie sich an ihm vorbei. Santi erschien von irgendwoher, und plötzlich war das ganze Haus wach. Als sie in Marias Zimmer stürzte, sah sie ihre Angst bestätigt. Maria war tot.

Sofia war untröstlich. Miguel und Chiquita hielten einander umklammert, als hinge ihr eigenes Leben davon ab. Panchito und Fernando saßen zusammengesunken im Sessel und weinten. Santi kniete neben dem Bett und streichelte Marias Hand. Eduardo, der die ganze Zeit bei ihr gewesen war, stand wie in Trance am Fenster und starrte hinaus. Und Sofia? Sie wusste nicht, was sie mit sich anfangen sollte. Sie stand da, und ihre Träume zerfielen um sie herum. Sie warf einen letzten Blick auf ihre Freundin. Maria war im Tode noch schöner, als sie es im Leben gewesen war. Ihre Haut war wie aus Porzellan, und ihr Gesichtsausdruck war friedvoll. Ihr verfallener Körper lag still und schwer im Bett, und Sofia war sich sehr bewusst, dass es nur noch eine Hülse war, ein leeres Haus, in dem Maria einmal gewohnt hatte; jetzt war sie frei davon. Sie war froh, dass die Freundin den Schmerz endlich hinter sich gelassen hatte; sie wusste, dass sie jetzt dort war, wo Elend und Krankheit ihr nichts anhaben konnten. Aber was war mit den andern?
Miguel küsste die Stirn seiner Tochter, und dann ging er mit Chiquita, Panchito und Fernando hinaus und ließ Eduardo mit seiner Frau allein. Santi kam zu Sofia. Sein Gesicht war grau vor Verzweiflung. Er zog sie in die Arme, und dann führte er sie in den Korridor, wo sie sich beide ihrer Trauer überließen. Sie weinten lange Zeit schweigend, und dann nahm er ihr Gesicht in seine Hände und wischte ihr mit den Daumen die Tränen ab. Sein Blick war voll Zärtlichkeit.

»Wie geht es jetzt weiter mit uns?«, flüsterte sie, als sie wieder sprechen konnte.
Er schüttelte den Kopf und seufzte tief. »Ich weiß es nicht, Chofi. Ich weiß es einfach nicht.«
Aber sie wusste es. Maria hatte Recht gehabt.

Die folgenden Ereignisse vergingen wie im Nebel. Die Beerdigung war eine kleine, würdevolle Veranstaltung, bei der Sofia und Santi kaum einen Blick wechselten. Claudia war mit ihren und mit Eduardos und Marias Kindern gekommen. Aber es gab kein Lachen. Der Regen hatte aufgehört, aber die Sonne brachte keine Freude in die Herzen.
Sofia saß bei ihren Eltern auf der unbequemen Kirchenbank, und Padre Juan hielt eine flüssige Ansprache, die sie alle zu Tränen rührte. Neue Tränen. Sofia sah, dass ihre Eltern sich bei der Hand hielten und ein- oder zweimal einen zärtlichen Blick wechselten. Ihr Mitgefühl war bewegend, und Sofia hoffte, dass sie einander über den Verlust Marias wiedergefunden hatten. In tiefer Niedergeschlagenheit verabschiedeten sie sich von einer jungen Frau, die noch so viel Grund zum Leben gehabt hätte. Sofia konnte Marias Familie kaum anschauen, ohne eine unbeschreibliche Trauer zu empfinden. Ihre Kinder hatten nicht einmal mehr Lebewohl sagen können.
Maria wurde in der kleinen Familiengruft bestattet, neben ihren Großeltern und anderen Verwandten. Sofia legte ein paar Blumen auf das Grab und sprach ein kurzes Gebet für sie. Früher hätte sie in dieser Gruft ihre eigene letzte Ruhestätte gesehen, aber jetzt war ihr klar, dass sie weit weg von hier begraben und dass ihr Begräbnis von anderen Gesichtern begleitet werden würde.
Claudia schaute sie mit tränenverschleiertem Blick an, und Sofia wusste, was sie dachte. Es war zu Ende. Sie hatte jetzt keinen Grund mehr, zu bleiben.
Sie umarmte Chiquita und dankte ihr für ihren Brief. »Ich bin froh, dass du mich gefunden hast. Und ich bin froh, dass ich gekommen bin«, sagte sie aufrichtig.

»Ich bin auch froh, dass du gekommen bist, Sofia«, antwortete Chiquita. »Aber ich habe dir keinen Brief geschickt.«

Wenn Chiquita ihr keinen Brief geschrieben hatte, wer dann?

Als sie zu den Autos gingen, stoppte ein Taxi, und ein Mann stieg aus, den Sofia erkannte. Es war ihr Bruder Agustin. Er lief geradewegs auf Chiquita und Miguel zu, umarmte sie beide und sagte ihnen, wie Leid es ihm tue, dass Maria ihnen genommen worden war. »Aber ich bin wieder da«, sagte er strahlend zu Paco und Anna. »Ich habe Marianne und die Kinder verlassen. Ich bin nach Hause gekommen.«

Als er Sofia sah, begrüßte er sie mit der Höflichkeit eines Fremden. In diesem Augenblick erkannte Sofia, wie viel die langen Jahre ihr tatsächlich genommen hatten. Sie hatten sie verändert. Sie gehörte einfach nicht mehr hierher.

Auf Santa Catalina angekommen, rief sie sofort bei David an.

»David, sie ist gestorben«, sagte sie traurig.

»Darling, es tut mir so Leid.« Seine Stimme war voller Anteilnahme.

»Jetzt hält mich hier nichts mehr. Ich komme nach Hause.«

»Sag mir Bescheid, wann du landest. Ich bringe die Mädchen mit«, sagte er sanft.

»O ja, bitte bring die Mädchen mit.« Und plötzlich überkam sie eine machtvolle Woge des Heimwehs.

Sofia packte ihre Koffer und bereitete sich auf den langen Heimflug vor. Santa Catalina erschien ihr plötzlich distanziert und abweisend – als wolle es ihr den Abschiedsschmerz erleichtern. Gegen fünf, als die Schatten einem kühleren, erfrischenden Abend entgegenkrochen, fuhr ihr Wagen unter den Eukalyptusbäumen vor. Sie stand in ihrem Schatten und verabschiedete sich von ihrem Vater.

»Das kommt sehr plötzlich. Wann werden wir dich wiedersehen?«, fragte er. Seine Bärbeißigkeit sollte seine Trauer verbergen, aber sie sah es ihm am Gesicht an, dass er es nicht ertrug, sie wieder gehen zu lassen.

»Ich weiß es nicht, Papa. Du musst begreifen, dass ich hier nicht mehr zu Hause bin«, sagte sie und kämpfte mit ihren Emotionen. »Ich habe einen Mann und zwei Töchter, die in England auf mich warten.«

»Aber du hast dich nicht einmal verabschiedet.«

»Ich habe nicht die Kraft dazu. Es ist besser, wenn ich still und leise verschwinde. Ich glaube, ich habe noch nie etwas still und leise getan«, witzelte sie einigermaßen geschmacklos.

»Du gehörst hierher, Sofia.«

»Früher einmal. Und ein Teil von mir wird immer hier sein.« Sie sah, wie sein Blick zu dem fernen Polofeld ging.

»Ja, das stimmt.« Er nickte und seufzte tief.

»Danke, Papa.« Sie berührte seine Hand. Er sah sie an und wusste nicht, was sie ihm sagen wollte. »Du hast meinem Kind ein Zuhause gegeben. Ironie des Schicksals, nicht wahr? Er hat jetzt das Zuhause, das ich verloren habe.«

Pacos Augen glitzerten, als er nach Worten suchte.

»Ich weiß, dass du das Richtige getan hast«, sagte sie hastig. »Ich wünschte nur, ich wäre mit ihm zurückgekommen. Dann wären mir die Menschen, die ich liebe, niemals so fremd geworden.«

Als er diese Worte hörte, nahm Paco seine Tochter in die Arme und drückte sie so fest an sich, dass sie wusste, er verbarg Tränen, die sie nicht sehen sollte.

In diesem Augenblick erschien Anna in der Tür wie ein Gespenst. Die letzten Stunden hatten dunkle Ringe unter ihren Augen hinterlassen. Sie sah erschöpft und niedergeschlagen aus.

»Mama!«, rief Sofia überrascht. Widerstrebend löste sie sich aus der Umarmung ihres Vaters und wischte sich mit zitternder Hand über die Wangen.

»Ich wünschte, du würdest bleiben«, sagte Anna leise und mit sanfter Miene. Sie trat aus dem Schatten in die Sonne und streckte Sofia die Hände entgegen. Sofia nahm sie. »Maria ist jetzt bei Gott.«

»Ich weiß«, antwortete Sofia leise. »Bei Grandpa.«

»Wirst du uns anrufen?«, fragte Anna, und Sofia sah, dass ihre eisblauen Augen schmolzen.

»Ja. Ich möchte, dass ihr eines Tages meine Kinder kennen lernt.«
»Das möchte ich auch gern«, sagte ihre Mutter. »Dein Zimmer wird immer für dich da sein, aber ich glaube, jetzt ist es Zeit, es auszuräumen. Meinst du nicht auch?«
Sofia nickte, und ihr Lächeln verbarg, wie bewegt sie war. In den Augen ihrer Mutter sah sie Reue, als schreie sie in der Schale ihres Körpers und könne ihre Gefühle nicht zum Ausdruck bringen. Sofia spürte, wie sie mit sich kämpfte, und instinktiv nahm sie ihr den ersten Schritt ab. Sie schlang die Arme um die zierliche Gestalt und zog sie an sich. Anna sträubte sich nicht. Als sie ihre Mutter in den Armen hielt, fühlte Sofia, dass eine Wärme von ihr ausging, die sie seit vielen Jahren nicht verspürt hatte. Sie erinnerte sich an die wenigen Male, als ihre Mutter sie als Kind zärtlich in die Arme genommen hatte. Sie roch noch genauso, und der Duft war wie ein Schlüssel für die letzte Tür ihrer Erinnerungen. Sie spürte, wie die Last eines allzu lange gehegten Grolls von ihren Schultern fiel und sie freigab. Vielleicht würden sie, wie Anna vorgeschlagen hatte, beide lernen, zu verzeihen.
»Ich bin froh, dass du gekommen bist.« Anna schaute ihre Tochter lächelnd an, und plötzlich fiel Sofia der Brief ein. Wenn Chiquita ihn nicht geschrieben hatte, musste es ihre Mutter gewesen sein. Sie hatte sich also doch gewünscht, dass sie zurückkam. Und sie hatte mit dem Namen ihrer Schwägerin unterschrieben, weil sie befürchtet hatte, ihre Tochter würde vielleicht nicht kommen, wenn sie selbst unterschriebe.
»Der Brief – das warst du, nicht wahr?« Sofia lächelte. »Sehr raffiniert, Mama.«
»Ich kann auch raffiniert sein, Sofia«, sagte Anna tadelnd. »Ach, warte noch einen Moment. Geh noch nicht. Ich habe etwas für dich«, sagte sie mit plötzlichem und ungewohntem Enthusiasmus. »Etwas, das du schon vor langer Zeit hättest bekommen müssen. Warte, ich hole es.«
Anna verschwand im Dunkel des Hauses. Paco sah eine Beschwingtheit in ihrem Gang, die ihn an die *Ana Melodía* erinnerte, die er irgendwann, er wusste nicht, wann, verloren hatte, und seine

Lippen bebten in der Hoffnung, dass er sie vielleicht wiederfinden würde. Sie kam mit einem roten Päckchen zurück und reichte es ihrer Tochter, die es neugierig in den Händen drehte und anfing, das Papier aufzureißen.

»Mach's im Auto auf.« Anna legte entschlossen eine Hand auf das Päckchen, damit sie nicht jetzt schon sah, was darin war. »Es ist etwas, das dich an uns erinnern soll.« Sofia schaute ihre Mutter blinzelnd an, aber durch die Tränenschleier sah sie sie nur verschwommen.

Paco umarmte seine Tochter ein letztes Mal. Er war erleichtert, dass er das Geheimnis, das er vierundzwanzig Jahre lang bewahrt hatte, jetzt mit ihr teilen konnte. Es gab jetzt keine Geheimnisse mehr, die einen Keil zwischen sie treiben konnten. Sofia hatte ihm dafür gedankt, dass er Javier das beste Zuhause gegeben hatte, das man sich denken konnte. Er gehörte nach Santa Catalina.

Sofia drückte ihn an sich. Sie wusste, dass viele Monate vergehen würden, ehe sie ihn wieder in den Armen halten würde. Sie warf noch einen Blick auf den Ort, der einmal ihr Zuhause gewesen war, und sie wusste, auch wenn sie sich verändert hatte und weitergezogen war, würde dies alles in ihrem Herzen und ihrer Erinnerung weiterleben, makellos wie die Sepiafotos aus einer anderen, glücklicheren Zeit. Auch Maria würde da sein, und ihr strahlendes Gesicht würde ihr zwischen Hibiskus und Bleiwurz entgegenlächeln.

Sofia stieg in den Wagen und winkte ein letztes Mal ihren Eltern zu, die ihre Tochter nach Jahren der Entfremdung endlich wieder kannten. Ungeduldig riss sie das rote Papier auf. Was konnte ihre Mutter ihr nur schenken? Und als ein schwarzer Ledergürtel zum Vorschein kam, auf dessen Silberschnalle ihre Initialen eingraviert waren, da zerfloss der Schleier in ihren Augen, und eine große, sentimentale Träne rollte ihr übers Gesicht.

Als sie unter den hohen Bäumen der Allee dahinfuhren und das Haus im Schatten verschwand, sagte sie zu dem Chauffeur: »Biegen Sie da hinten links ab. Es gibt noch einen letzten Ort, zu dem ich fahren möchte, bevor es losgeht.« Und sie wies ihm den Weg zum Ombu.

Fünfzig

Der Wagen rumpelte über den Feldweg, so schnell es ging. Als sie das Ende erreicht hatten, befahl sie dem Fahrer, zu warten, und sie ging zu Fuß weiter. Die Luft war kühl nach dem Gewitter, das Gras grüner nach dem Regen, den es so dringend nötig gehabt hatte. Schweren Herzens ging sie den Pfad hinunter, den sie in den letzten Tagen so oft gegangen war. Sie fühlte sich leer und empfindungslos, als hätten ihre Nerven einfach abgeschaltet und weigerten sich, noch etwas zu spüren.

Dann erreichte sie den Baum, der sie durch all ihre Nöte geleitet hatte. Majestätisch und stolz stand er da, wie ein lieber alter Freund, der sie nie verurteilte, sondern ihr nur schweigend und verständnisvoll zuschaute. Liebevoll strich sie mit der Hand über den Stamm und dachte an glücklichere Zeiten mit Santi. Sie blickte über die Felder hinaus und sah die Gauchos in der Ferne Polo spielen, die sonnenbraunen Oberkörper nackt in der Hitze. Javier war bei ihnen. Sie konnte nicht erkennen, welcher er war, aber sie wusste, dass er da war. Da, wo er hingehörte.

Plötzlich fühlte sie, dass jemand anwesend war. Sie drehte sich um und sah Santis düsteres Gesicht. Er war offenbar ebenso überrascht wie sie.

»Sie haben gesagt, du bist fort. Ich wusste nicht, was ich tun sollte«, rief er gequält und kam mit schnellen Schritten heran, um sie zu umarmen.

»Ich konnte es nicht ertragen, dir noch einmal Lebewohl zu sagen. Ich konnte es einfach nicht«, murmelte sie, von Verzweiflung übermannt.

»Ich hatte dich doch gerade erst wiedergefunden«, sagte er kläglich. »Ich kann dich nicht noch einmal gehen lassen.«

»Es ist unmöglich, nicht wahr? Wenn doch nur ...«
»Nicht!«, unterbrach er sie mit erstickter Stimme. »Wenn wir mit diesem ›Wenn doch nur‹ anfangen, werden wir uns aufreiben.« Er vergrub sein Gesicht in ihrem Haar, als wolle er sich vor dem Unausweichlichen verstecken.
»Ich wäre nicht die Frau, die du liebst, wenn ich fähig wäre, meine Kinder zu verlassen«, sagte sie traurig und erinnerte sich an Marias Rat. Dann dachte sie an Javier, und dass sie ihn vor all den Jahren verlassen hatte, zerrte noch immer schmerzlich an ihrem Gewissen.
»Ich will doch nur dieselbe Luft atmen wie du.«
»Aber Maria hatte Recht. Unser Leben ist heute so unterschiedlich. Jeder von uns hat eine Familie, die er liebt. Wir dürfen alle diese Menschen nicht vernichten.«
»Ich weiß. Aber ich versuche immer noch, einen Weg zu finden.«
»Es gibt keinen. Ich gehöre nicht mehr hierher.«
»Du gehörst zu mir. Wir gehören zusammen.«
»Ein schöner Traum, eine wunderbare Vorstellung von dem, was hätte sein können. Aber es ist unmöglich. Du weißt, dass es unmöglich ist.«
Er nickte und seufzte in tiefer Resignation. »Dann lass mich noch einmal dein Gesicht studieren, damit ich es nie vergesse«, sagte er ernst und strich mit den Fingern über ihre Wange. Er küsste ihre Augen, »sanft und braun wie Zucker«, sagte er, und dann küsste er ihre Nase, ihre Schläfen, ihre Stirn, ihr Kinn, und er sagte ihr, warum er jede dieser Stellen liebte, während er sie küsste. Schließlich kam er zu ihren Lippen. »Ich werde nie vergessen, wie du dich anfühlst, Chofi, und wie du duftest.« Und er schmeckte das Salz ihrer Tränen, als er sie küsste.
Sie umarmten einander. Sofia schaute in seine meergrünen Augen und wusste, dass sie in ihren geheimsten Tiefen wohnen würde, und nachts, wenn Fantasie und Wirklichkeit eins werden, würde es sein, als liebe sie ihn noch einmal. Sie küsste ein letztes Mal seine Lippen, und sein Geschmack blieb noch lange bei ihr, als sie sich getrennt hatten. Sie schaute sich noch einmal um und sah seine einsame Gestalt am Fuße ihres Baumes sitzen. Sie winkte, und dann

wandte sie sich ab und ging davon. Das Bild, wie er allein unter dem Ombu saß, sollte von nun an vor ihr erscheinen, wann immer sie die Augen schloss.

Alle haben gesagt, der Ombu wächst nicht in England. Aber ich habe in unserem Garten in Gloucestershire eine Stelle gewählt, wo die Sonne hinter ihm untergehen würde, und ihn trotzdem gepflanzt. Er ist gewachsen.

Danksagung

Mein herzlicher Dank gilt auch und vor allem meiner argentinischen »Familie«, die mich mit großer Wärme in ihrer Welt aufnahm. Sie teilte mit mir ihr Heim und ihr Land und brachte mich dazu, beides zu lieben. Ohne sie hätte dieses Buch niemals geschrieben werden können. Außerdem möchte ich meiner Freundin Katie Rock danken, meinem Agenten Jo Frank und meiner Lektorin Kirsty Fowkes für ihren unschätzbaren Rat und ihre Unterstützung – und meiner Mutter für ihre Erinnerungen.